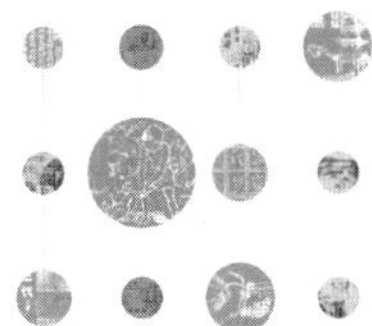

형성기 한국 근대소설 텍스트의 시학

우연의 문제를 중심으로

지은이

박상준(朴商準, Park, SangJoon) 서울대 국문과를 졸업하고(1990) 1920년대 초기 소설 연구로 석사학위를 (1993), 신경향파문학 연구로 박사학위를 받았다(2000). 2002년 문학평론을 시작했고, 2003년 이후 포스텍 인문사회학부 교수로 재직하고 있다. 주요 연구서로『한국 소설 텍스트의 시학』,『1920년대 문학과 염상섭』,『한국 근대문학의 형성과 신경향파』,『남북한 역사소설 비교 연구』(공저) 등 10여 권이 있고, 60여 편의 학술논문을 발표했다. 문학평론집으로『문학의 숲, 그 경계의 바리에떼』와『소설의 숲에서 문학을 생각하다』를, 인문 교양서로『꿈꾸는 리더의 인문학』과『복제』(공저),『미지에서 묻고 경계에서 답하다』(공저),『호모 메모리스』(공저) 등을 출간했고,『연애소설 읽는 로봇』,『죽은 자들에게 고하라』등의 한국 창작 SF 앤솔로지를 펴냈다.

형성기 한국 근대소설 텍스트의 시학 우연의 문제를 중심으로

초판인쇄 2015년 4월 1일 **초판발행** 2015년 4월 10일
지은이 박상준 **펴낸이** 박성모 **펴낸곳** 소명출판
출판등록 제13-522호 **주소** 서울시 서초구 서초중앙로6길 15, 1층
전화 02-585-7840 **팩스** 02-585-7848 **전자우편** somyong@korea.com **홈페이지** www.somyong.co.kr

값 42,000원
ISBN 979-11-86356-31-9 93810
ⓒ 박상준, 2015

이 저서는 2010년도 정부재원(교육과학기술부 학술연구조성사업비)으로 한국연구재단의 지원을 받아
연구되었음(NRF-812-2010-1-A00135).

형성기 한국 근대소설 텍스트의 시학

우연의 문제를 중심으로

The Poetics of the Text in the Formation of Modern Korean Novel
: Focusing on the Function of Contingency

박상준 지음

소명출판

일러두기

- 국문 장편소설이나 저서는 『 』로, 단편소설과 논문은 「 」로, 영화 제목은 〈 〉로 묶었다.
- 모든 작품의 경우 처음 언급될 때 원래의 표기를 사용하였고, 이후에는 한자를 쓰지 않고 현대어로 고치는 것을 원칙으로 하였다.
- 인용문의 경우, 강조에 사용된 「 」는 ' '로 수정하였고, 그 외의 표기는 원래대로 하였다. 띄어쓰기는 현재의 어문규정에 맞게 고쳤으나, 띄어쓰기를 고쳐서 의미에 변화가 생길 수 있는 경우는 그대로 두었다.
- 소설 서사에 사용된 우연의 유형을 간단히 나타낼 때는 다음 기호를 사용하였다 : 목적적 소극적 우연→①, 목적적 적극적 우연→②, 인과적 소극적 우연→③, 인과적 적극적 우연→④, 이유적 소극적 우연→⑤(이유), 이접적 우연→⑤(이접), 인물관계 설정상의 우연→⑤(관계), 전대소설의 우연적 필연→⑥. 실제 작품 분석에서는 구사된 순서를 병기하여 [④-3], [⑤(이유)-2] 등처럼 표기하였다.
- 우연의 표시 외에, 의미상 대등한 관계를 나타내는 다음 경우들에 각괄호 [ ]를 사용하였다 : ① 동일인의 지칭 확인(예 : 춘천집[길순], 작은 아씨[남순], 월향[영채]), ② 대등한 용어의 설명이나 부기(예 : 서술자-작가의 언설[디에게시스 diegesis], 형식[구성]과 내용[주제 구현]), ③ 서사의 특성에 대한 규정(예 : 속사람 해방[1차 각성], 그 이후의 며칠[한 달 이내]), ④ 상황에 대한 추가적·요약적 설명(예 : 형식을 미워하다 잠이 드는 선형[인생을 배움], 서울에서의 약 9일[158~174, 17면], 이듬해 봄[2년차]).
- 다음 부분들은 기 발표된 학술논문들의 내용을 바탕으로 하되, 이 책의 전체적인 논지에 맞게 대폭 수정, 보완한 것이다 : 1장 3절, 2장 2~4절, 3장 2절, 4장 2절, 5장 1절 2)항과 2절, 6장 2절, 7장 1~2절.

소설과 우연의 문제, 보다 정확히는 소설 서사에서의 우연의 구사 문제를 처음 떠올리게 된 것은 아마 2006년 가을쯤인 듯싶다. 어느 식사 자리에서 말을 꺼내면서, 이 문제라면 향후 몇 년을 연구 주제로 삼을 수 있겠다고 '밥이 되겠다'고 했던 기억이 있다. 이런저런 이야기 중에 우연히 떠오른 생각이었는데 그 우연 때문에 근 10년 가까이 이 문제에 매달리게 되리라고는 당시에는 전혀 생각지 못했다.

온갖 신고 끝에 책을 완성하여 지금 이 글을 쓰고 있지만, 어쨌든, 그때나 지금이나 소설 서사에서의 우연을 연구하는 일이 가지는 의의에 대한 내 생각은 달라진 것이 없다. 우연을 연구해야겠다는 필요성을 낳은 문제의식이 그동안 변하지 않았기 때문이다. 나의 오랜 문제의식이란, 국문학 연구계가 보이는 통약불가능성(incommensurability) 상태를 넘어서 보자는 것이었다.

국문학 연구계의 통약불가능성이라니, 이게 무슨 말인가. 대학원 시절의 경험을 에둘러서 설명해 본다.

1980년대 전반기에 국문과 학부 과정을 지낸 학생들이 공부에 뜻을 두고 대학원 생활을 한 것은 대체로 80년대 후반이었다. 국문학 연구사에서 1980년대 후반이란 뜻 깊은 의미를 지니는데, 그때까지 마음대로 연구할 수 없었던 월납북 작가들의 해금 조치가 내려졌기 때문이다. 강제로 지워졌던 문학사의 반쪽, 카프로 대표되는 좌파문학이 처녀지처럼 펼쳐지면서 국문학계 전반이 이를 연구하는 데로 쏠렸다. 그동안 깊이 연구되지 못했던 새로운 영역이 펼쳐졌으니 당연하고도 자연스러운 현상이었으며, 온전한 문학사를 복원한다는 점에서 절실히 요청된 일이기도 했다.

학생들 사이에서는 일종의 열풍처럼 좌파문학 연구가 퍼졌는데, 1980년대 내내 고조되었던 학생운동 및 학술운동의 흐름과 쉽게 맞물린 까닭이 컸다. 학적 연구와 현실의 변혁운동이 하나가 되는 드문 경험 속에서 학생들 상당수가 좌파문학 연구자의 첫걸음을 내디딘 것이다. 내게도, 학부과정 때 카프와 사회주의리얼리즘을 공부하는 한편 루카치와 프랑크푸르트 학파의 이론가들과 씨름하던 기억이 생생하다. 대학원 시절, 수업 조교비로 주어지는 약간의 돈으로 1920~1930년대의 자료 영인본들을 할부로 구입하며 돈에 쪼들리던 기억도 잊히지 않는다.

지금은 국문학계의 중진이 된 많은 학생들이 그렇게 공부해서 박사논문을 준비하게 될 무렵, 세상이 바뀌었다. 1990년대 들어 소련과 동구권이 몰락함과 더불어 포스트모더니즘의 열풍이 지성계를 뒤덮은 것이다. 적지 않은 학생들이 이러한 상황 속에서 논문의 주제를 잡는 데 어려움을 겪게 되었다. '80년대의 방식'으로 좌파문학을 연구해서는 학위를 딸 수 없으리라는 판단과, 다른 대상을 다른 방식으로 연구하기에는 그동안 공부한 바가 적다는 현실 때문이었다. 바로 이러한 이유로 학위가 늦어진 경우를 주변에서 어렵지 않게 볼 수 있었다.

현실과 이론, 이데올로기와 학적 연구의 차이를 목도하지 않을 수 없는 또 한 차례의 드문 경험 속에서, 이렇게 새로운 연구자들이 힘들

　　　　　　　　　형성기 한국 근대소설 텍스트의 시학

게 학위를 받았다. 물론 모두가 그런 고생을 한 것은 아니었다. 그들의 주변에는 애초부터 좌파문학에 눈길을 주지 않았거나, 일찍부터 모더니즘문학 등에 눈을 돌린 동학들이 있었던 것이다. 학부생 때부터 문학평론을 시작해 일찍이 이름을 떨친 평론가들도 없지 않았다.

2010년대 현재 한국 현대문학 연구의 중추 역할을 하는 세대, 엄밀한 의미에서의 근대적인 국문학 연구의 역사가 80년 정도 되었다 할 때 연구자 3세대에 속하는 학자들의 지형이 대체로 보아 이렇게 마련되었다. 좌파문학 연구로 학문의 길에 들어서고 자신의 입지를 굳힌 경우와 그 자체가 예술이기도 한 문학평론을 병행하며 학문의 장에 들어온 경우를 양 쪽으로 하여 그 중간에 보다 많은 연구자들이 포진하는, 크게 세 진영으로 연구자들이 구분될 수 있는 틀이 1990년대에 마련된 것이다.

연구자들의 그룹화는 모든 분과학문에서 자연스러운 것이고, 개개 연구자들이 특정 연구 대상에 몰두하는 것 또한 당연히 있을 수 있는 현상이지만, 앞서 말한 지형의 형성은 여타 학문의 일반적인 양상에서는 예상할 수 없는 문제를 안고 왔다. 연구자 진영별로 연구 대상이 특화된 것은 물론이요 이른바 연구방법론 또한 서로 이질적이게 되어 버린 것이다. 예를 들어, 좌파문학 혹은 리얼리즘문학을 주로 연구하는 학자들이 준용하는 논리 틀이나 연구방법론 및 이론과 모더니즘문학을 연구하는 학자들의 그것들 사이에 뛰어넘기 힘든 간극이 벌어졌다.

아쉽게도, 이러한 간극은 메워지지 않았고 문제는 심각해졌다. 각 진영의 연구가 저마다의 이론을 깊게 파면서 서로 소통되지 않는 상황이 초래된 것이다. 이러한 상황에서 생겨난 양극의 편향이 국문학 연구의 정론화 경향과 평론화 경향이다. 연구진의 한 쪽에서는 학술 연구와 현실 변혁의 지향을 여전히 함께 안고 가는 정론화 경향이 전개되었고, 그 맞은편에서는 비평적 글쓰기와 논문 쓰기의 경계를 흐리는 평론화 경향이 심화되었다.

이러한 와중에 문제가 좀 더 복잡해지기까지 했다. 1990년대 이래 학술 출판의 장이 계속 확장되고 심화됨과 더불어, 젊은 연구자들이 새롭게 들어오는 각종 외부 이론들을 열정적으로 수용하기 시작한 것이다. 이로써, 연구 대상의 요청에 따라 참조할 만한 이론이 모색되는 것이 아니라 남들보다 먼저 새롭게 얻은 이론으로 연구 대상들을 무차별적으로 해석하는 희한한 경향이 점차 강화되었다. 나와 몇몇 동료는 이러한 경향을 '방법론주의'라 명명하고 냉소적으로 거리를 두고자 했지만, 학계의 흐름에 변화를 주기엔 힘이 부쳤다.

빅토르 쉬클로프스키와 르네 웰렉이나 헤겔과 칸트, 게오르그 루카치 등이 있던 자리에 프레드릭 제임슨이나 루이 알뛰세르, 미하일 바흐찐, 미셸 푸코, 지그문트 프로이트, 에드워드 사이드 등이 들어서더니, 뒤이어 자끄 라깡, 질 들뢰즈와 펠릭스 가타리, 피에르 부르디외, 자끄 데리다, 호미 바바, 자크 랑시에르 등의 이론이 열정적으로 자리를 잡아 '국문학' 논문들의 '방법론' 역할을 하게 되었다. 한편으로는 페미니즘과 서사학, 문화론적 시각이 그에 맞는 이론들과 더불어 때에 맞추어(!) 도입되어, 말 그대로 세계 이론의 백가쟁명 시대가 국문학 연구의 장에 펼쳐져 온 것이다.

이로써 국문학 연구 진영의 간극이 연구자 개개인 차원에 가깝게 세분화됨과 동시에 그 깊이가 더해지게 되었다. 조금 강조해서 말하자면,

     형성기 한국 근대소설 텍스트의 시학

'방법론주의'의 심화(!)로 인해 모두가 저마다의 언어로 이야기를 하는 바벨탑의 풍경이 벌어진 것이다. 앞서 지적한바 국문학 연구의 정론화 및 평론화 경향과 더불어 이러한 방법론주의야말로 국문학계의, 좀 더 정확히는 한국 현대문학 연구계의 상호소통을 저해하면서 궁극적으로는 국문학 연구의 학적 성격을 취약하게 하는 것이라고 나는 믿는다.

이러한 소통 불가능의 상황, 각각의 연구 성과들을 같은 맥락에서 논의할 수 있는 지평의 상실 상태가 바로 국문학 연구계의 통약불가능성 상태이다.

모든 예술의 가장 순수한 형태가 음악이며 모든 학문의 그것은 물리학이라는 말이 있다. 음악이야말로 특별한 질료에 갇히지 않는 추상 차원의 예술이고 물리학은 국경과 문화의 한계에 구애받지 않는 자연과 우주의 언어인 수학으로 이루어진 학문이라는 사실을 기리는 말이라고 나는 해석한다. 그리고 이 말의 바탕에는, 예술이든 학문이든 진정한 경우에는 그 자체의 차원에서 소통을 가로막는 근본적인 장애란 있을 수 없다는 판단이 놓여 있다고 나는 믿는다. 더불어 나는 학적 연구의 코드이자 문법인 이론 또한 바로 그러한 의미에서 추상적인 것이라고 믿는다. 또한, 이러한 이론이 투명하게 소통될 수 있기 위해서는 그 이론이 연구 대상으로부터 추상화된 것이어야 한다고 믿는다.

연구 대상 바깥에서 도입되어 프로크루스테스의 침대처럼 제 기준으로 대상을 재단하는 것은 이론이 아니며 그런 침대를 서둘러 마련하고 끊임없이 개비하는 것은 연구가 아니다. 연구 대상의 본질이 연구자의 언어로 자신을 드러내어 연구자들의 공인을 받을 때, 바로 거기에서 진정한 이론이 탄생하는 것이다. 국문학계에서 도입해 온 이론들 또한 상이한 대상으로부터 바로 이러한 과정을 거쳐 탄생한 것이지, 어느 경우에나 적용될 수 있는 황금의 법칙일 수는 없다.

국문학 연구의 정론화 및 평론화 경향과 방법론주의에 의해 상호소통이 심각하게 위축된 현재의 상황, 국문학 연구계의 통약불가능성 상태에 대한 나의 문제의식은 이러한 믿음과 나란히 해 왔다.

겸연쩍음을 무릅쓰고 말하건대, 이러한 상황을 어떻게 타개할 것인가 하는 고민으로 나는 40대의 십년을 보냈다. 한국 근대소설의 제 영역에 대한 부족한 공부를 채워감과 동시에, 서로 다른 언어를 요구하는 근대소설 하위 갈래들에 상처를 주지 않으면서 그들 모두를 공정하게 논의할 수 있는 지평을 모색해 왔다. 타고난 자질이 부족한 터라, 힘겹게 찾은 논의 지평이 소설 텍스트 자체였고, 한걸음 겨우 좁혀 나아간 것이 바로 소설 서사에서의 우연이었다.

하나의 작품이 어떠한 소설 갈래에 속하든 동일한 방식으로 텍스트 분석을 수행하고 우연의 문제에 주목하여 서로간의 차이를 논리화해 보는 것으로, 앞서 말한 통약불가능성 상태를 지양해 보고자 한 미욱한 시도의 결과가 바로 이 책이다. 나쁜 의미의 형식주의에 머무는 것은 아닌가 하는 근심과, 문제의식에 비해 내가 취하고 있는 방법이 너무 부족한 것은 아닌가 하는 걱정, 이러한 시도가 하나의 이론을 향해 가기에는 여전히 검토 대상이 터무니없이 부족한 데서 오는 자괴감이, 이 책을 준비하는 오랜 시간 내내 나와 함께 했다. 어쩔 수 없는 일이다.

어쩔 수 없는 일이기는 한데, 통약불가능성이라는 나의 진단이 어느 정도는 적실성을 띤 것이라면, 이 책이 동학, 선후배의 질정에 힘입어 존재 의미를 잃게 됨으로써 문제 상황이 지양되기를 바랄 뿐이다. 그

    형성기 한국 근대소설 텍스트의 시학

러는 한편, 계속 노력하는 길 외에는 내게 다른 방도가 없다는 것을 물론 나는 안다. 새로운 노력을 위한 기운을 길어 올리기 위해서라도 하나의 매듭은 지어야 한다는 마음으로, 세상에 또 하나의 책을 더하는 책임을 가리고자 할 뿐이다.

오랜 시간을 함께 한 원고를 떠나보내는 마음 한편이 헐거워지는 만큼, 그동안 여러 모로 빚진 것들이 무겁게 다가온다. 십년 내내 연구실에 틀어박힌 채 집에서는 밥을 먹고 잠만 자는 하숙생처럼 살아온 나를 여전히 가장으로 대해 주는 아내와 아이들에게 미안하고 고맙다. 정리가 안 된 초고를 통독해 준 노연숙 선생님과 각종 자료를 신속정확하게 찾느라 크게 고생한 최용석 조교에게 각별한 감사의 뜻을 전한다. 외로운 연구자의 든든한 후원자인 소명출판의 박성모 선생님께도 마음 깊은 곳의 고마움을 표한다.

2015년 봄, 모친과의 꽃놀이를 기다리며
포스텍 무은재에서, 박상준

서론

1장_ 작품론의 자리와 우연의 문제

1장

작품론의 자리와 우연의 문제

1. 연구의 목적 및 문제제기

이 책의 목적은 형성기 한국 근대소설[1] 갈래들의 특징과 이들의 발

---

[1] 여기서 사용하는 '근대소설의 형성기'란 말 그대로 한국 근대소설이 제 모습을 갖춰 가는 20세기 초 30~40년간의 시기를 가리킨다. 이 시기는 대략 식민지기와 그 외연이 유사하지만 1900년대 애국계몽기로부터 시작하여 1930년대 후반에 완성되는 양상을 띤다는 점에서 차이가 있다. 근대소설 형성 과정의 시작을 1900년대 애국계몽기로 보는 것은, 이 시기에 내용 면에서 근대 지향적인 의식 혹은 최소한 반봉건의식이 등장하고 형식 면에서는 현재까지 지배적이고 보편적인 소설양식으로 기능하는 서구의 근대소설적 특성이 드러나기 시작했기 때문이다. 형식적으로는 재래의 서사양식과 거리를 두고자 하는 다양한 시도가 이루어지고 내용상으로는 반봉건 근대화 및 반외세 자주화 사상이 등장하여 근대소설의 형성기를 열어간 것이다. 1930년대를 근대소설 형성기의 끝으로 보는 것은, 이 시기에 이르러 현재 우리 시대에까지 이어지는 소설계의 분화 및 정립상이 갖춰진 까닭이다. 리얼리즘소설과 모더니즘소설을 두 가지 지향성으로 하는 본격문학 진영이 자기 정체성을 의식하며 안정된 양상을 띠는 한편 대중소설이 그에 맞서 자신의 지위를 확고히 하게 된 것이 바로 1930년대 중반에 이르러서이다. 형식 면에서 단편소설과 장편소설, 중편소설 각각의 특성에 대한 소설계의 자각이 구체화된 것도 이 때이다.

전·분화 양상을 일관된 작품 분석에 기초하여 구명하는 것이다.

　이러한 연구 목적 설정에 있어 이 책 고유의 특징을 이루는 핵심적인 요소는 '일관된 작품 분석'에 놓인다. 한국 근대소설을 이루는 제반 하위 갈래 중 어느 하나에 한정되지 않는 분석 방식을 구사함으로써, 갈래들 모두를 단일한 지평에서 아우르는 소설 연구를 수행하는 데서 이 책의 몫을 찾고자 하는 것이다. 한국 근대소설 하위 갈래들 모두에 공정하게 적용될 수 있는 작품 분석의 방법으로 이 책은 소설 서사에서의 우연의 구사 양상 검토를 포함하고 스토리–선의 구성 양상에 주목하는 실증적인 텍스트 분석을 행한다. 이러한 단일한 방법으로 한국 근대소설의 하위 갈래들에 속하는 작품들을 일관되게 검토함으로써, 각 갈래들의 차이와 특징을 객관적으로 규명하고자 한다. 이러한 시도가 성과를 이룰 때 한국 근대소설의 각 하위 갈래들에 대한 연구 성과들이 통약불가능한(incommensurable) 상태에 놓여 있는 문제[2]를 극복할

　　'근대소설 형성기'라는 이 책의 소설사적 시간관념은 '기점'을 따지는 논의들과 거리를 두고자 하는 문제의식에서 유래된 것이다. 넓혀서 근대문학이든 좁혀서 근대소설이나 근대시든 간에 '기점'을 중요시하고 나름대로 특정 시기 특정 작품을 내세우는 것은, 근대문학 혹은 근대소설의 원형을 상정할 때만 가능한 발상이다. 또한 '기점'의 설정은 원리적으로 '기원'을 상정하는 데로 이어질 수밖에 없는데, 모든 기원이란 사실상 가치형으로서 갈래들 종들의 차이를 위계화하는 폭력을 행사하기 마련이다. 서구의 근대소설이 모든 근대소설의 원형일 수 없음은 따로 설명이 필요 없는 일인데, 사정이 이렇다면 근대소설의 원형이라는 것 자체가 존재할 수 없음도 분명하다. 이렇게 원형을 내세우는 방식을 거부하고 기원 설정의 폭력을 경계하는 자리에서, 이 책은 '근대소설 형성기'라는 기간을 탐구 대상으로 설정한다.

2　한국 근대소설에 대한 연구 성과들의 통약불가능성이라는 문제는 특정 하위 갈래에 대한 연구가 그 갈래의 특징을 지나치게 부각시키는 데로 나아가면서 다른 갈래들과의 미학적, 이론적 비교 검토의 여지를 스스로 없애는 상황을 말한다. 예컨대 리얼리즘소설에 대한 연구 성과들이 취하는 작품 분석 방법들은 모더니즘소설이나 대중소설의 특징과 가치를 적절히 규명하는 데 속수무책이며 모더니즘소설 연구 방법이나 대중소설 연구 방법 또한 이렇게 대상의 한정성을 벗지 못하는 한계를 똑같이 갖고 있다. 각 갈래에 대한 연구 성과들이 서로 별개의 논의 지평에 갇혀 있는 것인데, 그 결과 소설사나 근대소설 형성사를 (재)구성하는 데 있어서는 이들 각각의 성과들이 의미 있게 활용되지 못하는 상황이 벌어진다. 근대

　　　　　　　　　　　　　　　　　　　　　　　　제1부 서론

수 있는데, 이는 궁극적으로 한국 근대소설 형성사를 재구성하는 데 의미 있게 기여하게 될 것이다. 이것이 이 책의 궁극적인 목적이다.

본 연구의 대상은 통시적으로 신소설에서 1930년대 통속적 대중소설에 이르며, 공시적으로는 리얼리즘과 모더니즘을 포함하여 이 시기에 등장한 모든 소설 양식을 포괄한다. 1900년대에서 1930년대에 걸치는 한국 근대소설의 형성기에 나온 제반 갈래의 소설들을 대상으로 하는 것이다. 물론 이러한 범주화에 속하는 작품들을 모두 다루는 것은 아니다. 연구자의 능력을 따지기 전에 이는 한 권의 저술에서 가능한 일도 아닐 뿐더러 바람직한 것일 수도 없다. 이 책의 대상은 한국 근대소설의 형성기를 수놓은 여러 소설 갈래들의 특징을 잘 보여주는 몇몇 대표작에 국한된다. 여기서 초점은 '대표작'이 아니라 '갈래'에 놓인다. 요컨대 개개 작품들보다는 서로 차이를 보이는 소설 갈래들의 특징을 구명하는 데 목적을 두고 그에 걸맞은 대상을 선정하고자 한다.

따라서 본 연구는 소설사가 아니다. 이 책의 기본 체제를 이루는 것은 소설 갈래들의 다양성이지 주요 소설 작품들의 연쇄가 보이는 어떠한 지향의 논리가 아니다. 한국 근대소설이 태동하는 때부터 나름대로 정립상을 보이는 시기까지를 대상으로 하되 소설사를 기획하지는 않는다. 그렇다고 이 연구가 장르론에 해당되는 것도 아니다. 여기서는

소설 하위 갈래들에 대한 연구가 보이는 심도와 근대소설사의 논의 방식이 보이는 밋밋함이 크게 대조된다는 점에서도 이러한 상태는 지양될 필요가 있다. 보다 근본적으로, 예를 들어 리얼리즘소설이나 모더니즘소설이 전혀 다른 문학 형식이라고 할 수는 없다고 인정한다면, 각각의 갈래에 대한 연구들이 공유할 수 있는 수준의 연구 단계에서의 분석들이 보편적으로 행해지고 그 위에서 차이를 나타내는 단계에서의 세밀한 연구가 수행되는 엄밀한 의미에서의 학적인 작품 연구 방식을 지향하고 수립하기 위해서도, 연구 갈래들의 통약불가능성 문제는 해결되어야만 한다.

어떠한 연역적인 장르론도 전제되지 않기 때문이다. 이상은 이 책의 기본 방향이 어떤 의미에서든 목적론이나 원리론과는 무관함을 뜻한다.

이 책은 형성기 한국 근대소설의 전개 과정에서 보이는 근대소설 하위 갈래들의 특징을 분석하여 서로 간의 차이를 밝히는 데 집중하고, 이러한 차이가 통시적인 맥락에서 어떠한 분화·발전의 양상을 띠는지를 사후적, 기술적(記述的)으로 재구성하는 방식을 취한다. 전자에 의해서 한국 근대소설의 장르 분화 양상에 대한 논의들을, 후자에 의해서 한국 근대소설사들을 보강하는 역할을 할 수 있으리라 기대되지만, 그렇다고 해서 이 연구가 장르론도 소설사도 아니라는 점이 달라지지는 않는다. 이 책이 이렇게 자신의 정체를 특정한 연구 갈래에 귀속시키지 않는 이유는, 선행 연구들에 대한 문제의식에서 말미암는다.

한국 근대소설에 대한 연구는 김태준의 『朝鮮小說史』(1932) 이래 어느덧 80년을 넘기게 되었다. 임화의 '신문학사 연구'(1935~1940), 백철의 『新文學思潮史－現代篇』(백양당, 1949), 조연현의 『韓國現代文學史』(현대문학사, 1956) 등의 선구적인 업적에 의해 근대적인 학문 체계를 갖춘 이후, 김윤식·김현의 『韓國文學史』(민음사, 1973), 이재선의 『한국현대소설사』(홍성사, 1979), 김우종의 『韓國現代小說史』(성문각, 1982), 이병기·백철의 『國文學全史』(신구문화사, 1983), 조동일의 『한국문학통사』(지식산업사, 1982~1989), 김윤식·정호웅의 『韓國小說史』(예하, 1993) 등을 통해 개화기에서 해방에 이르는 근대소설의 형성 및 발전 과정 전모가 풍성하게 밝혀져 왔다. 냉전에 따른 분단체제에 의해 한동안 연구 대상의 전모가 가려진 경우도 있지만 1980년대 후반 이래로 그러한 문제가 해소되어, 현재는 연구 대상의 선정에 있어서 균형 잡힌 체재를 구

　　　　　　　　　　　　　　　　　　　　　제1부 서론

축한 모습을 보인다.

이들 연구에 의해 한국 근대소설의 전모가 통시적·공시적으로 일정한 양상을 갖춘 것으로 구명된 것이 연구사 맥락에서의 가장 중요한 성과라고 할 수 있다. 이에 더하여, 리얼리즘소설의 형성·발전·쇠퇴 과정의 정식화와 모더니즘소설의 위상 설정에 있어 학계의 동의를 구축해 낸 것, 세계관이나 인물형, 기법 등을 핵으로 하여 한국 리얼리즘·모더니즘의 소설 미학을 구축한 것, 사회와 맞서는 근대소설의 정신사적 위상을 명확히 한 것 등이 의미 있는 성과에 해당된다.

물론 새로운 연구에 따른 재구성이 필요 없을 만큼 한국 근대소설의 실상이 완미하게 파악된 것이라고 할 수는 없다. 무릇 모든 역사서술이 끊임없이 새로 시도되는 것과 마찬가지로 문학사 또한 부단히 갱신되는 현재의 요구에 맞추어 새로 쓰일 수밖에 없다는 점을 일반론 차원에서 거론하지 않더라도, 현재 소설사의 구도에는 발전적 재구성을 요하는 지점이 적지 않다.

연구 지형의 변화와 발전을 요하는 주요한 지점으로 1900년대 문학과 프로문학, 대중문학 등을 꼽을 수 있다. 신소설 중심의 애국계몽기 문학 논의의 구도를 바꾸어야 한다는 설득력 있는 문제제기가 주어져 있으며,[3] 프로문학 연구에 대한 반성과 새로운 모색 또한 이루어지고 있고,[4] 한국 모더니즘문학의 정체성에 대한 새로운 논의의 필요성이 제기되고 있으며,[5] 최근 들어 멜로드라마적인 접근 등이 이루어지고

---

3 김영민, 「근대계몽기 문학 연구의 성과와 과제」, 영남대인문과학연구소, 『인문연구』 50, 2006.
4 졸고, 「프로문학 연구의 새로운 방향과 의의」, 한국어문학회, 『어문학』 102, 2008.
5 권은, 「경성 모더니즘 소설 연구―박태원 소설을 중심으로」, 서강대 박사논문, 2012.

있지만 대중문학에 대한 온당한 연구는 사실상 여전히 미개척 분야라고 할 수 있다. 이 외에도, 김유정이나 이효석, 계용묵 등, 1990년대 이래 좌파문학에 대한 연구가 활성화되면서 상대적으로 소홀히 되거나 문학사의 구도에서 사라진 작가들에 대한 재접근 또한 요청된다. 문화론적 연구, 제도론적 연구의 활성화 속에서 최근에 집중적으로 조명되고 있는 검열 문제에 대한 연구 성과들이 문학사·소설사의 구도 설정에 생산적으로 접목되는 일 또한 향후 연구의 발전에 있어서 중요하다.

이러한 세부적인 문제 외에도 한국 근대 소설사를 (재)구성하는 데 있어서의 본질적인 문제가 있다.

현재 우리가 접하는 소설사적 성과들의 경우, 1900년대에서 1930년대에 이르는 한국 근대소설 형성기를 일정한 발전적 전개 과정으로 파악하는 구도를 암암리에 공유하고 있다. 그 구도는 다음과 같다. 신소설이라는 과도기적 형태를 거쳐, 1920년대 초의 동인지문학에 이르러 근대소설적 면모가 갖춰지고, 1920년대 중기의 자연주의적 경향 속에서 현실을 형상화하기 시작하여, 1930년 전후로 리얼리즘소설의 성과가 이어지고, 1930년대 중반에 이르면 새롭게 등장한 모더니즘소설과 다소 위축된 리얼리즘소설, 그리고 후자의 연장으로서 혹은 양자의 중간으로서 세태소설·내성소설이 수립되어 정립상을 보이는 한편 (시대적 의미를 갖지 못하는) 통속적인 소설들이 한자리를 차지하며, 1940년대에 들어서서는 친일적인 작품이 전면화된다는 것이다. 이러한 상식화된 구도는 근대 소설사의 전개가 점진적으로 발전되는 통시적 연쇄 곧 발전적 계열체를 이루고 있다는 이미지를 준다.

역사 기술은 물론이요 심지어는 자연과학사의 서술 또한 현재의 정상과학(normal science)이 자신을 정점으로 하는 일관된 발전 양상을 보인다는 식으로 자연과학의 역사를 설명하는 과학사를 새로 쓰듯이,[6] 이와 같은 발전적 계열체의 구성은 모든 역사 기술의 이상인지도 모른다. 그러나 이미 한 세대 전에 현대의 반성적인 역사학이 역사 서술의 구성적 성격을 천명한 것도 엄연한 사실이다. 역사가가 대상으로 하는 과거가 '아직도 현재 속에 살아 있는 과거'여서 역사란 "역사가와 사실 사이의 상호작용의 부단한 과정이며, 현재와 과거와의 사이의 끊임없는 대화"라는 점은 이제 상식이 되었고,[7] 역사학의 토대가 '사료연관적 개념들'에 한정되지 않고 개념사를 구축케 해 주는 '학문적 인식범주'로 확장되어 있으며,[8] 범칭 역사주의로 지칭되는 19세기의 역사적 상상력이 인식론적이라기보다는 심미적 · 도덕적인 근거 위에서 다양한 해석전략들 중 하나를 선택하여 그것이 제공해 주는 설명의 형식에 따라 역사를 서술하는 방식으로 구현되어 왔음 또한 잘 알려져 있다.[9]

역사 서술이 갖는 이러한 구성적 성격을 고려하면 현재의 소설사들이 보이는 완미한 통시적 연쇄 양상을 띠는 발전적 계열체의 구성을 그 자체로 문제시할 이유는 없다. 이들 소설사들이 자기 이전의 성과들을 대타적으로 의식하며 소설사를 재구성해 왔다는 점 즉 자신의 작업에 대해 맹목적이지는 않아 왔다는 점 또한 분명하기에 더욱 그러하다.

그러나, 그럼에도 불구하고, 발전적 계열체에의 욕망이 갖는 구성적

---

6   토마스 S. 쿤, 조형 역, 『과학혁명의 구조』, 이화여대 출판부, 1980, 11장 참조.
7   E. H. 카, 길현모 역, 『歷史란 무엇인가』(1961), 탐구당, 1983, 1장 참조.
8   라인하르트 코젤렉, 한철 역, 『지나간 미래』(1979), 문학동네, 1998, 388~415면 참조. 여기서 코젤렉이 시도하고 있는 인식범주는 '경험공간'과 '기대지평'이다.
9   헤이든 화이트, 천형균 역, 『19세기 유럽의 역사적 상상력―메타 역사』(1979), 문학과지성사, 1991, 머리말 참조.

성격에 대한 반성적 자의식이 소설사의 실제 기술에 구현될 만큼 실질적으로 의식되었다고 하기는 어려워 보인다. 대부분의 소설사가 적어도 다음과 같은 두 가지 맹점으로부터 자유롭지 못한 까닭이다.

첫째는, 근대소설사를 발전적 계열체로 구성할 때 그러한 발전의 출발지와 종착지로서 '근대소설이라는 기본형과 완성형'이 암묵적이지만 확실하게 전제된다는 점이다. 달리 말하자면 '근대소설'의 원형이 있는 양 특정한 형식적 상태를 근대소설 성취의 기준으로 삼는 방식 혹은 특정 모델을 근대소설의 전형인 양 상정하는 방식이, 현재의 소설사들이 보이는 공통된 맹점이라 할 수 있다. 서구의 근대소설을 근대소설의 원형이라도 되는 것처럼 모델로 설정하고 그에 비추어 우리의 형성기 근대소설사가 언제 그러한 모델을 성취했는지를 따지는 것이다. 요컨대 서구 소설론, 장르론을 끌어온 뒤 그에 준하여 논의를 구사하는 것인데, 이렇게 서구 장르론을 완성형인 양 끌어와 준거로 삼는 까닭에, 한국 근대소설사의 전개 양상이 그대로 한국 근대소설 장르의 형성 및 분화 과정이기도 하다는 통시적 역동성에 대한 주의가 부족해지는 문제를 낳는다.

둘째는, '근대소설'적 성취를 가늠하는 데 있어서 지나치게 의미의 차원에 주목하는 경향을 들 수 있다. 근대성의 성취라는 명목하에 (이 또한 서구적인 맥락에서 형성된 것이 분명한데) 개인 주체나, 자유주의 이념의 항목들 혹은 근대 자본주의 사회의 문제에 대한 포착 등을 근대성의 키워드로 하여, 그러한 의미소들이 구현되는 시점을 근대소설의 완성인 양 간주하는 것이다. 서구적 근대화가 전 지구 차원으로 확장되어 그 자체로 보편성을 띠게까지 된 점을 고려하면 이러한 시도가 일정 한도 내에서는 의미를 갖는 것도 사실이지만, 특히 근대소설 형성기를 대상으로 한 실제 소설사의 구성방식을 살펴보면 이러한 방식의 문제가 뚜렷이 확인된다. 작품의 실제 양상을 실증적으로 분석하여 그러한 해석 체계를 구축하기보다는 작가들의 의식을 검토하는 방식으로 근대소설의 형성사를 구성하는 경향이 강하기 때문이다. 그 결과로 작가들의 의식과 작품의 실제 사이에서 확인되는 낙차를 간과함으로써[10] 소설사의 실제에 부응하는 데 있어 취약한 문제를 낳았다.

이상 두 가지 맹점을 타파하기 위해서는 특정한 소설 양태를 도달해야 할 이상형인 양 설정하는 목적론적인 구도를 폐기해야 한다. 좀 더 나아가서는 '근대소설'이라는 것이 특정한 양상을 띠게 마련이리라는 관습적인 기대 자체를 반성적으로 보류해 두어야 한다. 그 대신에, '근대소설'이 아니라 '근대소설들'이 있으며 리얼리즘소설이나 모더니즘 소설 등의 하위 갈래의 발생과 이들 상호간의 갈등 및 교차 양상이 근대소설들의 형성 및 '분화로서의 발전'의 양상이라는 판단을 세워 둘 필요가 있다. 소설이라는 것이 그 형식이나 양태에 있어서 매우 자유롭다는 점을 새삼 의식하면서[11] 보다 경험적으로 그 실제를 파악하는

---

10 한국 근대소설의 장르 형성과정에 대한 기존 논의들이 보이는 이러한 문제점에 대한 지적으로 졸고, 「한국 근대소설 장르 형성과정 논의의 제 문제」(한국현대소설학회, 『현대소설 연구』42, 2009) 참조. 소설유형론을 다루는 자리에서지만 조남현의 경우도, 비평사에서 확인되는 소설유형론과 소설사에서 간취되는 소설유형론 사이의 거리를 지적한 바 있다(『한국현대소설유형론 연구』, 집문당, 1999, 24면). 소설사라는 대상과 그에 대한 메타적 인식 사이의 차이라는 점에서 동일한 사정을 문제시한 것이다.
11 소설을 근대의 대표적인 서사문학으로 보는 헤겔-루카치 전통의 소설관을 한편으로 받아들이되, 소설의 보편성을 강조한 바흐찐의 논의(전승희 · 서경희 · 박유미 역, 『장편소설과 민중언어』, 창작과비평사, 1988)나 소설과 로망스의 경계를 약화시키는 데 기여한 프랑코 모레티의 논의(조형준 역, 『근대의 서사시』, 새물결, 2001) 등을 더불어 참조하는 것이 이러한 사고의 유연성을 확보하는 데 도움이 된다.

데 집중해 보는 것이, 적어도 현 시점에서는 그리고 형성기 근대소설 사를 대상으로 하는 데 있어서는 의미 있는 작업이라 판단된다. 더불어서 '근대소설'이라는 이상형의 내포를 이루는 목적인을 구성하는 데 있어서 의미 중심적인 경향을 경계해야 한다. 근대성이나 미적 근대성의 내포로 간주되는 제반 특성들 예컨대 '개인 주체'나 '사욕', '미적 자율성' 등을 형성기 한국 근대소설들을 실사하면서 '검출해 내야 할' 항목으로 설정하는 방식을 적어도 잠정적으로 폐기해 볼 필요가 있다는 것이다. 이는 '근대소설'을 고정시키는 관습적인 경향을 해체하는 주요한 방법이기도 하다.

요컨대, 사실상 서구의 특정 근대소설에 불과한 것을 근대소설 일반형 혹은 이상형으로 상정하거나 소설이 보이는 혹은 소설과 관련해서 확인되는 근대성에 대한 인식의 측면을 과장해서는 안 된다. 이를 위해서는, 궁극적으로, 소설사의 구성에 있어서 발전적인 계열체를 확립하겠다는 연구자의 무의식을 명확히 자각하고 그와 거리를 둘 필요가 있다.

근대소설 그리고 근대성 범주를 암묵적으로나마 전제하지 않은 상태에서 가능한 소설 연구 및 소설사 구성을 위해 이 책이 기획하는 것은 연구 대상인 작품의 실제로 돌아가는 것이다. 형성기 한국 근대소설들의 실제를 객관적으로 분석함으로써 그러한 분석 결과가 통시적·공시적인 차원에서 스스로 의미를 구현하게 하는 것, 요컨대 작품들의 실제가 말하는 바의 기술로서 특정 국면의 소설들의 양태를 해명하고 그것들의 관련 양상을 읽는 방식으로 전체 소설사의 전개 양상을 구성하는 것이 이 책의 목표이다.[12] 작품들의 실제에 대한 기술은 소설 텍스트에 대한 실증적 분석에 기초하며, 소설 군들의 관련 양상의 해명에 있어서는 제약 조건으로서의 현실을 고려한다. '소설 텍스트에 대한 실증적 분석에 기초하는 현실 규정적인 사적 재구성 방법'을 시도해 보려는 것이다. 보다 구체적으로 밝히자면, 소설 텍스트의 실증적 분석은, 우연에 주목하여 스토리-선들의 양태를 분석하는 방식으로 서사 구성 및 서사전략상의 특징을 규명하는 것을 핵심으로 한다. 이러한 분석 결과들에서 보이는 소설 작품 군들 각각의 특성과 상호간의 차이를 해석하고 그러한 차이를 보이는 군들의 관계를 역사적으로 구성할 것이다. 이를 위해서는, 차이의 통시적 (발생 및) 변화 양상 자체를 정리하는 위에, 전체 소설계 속에서 각 군들이 차지하는 위상의 변화, 소설계의 지형 변화를 낳는 군들 상호간의 관계 변화의 양상, 작품들이 구성요소로서 만들어내는 전체 소설계의 양상과 그러한 소설계의 지형 변화에 근본적인 한 가지 요인으로 작용하는 당대 현실의 특성에 주목할 것이다.

다음 절들에서 상론하게 될 이러한 방법론을 통해서, 한국 근대소설의 형성 과정, 장르의 분화와 안정화 양상을 텍스트 차원에서 재구성함으로써 한국 근대소설 형성사를 보다 객관적으로 (재)구성하는 데 일조하는 것이 본 연구의 궁극적인 목적이다.

---

12 따라서 이 책의 방법론은 일체의 선험적·연역적 문학론과 거리를 띄우는 만큼 구성주의와도 아무런 관련을 갖지 않는다. 작품의 실제로 돌아가서 소설 텍스트에 대한 실증적 분석을 수행하고 모든 논의를 그 위에 정초하려는 실증적이고 기술적(記述的)인 특징을 띠는 이 책의 태도는 애초에 특정한 방법론을 선행시키지 않는 것이다.

2. 서사 구성 분석의 필요성과 의의

이 책이 구사하고자 하는 '소설 텍스트에 대한 실증적 분석'이란 작품 스스로가 의미를 구성하는 방식을 해명하는 기술적(記述的)이고 객관적인 독법을 의미한다. 여기서의 핵심은, 특정한 소설론을 전제하여 그에 따라 작품을 분석·독해하는 것이 아니라 작품 자체로부터 의미 및 주제효과를 읽어내고자 하는 데 있다.

이러한 문제의식이 배제하고자 하는 잘못된 연구 사례들을 먼저 검토해 본다. 이 중에서도 극단적으로 문제적인 방식은 리얼리즘소설론이라든가 모더니즘소설론 등 특정 소설론 그 중에서도 어떠한 개별 이론가의 소론을 받아들인 뒤 그러한 이론이 모든 소설 작품에 적용될 수 있다는 듯이 그것을 기준으로 하여 맹목적으로 작품 분석을 시도하는 경우이다. 달리 말하자면 소설 작품이 자신이 해명되는 데 있어 필요한 것으로 요청하는 것이 아님에도 불구하고, 특정 이론을 끌어들여 프로크루스테스의 침대인 양 전제로 삼고, 그에 맞추어 재단적·외삽적으로 소설 작품을 검토하는 방식이다. 이러한 방식이 보잘것없는 석사논문에서나 시도될 법한 것이라고 볼 수 없다는 데 문제의 심각성이 있다. 국문학 연구사의 전개에서 확인되는바, 신비평이나 형식주의, 헤겔이나 루카치의 미학 및 소설론, 마르크스-레닌주의적 반영 이론, 바흐찐의 대화이론, 프로이트나 라캉의 정신분석학, 몇몇 주요 사상가들의 근대성 담론 등의 계기적인 수용 열풍이 한국 소설의 연구 동향에 막강한 영향력을 행사했다는 사실에 비추어보면, 재단적·외삽적

이론 중심주의의 폐해는 학계 전반에 두루 퍼진 병폐라고 하지 않을 수 없다. 이러한 사정을 염두에 두고서 일찍이 김현이 방법의 정신을 차용하는 것과 방법의 결과를 원용하는 것의 차이를 지적하며 후자는 모방을 낳을 뿐이라고 비판한 바 있지만,[13] 앞서 예거한 다양한 이론들을 받아들여 온 연구자들의 자세가 '정신의 차용'이 아니라 '결과의 원용'에 급급했음은 부정할 수 없는 사실이다.

재단적·외삽적 이론 중심주의는 부정적인 의미에서의 '방법론주의'로 심화(?)된다. 특정 이론을 수입해 온 것은 아니거나 개별 이론을 전가의 보도처럼 휘두르는 것은 아니라 해도, 어쨌든 이론을 앞세워 그에 따라 특정 소설 유형의 본질을 규정하고 그것을 기준으로 연구 대상이 되는 작품의 특성을 파악(?)하는 방식이 방법론주의의 실상이다. 예를 들어 리얼리즘소설론의 핵심으로 전형성이나 전망, 반영, 문제적 개인 등의 범주를 설정한 뒤 이들 모두 혹은 이들 중 몇몇을 분석의 틀로 삼아 작품을 검토하는 경우를 생각해 볼 수 있다. 소설 작품의 분석이 이런 식으로 진행될 때, 그 결과는 항상 방법론에 맞추어 작품의 질을 평가하면서 작품으로부터 결여나 과잉을 읽어내는 것일 수밖에 없다. 자신의 리얼리즘관에 사로잡힌 루카치를 두고 브레히트가 비판적으로 부여했던 형식주의적인 오류가 불가피해지는 것이다.[14] 리얼리즘소설론의 자리에 모더니즘소설 미학이나 근대성론을 두고 그 각각에 또 세부적인 특징들을 챙겨 넣으면, 동일한 방법론주의의 오류

---

13 김현, 「성찰과 반성」, 『행복한 책읽기 / 문학 단평 모음』, 김현문학전집 15, 문학과지성사, 1993, 491~492면.
14 브레히트, 서경하 역, 『브레히트의 리얼리즘론』, 남녘, 1989 중 「리얼리즘 이론의 형식주의적 성격」이나 「형식주의에 대한 단평」 등 참조.

가 모더니즘소설 연구 영역에서도 생겨나게 된다. 소설 갈래를 가리지 않고 이러한 오류가 끊이지 않는다는 데 문제의 심각성이 있다.

물론 국문학 연구 성과를 전체적으로 보아 이러한 검토들이 기여할 수 있는 부분을 인정할 수도 있겠지만 사정이 그리 여유로운 것은 아니다. 대국적인 견지에서 본다 하더라도 이러한 경향의 문제점 자체가 희석되는 것은 아닌데다가, 더 중요하게는, 사실 이러한 경향이 너무 광범위하게 퍼져 있고 무반성적으로 되풀이되고 있어서 그 문제를 희석시켜 줄 방식의 존재 자체가 위태로운 지경에 이르게 되었기 때문이다. 이렇게 정통적인 작품론의 입지가 매우 약화된 것이 유감스럽게도 오늘의 현실이며, 작품 자체로부터 그 의미 및 주제효과를 읽어내는 미시적이고도 객관적인 분석 방식은 형식주의적 혹은 실증주의적 한계에 머무는 것이라는 의구심 때문에 드러내놓고 수행하기 곤란한 것이 된 지 오래다. 사실 엄밀하게 말하자면 학으로서의 문학작품 연구가 실증과 무관한 것일 수 없으며, 형식주의적인 분석 방법 또한 그 자체로 전체 연구를 갈음하는 것이 아니라면 기피될 것이 아님은 물론이요 연구의 한 단계로서 반드시 거쳐야 할 것이라고 할 수 있지만, 국문학 연구계의 현실은 그렇지 않다. 최근 한 세대에 걸쳐서 국문학 연구의 평론화 및 정론화 경향이 한층 강화된 것이 사정을 더욱 악화시켜 왔다.

문학작품에 대한 논리적인 검토는 크게 두 가지로 나뉠 수 있다. 하나는 엄밀한 의미에서의 이론적인 검토로 학적 연구가 이에 해당된다. 다른 하나는 사실상 이론이라기보다는 이데올로기에 해당하는 것인데,[15] 이는 다시 실제 양상에 있어서 둘로 나뉜다. 그 하나가 바로 평론화 경향이며 정론화 경향이 다른 하나다.

주지하는 대로 평론이란 그 자체로 문학예술의 한 분야이기도 해서 그것이 다루는 문학작품의 경계 안에 갇히지 않는다. 심한 경우에는 검토 대상 작품을 '계기로 하여' 평론가 개인의 문학관을 표현하는 양상을 띠기도 하며, 대부분의 경우는 문학 외적 요인에 의해 작품의 장점을 부각시키는 데 치중하고 만다.[16] 이런 까닭에 국문학 연구의 평론화 경향이란 학적 성격을 약화시키는 대단히 위험한 문제라 할 수 있다. 국문학 연구가 빠져들기 쉬운 또 하나의 편향인 정론화 경향 또한 그에 못지않게 문제적이다. 이는 널리 보아서는 1960년대의 참여문학론과 1970년대의 리얼리즘문학론에서 연원한 민족문학론이나 문학운동론의 연장이기도 하고 그 영향하에서 지속된 것으로서, 정치역사적인 문제의식과 실천적인 의지가 학적 연구에까지 스며든 경우라 할 수 있다. 국문학 연구의 정론화 경향은 좌파문학 연구의 정치적 허용에 따른 고양된 연구 열기 속에서 학계 전반에 널리 퍼졌고, 동구 사회주의의 몰락 이후에는 현대사회를 비판적으로 새롭게 조명해 줄 이론들의 계보를 따라 그 깊이를 더해 왔다. 민족문학 운동이나 포스트콜로니얼리즘(post-colonialism)적인 현실 인식, 페미니즘적인 시각 등이 대표적인데, 이들이 현재 우리 사회에서 갖는 긍정적인 가치와 의미를 십분 인정한다 해도, 그 연장선상에서, 그러한 문제의식이 작품 연구를 장악하여 작품의 실상이나 문학사의 실제적인 전개과정을 객관적으로 동의하기 곤란할 정도로 변형·왜곡하는 경우까지 용인할 수 있

---

15   이론과 이데올로기의 차이에 대해서는 알튀세르의 정의를 참조할 수 있다(Louis Althusser, trans. by Ben Brewster, *For Marx*, NLB, 1977, p.249, 252, 256).

16   이러한 맥락의 한 가지 양상에 대한 비판적 문제제기로 '주례사 비평' 논쟁을 이해할 수 있다. 김명인 외, 『주례사 비평을 넘어서』, 한국출판마케팅연구소, 2002 참조.

는 것은 아니다. 사실 정론화 경향이란 사회 · 정치적 상황이나 연구자 사회의 동향에 의해 그 향방이 결정되는 것이어서 앞서 지적한바 나쁜 의미의 방법론주의와의 경계 또한 불명확한 것이라 할 수 있다.[17]

이 책이 취하고 있는 '소설 텍스트에 대한 실증적 분석' 방식은 지금까지 살펴본 제반 오류와 편향을 피하고자 추구된 것이다.[18] 오류와 편향을 예방하고 '작품 자체로부터' 의미 및 주제효과를 읽어내기 위해 텍스트로서의 작품 자체에 일차적으로 초점을 맞추고자 한다. 여기서 소설 작품을 텍스트로 본다 함은 하나의 소설을 대하는 이 책의 기대지평이 특정한 소설 유형 혹은 소설 사조에 휘둘리지 않게 하기 위함이다. 작품을 읽고 분석하기 전은 물론이요 그 중간 과정에서도 작품의 독해를 일정한 방식으로 한정짓는 일을 예방하는 방법은, 소설문학의 제반 하위 갈래나 소설사가 보여 온 여러 사조들, 또는 소설문학에 대한 여러 이론들의 차이가 의미를 가질 수 없는 독해 방식을 취해야 한다. 이를 위해서는 이론의 특정성에 갇히지 않으려는 연구자의 의지가 중요하고 이것이 실질적으로 관철될 수 있어야 하는데, 이를 가능케 하는 유일한 방법은 사실 검토 대상이 되는 소설 작품을 소설 작품으로 간주하지 않는 것밖에는 없다. 이렇게 의미의 독해 · 구현이 요청

---

17 이 책과 유사한 문제의식을 가진 경우로, 서사론적 탐구의 필요성을 제기하면서 지금까지의 소설 연구가 기법 측면을 소홀히 한 채 의식 중심으로 이루어져 왔음을 비판적으로 지적하는 김용재를 들 수 있다(『한국 소설의 서사론적 탐구』, 평민사, 1993, 1부 1장).

18 물론 이렇다고 해서 본 연구가 소설 작품들의 이데올로기적 주제효과를 논외로 하는 것은 아니다. 뒤에 말하겠지만 실증적인 텍스트 분석이 작품의 주제효과를 검토할 수 없게 하는 것은 아니다. 오히려 이는 이데올로기적인 주제효과에 대한 객관적인 논의를 가능케 해 주는 바탕이 된다. 사실 문학의 교술적, 선동적, 교화적 기능 자체가 수사적인 것이어서, 문학 연구는 그 원리상 수사적 양식 면까지 포괄하지 않으면 불충분한 것이라 할 수 있다(Donald C. Bryant, "Literature and Politics", edit. by M. Burks, *Rhetoric, Philosophy, and Literature : An Exploration*, Purdue Univ. Press, 1978, p.104).

                                                                                        제1부 서론

되고 또 가능한 대상이되 특정한 의미 구현체로 규정되지 않는 대상이 바로 텍스트이다. 이 책에서 사용하는 '텍스트'의 의미는 바로 이렇게 규정된다.

본 연구의 분석 대상은 바로 이러한 의미에서의 소설 텍스트이다. 물론 텍스트로서의 작품들을 대하되 다른 무엇이 아니라 바로 소설 작품을 대한다는 점만큼은 분명하다. 따라서 각각의 소설들을 분석할 때 하위 갈래나 문예사조 차원에서 그것이 어떠한 범주에 귀속되든지 간에 공통적으로 갖고 있는 요소로서 서사(narrative)를 주요 분석 대상으로 삼고자 한다. 서사 혹은 좁혀서 서사문학이라 해도 소설 실질적으로는 근대소설보다는 외연이 큰 까닭에, 서사에 주목하는 이 책의 방식이 소설을 검토하는 데 있어서 특정 소설관에 얽매이는 일은 없게 된다. 이렇게 서사 분석의 방식을 취할 때, 형성기 한국 근대소설사를 수놓은 다양한 갈래의 소설들을 일관되게 분석하는 것이 가능해진다.

여기서의 관건은 분석의 일관성이다. 소설의 서사를 주요 분석 대상으로 삼는 방법은 대상 작품이 신소설이든 리얼리즘소설 혹은 모더니즘소설이나 대중소설이든 그러한 귀속 범주에 구애받지 않고 어떤 갈래의 작품이든 동일한 방법으로 분석할 수 있게 해 준다. 물론 분석의 초점이 (만약 그런 것이 있다면) 리얼리즘소설이나 모더니즘소설에 고유한 서사적 특성이 아니라 제반 갈래의 소설 모두에 적용될 수 있는 기본적인 특성에 맞춰져야 함은 물론이다.

이러한 맥락에서 이 책에서는 스토리-선의 양태를 중심으로 서사 구성 및 서사전략을 분석하는 방식을 취하고자 한다. 작품 내 세계에서 벌어지는 사건의 총체 곧 소설 작품에서 이야기된 것으로서 시간에 따라 배열된 사건의 연쇄인 스토리[19]는 하나의 문학작품이 소설인 이상 없을 수 없는 것이다. 리몬-케넌에 따를 때, 이러한 소설의 스토리는 하위 구조 혹은 하위 요소들로 구성된다. 가장 미시적인 기본단위는 '사건'이다. 사건들이 결합하여 '소연속(micro-sequence)'이 되고 그것들이 모여 '대연속(macro-sequence)'이 되며 이들이 모여 '스토리'를 이룬다는 것이다. 이에 더하여 그는, '대연속'과 '스토리' 사이에 '스토리-선(story-line)'이 있는 경우를 지적한다. 스토리-선이란 '일정한 개인들의 집합에만 한정되어 있는 일련의 사건'으로서 작품 내의 우위성에 따라 '주 스토리-선(main story-line)'과 '부 스토리-선(subsidiary story-line)'으로 구별된다.[20]

리몬-케넌의 경우 스토리-선이 있고 없는 경우를 구분하고 있지만, 어떤 경우에든 스토리-선 개념을 구사해도 문제는 없다고 판단된다. 스토리-선이 없는 경우란 사실상 하나의 대연속이 곧 스토리인 서사를 의미하므로 대연속과 스토리의 중간항인 스토리-선 또한 이렇게 외연이 겹쳐지는 양자와 같은 것으로 간주하면 되는 까닭이다. 요컨대 스토리-선은 모든 서사에서 존재하는데 그 양상은 두 가지로서, 하나는 그 자체가 스토리인 경우이고, 다른 하나는 스토리의 하위 단위가 되는 경우라 하겠다. 이는 동시에 스토리의 두 가지 경우를 의미하기도 한다. 즉 소설의 스토리란 '대연속 = 스토리-선 = 스토리'인 경우와 '대연속들 = 스토리-선들 = 스토리'인 경우로 크게 나누어 볼 수 있는 것이다. 여기서 전자가 '인생의 한 단면'에 주목한다는 일반적인 단편

---

19 E. M. 포스터, 이성호 역, 『小說의 理解』, 문예출판사, 1975, 32~38면 참조.
20 리몬-케넌, 최상규 역, 『小說의 詩學』, 문학과지성사, 1985, 32~33면 참조.

                                                        제1부 서론

소설을 가리키고 후자는 장편소설 등 대부분의 서사물을 가리킨다는 점은 따로 설명이 필요 없을 만큼 명확하다.

스토리-선의 양태에 대한 분석의 효과는 크게 네 가지로 말해볼 수 있다. 이러한 분석은, 스토리-선이 스토리를 이루는 요소라는 점에서, 그 자체로 전체 스토리의 특성을 그 하위 요소들의 구성 양상을 통해 직접적으로 밝히는 방법이 된다. 소설 작품이 갖는 서사 구성상의 특성을 규명하는 데 있어 스토리-선의 분석이 갖는 일차적인 효과가 여기에 있다.

이와 더불어, 보다 더 중요한 점은, 스토리-선의 정의에서 확인되듯 스토리-선이 인물들과 사건의 결합체라는 사실에서 찾아진다. 스토리-선의 양태 분석은 대연속이나 스토리 등 사건의 연쇄체의 특성만을 알려주는 것이 아니다. 스토리-선의 개념 즉 주요 인물들 사이에서 마련되는 특정 개인들의 조합의 단위라는 정의에서 이미 짐작 가능하듯이, 스토리-선의 양태 분석은 그 자체로 인물 구성상의 특징에 대한 검토를 포함하게 된다. 스토리-선들의 설정 방식 및 상호관계, 전체적인 구성 양상을 통해서 주요 인물과 부차적 인물, 인물들 상호간의 주동-반동 관계 등이 확인되며, 이는 다시, 이들 인물의 지향이 만들어내는 작품의 주제효과들의 비중이나 상호관계 등을 판단하는 주요 근거로 작용하게 된다. 요컨대 스토리-선의 양태에 대한 분석은, 소설의 서사나 스토리에 대한 형식주의적인 분석에 그치지 않고 작품의 주제효과에까지 해석력을 갖는다. 이러한 사실은, 스토리-선이야말로 소설 연구에 있어서 내용-형식 혹은 심층 구조를 분석할 최적의 지점임을 알려 준다.

스토리-선의 양태에 대한 분석의 효과는 이상 두 가지에 한정되지 않는다. 이 분석을 통해 스토리-선들의 교차관계에서 '주로 발생하는' 우연이 확인되면서, 서사문학에서 우연이 갖는 여러 문제들 또한 자연스럽게 해석의 대상이 된다. 우연 구사에 따른 의미 효과나 우연의 구사 방식, 우연에 대한 서술자-작가의 태도 및 그에 따라 조명될 미학적·세계관적 차원의 작가 의식 등이 해석될 단초 내지 토대로 스토리-선의 분석이 기능하는 것이다.[21]

마지막으로 본 연구의 입장에서 가장 중요한 넷째 효과는, 스토리-선의 분석이야말로 분석의 일관성을 가능케 하는 보편적이고 객관적인 연구 방법이라는 사실이다. 기존의 소설 연구가 보인 중요한 문제들로 재단적·외삽적인 이론 중심주의나 방법론주의, 그리고 연구의 평론화 및 정론화 경향을 언급했는데, 이러한 문제적인 경우들은 모두 특정 대상에서만 유효성을 발휘하는 분석틀을 구사한다는 한계를 공통적으로 보이고 있다. 곧 모더니즘소설론이 리얼리즘소설이나 신소설 등을 마주해서는 온당한 설명력을 갖지 못하는 것처럼, 리얼리즘소설론은 모더니즘소설이나 대중소설에 대해서, 역사소설론은 또 일반적인 소설들에 대해서 마찬가지인 식이다. 평론화 경향이 연구자의 구미에 맞는 작품들만 대상으로 취하게 되는 것이나 정론화 경향이 자신이 의미를 부여하기 어려운 많은 작품들을 일의적으로 폄하하기 십상인 것 또한 동일한 한계에 해당된다. 이러한 사정을 염두에 둘 때, 스토리-선의 분석 방법이 갖는 생산성이 자명해진다. 극단적인 형식 실험

---

21 소설 연구에서 우연(성)의 분석·해석이 갖는 의미와 의의, 우연 분석의 필요성 등에 대해서는 다음 절에서 상론한다.

의 결과로 사건이라 할 것을 없애거나 인물을 소거시킨 경우가 아니라
면, 스토리-선의 분석은 대상을 가리지 않는다. 리얼리즘 / 모더니즘
의 이분법에 구애받지 않는 것은 물론이요, 문예사조 차원에서 특정
갈래의 내적 기준에 의해 다른 갈래의 작품을 재단하는 오류로부터도
자유롭다. 기본적으로, 특정 소설관에 한정되지 않는 까닭에 분석의
일관성을 갖고 이들 상이한 갈래들의 소설 작품을 동일한 방식으로 검
토하여 각각의 특징과 상호간의 차이를 객관적으로 규명하는 것이 가
능해지게 되는 것이다.

이렇게 스토리-선의 양태에 대한 분석은 다양한 이점을 갖는 보편
적이고 객관적인 소설 분석 방법이라 할 수 있다. 소설 작품의 스토리
를 형식적으로 분석하는 데 더하여 인물 구성까지 고찰하게 됨으로써
주제효과의 해석에로 나아갈 수 있게 하고, 우연의 문제에 주목하게
하여 작가나 작품의 미학적·세계관적 의식을 추론하는 것을 가능케
한다. 이상을 통해서 소설 작품의 서사 구성 및 인물 구성의 특징은 물
론이요 그러한 구성 양상과 주제효과의 비교를 통해서 서사전략을 추
론하는 장이 열리게 된다. 무엇보다도 문예사조나 문학 그룹의 지향에
구애받지 않고 모든 소설 작품에 일관되게 적용됨으로써, 한국 근대소
설의 형성 과정에서 등장한 각 소설 갈래의 차이를 동일한 기준에서
분석하고 그 효과를 균형 있게 평가할 수 있게 한다.

이러한 방식이, 가치 평가의 무차별성을 특징으로 하는 부정적인 의
미의 다원주의나 의미부여 자체가 불가능한 맹목적 형식주의에 빠지
는 것은 아니라는 점을 부연해 둔다. 두 가지 근거를 들 수 있다. 하나
는 앞서의 정리에서 확인되듯이 스토리-선의 분석이 스토리-선에 대

한 분석에 그치지 않고 주제효과의 해석과 작가 의식의 추론에로 열려 있다는 사실이다. 다른 하나는 본 연구의 궁극 목적이 한국 근대소설사의 재구성에 기여하는 것이어서, 스토리-선의 분석은 여러 소설 갈래의 대표작들을 분석하는 데 근간이 되는 방법이지 이 책의 연구방법의 전부는 아니라는 점이다. 이 연구가 자체로 소설사를 지향하는 것은 아니지만 발전적 계열체를 꾸리려는 열망으로부터 자유로운 새로운 소설사적 구도를 염두에 두고 있는 것은 사실이다. 이를 수행할 핵심적인 방법은 스토리-선의 분석보다는 우연의 문제와 현실 규정적인 사적 재구성 방법에 놓여 있다. 요컨대 스토리-선의 양태에 대한 분석은 본 연구가 구사하는 방법들 중의 기초에 해당할 뿐이어서, 그 자체가 전면화될 때의 위험을 여기서 염려할 필요는 없는 것이다.

3. 우연 관련 논의의 동향과 본 연구의 초점

우연은 소설 연구를 풍요롭게 해 줄 수 있는 주요 범주 중 하나로서, 이 책의 기본 체재는 바로 이 우연의 문제를 핵으로 하여 정해졌다. 그렇다고 해서 본 연구가 우연 및 우연성에 대해 어떤 고정된 이론을 전제하고 출발하는 것은 아니다. 사정은 오히려 정반대이다. 앞에서 강조했듯이 형성기 한국 근대소설의 분화·발전 양상의 사후적, 기술적 검토를 목적으로 하면서 연구를 진행해 오다 주목된 것이 우연의 문제이다. 스토리-선의 양태에 대한 분석을 토대로 서사 구성상의 특징을 규명하다 보면, 한편으로는 소설사의 변천에 따라서 다른 한편으로는 다양한 근대소설의 갈래에 따라, 우연의 발생 빈도나 그것을 다루는 방식에 있어서 주목할 만한 변화와 차이가 확인된다.

이러한 현상이 의미하는 가장 중요한 점은, 우연의 검토를 통해서 형성기 한국 근대소설의 전개 양상을 일관되게 구명해 볼 수 있다는 것이다. 스토리-선의 양태에 대한 분석이 연구 대상을 가리지 않는 것과 마찬가지로 우연의 문제 또한 소설의 하위 갈래들 모두를 대상으로 하여 검토될 수 있다. 물론 이 경우는 우연이 극도로 회피되거나 없는 듯이 무시되는 작품들의 존재로 인해 스토리-선의 분석과는 다른 양상을 띠게 되는데, 바로 이러한 차이가 연구의 의미를 한층 강화해 준다. 우연의 구사 양태에 더해서 구사 여부까지가 소설 작품들의 차이를 규명하는 데 활용될 수 있기 때문이다.

더불어서, 우연의 문제는 소설 미학의 차원에서도 다양한 의미 맥락을 갖고, 작품의 형식적 차원 너머의 문제 예컨대 소설의 세계상이나 작가 의식에 있어서도 그 양상을 규정하고 해석하는 데 중요한 요소로 기능한다. 물론 이 책에서 이와 관련된 내용은 제2부의 분석을 바탕으로 사후적으로 그것도 엄밀히는 추론의 결과로서만 주어질 뿐이다. 이에 대해서는 제3부에서 논의하고, 여기서는 우연과 관련된 선행 연구들의 동향을 살펴본 뒤에 이 책이 우연을 다루는 방법론상의 초점을 명확히 하고자 한다.

소설의 연구에서 우연 분석이 갖는 잠재적 효과가 지대함에도 불구하고 한국 근대소설의 연구에서 우연의 문제는 사실상 외면되어 왔다고 할 수 있다. 이는 우연에 대한 잘못된 통념 즉 '전근대소설에 우연이 많이 구사되었으며 그것을 신소설이 답습하였으나 근대소설이 수립 되면서 우연이 지양되었다'는 인식이 별다른 검증 없이 널리 받아들여 져 왔기 때문으로 보인다. 우연에 대한 이러한 통념적인 판단이 등장 하는 것은 1960년대 이후로 보인다.

7장에서 자세히 살펴보겠지만, 1900년대에서 1940년대에 이르기까 지는 소설과 관련된 각종 담론들에서 우연을 부정적으로 사고하는 경 향은 사실상 극소수라 할 만큼 찾기 어렵다. 전체적으로 보자면 소설 에서의 우연에 대한 언급 자체가 매우 미미한 형편이다. 사태를 요약 하자면 다음과 같다. 우연을 직접적으로 논한 경우는 찾을 수 없고, 논 의 중에 우연을 언급하는 글들이 더러 있다 해도 소설 서사에서의 우 연을 부정적인 것으로 명확히 규정하는 경우는 그 중에서도 소수인 것 이다. 우연을 언급하는 글들이 보이는 우연에 대한 대체적인 태도는, 우연 자체를 소설 작품의 일부로서 간주했다고 판단해도 좋을 만큼 우 연의 존재 자체를 딱히 문제시하지는 않는 반면, 우연을 지나치게 과 장하거나 남용하는 경우를 통속적이라거나 비현실적이라는 식으로 문제시하는 양상을 보인다. 우연 자체가 아니라 억지스럽거나 도가 지 나친 사용법에 대해서 선을 긋고 있는 것이다. 이 경우도 우연에 크게 기대는 작품을 전근대적인 것으로 간주하기보다는 통속적 대중소설 로 폄하했을 뿐이라는 점을 분명히 해 둘 필요가 있겠다.

시기를 좀 더 세분하여 보면 다음과 같다. 1920년대에 이르기까지는 우연 부정론이라 할 만한 글을 찾을 수 없다가 1930년대 중반에 들어 서야 비로소 우연에 대한 부정적 판단을 명시적으로 드러내는 경우를 발견할 수 있다. 그렇지만 우연을 언급하는 대부분의 글들은 부정적인 태도를 취하지 않고 있으며, 급속하게 성장한 대중소설의 위협을 경계하는 맥락에서야 우연의 과장을 문제적인 것으로 사고하는 양상을 보인다. 이렇게 우연 자체와 그 남용을 갈라서 평가하는 태도는 1940년대의 선구적인 국문학 연구와 1950년대에 펼쳐지는 근대적인 의미에서의 국문학 연구 1세대의 논의에서도 대체적으로 지켜진다. 다만 1950년대에 나온 연구서들의 경우 우연의 과장이나 남용을 전대소설[22]의 특성으로 규정하는 논의를 구사함으로써, 소설 서사의 우연을 근대소설의 특성과 대립시키는 사고의 터전을 의도 여부와는 무관하게 마련해 놓았다. 이 바탕 위에서(?) '신소설의 우연을 전대소설의 부정적인 연장으로 강조'하고 그것이 근대소설에 와서 지양되었다는 논리가 등장하였다.[23]

우연이 전근대소설의 유물로서 근대소설에 와서 지양되었다는 이러한 논의는, 근대소설의 연구에서 우연의 문제에 주목하지 않는 풍토를 조장하였다. 다방면에 걸친 근대소설 연구의 풍요로운 상황에 비해 우연에 대한 연구가 매우 적은 사실이 그 결과이자 동시에 이러한 판단의 근거이다.[24]

---

[22] 이 책에서는 '고소설'이라는 명칭 대신에 '전대소설'을 사용한다. '고소설'이라 하면 사실 시기 개념이 모호한 반면 '전대소설'은 '근대소설'과의 대비 속에서 의미망이 보다 확실해지기 때문이다. 다만 '구활자본 고소설' 같은 경우는 한정의 맥락이 확실하고 이 자체로 개념이 굳어진 것이기도 하여 그 중의 '고소설'을 '전대소설'로 바꾸지 않고 사용한다.

[23] 김우종의 「構成 및 文體에 關한 古代小說과 新小說의 比較研究」(『충남대논문집』 3, 1963)가 그것이다.

[24] 이하 우연 관련 선행연구에 대한 검토는 졸고, 「신소설과 우연의 문제─우연의 분석 방법 구축 및 영웅소설과의 대비를 중심으로」(한국문학연구학회, 『현대문학의 연구』 33, 2007), 188~192면의 논의를 옮겨 온 것이다. 이전 논의를 요약하여 선행 연구들의 특징을 제시하기보다는 각각의 특징을 구체적으로 밝히는 것이 이 책에 더 어울린다는 판단하에 지금과

근대소설의 우연을 전면적으로 다룬 첫 사례는, 우연 구사의 소설적 효과를 긍정적으로 평가한 김동리의 소론이다.[25] 이후, 이를 염두에 둔 조연현의 우연에 관한 연구[26]를 선편으로 하여, 이 둘의 논의를 논쟁적으로 분석한 김윤식[27]과, 근대 초기의 소설론과 몇몇 작품을 대상으로 하여 우연성에 대한 인식을 규명한 강진구[28] 등의 성과가 이루어져, 우연 및 우연성의 문제에 대한 근대문학계의 연구가 진행되어 왔다. 이들의 논의를 통해 쿠키슈우조우의 『偶然性の問題』가 소개되고 분석된 것은 해당 연구들의 논의 수준을 한층 높여주고, 우연 및 우연성의 검토가 예컨대 신비평과 같은 특정 문학관에 갇히지 않게 해주었다.

이상이 대체로 우연성에 대한 이론적인 논의에 치중한 반면, 강진구와 더불어 오종호는 신소설을, 김현숙은 『무정』을 대상으로 우연의 양상을 검토하여, 실제 작품의 분석 면에서도 논의의 부재를 면할 수 있게 되었다.[29]

하지만 이들의 논의에는 아쉬운 점이 없지 않다. 우연을 대하는 데 있어서 부정적인 인식을 앞세우거나, 우연에 대한 의식 여부를 판단하는 근거로 편협한 플롯관을 제시하거나, 우연의 분류 기준을 제대로

같이 옮겨 온다. 그에 이어지는 바 우연 분석상의 주의사항과 우연의 검출 및 분류 방식의 논의 또한 그 대강에 있어 위 글 192~196면의 논의를 옮겨 온 것이다.

25 김동리, 「偶然性의 研究 : 小說에 있어 偶然性의 虛構面과 眞實面에 對한 考察」, 『신사조』, 1950.5.

26 조연현, 「小說에 있어서의 偶然性의 問題」, 『동국대논문집』, 1964.3. 김동리의 소론이 작가의 경험에 기반한 에세이 수준인 데 비해, 이 논문은, 쿠키슈우조우의 입론을 끌어들임으로써 우연 논의의 학술적 성격을 구비한 의의를 갖는다.

27 김윤식, 「소설과 우연성의 문제 : 김동리·조연현·九鬼周造」, 『한국근대문학사상연구 2』, 아세아문화사, 1994.

28 강진구, 「한국 근대초기 小說論 研究」, 중앙대 박사논문, 2002.

29 오종호, 「新小說의 偶然性 考察」, 영남대 석사논문, 1983; 김현숙, 「'無情'의 플롯에 있어서 偶然의 機能」, 동국대한국문학연구소, 『韓國文學硏究』 9, 1986.

마련하지 못하는 것 등이 문제다.

강진구의 논문은 소설론, 비평, 작품을 포괄하는 논의 대상 설정의 폭넓음과 분석의 세밀함에서 연구사적인 의의를 갖지만, 근대문학 형성기의 문인들이 보여준 플롯 관련 논의를 그대로 우연성에 대한 부정적 인식으로 등치시키는 문제를 안고 있다. 플롯을 논의했다는 사실만으로 이들 논의를 우연에 관련된 것으로 선정, 분석하고 있으며, 분석의 기준을 특정 플롯관에 한정한 채로 이 글들이 우연성을 부정적으로 의식했다고 추론하고 있다. 이렇게 플롯에 대한 이해 자체가 협소하여[30] 예컨대 김동인이 소설론에서는 우연을 철저히 비판·폄하하되 창작에서는 아무런 의식 없이 자주 구사했다는 식의 받아들이기 어려운 결론을 이끌어내는 등의 문제를 보인다.[31]

김현숙의 경우도 사실상 편협한 플롯관 및 근대적인 우연관 위에서 논의를 전개하고 있다. 우연성의 배후에 반드시 유기적 관련이라는 연계장치가 있어야 한다 하고 우연을 자연스러움과 신기성이 미적 가치로 발전시켜야 한다고 주장하면서 그렇지 못할 경우 리얼리티를 상실한다고 판단하는 것에서 보이듯, '필연적으로 구성되어야 할 원초적 사실'로 우연을 다루고 있는 것이다.[32] 우연을 '성격에 따라' "1. 遭遇型 2. 契機型 3. 連鎖型"의 세 가지로 분류하였지만(164면) 분류의 기준을 이론적으로 제시하지 않고 단순히 기술적(記述的)인 수준에 그친 것도

---

30 강진구는 아리스토텔레스와 E.M. 포스터의 소론에 기초하여 플롯을 '필연성'의 맥락에서 이해하고 있는데(「한국 근대초기 小說論 硏究」, 앞의 글, 13~15면), 이러한 플롯 이해는 일면적일 뿐이다. 이와 관련한 상세한 논의는 이 책 7장 5절 참조.
31 강진구, 「한국 근대초기 小說論 硏究」, 앞의 글, II장 2-4)와 III장 1-2), IV장 3의 논의 참조.
32 김현숙, 「'無情'의 플롯에 있어서 偶然의 機能」, 앞의 글, 173면 참조.

문제다. 신소설 일곱 편을 분석하는 오종호의 경우도 『치악산』의 '作品槪略'을 통하여 우연을 '자살', '해외 유학', '절처봉생(絶處逢生)', '흉계 음모', '기연기봉(奇緣奇逢)'의 다섯 유형으로 나누되[33] 그러한 분류의 기준을 제시할 필요조차 의식하지 않고 있다.

한편 우연 및 우연성을 다루는 전대소설의 연구 성과들은 우연성을 유연하게 사고하는 장점을 보인다. 전대소설의 작품세계가 갖는 특성과 문학적 관습을 고려하여 우연의 의미를 다각도로 조명해 보는 것인데, 이러한 의식의 단초는 조동일에게서 찾아진다. 그는 영웅소설의 특징으로 이원적 세계관을 들고 여기서는 천상계가 '運命의 根據'로 작용한다고 한다. 영웅소설은 '典型的인 運命論的인 小說'로서 "드러나 있는 우연과 가리워져 있는 필연 양면이 共存하면서" 운명이 지배하는 까닭에, 여기서는, '깨달은 자리에서 보면 萬事가 必然인데, 깨닫지 못한 자리에서 보면 만사가 偶然'이 된다고 주장한다.[34] 깨달음의 주체가 누구이며 필연-우연 변환의 장이 작품의 경계와 어떻게 결부되는지 등은 열어두었지만, 이러한 인식은 전대소설의 우연을 부정적으로 간주해온 통념을 깨뜨리는 의의를 갖는다.[35]

---

33 오종호, 「新小說의 偶然性 考察」, 앞의 글, 8~9면.

34 조동일, 『新小說의 文學史的 性格』, 앞의 책, 17~18면 참조.

35 이후 조동일은 영웅소설의 경우 "우연과 필연을 분리시켜 생각하는 것은, 작품구조를 무시한 일방적인 해석"이라고 주장하면서 '우연이 곧 필연'임을 강조하는 방향으로 나아간다(「英雄小說 作品構造의 時代的 性格」, 『韓國小說의 理論』, 지식산업사, 1977, 335면 참조). 우연과 필연을 결부지어 파악하는 것은, 고대 세계에서 우연이 '신의 의미'를 담고 있는 것으로서 필연적인 '운명'과 결부되어 간주되었음을 상기할 때 보편적 설득력을 갖지만(거다 리스, 김영선 역, 『도박』, 꿈엔들, 2006, 32~38면 참조), 그럼에도 불구하고 아쉬움은 남는다. 영웅소설에 국한하지 않고 우연을 다룰 수 있는 일반론으로 나아간 것은 아니기 때문이다. 달리 말하자면, 전대소설의 우연 일반을 대상으로 하여 우연의 문제를 다루는 논의의 맥락을 진전시키지는 못했다고 할 수 있는데, 이러한 한계에 대해서는 서인석이 이미 지적한 바 있다(「古代小說에 있어서의 '偶然性' 問題―『劉忠烈傳』을 중심으로」, 서울대국어교육과, 『선

이후의 연구들은, 우연을 부정적인 것으로 단정하는 방식을 경계하면서, 하늘의 이법이나 천상계를 상정하는 세계관 및 문학의 전통 속에서 작가와 독자가 공유하던 문학적 관습에 주목하여, 전대소설이 보이는 우연 구사의 의미와 효과를 당대의 맥락에서 재구성하는 데 주력하는 경향을 보인다. 이러한 성과들 중에서 서인석의 연구가 주목을 요한다. 그는 선행 연구의 갈래를 우연을 '敍事進行上의 問題'로 보아 부정적으로 판단하는 경우와 '世界觀의 問題'로 보아 그에 맞서는 경향으로 정리하고,[36] 이러한 분리를 넘어서기 위해서 '우연-필연'의 문제를 '우연-개연'의 문제로 변형하여 '先行場面'과 '後行事件'의 접속관계에서 우연 여부를 판명하는 방법을 제안한다.[37] 이는 "선입관적인 요소를 배제하고 作品自體의 存在原理에 충실하는 것"(140면)을 목표로 하여 사건의 구성과 작가의 현실관을 함께 고려하고자 하는 것으로서, 양자에 영향을 끼치는 '文學的 慣習'을 존중하는 태도를 바탕에 깔고 있다.[38]

이렇게 특정 문학관이나 플롯·구성 관념을 앞세우지 않고 작품이 수용되고 해석되는 문학적 관습의 맥락 달리 말하자면 문학장의 특성을 존중하면서 우연의 문제를 사고하는 것이 전대소설의 우연 연구가 이룬 성취라 할 수 있다.[39] 물론 고전문학계의 연구 성과들에도 아쉬

청어문』 10, 1979, 145, 155면 참조). 본고는 소설을 '체계'로 보아 소설의 하위 갈래들에 구애받지 않고 어떠한 작품이든 동일한 방식으로 검토함으로써 이 문제를 해결하고자 한다.

36 서인석, 위의 글, 141~145면 참조.

37 위의 글, 146~148면 참조.

38 위의 글, 148, 161~163면 참조.

39 허춘(「古小說의 偶然性 再檢討」, 『제주대학교 논문집』 33, 1991)의 경우 또한 전대소설의 우연 구사를 '운명론적인 만남과 감흥'(28면)을 주는 등의 관습적인 것으로 강조하고(Ⅱ-1), 작가와 독자가 공유한 관념체계의 특성을 근거 논의로 내세운 바 있다(Ⅱ-4). 김성룡의 경우 '인과율'과는 다른 '목적론'을 끌어들여 서사의 우연을 필연으로 사고할 수 있는 국면을 열어 보인 바 있다(「우연성과 환상성」, 국어국문학회, 『국어국문학』 137, 2004).

운 점이 없지 않다. 전대소설의 특성을 지나치게 강조하여 스스로 논의의 적용 맥락을 좁히거나, 근대문학 분야와 마찬가지로 우연 추출의 기준이 명확하지 못한 경우가 두루 확인된다.

이상의 검토 결과를 반영할 때, 우연을 통해 소설 텍스트를 분석하는 작업의 논리성을 갖추기 위해 주의해야 할 사항은 다음 세 가지로 정리할 수 있다.

첫째, 우연을 객관적으로 분석할 수 있는 논의 지평을 갖춰야 한다. 무엇보다도 우연을 부정적으로 보는 특정한 문학관이나 편협한 플롯관 등에 갇히지 않아야 한다. '우연-필연'의 위계화뿐 아니라 그를 경계한 역편향에 빠지지 않고, 소설 일반과 우연이라는 논의 지평 위에서 다양한 소설 갈래들의 우연을 분석할 수 있어야 한다. 둘째로는 우연성에 대한 논의의 검토보다는 작품의 실제에 대한 분석에 중점을 두고 우연 관련 특성을 추론할 필요가 있다. 문학론에만 중점을 둘 경우 작품의 실제와 관련 담론의 괴리를 간과할 수도 있기 때문이다. 우연에 대한 선입견을 넘어서기 위해서는 당대의 문학 상황을 그 자체로 재구성하는 것이 필요한데, 이를 위해서는 작품에 집중하는 것이 보다 효과적이기 때문이기도 하다.[40] 끝으로, 작품에 나타난 우연을 검출하고 분류하는 기준을 논리적으로 명확히 해야 한다. 이는 연구사 전반에 걸쳐 드러난 문제여서 이의 해결은 그 자체로도 의미가 있다.

소설 텍스트에서 우연을 검출할 때 먼저 고려할 사항은 분석의 지평을 어떻게 설정할 것인가의 문제이다. 이 책에서는 '체계'로서의 작품

---

[40] 소설에서의 우연에 관한 담론의 검토는 텍스트 분석과는 별도로 제3부에서 수행되고(7장), 소설 미학적 추론의 단계에서야 텍스트 분석의 결과와 종합된다(8~9장).

내 세계를 우연을 검출, 분석하는 지평으로 상정한다. 앞서 스토리-선들의 교차 관계에서 우연이 발생하는 경우를 말했지만 이 또한 체계로서의 작품 내 세계를 지평으로 우연을 검출하는 방식의 한 가지 경우로 자리매김된다. 체계로서의 작품 내 세계를 분석 지평으로 하여 우연을 검출, 분석하는 방법은, 특정 갈래의 소설에 한정되지 않으면서 소설 일반에서의 우연 문제를 객관적으로 일관되게 고려할 수 있게 해 준다.

예컨대 반영론적인 입장에서 재현 대상인 실제 현실의 맥락을 고려하거나, 등장인물이나 서술자의 우연 인식에 기대서는 논의의 보편성이나 논리성을 확보하기 어렵다. 작품이 재현하(고자 하)는 실제 현실에 준거를 두고 우연을 파악하는 것은 리얼리즘적인 소설의 경계를 넘어설 경우 유효성을 잃는다는 점에서 한계가 명확하다. 등장인물이나 서술자의 의식이 적절한 기준일 수 없음도, 동일한 사건을 두고 인물에 따라 판단이 다를 수 있음[41]을 생각하면 따로 설명이 필요한 것이 아니다.

이러한 문제들을 넘어서기 위해서 이 책에서는 사건이 벌어지는 작품 내 세계를 특화하여 우연 판단의 근거로 삼고자 하는데, 작품 내 세계를 특화한 결과가 바로 '체계'이다. '체계'란 시간적으로 연속되는 사건들에 의해 상상되는바 '사건들이 공존하게 되는 세계'를 의미한다. 이는 '사건들의 시간적 연속성'이 "사건들이 동일한 재현된 세계 내에

---

41 이광수의 『무정』에서 형식과 영채가 7년 만에 해후하는 장면을 예로 들어 보면, 둘의 만남이 형식의 입장에서는 우연이지만(김철 교주, 『바로잡은 '무정'』, 문학동네, 2003, 76면) 영채의 입장에서는 의지에 따른 것(114면)이므로 우연이 아님이 확인된다. 그런데 그 앞에서는 서술자가 영채의 경우도 우연인 양 기술하고 있다(75면). 이렇게 하나의 사건이 우연인지 아닌지에 대해서 등장인물들 각각은 물론 서술자의 판단도 모두 다를 수 있다. 이러한 경우를 염두에 두면, 등장인물의 의식을 기준으로 해서는 어떤 사건이 우연인지를 확정하는 것조차 어려울 수 있다고 하지 않을 수 없다.

서 일어난다"는 점을 알려준다[42]는 사실에 근거한 것이다.

체계로서의 작품 내 세계 내에서 사건들의 연쇄에 필연성이 있는지를 확인할 수 있는데, 보다 구체적으로 이 책에서는 두 가지 단위에서 우연을 검출하고자 한다. 하나는 제랄드 프랑스가 말하는 '핵 서사물' 단위이며, 그보다 큰 단위인 스토리-선의 전환 및 교차 관계가 다른 하나이다.[43] 핵 서사물은 "n개의 사건을 이야기하고(n≥2), 상황이나 상태의 수정을 하나만 포함하고 있는" 것인데,[44] 상황이나 상태의 수정 과정에서 필연성이 없을 때 우연적 서사로 다룰 수 있다. 스토리-선의 수준에 존재하는 우연은, 현재의 인물이 다른 인물을 만나거나 서술의 초점이 다른 인물로 옮겨가는 등으로 사건을 영위하는 인물들의 조합에 변화가 생기는 경우 즉 스토리-선들이 전환되거나 상호 교차되는 경우 중에서 필연성이 없을 때 발견된다.

이렇게 소설을 하나의 체계로 보고 핵 서사물과 스토리-선의 층위에서 우연을 검출할 때, '필연-우연'을 '현실-비현실·초현실'이나 '합리성-비합리성·불합리성' 등과 혼동하지 않으면서, 우연을 정확히 찾아낼 수 있다. 작품 바깥의 현실이라는 연구자의 추정이나 등장인물들의 부정확한 주관에 휘둘리지 않을 수 있음은 물론이다.

소설의 서사에서 우연을 검출하는 지평을 위와 같이 정한 위에서, 검출의 정확성을 높이고 그렇게 간취된 우연들을 적절히 분류하기 위

---

42 리몬-케넌, 최상규 역, 『小說의 詩學』, 문학과지성사, 1985, 37면 참조.
43 후자가 전자를 포함함은 물론이다. 곧 소설 서사에서의 우연은 일차적으로는 스토리-선의 전환이나 교차 관계에서 확인되고 좀 더 세밀하게 들어가서는 특정 스토리-선 내부의 핵 서사물 수준에서 발견된다.
44 제랄드 프랑스, 최상규 역, 『서사-서사물의 형식과 기능』, 문학과지성사, 1988, 129면.

해서는 우연의 규정과 관련된 또 다른 엄밀한 방법론이 요청된다. 이 책에서는 우연을 그 자체로 사고하게 하면서[45] 소설의 작품 내 세계에서 구사되는 우연의 다양한 종류를 모두 포괄하여 원리적으로 분류할 수 있게 해 주는 쿠키슈우조우의 우연 철학을 활용하고자 한다.[46] 우연을 필연의 부정으로 보는 그의 논리에 따르면, 필연성의 세 가지 양태에 대한 부정으로 세 가지의 우연 즉 '정언적(定言的) 우연', '가설적(假說的) 우연', '이접적(離接的) 우연'이 있다(13~18면).[47]

이 중에서 가장 주목할 것은 '가설적 우연'이다. 이것은 "경험계에 있어서 인과성에 관해서 현저하게 나타나"(17~18면)는 우연으로서, 다시 '이유적 우연'과 '목적적 우연', '인과적 우연'의 셋으로 나뉜다. 이 중에서 '경험적 우연'이라고 통칭되는 '목적적 우연'과 '인과적 우연'의 두 가지가 서사문학인 소설에서의 우연 분석의 핵심이 된다. **'목적적 우연'**이란 하나의 사건에 목적이 없는 경우(① 목적적 소극적 우연)나 둘 혹은 그 이상의 사건 사이에 목적 이외의 관계가 존재하는 경우(② 목적적 적극적 우연)를 말하며, **'인과적 우연'**이란 어떤 사건에 인과성이 없거나(③ 인과적 소극적 우연) 둘 혹은 그 이상의 사건 사이에 인과성 이외의 관계가 존재하는 경우(④ 인과적 적극적 우연)를 뜻한다(79~80면 참조).

---

45 우연을 객관적으로 검출, 분류하기 위해서는 '의식에 초점을 맞추어 우연을 해체하는 우연관'을 배제할 필요가 있다. 우연을 의외의 사건으로 보아 '어떠한 규칙도 발견되지 않거나 아무도 계획하지 않았던 일'(슈테판 클라인, 유영미 역, 『우연의 법칙』, 웅진지식하우스, 2006, 22면)로 규정하는 우연관이 대표적인 예가 된다. 피해야 할 또 한 가지 경우는, 우연을 합리적으로 해소하기 위해 우연을 다루는 계몽된 역사가의 기술 방식이다(라인하르트 코젤렉, 한철 역, 『지나간 미래』, 문학동네, 1998, 181~195면 참조).

46 우연의 종류에 대한 이하의 논의는 쿠키슈우조우, 김성룡 역, 『우연이란 무엇인가』, 이회, 2000 참조.

47 이들 우연의 종류 중에서 소설의 서사 분석에 유의미하고 필요한 것은 최대로 볼 때 '가설적 우연' 중의 다섯 가지와 '이접적 우연'을 합한 여섯 가지이다.

이상 네 가지에 더하여, 가설적 우연의 나머지 유형인 '이유적 우연' 중의 **'이유적 소극적 우연'**이 주목을 요하는데, 이것은 이유가 존재하지 않는 상황 변화를 가리킨다. 마지막으로 '이접적 우연'도 주요하게 고려할 만하다. **'이접적 우연'**은 전체와 부분의 관계에서 부분이 갖는 우연성을 다룬다.[48] 이 책에서는 '이유적 소극적 우연'과 '이접적 우연'의 두 가지에다, 인물 구성상의 편의적인 방식으로 인물들 간의 관계를 선행 사건이 전혀 없이 우연을 통해 연결 짓는 방식을 **'인물관계 설정상의 우연'**으로 명명하여 더하고, 기타 분류 체계상 귀속 범주를 명확히 하기 어려운 경우까지 포괄하여 ⑤ '기타의 우연'으로 칭한다.

끝으로 한 가지 더 추가할 것은 ⑥ **'우연적 필연'**이다. 이상의 다섯 가지 우연만으로는 작품 내 세계가 다원화되어 있는 전대소설이나 장르소설의 경우를 포괄할 수 없기 때문이다. 작품 세계가 지상계와 천상계로 이원화된 영웅소설의 경우를 예로 들면, 천상계의 의지에 의해 지상에서 벌어지는 일이 인물들에게는 우연으로 비춰져도 사실상 엄밀한 의미에서는 우연이라 하기 어려움을 알 수 있다. 전대소설에서 발견되는바 이렇게 우연 / 필연 여부를 확정하기 어려운 경우를 ⑥ '우연적 필연'이라 하여, 영웅소설을 다룰 때 사용한다.[49]

'인물관계 설정상의 우연'에 대해서도 조금 부연해 둔다. 이러한 우연이란, 스토리 전개상 특별한 사건의 진행 없이 너무 늦은 시점에서 갑작스럽게 인물들 사이에 연결 고리를 만들어 주는 경우, 달리 말하

---

48 이접적 우연은 정의에서 짐작되듯이 행위나 사건과는 무관하여 서사 구성의 분석에서 유용하게 쓸 만한 것은 아니지만, 작품 내 세계의 시공간 설정을 살피는 데 있어 고려할 요소가 된다.
49 이와 관련한 좀 더 상세한 내용은 이 책 64~65면의 각주 15 참조.

　　　　　　　　　　　　　　　　　　　　제1부 서론

자면 특정 인물에 별도의 스토리-선을 부여하지 않은 채 다른 인물과 관계가 있는 것으로 다소 편의적으로 설정하는 경우라 할 수 있다. 이러한 우연은 궁극적으로 따질 때 모든 서사의 처음 부분에서 보이는 인물들의 관계 설정에서도 말해 볼 수 있고, 엄밀한 의미에서는 가능한 여러 인물의 전체 집합 중에서 특정한 인물과 관계가 맺어지는 것이라는 점에서 이접적 우연에 해당하는 것이지만, 이 책에서는 인물이 너무 늦게 그리고 편의적으로 등장하는 경우에 한정하고 이러한 우연이 (서사 구성이 아니라) 인물 구성상의 특성이라는 점에 주목하여 따로 지칭한다.

이상 제시한 우연들을 여섯 가지 유형으로 일목요연하게 정리하면 다음과 같다.

〈표 1〉 우연의 분류

			우연의 분류	기호	소설 미학
쿠키 슈우조우		정언적			
	가설적	경험적	목적적	목적적 소극적 우연	①	서사 구성
				목적적 적극적 **우연**	②	
			인과적	인과적 소극적 우연	③	
				인과적 적극적 **우연**	④	
		이유적		이유적 소극적 우연	⑤(이유)	꿈·환상
	이접적			이접적 우연	⑤(이접)	배경 설정
본서				인물관계 설정상의 우연	⑤(관계)	인물 구성
				기타	⑤	
				전대소설의 **우연적 필연**	⑥	

더불어 이들 우연에 대한 이해를 돕기 위해 간략한 예시들을 들어둔다. ① '목적적 소극적 우연'은 목적 없는 우연으로서 '두 개의 머리가 난 뱀'이나 특이한 성격·능력의 인물처럼 목적관에 위배되는 사례를 말하며, ② '목적적 적극적 우연'은 목적이나 의도와 사건의 결과가 상위되는 경우 즉 나무를 심으려고 땅을 파다 보물을 발견하듯이 목적하지 않은 결과를 맞이하게 되는 등의 우연을 가리킨다. ③ '인과적 소극적 우연'은 원인이 없는 우연으로서 공부하지 않아도 깨우치는 것처럼 인과성이 없는 경우이고, ④ '인과적 적극적 우연'은 별개의 사건이 연결되는 것으로서 즉 별개의 스토리-선이 교차하면서 생기는 우연으로, 지붕의 기와가 떨어져 지나가는 사람이 맞는 경우와 같이 둘 이상의 사건에 인과성 이외의 관계가 존재하는 경우이다.[50] ⑤ '기타의 우연' 중 '이유적 소극적 우연'은 꿈이나 광기 등에서처럼 꿈의 논리나 구성 방식, 광인의 지적 세계 등에 잘 나타나는 것으로서 이유·논리성이 부재한 무의미, 난센스를 가리키며, '이접적 우연'은 모월 모일 만나는 경우 하필 그 날짜인 것처럼 전체-부분의 관계에서 부분이 갖는 우연을 지칭한다. '인물관계 설정상의 우연'이란 두 명의 중심인물이 각각의 스토리-선을 끌고 있는 상황에서 한 명의 지인이 다른 한 명의 지인이기도 한 사실이 밝혀진다든가, 사건의 원활한 전개를 위해 특정 등장인물이 너무 늦게 편의적으로 등장하는 경우 등을 말한다.

이러한 우연의 검출 및 분류 방식을 설정하되, 제2부의 실제 작품 분

---

[50] 일반적으로 생각하는 우연(coincidence)이 이에 해당된다. 자크 모노는 독립된 복수의 인과의 사슬이 교차되는 데서 생기는 이러한 우연을 '본질적 우연'이라고 칭한다. 그에 따르면 우연은 '본질적 우연'과 동일한 행위의 반복에 있어서 특정한 결과가 나오는 '조작적인 우연'의 두 가지로 구별된다(자크 모노, 김진욱 역, 『우연과 필연』, 범우사, 1999, 148~149면 참조).

석에서는 논의의 간명함을 위해 이상의 우연 항목들의 분석 결과를 항상 세세히 밝히지는 않을 예정이다. 형성기 한국 근대소설의 분화 · 발전 양상을 살피는 데 있어 세부적인 사항을 끊임없이 참조하는 것은 효율적이지도 생산적이지도 않기 때문이다. 따라서 개별 작품을 분석하는 경우에는 이들 우연 중에서 스토리-선의 양태 분석에서 쉽게 검출되고 그만큼 스토리-선의 구성 방식에서 의미를 갖는 ② '목적적 (적극적) 우연'과 ④ '인과적 (적극적) 우연'을 중심으로 논의를 전개한다.[51] 그 외의 우연들은 제3부의 논의에서 소설 갈래들의 특징을 우연의 맥락으로 해석할 때 참조 수단으로 활용된다.

지금까지의 검토와 논의를 바탕으로 하여, 이 책에서는, 우연을 중심으로 형성기 한국 근대소설을 연구하는 데 있어 다음 네 부분에 강조점을 두고자 한다.

첫째는 소설 텍스트 분석의 일환으로 소설 서사에서의 우연의 구사 양상을 객관적으로 검토하는 일이다. 그 결과가 제2부 2~6장을 구성하는 개별 작품론들의 공동부분을 이루게 된다.[52] 그리고 둘째는 작품론적인 검토를 생산적으로 보완하기 위하여 소설 서사에서의 우연에 대한 작가 및 연구자들의 의식을 검토한다. 한국 근대소설 형성기 문

---

51 편의를 위해 앞으로는 이들 명칭에서 '적극적'을 빼고 간단히 '목적적 우연', '인과적 우연'으로 칭한다. 각각에 있어 '소극적'인 경우는 정확히 밝혀서 표현한다. 좀 더 세부적으로 우연들을 분류할 때는 '④-2' 등과 같이 구사된 횟수도 함께 표시한다. ⑤의 경우는 '이유적 소극적 우연'을 '이유'로 '이접적 우연'을 '이접'으로, '인물관계 설정상의 우연'을 '관계'로 요약하여 '⑤(이유)-3', '⑤(관계)-2'와 같이 표시한다.

52 이들 작품에서의 우연에 대한 검토가 단순히 작품론의 일부에 그치지는 않는다. 근대소설의 하위 갈래상 서로 이질적인 작품들을 일관되게 분석하여 그 차이를 실증적, 객관적으로 입증할 수 있게 해 줌으로써, 기존 연구 방법론들이 노정한 통약불가능성을 극복하는 의의를 가지는 한편, 바로 그러한 만큼, 소설 서사에서의 우연이 소설 미학상의 주요 범주임을 입증하는 것이기도 하기 때문이다.

인들의 우연에 대한 의식과 후대 연구자들의 우연 평가 방식을 검토함으로써 우연에 대한 태도상의 특징과 전술한 바 국문학계 내 통념의 발생 과정 및 의미를 분석한다. 이상이 제3부 7장의 내용을 구성한다.

셋째는 우연을 중심으로 하여 제2부의 분석 결과를 재정리하는 것이다. 한편으로는 형성기 한국 근대소설사의 흐름에 따라 우연의 기능과 위상이 어떻게 변화하는지를 살피고 다른 한편으로는 근대소설 형성 과정의 결과로 정립상을 이루며 현재까지 이어지는 주된 소설 갈래들 곧 리얼리즘소설과 모더니즘소설, 대중소설의 원리를 우연의 맥락에서 구명해 본다. 형성기 한국 근대소설의 주요 작품들에 대한 분석 결과를 이렇게 소설사론과 소설 미학의 양 방면으로 약간 확장해 보는 것이 8장을 이룬다. 끝으로 넷째는 9장을 통해서 이상의 모든 논의를 수렴하는 한편, 모든 서사에 근원적인 우연의 문제와 소설작품의 형성 원리로서의 우연까지 아우르면서, 소설과 우연의 문제를 종합적으로 정리해 볼 것이다.

제2부
한국 근대소설의 형성
및 분화와 우연

2장

신소설의 등장과 그 위상

1. 과도기적 양식의 문제

국초 이인직의 『血의 淚』(1906)로부터 시작된 신소설의 양식적 성격, 소설사적 위상에 대해서는 대체적인 합의가 이루어져 온 것처럼 여겨진다. 국문학 연구사의 초창기부터 신소설은 대체로 이전 시대의 소설들 곧 전대소설과 우리 시대에까지 이어지는 근대소설 양자 사이의 교량 역할을 한 과도기적인 양식으로 간주되어 왔다는 인식이 널리 퍼져 있다.

그러나 김태준으로부터 전광용에 이르는 이들 초기 연구 성과들을 찬찬히 살펴보면 이들 사이에 의미 있는 견해차가 존재함을 알 수 있다. 통념적 인식과는 달리 신소설의 발생 과정이나 양식화 여부 등에 대해 재고해 볼 수 있는 차이가 명확히 존재하는 것이다. 물론 이러한 차이 자체를 점검해 보는 일은 이 책의 연구 주제가 아니다. 형성기 한국 근대소설을 대상으로 해도 본 연구는 근대소설의 효시가 어떤 작품인지, 언제부터 근대소설이 시작되었는지 등에 대해서는 관심이 없다. 기원을 상정하려는 의식 자체가 형식주의적 존재론에 불과하다는 판단 때문이기도 하지만, 그러한 논의 자체가 별다른 생산성을 갖지 못한다는 것이 주된 이유이다.

그렇지만 신소설을 근대소설의 첫 단계로 볼 것인가 아니면 전대소설의 연장으로 볼 것인가의 문제는 사정이 다르다. 근대소설의 형성 과정을 (재)구성할 때 이 문제는 피할 수 없다. 효시 작품 논의에서처럼 소모적인 양상은 피해야 하겠지만, 근대소설의 이식 여부에 대한 명확한 판단을 피할 수 없는 이상 신소설을 하나의 독립된 양식으로 볼 것인지와 그렇게 본다면 신소설이라는 양식이 근대소설의 첫머리에 놓이는 것인지에 대해서만큼은 논의를 해야 한다. 이런 문제의식에서, 신소설이 전대소설과 근대소설 양자의 사이에 놓인 과도기적·교량적인 양식인가에 대한 선행 연구들의 논의를 살펴볼 필요가 있다.

김태준의 『朝鮮小說史』(1932)는 신소설을 양식화하면서 이러한 문제에 대한 입장을 최초로 정식화했다는 점에서 새삼 주목을 요한다. 논의를 명확히 하기 위하여 관련 부분을 인용해 본다.

예전부터 전하여 오던 이야기책으로는 새로운 지식을 받은 청년들에게 환영될 수 없으니 고대의 소설은 어느새 형식을 변하여 장회소설(章回小說)이 되었고 내용도 천편일률한 군담류 (…중략…) 같은 것으로는 만족할 수 없었다. 그러나 중국의 장회소설만으로도 만족할 수 없으니 설화의 취미를

　　　　　　　　　　　제2부 한국 근대소설의 형성 및 분화와 우연

좀 더 풍부하게 하며 언문일치의 문체로써 어떤 한 개의 사건을 취급하여 그 사건의 추이를 따라 순간순간의 행동과 대화까지 그대로 쓰는 것이었다. 이는 자발적이라기보다는 구미, 일본 문예의 모방이었다. 그리하여 고대소설(구소설)에 대하여 신소설이라고 불렀다.

이 신소설은 아직도 구미의 소설을 모방하여 아직 그 완비한 역(域)에 도달하지 못한 자로서 기미운동 이후의 원숙한 소설 작품을 소설이라고 부름에 대하여 이때의 소설풍은 그대로 신소설이라고 불러 인제는 소설, 신소설, 구소설(고대소설) 삼 종의 구별이 있게 되었다. 그리하여 이 신소설은 기미 이전의 문원(文苑)에 유행되었다.[1]

여기서 주목할 것은 두 가지다. 첫째는 인용문의 첫 부분에서 확인되듯 전대소설의 변화·발전의 결과로 신소설이 생겨났다는 파악이다. 신소설의 등장을 재래 서사문학의 연장선상에서 파악하고 있는 것이다. 물론 바로 이어서, 이러한 변화가 자발적인 것이 아니라 '구미, 일본 문예의 모방'으로 이루어졌다고 하지만, 그렇다고 사정이 달라지지는 않는다. 개별 작가들에 대한 구체적인 논의를 볼 때 '모방'이 '이식'을 말하는 것이 아님을 알 수 있기 때문이다. 그는 이인직의 신소설이 일본에서 배워 온 것이되 '일본 냄새와 일본 격식'을 찾을 수 없다 하고(193면), 이해조나 김교제 등의 신소설을 논의하면서는 '고대소설의 격식에서 거리가 과히 멀지 않은 것'이라고 전대소설과의 유사성을 반복적으로 지적하고 있다(195~197면). 이러한 언급은, 신소설이 이식에

---

1   김태준, 『朝鮮小說史』(1932), 예문, 1989, 193~194면.

의한 것이거나 '모방의 결과로 생긴 것'이라고 보지 않는 자리에서만 가능하다. 따라서 그가 '모방' 운운한 것은 이러한 변화의 계기가 외부에서 주어졌음을 의미하는 것일 뿐, 문학사에서 모방을 말하는 현재의 용법과 같이 변화의 내용과 결과 자체를 결정짓는 메커니즘을 의미하는 것이 아니다. 달리 말하자면 신소설이란 구미, 일본 문예를 모방하고자 전대소설을 변형시켜서 이루어진 것이라 파악하고 있으므로, 여기서 운위된 '모방'이란 외국 문학의 자극 정도를 가리킨다고 할 수 있다. 요컨대 김태준은 '전대소설-장회소설-신소설'의 사적 전개과정으로 신소설의 발생사를 설명하면서, 신소설이 요청되는 상황에서 작가들의 모방 의지를 들고 있을 뿐이다.

주목해야 할 둘째 사항은 이렇게 발생된 신소설이란 소설도 고대소설도 아니고 이 양자와 나란히 소설의 한 종을 이루는 별개의 양식이라고 본 점이다. 이렇게 '소설, 신소설, 구소설의 정립상'이 명언되고, 신소설에 갑오 이래 '기미 이전의 문원'이라는 특정 시기가 할애되기까지 하는 것을 보면, 김태준이 신소설을 나름의 정체성을 갖는 하나의 양식으로 간주했음을 알 수 있다.

신소설의 양식 규정이나 소설사적 위상에 관한 복잡한 문제들은 임화에게서 유래한다. 그는 「槪說新文學史」[2]의 도처에서 신소설을 '문학사적 과도기의 소설'로 규정한다. 신소설은 정치소설과 번역문학, 창가와 더불어, 재래의 형식을 빌어 새 사상을 표현하는 절충적인 과도기 문학에 해당된다는 것이다(129~132면). 임화가 말하는 신소설의 절

---

2 『조선일보』, 1939.9.2~11.25. 인용은 임규찬·한진일 편,『임화신문학사』, 한길사, 1993에서 취함.

충적인 성격을 구체적으로 보면, '발아하기 시작한 데 불과'한 것이기는 해도 언문일치와 '소재와 제재의 현대성(혹은 신시대성)', '인물과 사건의 실재성' 등이 전대소설과 구별되는 신소설의 새로운 측면으로 시대적 의의를 갖는다면, 아이디얼리즘, 구소설적 구조, 가정소설적 면모, 선인악인의 유형화, 권선징악, 트리비얼 리얼리티는 전대소설에 이어져 있는 신소설의 한계로 지적된다(160~165면). 이 중 아이디얼리즘이나 트리비얼 리얼리티처럼 카프의 수장으로서 임화가 견지하고 있던 리얼리즘론의 구도에 의해 간취된 결점을 제외하면, 그가 신소설의 절충적인 성격이라며 지적한 신·구적 특성들은 현재의 연구들도 널리 받아들이는 정식화된 규정이라 할 만하다.

신소설의 발생에 대해서 임화는 "통틀어 이러한 신소설은 어떻게 생겼는가 하면 어떤 의미에서는 재래의 여항소설을 개조한 것이나 결정적으론 외국문학의 수입과 모방의 산물이다. 더욱이 초기 메이지 문학의 영향이 강했으리라는 것은 중요한 신소설 작자들이 모두 일본 유학생이나 그렇지 않으면 일본문학의 애독자였다는 사실을 보아 알 수 있다"라 하여 김태준과는 정반대로 이식문학사론의 입장을 선명히 드러내고 있다(165~166면). 그런데 이는, 신소설 작가들의 신원주의적 특성으로 근거(?)를 삼고자 할 만큼 논리적으로는 취약한 것이다. '재래의 여항소설을 개조한 것'이라 볼 수 있는 맥락을 부당하게 소홀시한 반면 '외국문학의 수입과 모방의 산물'이라는 단정에는 별다른 근거를 내세우지 않고 있어 김태준의 논의보다도 후퇴했다고 하겠다. '근대문학사는 이식문학사'라는 자신의 신문학사론 전체의 전제이자 결론인 입장이 앞세워져 이와 같은 소홀한 논의가 전개되었다고 하지 않을 수 없다.[3]

임화의 논의에는 이외에도 모호한 점이 적지 않다. 이러한 점은 신소설이 당대 사회의 구시대적·반봉건적인 양상을 반영했다고 실증적으로 정확히 기술하면서, 그러한 반영 차원의 성과를 리얼리즘적인 태도의 구현으로 평가해 주는 것이 아니라 정반대로, 그렇게 부정적인 현실을 주목할 뿐 새로운 시대정신을 드러내지는 못했다며 작가 의식 차원의 무능력을 비판적으로 강조하는 등에서 잘 드러난다(163~164면). 이는, 그의 신문학사 논의 자체가 유물변증법적인 문학사를 구성하려는 욕망과 사실을 왜곡하지 않으려는 실증 정신 사이의 긴장·갈등을 안고 있다는 데서 연유한다.[4] 이리하여 신소설은 낡고 새로운 요소가 혼란스럽게 뒤섞인 장르가 되며, 각론에서 보자면 과연 한 시대의 양식으로 꼽히는 것인지가 모호해지기까지 한다.

신소설이 과도기적인 양식이라는 규정은 조윤제에게서도 확인되며,[5] 백철 이후에 와서 학계의 정설처럼 확고해진다. 백철은 신소설의 배경이 된 개화사조 자체가 과도기적이라는 판단을 근거로 신소설이 '현대소설'과 '고대소설' 사이를 점유하고 있는 문학사적 과도기의 소설이라 규정하였다. 신·구의 특성으로는 임화의 정리에 더하여 허구성의 인식 및 신사조를 전면적인 내용으로 삼은 점을 전자에, 행복한 결말을 후자에 추가하였다.[6] 조연현의 논의는 과도기 양식이라는 규

3　이와 관련하여 임화의 이식문학사론이 그의 논의 자체에서 내파되고 있다는 사실을 주목할 필요가 있다(졸고, 「임화 신문학사론의 문학사 연구 방법론적 성격에 대한 연구」, 한국외대 외국문학연구소, 『외국문학연구』 28, 2007, 34~35면 참조).

4　이에 대해서는 졸고, 「임화의 문학사 연구에 나타난 이론 구성과 실제 기술의 변증법」 근대문학회, 『한국 근대문학연구』 9, 2004 참조.

5　조윤제, 『韓國文學史』(1949), 동국문화사, 1963, 411면.

6　백철, 『新文學思潮史』, 민중서관, 1952, 22~28면 참조.

정이 전제로 설정된 양상을 보인다. 신소설이 '봉건문학'과 '근대문학'을 중개하고 연결시켜 준 과도적인 문학 형태라 규정하면서도 그 내포를 명확히 밝히지는 않는 까닭이다. 내용 면에서 봉건성과 근대성을 읽어 내거나 '표현상의 봉건성'과 '형식상의 근대성'을 대비할 때 그의 논의는 전적으로 '정도의 차이' 수준에 그쳐 있어서 봉건성과 근대성의 정체도 경계도 무엇인지 알 수 없게 되어 있다.[7] 이러한 점에서는 전광용[8]이나 권영민[9] 등 후대의 연구자들 대부분이 마찬가지여서, 전대소설과의 연속성을 강조한 조동일[10]이 예외라 할 정도가 된다.

이러한 선행 연구들을 통해 다음과 같이 세 가지 문제가 제기된다. 첫째는 과도기적 양식이라는 판단의 구체적인 내포를 명확히 하는 일이다. 새로운 근대문학의 출발을 이끈 것이라는 의미에서 미흡하나마 근대소설의 첫 양식이라 할 것인지, 근대소설적인 측면이 보이기는 해도 실질적으로는 전대소설의 연장이라 볼 것인지가 문제되고 있다. 둘째는 신소설의 유래 혹은 발생론적인 맥락을 어떻게 볼 것인가이다. 전대소설의 변형·발전에 따라 생성된 것으로 볼지 외국문학·서양문학의 영향하에 생성된 것으로 볼지가 맞서고 있다. 셋째는 개화기·애국계몽운동기와의 관계로서 당대의 반영으로 보는 견해와 당대 현실과

---

7   조연현, 『韓國現代文學史 (第一部)』, 현대문학사, 1956, 65~68, 109~112면 참조.

8   전광용, 『新小說研究』, 새문사, 1986.

9   권영민의 『서사양식과 담론의 근대성』(서울대 출판부, 1999)은 개화계몽운동기의 서사양식들을 담론구조라는 새로운 논의 구도 속에서 심도 있게 조명한 역작이지만, 신소설의 소설사적 위상에 대해서는 역시 그 판단이 모호한 경우에 속한다. 신소설의 담론이 근대적인 면모를 성취해 나감으로써 전대소설과 확실히 구별된다는 논지를 펴되, 신소설을 근대소설로 보지 않고 개화계몽기의 양식으로 규정하고 있어서 모호성이 지워지지 않는 것이다(2부 5장 참조). 이러한 사정은 『국문 글쓰기의 재탄생』(서울대 출판부, 2006)에서도 달라지지 않는다.

10   조동일, 『新小說의 文學史的 性格』, 서울대 출판부, 1973.

는 다소 무관한 문학장에서의 사건으로 간주하는 견해가 맞서고 있다.

　이상의 문제를 어떻게 해소할 것인가. 수많은 연구자들이 이러한 문제들을 해결하고자 논의를 보태고 있지만, 논의가 많아진다고 문제가 해결되지는 않는다. 이런 경우 실질적으로 중요한 것은 문제의 성격을 다시 살펴보는 일이다. 이럴 때 이상 검토한 논의의 지형이 사실상 내용·형식의 이분법에 기초하고 있다는 사실에 주목할 수 있게 된다. 내용이나 형식 각각이 따로 전대소설이나 근대소설에 닿아 있는 것으로 보지는 않지만, 내용이나 형식이 각각 다른 시대적 특성을 상대적으로 짙게 띤다고 보거나, 신구의 특징을 내용과 형식 양 측면에서 따로 고찰하고 있는 것이다.

　사태를 이렇게 보면 신소설을 전대소설 및 근대소설과의 비교를 염두에 두고 검토하는 데 있어서의 내용·형식의 이분법을 해소할 수 있는 방법을 찾아 주목하는 것만으로도 위의 문제를 해결할 실마리를 찾으리라고 기대할 수 있다. 이 책에서는 신소설 텍스트의 실질적인 양상을 전대소설과의 비교 맥락에 주목하여 탐구하는 것이 그 실마리가 된다고 판단한다. 결론을 당겨 말하자면 이 책에서는 신소설을 과도기적인 양식으로 보지 않는다. 우연의 문제에 주목하는 이 책의 실증적인 텍스트 분석을 통해 볼 때, 신소설은 우연 구사의 빈도와 양상에 있어서 전대소설은 물론이요 이후의 근대소설과도 뚜렷이 구별되는 고유의 특징을 보이기 때문이다.

　　　　　　　　　　　　제2부 한국 근대소설의 형성 및 분화와 우연

2. 전대소설의 우연 : 『유충렬전』과 『조웅전』의 경우

신소설 텍스트의 양상과 우연 구사 면에서의 특징을 적실히 규명하기 위한 전 단계 작업으로 여기서는 신소설이 전대의 소설과 어떠한 이동점을 갖는지 살피고자 한다. 구체적으로 『劉忠烈傳』과 『趙雄傳』 두 편의 영웅소설을 분석할 것인데, 비교 대상으로 이들 영웅소설을 택한 이유는 다음 두 가지이다.

첫째는 통시적인 맥락에서 신소설이 영웅소설과 맺고 있는 관계 때문이다. 조동일 교수의 연구에서 밝혀졌듯이 신소설의 상당수는 유형 구조 면에서 영웅소설과 동일하게 '영웅의 일생' 구조를 띠고 있다. 영웅소설과 신소설은 긍정적 계승관계를 맺고 있는 것이다.[11] 근대소설의 형성 과정에서 신소설이 차지하는 위상과 역할을 살피기 위해서는 신소설이 후대의 근대소설과 맺는 관계 못지않게 전대의 소설과 맺는 긴밀한 관계를 살펴야 한다고 할 때, '삽화'와 '유형', '인간형'의 일치를 두루 보이는 영웅소설을 비교 대상으로 삼을 필요가 있다.[12] 영웅소설

---

11 조동일 교수는 『유충렬전』 등 3편의 영웅소설과 『혈의 누』 및 『치악산』, 『빈상설』 등 9편의 신소설에 대한 유형 및 단락 분석을 통하여 "新小說은 오직 前代小說에서 물려받은 단락들로만 이루어져 있다고 할 수 있다. 물려받은 단락은 英雄의 一生을 構成하는 것들이며, 전대소설이라 함은 貴族的 英雄小說이다"(69면)라고 정리한 바 있다(『新小說의 文學史的 性格』, 서울대 출판부, 1973, 3장 특히 59~70면 참조).

12 이 책에서 '영웅소설'이라 함은, 유형을 기준으로 조동일 교수가 내린 정의 곧 "영웅의 일생에 입각하여 이루어진 소설"(앞의 책, 51면)이란 규정을 따른 것이다. 이렇게 정의된 영웅소설은 군담소설이나 전기소설 등과 분류 방식의 차이에 의해 변별된다. 뒤에서 보이겠지만 우연을 검출하는 데 있어서는 서사 구성의 분석이 중요한 까닭에, 바로 이 맥락에서 신소설과 유형의 일치를 보이는 이러한 의미의 영웅소설이 비교 대상으로 가장 적절하다고 하겠다.
이 책에서는 이 두 편의 영웅소설 외에 『춘향전』과 『구운몽』을 검토했는데, 지면 관계상 구체적인 내역은 생략하고 우연의 횟수 정도를 밝히는 데 그친다.

이 비교대상으로 설정된 또 다른 이유는 공시적인 맥락에서 찾아진다. 널리 알려진 대로 192, 30년대에 이르기까지 문학 독자층의 주요 소비 대상은 구활자본 고소설이었다. 따라서 독자층을 염두에 두고 보면 근대문학의 발전사란 동시에 전대소설과의 경쟁사라고 할 수 있다. 근대문학의 초창기에 독자를 끌어 모으기 위해 애썼던 신소설에 있어서 이러한 경쟁이 더욱 치열했음은 물론이다. 사정이 이러한 까닭에, 신소설의 우연을 적절히 해석하기 위해서는, 영웅소설을 위시한 구활자본 고소설과의 경쟁에서 살아남기 위한 전략의 하나로서 신소설의 우연 구사가 갖는 효과와 의미를 영웅소설의 경우와 비교하여 살펴볼 필요가 있다.

이 책에서는『유충렬전』[13] 완판본과『조웅전』완판 104장본[14]을 중심으로 하여 영웅소설에 나타나는 우연의 유형을 정리하고 그 기능 및 특징을 살펴보고자 한다. 물론 여기에서의 검토 목적은 우연과 관련된 특징을 신소설의 경우와 비교하는 데 있으므로 작품의 전체적인 특성을 살피지는 않는다. 먼저『유충렬전』에서 우연에 해당하는 사례를 기술 순서에 따라 정리해 본다.[15]

---

13 이하 모든 소설작품의 제목 표기는, 처음 나올 때는 원문 그대로 옮기되 이후부터는 현대 표기로 바꾼다.

14 최삼룡·이월령·이상구 역주,『한국고전문학전집 24 : 유충렬전 / 최고운전』, 고려대민족문화연구소, 1996; 이헌홍 역주,『한국고전문학전집 23 : 조웅전 / 적성의전』, 고려대민족문화연구소, 1996.

15 우연의 정리에 있어서는, 1장 3절에서 말했듯이, 각 항목의 앞에 우연의 종류를 나타내는 원문자와 횟수를 표시하는 숫자를 밝히고 끝에는 해당 면 수를 표시한다. 이해의 편의를 위하여, 각 장별로 필요하다고 판단되는 적절한 위치에서 원문자 뒤에 괄호를 넣어 우연의 종류를 밝혀 둔다.
모든 인용 면이 짝수인 것은, 이들 작품이 실린『한국고전문학전집』이 좌측면에 원문을 우측면에 역문을 담고 있는 까닭이다. 따라서 서술시의 비중을 면 수로 표시할 때는 짝수 면의 수만 고려하였다.

     제2부 한국 근대소설의 형성 및 분화와 우연

④-1 : 천자가 오랑캐를 피해 천도하고자 할 때 마침 와 있던 창희국 사신 임경천이 영웅의 탄생을 예언하며 만류한다(14면).

⑥(③)-1 : 유충렬이 7세가 되어 **모든 방면에서 영웅의 본색이 드러난다**(22면).[16]

④-2 : 천자가 정한담의 거병 청원을 들어주는 것을, 조회하고 나오던 유심이 우연히 듣는다(26면).

⑥-2 : 유심이 귀양 간 후, 장씨 부인의 **꿈에 일 노인이 나타나 화를 피하게 한다**(36면).

⑥(④)-3 : 마철의 집에 잡힌 장 씨가 **옥함(玉函)을 보고** 들고 나온다(48면).[17]

⑤(이접)-1 : 장 씨가 길을 헤매다 **몸을 피한 곳이 마침 마철의 종숙모 집이다**(50면).

⑥-4~8 : 곤히 자던 장 씨의 **꿈에 노옹이 나타나 피신하게 한다**[⑥-4]. 장 씨가 **용왕의 장녀가 모는 배로 도망하는데, 쫓아오는 도적 배의 돛대가 광풍에 부러진다**[⑥-5]. 배를 내려 걷다 잠시 졸 때 **꿈에 노옹이 나타나** 구해줄 사람을 고지하며 **길을 일러준다**[⑥-6](52, 54면). 힘들게 길을 가다 물에 빠져 **죽으려 할 때 한 여인이 제 집으로 이끄는데**[⑥(④)-7],[18] 알고 보니 유 주부의 먼 친척이다[⑥(⑤(관계))-8](56, 58면).

1장에서도 간략히 언급했듯이, 영웅소설을 분석하는 이 절에서는 우연의 분류와 관련하여 '⑥ 우연적 필연'을 추가하여 사용한다(고딕 강조 부분). 이는 천상의 계시가 꿈을 통해 이루어지거나, 지상의 인물이 천문을 읽는다든가, 지상의 인물이 천상계의 존재와 조우하는 등 천상계가 관여하여 지상의 차원에서 우연이 벌어지는 경우를 가리킨다. 우연적 필연의 사례 중에서 천상계가 없을 경우 순수한 우연이 되는 경우는, ⑥ 뒤에 괄호를 열고 예상되는 순수한 우연의 유형을 원문자로 표시한다. 예컨대 '⑥(③)-2'는 우연적 필연의 두 번째 사례이면서 천상계가 없다면 '③ 인과적 소극적 우연'에 해당하는 경우를 의미한다.

16 남들만큼 노력하지 않고도 능력을 획득하는 모티프는 영웅소설과 신소설에 두루 나타난다. 『혈의 누』의 옥련과 『추월색』의 정임이 일본어에 금방 능통하게 되고 『추월색』의 영창이 영국에서 소학교 과정을 능히 배우는 것은 '③ 인과적 소극적 우연'에 해당하나, 유충렬의 경우는 천상계의 자질이 발현된 것이기 때문에 우연이 아니라 우연적 필연에 해당된다.

17 옥함이 용궁의 조화에 의한 것임이 나중에 밝혀진다(98면).

④-3~5 : 물에 던져진 충렬이 우연히 바위에 발이 닿아 죽지 않는대[④-
3](58면). 지나가던 선원이 울음소리를 듣고 구해준대[④-4](58
면). 14세가 되어 우연히 멱라수 회사정에서 부친의 글귀를 보고
[④-5](60면) 자신도 죽고자 한다(62면).

⑥-9 : **꿈에 청룡을 본** 강희주가 달려가 유충렬을 구해 낸다(62면).

④-6~7 : 강희주의 부인과 딸이 압송될 때, 강 승상의 은혜를 입었던 아
비를 둔 나장이 마침 있어[④-6] 양인을 구해준다(76면). 부인이
강에 투신하자 낭자가 따라 죽고자 할 때, 관비(官婢)가 보고[④-7]
데려간다(78면).

⑥(②)-10 : 유충렬이 승이 되고자 길을 가다(78면) **대승[고승]을 만난다**
(80면).**19**

⑥-11 : 충렬에게, 노승이 **수년 전 발견한 옥함**을 전한다(98면).**20**

⑥-12 : **난데없는 배로 선녀가 와서** 유충렬에게 황태후가 위급함을 알린다
(152면).

⑤(관계)-2 : 조 낭자의 부친이 예전에(164면) 유충렬에게 술을 전하던
노인이었음이 밝혀진다(210면).

위에 보였듯이 『유충렬전』에는 총 21회의 우연이 등장한다. ④ '인
과적 우연' 7회, ⑤ '기타 우연' 2회로 순수한 우연이 9회 나타나며 나머
지 12회는 ⑥ '우연적 필연'에 해당한다. 순수한 우연은 총 9회로서 이

---

18 이 장면의 경우 부분적으로 보면 우연처럼 생각되나, 꿈에 나타난 노옹이 '구할 사롬'(54면)
   이라 예시한 바 있으니 이 또한 ⑥에 해당한다.
19 남악 형산 화선관이 미리 꿰뚫어보고 고승에게 언질을 준 결과이다.
20 노승은 옥함이 '용궁 조화'의 산물이며 유충렬이 그 임자임을 이미 알고 있다.

     제2부 한국 근대소설의 형성 및 분화와 우연

는 영웅소설의 우연에 대한 통념에 비춰볼 때 매우 적은 수이다. ⑥ 중 천상계의 관여가 없을 경우 순수한 우연이 되는 5회[21]를 더해도 우연의 사례가 14회에 그쳐, 뒤에서 분석할 신소설 일반에 못 미친다.

『유충렬전』이 보이는 우연 관련 특징은 단순한 우연 구사 횟수가 아니라 우연의 기능과 분포 면에서 찾아진다. 크게 세 가지 특징이 주목할 만하다.

첫째는 중심인물의 운명과 관련해서 본 우연의 기능상 특징이다. 유충렬의 경우를 보면, 생사와 관련하여 네 가지 우연 곧 ④-3(바위 구원)과 ④-4(선원 구원), ④-5(자살 기도), ⑥-9(강희주가 자살 방지)가 구사되고, 영웅화 과정에서는 ⑥-1, 3, 10, 11의 네 차례 우연이 사용되고 있다. 생사 여부가 순수한 우연으로 이루어지는 반면, 영웅화 과정은 모두 천상계의 영향하에서 우연적 필연으로 수행됨을 알 수 있다. 이러한 사실의 의미는 장씨 부인의 경우를 함께 고려할 때 명확해지는데, 부인의 스토리-선을 보면 ⑤-1(위기)과 '⑥-2, 4, 5, 6, 7(구원)'이 확인된다. 우연적 위기 이후 천상계의 도움으로 구원되는 것이다. 두 경우를 종합하여, 『유충렬전』에서 긍정적인 중심인물들의 경우, 위기가 순수 우연에 의해 발생됨에 비해 구원 및 영웅화에 있어서는 우연적 필연이 절대적인 위력을 발휘한다고 하겠다. '우연적 위기 이후 천상계의 도움에 의한 극복·영웅화'라는 서사 유형이 확인되는 것이다.

---

21 ⑥ 뒤에 ( )가 있는 경우.

<table>
<thead>
<tr><th></th><th>위기</th><th>극복</th><th>유충렬의 영웅화</th><th>난세 평정</th></tr>
</thead>
<tbody>
<tr><td>유충렬</td><td>④-5</td><td>④-3, 4
⑥-9</td><td>⑥-1, 10
⑥-11</td><td></td></tr>
<tr><td>장씨 부인</td><td>⑤-1</td><td>⑥-4, 5, 6, 7, 8</td><td>⑥-3</td><td></td></tr>
<tr><td>유심</td><td>(④-2)</td><td>⑥-12(유충렬)</td><td></td><td></td></tr>
<tr><td>소 부인</td><td></td><td rowspan="2">④-6</td><td>×[자살]</td><td></td></tr>
<tr><td>강 낭자</td><td></td><td>④-7</td><td></td></tr>
</tbody>
</table>

　　우연과 관련한 『유충렬전』의 둘째 특징은 우연의 분포 면에서 드러난다. 위의 표에서도 확인되듯이 '난세 평정의 서사'에는 우연이 전혀 등장하지 않는 등,[22] 우연 및 우연적 필연이 서사의 특정 국면에 몰려서 나오는 경향이 확인된다. 앞에서 제시한 기술 순서에 따른 사례 정리를 통해서도 동일한 판단에 이르게 된다. 장 씨와 유충렬의 고난 및 구원·영웅화를 차례로 기술하는 부분(46~56, 58~62면, 9면)에 전체 우연(21회) 중 11차례의 우연이 구사되고 있는 것이다. 9%의 서술시에 52%의 우연이 집중되어 있는 것은 두드러진 특징이라 하지 않을 수 없다.

　　이러한 특징은 주제효과 면에서도 의미를 갖는다. 상술한바 집중되어 나타나는 우연을 행위자로 나눠 살펴보면, 주인공 유충렬(4회)이 아닌 장씨 부인(7회)의 고난 및 구원의 서사에 우연이 더 많이 할애되어 있음이 확인된다. 난세 평정의 서사에 우연이 없는 것과 더불어 생각

22　유충렬이 남경으로 가서, 정한담에게 항복하려는 천자를 구하는 하권부터가 난세의 평정에 해당한다. 하권에 구사된 우연은 둘인데, 하나는 사경에 이른 부친 유심을 구하는 것이고 (⑥-12) 다른 하나(⑤-2)는 난세의 평정이 완전히 끝난 후의 일이라, '난세 평정의 서사'에는 우연이 없다.

할 때, 이러한 현상은 주제효과와 관련된 서사의 핵심에서 우연의 구사가 차지하는 비중이 크지 않음을 의미하며, 한걸음 더 나아가 『유충렬전』에 구사된 우연의 주된 기능이 주제효과와는 무관한 흥미의 제고에 있음을 알려준다.[23]

끝으로 천상계의 관여와 예정을 나타내는 ⑥'우연적 필연'의 특징을 정리해 둔다. 천상계와 관련하여 ⑥은 여러 가지 방식으로 두루 사용된다. 천상계의 존재가 직접 등장하는 경우가 2회(⑥-5 : 용왕의 딸, ⑥-12 : 선녀), 현몽하는 경우가 4회(⑥-2, 4, 6, 9), 천상계의 예정이 고지 · 실현되는 경우가 4회여서(⑥(③)-1, ⑥(④)-3, ⑥-10, 11) 어느 한 가지에 집중되지 않고 다양한 기능을 고루 보인다고 할 수 있다.

다음으로 『조웅전』의 경우를 살펴본다.

⑥-1 : 조웅이 이두병을 욕하는 글을 쓴 뒤, **왕 부인의 꿈에 죽은 남편 조 승상이 나타나 달아나라고 한다**(32면).

⑥-2 : 대강(大江)에 이르렀을 때 **선동(仙童)이 나타나 배에 태워준다**(34면).

④-1~2 : 진력한 조웅 모자가 '마상객'에게 <u>다과를</u>(46면), <u>여승들에게 음식을 얻는다</u>(50면).

⑥-3 : 도둑을 피해 도망친 왕 부인이 **꿈에 나타난 조 승상의 도움으로 조웅과 해후한다**(56면).

⑤(이접)-1 : 다시 만난 <u>모자가 숨은 곳이 '묘정인의 만고불망비' 비각이</u>

<hr>

23 흥미의 제고라는 우연의 기능에 대해서는 조동일, 『新小說의 文學史的 性格』, 앞의 책, 84~85면 참조. 여기서 조동일은 영웅소설과 신소설이 공유하는 '예기치 않는 고난'과 '의외의 행복'이라는 구조 자체가 흥미를 고조시킨다고 지적한다.

다(56면).

⑥(④)-4 : 조웅 모자가 지쳐 있는데 **월경대사가 와서 다과를 준다**(60-4면).

⑥(③)-5 : **조웅이 대사에게 글과 술법 등을 배우되 문일지십(聞一知十)의 면 모를 보인다.**

⑥(②)-6 : 세상을 주유하던 조웅이, **자신을 기다리던 화산거사로부터 '조웅 검'을 받는다**(72~76면).

⑥(④)-7 : **장 소저가 꿈속에서 부친에게 이끌려 황룡을 만난 뒤, 풍월을 읊어 조웅이 들어오게 한다**(88면).

④-3 : 조웅이 송 태자를 구해 돌아오다 번국에 들렀을 때, 잠에서 깬 뒤 <u>태자가 보고 싶어 갔다가 위기에 빠진 것을 알고 구한다</u>(190면).

⑥-8~9 : 조웅이 꿈〔⑥-8〕에 공중의 별세계로 가서, 자신의 운명에 대한 논의 를 듣는다(200-4면). **부대를 움직이다 한 노인을 만나**(206면), 오로봉 천명도사의 **편지를 받아 보고**⑥-9〕(208면) 그에 따라 화를 면한다 (210면).

④-4 : <u>금련이 모친을 보고 싶다 하여 전국에 화상을 붙였는데(220면), 마침 그 모친 또한 딸을 찾고자 조웅에게 부탁하여, 모녀가 상봉하게 된다</u>(222면).

⑥-10 : 강선암에 도착한 조웅이 **어떤 소녀의 노래를 듣고**(222면) **학산으로 향한다.**

④-5 : <u>도중에 어떤 자에게 길을 묻다 태자에게 사약을 갖고 가는 사신임을 알고 목을 친다</u>(224면).

⑥-11~12 : **묻는 말을 못 들은 체하는 노승에게 조웅이 칼을 빼니 그가 글 두 구를 던지고 도망한다. 글의 내용대로 찾아가니〔⑥-11〕 동자가**

　　　　천명도사의 글을 전한다(⑥-12)(226면).

　　　⑤(이접)-2 : 조웅이 학산에 이르니 송(宋)의 충직한 신민들이 모여 있는
　　　　　　데 그 중 조웅 모친의 사촌 노인이 있다(230면).

　　　④-6 : 조웅이 학산의 군사를 이끌고 가다, 사신을 만나 단칼에 처단한다
　　　　　　(234-6면).

　우연의 빈도 면에서 『조웅전』에는 ④ '인과적 우연' 6회, ⑤ '이접적 우연' 2회로 순수한 우연이 8회 등장하고 우연적 필연은 12회 구사되었다. 이상 총 20회의 우연 중 천상계의 부재 시 순수한 우연의 합은 12회로 추산되어 『유충렬전』보다도 적다.

　우연의 기능과 분포 면에서 『조웅전』은 『유충렬전』과 이동점을 보인다. 먼저 지적할 것은 『유충렬전』에서처럼 우연 및 우연적 필연이 몰려서 나오는 경향이다. 이두병을 피해 도망가던 조웅 모자가 월경대사를 만나기까지의 도정(32~60면, 총 15면)에서 우연 3회(④-1~2, ⑤-1)와 우연적 필연 4회(⑥-1~4)가 몰려나온다. 조웅이 학산에 이르고 기병하는 과정(222~236면, 총 8면)에도 우연 4회(④-4~6, ⑤-2)와 우연적 필연 3회(⑥-10~12)가 집중되어 있다. 전체 138면의 16% 부분에 70%의 우연(14회)이 구사되어 있는 것이다.

　우연의 분포 면에서 두드러지는 현상은 위기 과정에 우연이 개입하지 않는다는 점이다. 이는 『유충렬전』과는 달리 『조웅전』에서는 필연적이고 현실적인 전개 과정에서 위기가 닥친다는 사실을 의미한다. 반면 그 극복 과정에서는 우연적 필연이 대거 등장한다(전체 7회 중 ⑥이 5회). 이를 요약하여 '현실적 위기 이후 천상계의 도움에 의한 극복·영

웅화'로 정리할 수 있겠다. 물론 차이보다 공통점이 더 크다. 위기 극복 과정에서 우연이 주로 구사된다는 유사성에 더하여, 위기 및 그 극복 과정이 중심인물에 국한되는 것이나, 조웅의 영웅화가 우연적 필연에 의하는 점이 공통된다. 따라서 『유충렬전』과 『조웅전』은 '위기와 그 극복 과정'에 있어서 동일한 패턴을 취하되 위기의 내용에 있어서 차이를 보인다고 할 수 있다.[24]

『조웅전』의 우연 분석에서 흥미로운 사실은 난세의 평정 과정에서 우연이 많이 나온다는 점인데(8회, 40%), 사실 이는 현상적인 속성으로, 조웅의 영웅화 과정이 난세의 평정 과정과 상당 부분 중첩되는 데서 생긴 것이다. 유충렬이 정한담을 물리치는 것이 난세의 평정이라면, 『조웅전』에서 이에 해당되는 부분은 학산 기병 이후 이두병 휘하의 삼형제와 조웅이 맞붙는 것이 되는데, 이 부분에서는 우연이 전혀 구사되지 않는다. 반면 우연이 구사되는 그 이전의 전투는 서번(西蕃) 등을 대상으로 한 것이고 천상계의 도움을 받아 수행하는 것이어서 영웅화 과정의 연장으로 볼 수 있다. 요컨대 『조웅전』도 실질적이고 최종적인 난세의 평정 과정에서는 우연을 구사하지 않는 것이다. 이를 고려하여 우연의 의미 기능은 『조웅전』에서도 순수하게 흥미의 제고에 맞춰져 있다고 할 수 있다.

---

24 이러한 분석은, 『조웅전』이 여타의 영웅소설에 비해 이원론적 세계관의 성격이 약화되고 "비교우위적 관점에서 현실주의적 세계관이 보다 강화되고 있다"(9면)라는 기존 평가를 우연의 분석을 통해서 구체적으로 입증한 것이다(『한국고전문학전집 23 : 조웅전 / 적성의전』, 앞의 책, 「해제」 중 8~9면 참조).

  제2부 한국 근대소설의 형성 및 분화와 우연

3. 이인직 신소설의 우연과 주제효과

1)『혈의 누』의 우연 구사 양상과 그 의미

이인직의『血의 淚』는『만세보』에 1906년 7월 22일부터 10월 10일까지 연재되고 1907년 광학서포에서 단행본으로 출간된 작품으로 신소설의 효시를 이룬다.[25] 잘 알려져 있듯이 이 소설은, 김옥련과 구완서의 서사를 통해 청일전쟁 이후 조선 사회가 나아가야 할 방향을 제시함으로써 정치소설의 면모를 띠고 있다.[26] 자민족을 비하하고 일본과 만주, 조선의 연방을 주장하는 등 친일적인 내용을 담고 있어, 작가의 이력에 비추어 문학사적인 의의가 비판적으로 평가되기도 하였다. 그러나 전대소설의 전통을 계승하는 한편 새로운 소설의 세계를 열어

---

[25] 『혈의 누』가 미완임은 주지의 사실이나 그 후속편이 무엇인가에 대해서는 이론이 분분하다.『매일신보』에 연재된(1913.2.5~6.3)『모란봉』을 후편으로 보는 입장이 대세인 듯하나, 이재선의 주장대로『제국신문』(1907.5.17~6.1)의『혈의 누 하편』을 후속으로 보고『모란봉』은『혈의 누 하편』의 후속편으로 보는 것이 타당할 듯하다(이재선,『韓末의 新聞小說』, 한국일보사, 1975, 52~53면 참조). 그러나 어느 경우든 역시 미완이라는 점에서, 여기에서는 이 문제를 따로 다루지 않았다.

[26] 정치소설 규정의 문제를 좀 더 깊이 들어가면 논란이 없지 않다. 김윤식은 개화기 서사문학을 신소설과 고대소설, 정치소설이 각축을 벌이는 상황으로 보고(19면), 정치소설과 신소설의 관계를 세밀히 따지는 일이 신소설 연구를 진전시키는 데 긴요하다고 주장하였다(17면). 이런 문제의식 위에서 그는 "한국에서의 민권 운동의 부진과 식민지화의 성격"(36면)을 들어『혈의 누』나『은세계』등을 '정치소설의 결여 형태'로 규정한 바 있다(「'정치 소설'의 결여 형태로서의 신소설」,『韓國近代小說史研究』, 을유문화사, 1986). 이에 대해 김영민은, 위의 논의가 일본의 정치소설을 기준으로 삼은 것인데 그러한 기준 설정의 정당성이나 필요성은 무엇인지를 물은 바 있다(「우리 소설의 내적 형식의 역사와 관계망 파악 : 김윤식·정호웅 지음『한국소설사』, 예하 1993」, 민족문학사학회,『민족문학사연구』5, 1994, 299~300면). 이 책에서는, 친일적인 주제효과가 분명하다는 판단을 근거로 하여 그러한 반민족사적인 방향에서의 정치소설로 간주한다.

젖혔다는 의의를 부정할 수는 없는 작품이다.

이하에서는 『혈의 누』의 전체 스토리를 요약하면서 우연이 구사되는 경우를 정리해 본다.[27]

일청전쟁이 끝나던 때, 평양성 모란봉 피난길에 딸 옥련과 남편을 잃은 여인이 가족을 찾아 산중을 헤매다 우연히 어떤 사내를 만나 겁탈 위기에 빠진다[④-1](4면). 마침 일본 보초병들이 소리를 듣고 다가와[④-2] 사내가 도망하고 옥련 모는 헌병에 이끌려 헌병대로 간다(7~8면). 옥련 모가 자기 집 앞을 지날 때 개가 짖는다. 마침 집안에는 남편 김관일이 있었는데(11면), 외국 군대들이 들어와 전투를 치르는 조국의 약함을 생각하고 나라 사업을 위해 공부할 목적으로 출가를 결심한다(14면). 다음날 귀가한 모친이 옥련과 남편 생각에 보름을 보내다 대동강 물에 뛰어들어 죽고자 하나(20면), 모래톱에서 한두 자 깊이의 물로 뛰어내린 까닭에 죽지 않고 떠내려가다[②-1] 배를 타고 있던 고장팔에게 구출된다[④-3](21면). 사위를 만난 장인 최 주사가 딸과 손녀의 행방을 알고자 옥련의 집을 찾아왔다가 옥련 모가 벽에 써둔 영결의 말을 보고 놀라 애통해 한다(23면). 하인 막동에게 애국의 필요성을 말하고 오히려 양반들이 나라를 망쳤다는 말을 듣는다(27면). 팔자 한탄, 세상 원망, 딸에 대한 그리움에 술을 마시고 잠들어 꿈속에서 딸을 보는데 마침 딸이 찾아와 깨운다[⑤-1](29면). 남편 소식을 들은 옥련 모가 부친을 보내고 장팔의 어미와 집을 지키며 고생한다[고장팔의 어미가 본래 최씨 집 하인이었다][⑤(관계)-2](32면).

---

27 인용은 『新小說·飜案(譯)小說』 1권(한국학문헌연구소 편, 아세아문화사, 1978)에 의한다. 이하 다른 신소설 모두 이 전집을 이용한다. 면 수는 영인된 원본의 그것을 가리킨다.

　　　　　　　　　　　제2부 한국 근대소설의 형성 및 분화와 우연

부모를 잃고 헤매던 옥련이 '쳘환에 독호 약이 셕긴' 청인의 것이 아니라 일인의 총탄을 맞고⑤(이접)-3] 일본 적십자 간호부에게 구출되어[④-4] 치료를 받는다. 3주 못 되어 완치된 후 통사와 더불어 집으로 가나, 모친이 자살코자 나간 때여서 일본군의(軍醫) 정상 소좌에게 돌아가고(33면), 그의 제안에 따래④-5] 양녀 격으로 일본 대판으로 건너간다(34면). 대판에 내 렸을 때 마침 야전병원에 함께 있던 병정이 있어[④-6](37면) 그를 따라 정 상 군의의 집에 도착한다. 옥련이 정상 부인과 친해지고, 빼어난 자질로 반 년 만에 일본어에 능통해진대③-1](41면). 그러던 중 정상 군의가 전사하 여 상황이 어려워진대④-7](43~46면). 부인의 냉대 속에 3년간 눈치를 보 며 생활하다 심상소학교를 우등으로 졸업하나(47면), 우연히 주변사람들 의 말을 듣괴④-8] 집에 와서는 부인의 신세타령을 듣자, 죽을 작정으로 대 판항구로 나섰다가 순경에게 이끌려[④-9] 귀가한다(48~50면). 꾸지람을 들은 뒤 잠을 못 이룬 상태에서 부인과 노파가 자신을 욕하는 말을 듣는다 [④-10](53~54면). 꿈속에서 부모를 보고 잠이 깬 옥련이 다시 자살코자 항 구로 갔다가 기절하여 꿈에 모친을 보고는 자살을 포기한대⑥-1](55~58 면). 갈 곳 없는 신세가 된 옥련이 남의 집 살이를 할 요량으로 정처 없이 기 차를 탔는데(59면), 미국 유학을 생각 중이던 조선 서생이 옥련을 보고④- 11] 따라 내린다(63면). 말을 걸어온 서생에게 옥련이 그간의 사정을 말하 자, 서생이 함께 미국으로 유학을 가자고 제안한대④-12](64면).

3주 만에 미국 상항에 도착, 말이 안 통해 답답해 할 때 우연히 강유위를 만나 그의 주선으로 워싱턴에 가서 청인들과 공부하게 된대④-13](65~68 면). 5년 뒤 옥련이 고등소학교를 우등으로 졸업하게 되어 신문에 기사가 나자, 미국 온 지 10년 되는 김관일이 신문을 보괴④-14] 자기 딸이 아닌가 생각하여 학교로 찾아가나 만나지 못한다(69~70면). 호텔에 돌아와 우울해 하는 옥련에게 서생(=구완서)이 와서 축하한다. 구완서가 자신이 미혼임을 알리며 조혼제도의 폐해를 비판한다. 구완서가 돌아간 뒤 자신의 처지를 생각하다, 산소에 가서 죽은 부모를 만나는 꿈을 꾼다(76면). <u>김관일이 신문에 낸 옥련을 찾는 광고를 옥련이 보고④-15] 찾아가 부녀가 상봉한다(80면)</u>. 부녀가 구완서를 찾아가, 김관일이 신세 진 것을 치하하고 구완서에게 옥련과 백년가약 맺기를 청한다(84면). 몇 해 더 공부하여 계몽운동에 힘쓰자며 두 사람이 혼인 언약을 맺는다(85면). 조선에서 불행해 하며 지내던 옥련 모친이 옥련의 편지를 받고 놀란다(93면).

서사 구성 면에서 볼 때 『혈의 누』의 특징은 서사의 단속 현상이 심하지 않다는 점에서 찾을 수 있다. 이해조의 『고목화』나 『빈상설』, 『원앙도』 등은 물론이요 이인직의 『귀의 성』이나 『치악산』 등에서 보이듯, 중심인물을 달리하는 스토리-선이 순차적으로 대체되는 서사의 단속 현상은 신소설 일반에서 흔히 찾아볼 수 있다. 『혈의 누』 또한 처음 1/3은 옥련 모의 서사이고 이후 2/3가 김옥련의 서사로 되어 있으니 그렇다고 볼 수도 있으나, 김옥련이 등장하는 스토리-선의 우위성이 확연하여 여타 작품들과는 다르다.[28] 한편으로는 옥련 모의 서사 부분을, 배경과 주요 등장인물들을 소개하고 옥련의 첫 번째 고난을 구성하는 것으로 볼 수도 있다는 점이 이러한 맥락을 강화해 준다. 요컨대 『혈의 누』는 주인공 김옥련을 중심으로 하여 스토리가 진행되는 구성을 취함

---

28 『모란봉』을 이어서 생각할 때 이러한 판단은 더욱 힘을 받는다. 전체적으로 보아 김옥련의 '수난-극복'의 연쇄로 수미일관하게 진행된다고 할 수 있는 것이다.

　　제2부 한국 근대소설의 형성 및 분화와 우연

으로써 서사의 단속 현상이 심하지 않은 특성을 보이고 있다. 내용형식 면에서 보아 옥련의 고난과 극복이 연쇄되어 있음은 물론이다.

『혈의 누』에는 적지 않은 우연이 구사되어 있다. 별개의 서사가 연결되는 ④'인과적 적극적 우연'이 15회, 목적과 결과가 상위되는 ②'목적적 적극적 우연'이 1회, 원인 없는 우연인 ③'인과적 소극적 우연'이 1회, 이유적 소극적 우연과 이접적 우연 등 ⑤'기타의 우연'이 3회, 우연 아닌 우연인 ⑥'우연적 필연'의 잔재가 1회 등장하여, 총 21회의 우연이 보인다.

우연과 관련하여 먼저 두 가지의 특징을 꼽을 수 있다. 하나는 우연의 구사 횟수가 많다는 점이고, 우연의 유형 면에서 그 종류가 다양한 편이라는 사실이 다른 하나다.

『혈의 누』에서 보이는 21회의 우연이란 고전소설들에 비해도 양적으로 매우 많은 것이다. 우연이 빈번하게 구사되는 것으로 여겨지는 영웅소설들의 경우 『유충렬전』이 9회, 『조웅전』이 8회의 우연을 구사할 뿐이다. 천상계의 개입에 의한 '우연적 필연'을 포함해야 각각 21회, 20회가 되어 『혈의 누』와 비슷해지므로, 『혈의 누』가 영웅소설에 비해 보다 많은 우연을 구사하고 있음을 확인할 수 있다.

다음으로, ④'인과적 우연'이 가장 많기는 해도 구사되는 우연의 종류가 다양하다는 점을 지적해 둘 수 있다. ⑤에 '이유적 소극적 우연'과 '이접적 우연', '인물관계 설정상의 우연'이 포함되어, 『혈의 누』에는 모두 일곱 종류의 우연이 구사되고 있다. 이는 이인직의 다른 소설들에 비해도 특기할 만한 사실이다. 뒤에 분석·정리해 두었듯이 『귀의 성』에는 5종류, 『치악산』에는 4종류, 『은세계』에는 3종류의 우연이 구사될 뿐이다.

우연의 구사 양상을 좀 더 자세히 살피면 다음과 같은 점을 확인할
수 있다. 설명의 편의를 위해 우연의 종류와 빈도, 의미 기능을 나타내
는 도표를 먼저 제시한다.

<표 3> 『혈의 누』의 우연의 종류

		고난·위기	구원·극복	기타
옥련 모의 서사(32면)		④-1(겁탈 위험)	④-2(일본 헌병) ②-1(투신하나 얕은 물) ④-3(고장팔)	⑤-1(친정 아비 꿈) ⑤-2(고장팔 모친이 최씨 집안 하인)
옥련의 서사 (62면)	조선 (3면)		⑤-3(일병의 총탄) ④-4(일본 간호부 구원) ④-5(정상 군의의 양녀 되기)	
	일본 (29면)	④-7(정상 군의 사망) ④-8(주변의 말) ④-10(부인과 노파의 말)	④-6(일본 병정의 안내) ④-9(순검의 자살 만류) ⑥-1(꿈꾼 후, 자살 포기) ④-11(구완서와의 조우) ④-12(구완서의 미국유학 제안)	③-1(일본어 능통)
	미국 (30면)		④-13(강유위의 주선으로 공부) ④-15(김관일의 구인 광고)	④-14(졸업 기사)

위의 표에서 확인되는 첫째 특징은, 앞서 밝힌 서사 구성상의 특징
이 우연의 빈도에서도 확인된다는 점이다. 옥련 모의 서사에서는 ④ 3
회, ② 1회, ⑤ 2회로 총 6회의 우연이 구사된 반면, 옥련의 서사에서는
④ 12회에 ③과 ⑤, ⑥에 각 1회씩 총 15회의 우연이 설정되어 있다. 서
술시의 비중과 우연의 횟수가 비례관계에 있음을 알 수 있다.

그러나 이러한 비례관계에도 불구하고 전체 스토리에 우연이 고루
분포되어 있는 것은 아니라는 사실을 주목할 필요가 있다. 옥련의 스
토리를 공간적 배경에 따라 나누어 우연의 빈도 및 분포 양상을 살펴
보면 『혈의 누』가 우연을 구사하는 또 다른 특징이 드러난다.

피난길에 부모를 잃고 일본으로 떠나게 되기까지 조선에서의 옥련의 스토리는 겨우 3면에 불과한데(33~35면) 여기에 그녀의 고난·구원과 관련된 3회의 우연이 등장한다(⑤-3, ④-4, 5). 옥련이 일본에서 지내는 부분에서는 모두 9회의 우연이 확인되는데, 이 중 3회는 고난·위기와 관련되고(④-7, 8, 10), 5회는 구원·극복에 해당되며(④-6, 9, 11, 12, ⑥-1), 나머지 1회는 옥련의 재능을 알려주는 기능을 부여받는다(③-1). 끝으로 옥련이 미국에서 수학하고 부친을 상봉하는 스토리에서는 단 3회의 우연이 등장할 뿐이다.

이와 같은 우연의 빈도 및 분포 양상을 통해서, 『혈의 누』의 우연 구사가 보이는 둘째, 셋째 특징을 정리해 볼 수 있다.

둘째 특징은 서사 구성상 고난·위기와 구원·극복 과정에 우연이 빈번하게 구사된다는 점이다. 이는 옥련의 서사에서 두드러진다. 옥련의 고난·위기와 구원·극복이 점철되는 조선과 일본에서의 서사에 우연이 빈번하게 등장하는 반면, 고난이나 위기가 없는 미국에서의 서사에서는 우연 또한 거의 등장하지 않음을 알 수 있다.

이러한 사실은 주제효과 측면에서도 의미를 갖는다. 『혈의 누』의 정치소설적인 면모의 핵심은 조선이 일본, 만주와 연방도를 구성해야 한다는 구완서의 견해(85~86면)에서 확인되는데, 바로 이 장면은 우연이 드문 미국 부분에 속하고 있다. 이는 작품의 핵심적인 주제효과를 드러내는 서사 단계에서는 우연을 끌어들이지 않음을 뜻한다. 이로부터, 이 소설에서 우연이란 주제적인 측면과 긴밀히 관련되지 않고 흥미를 높이는 기능적인 역할에 머물 뿐이라고 추론해 볼 수 있다. 이러한 추론의 적절성은, 풍속의 개량·교정이나 신지식인의 사명 등에 대한 언설 부분도 우연에 의존하지 않는다는 사실에 의해 뒷받침된다.

　물론 이러한 파악은 위의 도표만으로 가능하지 않다. 『혈의 누』의 스토리 자체가 옥련의 도미 이후에는 특기할 만한 고난이나 위기가 없다는 점을 함께 고려한 것이다. 『혈의 누』 전편에 걸쳐 고난·위기 및 구원·극복의 사례를 확인해 보면 다음과 같다. 우연이 등장하는 경우는 위의 도표에 표시했으니 그 외의 경우 곧 우연이 구사되지 않는 경우를 따로 살펴본다.

　『혈의 누』에서 확인되는 우연 아닌 고난·위기는 다음 다섯 차례이다. ① 남편과 딸을 기다리다 낙심한 옥련 모가 죽을 결심을 하는 것(19면), ② 정상 군의의 사망 후 그 부인이 옥련을 냉대하는 것(46면), ③ 심상소학교 우등 졸업 후, 공부는 그만하고 자신을 먹여 살리라는 부인의 말에 옥련이 자살하러 대판 항구로 가는 것(49면), ④ 두 번째의 자살 시도를 포기한 후 집에 왔다가 부인과 노파의 말을 듣고 돌아서 나온 옥련이 갈 곳 없는 신세가 된 것(58면), ⑤ 구완서와 옥련이 상항에 도착한 직후 영어를 몰라 답답해하는 것(66면). 이 중에서 ②의 경우를 정상 군의의 사망이라는 우연(④-7)의 연장으로 보면, 『혈의 누』에서 확인되는 인물의 고난·위기 서사 중에서 우연에 해당하지 않는 경우는 네 차례라고 할 수 있다.

　요컨대 『혈의 누』는 인물의 고난·위기 서사를 총 8회 보이는 바 이 중 절반인 4회에 걸쳐 우연에 의지하고 있다. 여기에 더하여 가족의 이산을 초래하는 청일전쟁이라는 고난의 상황까지 고려해야 할 것인데,[29] 이를 제외한다 해도 작품의 고난·위기에서 우연이 차지하는 비중이 꽤 크다고 할 수 있다. 구원·극복의 서사도 확인해 둘 필요가 있는데, 이 경우는 위의 표에 모두 반영되어 있다. 다시 말해서 『혈의 누』에 등장하는 구원·극복의 사례는 우연에 의한 13회가 전부이다. 여기서 특징적인 것은, 구원과 극복이라 했지만 외부에 의한 구원이 12회로 절대다수를 차지한다는 점이다. 인물들의 의지에 의한 극복 사례는 엄밀히 보면 전무하고, 김관일이 옥련을 찾는 신문기사를 내는 것만이 의지적인 행위라 할 수 있다.

셋째 특징은, 바로 앞에서 확인되었듯이, 고난·위기 관련 서사보다 구원 및 극복 과정에 우연이 집중된다는 점이다. 전체적으로 볼 때 고난·위기 부분에 4회의 우연이 구사된 반면, 그러한 위기로부터의 구원 및 극복 과정에는 13회의 우연이 구사되어 있다. 옥련의 경우도 전자에 3회, 후자에 10회의 우연이 구사되어 편중 현상이 뚜렷하다. 우연이 구원 및 극복에 집중되는 특징은, 고난·위기와 구원·극복의 서사에서 우연이 차지하는 비중이 앞의 경우는 50% 미만인 반면 뒤에서는 100%라는 사실에서도 확인된다. 이러한 특징으로부터, 고난이나 위기는 다소 현실적인 반면 그 해결은 전적으로 우연에 의하고 있음을 알 수 있다. 이를 일반화하여 '현실적인 위기의 우연적인 극복'이라고 정리할 수 있겠다.

끝으로 넷째 특징은, 우연이 집중되는 구원·극복의 경우 극복에 해당하는 바는 찾기 어렵고 타인에 의한 구원이 절대다수를 차지하면서,

---

29 이러한 판단은 사실 유보해야 할 점이 없지 않다. 권영민이 지적하듯이, 일본 군대의 도움을 매개로 하여 '새로운 삶의 가능성'을 제시하는 배경으로 청일전쟁이 설정되어 있는 까닭이다(「신소설과 조선보호론의 담론적 실체」, 『서사양식과 담론의 근대성』, 서울대 출판부, 1999, 158~159면 참조). 요컨대 『혈의 누』의 청일전쟁은 작품의 경계 안팎에서 기회와 고난의 두 의미를 띠고 있다. 조동일은 이를 좀 더 일반화하여, 신소설에서는 고난을 쉽게 벗어날 수 있도록 인물의 속성이 마련되고 외부 원조자를 맞이하는 행운이 설정됨으로써 '시대적인 고난'이 "作品의 全體的인 展開에서는 극히 制限된 의의밖에 갖지 못하게 된다"라고 정리한 바 있다(『新小說의 文學史的 性格』, 서울대 출판부, 1973, 125면 참조).

구원의 주체가 대부분 일본인이라는 사실이다. 13회의 구원·극복 사례 중 외국인의 구원이 6회를 차지하며 그 중 일본 및 일본인의 경우가 5회에 이르는 것이다. 이는 조선인에 의한 도움 3회의 두 배에 해당한다. 『혈의 누』에 일본인에 의한 구원이 많이 설정되었다는 사실은 주제효과 및 이 소설의 성격을 규정하는 데 있어 중요한 요소이다. 물론 일본인들에 의한 고난도 없지 않다는 점을 간과해서는 안 되지만, 정상 군의의 사망이나 옥련이 졸업할 무렵 듣게 되는 주위사람들의 말은 옥련에게 해를 가하려는 의도에 따른 것이 아님을 주목할 필요가 있다. 요컨대 일본인을 구원자로 설정하는 것이 『혈의 누』의 한 가지 특징이라고 할 수 있다. 이렇게 구원·극복의 서사에 우연을 구사하면서 일본인을 시혜자로 설정한 사실은, 내용 면에서의 부분적인 친외세 경향보다도 더 근본적으로 『혈의 누』의 몰주체적·친일적인 성격을 입증하는 것이라 할 만하다.[30]

　이상을 간략히 정리하면 다음과 같다. 『혈의 누』에는 고난·위기 및 구원·극복 과정에 집중되어 총 21회의 다양한 종류의 우연이 서술시의 비중과 비례하여 구사되어 있다. 이들 우연은 작품의 명시적인 주제가 표출되는 부분을 피하면서, 사건의 전개과정을 흥미진진하게 하는 기능을 담당하는 것으로 보인다. 좀 더 구체적으로 보면, 고난·위기보다 그 구원 과정에 우연이 집중되어 '현실적인 위기의 우연적인

---

[30]　이는, 신소설들에서는 "幸福에 이를 수 있게 되는 根本的인 原因으로서 開化된 世界의 公明正大한 秩序가 强調되고 있"으며 "어느 작품에도 일제에 대한 抗拒나 反感 같은 것은 찾아볼 수 없다"(이상 99면)며 신소설 일반의 특징으로 '沒主體的 依他的 開化論'을 주장한 조동일의 논의(『新小說의 文學史的 性格』, 앞의 책, 99면 참조)를 소설 텍스트 분석 차원에서 구체적으로 입증, 뒷받침하는 것이라 할 수 있다.

해결'이라는 패턴을 보인다. 극복 사례는 미미하고 타인에 의한 구원의 사례가 전면화되어 있으며 구원의 주체가 외국인 특히 일본인으로 설정된 점도 특징적이다. 이러한 서사 구성상의 특징이야말로 주제효과 및 작가 의식의 친일적 성격을 입증하는 주요 근거라 할 것이다.

2) 국초의 그 외 작품

이하에서는 『鬼의 聲』(1906/8)과, 『雉岳山』(1908), 『銀世界』(1908)에 구사된 우연을 검토한다. 지면 관계상 서사 정리는 생략하고, 작품에 구사된 우연을 그 종류를 표시하여 순서대로 정리하고 개별 작품의 특징을 밝힌다.

『귀의 성』은 상권이 『만세보』에 연재(1906.10.10~1907.5.31)된 뒤 광학서포에서 단행본으로 출간되고(1907.10.3) 하권은 그 뒤에 중앙서관에서 발행된(1908.7.25) 작품이다. 주인공의 비극적인 죽음과, 폭력의 묘사에서 확인되는 일본 활극의 영향[31] 등이 특징적이다. 이 소설에 구사된 우연을 추려보면 다음과 같다.

• 상권

⑤(이유-소)-1 : 두 살 된 자신의 아들을 큰 마누라가 씹어 먹는 내용의
　　　　　　길순의 꿈(13면).

31　임화, 「續新文學史」, 『조선일보』, 1940.2.27.

②-1 : 길순이, 죽어 혼령이나마 모친에게 가고자 하며 우물 위로 올라서

　　　다가 미끄러져 자살에 실패한다(41~42면).

④-1 : 순검이 길순을 발견하여(43면) 병원으로 옮긴다.

④-2 : 춘천집[길순]이 재차 자살코자 전기철도에 엎드렸다가, 웬 부인을

　　　태운 인력거꾼이 자신에 걸려 넘어지게 되자, 운신도 못하는 그 부

　　　인을 제 집으로 옮기는데 그녀가 침모이다(56~57면).

④-3 : 남편 작은돌이의 속을 뽑아 춘천집의 거처를 알게 된 점순이 집안

　　　으로 들어가려다 김 승지 있는 것을 보고 돌아서는데 마침 들어오

　　　는 박 참봉을 만난다(70면).

③-1 : 밤중에 닭을 잡은 후로 김 승지 집안에 일이 많이 생긴다(101면).

④-4 : 거복이를 데려온 점순이가, 어미 춘천집과 아이를 한시에 죽이겠

　　　다 한 뒤 김 승지 부인 듣기 좋을 험악한 말을 늘어놓을 때 김 승지

　　　가 등장한다(106면).

⑤(이유-소)-2 : 침모가 자신이 죽는 흉악한 꿈을 꾼다(113면).

④-5 : 자신의 알리바이를 만들기 위해 김 승지 집에 들른 후 춘천집에게

　　　로 가던 침모가 탄 인력거가 최 서방이 탄 인력거와 충돌하는 사고

　　　가 발생한다(133면).

· 하권

④-6 : 최 서방이 춘천집을 끌어낸 후, 점순이가 사태를 알리려고 김 승지

　　　부인에게로 오다가, 귀가하는 김 승지와 조우한다(17면).

⑤(이유-소)-3 : 춘천집이 죽은 시각, 친정어머니가 흉한 꿈을 꾸고 깬다

　　　(25면).

　　　　　　　　　　　제2부 한국 근대소설의 형성 및 분화와 우연

④-7 : 딸네 집에 들른 강동지 내외가 할미의 말을 듣고 났을 때 마침 점순 이가 들어온다(34면).

⑤-4 : 김 승지가, 춘천집 모자의 머리를 부인이 방망이로 치는데 '빙충맞 게' 말리다가 저도 맞아 이가 빠지는 꿈을 꾼다(52면).

④-8 : 봉은사로 가다가 다리쉼을 하던 김 승지가 마침 심히 울던 까마귀 를 쫓으라 한다(54면).

④-9 : 김 승지의 명으로 까마귀를 쫓던 갑쇠가 구렁에 빠져, 죽은 지 나 흘 된 춘천집 모자의 시신을 발견한다(55면).

④-10 : 송장을 붙들고 울던 김 승지가 봉은사로 가서 박 참봉에게 시체 처리를 상의하는 편지를 띄우나, 마침 박 참봉이 출타 중이어서 강 동지가 편지를 보게 된다(56~57면).

④-11 : 그 밤에 봉은사로 향하던 강동지 내외가 삯군과 실랑이하다 길을 잃고 헤매는데, 강 동지 처가 딸의 시체가 있는 구렁에 빠진다(62 ~64면).

④-12 : 부산으로 도망가던 점순이 대전에서 지폐 가방을 도둑맞는다(73 면).

⑤-5 : 최가가 죽던 때, 점순이 갑작스레 깨어 꿈 이야기를 하나, 예지몽 에 해당하는 점순의 흉몽을 판수가 개꿈이라 해 버린다(105면).

④-13 : 침모의 집 담을 넘은 강동지가 몇을 죽일지 확인하느라 동정을 살피는데, 등걸잠을 자는 침모를 모친이 깨우며 편히 자라 하자 (121면), 침모가 일어나 춘천집 모자가 죽지 않게 해달라고 치성을 드려, 강동지로부터 목숨을 구하게 된다.

이상에서 보듯 『귀의 성』에는 ④ '인과적 적극적 우연' 13회, ⑤ '기타의 우연' 5회, ② '목적적 적극적 우연' 1회, ③ '인과적 소극적 우연' 1회로 네 종류 총 20회의 우연이 구사되어 있다. 우연과 관련하여 크게 네 가지 특징을 말해 볼 수 있다.

첫째는 상·하권 두 권으로 되어 있기는 해도 20회의 우연 구사는 양적으로 많다는 점이다. 『혈의 누』와 마찬가지로 『귀의 성』 또한 순수한 우연만 따질 때 『유충렬전』이나 『조웅전』 등보다 구사 빈도가 높은 것이다.

둘째는 종류와 기능 또한 다양한 편이라는 점을 들 수 있다.

셋째로, '이유적 소극적 우연'에 해당하는 '꿈'이 특히 많이 등장하는 사실을 주목할 필요가 있다.

『귀의 성』에는 모두 다섯 차례의 꿈이 보이는데, 그 기능상 세 유형으로 나누어 볼 수 있다. 복선과 예지, 경계 기능이 그것이다.[32] 『귀의 성』에 나타난 꿈은 모두 예지 기능을 수행하는데 그 중에서 일부는 '경계'나 '복선' 효과까지 낳고 있다. ⑤-3, 5는 예지가 예지로 그치는 경우인데, ⑤-3의 경우 강동지 내외가 서울로 올라가는 계기를 이루며, ⑤-5는 점순의 징치 과정을 좀 더 흥미롭게 만들어준다. ⑤-1의 길순의 꿈은 작품 내의 예지 기능과 더불어, 작품 밖의 독자에게 춘천집 모자의 죽음을 암시해 주는 복선 기능을 수행하고 있다. 한편 ⑤-2, 4는, 인물들이 예지적인 꿈을 일종의 경계로 받아들여 행동의 변화를 보임으로써 서사의 전환이 야기되는 경우로서, 행위에 대한 경계로 꿈이 기능하고 있다.

---

[32] 개념상 명확히 변별되기는 곤란한 예지와 경계는 꿈 전후의 서사 전개에 의해 사후적으로 구별된다. 꿈의 예시가 행동상의 별다른 변화를 낳지 못하면 '예지'에 그치지만, 꿈을 심각하게 받아들인 인물에 의해 서사의 전환이나 반전이 생길 경우 '경계'라 하여 분리해 생각해 볼 수 있다. 또한 꿈의 예시가 독자와의 관련 속에서 복선 기능을 하는 경우도 따로 살필 여지가 있다.

꿈의 경계에 따른 서사의 전환 양상에 대해서는 좀 더 살펴볼 필요가 있다. ⑤-2는, 점순의 춘천집 살해 음모에 가담하고자 했던 침모가 마음을 돌리는 계기로 작용한다. 이 꿈 때문에 침모가 모친을 찾게 되고 자신의 태도를 확실히 결정하는 것이다. 여기서 중요한 점은, 침모 모녀의 상봉 이후 노인의 지혜와 충고에 따른 일련의 서사가 진행된다는 사실이다. 춘천집 살해 사건으로부터 자신을 지켜줄 알리바이를 만들어 내는 이와 같은 침모의 스토리-선은 하나의 독립된 에피소드에 해당한다. 이 에피소드는 한편으로는 작품의 흥미를 돋우고 다른 한편으로는 춘천집의 운명에 대한 독자의 안타까움을 증대시킨다. 민담 등에서 보이는 '문제해결형' 이야기의 재미를 부여함과 더불어 춘천집이 죽을 수밖에 없는 운명에 처했다는 사실을 확인시켜 서사의 의미구조를 강화하는 것이다. 이렇게 ⑤-2는 침모가 춘천집 살해 사건 음모를 벗어나게 되는 계기이자 그렇게 벗어나는 과정의 흥미로운 서사를 통해 재미를 고양시키는 기능을 하고 있다.

김 승지가 꾸는 꿈(⑤-4)은 조금 다른 기능을 수행한다. 꿈을 깬 뒤 잠을 못 이룬 김 승지가 이튿날, 찾아오는 손과 마누라의 넉살을 피해 '종용이 잇스려'고 봉은사로 나서는 데서 그의 꿈이 일종의 경계로 작용함을 알 수 있다. 그런데 이 꿈은 김 승지 개인에게 경계몽으로 작용하는 데 그치지 않고, 소설 전체 서사의 전환에서 중요한 역할을 하게 된다. 주지하다시피 봉은사행에서 김 승지가 춘천집 모자의 시신을 발견하게 되고, 시신 처리 관련 편지 사단으로(④-10) 강동지 내외 또한 딸의 시신을 보며, 급기야 강동지가 김 승지를 압박하여 돈을 얻어내 복수극을 펼치게 되는 까닭이다. 이렇게 김 승지의 꿈은, 전체 서사 차원에서 일련의 문제 해결 과정을 이끌어내는 계기(trigger)로 작용하고 있다.

이상 다섯 차례 꿈들의 기능 분석을 통해서도, 『귀의 성』이 서사의 주요 전개에 있어서 우연에 크게 의지하고 있음이 확인된다.

우연 구사 면에서 『귀의 성』이 보이는 넷째 특징은, 우연이 작품 전체에 고루 퍼져 있다는 점이다. 30면 내외에 걸쳐 우연이 나타나지 않는 부분은 상·하 두 권에 걸쳐 단 두 군데뿐이다. 우연이 구사되지 않은 이들 부분의 특징은, 이 소설이 우연을 구사하는 방식의 효과와 특징을 추론해 볼 수 있게 한다.

우연이 등장하지 않는 첫째 서사의 지절은 상권 ④-3에서 ④-4 사이로서, 점순이가 간계를 수립하여 김 승지 부인을 꾀는 장면이다. 둘째 경우는 하권 ④-13에서 ④-14 사이의 작품 말미로서, 강동지의 돈을 받은 장 판수가 점순과 최가를 꾀어 마침내 강동지가 최가와 점순이를 죽이고, 서울에 올라와 김 승지 부인까지 죽이는 복수 부분이다. 요컨대 문제를 일으키고 해결하는 발단과 종결 부분에서 우연이 배제되고 있는 것이다. 우연이 배제된 이들 부분은, 계몽사상 등이 명시적으로 나타나지 않는 『귀의 성』의 주제효과를 스토리 차원에서 결정짓는 부분이라고 할 수 있다. 따라서 이들 부분에서 우연이 구사되지 않음은, 『혈의 누』와 마찬가지로 『귀의 성』에서도, 의미 구성의 핵심적인 부분 요소에는 우연이 구사되지 않고 있음을 뜻한다.

다음으로 『치악산』(유일서관, 1908)의 경우를 살펴본다. 『치악산』은 『귀의 성』과 함께 가정소설형에 속하는 작품으로 발표 당시 『혈의 누』 등보다 사람들의 인기를 끌었다고 전해진다.[33] 고부갈등을 축으로 하되 후실 시어머니와 개화 집안의 며느리라는 변형을 가하는 한편, 중심인물을 달리하는 스토리-선의 대체가 뚜렷한 만큼 이야기의 전개가 흥미를 끌기 좋은 굴곡을 보이고 있다. '이 씨 부인의 고난'-'검홍 일행의 활약과 홍 참의 집의 몰락'-'김 씨 부인과 남순의 패배'-'홍정식의 귀국과 부부의 재결합'-'김 씨 부인의 개과천선'과 같이 크게 다섯 부분으로 서사의 단속 양상을 정리할 수 있다.

『치악산』에 구사된 우연의 사례들을 보이면 다음과 같다.

· 상권

④-1 : 달을 구경하는 이 씨 부인에게 교전비 검홍이 작은 아씨[남순]가 밉다는 말을 하는데, 그것을 남순이 듣고 부모에게 전한다(7~12면).

④-2 : 백돌의 유학 이후 고두쇠와 옥단이 최치운의 욕심을 채워줄 요량을 한다(66~67면).

④-3 : 이 씨가 음행을 일삼는 듯이 홍 참의가 오해하도록 옥단이 꾸미는데, 그 과정에 '왼 사람 흐느'가 엮인다(91~92면).

④-4~8 : 치악산 산중에 버려져 넋두리하는 이 씨에게 최치운이 다가와 함께 살자며 욕심을 채우려 할 때 장 포수가 등장하여 최치운을 죽이고④-4](135~136면) 제 집에 데려가 처를 삼고자 한다. 산중으로 도망쳐 나온 이 씨를 찾던 장 포수가 호랑이 밥이 된대④-5](147~148면). 이 씨가 마침 치악산을 구경하던 수월당을 만내④-6](149면) 금강산에 들어가 여승이 된다. 흑심을 품던 승들의 모함으로 절에서 쫓겨나 자살하려던 이 씨가 마침 들려온 종소리에 마

33　임화, 「續新文學史」, 『조선일보』, 1940.2.15.

음을 고쳐먹는대(④-6)(159~160면). 다른 절을 찾아가다가 까마 귀가 떨어뜨린 썩은 창자가 얼굴에 맞자(④-7)(161면) 그걸 씻으려 물을 찾다가 웬 송장을 만내(④-8)(162면) 정신없이 어느 마을에 이 르러 신세한탄 끝에 자살할 생각으로 우물에 뛰어든다(166면).

• 하권

④-9, ⑤(이접)-1 : 치악산을 유람하고 송도를 향하던 홍 참의가 우물에 거꾸로 박혀 있는 여승[이 씨 부인]을 꺼내어[④-9], 어둠 속에서 인 가를 찾아 들어가는데 검홍 등이 살고 있대⑤(이접)-1](27~31면).

④-10~1, ⑤-2 : 추월 길동 부부가 수작하는 말을 엿들은[④-10] 춘심이 그 내용을 남편 금돌에게 전하자(41면), 최치운의 처였던 송도집을 후실로 데리괴⑤(이유-소)-2] 마침 원주 주막에 당도핸④-11] 홍 참의에게 금돌이가 사정을 알리는 편지를 전한다(42~43면).

④-12~4, ②-1 : 남순이 매사에 이를 갈아도 못 본 체하던 송도집이, 어 느 날 남순의 욕설을 듣고는[④-12] 그예 성질을 내어 안방을 차지 한다(57~59면). 꿈이 사나워 잠을 깬[④(⑥)-13] 송도집이 인기척 을 느끼고 은신하자(61면), 괴한들이 송도집으로 오인하여 남순을 치악산 오두막으로 납치해 간대②-1](62~63면).

④-14 : 남순이 지난 일을 후회하며 목을 매나 녹용 사냥꾼 일행[이 판서] 이 남순을 발견하여 구해낸다(76~78면).

④-15 : 김 씨 부인 일행이 홍 참의에게 의지할 요량으로 서울로 가다가 가평에 서 주막에 들려고 하다(114면) 주막장이와 실랑이를 벌이고 그때 끼어 든 술주정뱅이에게 뭇매를 안기는데 그가 만득이다(115~117면).

　　　　　　　　제2부 한국 근대소설의 형성 및 분화와 우연

『치악산』에서 확인되는 우연은 총 18회로, ④ '인과적 우연' 15회, ⑤ '기타의 우연' 2회, ② '목적적 우연' 1회로 이루어져 있다. 상·하 두 권으로 되어 있으니 절대량이 많은 것은 아니지만, 별개의 서사가 연결되는 ④만 따지면 다른 신소설 작품들에 비해도 많은 편이다.

『치악산』은 우연의 분포 면에서 두드러지는 특징을 보인다. 이 씨 부인의 고난과 구원의 서사에 상당수의 우연이 집중된 반면, 주요 문제가 해결되는 부부의 재결합 및 김 씨 부인의 개과천선 과정에서는 우연이 거의 없다. 이 씨 부인의 서사에는 전체 18회의 우연 중 절반 이상인 10회의 우연이 집중되어 있으며 ④만 볼 경우 15회 중 9회가 구사되어 집중도가 매우 높다. 고난·위기에 5~6회 구원·극복에 4~5회가 배치되어 이 씨 부인의 서사에서는 우연이 고르게 분포되어 있다.

이와 같은 현상은, 서사 구성 전략 면에서 볼 때 이 씨 부인의 스토리 –선이 선택되어 우연이 집중적으로 구사된 셈이라고 하겠다. 유서 깊은 여인의 수난사를 우연으로 점철시킨 이러한 현상은, 앞의 소설들과 마찬가지로, 『치악산』 또한 흥미를 제고하기 위한 방편으로 우연을 구사하고 있음을 알려준다.

끝으로 『은세계』(동문사, 1908)를 살펴본다. 『은세계』에 대해서는 주제를 중시한 고평과[34] 구성을 문제시한 비판[35]이 병존한다. 전반부가

---

34 임화의 경우, 사회현실을 전면적으로 반영하여 객관소설을 건축하려 한 작품으로 『은세계』의 의의를 고평하고 아무런 주저 없이 '걸작'의 반열에 올린 바 있다. 그에 의하면 이 소설은 양식 면에서도 구소설과 절연한 최초의 작품으로서의 의의를 갖는다(「續新文學史」, 『조선일보』, 1940.2.27).

35 전광용의 경우, 최병도 사후 옥남 남매의 서사로 이어지는 것을 두고 "사건 취급에서의 통일성이 결여되어 후반을 약화시키는 동시에 정치적인 해설을 노골화시키고 말았다"며 비판적으로 조명하고, 남매의 미국 유학이 필연성을 지니지 못하며 귀국 후 모친의 회복이 지나친 우연이라고 비판한 바 있다(『新小說研究』, 앞의 책, 180면).

최병도의 서사인 데 반해 후반은 옥남 남매의 서사로 작품이 이분되다시피 한 점이 특징적이어서, 이인직 개인의 창작 여부에 대해서도 논란이 없지 않다.[36] 우연 또한 전반에는 거의 구사되지 않다가, 최병도가 죽게 되는 시점에서야 등장한다. 사례를 정리하면 다음과 같다.

④-1 : 죽을 지경에 이른 최병도가 감영 밖으로 나올 때, 남편 소식을 알고자 올라온 처가 마침 원주 읍내로 들어온다(60면).

⑤-1 : 유문 주막에 머물던 부인이 까마귀 소리를 남편 사망 소식으로 생각하여 천쇠를 감영에 보낸다(68면).

②-1 : 감영으로 소식을 알러 가던 천쇠가 최본평을 만난다(69면).

④-2 : 이국에서 살아갈 방도를 잃은 남매가 자살할 요량으로 철로 옆에 나섰으나 기차의 방향과 선로를 잘못 판단한 덕에 죽지 않고, 그들을 수상히 여기던 경찰에 의해 구원된다(109면).

④-3 : 기독교인 씨엑기-아니쓰가 남매의 기사를 보고 동정하여, 몇 해든

---

36 이와 관련하여 최원식은 『은세계』의 전반부가 이미 존재하는 〈최병두타령〉의 개작이리라고 추정한 바 있다(「銀世界 硏究」, 『民族文學의 論理』, 창작과비평사, 1982). 반면에 양승국은 당대의 맥락에서 '연극 개량론'과 '신연극'의 요체가 '계몽적 기능의 강화'였다는 판단에 근거하여(49면) 『은세계』의 '신연극'적 성격이 오히려 '후반부의 영웅소설적 성격'에서 잘 확인된다 하고(56면) '최병두 타령'의 존재 자체를 의심한다(59면)(「'신연극'과 〈은세계〉 공연의 의미」, 한국현대문학회, 『한국현대문학연구』 6, 1998). 이 문제와 관련하여 채호석은 "『은세계』의 후반이 전반과 다르다면, 그리고 전반이 뛰어나다면, 그것은 후반에서 그려지는 세계가 아직 존재하고 있지 않은 세계이기 때문이라 볼 수 있지 않을까" 하는 흥미로운 문제를 제기한다. "아직 존재하지 않는 현실을 이미 존재하는 것처럼 그리지 않는다는 점에서 최소한의 리얼리스트의 면모"를 읽어내는 데는 동의하기 어렵지만, 전후반부를 이렇게 나누어 생각하는 것은 작품의 실제를 고려할 때 적절한 발상이라 생각된다(채호석, 「『鬼의 聲』에 나타난 여인의 운명과 그 의미에 대하여」, 이용남 외, 『한국 개화기소설 연구』, 태학사, 2000, 84면 각주 15) 참조). 이 책에서는, 전반부가 현실의 인식·반영에 기초한 반면 후반부는 자의적이고 주관적인 발상의 표백에 해당된다고 본다. 우연이 전반부에는 없고 후반부에 들어서야 구사되는 현상도 이러한 판단의 주요 근거가 된다.

　제2부 한국 근대소설의 형성 및 분화와 우연

지 공부할 돈을 대어 주기로 한다(110면).

④-4 : 귀국한 옥남이 세상이 달라졌다는 말을 하자 모친의 본정신이 돌아온다(134~135면).

④-5 : 모친과 옥남 남매가 불공을 드리는데 총소리가 나며 '무뢰지배' 수백 명이 들이닥쳐 옥순, 옥남을 체포한 뒤, 자신들을 '의병'이라 칭하며 정체를 묻는다(136면).

이상에서 보듯 『은세계』에는 ④ '인과적 우연' 5회, ② '목적적 우연' 1회, ⑤ '기타의 우연' 1회로 총 7회의 우연이 등장하고 있다. 앞서 살핀 작품들에 비해 우연이 매우 적다는 점이 가장 두드러진 특징이다. 이는 『은세계』의 주제가 다른 작품들에 비해 반봉건사회에 대한 비판이 강한 현실적 면모를 띠는 점과 관련된다고 보인다. 『혈의 누』와 『귀의 성』, 『치악산』 등에서 정치소설적인 내용이나 계몽사상을 피력하거나 서사의 중심 문제를 해결하는 장면에서 우연이 배제되었던 현상과 같은 맥락에서 이해해 볼 수 있다.

이러한 점은 이 소설에 구사된 우연들의 기능을 살필 때 보다 분명해진다. 7회의 우연 중 처음 3회는 최병도의 죽음과 관련하여 구사되는데, 반봉건 의식이 잘 드러나는 감영에서의 서사 부분이 아니라 병자를 인도하게 되는 서사에 한정된다는 점에 주목할 필요가 있다. 이들 우연과 관련하여 세 가지를 말해 둘 수 있다.

첫째는 이들이 주제의 구현과는 사실상 무관하다는 점이다. 둘째는 ④-1과 ⑤-1의 경우에서 보이듯 상황의 절박함을 강조하는 흥미 제고 기능을 수행한다는 점이다. 최병도가 물고 나는 시점과 그 부인이 찾아오는 시점을 일치시킨 ④-1은, 최병도의 죽음을 보다 절절하게 하려는 의도의 소산이라 할 수 있다. 같은 부분에서 술에 취한 교군들의 흥을 기술하여 상황을 대비적으로 강조하는 것과 같은 맥락에 놓여 있는 것이다. 끝으로 ②-1이 좋은 예가 되듯, (우연이 없다면) 현실적인 사건 처리가 번거로울 부분을 쉽고도 간명하게 처리하기 위해 우연을 사용한 점이다. 옥남의 말에 모친의 정신이 돌아온다는 실로 허황한 우연의 경우(④-4)도 이에 속한다고 할 수 있다.

『은세계』에 구사된 적은 수의 우연이 흥미를 제고시키는 데 기여하게끔 구사되었음은 옥남 남매의 자살 실패와 관련된 두 차례의 우연에서 보다 확연해진다. 이는, 전통적·일반적인 맥락대로 주인공의 위기와 구원 과정에서 우연을 구사한 경우에 해당한다.

이상으로 보면, 반봉건 현실 비판 및 계몽 의지의 표현이라는 주제효과와 관련된 부분에서는 우연이 구사되지 않고, 서사의 전개를 기묘하게 하여 흥미를 돋우거나 주인공들의 운명을 타개하는 손쉬운 방법으로 우연을 구사하고 있다는 점에서, 『은세계』 또한 다른 작품들과 유사한 면모를 보인다고 하겠다. 따라서 『은세계』에 우연의 구사 횟수가 적은 것은 이 작품의 주제효과가 다른 신소설들보다 현실 지향적이고 무겁기 때문일 뿐, 소설 미학적인 차원에서 별다른 의미를 갖는 것은 아니라고 할 수 있다.

4. 기타 신소설들의 경우

여기에서는 이상 검토한 이인직의 신소설들에 더하여, 국초와 더불어 신소설의 주요 작가로 거론되는 이해조와 최찬식의 작품을 한 편씩 골라 우연 구사 양상의 특징을 간략히 정리해 본다. 이는, 신소설 전반에 대한 연구가 아니라 형성기 한국 근대소설의 특성을 우연에 주목하는 소설 텍스트 분석을 통해 구명하고자 하는 이 책의 목적에 비추어, 이인직에 국한하지 않으면서 신소설의 대체적인 특징을 논의하려는 의도에 따른 것이다. 몇몇 다른 작품들은 필요한 경우 주석을 통해 간략히 언급해 둔다.

먼저 이해조의 『鬢上雪』(제국신문, 1907; 광학서포, 1908)에 나타난 우연의 사례들을 정리해 본다.

④-1 : 복단 어멈과 싸우고 돌아가던 금분이 복단의 시체에 걸려 넘어진다(14~15면).

④-2~4 : 화순집이 누군가와 이 씨 부인 팔아먹을 음모를 이야기하는 것을 놈이가 듣고④-2] 분개하여 거복에게 알린다. 황은률이 화순집을 찾아와 나누는 이야기를 거복이 자기 누이 집(화순집 안방 옆)에서 엿듣는대④-3]. 길을 나선 거복이가, 돈을 변통하러 길을 나선 옥단 아비를 만내④-4] 돈을 건네준다(53~61면).

④-5~6 : 이승학에게 어떤 모주 장사가 강짜를 부릴 때[④-5](93면) 승학이 지관이라 하는 말을 들은 어떤 상인이 돈을 물어주고 제 집으로 청하는데, 그가 바로 복단의 송장을 치우는 등 금분의 말을 따랐

던 돌이다④-6](95~99면).

④-7~8 : 화순집이, <u>마침 제 동생이 남편 상을 당해 자리를 비우자</u>[④-7]
그 딸 옥희를 정길과 혼인시키고자 한다(120~123면). 몸을 피한
<u>옥희가 이 동지 부부를 만나 구원된다</u>[④-8](124~126면).

④-9 : 제주도로 가던 <u>이 씨 부인이 배의 침몰로 죽게 된</u> 사연을 듣고 승학
이 찾아나선다(129면).

④-10 : <u>무넘이 마을 묘막으로 솔가한 이 승지가 앞집 이 동지와 친하게
지낸다</u>(136면).

④-11~3 : <u>지나가던 배에 구출된</u>[④-11] 이 씨 부인이 제물포에 당도한다
(139면). <u>돌이가 부인을 승학으로 오인하고 다가와서</u>[④-12] 사죄하
고 여러 소식을 전해준다(143~145면). 부인과 돌이가 <u>서울행 차를
리는데 승학이 다가와 남매가 상봉한다</u>[④-13](148~149면).

『빈상설』은 ④ '인과적 적극적 우연' 한 종류를 13회 구사할 뿐이어
서 그 횟수가 적은 편이다. 다른 작품들과의 비교 맥락에서 특징적인
점은 다음과 같다.

첫째, 『치악산』과 마찬가지로 『빈상설』도 서사의 단속 현상이 심해
서 '금분·평양집의 악행'-'화순집·황은률의 악행'-'이 씨 부인의 실
종과 옥희의 수난'-'가족 상봉'의 네 부분으로 크게 나뉘는데, 이러한
스토리 전반에 걸쳐 우연이 고르게 분포하고 있는 점을 들 수 있다. 주
인공의 고난과 극복에 집중되거나 하지 않는 것이다.

둘째는 종결부의 남매 상봉에서 잘 드러나듯 우연을 구사하는 방식
이 너무도 당당하다는 점이다. 이 씨 부인이 돌이와 만나는 것만도 대

단한 기연인데 이승학까지 우연히 만나게 되는 것으로 처리되어 있다. 이 과정에서 아무런 설명도 없다는 점, 곧 이러한 우연을 합리화할 의도가 전혀 없다는 점이야말로『빈상설』의 특징에 해당한다. 악인의 음모가 탐지된다거나 이승학과 돌이가 만나게 되는 부분 등 여타의 경우에서도 사정은 대동소이하다. 우연을 적극적으로 구사한다는 사실이 지금까지의 검토에서 확인된 신소설의 주요 특징이라 할 수 있는데, 우연에 대한 해명이 전혀 없다는 점에서『빈상설』은 우연 구사가 적극적이라는 이러한 특징을 전형적으로 보여주는 경우라고 할 수 있다.[37]

다음으로 최찬식의『秋月色』(안동서관, 1912)을 정리해 본다.

④-1~2, ②-1 : 우에노 공원의 경치를 감상하던 <u>이정임에게 강한영이 다가가 수작을 건넨다</u>[④-1](3~5면).[38] 강한영이 정임을 겁탈하려다가 <u>칼로 찌르는데, 어떤 신사가 급히 쫓아오자</u>[④-2] 도망간다. 신사가 칼을 뽑고 무슨 생각을 하다가 <u>마침 온 순사에게 잡혀간다</u>[②-1](8~11면).

③-1 : 김 승지 가족이 행위 불명이 되었을 때 이 시종이 내려가려 하나, <u>마침 불이 나서</u>(23면) 지체한 끝에 김 승지 소식을 알지 못하게 된다(21~25면).

---

[37] 여러 우연을 '과시적으로' 구사하는 경우로는 이해조의『枯木花』(제국신문, 1907.6~10)가 두드러지는데, 여기서도 우연에 대한 해명 의지는 거의 없다. 개과천선한 괴산집과 오 도령이 청주집을 만나는 우연에 대한 '설명 아닌 설명' 부분이 예가 된다(『新小說·飜案(譯)小說』, 6권, 130면). 우연의 우연성을 전혀 해소할 수 없는 내용을 설명 비슷하게 제시할 뿐인데, 이는 '설명을 했다'는 사실 자체로 우연을 합리화하는 기능을 대체한 셈이다.

[38] 정황을 고려하면, 강한영이 기다리고 있었거나 쫓아왔을 가능성이 농후하나 우연으로 처리하고 있다. 이 또한, 신소설이 우연을 구사하는 데 부정적인 판단을 갖지 않고 있으며 나아가 의도적·적극적으로 우연을 사용하고 있음을 알게 해 주는 사례에 해당한다.

④-3 : 마침 누군가의 모함으로 관직을 박탈당하게 된(25면) 이 시종이 세상과 인연을 끊는다.

④-4 : 가출한 정임이 남대문에 이르니 마침 부산행 급행 기차가 떠나는 때이다(35면).

④-5~7, ②-2 : 부산에서 길을 묻던 정임이 색주가 서방에게 걸려든다[④-5]. 갇혀 있던 중 안으로 날아든 풍뎅이가 등불을 꺼서[④-6] 성냥을 찾다가 발견한 대칼로[②-2] 창살을 따고 탈출한다. 일본인 차림을 하고, 마침 떠나는 연락선에 올라탄다[④-7](39~41면).

③-2 : 일본에서 여관 주인에게 일어를 배워 7개월 만에 능통해진다(42면).

④-8 : 순사의 취조 후 자기 사건이 난 기사를 보는데 범인이 '김영창'이라 하여 의아하게 생각한다(54면).

④-9 : 부모를 찾으려다 기진해 있던 영창을, 영국인 스미트 박사가 구원한다(58~59면).

③-3 : 영창이 영국으로 가서 말과 글, 소학교 과정을 능히 배운다(61면).

⑤(이접)-1 : 강한영이 '밀미음녀 집'에서 술을 먹다가 짝패와 시비가 붙어 이 시종 집 대문 앞에서 싸운다(90면).

⑤(이접)-2, ④-10 : 마침 결혼식 날이어서[⑤(이접)-2] 이 시종과 함께 있던 경찰서 총순이, 짝패의 소리를 듣고 쫓아나가 강한영을 체포한다[④-10](91면).

④-11 : 청인에게 납치된 정임이, 끌려간 곳에서 김 승지를 만난다(98~100면).

④-12 : 영창이 상황을 비관하여 목을 매려는 순간 청인들이 몰려와 데려간다(105면).

   제2부 한국 근대소설의 형성 및 분화와 우연

②-3 : 김 승지 내외가 뒤주에 갇혀 <u>물에 떠내려갈 때 상마적들이 발견하</u>
<u>여</u> 살아났다(109~110면).

이상에서 확인되듯이 『추월색』에는 ④ '인과적 적극적 우연'이 12회,
② '목적적 적극적 우연'이 3회, ③ '인과적 소극적 우연'이 3회, ⑤ '이접
적 우연'이 2회 등장하여 총 21회의 우연이 나타난다. 우연의 구사 횟
수도 많고 종류도 다양한 것이 특징적이다.

『추월색』은 1923년까지 18판이 간행되어 신소설 중에서 가장 많이
발간된 작품으로,[39] 배경이 조선, 일본, 영국, 만주에 걸쳐 있고 주인공
들의 파란만장한 굴곡 또한 그에 걸맞게 짜여 있다. 인물의 변화에 따
른 스토리-선들의 대체(代替)적인 전환이 배경의 전환과 맞물려 있고,
각각의 경우를 통해 '고난-행복'의 연쇄가 반복된다. 사정이 이러하기
때문에, 주인공 이정임의 서사에 8회의 우연이 배치되어 집중된 면모
를 보이나, 『치악산』과 마찬가지로 작품 전체에 걸쳐서는 그러한 특징
을 말할 수 없다.

한 가지 특징적인 것은, 우연에 대한 태도 면에서, 우연적인 사건에
대한 인물들의 반응이 매우 두드러진다는 점이다. 정임과 영창의 기연
을 알게 되면서 재판소의 검사가 '미우 신긔'해 하고(68면), 그들의 말을
들은 스미트 또한 '디단히 신긔히 녁이'는 것(69면), 정임과 김 승지의
관계를 알고 왕자인이 무릎을 치는 것(102면), 김 승지를 만난 정임이
"이갓치 신긔홀 째는 업스니"(103면) 생각하고, 자살하려던 영창이 정임

39　천정환, 「한국 근대 소설 독자와 소설 수용 양상에 대한 연구」, 서울대 박사논문, 2002, 39면.

의 편지를 보고 "만일 이 말이 사실 갓흐면 희한혼 별일이다"(108면)라 하는 것 등이 이에 해당한다. 여기서 강조할 점은, 이러한 반응들이 신기함, 놀람일 뿐이어서 우연에 대한 해명·합리화와는 아무런 관계도 없다는 사실이다.[40] 『추월색』 또한 『빈상설』처럼 우연의 구사에 있어 당당한 태도를 취한다고 하겠다.[41]

---

40 이해조의 『鴛鴦圖』에서도 말불과 금주의 인연이 확인되는 데서 민 승지 등이 사건의 기기묘묘한 우연적 전개에 놀라는 모습을 보인다(『新小說·飜案(譯)小說』, 5권, 86면 참조).

41 신소설을 다루는 이 장의 허두에 제기한 문제의식 곧 신소설을 과도기적 장르로 보는 문제에 대한 이 책의 최종적인 판단은, 신소설이 보이는 우연 구사 방식을 한국 근대소설사 일반의 맥락에서 검토하는 8장 1절에서 밝힌다. 이하 제2부에서 검토되는 제 작품들에 대한 소설사적 구도에서의 논의들 모두 8장에서 이루어진다.

제2부 한국 근대소설의 형성 및 분화와 우연

3장

계몽주의문학과 현실의 인식

1. 이광수의 『무정』, 계몽주의문학의 진상(眞相)

1) 『무정』의 기념비적 성격

춘원 이광수의 『無情』[1]은 한국소설사에서 기념비적인 작품이다. 이는 통상적으로 『무정』에 부여되는 '최초의 근대 장편소설'이라는 소설사적 위상을 염두에 둔 판단이 아니다. 불과 26세 작가의 첫 장편이면서도 한국문학사에서 전례를 찾을 수 없는 면모를 두루 갖추고 있다는

---

1   이 책에서는 매일신보 연재본(1917.1.1~6.14)을 본문으로 한 『바로잡은 『무정』』(김철 교주, 문학동네, 2003)을 대상으로 한다. 다른 경우와 마찬가지로 띄어쓰기는 현재 규정에 따라 고친다.

점에서 이 소설은 기념비적이며 문제적이라 할 수 있다.

『무정』의 소설사적 위상을 두드러지게 만드는 새로움은 크게 세 가지로 말해볼 수 있다. 첫째는 전례를 찾기 어려울 만큼의 방대한 분량을 갖추었음에도 불구하고 비교적 안정적인 구성을 성취했다는 점이며, 둘째는 인물형상화의 수준이 높다는 것이고, 셋째는 냉정한 서술자의 등장이라는 새로운 면모를 성공적으로 이루었다는 사실이다.

소설의 분량이 그 자체로 의미를 가진다고 하기는 어렵지만, 『무정』이 보이는 200자 원고지 1,800여 매의 분량은 특기할 만하다. 이 소설의 앞자리에 오는 작품들 즉 신소설이나 역사전기물의 대부분이 비록 단행본으로 출간되었어도 사실상 중장편 분량에 불과했음을 고려하면 『무정』의 방대함이 한층 뚜렷해진다. 이를 당대의 감각에서 실감한 이는 김동인이다.

「춘원연구」를 위시하여 기회 있을 때마다 이런저런 측면에서 이광수의 문학 세계를 계몽주의적, 도구적인 것으로 비판하는 김동인이 『무정』에 대해서 두 군데에 걸쳐 상찬한 유일한 사실이 바로 『무정』의 분량이 매우 대단하다는 점이었다.[2] 한글로 그렇게 길게 쓰였다는 사실이 김동인에게는 눈에 띄는 점이었고 그만큼 중요했던 것이다. 『무정』의 문학사적인 의의를 생각할 때 첫째 자리에 두어야 할 사실 또한 바로 이것 즉, 여타 신소설들과 비교할 수 없을 정도로 『무정』의 분량

---

2 김동인은 『무정』이 '量에 있어서 아직껏 조선에서의 초유'라 하여 소설사적인 위상을 지적할 뿐 아니라(「춘원연구」 3, 『삼천리』 8, 1935.1, 150면), "朝鮮 國語體로서 이만치 긴 글을 썼다 하는 것은 朝鮮文 發達史에 있어서도 특필할 만한 가치가 있다"라고 강조했다(「春園硏究」 4, 『삼천리』 9. 1935.2, 214면). 더 나아가 김동인은, 『무정』이 방대한 분량을 다루면서도 플롯을 잘 갖춘 셈이라고 평가하기까지 하였다(「小說作法」 3, 『조선문단』, 1925.6, 77면).

     제2부 한국 근대소설의 형성 및 분화와 우연

이 대단하면서도 그 서사 구성 역시 큰 무리가 없다는 점이 된다. 서사 구성상의 특징에 대해서는 뒤에서 상론한다.

『무정』의 기념비적인 성격 둘째는 등장인물들의 형상화에 있어서 새로운 경지를 개척했다는 점이다. 주인공 이형식은 소설사적 맥락에서 볼 때 존재 자체로서 빛나는 인물형이다. 김동인이 그를 두고 몽상가라 하고 줏대 없이 이랬다저랬다 한다며 통일성의 결여를 들어 성격화의 실패라고 말한 바 있지만,[3] 이형식은 서술자의 명언대로 과도기 청년 지식인의 한 전형이라 할 만한 인물이다. 그에게서 주목되는 것은 복합적인 면모이다. 이형식의 성격은 계몽가적인 이상과 개인주의 차원의 사욕(私慾), 도덕주의자로서의 면모와 공상가적인 허영이 독특하게 뒤섞인데다가 낭만주의적인 열정과 이지적인 사유능력까지 더해지되 사실상 어느 한 가지도 완숙해져 있지는 못한 채로 불분명하게 뒤섞인 상태이다. 이러한 면모가 과도기적인 인물이라는 판단의 근거가 되면서 시대성까지 띠게 된다. 이렇게 한 인물의 개성적 형상화로 근대전환기의 정신사적 양상을 담아낼 수 있었다는 데 『무정』의 주요 특징 한 가지가 있는 것이다.

다른 인물들의 형상화 또한 『무정』의 소설사적 위상을 높인다는 점에서 특기할 만하다.

이형식과 대비되는 성격의 인물로 신우선을 생생하게 그려내어 효과적으로 배치한 점을 무엇보다 먼저 지적할 수 있다. 신우선은 삼랑

---

3   김동인, 「春園研究」 3, 『삼천리』 8, 1935.1, 152~154면; 「春園研究」 4, 『삼천리』 9. 1935.2, 206면 참조. 김동인의 논의가 '줏대가 없는 성격'과 '성격상 통일성의 결여'를 혼동하고 있는 점에 대한 비판은 일찍이 김우종에 의해 이루어졌다(『韓國現代小說史』, 성문각, 1982, 87~88면 참조).

진에서의 반성(?)이 다소 엉뚱하다 할 만큼, 활발히 사회생활을 하는 호남자로 잘 그려져 있다. 이 인물 설정의 공은 형상화가 잘되었다는 점 자체에 있지 않고, 그가 주인공 이형식의 행동 및 주요 인물들 사이의 운명의 전개에 의미 있는 역할을 할 수 있도록 성격화되어 있으며 또 그에 맞추어 행동한다는 사실에 있다. 주지하는 바대로 『무정』의 서사 진행상 중요한 의미를 갖는 이형식의 결정 대부분은 신우선의 조언이나 충고, 나무람에 의해 이루어진다. 유서를 써 두고 사라진 영채를 찾아 평양으로 가라 하고, 김 장로의 약혼 의사를 전해주는 목사에게 제대로 답하라 눈짓을 보내며, 영채와 해후한 뒤 파혼하겠다 하는 형식을 나무라는 이가 바로 신우선이며, 선형과의 약혼식에서 형식이 자신의 행동지침으로 삼는 것이 바로 신우선의 말이니 이런 점에서는 그가 이형식의 롤모델이라 할 수 있다. 이렇게 중요한 기능을 하는 인물을 사실적으로 형상화하여 적절하게 배치했다는 점에서 신우선은 개별 인물 형상화 차원뿐 아니라 인물 구성 면에서도 『무정』의 빼어난 점을 보여주는 좋은 사례가 된다.

박영채와 김선형의 형상화도 『무정』의 가치를 높이는 데 기여한다. 박 진사와 김 장로의 대비를 잇는 이 두 여인의 대비적인 형상화는, 작품의 주제를 구현하는 데 있어 매우 효과적이며 강력한 인물 구성 방식이라고 할 수 있다. 여기서 강조할 것은, 그러한 대비적인 구성임에도 불구하고 이 두 인물의 형상화가 어떠한 스테레오타입도 추종하지 않고 있다는 사실이다.

박영채는 기생이 되어 정절을 지키되 선배로서 월화가 있어 나름대로 개연성을 갖추고, 김병욱의 끈기 있고 조리 있는 설득에 의해 생각을 바꾸게 되어 그 과정 또한 무리스럽지 않으며, 형식과의 해후 전후하여 보이는 심리 변화에서 확인되듯이 어떠한 유형에 속하지 않는 개성적인 면모를 잘 갖추고 있다. 김선형 또한 마찬가지이다. 그녀가 빤한 신여성이 아니며 이형식의 사욕의 대상으로서 기능적으로만 설정된 인물 또한 아니라는 점이 제대로 주목될 필요가 있다. 이러한 면모는 이형식이 자신을 사랑하느냐고 물은 데 대해 불쾌해 하고 그가 잘못했다고 판단을 내리거나, 열차 안에서 그가 제 손등에 입을 댄 행위에 대해서 기생에게 하던 버릇을 보였다고 분개하는 등에서 잘 드러난다. 이와 같이 김선형은 당대의 최신 여학생이면서 동시에 양반집 딸로서의 자부심, 기독교 신자로서의 윤리의식, 일반적인 규중처녀로서의 도덕성 등이 혼효된 인물이다. 어떤 면에서도 그녀의 성격은 단선적이지 않으며 스토리상에서도 전혀 형식적 기능적으로 설정되었다고 볼 수 없다. 이러한 복합적이고도 사실적인 측면을 주목해서 볼 때 김선형 또한, 이형식에 못지않게, 과도기 조선사회의 전형적인 신청년·신여성의 면모를 보여 준다고 할 수 있다.

　이상의 주요 등장인물 외에『무정』은 김 장로라든가 목사, 형식의 하숙집 주인 노파, 영채의 기생 어멈, 월화나 계향 등의 기생, 윤순애 등 보조적인 인물들 또한 생동감 있게 형상화하고 있다. 이상 예거한 인물들 중 어느 누구도 서술자에 의해 이러저러한 성격의 소유자라고 규정되는 것이 아니라 그들의 구체적인 행동을 통해 성격 형상화가 이루어져 있는 점은『무정』이전의 전대소설이나 신소설에 비할 때 특기할 만한 사항이라고 하지 않을 수 없다.

　이에 더하여『무정』은 전체적인 인물군의 구성 또한 훌륭하다는 점에서 돋보인다. 개별 인물들 하나하나의 형상화가 뛰어난 것뿐 아니라 전체적인 주제효과의 구현 면에서 이들 인물들이 이루는 기능상의 조화 또한 근대소설 초창기라는 소설사적인 맥락에서 보면 매우 뛰어나게 구축되었다는 점을 간과할 수 없다. 현실사회의 구체적인 맥락에 기초한 이들 인물들이 저마다 내세우는바 한편으로는 부정적인 인물들의 속성으로서 혹은 인물들의 부정적인 측면으로서의 허세[김 장로]나 탐욕[기생 어멈], 유탕적인 기질[신우선]이나, 다른 한편으로는 긍정적이거나 순박한 인물들의 폭이 좁은 의협심[이희경, 김종렬]이나 한계를 모르는 순진함[계향] 등은 중심인물들의 그러한 변주와 어울려서 인물들이 이루는 세계의 현실성을 잘 드러내 준다. 이러한 점은 1920년대 후반 사회의 전면적인 양상을 다양한 인물군을 통해 형상화한 염상섭의『삼대』에 비추어보아도 그리 크게 떨어지지 않는 수준이라 할 만하다.

『무정』의 소설사적 위상을 기념비적인 것으로 만드는 마지막이자 실로 중요한 요인은 서술자의 면모에서 찾아진다. '냉정한 서술자'가 그것이다. 중심인물들 상호간의 관계가 고조되는 시점에서도 서술자가 차분하고도 냉정하게 객관 묘사를 놓치지 않음은 일찍이 지적된 바 있거니와,[4] 이보다 더 중요하게는, 이형식과 박영채, 김선형, 신우선 등 중심인물들의 행위와 지향에 맹목적으로 동조하지 않는 서술 태도를 들 수 있다.

김 장로와 목사가 서로 주도권을 쥐려 하면서 진행하는 이형식과 김선형의 약혼식을 두고 '장난 모양'의 '위험'한 처사라 규정하는 것이나

---

4 형식과 영채의 해후 장면에서 하숙 주인 노파까지 얼러 인물들의 감정이 한껏 고조되는 장면에서 녹 슨 식칼을 언급하는 등의 냉정한 서술자의 면모에 대한 김우종의 지적이 대표적이다(『韓國現代小說史』, 성문각, 1982, 90~91면 참조).

    제2부 한국 근대소설의 형성 및 분화와 우연

(496면), 유학길에 오른 4인이 삼랑진에서 자선 음악회를 거행한 후 여관방에 돌아와 각자 앞으로 공부할 것을 이야기하는 장면 뒤에, 말하는 이 또한 자기가 공부하겠다는 것이 무엇인지 알지 못함을 거리를 두고 비판적으로 지적하는 장면(712~713면) 등이 대표적이다.

약혼식 장면을 두고 '겉개화'에 대한 풍자로 보기도 해 왔지만, 이러한 부분들의 의미는 그렇게 축소될 수 있는 것이 아니다. 이 장면들은, 시대의 변화 맥락에서 필연적이고 바로 그러한 까닭에 긍정적이라 해야 할 인물들의 지향이 '서구적인 것'으로 설정되기는 하지만 그렇게 설정된 것이 사실상 아무런 실체도 갖지 못하는 시대적 상황을, 냉정한 서술자를 통해 정확히 통찰한 결과라 할 수 있다. 인물들이 약혼과 같이 중요하고 의미 있는 일들은 개화·근대화의 방식으로 수행해야 한다고 믿고 그렇게 하고자 하지만, 실상 그 실질적인 내용은 모르기 때문에 구체적인 순간에는 어떻게 처신해야 할지 가늠하지 못하거나 자신도 모르는 말을 하게 되는 것을 『무정』은 날카롭게 포착한다. 형식적인 절차로 실정화된 약혼식이 없는 상태에서 약혼 당사자의 의견을 존중하는 예식을 거행해야 하는 상황이나, 사람들을 구제해야 한다는 당위적 요청을 수행하기 위해 그들을 가르쳐야 하고 그러기 위해 배워야 함은 자명하지만 실제로 배워야 할 것이 무엇인지는 알 수 없는 상태에서 생물학이나 수학을 배우겠다고 말하는 순간 등과 같이, 의식의 공허를 피할 수 없는 상황을 묘파하고 있는 것이다. 이렇게, 서구화로서의 근대화에 직면한 사회에서 항용 있을 수밖에 없는 바, 지향성은 있되 그것을 실현할 수 있게 할 실정적인 방식은 부재하여 그 수행자들을 '비주체적인 주체'로 만드는 상황을 여실하게 그려낸 점이

야말로 『무정』이 보이는 '냉정한 서술자'의 진면목에 해당한다.[5]

　다소 위악적으로 보이기도 하는 서술자의 이러한 태도는 기본적으로 등장인물들에 대한 서술자의 우월적 지위에서 유래하는 것이다. 『무정』의 서술자는 이형식을 포함하여 모든 등장인물들보다 상위에 위치하고 있다. 작품 내의 모든 사건들에 대해 인간사에서의 위상과 의미를 부여해 주는 톨스토이와 같이 『무정』의 서술자는 인물들을 내려다보며 해석하고 평가한다. 이형식의 세 차례에 걸친 해방과 각성에 대한 해설(28, 65, 115절), 특히 그의 사랑에 대한 해석이 대표적이다(618, 657~658면 참조). 박영채의 인간관, 세상에 대한 인식을 해설하는 것이나(30절), 김선형과 윤순애는 물론이요 이형식을 포함하여 이들 세 사람이 인생의 불세례를 받지 못했다면서 언제 "「사룸」이 될는고"라 지적하는 것(183~185면), 이형식과 박영채의 해후 이후 그 둘의 관계를 의심하며 괴로워하면서 김선형이 비로소 인생을 배운다고 논평하는 것(116~117절) 등이 모두 서술자의 우월적 지위를 알려 준다.

　서술자가 보이는 이러한 냉정함과 우월적인 태도는 『무정』의 계몽주의에 대해 재고할 필요성을 제기한다는 점에서도 주목할 만하다. 민족운동가요 계몽주의자로서 춘원이 각종 논설과 수필, 평문 등 다양한 글쓰기 양식을 통해 파괴해야 할 구습과 새롭게 세워야 할 신사상을 역설해 왔음은 주지의 사실인데, 이러한 문필활동의 저자로서 그가 보였던 열정적인 태도에 주목한 나머지 『무정』과 같은 계몽주의소설의 작가-서술자 또한 그렇게 열정적이리라는 인식이 암암리에 넓게 퍼져 내려 왔다.

5　『무정』이 보이는 '비주체적인 주체'의 면모에 대한 분석으로 졸고, 「비주체적인 주체의 실체 없는 지향성」, 『소설의 숲에서 문학을 생각하다』, 소명출판, 2003, 90~93면 참조.

　제2부 한국 근대소설의 형성 및 분화와 우연

그러나 이러한 통념적인 인식은 상술한 바 『무정』의 서술자가 보이는 객관적 · 냉소적 태도 앞에서 여지없이 무너져 내린다. 특히 중심인물들의 개화 · 계몽의지가 막연한 소망이자 기대에 불과한 것임을 엄정하게 지적하고 냉소적으로 비아냥대는 듯한 인상을 주면서까지 거리를 두고 있음을 목도하면 더욱 그러하다.

이러한 자리에서 계몽주의소설이란 무엇인가 하는 질문이 제기된다. 좀 더 구체적으로 말하자면, 서술자가 등장인물들의 계몽의지를 객관적으로 바라보는 데 그치지 않고 냉소하는 듯이 보일 만큼 냉정하게 평가하는 상황에서 『무정』의 계몽주의란 어떠한 것이며 어느 정도의 것이라고 해야 할 것인가가 문제된다. 물론 마지막 126절의 말미를 보면 작가-서술자의 육성이 열혈적인 계몽주의자의 그것으로 울려 퍼지고 있음이 분명하긴 하지만, 작품 전체로 볼 때 서술자의 태도가 객관적이고 냉정하며 인물들에 동화되지 않는다는 점은 훨씬 더 분명하고 한층 더 중요한 사실이기 때문이다.

이 위에서 우리가 내릴 수 있는 결론은 다음과 같다. 계몽주의가 주인공-서술자의 일치 상태에서 무언가를 교설적으로 제시하는 것은 아니라는 점, 적어도 그러한 방식은 『무정』(의 계몽주의)에는 해당되지 않는다는 점이 분명하다. 이러한 사실은 춘원의 문학을 계몽주의라 규정하면서 암암리에 그의 개별 작품들 모두가 작가-서술자의 계몽 의도를 뚜렷이 드러냈으리라 예단하는 것이 잘못일 수 있음을 의미한다. 작품의 연재가 끝난 지 오래되지 않은 시점에 춘원 스스로가 소설의 '교훈적인 구투'를 문제라 지적하면서 그 예외 작품 중의 하나로 자신의 『무정』을 들었던 사실[6]을 이러한 맥락에서 이해할 수 있다.

2)『무정』의 서사 : 반복되는 각성을 통한 계몽 의지의 구현

『무정』의 기념비적인 성격의 첫머리에 분량이 방대하다는 점을 지적하였거니와, 이 작품이 큰 무리 없이 대단한 분량으로 구성된 소설이라는 점의 의의는 그 시간 구조를 살필 때 한층 배가된다.

웬만한 신소설들보다 분량이 훨씬 길지만『무정』속에서 전개되는 실제 시간 즉 사건시는 놀랄 만큼 짧다. 이는, 이 작품의 양적 확장이 사건시에 대한 서술시의 확대를 통해서 이루어졌음을 의미한다. 실제로『무정』에서 중요한 사건이 전개되는 것은 불과 며칠 안팎의 일이다. 처음의 5일과 유학길에 올라 삼랑진에까지 이르는 1박2일 여정의 이틀, 합하여 일주일 정도에 불과하다. 전체 스토리 시간은 서술시점인 1917년을 기준으로 15, 6년 전에서 4년 후에 이르러 약 20년 가까이 되지만, 불과 일주일 정도밖에 되지 않는 스토리상의 특정 국면에 서술시가 집중적으로 할애되어 방대한 분량의 서사를 펼치고 있다.『무정』의 이러한 서술시 확장은 다양한 방식으로 이루어져 있다. 관련된 과거사에 대한 세세한 소개나, 관련 인물의 심리묘사에 주력하는 것, 동일 사건을 관련 당사자들 각각의 입장에서 재차 서술하는 방식, 서술자-작가가 개입하여 사태를 정리하고 그 의미를 추론하는 것 등이 주요한 예가 된다.

사건시에 비해 서술시가 확장되어 있다는 특징과 더불어『무정』은,

---

6 춘원, 「懸賞小說考選餘言」,『청춘』12, 1918.3, 99면. 이 앞 구절에서 이광수는 소설가는 인생 생활을 여실하게 묘사하여 만인의 앞에 내어놓으면 그만이며, 사람들이 그것을 보고 교훈을 삼는다 하더라도 그것은 문학의 '一活用, 一副産에 지나지 못하는 것'이라 하고 있다(98면).

그럼에도 불구하고 사건 전개가 대단히 신속하게 이루어진다는 특징을 보인다. 일반적으로 볼 때 서술시의 확장이란 소설의 뼈대를 이루는 사건들의 역동적인 전개를 멈춘 채 소설의 육체라 할 각종 묘사나 해설, 논평이 강화되는 방식으로 이루어지기 마련인데,『무정』은 그렇지 않다. 이럴 수 있는 이유는 무엇인가. 짧은 시간 내에 너무도 많은 사건이 벌어지는 것, 중심인물들의 운명이 결정되는 중요한 사건들이 숨 가쁘게 진행되는 것이 그 원인이다. 이러한 양상은 너무도 분명해서, 사건이 전개됨에 따라 혹은 전개되기 위하여 필요한 인물들이 기능적으로 등장하는 것처럼 느껴질 정도이다.

  작품의 서사구조를 검토함으로써 이상을 포함한『무정』의 특징을 밝혀 본다. 먼저, 플롯 구성 면에서 사건이 어떻게 전개되는지를 정리해 보면 다음과 같다. 이어질 논의의 편의를 위하여 중심인물들의 각성 및 자각 등을 고딕 강조하고, 앞에서와 마찬가지로 서사전개상의 중요 우연에는 밑줄을 그어 둔다.

- 1일차 : 이형식이 길에서 신우선을 만남. 형식과 선형 만남. 같은 날 영채도 형식을 찾아옴. 두 사람의 과거 인연 소개. 월화 이야기. 영채의 자살 결심.
- 2일차 : 형식이 학교에서 배 학감과 충돌, 월향[영채] 이야기를 듣고 돈 궁리. 선형 교습 후 속사람 해방[**1차 각성**]. 황혼 무렵 우연히 만난 학생의 인도로 월향의 집 방문 후 청량리를 가려다 신우선을 만나 함께 청량사 현장을 찾아가, 배와 김을 치고 훈계 후 영채 배웅. 우는 영채를 보고 사과하는 노파. 귀가한 형식이 영채의

처녀 여부를 궁리 끝에 부정.

- 3일차 : 영채, 노파에게 마음을 바꿨다며 성묘를 핑계로 평양행. 우선이 형식을 끌고 월향을 찾아가 평양행 소식을 들음. <u>눈에 석탄 가루가 들어가</u> 울던 영채, <u>병욱을 만나</u> 생각을 바꾸고[**영채 1차 각성**] 황주로 감. 형식, 노파와 밤에 평양행.

- 4일차 : 형식과 노파, 경찰서를 들러 기생집으로 감. 형식이 계향과 박 진사 무덤을 본 후 서울행 기차에서 상념[**2차 각성**]. 영채, 살아 있음을 우스워하며 전도(前途) 걱정.

- 5일차 : 형식, 학교 사직 의사. 노파와의 대화 후 반성. <u>마침 찾아온</u> 신 우선에게 돈을 빌려 영채를 찾겠다며 <u>나서려 할 때, 목사가 와 서</u> 김 장로의 약혼 의사 전달. 김 장로 집에서 저녁식사 후 약혼 식 거행. 즐거워하며 귀가한 형식, 우선에게 사실을 알림.

- 그 이후의 며칠[한 달 이내] : 황주의 영채가 병욱과 친해지고 병국에게 마음이 흔들림[**영채 2차 각성**]. 서울의 형식이 꿈같이 기쁘게 지 내다가, 기생 소문을 들은 장로 부부의 태도 변화에 괴로워도 하고, <u>우연히 병국의 소식을 들은 후</u> 선형에게 자신을 사랑하느 냐고 질문함.

- 유학길 출발일 : 영채와 병욱이 남대문역에 이르자, <u>우연히도 같은 날</u> 형식과 선형, 우선이 탑승. 세 처녀의 만남 이후, 형식이 영채와 의 관계를 선형에게 말함. 괴로워하는 선형. 형식을 무정타 하 며 죽고자 하는 영채. 영채와 해후한 형식이 사죄의 말을 건넨 후 돌아 나오며 약혼을 파하겠다고 하자 우선이 나무라듯 만류. 두 여인에 대한 사랑을 의심스러워하며 자신이 어린애임을 자

     제2부 한국 근대소설의 형성 및 분화와 우연

각하고 반성하며 그러므로 배워야 한다 생각하고 잠이 드는 형식[3차 각성]. 형식을 미워하다 잠이 드는 선형[인생을 배움].

- 다음날 : 삼랑진에 이르러 수해로 정차. 형식과 세 여인이 함께 여관에 듦. 불쌍한 임산부와 그 시모를 구원하며 친숙해지는 영채와 선형. 병욱의 주도로 자선음악회를 성공적으로 개최. 여관방에 돌아온 형식이, 저들을 구제하기 위하여 가르쳐야 하고 그러기 위해 배우러 가는 것임을 역설[영채와 선형 '산 교훈' 획득]. 네 사람 모두 한 몸 한마음을 느낄 때, 신우선이 와서 음악회 소식에 감동했다며 자신을 반성하고 새 삶을 약속[신우선의 반성]. 선형이 형식과 영채의 말을 믿게 되고, 모두 옮.
- 4년 후 : 형식과 선형, 병욱, 영채 모두 해외에서 열심히 공부하며 성과를 냄. 나머지 인물들의 동정을 알린 후, 조선 전체가 장족의 진보를 이루었다며 지나간 세상을 조상하는 서술자.

이상의 정리에서 확인되는 『무정』의 서사 구성상의 특징은 다음 네 가지로 지적해 볼 수 있다. 첫째는 앞에서도 지적했듯이 사건 전개가 신속하다는 점이며, 둘째는 서사의 전개가 주요 인물들의 각성이나 해방, 교훈 체득 등으로 이루어진다는 사실이고, 셋째는 중심인물들의 운명이 결정되는 사건이 초반부에 집중적으로 벌어진다는 점이고, 끝으로 넷째는 이러한 사건의 전개에서 우연이 적지 않은 역할을 행사한다는 것이다. 이하에서는 앞의 세 가지 특징을 차례로 분석한 뒤, 다음 항에서 우연의 문제를 검토한다.

『무정』은 스토리상의 짧은 기간 내에 주요 사건들이 집약적으로 진행되어 사건 전개가 매우 신속하게 이루어지는 특징을 보인다. 스토리상의 처음 5일 동안은 하루하루가 모두 상상하기 어려울 만큼 많은 일들로 그야말로 숨 가쁘게 채워지고 있다. 물론 이러한 신속함은 사건시 차원에서 확인되는 것이고, 서술시 면에서 보자면 각각의 스토리-선의 전사나 곁가지들까지 상세히 서술하는 것을 확인할 수 있다. 요컨대 이형식, 박영채, 그리고 양인이 이루는 세 가닥의 스토리-선들이 삼중(三重) 서사처럼 병렬적으로 구성된 위에, 이형식과 박영채 각각의 경우 그들이 중심이 되는 주-스토리-선에 기타 인물들이 명멸하는 부-스토리-선들이 연관되어 있으며, 이 모든 스토리-선들이 각각 충분한 서술시를 부여받고 있다. 이렇게 복잡다단한 사건들을 (서술시를 제한 없이 투자하여) 집중적으로 (사건시 차원에서는) 매우 신속하게 전개시키는 것이 『무정』의 서사 구성이 보이는 주된 특징이다. 사건시는 신속한 반면 서술시는 느린 이러한 서사 구성 방식을 이중 시간 구조라 해도 좋을 것이다.

첫째 날만 해도 이형식과 신우선, 김 장로 부부, 김선형, 박영채의 중심인물이 전부 등장하고, 김 장로 집안과 이형식의 인연은 물론이요 박 진사의 행적, 형식과 영채의 인연 및 이별, 외가로 간 영채의 고생과 기생이 된 연유 등이 모두 밝혀진다. 박영채에 대한 이형식의 몽상에 이어 그녀가 기생이리라는 추정과 절망에 더하여, 집에 돌아온 영채의 인간관 및 자살 결심 또한 이 하루에 다 밝혀진다. 부차적인 인물인 월화의 행적과 함상모의 행위 또한 여기에 더해지고 있다. 비록 첫째 날의 서술시 분량이 작품 전체의 18%를 넘는다 해도 이러한 점은 특기할 만하다. 하루라는 짧은 시간 내에, 중심인물들의 과거사를 포함하여 여러 등장인물들의 내력과 그들 간의 관계를 이렇게 완벽하다고 할 만큼 밝혀 두는 것은 어떤 의미에서도 필연적으로 요청되는 것은 아니기 때문이다.

이러한 특이성은 둘째 날의 사건들을 함께 고려할 때 더욱 두드러진다. 이날의 가장 핵심적인 사건이자 『무정』을 통틀어 가장 극적인 일이라 할 '박영채 겁탈 사건'이 벌어져 이형식과 신우선, 배 학감과 김현수가 연루되고, 7년 만에 해후한 지 단 하루 만에 이형식과 박영채가 갈라지게 되는 운명적인 결정이 내려지는 것은, 어떻게 보아도 플롯의 전개 혹은 사건시 맥락상 급작스럽다고 하지 않을 수 없다.

이러한 급작스러움은 작가 차원에서 의도적으로 마련된 것이라 할 수 있다. 이 사건으로 향하는 전 단계의 서사가 비현실적으로 조성되고 있기 때문이다. 학생들이 마침 그날 아침에 찾아와 배 학감 등을 거론하며 동맹휴학을 운운하는 것이나, 그들의 전언으로 하여 이형식이 학교에 출근하자마자 의도와는 달리 배 학감과 충돌하게 되는 것, 그 직후에 교사들의 월향 이야기를 듣고, 그 '월향'이 영채가 아닐까 추정한 뒤에 '그 추정을 사실로 믿는' 비현실적인 맥락에서 형식이 돈 천 원 없음을 한탄하는 것, 하숙을 나선 형식이 우연히 이희경을 만나 월향의 집에까지 가게 되고 거기서 월향[영채]의 행선지를 알게 되는 것, 우연히 전차를 놓치는 바람에 재차 우연히 신우선을 만나 함께 겁탈 현장에 이르게 되는 것 등은 우연을 문제 삼지 않더라도 지나치게 작위적이다. 그런 만큼, 이 모두는 형식과 영채의 운명의 분기점을 만들기 위하여 다소 무리를 감수하면서 의도적으로 구성된 것이라 하지 않을 수 없다.

여기에 더하여 둘째 날은, 이형식의 속사람이 해방되는 중요한 변화를 보이고, 평양에서 서울로 온 영채의 의도와 영채와 신우선의 관계, 월향에 대한 기생어멈의 심경 변화, 형식과 하숙 주인노파의 관계, 영채의 처녀 여부에 대한 형식의 고민 등을 포괄하고 있다. 인물의 변화 발전이나 인물관계상 의미 있는 일들이 동시다발적으로 신속하게 제기되는 것이다.

이후도 크게 다르지 않다. 박영채의 자살행과 병욱의 설득에 따른 각성, 이형식과 김선형의 약혼이라는 중대사가 이틀 만에 치러진다. 김 장로의 입장에서 보자면 이러한 작위적인 신속함이 한층 뚜렷해진다. 이형식을 가정교사로 고빙하여 상면한 뒤 단 4일 만에[5일째] 그것도 형식을 고작 한 차례 대해 본 뒤에 약혼식을 거행하는 까닭이다. 그 사이 형식은 평판이 나빠져 학교에 사의를 표명하는 커다란 변화를 겪으며, 자살을 접은 영채는 영채대로 완전히 새로운 삶을 영위하게 된다. 중심인물들의 운명과 관련된 이 모든 중대사가 단 5일 만에 전광석화처럼 이루어지는 것이 『무정』의 서사 구성이 보이는 첫째 특징이다.

이렇게 짧은 사건시 동안 모든 중심인물들 각각의 중요 사건과 그들 상호간의 운명이 급전하게 되는 양상이 의미하는 것은 무엇인가. 다소 의외의 답변 같겠지만, 이는 26세의 작가 춘원에게 이렇게 구성해서는 안 된다는 생각이 없다는 사실을 말해준다. 달리 말하자면 『무정』의 서사가, 사건시는 신속한 반면 서술시는 느린 이중 시간 구조 속에서 이형식, 박영채, 그리고 그들의 스토리-선 세 가닥을 중심으로 하는 삼중 서사 형식을 통해, 이렇게 다양한 사건들을 짧은 사건시 내에 집약하고 중심인물들의 운명의 급전을 보여주는 양상을 띠는 것은, 이러한

  제2부 한국 근대소설의 형성 및 분화와 우연

집약과 보여줌 자체가 목적으로 설정되었다는 점을 말해줄 뿐이다. 이 목적의식하에서 서술자도 작가도, 스토리의 개연성이나 작품 내 세계의 현실성 그 무엇도 전혀 의식하지 않고 있는 것이다. 이러한 목적 설정과 현실성의 외면은, 사건 자체의 진행을 가능케 하기 위하여 필요할 때마다 우연이 거리낌 없이 구사되고 있는 데서도 잘 확인된다.[7]

작품 내 세계의 시간의 흐름을 기다리지 않고 인물들의 운명을 좌우할 사건들을 짧은 사건시 내에 압축적으로 구성해 넣는 데 그치지 않고, 『무정』은 인물들의 대화나 회상, 서술자의 설명을 통해 과거까지도 현재에 포함시킨다. 이렇게 포괄되는 과거는 단순히 개개 인물의 내력을 알려주는 데 그치지 않고 시대적 배경 및 역사적 의미의 제시 기능까지 수행하며, 인물관계의 향후 전개에까지 의미망을 드리운다. 그 구체적인 양상은, 5일차에 이르기까지 이형식과 박영채의 과거사가 소개되는 한편 서술시점 이전의 15, 6년간의 사건이 단편적으로 때로는 반복되면서 제시되는 것이다. 이를 시간 순서대로 정리하면 다음과 같다.[8]

1871년 신미년에 박 진사의 일족이 멸했으며(56면), 15, 6년 전에 박 진사가 상해에서 신서적을 구입하여(391면) 신문명운동을 시작했다(56~57면). 이형식은 부모상 직후 11세 때 처음으로 평양을 갔다가(347면) 13세 때

---

7 이를 두고서 이 시기 특유의 어떤 소설 미학적 특성을 실정적으로 읽어낼 필요는 없어 보인다. 근대소설 형성기 혹은 그 중 어떤 한 시기의 특징을 말해 준다기에는 『무정』의 예외성이 두드러지기 때문이다.
8 플롯화의 양상을 드러내기 위해 즉 서술의 순서와 스토리상의 순서가 얼마나 변형되었는지를 보여주기 위해 각 사건이 제시되는 면 수를 밝혀 둔다.

에는 박 진사 집에 유숙하게 되어 당시 8세의 영채를 만나게 된다(65면). 형식과 영채는 박 진사의 뜻을 짐작하여 서로 부부가 되려니 하였지만(74~76면), 8년 전 가을 홍 모의 사건으로(59~60면) 박 진사가 수감되면서 형식(17세)과 영채(12세)는 이별하게 되었다(314면). 그 후 형식이 감옥으로 두어 번 편지를 했으나(61면) 연락이 끊기고, 영채는 외가에 갔다가(77면) 뛰쳐나와 부친을 면회한 뒤(101면) 김운용에 이끌려 기생이 되고 말았다(113면). 기생이 된 지 2, 3개월 후에 부친을 찾았더니 이 소식을 안 박 진사가 절식 자살을 하였다(113~114면). 한편 형식은 17~21세 중에 동경유학을 한 후 4년 전 1913년 21세에 경성학교 교사가 되었으며(409면)[9] 작년 여름에는 안주 박 진사의 집을 찾아가 보기도 했다(61면). 평양에서 기생노릇을 하며 월화의 감화를 받았던(204~227면) 영채는 형식을 찾으러 두어 달 전에 서울로 왔는데(158, 203면), 그 영채[계월향]를 신우선이 마음에 두었으며(242면) 영채는 우선을 통해 형식의 소식을 탐문했다가(245~247면) 마침내 오늘 하숙으로 찾아온 것이다(54면).

『무정』의 서술시점 이전의 서사는 위와 같다. 각 사건들이 제시되는 면 수의 혼란스러운 양상을 통해 알 수 있듯, 이상의 스토리는 나름의 연속체를 구성하지 못한 채 파편적으로 분산되어 있다. 이러한 점은 일차적으로 『무정』이 '박영채 전'이나 '이형식 전'과 같은 전대소설적

---

9 1917년 현재 시점이 "동경셔 도라온 지가 스오 년이니"(165면) 귀국 시점은 1912년 혹은 1913년이 된다. 경성학교 교사가 된 것이 21세 1913년이므로, 귀국한 지 1년 이내에 교사가 된 것이다(이 점은 1910년 3월 명치학원을 졸업하고 4월 중순에 오산학교 교사로 부임한 춘원의 이력과 흡사하다. 김윤식, 『李光洙와 그의 時代』, 한길사, 1986, 1권 237면). 따라서 형식의 동경유학은 17~21세 사이에 이루어진 것인데, 어떻게 가능했는지는 나와 있지 않고 유학 시절 학교 친구와의 조우만 제시된다(378~381면).

  제2부 한국 근대소설의 형성 및 분화와 우연

구성을 취하지 않고 있음을 보여 준다. 상대적으로 이형식의 일대기가 충분히 밝혀지지 않는 점도 이에 부응한다. 또한 이는 『무정』의 서술 초점이 과거에 있지 않음을 의미하는 것이기도 하다. 서술시점 이전 15, 6년간의 사건이 이와 같이 분산되어 제시되는 것이야말로 앞서 지적한바 일주일 정도의 짧은 시간에 현재의 중요 사건을 집약적으로 구축하고자 하는 서술전략의 결과라 할 것이다. 그에 따라, 박 진사의 행적을 포함한 영채의 과거가 그녀의 현재 상황의 비극성을 강화하는 방식으로 기능하고, 형식과 영채의 어릴 적 관계는 그들의 해후가 갖는 극적 성격을 부각시키는 효과를 수행한다. 여기에 더하여, 이상의 스토리는 인물들의 관계가 향후 어떻게 전개될 것인지를 암시해 주기도 한다. 영채에 대한 우선의 태도가 좋은 예가 된다.

위의 사례들이 보여주듯이 과거의 스토리가 파편적으로 분산된 상태는 현재 집약적인 서술방식의 효과를 증대시키려는 서술전략의 소산이라고 할 수 있다.[10]

『무정』의 서사 구성이 보이는 둘째 특징은, 사건의 전개가 인물들의 각성이나 해방, 교훈의 체득 등을 중심으로 이루어진다는 점이다. 앞서 잠시 계몽주의소설로서 『무정』이 갖는 특징을 비교설적인 측면에서 지적하였는데, 중심인물들 모두가 변화 발전하는 양상을 보이는 이러한 특징 또한 『무정』식 계몽주의의 특징을 강화한다. 작가-서술자의 메가폰 역할을 할 완전한 인물, 문제적 개인이 존재하는 대신 이 소

---

[10] 물론 이러한 스토리 설정은 그 자체로도 나름의 의미를 갖는다. 박 진사의 몰락이 좋은 예인데, 이는 근대 전환기 초기의 비극을 나타내는 역사적 의미를 띤다. 서술시점에서 확인되는 김 장로의 출세 상황과 대비되어 이러한 비극성이 한층 뚜렷해지는 사실에서, 이런 의미 부여가 의식적으로 마련된 것이라고 추정할 수 있다.

설의 중심인물들은 모두 정신적으로 아직 부족한 상태에 처해 있어서, 청자-독자를 상대로 교설을 늘어놓을 여지 자체가 없다.[11]

7일간 벌어지는 『무정』의 현재적 사건에서 인물들의 각성은 첫째 날만 빼고 계속 확인된다. 첫째 날에 인물들이 등장하고 중심인물들 사이의 관계가 형성되고 있으므로 이 시점에 특이한 각성이 있을 리 없다는 점을 고려하면, 작품 전편에 걸쳐서 인물들의 변화 발전이 지속적으로 제시된다고 할 수 있다. 앞의 서사정리에 따로 표시해 두었듯이 실제로 그러하다.

주인공 이형식은 경성학교 교사이고 약혼자가 되는 김선형의 가정교사이며, 삼랑진에서의 회동에서 보이듯 세 처녀들은 물론이요 신우선에게까지 훈계 비슷한 말을 할 수 있는 인물이지만, 작가의 계몽주의적 이상을 대변할 만한 완성된 인물은 아니다. 선형과 영채 사이에서 내내 흔들리며 무언가 결정을 하고 행동에 옮겨야 할 때마다 신우선의 조언이나 도움, 핀잔을 받는 데서 보이듯 여러 모로 어설퍼서, 어떠한 의미에서도 완성된 계몽주의자라고 할 수는 없다. 이러한 사실은 그가 계속해서 각성 과정을 보이는 데서도 확인된다.

이형식의 각성은 세 차례 주어진다. 첫 번째는 둘째 날 김선형, 윤순애에게 두 번째로 영어를 가르치고 나서 속사람이 해방되는 것이고, 두 번째 각성은 영채를 찾으러 평양으로 갔다가 서울로 돌아오는 기차

---

11 여기에 더하여, 이들을 대하는 서술자의 태도가 위악적, 냉소적이라 할 만큼 거리를 두는 것이기에, 서술자의 말을 통해 교설적인 주제효과가 생긴다 해도 교훈적인 내용을 직접 제시하는 것과는 인연이 없게 된다. 서술자와 관련해서 찾을 수 있는 교설적인 의미는, 서술자의 언어로 직접 제시되는 내용에서가 아니라 인물들을 내려다보며 비아냥거리듯이 내뱉는 서술자의 품평적인 말에 주목할 때 추론되는바 그러한 말이 가능할 수 있는 의미의 지평에 있을 뿐이다. 요컨대 작가-서술자의 교설적인 말이 직접적으로 『무정』에 드러나지는 않는 것이다.

안에서의 상념을 통해서 이루어지며, 끝으로 세 번째 각성은 부산행 기차 안에서 영채를 만나고 제자리로 돌아온 뒤의 혼란스러운 상태에서의 반성을 거치며 성취된다. 이형식이 보이는 이러한 해방과 각성, 반성은 『무정』의 주제효과나 계몽주의와 관련된 특성에 직접 닿아 있는 것이어서 조금 주의 깊게 살펴볼 필요가 있다. 먼저 이들 세 차례의 각성을 간략히 정리해 둔다.

> 첫 번째 각성[**속사람 해방**](2일차, 26~28절) : '지금껏 감고 오던 눈 하나를 새로 떠서' 김 장로 집의 예수 그림과 영어 교수(敎授) 중의 선형과 순애, 그리고 귀가길 교동 거리의 모든 것에서, '새로운 뜻' 달리 말하자면 '우주와 인생의 알 수 없는 무슨 힘의 표현'을 보게 됨(188면).
>
> 두 번째 각성[**자기 존재의 유일무이함, 개성적 특성 자각**](4일차, 65~66절) : 자기 자신이 지금까지는 목숨 없는 흙덩이였으며, 자기 감성 자기의지에 따라 움직이고 만물을 느껴 보지는 못했다는 생각에(397~398면), 지금까지 자신이 '자신을 죽이고 자신을 버리는' 잘못을 범했다 반성하고(399면), 자기(존재)의 유일무이함·개성적 특성을 자각함. "즈긔는 다른 아모러흔 사롬과도 쏙 굿지 안이흔 지와 의지와 위치와 스명과 식치(色彩)가 잇슴을" 깨닫고, '더할 수 없는 기쁨'을 느낌(399면).
>
> 세 번째 각성[**자신이 어린아이 상태였음을 반성**](출발일, 114~115절) : 진정한 사랑이란 한 사람을 향하는 것이어야 하리라는 생각에 김선형과 박영채를 두고 고민해 온 자신의 사랑을 의심스러워하며 반성

적으로 성찰하기 시작(654~656면). 자신이 한갓 어린애였다는 사실을 철저히 자각, 인정하고, 그러므로 배우러 간다는 생각에 이르러 슬픔을 잊고 잠을 청하게 됨(659~661면).

이상과 같은 세 차례의 각성은 각각 속사람의 해방, 존재의 개성적 본성 자각, 미성숙함의 자각 등으로 그 내포를 달리하여 규정될 수 있다. 그러나 이러한 규정에 주목할 때 야기될 수 있는 문제 곧 그러한 규정의 핵심 개념을 확대 해석하여 논의의 지평을 한껏 확장함으로써 사실상『무정』의 스토리나 작품 내 세계에 존재하는 서술자의 논평에서 기대할 수 없음은 물론이요 당시 26세의 작가 춘원이 1910년대 식민지 상황에서 상상할 수도 포지할 수도 없는 의미 영역에로 나아가는 평론적인 일탈을 막기 위해서는,[12] 이들 각성의 차이보다 더 중요한 공통점에 주목해야 한다. 이 공통점은 서사의 맥락에서 주어지는데, 이 모

---

12 이형식의 각성에 주목하며 그 의미를 근대적 내면의 등장으로 해석하고 있는 김영찬의 논의(「식민지 근대의 내면과 표상―이광수의『무정』을 중심으로」, 상허학회,『상허학보』16, 2006)가 한 가지 좋은 예가 된다. '내면' 자체에 대해 천착하고 그로부터『무정』을 읽는 데 있어 대단히 공을 들인 논문임에는 틀림없지만, 그의 논의는 근대적 내면의 형성이라는 문제의식 위에서『무정』을 검토함으로써 '내면'에 대한 논의의 지평에 부합시킬 수 있는『무정』의 구절과 요소를 읽어내는 방식을 취할 뿐, 그렇게 검토되는 구절들이『무정』의 작품세계에서 갖고 있는 서사적 의미 맥락을 고려하지는 않고 있다.『무정』의 주요 요소가 근대적 내면의 형성 과정에 대한 포착의 결과로서 읽힐 수 있다는 점은 분명하지만, 이러한 사실이, 내면의 형성이 갖는바 자아의 확립과 외부 세계와의 대상적인 관계 설정 등 근대적 인간의 형성에 있어 지니는 중차대한 제반 의미들이 이 작품 속에 그대로 담겨 있음을 의미할 수는 없음 또한 자명하다. 후자에 대한 자각적인 논의의 여지를 마련하지 못한 채 자신의 문제의식에 비추어『무정』을 해석, 평가한다는 점에서 이러한 논의 또한 평론적인 일탈로부터 자유롭지 못하다고 하겠다. 이러한 비판이 지나친 것이 아님은, 이 책이 지적하는 '첫 번째 각성'을 별다른 근거 없이 '예술체험의 은유'(23면)로 읽어내고 예술체험에 따른 내면의 (재)구성이라는 코드로 전체 서사를 해석함으로써, 이하에서 밝히는바 세 차례의 각성이 작품세계의 사건 진행에서 갖는 특성들을 무시하는 데서 확인된다.

　　　　　　　제2부 한국 근대소설의 형성 및 분화와 우연

두가 사랑의 문제에 관련되어 있다는 사실이 그것이다.

　이형식의 첫 번째 각성은 선형과 순애의 영어 교수를 전후해서 이루어지는데, 각성이 각성으로서 의식되는 것 곧 서술자의 설명대로(188~189면) 그의 속사람이 해방되는 것은 교수가 끝나고 김 장로의 집을 나오면서이다. 이 시점에서 그는 "들어갈 째와는 무엇이 좀 달라졋슴을"(186면) 깨닫는다. 천지에 뭐라 이름 붙일 수 없는 '알 수 없는 아름다움과 기쁨'이 숨은 듯하다고 생각하며 가슴속에 '희미한 새 희망과 새 기쁨'이 일어남을 깨닫는데, 이것은 "앗가 션형과 순익롤 대호얏슬 째에 그네의 살내와 옷고름과 말쇼리롤 듯고 싱기던 깃붐과 근스"한 것이다(이상 187면). 이성을 가까이해 본 적이 없는 이형식에게 이러한 깨달음은 그가 지금껏 보지 못하던 '인생의 일 방면'으로서 친밀성의 새 영역에 해당하는 로맨스에 닿아 있다고 할 수 있을 것이다.

　두 번째 각성 또한 그가 계향과 더불어 평양의 이곳저곳을 돌아다니고 귀성하는 길에 이루어졌음을 고려할 필요가 있다. 평양행의 원래 목적은 영채를 찾는 것이었지만 이형식이 보이는 행태가 그와 무관함은 확연하게 드러난다. 이형식은 살풍경한 박 진사의 무덤에 있는 것보다 계향의 손을 잡고 재미있는 이야기를 하면서 걷는 것이 좋아서, 북망산에 가자는 그녀의 말을 무시한 채 평소답지 않게 대담하게 그녀의 손을 잡고 기생집으로 돌아온다. 귀경길에 오르는 심정은 어떠한가. "다만 계향을 쩌나는 것이 셔오홀 쑨"이고 '꿈이 깬 듯하다'며 여러 번 웃은 뒤(394면), '신경이 흥분된 채로 무한한 기쁨'을 느끼고 있다(395면). 그러면서 지금까지의 자신을 '목숨 없는 흙덩이'(397면)로 간주하는 데 이르는 것이다. 이상의 정리에서 드러나듯이, 자기 존재의 개성적 특성에 대한 이형식의 이러한 자각이 계향과의 경험, 일반화하자면 이성과의 접촉에 따른 감흥과 무연할 수는 없다고 하겠다.

이형식의 세 번째 각성은 전면적인 것이고 그동안 사회의 지도자요 계몽가, 교사로서 자신이 살아온 행적이며 자의식까지도 깊이 반성하는 철저함을 보이는 것인데, 이상을 확인하는 데 그친 채로 그 계기이자 동시에 핵심이 무엇인지를 간과해서는 안 된다. 스토리 맥락을 보면, 죽었다고 생각했던 박영채를 만나 사죄하고 어떤 상황에서든 자신을 위해 처신해 온 영채에 대한 자신의 무정함을 깊이 깨닫고 후회한 직후 시점의 상념이라는 사실에 주목해야 한다. 앞의 두 차례 각성과 마찬가지로 이성의 문제에 연관되어 있는 것이다. 여기에 그치지 않고 이번에는 사랑 자체가 깊이 있게 성찰됨으로써, 그의 각성과 사랑의 문제의 관련성이 한층 강화된다. 그 내용은 다음과 같다.

먼저 이형식은 선형과 영채 양인에게 끌리는 자신의 사랑이 '전인격적 사랑'일 수 있을까 하는 의심을 하게 된다(656면). 의심에 이어지는 상념은 "스랑에 디훈 틱도로 죡히 인싱에 디훈 틱도를 결뎡훌 수 잇다"(658면)는 맥락에서, 자신의 사랑이 유치한 것이었음을 깨닫는 데로 이어진다. 물론 그의 상념은 여기에 그치지 않는다. 자신의 사랑에 대한 반성에 이어서 '일생 경력을 다 들여서 해오던 사업' 또한 헛된 것이었고 지금껏 생각하고 주장해 오던 바 또한 모두 "어린닉의 어린 슈쟉"이었음을 깨닫고 "나는 과연 즈각훈 사룸인가"라는 근본적인 질문에까지 이르는 것이다(658~659면).

이와 같이, 이형식의 세 차례에 걸친 각성은 모두 이성과의 관계에 의해 촉발되고 그것에 대한 자각과 상념 혹은 그 연장으로 이루어진

   제2부 한국 근대소설의 형성 및 분화와 우연

다. 이성과의 대면에서 사랑을 느끼고 그에 관여되면서 그의 속사람이 해방되고[첫 번째 각성], 이성과의 접촉에 이은 우주와의 교감 속에서 자기 존재의 개성적 본성을 자각하게 되며[두 번째 각성], 자신의 사랑을 반성한 위에서 지금까지의 자신이 미성숙한 상태로 공허한 관념 속에서 허우적거리고 있었을 뿐임을 통절히 자각하는 것이다[세 번째 각성].

이형식의 이러한 세 차례 각성이 『무정』에서 갖는 의미는 다음 세 가지로 정리된다.

첫째는 그의 각성이 작품의 주제효과에 미치는 영향이 대단하며 이것만으로도 『무정』의 소설사적 위상이 높아진다는 점이다. 주지하는 대로 사랑과 개성이란 초창기 한국 근대소설이 집중적으로 조명하던 근대성의 주요 특성이다. 이를 『무정』은 '주어진 것'으로서 실정화하지 않고 이형식의 각성 과정을 통해 '탐구되는 것'으로 형상화하고 있으며, 그 깊이에 있어서 1920년대 초기의 낭만주의적 연애서사들이 보인 애정과 사랑에 대한 인식 수준을 능가하고 있다. 따라서 이러한 각성의 형상화야말로 내용 및 주제효과 면에서 『무정』의 근대성을 강화해 줌과 동시에 이 작품의 우월적 위상을 확보해 준다고 할 수 있다. 한편 이형식이 2차 각성에서 느끼는 세계와의 조화는 1920년대 초기 소설들의 환멸과 상반되는 것으로서, 『무정』이 소설사에서 차지하는 이상주의·계몽주의적 위상을 뚜렷이 해 준다.[13]

---

[13] 1920년대 초기 문학의 환멸 특히 염상섭 초기 삼부작의 그것이 부정적 현실을 환기시키는 효과를 발하는 만큼 현실 상황을 고려한 것이라는 사실에 비추어(이 책 3장 2절 1)항 참조), 그러한 환멸의 반대편에 있다고 해서 『무정』의 의의가 부족해지는 것은 아니다. 소설사의 전개가 일직선적으로 발전하는 것인 양 사고하는 비예술적인 견지에 서지 않는다면, 이와 같은 이상주의·계몽주의적인 특성이 당대의 현실과 적절히 관계를 맺은 결과라는 점을 자체로 존중할 수 있게 된다.

둘째 의미는 그의 각성이 다루어지는 방식에서 찾아진다. 이형식이 보이는 세 차례의 각성을 보면 그 내용이나 결과만 강조되는 것이 아니라 그 과정이 세세히 묘사되고 있음이 확인된다. 이에 더하여 각성의 내용을 인물의 생각이나 서술자의 해설을 통해서 직접적으로 그리고 명확하게 제시하는 것이 아님을 함께 고려하면, 각성의 과정 자체도 의미의 구현에 기여하고 있음을 알 수 있다. 요컨대, 세 차례 각성이 모두 사랑의 문제와 관련되어 있음을 지적하였거니와, 바로 이러한 사건 상황이 갖는 의미가 각성의 내용에 부가된다는 것이다. 사랑에 대한 인식·통찰의 면에 한정해서 보자면, 사랑이라는 것이 실정화되어 관념적으로 주어지는 방식으로 이해될 수 있는 것이 아니라 굴곡진 경험을 통한 체득 과정을 통해서야 그 정체를 깨달을 수 있는 것이라는 점을, 반복되는 각성의 서사가 드러내 준다고 할 수 있다.

셋째는 이형식의 각성이 전후 서사의 전개에 있어서 개연성·인과성을 확보해 주는 역할을 수행한다는 점이다. 이형식의 각성은 비단 이형식 중심의 스토리-선의 변화가 아니라 작품 전체의 스토리 전개에 있어 중요한 역할을 함으로써 『무정』의 서사가 현실성을 띨 수 있게 기능하고 있다. 2차 각성이란 사실 영채를 죽은 것으로 치부하여 과거와 결별함으로써 김선형과 박영채 사이에서 갈피를 잡을 수 없었던 자신의 상태를 정리하는 것으로서, 학교를 사직하고 약혼을 받아들이는 이후 서사의 급속한 전개를 가능케 해 준다. 3차 각성이 삼랑진에서의 일장연설(!)을 가능케 하는 주요한 계기로 작동하고 있음은 물론이다.

이상 살펴본 바와 같이 서술자-작가의 언설[디에게시스 diegesis]이 아니라 인물과 거리를 둔 탐색의 방식으로 묘사[미메시스 mimesis]되고 있

　　　　　　제2부 한국 근대소설의 형성 및 분화와 우연

다 할 수 있는 이형식의 각성의 서사는, 내용 면에서『무정』의 근대소설적 주제효과를 마련해 주며, 형식 면에서는 서사의 객관성을 강화함으로써, 결론적으로 이 작품을 일의적인 교설 투의 어설픈 계몽주의와 유를 달리하게 해 주고 있다.

다른 중심인물들의 각성 또한 동일한 방식으로 비슷한 기능을 수행한다. 자살 시도를 접게 되는 박영채의 1차 각성이 박영채 스토리–선의 발전적인 전개를 가능케 하는 장치임은 자명한 것이며, 김병국을 계기로 하여 외로움을 느끼고 이성을 그리워하는 2차 각성은 기생이 아닌 자유인으로서의 자기 자신의 감정을 인정하는 것이어서, 일본 유학이라는 이후 서사의 자연스러움을 증대시켜 준다. 이에 더하여, 이형식의 말을 통해 '산 교훈'을 얻는 3차 각성은 유학의 의미를 밝혀 사명감을 강화해 주는 기능을 한다. 내용 면에서 보더라도, 김병욱에 의해 가능해지는 영채의 1차 각성이 사랑의 문제를 중심으로 하여 개진되는 구도덕에 대한 통렬한 비판과 근대적인 개인 주체 사상의 빼어난 형상화라는 점을 고려하면, 박영채의 각성 또한『무정』의 주제효과 구현에 기여한다는 사실도 따로 설명이 필요하지 않을 만큼 명확하다.

김선형의 경우도 마찬가지이다. 형식과 영채의 관계를 알게 된 뒤 그들의 해후 과정 동안 혼자서 괴로워하며 형식을 미워하는 선형의 심리는, 누군가를 처음으로 미워해 보고 인생의 쓴맛을 느꼈다는 점에서만 각성 효과를 갖는 것이 아니다. 이 자체로도 그녀의 인격의 발전에서 의미를 갖지만, 그 과정에서 그녀가 자신의 존재가 무시당하지 않게 노력한다는 점 또한 주체 형성의 과정으로 해석해 주어야 할 것이다. 영채와 더불어 형식을 말을 들으면서 '산 교훈'을 얻는 2차 각성 또한 그녀의 주체성을 강화해 주는 것이라 하겠다.

　이상 검토한 대로 이형식과 박영채, 김선형 각각의 각성이란, 자기 자신의 감정, 존재를 인정하는 데 그 핵심이 있다.[14] 또한 이형식과 박영채의 경우는, 각자가 중심이 되는 스토리-선들이 『무정』 전체를 병렬적으로 구성하고 있음으로 해서, 전체 서사의 발전적 전개에서 중요한 역할을 한다. 이렇게 중심인물들의 각성이 각각의 스토리-선에서 그리고 종합적으로는 작품 전체 서사에서 의미 있는 진전의 결절점 역할을 수행함으로써, 『무정』은 중심인물들의 각성을 통한 성장을 형상화함으로써 계몽의 효과를 수행하는 전형적인 방식을 선보인다.

　『무정』의 서사 구성에서 확인되는 셋째 특징은, 중심인물들의 운명이 결정되는 사건이 초반부에 집중적으로 벌어진다는 점이다. 서사전개상 위기나 절정 국면에서 인물들의 운명이 결정되는 것이 소설문학의 대체적인 경우라 할 때 『무정』은 작품의 초반부에 이형식과 박영채, 김선형의 운명이 결정됨으로써 예외적인 모습을 보인다. 이는 인물들 간의 관계에 의해서가 아니라, 앞서 살펴보았듯이, 개개 인물들의 각성을 통해서 주제효과가 구현되는 특징과 긴밀하게 맞물려 있다. 인물들의 관계가 조기에 결정됨으로써 개별 스토리-선들의 변전을 통해 중심

14　위의 3인이 보이는 8회의 각성 중, 삼랑진에서 이형식의 연설을 들으며 영채와 선형이 '산 교훈'을 얻는 것만이 예외적이다. 이 경우는 계몽주의적인 주제효과의 직접적인 토로의 장에서 그 내용을 한껏 강화하기 위하여 등장인물들을 감동시킨 것이다. 작품의 주제효과들 중 계몽주의적인 요소를 강화하려고 인위적으로 구사된 것일 뿐이다. 그런 만큼 인물 각각의 행적과 그들 사이의 운명적 관계의 진전을 통해 구현되는 주제효과에 비하자면 부차적이라 할 수 있다. 이러한 판단은 세 처녀의 감동 이후 신우선이 자신의 지난 행적을 반성하고 새 삶을 약속하는 각성(?)을 보이는 데서도 근거를 얻는다. 호활한 성격의 한량 기질은 고려하지 않더라도 신문기자로서 당대 최고의 지식인인 그가 자선음악회 소식에 감동하여 친구인 이형식은 물론이요 세 처녀를 앞에 두고서 자신의 삶을 반성한다는 것은 아무래도 자연스럽지 않은데, 이 또한 계몽주의적 주제를 강조하려는 작가의 의도에 따른 것임은 자명하다 하겠다.

　　　　　　　　　제2부 한국 근대소설의 형성 및 분화와 우연

인물들의 각성을 보이는 방식으로 주제효과들이 발해지는 것이다.

먼저, 인물들의 운명적 관계가 조기에 결정된다는 점을 스토리 시간에 따라 서술시 중심으로 살펴본다.

『무정』의 첫날 곧 1일차는 1~17, 30~35절, 총 23개 절로 이루어져, 전체 서술시의 18% 정도를 차지하고 있다.[15] 처음 세 개 절의 형식의 스토리에 이어, 형식과 영채의 스토리-선이 4~15절 열두 개 절에 걸쳐 전개되고, 다시 16~17 두 개 절에 걸쳐 형식의 스토리가 이어진다. 영채의 후속 스토리가 30~35절 여섯 개 절에 걸쳐 뒤에 나옴으로써 플롯상 시간의 역전을 가져오며 서술시점 기준 첫 날의 사건이 모두 드러난다. 이렇게 이형식과 박영채, 그리고 양자의 스토리-선이 각각 5개, 6개, 그리고 12개로 구성되면서『무정』의 첫날은 박영채의 인생 굴곡을 보여주면서 이형식, 박영채의 운명적 관계를 설정하고 그럼으로써 김선형이 개재되는 삼각관계를 형성한다.

이렇게 설정된 중심인물들의 관계가 실질적으로 결정 나는 것이 바로 다음날인 2일차에서이다. 이른바 '박영채 겁탈 사건'이 벌어짐으로써 사실상 이형식과 박영채의 관계가 맺어질 수 없는 것으로 파탄이 나는 것이다. 이러한 파탄이 결정적인 것이 되는 데는, 1일차와 유사한 서술 비중을 갖는[16] 이 날의 스토리-선들이 철저히 이형식을 중심으로 되어 있는 점[17]이 의미 있게 작용한다. 이형식의 입장에서 박영채의

---

15 면 수로는 35~127면, 198~232면, 총 128면을 차지하여 전체 687면 분량의 18.6%를 차지한다. 절의 수로 보자면 총 126절 중 23개 절을 차지하여 18.3%에 해당된다. 『무정』의 절들은 연재의 속성상 대체로 일정한 분량을 가지지만 차이가 없지는 않기에, 서술시의 비중을 따질 때는 면 수를 기준으로 한다.

16 18~29, 36~45절. 총 22개 절; 128~197, 233~288면. 총 126면, 18.3%.

17 이형식의 서사가 18~29, 36~37, 43~45절로 총 17개 절에 해당하고, 이형식 중심의 그와

문제가 고민되고 그가 나서서 박영채 겁탈 사건 관련 서사가 전개되는 것인데, 이럼으로써 (설령 이형식이 몰랐다 하더라도 달라지지는 않겠지만) 박영채로서는 이형식 앞에 설 수 없게 되고 형식으로서도 영채의 순결을 부정할 수밖에 없게 되는 상황이 전개되어, 7년 만에 해후한 두 사람이 단 하루 만에 결별하게 되는 것이다.

이렇게 이형식과 박영채의 운명이 스토리 시간상으로는 물론이요 서술시상으로도 일찍이 결정되는 것은, 다분히 의도적인 것이라 할 수 있다. 이날 보이는 이형식의 주도적인 면모 모두가 사실은 교사들의 대화에서 듣게 된 월향이라는 기생이 영채이리라는 자기만의 '추정'(23절) 위에서 전개됨으로써 서사의 현실성 자체가 심히 취약한 까닭이다. 여기에 더하여, 겁탈 사건 이전에 이형식의 속사람 해방이라는 1차 각성이 제시되고 있음도 주의할 만하다. 이러한 각성이 작품의 주제효과를 드러내는 데 중추적으로 기여하고 있음을 상기하면, 이형식의 각성이 겁탈 사건 이전에 시작되는 설정은 『무정』의 전체적인 주제효과를 드러내는 데 있어서 이 사건이 의도적으로 구사되었다고 혹은 필연적으로 요청되었다고 추론할 수 있게 한다.

이상을 통해서, 이형식과 박영채의 관계 자체는 내용 면에서 작품의 중심이 아니며,[18] 이 둘의 관계가 결연 가능성이 상실된 채로 고정된 이상 이형식과 김선형의 관계도 변화의 여지가 없어지는 탓에 모든 중심인물들 상호간의 운명적 변전 따위는 있을 수 없게 되었음을 알 수

영채의 스토리-선이 39~40의 2개 절인 데 비해, 영채의 스토리-선은 38절과 41~42절로 3개 절을 차지할 뿐이다.

18 이와 더불어서 2일차의 이러한 특성은, 『무정』이 혹은 최소한 그 전반부만이라도 사실상 '박영채전'에 해당된다는 일부 견해가 설득력이 없는 것이라는 사실을 알려 준다.

　　　　　제2부 한국 근대소설의 형성 및 분화와 우연

있다. 전체 서사의 36% 정도에 해당되는 1~2일차에 이미, 인물관계의 변화 가능성은 차단된 채로 작품의 양상이 고정되는 것이다.

이러한 상태에서『무정』의 서사를 추동하는 힘은 앞서 검토했듯이 중심인물들 각각의 각성이다. 이미 1차 각성을 보인 이형식은 물론이요 박영채와 김선형 또한 여러 차례의 각성을 차례차례 보여주면서 삼랑진의 모임에 이르기까지 주요 스토리-선들이 분산되어 전개된다. 3일차에 김병욱의 조언에 의해 이루어지는 영채의 각성, 봉건사상 탈피가, 4일차에는 형식의 2차 각성이 이루어지고, 5일차에는 이형식과 김선형의 약혼이 이루어진다. 뒤에 이어지는 유학길 출발일 전까지의 서사와 마찬가지로 3일차 이후의 서사는 중심인물들의 상호관계상의 엇갈림이 없는 채 일사천리로 이루어지며, 인물들 각각에게서 점증적으로 반복되는 각성에 따라 계몽의지를 표출하는 기능을 행사한다. 삼랑진에서의 회합은 이런 맥락에서 계몽의지 표출의 정점에 해당하며, 이 회합이 인물관계에서 갖는 의미란 둘째 날에 결정된 관계를 화증하는 것에 다름 아니다. 요컨대『무정』은 인물들의 관계를 상대적으로 빨리 확정해 둔 위에서 중심인물들의 의미 있는 각성들을 통해 주제효과를 반복적·점층적으로 제시하는 서사 구성을 보인다고 정리할 수 있다.

『무정』의 서사 구성이 보이는 넷째 특징은 서사의 주요 변곡점에서 우연이 구사되고 있다는 사실이다. 이에 대해서는 다음 항에서 상론한다.

3) 우연을 통한 작가-독자의 대결 양상

『무정』에는 모두 14회의 우연이 구사되고 있다.[19] 이를 정리하면 다음과 같다.

④-1 : 이형식이 김 장로의 집으로 가다가 신우선을 만남(37면).

⑤-1 : 박영채가 악한에게 겁탈을 당할 위기에서 도망칠 때, 외가를 나올 때 쫓아오던 개가 나타나 목숨을 걸고 악한을 물리친 뒤 영채를 찾아옴(91~92면).

④-2 : 속사람이 해방된 이형식이 학생 기숙관 앞에 이르렀을 때 마침 이희경이 나와 그를 안내함(192면).

④-3 : 청량리로 향하던 이형식이 전차에서 신우선을 만나 영채와의 관계를 말하고 도움을 청함(239).

⑤-2 : 평양경찰서로 향하는 인력거 위에서 이형식이, 처음 평양에 와서 봉변을 당하던 일을 문득 떠올리고 영채와 자신의 운명이 같다고 생각(351면).

④-4 : 계향과 길을 나선 이형식이 동경 유학 시절 친구를 만남(378면).

④-5 : 노파와의 대화를 통해 이형식이 자신이 영채를 죽였다고 자책할 때 마침 신우선이 찾아옴(451면).

④-6 : 이형식이 신우선에게 평양으로 가겠다고 돈을 취해 옷과 책을 챙

---

19 이형식과 박영채의 7년 만의 만남은 우연이 아니다. 비록 이형식은 이를 우연으로 인식하지만(76, 611면), 박영채가 그를 만나고자 평양에서 올라와 신우선을 통해 탐문까지 한 상태에서 의도적으로 찾아온 것이므로 우연일 수 없다.

                                      제2부 한국 근대소설의 형성 및 분화와 우연

겨 방에서 나올 때 김 장로가 다니는 교회의 목사가 찾아와 기쁜

소식을 전하겠다 함(453면).

②-1 : 평양행 기차를 탄 박영채가 꿈을 꾸는 듯한 상태로 있을 때 눈에 석

탄 가루가 들어감(512면).

④-7 : '일복 입은 젊은 부인'이 말을 붙이며 다가와 박영채의 눈에서 석탄

가루를 빼내어 줌(514면).

⑤(관계)-3 : 김 장로 집의 분위기 변화에 의해 이형식에게 걱정이 생겼

을 때, 그에게 편지를 보내 부부관계가 안 좋은데 한 이성[박영채]

을 만나게 되어 괴롭다는 고백을 한 김병국이 유학 시절 친분이

있는 친구(567면).

④-8 : 남대문역에서 김병욱이 우연히 경애를 만나 김선형이 미국유학을

떠난다는 말을 들음(602면).

④-9 : 부산행 기차에 일본을 가려는 김병욱, 박영채와 미국으로 가는 이

형식, 김선형이 동승하게 됨(104절).

⑤-4 : 삼랑진역에서 내린 일행이 여관에 든 직후 폭우가 다시 시작됨

(682면).

이상의 정리에서 보이듯『무정』에는 ④ 인과적 우연이 9회, ② 목적
적 우연이 1회, ⑤ 기타의 우연이 4회, 총 14회의 우연이 구사되어 있
다. 빈도로 보자면 앞 시기 신소설과 유사한 양상을 보이는데 뒤에 보
충설명을 하겠지만 이는 소설사적 연속성을 나타내는 것이라 하겠다.
물론 빈도 자체보다는, 이러한 우연들이 행하는 기능과 우연에 대한
『무정』및 춘원의 태도가 더 중요하다.

먼저 작품의 경계 내에서 고찰할 때, 『무정』에 구사된 우연들이 중심인물들의 행위 및 운명에 있어서 중요한 기능을 한다는 점이 특기할 만하다.

이형식의 경우 서사의 전개에서 중요한 의미를 띠는 그의 행위 상당수가 우연에 의해 촉발되는 특징을 보인다. 그의 스토리-선에서 확인되는 우연은 모두 8회인데, 그 중 5회가 이러한 기능을 하고 있다(위의 정리에서, 이형식의 이름에 밑줄을 그은 경우). 이희경이 마중 나오듯이 하여 그를 월향에게 안내하게 되는 것이나(④-2), 청량리로 가는 중에 신우선을 만나게 되어 청량사에서 함께 행동할 수 있게 되는 것(④-3), 평양에서 돌아온 그가 다시 영채를 찾으러 가려 할 때 신우선이 들러 차비를 빌려 주는 것(④-5), 그 돈으로 길을 나서려 할 때 목사가 찾아와 약혼 소식을 전하여 평양행을 접게 되는 것(④-6), 김선형에게 자신을 사랑하느냐고 묻게 되는 데 있어 김병국의 편지가 촉매 역할을 하는 것(⑤-3)이 그 구체적인 양상이다. 바로 위의 고딕 강조된 세 경우들에서는 우연이 아니라면 이형식의 행위가 가능하지 않게 되며, 나머지 경우에서는 우연이 없다면 그 양상이 어떻게 될지 추측하기 어려울 만큼, 우연은 이형식의 스토리-선의 전개 양상을 결정하는 데 막강한 영향력을 행사하고 있다. 작품의 주인공인 이형식의 서사에서 전체 스토리 전개상 의미 있는 행동들에 우연의 영향력이 이만큼 지대하다는 점은 『무정』의 주요 특징에 해당한다.

박영채의 스토리-선에서 확인되는 우연들도 동일한 정도로 중대한 기능을 한다. 어린 박영채가 겁탈의 위기를 모면하는 것이나(⑤-1), 평양행 기차에서 벌어진 두 차례의 우연을 통해 자살의 뜻을 접고 새로운 삶으로 나아가게 되는 것(②-1, ④-7)은 박영채에게 있어서 가장 중요한 사건이라 할 수 있다. 그의 운명의 지침을 바꾼 것이기 때문이다. 이들 우연의 기능과 의미는 박영채의 운명에 끼치는 영향에 그치지 않는다. 이들 우연에 의해 박영채가 인생행로를 바꾸지 않았다면『무정』이 한낱 통속적인 연애 서사나 전대소설의 전기류에 떨어지기 십상이라는 점을 고려하면, 이러한 우연이야말로『무정』의 계몽주의적 주제효과를 가능케 하는 핵심적인 요소라고 할 것이다.

이상에 더하여,『무정』의 우연 중 가장 두드러지는 경우라 할 부산행 기차 안에서의 중심인물들의 우연한 조우 또한 이형식과 박영채, 김선형의 상호관계가 전향적으로 발전할 수 있게 하며, 이들 3인에 신우선을 더하여 그들 각각이 새로운 인간으로 거듭나게 하는 기회를 마련해 주는 기능을 수행한다는 점 또한 특기할 만하다.

이렇게 중심인물들의 관계 및 그에 영향을 미치는 행위, 그리고 그들 각각의 운명 행로에 우연이 깊게 관여함으로써 작품의 주제효과를 구현하는 데 기여한다는 사실이『무정』의 우연 구사가 보이는 첫째 특징이라 할 수 있다. 전대소설이나 신소설의 경우 작품의 주제효과가 잘 드러나는 의미 있는 서사의 국면에서는 우연이 잘 등장하지 않는다는 점을 고려할 때, 그와는 확연히 구별되는 이러한 우연의 기능은『무정』의 주요 특징 중 하나라 할 수 있다.

『무정』이 우연을 다루는 좀 더 심층적인 의미를 검토하기 전에, 나머지 우연들의 기능 및 효과를 간략히 언급해 둔다. 작품의 첫머리에서 이형식이 신우선을 만나는 우연(④-1)은 신우선의 말을 통해 김 장로 및 김선형에 대한 정보가 제공되고 이형식과 신우선의 성격을 소개하는 효과를 발하고 있다. 소설의 우연이 일반적으로 행하는 인물 설정상의 편의 제공 기능에 해당된다. 그 외 ⑤-2와 ⑤-4는 사소한 것으로서 서사의 진행이나 변화, 발전과 관련하여 특별한 기능을 하는 것은 아니다. 이 둘은 ⑤-1과 더불어서 사건의 양상이 기묘하다는 느낌을 줄 뿐이다. 굳이 말하자면 흥미의 제고 역할을 한다고 볼 수도 있겠지만 그 내용이 공교롭다는 정도에 그쳐 있고 이들 우연이 구사된 서사의 맥락이 흥미와는 거리가 있기에 그렇게 말할 것은 못 된다. 앞에서 검토한 우연들 또한 흥미의 제고와는 거리를 가지고 있음을 염두에 둔다면, 이상을 종합하여『무정』의 경우 결코 적지 않은 우연이 구사되었지만 이들이 흥미의 제고와는 거리를 두고 있다고 정리할 수 있다. 우연을 구사하되 흥미의 제고와는 거리를 두고 있다는 사실 또한 전대소설이나 신소설과 구별되는『무정』의 특징에 해당된다.

『무정』에서 구사된 우연의 주된 기능은 흥미가 아니라 주제효과를 겨냥하고 있다. 직접적으로 말하자면,『무정』은 주제효과의 구현을 위해 노골적으로 우연을 구사하고 있다고까지 할 수 있다.『무정』에서 가장 눈에 띄고 전체적인 주제효과와 관련해서도 매우 중요한 역할을 하는 두 가지 우연 곧 박영채의 자살 포기와 중심인물들의 기차 내 조우를 중심으로 이러한 사정을 밝혀 본다.

영채가 자살하지 않게 되는 데는 두 가지 우연이 개재되어 있다. 하나는 실로 사소한 것으로서, 차창에 턱을 괴고 앉은 영채의 눈으로 석탄가루가 날아 들어간 사건이다(②-1). 이 사소한 우연은 곧 의미 있는 우연으로 이어진다. 석탄가루 때문에 나오던 눈물이, 가루가 나오지 않아 화가 난 영채가 우는 눈물로 전이되고는 몇 시간이 지나면 죽게

　　　　　　　　　　제2부 한국 근대소설의 형성 및 분화와 우연

될 자신의 처지를 슬퍼하는 눈물로 변하였을 때, 병욱이 등장하여 둘이 인연을 맺게 되는 것이다(④-7).

이상의 우연과 관련하여 주목할 점은, 이러한 처리방식에 앞서 작가－서술자가 다음처럼 당당히 선언해 두었다는 사실이다.

> 이계는 영치의 말을 좀 ㅎ자 영치는 과연 대동강의 푸른 물결을 허치고 룡궁의 긱이 되엇는가 독자 여러분 중에는 아마 영치의 죽은 것을 슬퍼ㅎ야 눈물을 흘리신 이도 잇슬지오 (…중략…)(전대소설의 빤한 전개와 마찬가지리라고 예상하면서 : 인용자) 소셜 짓는 사름의 좀된 솜씨를 넘겨보고 혼쟈 우스신 이도 잇스리다 (…중략…) 이러케 여러 가지로 독자 여러분의 싱각ㅎ시는 바와 나가 쟝츠 쓰려ㅎ는 영치의 쇼식이 엇더케 합ㅎ며 엇더케 틀닐지는 모르지만은 여러분의 ㅎ신 싱각과 니가 ㅎ 싱각이 다른 것을 비교ㅎ 보는 것도 미우 홍미잇는 일일 쯧ㅎ다. (508~509면)

사실상 춘원 자신의 육성이라 할 작가의 언어가 역연히 드러나 있는 이 구절이 의미하는 바는 무엇인가. 작가－서술자는 여기서 전대소설에 익숙한 독자들의 읽기 관습을 염두에 두고, 독자 여러분이 생각한 바와 자신이 장차 쓰려는 것을 비교해 보라고 요구하고 있다. 당당한 태도가 문면에 드러나는 이 글에서 다음 세 가지를 읽을 수 있다. 작가가 독자에게 일종의 게임을 제안하고 있음이 첫째요, 독자의 예상을 뒤집을 좀스럽지 않은 솜씨를 자부하는 것이 둘째며, 게임에의 권유로 작가가 내세운 미끼가 바로 '홍미'라는 사실이 셋째다.

이상 세 가지 사실과, 이러한 호언장담 뒤에 작가가 내세운 것이 바로 영채의 눈에 석탄가루가 들어가고 영채와 병욱이 만나게 되는 연속된 두 가지의 우연일 뿐이라는 점을 함께 고려해 볼 필요가 있다. 당당한 호언 뒤에 나온 것이 바로 우연이라는 사실은, 우연의 구사가 호언장담의 대상이 될 수 있는 것이며, 우연을 어떻게 구사하는가가 독자와의 게임거리가 되는 담론 상황을 말해준다. 이 모두가 흥미를 지향하며 전개되는 것 또한 빼놓을 수 없다.

두 가지를 주목할 필요가 있다. 하나는 이러한 호언이 우연의 우연성을 가리려는 것이 아니라는 점이다. 우연을 구사하되 필연으로 보이게끔 하려는 것이 아니라는 점을 분명히 하는 것이 중요하다. '우연적인 사건의 필연적인 구성'이란 우연을 부정적으로 보는 문학관, 리얼리즘소설 혹은 재현을 중시하는 문학관에서만 간혹 요청되는 것임을 생각할 때, 지금 논의되는 부분들은 우연에 대한 『무정』의 태도 및 이 작품의 소설 장르상의 특성까지 알려 주는 것이다. 주목해야 할 또 다른 하나는, 우연에 대한 부정적인 의식을 전혀 찾을 수 없다는 점이다. 여기서 우연은 감추거나 해명해야 할 것이 아니라, 독자와의 게임에서 독자들이 예상치 못한 방식으로 이야기를 이끌어 나아가게 해 주는 기술·재능으로 사고되고 있다. 요컨대 독자의 예상을 넘는 작가의 재능을 발휘하는 방법들 중의 하나로 우연이 구사되고 있는 것이다.

이러한 특징은 『무정』이 신소설과 공유하는 것이다. 부정적인 의식 없이 우연을 기법 중의 하나로 보는 것은 물론이요[20] 우연의 구사에 있

---

20 이러한 태도는 김동인에게서도 확인된다. 병욱의 급조 문제, 영채의 자살 포기 등과 관련하여 『무정』을 혹평하는 맥락에서도 동인은 영채와 병욱의 만남을 춘원의 다른 작품들에서도 발견하게 되는 '차중기연'의 한 예로만 언급할 뿐 아무런 비판도 하지 않고 있는 것이다(「春園硏究」, 4,『三千里』, 1935. 2, 204~205면). 이러한 내용을 포함한 김동인의 우연관에 대해서

                                     제2부 한국 근대소설의 형성 및 분화와 우연

어서 독자와의 게임 양상을 전제하는 것 또한 신소설들에서도 쉽게 추론되는 양상이다.

물론『무정』의 우연 구사가 신소설의 계승 발전에 그치지만은 않는다. 신소설들의 경우 영웅소설과 마찬가지로 작품의 주제효과를 드러내는 부분에서는 우연을 배제하고 있는 데 반해,『무정』은 계몽주의적 주제를 향해 중심인물들을 모으는 과정에서 대담한 우연을 구사하고 있는 까닭이다. 동경 유학길에 오른 영채와 병욱이 탄 기차가 남대문에 섰을 때 미국 유학을 떠나는 형식과 선형이 동승하게 됨으로써 4인이 조우하게 되는 우연이 그것이다(④-9).

네 명이 같은 날 같은 기차에 타게 되는 이 우연과 관련해서 주목할 점은 세 가지이다. 첫째는 작가가 아무런 해명도 하지 않는다는 사실이며, 둘째는 이 우연이 작품의 중심 주제에 연결된다는 점이다. 전자는 신소설과의 동질성을 후자는 차이를 가리킨다고 했는데, 이 우연이 사실 또 다른 우연에 의해 간접화되어 있다는 점이 주목해야 할 셋째 사실이다.

기차가 남대문을 출발할 때 영채와 병욱이 '만세 리형식군 만세' 소리를 듣고 깜짝 놀라지만(603면) 이것만으로는 네 사람이 만나기 어렵다. 이들의 조우는 그 전에 마련된 또 다른 우연에 의해 가능해진다. 경애와 병욱의 만남이 그것이다(④-8). 선형을 배웅하러 나온 경애가 병욱을 우연히 만나서 선형이 약혼자와 함께 기차를 탄다는 사실과 선형의 차실을 알려주었기에(601~602면), 이형식 환송 소리를 들은 병욱이 선형을 찾아갈 수 있게 되고, 끝내 4인의 만남이 가능해지는 것이다.

는 이 책 7장 1~2절의 해당 논의 참조.

여기서 갑작스럽게 등장하는 경애가 기능적인 인물임은 의문의 여지가 없는데, 4인의 조우라는 우연과 관련하여 이 인물의 기능이 무엇인지를 살필 필요가 있다. 경애의 설정과 그녀가 병욱과 만나는 우연은 서술의 편의 맥락에서라도 꼭 필요한 것은 아니다. '자긔의 동창 친구나 맛날가 ᄒ고 풀니트홈에 ᄂ려셔 이리져리 건일'던 병욱이 우연히 선형의 환송 인파를 봤다고 하는 것이 4인 조우의 우연을 드러내는 데는 오히려 간편할 것이기 때문이다. 그렇다고 경애의 설정이 4인 조우의 우연을 우연이 아니게 만들어 주는 것도 아니다. 경애의 설정과 우연은 이 부분의 우연을 중층화함으로써, 주요 인물 넷이 희한한 우연으로 한날한시에 같은 기차를 타게 된다는 사실을 '독자에게 알려주고', 그 결과로, 4인이 조우하는 우연의 스토리상의 우연성은 유지하되 서술상의 우연성은 다소 약화시키는 기능을 하고 있다. 경애와 병욱이 만나는 우연을 앞에 배치함으로써, 4인 조우의 우연이 작품 내 세계에서의 사실로서의 우연성[21]을 다소 완화시키고 있는 것이다.

이런 미묘한 기능은 우연의 소설사의 맥락 속에서만 제대로 이해될 수 있다. 이것은, 흥미 제고의 방법으로 우연을 적극 구사하되 주제 구현 부분에서는 기피하던 신소설까지의 전통이 와해되는 한 가지 양상에 해당된다. 계몽주의적인 주제효과가 펼쳐질 장면을 마련하고 4인

21　중심인물 두 그룹이 같은 기차를 탔다는 우연적 사실의 우연성은 1917년 시점의 열차 편 수에 의해 그 정도가 달라질 것이다. 3일차에서, 영채가 아침 9:30 기차를 탔고 이형식이 기생어미와 더불어 그날 밤차를 탔으니 하루 두 편은 확실히 있는 것이고, 5일차에서 학교를 그만두겠다고 낮 시간에 일찍 돌아온 이형식이 노파와의 대화 끝에 평양행 기차를 타러 가겠다 했으니, 이를 포함하면 하루에 최소 세 편이 운행된다고 할 수 있다. 하루 세 편 운행되는 기차를 출발지가 다른 두 그룹이 같은 날 함께 타게 되었다면 이는 어떤 의미에서도 사소한 우연이 아니라 하겠다.

　　　제2부 한국 근대소설의 형성 및 분화와 우연

조우라는 우연을 구사하되 주제와의 거리를 조금은 띄운 결과가 바로 경애와 병욱의 만남을 끼어 넣어 우연을 중층화한 것이라 할 수 있다.

지금까지 살펴보았듯이 『무정』은 신소설의 연장선상에서 우연을 적극적으로 구사하고 있다. 우연 구사의 묘를 자부하여 독자와의 게임 상황을 드러내놓고 연출하기도 하는 점에서는 확대 발전의 면모를 띠기도 한다. 이 경향은 작품의 주제효과 부분에까지 우연을 확장하는 것으로 나아가지만 결국은 우연을 중층화하여 주제와 우연의 거리를 무화시키지는 않는다. 여기에 더하여, 『무정』의 경우 적지 않은 우연들이 구사되지만 이들의 효과가 흥미의 제고와는 거리가 있다는 사실 또한 특징적이다. 이러한 제 양상이야말로 소설과 우연의 관계 면에서 『무정』이 갖는 고유의 특징을 드러내주는 것이자, 이러한 특징이 소설사의 전후 혹은 다른 하위 갈래와 『무정』의 차이를 명확히 해 준다는 점에서, 소설 서사에서의 우연에 대한 분석이 가지는 방법론적 효과를 입증해 주는 사례라 하겠다.[22]

---

[22] 뒤에서 논하겠지만 「소설가 구보 씨의 일일」에 오면 우연 자체가 구성 및 주제 구현상의 기본 방식으로 기능하는데, 넓게 볼 때 『무정』의 우연 구사 방식은 신소설의 방식과 「소설가 구보 씨의 일일」의 방식 사이에 놓이는 것이라 할 수 있다.

2. 염상섭의 초기 삼부작과 「만세전」의 세계

1) 염상섭 초기 삼부작과 환멸의 세계

흔히 염상섭의 초기 삼부작이라 불리는 「標本室의 靑개고리」(『개벽』, 1921.8~10)와 「暗夜」(『개벽』, 1922.1), 「除夜」(『개벽』, 1922.2~6)는 당시 문단의 분위기상 새로운 것이었다. 김동인이 지적한 대로 "過渡期의 靑年이 밧는 不安과 恐怖와 煩悶'을 짙게 보여준 까닭이다.[23]

이 시기의 문학 정조를 환멸의 낭만주의적인 것으로 규정할 수 있다할 때, 실상 관자로 붙은 '환멸'이라는 판단은 염상섭의 이들 작품에 기인하는 점이 크다. 『창조』나 『백조』파의 다른 작품들은 낭만적 동경으로만 채색되어 있거나, 인생의 비애를 설정하되 환멸로까지 나아가지는 않고 있는 까닭이다. 1920년대 초기 소설계가 보이는 이러한 낭만주의적인 성격은 '작가 의식과 현실의 부조화'를 궁극적인 원인으로 한다. 일본 유학을 거쳐 귀국한 문학청년들의 새로운 문학관, 새로운 이상과 그것이 실현될 수 없는 식민지치하의 폐색된 현실의 조우로 해서환멸에 이어지는 낭만주의적 성격이 형성된 것이다.[24]

이러한 상황에서 이 상황 자체를 작품화한 유일한 작가가 바로 염상섭이다. 대부분의 작가들이 새로운 이상을 노래하거나 인간 탐구의 명목하에 새로운 풍조를 형상화하는 데 그친 반면에, 염상섭은 폐색된

---

23 김동인, 「朝鮮近代小說考」, 『조선일보』, 1929.8.6.
24 졸고, 『한국 근대문학의 형성과 신경향파』, 소명출판, 2000, 164~200면 참조.

   제2부 한국 근대소설의 형성 및 분화와 우연

현실과 그 속에서 실현될 수 없는 이상의 조우에 따른 환멸 자체를 정면으로 포착하고 있는 것이다. 횡보의 초기작들이 의미를 갖는 것은 바로 이러한 점에서이다. 달리 말하자면, 비록 중단편임에도 불구하고 그의 초기 소설들이야말로 1920년대 초기의 시대성을 집약적으로 잘 드러내 주는 소설사적·정신사적 의미를 띤다고 할 수 있다.

염상섭의 소설은, 나도향의 경우처럼 작가-서술자 스스로 추상적 근대성에 대한 맹목적인 동경 상태에 빠지는 것과는 아무런 인연이 없다. 나아가서, 그러한 동경이 성취될 수 없음을 '비애'의 스토리로 설정하여 거리를 두고 형상화하는 김동인 등과도 차이를 보인다. 동경의 좌절 및 그에 따른 비애감을 나타내는 김동인이나 전영택의 소설은 기본적으로 '남의 일'을 이야기하는 듯한 거리를 전제하고 있다. 서술상의 거리가 확보되었다는 점에서 근대소설의 형성 과정상 의미 있는 진전을 보인 것이기는 하지만, 문학사상(文學思想)의 층위에서 보자면 아쉬운 점이 없지 않다. 주관과 객관의 부딪침, 인물의 의지와 현실 세계의 긴항 관계가 갖는 의미에 대한 천착의 가능성이 그러한 서술상의 거리로 인해 약화된 까닭이다.

바로 이 지점에서 염상섭의 소설세계가 출발한다. 그가 주목하는 것은, 유학생들을 사로잡은 근대문명에 대한 동경 자체도 아니고 그러한 동경이 현실에서는 여지없이 실패하기 마련이라는 '뻔한' 사실도 아니다. 그러한 실패가 갖는 의미, 필연적인 실패에도 불구하고 동경은 포기되지 않아야 하지만 동시에 맹목이어서도 안 된다는 사실 자체의 형상화가 그의 득의의 영역이다. 이러한 탐구의 성과가 바로 그의 작품을 특징짓는 '환멸'이다.

염상섭의 처녀작 「표본실의 청개구리」에서부터 이러한 점이 드러난다. 「표본실의 청개구리」는 소설 미학적인 측면에서의 결함에도 불구하고 그 문제성으로 해서 주목되는 작품이다. 3회에 걸쳐 연재된 이 소설의 서사 구성을 간략히 요약하면 다음과 같다.[25]

- 1절(8, 118~120면) : 귀성한 후 7, 8개월간의 불규칙한 생활 끝에, 개구리 해부 장면의 환상을 보고 자살 충동도 겪으며, 풀 스피드의 기차나 비행기로 어디로든 가야겠다 갈구하는 X.

- 2절(8, 120~126면) : 다음날[2일채], H에 이끌려 남대문역에 나와 우여곡절 끝에 기차를 탐. 피로에 환영 없이 잠을 잔 뒤 이튿날[3일채] 동틀 무렵 평양에 도착. (남포행을 미루고) 대동강 부벽루, 을밀대 등을 돌아다니다 우연히 장발객을 봄(④-1). 잠시 잠이 들어, 죽을 뻔한 꿈(⑤-1)을 꾸고 H에게 이야기한 뒤 화가 나, 세수.

- 3절(8, 126~128면) : 오후 두 시 지나 남포에 도착하여 Y와 A를 만남. Y를 통해 술병을 표단(瓢簞) 삼아 다니던 과거 X의 면모가 확인됨. 김창억에 대한 이야기가 한창 진행되자, 다섯 시가 안 되어 X가 그를 보러 가자 하여, 모두 길에 나섬.

- 4절(9, 141~151면) : 김창억의 간략한 내력을 들으며 그의 집에 도착. 그에게 '이상한 의혹과 맹렬한 호기심'을 느낀 X가 다른 친구들의 희롱 속에서 '동서친목회'니 '세계의 경찰'이니 하는 김의 이야기를 공손히 들음. 나오다가 다시 들어가 김에게 술을 전해 주는 X. 그의

---

25 1~3절이 연재 첫 회(1921년 8월)이고, 4절이 두 번째이며, 나머지 5~10절이 마지막 연재분이다. 면 수 앞의 수가 연재 월을 가리킨다.

　제2부 한국 근대소설의 형성 및 분화와 우연

진지한 태도를 우스개 삼아 이야기하는 Y.

• 5절(10, 107~108면) : 가출한 A와 평양행 열차에서 합류하고 그를 부러워하는 X. 서울의 P에게 편지를 써서, 김창억을 만난 소감을 밝히고 그를 '자유의 민'으로 단정함.

• 6절(10, 108~117면) : 김창억의 생애(6~8절). 교사생활 중 아내가 사망하자 유랑, 재혼 후 불의의 사건으로 투옥. 출옥하여 아내의 출분을 알게 되어 두문불출하다 실성함. 집밖으로 돌아다니게 되어 미쳤다는 소문이 퍼짐. 종적을 감춤.

• 7절(10, 117~122면) : 반 달 만에 돌아와 대자연의 거룩함과 하나님의 은총을 홀로 찬미하다, 어느 날 3층 집을 짓겠다며 일개월여에 걸쳐 완성하고는 '세계평화 유지 사업'으로 '동서친목회'를 결성하여 스스로 회장이 되어서는 소개하고 다님.

• 8절(10, 122~123면) : 삼층집으로 세간을 날라 영원히 떠남. 고모가 그의 딸 영희를 데리고 가나 마음을 돌리지 못함.

• 9절(10, 123~125년) : 평양으로 나온 X 일행, <u>다음날(4일차)</u> 아침에 서로 헤어짐. <u>약 2개월 후</u>, 북국의 어느 한촌에서 X가, 김창억이 삼층집을 불사르고 종적을 감추었으며, '半熟半溫'의 자신을 매도한다는 Y의 편지를 받음.

• 10절(10, 125~126면) : '울고 싶은 症'에 밖으로 나와 '一間斗屋'에 다다라 주인의 말을 듣고 "人生의 全局面을 平面的으로 俯瞰한 것 가튼 생각이, 머리에 써오르는 同時에, 무거운 恐怖가 머리를 누르는 것 가타얏다" 느낌.

「표본실의 청개구리」의 소설 미학상의 결함은 두 가지로 지적할 수 있다. 첫째는 구성상의 문제다. 주지하는 바대로 이 작품은 X의 내면을 조명하는 하나의 스토리-선과 김창억의 행적을 소개하는 다른 하나의 스토리-선으로 이루어져 있다. X와 그 친구들이 김창억을 방문하는 방식으로 둘이 교차되기는 해도, 김창억의 내력을 그리는 6~8절이 전체적인 이야기 줄거리로부터 일탈되어 있음은 의심의 여지가 없다. 전체의 1/3이 넘는 이 부분은 형상화 방식에 있어서도 여타 부분과 다르다. 서술자의 설명에 이어서 스토리의 경개를 그대로 서술하고 있다. 따라서 이 작품이, 중편소설로서 복합적인 스토리-선 구조를 갖추고 있다고 봐 줄 여지도 별로 없게 된다.

둘째로는 작품의 전체적인 효과를 구축해 줄 주요한 요인들이 불분명하게 처리된 것을 문제 삼을 수 있다. X나 Y 등 당대 청년들의 심정의 정체 및 원인 등이 밝혀져 있지 않으며, 추론의 여지도 작품 내에서는 거의 없다. 보다 구체적으로 말하자면, X가 알코올에 빠져 있고 Y가 '반숙반온(半熟半溫)'의 상태에 있는 실제적인 원인을 작품 내 세계 차원에서 알 수 없게 되어 있는 것이다. 김창억이 옥살이를 하게 되는 원인이 언급되지 않은 것도 마찬가지다. 이러한 결과, 주제효과상의 불확실성이 짙어져 작품의 전언이 상징적으로 추상화된다. X가 시점 화자로 설정되면서 그의 사고가 성찰의 대상이 되지도 않는 까닭에 추상적 성격이 더욱 짙어진다. 어찌 보면, 서술자가 스스로도 모르는 이야기를 하는 것은 아닌가 의심되기까지도 한다.[26]

---

26 물론 이러한 지적은 그 자체로 행해질 수 있는 것이 아니다. 한국 근대소설의 전개 과정상 1920년대 초기가 근대적인 단편소설 양식이 형성되기 이전이라는 시대적인 특성을 염두에 둔 것이다.

   제2부 한국 근대소설의 형성 및 분화와 우연

이러한 점에도 불구하고 「표본실의 청개구리」는 주목할 만한 문제작이다. 이 작품의 문제성은, 그 정조를 이루고 있는 '불안과 번민'이 우리 문학사상 새로운 것이며, 그 새로움이야말로 당시의 시대 상황과 주체의 관계에 대한 절실한 자각에서 유래되었다는 점에서 찾아진다.

X나 Y 등은 무위(無爲)의 상태에 빠져 있으며, 미치기 전의 김창억은 '알 수 없는 운명에 대한 공포와 불안'에 사로잡혀 있다(10, 112~113면). 이들 모두 현실에 대한 실천적인 관계의 가능성이 부재한 상태에 놓여 있는 것이다.

시점화자로 설정된 X는 '歸省한 後 七八個朔間의 不規則한 生活'(8, 118면)에 따른 신경과민 상태에 빠져서, 개구리 해부 장면 환상과 자살 충동에 시달리고 있다(118~120면). 그는 알코올을 표단(瓢簞) 삼아 달고 다니는 인물이다. 친구들과 그의 대화 부분을 통해서, '비통, 비참하나 위안을 줄 수 있는 알코올 그 이상의 효과는 광기와 신념밖에 없는 상황에서, 오관이 명확한 한편, 피로, 권태, 실망 이외에 아무 것도 없는 탓에, 알코올에 기대는 외에 달리 할 일이 없다'는 논리가 드러난다(128면). 신념을 가질 수 없는 상태에서, 미치지도 않았으니, 술에 기댈 수밖에 없다는 것이다. 이러한 논리는, 인물들이 세계에 대해 실천적인 관계를 맺을 생각을 아예 갖지도 않고 있다는 점, 현실과 관련해서는 어떠한 신념도 포회할 수 없다고 여긴다는 점을 알려 준다. 자칭 '동서친목회장'이 된 김창억의 경우는 예외지만 그의 신념에 찬 행위는 사람들에게 광기로밖에 비춰지지 않는다. 이렇게 보면, 신념을 갖는 것이 곧 미치는 것이 되는 현실에 이들 청년이 놓여 있으며, 미치지 않는 이상 아무 것도 할 수 없게 되어 있다고 할 수 있다.

자신들을 피로케 하는 현실에 맞서는 대신에, 이들이 권태와 실망만을 느끼는 궁극적인 원인은 무엇일까. 이 질문은 작품의 경계를 넘어서는 것이다. 3·1운동 이후의 1920년대 초기 상황을 염두에 둘 때에만 논리적인 답을 짜낼 수 있는 성격의 질문이다. 물론 아무런 매개 없이 이렇게 넘어선다면 설득력을 갖추기 어렵다. 따라서 인물들의 의식 상태를 핵으로 하는 이 소설의 주제효과를 추정해 들어갈 수 있는 통로를 작품 내에서 찾을 필요가 있다. 다소 상징적으로 처리되어 있는 말미에 그러한 통로가 있다.

남포를 떠나 북국 어느 한촌에 있던 X는, Y의 편지를 통해 김창억의 행적을 알게 된 뒤 까닭 없이 '울고 십흔 症'이 생겨 소요하다 '짓다가 둔 헛간 같은 一間斗屋'에 다다르게 된다. 저녁상을 받으며 그 내력을 묻자 젊은 주인이 그 '村에서 天堂에 올라가는 停車場'이라 답한다(10, 126면). 상엿집이라는 것이다. 그 답을 듣고서 X는 "人生의 全局面을 平面的으로 俯瞰한 것 가튼 생각이, 머리에 쩌오르는 同時에, 무거운 恐怖가 머리를 누르는 것 가타얏다"(같은 곳)고 느낀다. 이 공포, 인생을 알아버린 데서 유래하는 이 공포의 정체는 문맥에 좀 더 주의할 때 확실해진다. 그가 공포를 느끼는 것은 바로, 내력을 설명하는 '젊은 主人의 生氣 있는 얼굴'을 물끄러미 보는 순간으로 되어 있다. 이는, 북국 한촌에 있기는 하지만 그 '젊은 사람이 봉건적인 생활 방식에 완전히 젖은 상태에서 생기를 띠고 있다'는 사실이 환기시켜 주는 바, 사회에 미만해 있는 봉건적인 사고 및 생활 양태가 X의 공포를 낳았음을 알려 준다. 봉건성에 침윤되어 있는 사람들의 생기 있음이야말로 지체된 현실의 공포를 절감케 한 것이다(10, 125~126면). 연구사의 구도를 염두에 두

　　　　　제2부 한국 근대소설의 형성 및 분화와 우연

고 부연하자면, 3·1운동 이후 정치 상황의 기만성이 아니라, 봉건적 생활 세계의 무게가 (아마도 일본 유학으로부터) '歸省한 後 七八個朔 된' 청년 지식인을 압도하고 있음이 주목된다.[27]

논의를 구체화하기 위해서, 세계의 봉건성에 압도되는 X의 지향은 어떠한 것인지도 조금 추론해 보자. 작품에서 이와 관련되는 요소는, 김창억과 헤어져 평양으로 돌아오는 기차에서 X가 친구에게 쓰는 편지 내용이다. 거기서 그는, '人生의 眞實된 一面을 추켜들고, 거침업시 肉迫'하여 오던 김창억을 만나서 받은 '驚愕의 戰慄' 등의 느낌을 전한 뒤, 김창억을 두고 '自由의 民'이라 단정하고 '우리의 慾求를 홀로 具現한 勝利者' 같기도 하다고 쓰고 있다(10, 108면).

이 구절이 보여 주는 바는 바로 '자유'에 대한 욕구, '자유민'이고자 하는 지향이다. 물론 이를 '정치적인 자유'로 곧장 이어가는 것은, 한편으로는 당시 문단의 지형을 염두에 두고 다른 한편으로는 초기 삼부작을 이루는 다른 작품들의 내용을 고려할 때 과도한 것이겠지만, 예컨대 현진건의 「빈처」(『개벽』, 1921.1)의 K가 '소설가'를, 나도향의 「젊은이의 시절」(『백조』, 1922.1)의 조철하가 '음악가'를 지향하는 것과 차이를 보임도 틀림없는 사실이다. X가 일종의 선망의 눈길을 보내는 김창억이, 비록 광인이긴 하지만, 세계의 평화를 꿈꾸는 정치 지향적인 인물이라는 점도 이와 관련해서 음미해 볼 만하다. 이렇게 보면, X가 지향

---

27 염상섭의 소설 문학이 기미독립운동 등과 같은 역사적 사건들에 영향 받지 않고 일상에 대한 관찰이라는 자기 세계를 견지해 온 사실에 대해서는 여러 논자들의 지적이 있었다. 구인환의 경우는 "「三代」나 「萬歲前」과 같이 미약한 대로 歷史意識이 投影된 作品이 없지 않으나, 廉想涉은 植民地時代의 民族的 受難이나 解放 후의 소용돌이, 6.25의 激動 등 外的 狀況의 變化에 따른 새로운 人生의 解釋이나 그 狀況을 超克하려는 삶의 指標를 모색하는 경우는 거의 없다"(210면)라고 단정적으로 말하기까지 한다(『韓國近代小說硏究』, 삼영사, 1993).

하는 바를 '(부르주아) 자유주의의 구현'이라는 범주 속에서 사고하는 것이 온당할 듯싶다.

X의 이러한 의식이 확인되는 또 한 장면은, 밤차로 평양에 내린 H와 X가 대동강가를 소요하는 부분에서의 상념과 대화이다. 모자도 쓰지 않은 '장발객'이 세상을 개의치 않는다는 듯이 지나가는 것을 보고 X는 진정한 행복이란 그런 생활에 있는 것이라고 느낀다. 부벽루에 다다른 그들은 현판 곁에 붙어 있는 '찰(札)'이나 절벽의 이름 낙서를 두고 이름을 후세에 길이 남기고자 하는 세태에 혀를 차며 짧은 대화를 나눈다. X가 '알 수 업는 분노'에 벌떡 일어서 성벽에 기대어 아래를 내려다보자 그런 X를 두고 H가 여자가 없는 것이 한이라 한다. 그에 대해 X가 "내가 '쏠찌오—ㄴ가"라며 고소(苦笑)한다. H가 '쏠찌오'의 고통[28]은 있을 터라 하자 X는 "現代人 처노코 누구나 一般이지"라 답하고 있다(8, 123면).

이러한 장면은 X가 현실을 추악한 것으로 보고 그에서 어떠한 의미도 찾지 못하고 있음을 알려 준다. 절벽의 이름 낙서나 부벽루의 명패는 이름을 남기고자 하는 일면 보편적일 수도 있으나 봉건적인 명리 의식이 일반화된 현상을 나타내며, 세상의 이목을 신경 쓰지 않는 장발객이란 그러한 현실에 등을 진 자의 표상이라 할 수 있다. 전자를 경멸하고 후자를 동경하는 이러한 심리 상황에서, 삶의 의욕을 찾지 못하고 죽음 충동에 시달리다 자살하는 '조르지오'의 고통을 '현대인의

28　조르지오는 가브리엘레 단눈치오의 소설 『죽음의 승리』의 주인공으로서 정신적으로 황폐한 상태에 처해 있다. 남편과 별거 중인 이폴리타와 불륜의 관계를 맺고 있으며 그녀와의 사랑 속에서 삶의 의욕을 찾고자 하지만, 추악하고 고통스러운 삶을 살고 있는 가족이나 짐승 같은 군중들의 광신적인 예배 체험 등으로 죽음에의 유혹을 벗어나지 못하게 되어 끝내 이폴리타를 끌고 투신자살을 감행한다.

고통'으로 간주하는 X의 의식은, (반)봉건성이 만연하고 삶의 의욕을 불태워 줄 것을 찾을 수 없는 현실에 대한 환멸, 자유민이고자 하나 그 가능성을 스스로도 신뢰할 수 없는 영혼의 정처 없음이라 할 것이다.[29]

이로써 우리는 「표본실의 청개구리」의 음울한 정조를 낳는 메커니즘을 다음처럼 정리해 볼 수 있다. 유학을 통해 얻게 된 자유민의 이상을 품은 주체가, (반)봉건적인 현실에 던져짐으로써 갖게 된 실망과 피로가 신경과민과 우울함을 낳은 것이라고 말이다. 조금 단순화하자면, 자유주의 이념의 실현 불가능성이 알코올에 기대는 무기력증으로 X를 몰아넣었다고 할 수 있다. 편지를 통해서 '自己의 沈滯한 處分, 꿈꾸는 感情'(10, 124면)을 X에게 전하는 Y의 경우도 이러한 추론에 힘을 실어 준다.

「표본실의 청개구리」에 대한 이상의 분석은 염상섭의 소설 문학 일반을 이해하는 데 있어서 적지 않은 오해를 불러일으킬 소지가 있다. 어떤 층위에서도 무방향성의 상태이기 때문이다. 사실상 이 작품에서는 X와 서술자 및 실제 작가 염상섭의 거리가 잘 가늠되지 않는다. 따

---

29 이보영의 경우는 이 부분을 두고서 X와 H의 대화가 겉도는 것이라 주장하고 있다. X는 3.1운동이 실패한 현실을 생각하고 있는 반면에 '경박스러운' H는 그것을 모르고 『사의 승리』운운했다는 것이다. 그러면서 이 작품을 퇴폐적인 경향으로 해석해서는 안 된다고 경계하고 있다(『염상섭 문학론』, 금문서적, 2003, 143~144면). 이보영의 논의는 이 소설이 3 · 1운동의 영향하에서 쓰인 정치적 동기가 강한 작품이라는 판단을 배경으로 하고 있는데(137~142면 참조), 작품의 양상에 대한 실증 차원의 전체적인 검토가 미약하고 염상섭의 해방 이후의 회고에 기대고 있어 설득력이 약하다. 「표본실의 청개구리」를 퇴폐적인 작품으로 읽는 방식을 비판하는 데는 마땅히 동의한다 해도, 그것이 이 소설을 식민지 현실에 맞닥뜨린 좌절과 분노의 소산이라고 정치적으로 해석하는 데 곧바로 이어질 수는 없다. 뒤에서 분석하는 「암야」 및 「제야」의 특성과 관련지어서 보게 되면 그의 정치적인 해석이 연구자의 의도에 따른 외삽적인 것에 가깝다는 점이 분명해진다. 이들 작품을 포함하여 이 시기 문학의 특성과 한계를 궁극적으로 결정하는 것이 식민지 현실이며 '식민지적 비참함'이라는 의식 상황이라는 점은 이 책에서도 주장하는 것이지만, 그러한 역사적 · 현실적 요소를 개별 작품 해석의 전제로 삼아 재단할 수는 없다(이 시대의 의식 상황을 특징짓는 '식민지적 비참함' 개념에 대해서는 졸저, 『한국 근대문학의 형성과 신경향파』, 소명출판, 2000, 101면 각주 66 참조).

라서 우리의 논의 역시 현실과 문학을 대하는 작가의 태도 층위에까지는 아직 올라갈 수 없다. 사정이 이러한 까닭에, 1920년대 초기 문학 상황의 본질적인 측면을 함축적으로 보여주면서 염상섭 소설 문학의 방향 선택에 대해서도 적지 않은 시사점을 주는 「闇夜」(『개벽』, 1922.1)를 간략하게라도 검토할 필요가 있다.

「암야」는 인물의 지향과 현실의 갈등이라는 맥락에서 볼 때 「표본실의 청개구리」에 비해 의미는 좀 더 추상화되고 절실성은 강화된 작품이라 할 수 있다.[30] 결론적으로 당겨 말하자면, 1920년대 초기 여타 작가의 작품 경향들을 고려할 때 시대적인 상징으로서는 더 적격이라 할 만하다.

「암야」의 주인공 '彼'는, '무엇이던지 하여야 하겠다는 생각'은 항시 있지만 '大關節 무엇을 해야 조흘지' 모르는 상태에 놓여 있다. 작품의 정조를 지배하는 그의 의식 상태는, 다음의 두 가지 요소 곧 군중과 자신의 동료들에 대한 태도에서 확인된다.

군중에 대한 그의 혐오는 유별난 것이어서 주목할 만하다. 그에게 있어 군중들은 '가장 醜惡한 今時로 걱구러질 듯한 魍魎들', '生活이란 烙印이, 狡猾과 貪婪이라는 이름으로, 찍힌 얼굴들'일 뿐이다(59면). 분주히 왔다 갔다 하는 군중들을 생각하며 "「무덤이다」라고, 혼자속으로 부르지젓다"가, 혼사 축하 심부름으로 모친이 부탁했던 일 곧 둘째네 집에 들를 생각까지 접어버린다. 직접적인 심정적 이유는 결혼을 '仁川

---

30 이 진술에서도 드러나듯이, 본고는 「표본실의 청개구리」가 염상섭의 처녀작이며 「암야」가
    그 이후 작이라는 입장에 선다. 이 문제와 관련해서는 유병석이 명쾌하게 정리한 바 있다
    (『廉想涉前半期小說硏究』, 아세아문화사, 1985, 29면 각주 21 참조).

米쿄 以上의 더럽은 賭博'으로 보는 까닭이지만(59면), 이 모두가, 군중을 뚫고 나오느라 눈살을 찌푸린 데서 연유하는 것이다. 생활에 매여 있는 군중의 속성에 대한 그의 혐오는 이렇게 인륜지사까지도 무시할 만큼 강렬하다.

반면 자기 동류들에 대한 '彼'의 태도는 양가적이다. 긍정적인 면을 먼저 말하자면 '俗衆과는 同化치 안는다는 것!'(62면)이 주목된다. 이는 그들이 생활고에 치여서 교활과 탐람(貪婪)에 물들지는 않았음을 의미한다. 그럼에도 불구하고 그가 보기에 자신을 포함한 주변의 친구 모두는 '일체를 우롱해야 하는 존재, 일체를 유희적 기분으로 대하는 사이비 데카당스'일 뿐이다(61면 참조). 사실상 궁핍한 현실에 기인하는 고뇌만 있을 뿐 "一生涯의 事業을 爲하야, 自己의 藝術의 宮殿을 爲하야, 人生의 아름답고 純潔한 情緒를 發露하는 戀愛를 爲하야, 悶悶한 心靈의 深刻하고 永遠한 苦惱를 爲하야, 生死의 問題다! 라고 부르즈즌 일이 잇섯나?"(62면) 하고 비판적으로 자문할 만한 수준이기 때문이다. 요는 참된 고뇌가 없다는 것이다.

주인공이 지향하는 바, 동경의 대상이란 것이 예술이나 연애를 제외하고는 '일 생애의 사업'이나 '심령의 고뇌'와 같이 추상적인 수준에 그쳐 있고 종결부에 이르러도 '大地'와 포옹하고 '永遠'으로부터 생명의 힘을 갈구(64면)하고자 하는 데 머물러 여전히 모호하기 짝이 없지만, 그의 의식은 두 가지 면에서 주의를 요한다. 하나는 생활에 쫓겨 교활함과 탐람(貪婪) 등에 묻힌 세속적인 삶을 멸시한다는 점이다. 이러한 비판적 태도는 비단 그러한 양태를 직접적으로 보이는 일반인만을 대상으로 한 것이 아니라 사실상 그로부터 확실히 절연되지 못하여 사이비 데카당스의 면모를 보이는 자기 동류들까지 포함한다는 점에서 진정성을 갖는다. 바로 이 점 사이비 데카당스의 측면을 반성적으로 통찰하는 것이 주목해야 할 또 다른 하나이다. 생사를 거는 수준의 고뇌 없이 '일생의 사업, 예술의 궁전, 순결한 연애, 심령의 고뇌'를 운위하지만, 일체를 유희적 기분으로 대하면서 사실상 빵이 부족하다는 현실 문제를 호도하는 것이라는 반성적 통찰, '동류들'에 대한 비판에 그치지 않고 자기 자신까지 대상으로 놓는 이러한 반성 또한 그 깊이로 해서 주목을 요한다.

「암야」에서 드러나는 이러한 통찰은 1920년대 초기 상황에서 값진 것이다. 「표본실의 청개구리」에서 드러난바 (반)봉건적인 현실 앞에서 실현 불가능한 이상을 품은 주체의 환멸, 그 환멸의 진정성을 묻고 있기 때문이다. 해서 환멸에 다가서 있는 '彼'의 상태는 한층 절실하게 그리고 진정한 것으로 여겨진다. 물론, 외부 세계의 문제적인 성격은 역시 간접적으로만 추측된다는 점을 놓칠 수는 없다. '빵이 부족하다는 현실'이 그 자체로 주목되지 않음은 물론이요, 「표본실의 청개구리」에서와도 달리 여기서는 '彼'를 절망케 하는 것이 더욱 막연한 것이다. 달리 말하자면 「암야」는 동경의 대상을 구체적으로 지칭하거나 그것을 좌절시키는 현실을 포착하려는 대신에, 주체에 결여된 무언가로 인한 고뇌 자체를 가리키고 있을 뿐이라고 할 수도 있다. 사정이 이러함에도 불구하고 「암야」의 이러한 면모가 중요한 것은, 염상섭 소설의 주목점 혹은 시선의 선택을 보여 주는 까닭이다.

당겨 말하자면, 현실보다는 주체의 내면에 집중하는 것이 1920년대 초기 염상섭 소설 문학의 선택이라고 할 수 있다. 현실이 주체를 환멸에 이르게 하는 '힘'이 '폐색성'만으로 드러나는 반면에, 내면은 자기 반성적인 시선의 조명까지 받으며 그 절실함을 한껏 띠고 있다. 이를 두고, 실정적으로 규정될 수는 없지만 그만큼 더 절실한 내면의 동경·좌절이 현실의 구체성이 휘발되는 자리를 차지하며 전경화되었다고 할 수 있겠다. 이러한 방향 선택은, 현실을 외면한 채 관념의 맥락에 한층 집착하는 「제야」(『개벽』, 1922.2~6)에서 보다 뚜렷해진다.[31]

「표본실의 청개구리」와 「암야」, 「제야」의 문학사적인 위상은 일의적으로 규정되지 않는다. 1920년대 초기의 낭만주의적인 소설문학의 경향에 비추어 볼 때 이질적이라 할 만큼, 이들 작품은 현실의 위력을 십분 감지하고 있는 특성을 보인다. 환멸의 낭만주의적인 면모를 문학계에 부여해 주는 것이다. 물론, 그렇다고 해서 이들 작품에서 현실의 현상적·객관적인 형상화를 찾을 수 있다는 것은 아니다. 이 면에서 보자면 오히려 현진건이나 김동인의 소설이 오른편에 나서 있다고도 할 수 있다. 염상섭의 초기 삼부작이 현실의 위력을 담고 있다는 것은, 주체와 세계의 역학을 놓치지 않고 있다는 점을 의미한다.

이러한 역학관계가 환멸이라는 인물의 내면 상태로 포착된 것이 초기 삼부작인바, 이들 작품은 향후 전개될 염상섭 소설세계의 두 방향이자 두 개의 축을 포지하고 있다. 삼부작의 표면적 연장으로서 인물의 내면을 포착하는 것이 하나이고, 환멸을 낳는 역학관계의 한 축으

---

[31] 졸고,『한국 근대문학의 형성과 신경향파』, 앞의 책, 102~103면 참조. 전체 논의 구도는 상이하지만 하정일의 경우도, 조선의 현실적 조건과 상호작용을 하지 않는 '보편주의적 이념이 스스로의 순결성을 지키는 마지막 방책'으로 「제야」 주인공의 자살을 해석하고 있다(「보편주의의 극복과 '복수(複數)'의 근대」,『20세기 한국문학과 근대성의 변증법』, 소명출판, 2000, 189면).

로 기능하는 위력적인 현실에 대한 탐구가 다른 하나이다. 이 두 가지가 하나의 작품에서 좀 더 명확하게 드러난 경우가 바로 1920년대 전반기 소설계의 문제작이라 할『만세전』이다.[32]

2)『만세전』과 정관적 주체의 탄생

초기 삼부작에 이어지는『萬歲前』[33]은 여러 가지 맥락에서 중요하고도 문제적인 작품이다. 특히 근대인의 개성적인 면모를 짙게 띠는 주인공 이인화의 설정과 그의 눈을 통해 폭로되는 식민지 현실의 비참함에 대한 냉철한 파악 양 측면이 두드러지게 드러나, 수많은 선행 연구들이 이 둘 중 어디에 방점을 찍을 것인가를 두고 서로 대립적인 양상을 보이기까지 해 왔다.[34] 이러한 논의들의 혼란을 재차 정리하고 작품의 특성을 객관적으로 규명하기 위하여 서사 구성의 양상을 먼저 정리해 본다.

---

[32] 염상섭의 초기 삼부작에서『만세전』이후에 이르는 변화에 대한 보다 자세한 내재적 분석으로 졸고, 「환멸에서 풍속으로 이르는 길─『만세전』을 전후로 한 염상섭 소설의 변모 양상 논고」, 『민족문학사연구』 24, 2004 참조.

[33] 잘 알려진 대로 이 작품은 「墓地」라는 제명으로『신생활』(1922.7~9)에 연재 도중 중단되었다가,『시대일보』(1924.4.6~6.4)를 통해 완성된 뒤,『萬歲前』으로 개칭되어 출간되었다(고려공사, 1924). 이견도 있기는 하지만(손정수,『텍스트의 경계』, 태학사, 2002, 108~113면), 이 세 판본 사이에는 유의미한 차이가 존재하지 않는다(이재선, 「日帝의 檢閱과 「萬歲前」의 改作」, 『韓國文學의 解釋』, 새문사, 1981 참조)는 판단 위에서, 여기에서는 고려공사 출판본을 대상으로 논의를 진행한다.

[34] 이러한 대립상을 포함하여『만세전』에 대한 선행 연구들의 갈래를 다섯으로 나누어 상세히 논의한 것으로, 졸고, 「『만세전』 연구를 통해 본, 한국 근대문학 연구의 문제와 과제」, 한국문학연구학회, 『현대문학의 연구』 28, 2006 참조.

     제2부 한국 근대소설의 형성 및 분화와 우연

• 첫째 날[만 0.5일 / 1~30, 30면] : 「1장」 연종시험 이튿째(⑤-1), 점심을 먹으러 하숙으로 오다가 하녀를 만나(④-1) 전보 소식을 듣고, 아내의 위독함을 알리며 귀국을 종용하는 급전을 본다(2면). W대학에서 마침 H 교수를 만나(④-2) 허가를 얻은 뒤(6면), **이발소, 서점 등을 거쳐**(5~10면), 정자가 있는 **카페에 들렀다가**(7~21면), 발이 가는 대로(⑤-2) **거리를 배회**(21~27면)한다. 짐을 챙겨 X와 정자의 배웅을 받으며 밤 열한 시 차로 동경을 출발하여, 기차 안에서 여행의 첫 밤을 보낸다(30면).

• 둘째 날[만 1.5일 / 31~48, 18면] : 「2장」 기차 속에서 정자의 편지를 읽고 **이런저런 생각**을 한 뒤에(31~36면), 신호(神戶)에서 내려, A카페에 들렀다가, 을라를 찾아가서 만난 뒤(40~48면), 역전 여관에서 둘째 밤을 보낸다.

• 셋째 날[만 2.5일 / 48~75, 28면] : 이튿날 저녁 하관에 도착, 간단한 심문 후, 배에 오르자마자 목욕탕으로 가서는 **일인들의 조선인 노동자 모집 이야기를 듣게 되고**(④-3)(50~62면), 곧 배에서 내려져 수색을 당한다(62~71면). 배 갑판으로 올라와서는 분한 생각에 눈물을 흘리며 이런저런 **상념에 빠진다**(71~75면). 「3장」(73면~).

• 넷째 날[만 3.5일 / 75~143, 69면] : 이튿날 3등실 승객의 행태 생각 끝에 아침에 부산에 도착한다(80면). 다시 파출소로 불려 갔다가(81~83면), 정거장에 짐을 맡겨 두고 거리로 나선다(83면). 「4장」 거리를 걸으며 '조선의 축사(縮寫)'인 부산에 대해, 유랑민으로 떠돌게 되는 조선 민족에 대해 상념을 하다(83~90면), 일

본 국수집의 <u>계집을 보고</u>(④-4) 호기심에 들어가 **여자들과 수작을 하고**는(91~100면), 급히 정거장으로 와서 기차에 뛰어 오른다. 「5장」 기차가 김천(金泉)에 도착하자(101면), 마중 나와 있는 형을 따라 **함께 이야기**하며(102~107면) 집으로 가서는, 형이 새로 들인 작은 형수 및 집안의 산소 문제에 대해 **논쟁에 가까운 대화를 하고**(109~122면), 역 사무실에서 잠시 있다가(123~125면) 다시 기차에 오른다. <u>어떤 신사를 보고 무심코</u>(④-5) <u>김 의관을 떠올리고</u>(125면)(④-6) 그가 잡혀가던 일에 대해 **생각한다**(128~131면). <u>마주 앉게 된 갓 장수와</u>(④-7) 이런저런 얘기 끝에 공동묘지 문제가 나와 **열변을 토한다**(132~141면).

- 다섯째 날[만 4.5일 / 143~158, 16면] : 자정 지나 대전역에 도착해서(143면), 차를 내려와 걷다가 <u>한데서 떨고 있는 조선인 승객들과 포박된 죄수들을 보고</u>(144~145면)(④-8), '구덱이가 욱을 욱을하는 共同墓地다!' 하는 **현실 진단을 내린다**(146~147면). 자다 깨다 하면서 아침에 서울에 도착한다(148면). 「6장」 집에 들어와서(150면) 병인을 본 뒤(151~153면) 부친께 인사하고(153~154면), 김 의관에 대해 누이와 실없는 이야기를 한 뒤(154~156면), 아이를 잠시 쳐다보고는 사랑 건넌방으로 나갔더니(156~157면), 교번소(交番所)에서 나온 청년이 미행을 하겠다며 들렀다 간다(158면).

- 서울에서의 약 9일[158~174, 17면] : 「7장」 3, 4일은 집에서 그럭저럭 세월을 보내고(158면), 또 며칠 음산한 날이 계속된 뒤에(160면), 일주일이나 지나 정자에게 엽서를 부친다(161면).[35] 엽서를 부

 제2부 한국 근대소설의 형성 및 분화와 우연

치던 날 저녁에 지난 해 여름을 생각하며(161~162면) 동대문으로 가 병화에게 들러 을라의 이야기를 하다가(163~165면), 밤늦게 집에 돌아와서는 부친 등이 술을 먹는 것을 보고 큰집 형과 따로 술을 하며 김 의관이나 차지(差支), 새로 온 시골 의원, 병화가 을라 학비를 대는 것 등에 대한 이야기를 듣게 된다(168~173면). 이튿날 병화 집 형수와 을라가 찾아온다(174면).

- 이후의 6일(혹은 13일)[36][174~195, 22면] : 「8장」 그 다음날, 새 의원의 약을 쓴 지 이틀 만에 병인이 죽는다(174~177면). 고집을 피워 3일장으로 끝내고(178면), 장사 지낸 이틀 뒤 남은 자식의 문제를 김천 형과 약조해 두고서는 자유로운 느낌을 갖는다(179면). 일주일간의 청명한 날씨가 지난 후 집을 가시는 무당 굿(180면)에 떠날 작정을 하는데 을라가 들른다(181면). 상중에 정자로부터 받았던 편지를 아궁이에 버리고, 형에게 떠날 뜻을 말하며 돈 삼백 원을 받아 낸다(183~184면). 정자에게 답장을 쓰려는데, 병화가 들어와 을라에 관한 어색한 대화를 하는 끝에, '求心的 生活을 始作하여야 하겠지요'라는 결의를 내비친다(184~189면). '生活을 光明과 正道로 引渡'하자는 내용으로 정자

---

35 해방 후의 개작본에서는 이 부분의 시간 경과를 보다 명확히 기술하고 있다. '서울 온 지 일주일이나 지난 뒤' 정자에게 엽서를 부쳤다고 쓰고 있다(「萬歲前」, 『特別版 新韓國文學全集』 20, 어문각, 1982, 231면).
36 뒤에 나오는 '일주일간의 청명한 날씨'를 어떻게 보는가에 따라 시일이 달라지는데, 장사 이틀 후에서 다시 일주일이 지나 가심 굿을 한다고 보기는 다소 어색하므로, 굿을 하던 날 전후의 날씨 변화를 언급하는 표현으로 보는 것이 낫다고 판단된다. 이 경우 서울에 머무는 날은 총 15일이 된다. 해방 후 개작본에서는 '그동안 청명한 겨울날이 계속하더니 오늘은 또 무에 좀 오려는지'(어문각 판, 239면)라고 하여 시간의 경과를 나타내지 않는 방식으로 바꾸고 있다. 전체적인 시간의 설정도 다르게 되어 있어서, '한 열흘 더 있다가'(어문각 판, 243면) 떠나는 것으로 처리하여, 서울에서 총 25일 가량을 머무른 셈이 된다.

에게 편지(189~194면)를 쓴 뒤 우편국으로 향한다. 형님 등의
배웅을 받으며 기차에 몸을 싣는다(194~195면).

　선행 연구들의 대립을 염두에 두고 이상을 통해 먼저 짚어두어야 할
점은, 작품의 의도가 어디에 놓여 있는가이다. 무엇보다 먼저 눈에 띠
는 것은, 서술의 비중 면에서 살펴볼 때 서울에서의 일보다 거기까지
이르는 과정이 확대되어 있다는 사실이다. 『만세전』은, 동경에서 서울
에 도착하기까지의 만 나흘이 조금 안 되는 여정을 서술하는 데 1장부
터 5장까지 무려 148면을 할애하고 있다. 반면 서울 집에 머문 보름여
혹은 22일 정도의 기간은 불과 45면에 걸쳐서 서술될 뿐이다. 여행을
가능케 한 병인의 임종 및 장례나 아들 문제 등의 실제적인 사후 처리
에 관해서는 고작 5면이 소용되는데, 그것도 이인화가 "한시름 니즌 것
갓고 새삼스럽게 自由로운 天地에 쒸어 나온 것"(179면) 같은 느낌을 얻
는 데로 정향되어 있다. 요컨대 『만세전』의 서사 구성은 여정에 대한
서술을 한껏 확장한 양상을 보여 준다. 여정 부분의 사건시에 대한 서
술시의 이와 같은 확장은, 여행의 직접적인 동인과는 상관없이 여행
자체를 드러내는 것이 작품의도(Werkintention)[37]임을 의미한다.
　물론 『만세전』은 동경에서 경성에 이르는 여정을 구체적으로 보여
주는 기행문적 성격을 띠고 있지 않다. 여행 부분의 서술시의 확대를

37　'작품의도'란, "예술 작품의 내용은 (이념적 내용이 아니라) 본질적으로 형식에 의해 규정된
　다는 사실을 중시"해야 한다는 뷔르거의 문제의식에서 고안된 개념으로서 '작가의 의도'와
　는 구별된다. 그에 따르면 "작품 속에서 결정될 수 있는 효과수단들(자극수단들)의 소실점
　(Fluchtpunkt)을 지칭"하는 것으로 정의된다(페터 뷔르거, 최성만 역, 『前衛藝術의 새로운
　이해』, 심설당, 1986, 14면 참조).

가능케 하는 것이 여정의 구체적인 경과라든가 그 과정에서 보게 되는 풍물의 객관적인 묘사·소개와는 거리가 먼 까닭이다. 작품 표면에서 명확히 확인되듯이, 이러한 서술시의 확대는 여정이 필요 이상으로 분절되고 여정 부분의 서술 중 상당 부분이 이인화의 상념을 서술하는 데 할애되면서 이루어진다. 요컨대 작품 내 세계의 실제에 있어서는 '여로의 우회와 지체'로, 서술의 맥락에 있어서는 '비여정적인 상념 및 대화의 확대'로 인해 여행 부분의 서술시가 크게 확대되는 것이다.

'여로의 우회와 지체'는, 카페 M헌(軒)에서 정자, P자와 어울려 수작하는 것이나, 신호로 을라를 찾아가면서 하루 밤의 여행을 버리는 것, 부산의 일본 국수집에서 여급들과 수작을 하고, 김천 형 집에서 한나절을 모두 보내는 것으로 이루어지는데, 이들 부분에만 무려 56면 분량이 할애된다. 이렇게 보면, 어떤 의미에서도 이인화의 여정은 목적지를 향한 단선적인 공간 이동일 수 없다. 여행의 동인과는 상관없이 여행 자체를 드러내는 것, 그 과정에서 주인공의 생각과 다른 사람과의 대화 등을 세세하게 보여주는 것이 『만세전』의 작품의도인 것이다. 이러한 '상념 및 대화의 확대' 양상은 위의 서사 구성의 정리에서 굵게 강조한 부분들이 경성에 이르는 전체 여정에서 차지하는 비중에서 객관적으로 확인된다. 사건시는 거의 정지되다시피 한 채 서술시가 확장되고 있는 이러한 부분들을 통해서, 여정의 전개가 아니라 상념 및 대화의 형상화에 주안점을 두고 있다는 점이 뚜렷해지는 것이다.

여기서 주목할 점은, 이러한 특징이 우연의 구사와도 밀접하게 관계되어 있다는 점이다. 『만세전』에는 ④ 인과적 우연이 8회. ⑤ 기타의 우연이 2회, 총 10회의 우연이 구사되고 있는데, 이들 중 대부분이 '상념 및 대화의 확대' 양상에 기여하고 있다. 예외는 단 세 가지 즉 ④-1, ④-2 와 ④-6뿐이다. 이 중 앞의 두 가지는 대부분의 서사에서 처음에 나타날 수 있는 것으로서, 첫째는 작품 상황의 설정상 들어온 것이고 둘째는 여 정을 신속히 가능케 하는 것이어서, 모두 순수하게 형식적인 측면에서 기능적으로 구사된 것이라 할 수 있다. 김 의관에 대한 상념 속에서 나 오는 ④-6의 경우 또한 작품의 전체적인 효과에 있어 별다른 의미를 지 니지 않는 단순 우연이라 할 수 있다. 나머지 우연들은 다르다. 7회에 걸 친 이들 우연의 경우, 바로 그 우연에 의해서 이인화의 상념이나 다른 인 물들과의 대화가 가능해지기 때문이다. 이러한 상념과 대화를 통해『만 세전』이 근대적인 사상이나 식민지 현실에 대한 냉철한 인식을 보일 수 있게 됨을 생각하면, 이러한 우연이 서사 구성 차원의 형식적 요소에 그 치지 않고 작품의 주제효과 구현에 기여하는 의미 있는 역할을 하고 있 음을 알 수 있다.[38] 달리 말하자면, 여정마다 우연을 구사하여, 일본의 노동자들이나, 조선인 노동자 모집인, 일선 혼혈인, 김 의관, 갓 장수, 죄 수 등 일제 식민지 치하라는 특수한 역사적 상황을 사고해 볼 만한 다양 한 인물들을 작품 속에 끌어넣고, 이를 기회로 하여 그들에 대한 주인공 의 상념이나 그들과 주인공의 대화를 통해, 식민지 현실의 제반 양상과 그에 대한 주인공의 사고와 태도를 다각도로 조명하고 있는 것이다.

서술시의 대부분을 차지하면서『만세전』의 소설적 육체를 형성하는 이인화의 상념은 크게 두 가지 종류로 나누어 볼 수 있다. 식민지 현실 의 실상에 대한 인식, 통찰과 근대 사회나 인간 일반의 본성 등에 관한

---

38 이렇게 우연의 구사가 주제효과의 구현에 관련되는 특징은『만세전』이 전대소설이나 신소 설과는 달리『무정』에 이어지는 작품임을 알려 주는 것이다.

    제2부 한국 근대소설의 형성 및 분화와 우연

추상적 사색이 그 하나이며, 동경 유학생으로서 체화하게 된 근대적 가치들에 대한 소망과 반성이 다른 하나이다.[39] 이상의 두 가지는 이인화의 분열상 즉 '분리된 감정과 이지' 각각의 실제적인 내용을 이룬다.

식민지 현실의 인식에 속하는 가장 대표적인 경우가 바로, 관부연락선 목욕탕에서 우연히 엿듣게 되는 일인들의 대화에 따른 사색이다. 사색의 추이를 따라가면서 그 특징을 살펴본다. 일본인 노동자 모집원의 말을 통해, "可憐한 朝鮮勞働者들이 속아서, 地上의 地獄 가튼 日本 各地의 工場으로 몸이 팔리어 가는 것"(57면)을 알고 깜짝 놀란 이인화는, 다음과 같은 자기반성을 보여준다.

> 스물두셋쯤 된 冊床島슈任인 그째의ㅅ 나로서는, 이러한 이야기를 듯고 놀라지 안을 수 업섯다. 人生이 엇더하니 人間性이 엇더하니 社會가 엇더하니 하여아, 다만 심심파적으로 하는 卓上의 空論에 不過할 것은 勿論이다. 아버지나, 그러치 안으면 코ㅅ백이도 보지 못한 祖上의 德澤으로, 工夫字나 어더 하얏거나, 小說 卷이나 들처보앗다고, 人生이니 自然이니 詩니 小說이니 한다야 結局은 배가 불너서, 飽滿의 悲哀를 呼訴함일 다름이요, 實人生 實社會의 裏面의 裏面 眞相의 眞相과는 아모 係關도 連絡도 업슬 것이다. 그러고 보면 내가 只今 하는 것, 일로부터 하랴는 일이 結局 무엇인가 하는 疑問과 不安을 늑기지 안을 수가 업섯다. (60면)

이와 같이 자기 자신의 지향에 대해 회의를 갖는 것은 지금까지의

---

39 술집 여급 혹은 기생들에 대한 호기심이나 유탕적 감상 등은 후자의 저급한 경우로 묶어 이해할 수 있다.

자신을 되돌아보는 것이다. 따라서 그의 생각은 자연스럽게, 전원생활을 예찬하는 산문시를 쓰던 지난봄의 '空想과 淺慮'(61면)를 부끄러워하는 데로 이어진다.

> 그러나저러나, 一年 열두 달, 牛馬 以上의 죽을 苦役을 다─하고도, 시레기죽에 얼골이 붓는 것도 詩일가? 그들이 三伏의 끌는 해빗에, 손등을 듸우면서 홈이 자루를 놀릴 쌔, 그들은 幸福을 늑기는가? …… 그들은 흙의 奴隷다. 自己自身의 生命의 奴隷다. 그리고, 그들에게 잇는 것은, 다만 쌈과 피쑌이다. 그리고 주림쑌이다. 그들이 어머니 배ㅅ속에서 쮜어나오기 前에, 벌서 確定된 唯一한 事實은, 그들의 毛孔이 맥히고 血淸이 말으기까지, 흙에, 그 쌈과 피를 쏫으라는 것이다. 그리하야 열 방울의 쌈과 百 방울의 피는 한 알(一粒)의 나락을 기른다. 그러나 그 한 알의 나락은 누구의 입으로 드러가는가? 그에게 支拂되는 報酬는 무엇인가. ─주림만이 무엇보다도 確實한 그의 바들 품삭이다. ……
>
> 나는, 몸을 다─ 훔치고 옷 입는 터전으로 나왓다. (61~62면)

여기서 우리가 주의해야 할 것은 두 측면이다. 현실로서의 지시체의 맥락이 소설 작품을 통해 부각된다는 사실 자체가 하나이고, 이렇게 부각된 현실 인식이 행동으로 이어지지 않고 인식으로 그치고 마는 귀결 양상이 다른 하나이다.

첫째 측면은, 1920년대 초기 소설 일반의 낭만적인 경향에 비춰볼 때 대단히 새로운 것이어서 주목을 요한다. 그렇지만 이를 두고 그대로 현실의 재현 혹은 반영인 양 사고하는 것은 적절치 못하다. 『만세전』이 현실을 다루는 방식은 리얼리즘적으로 그것을 재현하는 것이 아니라, 위의 경우처럼 현실에 대해 주인공이 사고하는 식으로 그 문제적인 양상을 부각시키는 것이다. 현실 자체가 (그려지는) 아니라 이렇게 현실의 맥락이 인식되는 것이 『만세전』이 보이는 특징이다. 물론 그럼에도 불구하고 이는 대단히 중요한 특징이고 한국 근대소설의 전개 및 발전 과정에서 의미 있는 성과이다.

1920년대 전반기 소설계는 1923~1924년경을 분절점으로 해서 전면적인 현실 외면, 부정의 양상을 벗어나 현실의 수용이라는 새로운 면모를 보이기 시작한다.[40] '현실 외면에서 현실 수용으로의 변화'로 요약할 수 있는 이러한 변화는, 기존의 작품상에 있어서 특징적인 것에 대한 비판과 새로운 것에 대한 추구라는 두 가지 계기 사이의 변주 면에서 크게 두 가지 방식으로 수행된다. 1920년대 초기 소설들이 담고 있었던바 비판 대상으로서의 '기존의 것'이란 무엇인가. '참인생, 참사랑[자유연애], 강한 개인(성)' 등으로 설정된 추상적 근대성의 지표들이 그것이다. 추구 대상으로서의 '새로운 것'이란 무엇인가. 식민지 치하의 궁핍한 현실, 바로 그 참상의 포착, 인식, 폭로이다. 추상적 근대성에 대한 비판과 식민지 현실의 폭로라는 이상의 두 가지 계기는 작가들에 따라 그 비중을 달리한다.

김동인, 현진건, 나도향 등처럼 간단명료한 풍자에 의해서 앞의 가

---

40 이러한 변화의 발생론적 원인은 여러 가지로 찾아질 수 있다. 작가들의 이력 면에서 보자면, 조선에 돌아와 문학 활동을 수행하려는 그들이 식민지 현실을 몇 년 간 접하면서 과거 일본 유학을 통해 습득한 대정기의 자유사상을 버리게 되기 시작했다는 점을 고려할 수 있다. 여기에 더하여, 토지조사사업이 완수되면서 진행된 농민들의 탈향과 도시빈민으로의 진입 그리고 그에 따른 대도시의 형성과 궁핍상의 심화와 같은 사회상황의 변화도 작가들이 비참한 현실에 주목하게 하는 배경으로 작용했으리라고 추론할 수 있다.

치들을 축출하는 것 즉 첫째 계기를 전폭적으로 작품화하는 것이 하나이다. 반면 염상섭은 다른 양상을 보이는데, 두 계기가 팽팽한 긴장 관계를 이루다가 나름대로 하나의 종합태를 보이게 된다. 『만세전』과 「해바라기」, 『너희들은 무엇을 어덧느냐』의 세 작품이 '추상적인 근대적 가치와 현실 사이의 긴장과 갈등'을 보인다는 점에서 이 맥락에서 동일한 의미망으로 묶인다. 추상적인 근대성과 현실 인식 사이의 긴장 및 갈등을 그리는 방식에 있어서 『만세전』은 다른 두 작품과도 또 다른 면모를 보인다. 양자의 갈등이라는 것이 전자를 조상(弔喪)하는 방식으로 결론을 보는 경우가 「해바라기」이고[41] 전면적으로 전개되는 자유연애와 '돈'으로 요약되는 생활의 물질적 측면 사이의 복잡다단한 길항작용을 통해서 후자의 영향력을 십분 형상화한 것이 『너희들은 무엇을 어덧느냐』라면[42], 『만세전』의 경우는 사정이 다르다.

바로 위에서 보았듯이, 『만세전』에서는 서사의 형식으로 형상화된 것은 아니라 해도 현실성의 인식이 상당한 깊이를 띠고 개진됨과 동시에 "그릇된 道德的 觀念으로부터 解放되는 거기에 眞正한 生活이 잇는 것"(20면)이란 언표처럼 전시기의 가치가 여전히 힘을 발휘하고 있다. 실상 이러한 양립 관계가 '지체되는 여로'를 산출했다고 할 수 있다. 작품 내 세계와 서술의 차원을 함께 고려해 보면, 여로의 설정에 의해서

41　이 작품의 기본 구도는 '실질적인 결혼'을 바탕으로 해서 예전의 '낭만적인 사랑'을 묻어버리는 것이다. 하지만 주인공 최영희에 의해 후자에 대한 나름의 예가 치러지는 것이 주서사라는 점에서 양자의 관계는 대립에서 출발한다고 할 수 있다. 물론 결론은 전자의 실제적인 우위이다. 결혼이라는 것 자체가 이미 "사랑이니 깨몽둥이니 하며 꿈속 가튼 생각만 할 째가 아니라 일평생 몸을 의탁할 곳을 차지랴는 말하자면 주판질 다 해 보고 압뒤ㅅ 경우 다 살펴본 뒤에 하는 일"인 까닭이다(「해바라기」, 1-5, 『동아일보』, 1923.7.22).

42　졸고, 「『너희들은 무엇을 어덧느냐』론―작품의 내적 특질과 소설사적 의의를 중심으로」, 한국국어교육학회, 『새국어교육』 51호, 1995.7 참조.

　제2부 한국 근대소설의 형성 및 분화와 우연

현실의 포착 및 그로부터 촉발되는 현실 인식의 작품화가 가능해지는 한편, 바로 그 여로의 지체를 통해서 추상적 근대성의 열도가 여전히 빛을 발하고 있는 까닭이다.

앞의 인용에서 우리가 주의해야 할 둘째 측면으로서 그 귀결 양상의 인식적 특징은 뒤에 이어지는 1920년대 중기의 신경향파소설들과 비교해 볼 때 뚜렷이 드러난다. 신경향파소설 좀 더 명확히는 사회주의적 자연주의 소설[43]이 대체적으로 취하는 급격한 행동화의 양상(살인 · 방화 등)을 옆에 놓고 보면 위의 인용에서도 보이는 바 현실 인식으로 귀결되고 마는 『만세전』의 양상은 명료하게 변별된다. 현실에 대한 인식이나 자신에 대한 반성이 결코 행동으로 이어지지는 않는 것이다. '당대 문학청년에 대한 비판적 인식'은 이미 있는 것이고, 자신에게 있는 문청적 소질을 부끄러워도 하지만, 이러한 인식 및 수치감이 '자기가 하(려)는 일' 자체를 뒤흔들어서 새로운 무엇을 추구하게끔까지 힘을 발휘하는 것은 아니다.

성급한 가치 평가를 삼가고 사실만을 볼 때, 이른바 박영희적 경향뿐 아니라 최서해적 경향으로 묶이는 신경향파소설들 더 나아가서는 나도향이나 김동인, 현진건의 작품들에서까지 보편적으로 확인되는바 '급작스런 파국'이 염상섭의 작품 세계에서는 존재하지 않는다. 그 대신 『만세전』에서는 냉철하게 인식된 현실의 맥락과 그에 동화되지 않는 상태에서 그것을 변화시키려 들지도 않는 지식인의 관찰자적 태도가 긴장 관계를 이루며 반복적으로 변주되고 있을 뿐이다. 현실을 인식

43　이에 대해서는, 졸고, 「조선자연주의 소설 시론」, 『한국학보』 74호, 일지사, 1994 봄, 3절 참조.

하되 그러한 인식 주체가 직접 행동으로 나아가지는 않는 이러한 양상은 염상섭 소설의 고유한 특징으로서, 『사랑과 죄』(1927), 『삼대』(1931)로 이어지면서 한국 근대 리얼리즘소설의 한 맥을 형성하게 된다.

작품 자체의 맥락을 좀 더 따라가 보면, 위의 인용에서 드러난바 현실의 인식 및 자신에 대한 반성 역시 어떠한 매듭도 짓지 않은 채 중단되는 것이 확인된다. 바로 뒤를 이어 이인화가 수색을 당하게 됨으로써 사실 1920년대 중기 소설의 맥락에서 보자면 행동의 개연성은 더 짙어진 셈이지만, 『만세전』은 예의 고유한 방식을 취한다. 급히 뛰어오른 배의 어스름한 갑판 위에서 이인화의 상념이 전개될 뿐이다. 그러한 상념을 이끌어 내는 것은 심정적인 낭만적 도피이다.

나는 船室로 드러갈 생각도 업시 으스름한 甲板 우에, 찬바람을 쐬어 가며 웅승그리고 섯섯다. 激甚한 勞役과 치위에 疲困하야 깁흔 잠에 드러가는 港口는, 소리 업시 暗黑 속에 누엇슬 뿐이요, 全市의 安息을 직히는 夜光珠는, 벌서부터 졸린 듯이 漸漸 불빗이 적어가고 數爻가 주러가면서 깜작깜작 졸고 잇다. **나는 人間界를 써나서 放浪의 몸이 된 者와 갓치, 그 불빗의 낫낫이 엇더한 平和롭은 家庭의 大門을 직히고 잇스려니 하는 생각을 할 제, 선득선득한 별(星)보다도 漸漸 멀리 흐려가는 불빗이 쌋듯이 보이엇다.** 나의 머리속은 단지 混沌하얏슬 뿐이오, 눈은 확근확근할 뿐이다.

外套 폭케트에다가 두 손을 찌르고, 어느 째까지 우둑헌이 섯는 나의 눈에는, 어느덧 뜩근뜩근한 눈물이 비저나와서, 上氣가 된 左右 쌤으로 흘너나렷다. 찬바람에 산득산득 슴여드려 가는 것을, 나는 씨스랴고도 아니하고 如前히 섯섯다. (72면. 강조는 인용자)

 제2부 한국 근대소설의 형성 및 분화와 우연

이 구절의 정조는 확연히 낭만적이다. 물론 1920년대 초기 소설들이
보였던 낭만적 분위기와는 이미 구별된다. 전시기의 낭만적 색채라는
것이 비록 파국을 향한다 하더라도 대단히 열정적이요 동경과 추구로
가득 찬 것이었다면, 『만세전』에서 산견되는 이와 같은 낭만적 정조는
그러한 열정이 식은 후의 차분한 것이다. 낭만적 영혼을 그대로 두지
않는 현실 더 정확히는 그러한 현실에 대한 냉철한 인식이 버티고 있
는 까닭이다. 사정이 이러하기에, 짐 수색을 통해 식민지 백성임을 새
삼 자각한 데서 연유한 두 번째 문단의 '눈물'이 나도향 초기 소설의 눈
물과 다른 것은 명백하다고 하겠다. 물론 그렇다고 해서 이런 구절을
예로 들면서, 식민지성에 대한 치열한 자각과 민족적 울분 등이 『만세
전』에 표출되어 있다고 하면 그것도 일면적임을 면치 못한다.

이러한 사정을 제대로 밝히기 위해서는 그가 행하는 사유의 내용 및
구조를 좀 더 면밀하게 검토할 필요가 있다. 먼저 계속 이어지는 부분
을 보자. 상술한바 심정적인 낭만적 도피에 의해 이끌어지는 사색은
인간관계 일반에 대한 추상론의 성격이 짙다. '우열이 매겨진 개인들
간의 관계에서는 지위나 처지가 중요한 역할을 하며, 집단적 배경이
있을 경우에는 우열감이 순전한 적대심으로 변하여 마음속 깊이 각인
되고 경우에 따라서는 노골적으로 폭발되기도 한다'는 것이다(73~74면
참조). 이와 같은 일반적 추상적인 사색은 어떠한 경우에도 이인화의
행동으로 이어지지 않는다. 최소한 행동에의 결의로 이어질 기미조
차도 없다. 이렇게 『만세전』에는 반성만 있을 뿐 그로 인한 발전의 계
기가 마련되지는 않는다.

『만세전』의 리얼리즘적인 성과에 있어 중요한 예로 꼽히는 부산 거

리에서의 사색 역시 동일한 맥락에 닿아 있다. 식민지 궁핍화 현상에 대한 그의 통찰은, 식민 지배·피지배의 세력 관계나 내밀한 역학의 차원이 아니라 현상적인 근대화·일본화 속에서 사람들이 갖게 되는 심리·행동의 맥락에서 기술되고 있을 뿐이다. 물론 이러한 기술 방식이 소설적 실감을 강화하는 데에는 보다 유효하겠지만[44], 궁극적으로는 인물의 행위에 (신경향파소설들에서 발견되는) 발전적 면모를 주지 않(으려)는 작가 정신의 발로라고 할 수 있다.[45] 이러하기 때문에 이인화는 식민지 궁핍화, 유민화 현상에 대한 깊은 사색에 뒤이어 '일본 국수집 문간의 젊은 계집'에 맥없이 이끌려 버리는 것이다(90면).

냉정한 현실 관찰자로서의 이인화는 근본적으로 상황과 자기 운명과의 관련성 즉 현실성을 인식하지 않는다. 방관자적인 입장에서 가슴 답답한 상황을 대하고는 (타개의 의지 등속이 아니라) 자포자기 식으로 차라리 모든 것이 없어져 버리기를 바라거나 또 한편으로는 (자신의 실천, 행동과는 무관하게) '進化論的 모든 條件'(146면)에 의해서 사태가 그 자체대로 흘러갈 것이며 그러다 보면 혹은 좀 나아질 수도 있으리라는 무책임하고 막연한 생각을 할 뿐이다(146∼147면 참조).

이상 살펴본 대로 이인화는 현실과 관련해서 인식의 주체로서만 존재한다. 현실을 대하면서 그는 개인적 자의로부터 독립된 현실의 강제

---

44 이러한 태도는 작가 염상섭이 취하는 사태 파악의 기본적인 발상법이라고도 할 수 있다. 예컨대 『광분』(1929)에서는, "그 진상을 알려는 사람, 그 정곡을 얻으려는 사람이면 무엇보다도 먼저 그 기운과 그 분위기부터를 해부하여야 할 것이다"(프레스21, 1996, 211면)라는 명시적인 언급하에 혼돈스러운 현상 묘사를 생생히 해내고 있는 것이다.

45 일찍이 구인환(『韓國近代小說研究』, 앞의 책)이 염상섭의 작가적 태도와 관련지어 이러한 점을 '관찰자로서 충실하려는 그의 작가적 자세' 탓에 '구제의 문학'이 아니라 '보는 문학'에 머물러 있다고 지적한 바 있다(223면).

                    제2부 한국 근대소설의 형성 및 분화와 우연

법칙적인 진행 과정을 합리적으로 인식하고 계산할 뿐이다. 현실의 진행 과정 자체에 개입하려 하는 대신에 법칙들을 기성의 것으로 간주하고 그 가능적 결과들을 계산하는 데 매몰되어 있는 것이다. 이와 같이 현실의 메커니즘을 관찰자적으로 인식할 뿐인 태도를 취하는 것인데, 이를 두고 정관적 태도라 할 수 있다. 앞서 지적했듯이 '무덤'으로 상징되는 폐색된 식민지 현실을 방관자적인 입장에서 통찰하면서 자포자기 식의 태도를 보이며 진화론 운운하는 것은, 자신의 개입에 의해서 사회를 바꿀 수는 없다고 여기는 의식, 기성의 사회 체제를 공고한 실체로 보는 부르주아적 의식을 확연히 보여준다. 이인화의 이러한 정관적 태도는 자본주의 시대에 속한 근대인[부르주아]의 보편적인 특징에 해당되는 것으로서 주목할 만하다.[46]

결론적으로 말하자면, 『만세전』의 인식 요소 측면의 성과를 말할 때라도, 식민지 궁핍화 현실에 대한 냉철한 인식을 담았다는 점보다는, 자본주의의 시대 즉 근대 시민사회에 처해 있는 정관적인 부르주아 개인의 면모를 적절히 형상화했다는 점에서 그 의의를 찾아야 할 것이다. 이렇게 봐야 하는 핵심적인 이유는, 작품의 의미 효과라는 전체적인 측면에서 볼 때, 이 작품의 현실 인식적 내용들이라는 것이 이인화라는 인물의 특성을 구현하는 요소로 활용되고 있기 때문이다. 이는 염상섭의 초기 삼부작들이 현실 상황을 고려하고는 있되 인물의 내면을 드러내는 데 집중하고 있으며 실상 그 일환으로서 현실의 (구체상이 아니라) 위력을 환기시키고 있을 뿐이라는 사실과 상통하는 것이다.

---

46 루카치, 박정호·조만영 역, 『역사와 계급의식』, 거름, 1986, 168~173면 참조.

여기까지 와서 보면, 『만세전』의 현실 인식적 측면을 리얼리즘적인 성취로 간주하는 일부 선행 연구의 판단은 적지 않게 편향된 것이라고 하지 않을 수 없다. 문학작품 고유의 현실 인식이라는 것이 궁극적으로 서사적 형상화를 통해서 이루어지는 것이라면 실상 『만세전』의 현실 인식이라는 것은 매우 취약하다 하겠다. 『만세전』의 경우는 기본적으로 이인화의 상념을 통해서만 현실 인식이라든가 그 외의 것들이 작품의 일부로 되는 까닭이다. 더욱이 그것도 '추상적 근대성'에 대한 여전히 빛을 발하는 열망과 함께 어우러져 있을 뿐이다.

『만세전』에 드러난 현실 인식의 면모들은 그 인식의 주체인 이인화의 다른 지향성이 향하는 덕목들과 항시 긴장 관계에 놓여 있다. 이 덕목들이란 무엇인가. 바로 참사랑이니 개인(성)으로 표상되는 '추상적 근대성'이다.

예컨대 아내나 정자, 작은 형수의 문제를 대하는 이인화의 태도는 기본적으로 자신의 사랑관에 기인하고 있다. "眞正한 사랑은 그 사람의 幸福을 비는 마음에서 나오는 것이요, 그 사람의 生活을 支配하고 運命의 進路까지를 干涉하는 것은 안이겟지요"(115면)라는 생각을 요체로 하는 이인화의 사랑관은, 비단 작은 형수에게만이 아니라 자신이 관련된 아내나 정자에게도 일관되게 적용된다. 자율적인 주체를 근간으로 하는 이러한 발상은 실상 매우 추상적인 것인데, 이러한 자리에선, 가문의 후손을 이어야 한다는 등의 당시의 생활 감각이 존립할 여지가 없어지게 된다. 이러한 추상성은 이인화가 문제적 인물의 면모를 보이는 모든 장면에 항상 개재된다. 실제로는 아이를 양자로 맡기면서도 (179면), "根本的 內面과 素質에 잇서서는, 그의 幸福에 對한 全責任을 질

責務가 依然히 나에게 잇다고 나는 굿게 銘心"(191면)한다는 것 역시 매우 관념적이고 그만큼 추상적이다. 이러한 관념성, 추상성은 현실 인식에 있어서의 방관자적인 면모 즉 행동에의 지향이 전혀 없이 냉철한 인식만을 행하다가 그만 두는 양상과 긴밀히 연결된 것이라 하겠다.

자율적인 근대적 주체라는 개념은 실상 아담 스미스의 '보이지 않는 손'으로 특징지어지는바 '개별 의지와 일반 의지 사이의 조화'라는 근대 사회의 기본적인 문제[47]에 대한 낙관적인 전망에 뿌리를 두고 있다. 앞서 말한 진화론적 조건에 기대든 아니든 이 맥락은 항시 유지된다. 이러한 낙관적 전망은 동시에 결정론, 운명론과의 친연성으로 인해 관련된 주체를 방관자적인 입장에 안주할 수 있게 하는데, 이인화를 빌어 전개되는 『만세전』의 상념들도 역시 동일한 맥락에서 전개되는 것으로 이해할 수 있다. 이인화가 보이는 방관자적인 태도는 궁극적으로 그가 견지하는 자율적인 주체관과 긴밀히 연관되어 있는 것이다.

이상의 논의를 바탕으로, 1920년대 초기 소설들의 발전 과정이라는 맥락에서 『만세전』의 의의를 짚어 둔다. 『만세전』은 추상적인 근대성에 경도된 의식의 세계가 현실과 빚는 불협화 및 거리를 끊임없이 확인하는 방식을 통해서 개인의 내면을 드러내며, 그 일환으로서 식민지 현실에 대한 인식을 담아낸다. 그 결과, 문제적 인물로서의 이인화와 봉건적·식민지적 현실의 대비 형식을 통해서, 식민지 현실에 대한 객관적인 파악을 보여줌과 동시에 식민지 근대화의 문화적 결과로서의 추상성, 식민지적 비참함을 여실히 형상화하고 있는 것이다.

47　카알 뢰비트, 강학철 역, 『헤겔에서 니체에로』 중판, 민음사, 1987, 2부 1장 참조.

　이로써 『만세전』은, 1920년대 초기 작품들과 동일한 구도를 갖추면서도, 식민지 궁핍화 현상이 진행되던 당대의 현실에 대한 정확한 통찰까지 담아낸 기념비적인 작품의 지위에 오른다. 이러한 지적은 1920년대 초기 소설의 최상의 지양 형태가 바로 『만세전』임을 의미한다. 넓게는 한국 근대소설의 전개 과정에서 좁게는 1920년대 전반기 소설계가 보이는 변화 과정에서, 그리고 염상섭 초기 소설의 초점이 설정되는 맥락에서도, 바로 이와 같은 이유로 『만세전』이 차지하는 위상은 매우 중요하다.

4장

리얼리즘소설의 구축과 분화

1. 염상섭의『삼대』, 전체적 리얼리즘의 면모

1)『삼대』의 서사 구성상의 특징

『삼대』는 1931년 1월 1일부터 9월 17일까지『조선일보』에 연재된 작품으로, 당대에는 출판이 불허되었다가 해방된 지 3년 만인 1948년에 을유문화사에서 단행본으로 출간되었다.『삼대』를 연구하는 데 있어서 어떠한 텍스트를 쓸 것인가에 대해서는 상이한 결론을 내리는 명확한 논증들을 확인할 수 있는데,[1] 이 책에서는 연재본을 대상으로 한

---

[1] 방대한 분량의 역작『염상섭 연구』에서 김윤식은『삼대』연재본은 미완성 작품이라는 판단에서 1948년의 단행본을 연구 대상으로 삼는다고 명언한 바 있다(서울대 출판부, 1987, 564

다.[2] 개작의 정도와 효과 등 때문이 아니라 이 책의 기본 성격이 형성기 한국 근대소설사의 갈래를 대상으로 하는 까닭에서이다.

『삼대』가 보이는 두드러지는 특징은 다양한 인물이 등장하여 여러 가지 사건이 전개되는 대단히 긴 분량의 소설이되 작품 속의 시간은 상대적으로 매우 짧다는 데 있다. 짧은 시간 동안 맺히고 풀리는 방식으로 여러 사건들이 펼쳐지는 것이다. 이렇다고 해서 『삼대』가 읽기 곤란할 만큼 복잡다단하지는 않다. 사정은 반대인데, 지향성이 상이한 인물들의 서사가 돈 문제를 중심으로 관련되는 한편 사상 사건의 취조와 검거로 주요 인물들의 스토리-선이 모두 결합되어 긴박하면서도 통일된 양상을 취하게 되는 까닭이다.

연재본 『삼대』는 총 36개의 절로 이루어져 있다.[3] 줄거리를 따라가면서 서사 구성상의 특징을 정리해 보면 다음과 같다.[4]

~570면 참조). 이에 반해 김경수의 경우는 『삼대』가 조 씨 일문 사람들의 당대 사회에서의 적응 이야기이며 작가가 문제 삼고 있는 것이 인물들의 일상적이고 사회적인 삶이라는 점을 들어 연재본을 대상으로 해야 마땅하다고 주장하였다(『廉想涉 長篇小說 硏究』, 일조각, 1999, 96~98면). 후자의 경우 논쟁적으로 문제를 제기하고 있지만, 연구의 성격이 작가론인가 작품론인가에 따라 대상 텍스트가 달라지는 양상을 보이는 것으로 정리할 수 있다.

2　이 책의 대상 텍스트는 『조선일보』에 1931년 1월 1일부터 9월 17일까지 연재된 『三代』이다. 마지막 연재분의 횟수를 보면 215회로 되어 있는데, 이 책의 파악에 따르면 총 연재 횟수는 214회로 추정된다. 사실 관계를 명확히 할 수 없는 이유는, 조선일보사 아카이브와 서울대, 이화여대가 소장하고 있는 『조선일보』를 통해 볼 때, 연재분 중 몇 차례를 확인할 수 없기 때문이다. 22절 「답장」과 30절 「부모」, 31절 「고식」, 31절 「소문」이 문제적인데, 이하 스토리를 정리하는 부분의 각각의 절에서 각주로 해명해 둔다.

3　신문 연재본을 저본으로 출간되어 있는 『삼대』 판본은 거의 없다. 그 중 하나가 본인이 책임 편집을 맡은 '글누림 한국 소설 전집' 12권 『삼대 염상섭 장편소설』(글누림, 2008)인데, 2회 연재된 27절 「상점」을 편집자의 실수로 간과하고 앞의 「새 출발」 절로 이어 붙여서, 전체 35개 절인 양 잘못 표시하였다. 이 기회에 바로잡는다. 이러한 오류는 역시 연재본을 바탕으로 하여 류보선이 정리한 『한국소설문학대계 5 — 염상섭』(동아출판사, 1995)과 정호웅이 책임 편집을 맡은 『염상섭 장편소설 삼대』(문학과지성사, 2004)에서도 마찬가지로 확인된다.

4　각 절이나 그 이름 뒤의 괄호 안 숫자는 연재 횟수이다.

　제2부 한국 근대소설의 형성 및 분화와 우연

총 36회가 연재된 1절 「두 친구」로부터 7절 「추억」까지에서는 주요 인물들이 등장하고 그들 간의 관계가 확인된다. 1절(3)에서는 조덕기와 김병화의 성격과 관계가, 한편으로는 그들의 언행을 통해 다른 한편으로는 바커스 주부의 시선을 통해 잘 드러나 있다. 2절 「홍경애」(4)는 독자의 흥미를 끄는 서두의 역할을 충실히 한다. 덕기의 시선으로 홍경애의 변모 양상을 기술하고 홍경애의 말과 심정으로 덕기나 상훈과의 관계를 제시함으로써 이들의 운명에 대한 궁금증을 키워놓는 것이다. 3절 「이튿날」(7)에서는 조씨 집안 사람들의 면면이 드러나고 그들 간의 긴장 관계가 확인되며, 4절 「하숙집」(2)과 5절 「너만 괴로우냐」(5)에서는 병화가 하숙하고 있는 필순 집안의 형편과 그 가족이 소개되는 한편, 부친과 의절하고 사회주의자가 된 병화의 내력과 덕기와 병화의 관계가 제시된다. 6절 「새 누이동생」(4)에서는 홍경애 모녀와 홍경애의 딸, 덕기의 만남을 통해 조상훈과 홍경애의 관계 및 현재 상황이 알려진다. 7절 「추억」(11)에서는 젊은 시절 조상훈의 행적과 홍경애 집안의 내력 등을 밝히는 한편 조상훈과 홍경애가 불행한 관계를 맺게 되는 양상을 세밀하게 제시하고 있다.

이상에서 보듯 처음 일곱 절은 『삼대』의 주요 등장인물들을 차례로 제시하는 역할을 하고 있다. 이와 더불어 작품의 배경도 밝혀진다. '조씨 가의 집-바커스-필순네 집-홍경애 집' 각각으로 공간이 이동하여 사건의 주요 무대를 알려주는 것이다.

8절 「제 일 충돌」부터 10절 「제 삼 충돌」은 조씨 집안의 갈등 관계를 세 측면에서 보여주고 있다. 제삿날 벌어지는 「제 일 충돌」(5)은 대동보소 이후의 중종 산소 논란을 통해, 조 의관이나 조창훈 등 반봉건적인 의식을 가진 인물들과 그에 맞서는 조상훈의 대립을 보여준다. 제사를 지낸 다음날 조 의관이 낙상하는 일로부터 촉발되는 「제 이 충돌」(4)은 조 의관의 후실 첩인 수원집과 그보다 나이가 많은 며느리인 덕기 모친의 대립 관계를 제시하고 있으며, 그 다음날 벌어지는 「제 삼 충돌」(6)은 새로운 세대인 조덕기와 그 부친 조상훈의 갈등을 보여준다. 단 3일 동안 조씨 집안에서 벌어지는 이러한 세 차례의 충돌은 처세를 달리하는 세대 간의 갈등이자 동시에 돈을 둘러싼 제 세력의 대립으로서, 『삼대』가 보여주는 사건 전개의 두 가지 축을 나타내는 것이다.[5]

이후 11절부터 20절까지는 인물들의 관계가 좀 더 발전되면서 본격적인 사건을 예비하는 단계에 해당된다.

11절 「재회」부터 13절 「새 번민」에 걸친 18회 연재분을 통해서는 조상훈과 홍경애, 김병화의 삼각관계가 형성된다. 병화를 따라 상훈이 바커스에 들른 이후 벌어지는 3인의 소동과 교번소에까지 끌려가는 봉욕 및 그 이후 전개되는 상훈과 경애의 신경전을 통해서, 이들 세 인물의 성격 및 이중적인 생활을 하는 조상훈의 타락한 행태와 더불어 『삼대』의 애정소설적인 면모가 잘 드러난다. 14절 「순진? 야심?」(6)에서는 덕기와 병화의 편지를 통해서 필순에 대한 양인의 생각이 제시되는 한편, 필순 부친의 내력을 포함하여 그 가족의 상황이 드러나고 있으며, 15절 「외투」(6)에서는 병화가 경애와 상훈의 관계를 명확히 알게 된다.

---

5 다른 한 가지는 좌파 이데올로기상의 문제로서, 이들 세 가지가 『삼대』의 서사를 전개시키고 있다.

제2부 한국 근대소설의 형성 및 분화와 우연

16절 「밀담」(9)에 이르면 경애의 중개로 병화와 피혁이 만나게 되어, 『삼대』의 중심 주제 중 하나를 이루는 사회주의 운동이 단초를 보이기 시작한다. 17절 「편지(5)는 병화에게 보낸 덕기의 편지를 필순이 보는 방식으로, 병화의 다소 편협한 주의주의적인 태도에 대한 덕기의 비판을 제시하고, 필순을 공부시키고자 하는 덕기의 의도와 그에 대한 필순의 생각을 보여준다. 이 절은, 사회주의 운동에 대한 조덕기 및 작가의 태도와 더불어 일본에 가 있는 조덕기가 내면적으로 좀 더 성숙해진 사실을 알려준다는 점에서 중요하다. 『삼대』의 초반에 보이는 조덕기의 학생다운 미숙한 면모와 후반에서 확인되는 바 조씨 집안의 기둥으로서 보이는 깐깐하고 줏대 있는 행동 사이의 변화에 개연성을 더해 주는 것이다.

18절 「밧갓애」(3)와 19절 「김의경」(11), 20절 「가는 이」에서는, 한편으로는 매당과 김의경이 등장하고 수원집이나 최 참봉 등이 매당과 한 패라는 점이 밝혀지며, 다른 한편으로는 미래를 잃고 몰락하는 상층 계급의 사람들과 원삼이와 같은 하층민이 대조되고 있다. 전자는 조씨 집안의 재산을 둘러싼 갈등의 기반이 좀 더 확대되는 것이며, 후자는 피혁의 본명이 확인되는 사실을 포괄하여 사회주의 운동의 지향을 선명히 드러낸 경우에 해당한다.

『삼대』가 담고 있는 사회주의 운동과 관련된 내용은 기존 연구들 전반에서 그다지 강조되지 않은 편인데, 해방 후에 나온 개작 단행본과도 달라서, 1931년의 연재본은 이 부분을 강조하지 않으면 작품을 제대로 읽은 것이 못 된다고 할 수 있을 만큼 사회주의자들의 언행이 중요한 비중을 차지하고 있다.[6] 이런 내용이 연애소설적인 서사나 돈을 둘러싼 갈등과 긴밀히 연관되어 있는 것 또한 특징적이다. 위에 이어지는 21절 「활동」(6)이 대표적인 예에 해당된다. 피혁을 피신시키고 2,000원을 숨기는 비밀 운동과 더불어서 병화와 경애의 애욕이 증대되는 것을 섬세하게 포착하는 것이다. 병화가 필순에게 모스크바 유학을 권한 뒤 덕기의 제안을 알려주고, 덕기에게 부치는 답신을 통해서 덕기가 아니라 자신이 시대의 동화자라고 주장하는 22절 「답장」(5)[7] 또한 『삼대』의 사회주의적인 내용 요소를 잘 드러내준다.

총 21회 연재된 23절 「전보」에서 25절 「입원」은 조 의관의 사망을 전후하여 이 집안의 암투를 집약적으로 보여준다. 조 의관의 명에도 불구하고 덕기에게 전보를 치지 않은 조창훈 일파의 행동은 돈에 대한 그들의 집착을 짐작하게 한다. 조부에게서 금고 열쇠를 받은 덕기가 직접 전보 사건을 확인하고 창훈을 경계하는 점이나 죽기 직전 유서를 작성하여 덕기를 중심으로 재산을 분배해 놓는 조 의관의 일처리 내용 등은, 가문의 재산을 지키려는 중상층 부르주아지의 면모를 잘 보여준다. 이 연장선상에서, 비소 중독이라는 조 의관의 사인을 둘러싼 해부 사단은 재산을 둘러싼 부르주아 집안 내의 다툼이 얼마나 치열하고 비인간적인 것인지를 압축적으로 제시하고 있다.

26절 「새 출발」(2)과 27절 「상점」(2), 28절 「진창」(6), 29절 「취조」(16)의 네 개 절에서는 사회주의자들의 이야기가 중심을 차지한다. 반찬가게 '산해진'을 차려 자신을 위장하고 생활에 열심인 것처럼 보이는 병화

6　사정이 이렇다고 해서 몇몇 연구들과 같이 『삼대』가 보이는 사회주의적인 측면의 작품 내 위상과 의미를 지나치게 강조하는 것도 경계할 필요가 있다. 이와 관련해서는 뒤에서 상론한다.
7　22절 「답장」의 경우 현재 네 차례 연재분만 확인되고 5월 17일 분은 『삼대』가 연재되던 『조선일보』 4면을 찾을 수 없다.

　제2부 한국 근대소설의 형성 및 분화와 우연

의 모습이 제시된 뒤, 병화와 필순 부친, 경애가 장훈이 패에게 봉욕을 당하는 사건과 그 내막이 밝혀지고, 사건 관련자들의 취조와 필순 부친의 입원 관련한 덕기의 활약과 그에 대한 필순의 태도 변주가 제시된다. 사회주의 운동의 내밀한 면모와 산해진이 갖는 상징적인 의미가 형상화되는 한편, 덕기와 필순의 내면의 관계가 무르익기 시작하는 부분이다.

다음 세 절들은 산해진 사람들과 대비되는 인물들의 타락상을 보여주는 기능을 한다. 30절 「부모」(10)[8]는 경애 모친이 세속적으로 변화된 모습을 그리는 한편, 조상훈이 김의경을 들이자 덕기 모친이 큰집으로 이사하는 사건을 제시하고, 31절 「고식」(7)[9]은 덕기가 몸져눕자 필순이 두 차례 병문안을 오는 과정을 통해서, 필순의 처녀다운 공상과 병화와의 결혼을 거론하는 덕기의 제안에 대한 그녀의 반응을 섬세하게 묘파하는 한편 필순과 덕기를 욕하는 모친과 그에 맞장구치는 덕기 아내를 보이고 있다. 32절 「소문」(4)에서는, 의사에게 돈을 주었다는 소문을 병화가 전하면서 절정이 예고되는 한편, 병화에게 필순과의 결혼말을 꺼내는 덕기가 스스로의 위선을 자각한다.

33절 이하는 복잡다단하게 전개되어 온 사건들이 한꺼번에 응축되어 터지고 해결되는 과정에 해당한다. 33절 「용의자의 쎼」(6)에서는 조의관의 비소 중독 사망 사건과 산해진의 김병화–홍경애 문제로 덕기 등 관련자 전원이 경찰에 소환된다. 덕기가 취조 받는 와중에 조상훈

---

8   30절 「부모」의 경우는 연재 176~7회가 실려 있을 신문을 확인하지 못했다.
9   31절 「고식」의 경우, 8월 9일에 188회가 연재되었으므로 8월 10~11자에 189회가 있으리라 추정되는데, 10일은 모든 연재소설이 없는 채로 1~4면만 발행된 듯하고, 11일은 연재가 되던 4면을 찾을 수 없다. 8월 12일자 「소문」 1회가 연재 191회로 되어 있어 일련번호가 이상한데, 190회의 오기인 듯하다.

이 가짜 형사를 데리고 와서 금고를 열고 문서류를 빼내 가는 사건이 34절 「젊은이 망녕」(5.5)에서 그려진다. 35절 「피 무든 입술」(2.5)은 잡혀와 조사를 받던 장훈이의 자결 사건을 간명하게 다루고 있다.[10] 사회주의자의 꿋꿋한 최후를 장렬하게 그린 것이어서 사회주의에 대한 『삼대』의 태도를 재고해 볼 여지를 강화하는 부분이다. 여기에서 피혁의 존재와 피스톨, 폭발탄 등이 경찰에 포착되었음이 확인된다. 작품을 끝맺는 36절 「석방」(7)은 김의경과 돌아다니다 잡혀온 조상훈이 덕기 앞에서 심문을 받는 과정을 매우 상세하게 그리고 있다. 순사부장이 상훈을 훈계하듯 비판하는 내용을 통해 부정적인 인물의 부정성이 도드라진다. 덕기가 병으로 석방되고 필순의 부친이 사망한다. 부친 및 서조모 사건은 검사국으로 이관되리라 추정되는 반면, 김병화 사건은 지연될 것으로 예측되며 작품이 종결된다.

이상의 서사 구성 정리를 통해 세 가지 사실이 확인된다.

첫째는 앞에서 말했듯이 『삼대』가 방대한 분량에 비추어 대단히 압축적으로 구성되어 있다는 점이다. 적지 않은 인물을 등장시켜 복잡다단한 사건을 펼쳐내면서도 이 소설이 구성상의 완결을 이룰 수 있었던 것은 다음 세 가지에 의한다.

먼저 꼽을 것은, 공간적 배경을 서울로 한정한 점인데, 이는 다음과 같은 효과를 준다는 점에서 중요하다. 서울 그것도 걸어서 왕래할 수 있을 만큼 가까운 거리에 사건의 주요 무대들이 자리 잡고 있음으로써

---

10 「젊은이 망녕」의 마지막 연재분과 「피 무든 입술」의 첫 연재분은 9월 3일자에 함께 실려 있다. 평소 연재분 분량 속에 두 회가 반씩 나뉘어 있어 서술시 분량상 각각 0.5회 분이 된다. 따라서 35절 「피 무든 입술」의 서술시는 연재분 2.5회에 불과할 만큼 간략한 것이다.

인물들이 담당하는 사건들이 보다 자연스럽게 얽히게 되었다.

다음으로 시간적 배경이 짧은 점을 들 수 있다. 첫 장면에서 조 의관의 사망까지는 여러 날이 걸리지 않으며 전체 인물이 줄줄이 잡혀 취조를 받는 것 또한 장례 이후 한 달 정도밖에 지나지 않아서다. 초하루를 보내 해가 바뀌긴 해도 겨울 한철의 두어 달 사이에 모든 사건이 전개되는 것이다.[11]

『삼대』의 압축적 구성을 이루는 마지막 요소는, 앞서 지적했듯이 서울을 중심으로 짧은 기간에 모든 사건이 벌어지기 위해서는 이들 사건이 전체적으로 모이는 구심점이 있어야 하는데, 그 구심점으로 '돈' 문제가 설정되어 있다는 사실이다.

『삼대』에서 사건을 추동하는 돈은 두 종류이다. 하나는 피혁이 병화에게 맡긴 운동자금으로서 병화와 경애의 스토리-선, 산해진 서사, 장훈이 일파의 등장 등이 이에 집중되어 있다. 다른 하나는 조 의관이 남긴 유산으로 조씨 집안의 모든 사람과 최 참봉, 매당집 등이 관여되는 사건들이 이를 둘러싸고 벌어진다. 이렇게 두 종류의 돈이 복잡다단한 사건을 일으키고 있지만, 사법 당국의 입장에서 보면 동일한 돈으로 간주되어 모든 인물과 더불어 사건들 또한 단일한 초점으로 응축된다. 복잡다단한 사건이 돈 문제를 중심으로 결합되어 자연스럽게 해소되는 이와 같은 구성적 완결성이야말로 염상섭의 작가적 역량을 증명하는 것이다.[12]

---

11   몇몇 선행 연구들에서는 서술시상의 스토리 시간을 1년 혹은 반년이라 해석하고 있는데 이는 모두 오류이다.

12   이러한 판단에서 이 책은, 염상섭의 『삼대』가 그의 다른 장편소설들과 마찬가지로 너무 복잡다단하여 구성상으로 실패했다는 평가들과 거리를 둔다.

서사 구성 정리를 통해 확인되는 둘째 사실은 『삼대』가 보이는 사건의 중층적인 성격이다. 조씨 집안의 재산 관련 사단과 김병화 등의 사회주의자 사건이 두 가지 주요 사건인 점은 분명하지만, 이 소설은 그 외에도 홍경애-김병화-조상훈의 삼각관계 스토리-선과 조덕기-필순의 연애를 다루는 스토리-선이 비중 있게 처리되고 있다. 여기에 더하여 조상훈과 홍경애의 과거 연애와, 조상훈과 김의경의 관계를 나타내는 스토리-선 등까지 고려하면 『삼대』의 연애소설적, 풍속소설적인 면모를 강조하지 않을 수 없다. 여러 유형의 연애가 대비됨으로써 문제적인 양상에 대한 비판의 효과를 증폭시킨 점도 특기할 만하다.[13]

서사 구성 분석을 통해 확인해 두어야 할 또 다른 사실로, 사회주의 운동에 대한 긍정적인 시선을 들 수 있다. 이 점에 대해서는 그동안 일부 연구자들을 제외하고는 대체로 그다지 주목하지 않거나 의미를 부여하지 않는 경향을 보여 왔다.[14]

그러나 김병화나 피혁, 장훈이 등과 같은 사회주의자의 형상화가 전체적으로 보아 긍정적으로 되어 있다는 사실은 그 자체로 주목을 요하

---

13 『삼대』가 조씨 집안과 사회주의자의 이야기로 축소될 수 없다는 이러한 사정을, 김윤식은 『삼대』의 인물 구성 분석을 통해 밝힌 바 있다. '가족사적 인물군'과 '이념적 인물군' 둘이 있어서 서로 대립하는 형식이 아니라 매당 그룹으로 이루어지는 매개적 인물군이 그 가운데 설정되어 최대치의 안정감을 갖춘 '상호 부조형'의 '인물 구조 층'을 보임으로써 소설로서 성공했다는 것이다(『염상섭 연구』, 서울대 출판부, 1987, 574~582면 참조).
14 『삼대』가 보이는 사회주의적인 요소들에 대해서는 김병익이나 염무웅 등이 부정적으로 평가한 바 있다. 『삼대』를 추동하는 갈등을 '풍속' 및 '시대의 정신 풍조' 차원에서 찾는 김병익의 경우 김병화를 두고 '유치는 하였어도 순진하고 열렬한' 사회주의자였다가 변절한 인물로 파악하면서 그가 "맑스 · 보이' 혹은 '주의자'란 유행사조'를 따랐을 뿐이어서 투절한 현실 인식이 없는 채로 사태의 이해에 있어 편협하고 완고한 면모를 보인다고 하였으며(「葛藤의 社會學－廉想涉의 『三代』」, 김병익 외, 『現代韓國文學의 理論』, 민음사, 1972, 314~316면), 염무웅 또한 『삼대』가 사실주의 소설로서 1970년대까지도 최고봉이라 평가하면서도 김병화의 경우 '역사적 현실의 포괄적 인식' 면에서 비판될 여지가 많다고 지적한 바 있다(「植民地的 近代人－廉想涉作 『三代』의 경우」, 『民衆時代의 文學』, 창작과비평사, 1979, 254~255면).

     제2부 한국 근대소설의 형성 및 분화와 우연

는 것이다. 당대의 계급 상황이나 미래 전망 면에서 김병화는 사회주의자로서 자신의 신념을 명확하게 제시하고 있으며, 경찰서에서 자결하는 장훈이의 면모는 변혁운동에 헌신하는 주의자로서의 면모가 군더더기 없이 장렬하게 형상화되어 있다. 여기에 더하여, 덕기가 하숙에 두고 나온 책들 중에 마르크스와 레닌에 관한 저서가 유난히 많아 금천 형사로부터 동정자(Sympathizer)로 규정되는 점 등에서 명확히 확인되듯이, 조덕기의 변화도 비슷한 방향으로 설정되어 있는 점이 강조될 필요가 있다. 김병화가 주도하고 홍경애가 결국은 동지애적으로 가세하여 운영하는 산해진의 의미가 조씨 집안과의 대조 맥락에서 긍정적인 인간관계의 표상으로 제시되는바 이때의 긍정성이 사회주의 지향성과 무관한 것이 아니라는 점도 무시될 수 없다.[15]

---

15 산해진의 설정이 갖는 의미가 '무시될 수 없다'고 한 것은, 산해진이 갖는 긍정적인 의미 효과를 인정할 수는 있지만 그렇다고 해서 그 의미를 너무 과장해서도 안 된다는 문제의식에서이다. 이보영의 경우(『난세의 문학』, 예림기획, 2001), 조 씨 집안이 '봉건적, 보수적인 가족주의'를 드러내는 반면 산해진이 '어떤 공동의 목적을 위한 인격적인 결합체'로 대조적으로 형상화되었다고 파악하고(352면), '식료품 상점을 가장한 제 삼 XX당의 발전을 위한 근거지'인 산해진이 "가장 노골적인 약육강식 사회인 식민지에서는 그런 인간관계는 희한한 일"임에도 불구하고 '밝은 희망에 찬 인격적 상호관계'를 보였다면서 그 의의를 '반식민주의적 의미'에서 찾고 있다(353면). 더 나아가서 그는 "항시 불안하고 단명(短命)했던 '산해진'의 중요성이 이 작품의 결말로 다가갈수록 증대된 나머지 아직도 부유하고 체제순응적인 조 의관 집의 이미지를 아주 초라하게 만든다" 하고 이것이 "인격적 인간관계의 물질주의적 이해타산에 대한 도덕적 우월성을 말해주는 동시에 염상섭의 리얼리즘의 강한 도덕성을 말해준다"고 높이 평가한 바 있다(354면).
이보영의 견해는, 한편으로는 봉건적·보수적인 가족과 인격적인 공동체라는 추상적인 대립을 전제하고, 다른 한편으로는 『삼대』에 이르는 염상섭의 소설 세계를 '항일적인 주제를 발전적으로 증대시키는 과정'이라고 파악하는 자신의 이념적 구도를 전제한 위의 판단이어서 설득력이 약하다. 김병화와 조덕기의 관계 또한 이해타산을 벗어난 인격적이고 인간적인 것이라는 사실만 간과하지 않아도 전자의 대립이 문제되며, 작품의 실제에서 산해진 부분이 갖는 실제적인 비중이나 사회주의자 그룹 전체의 서사에서 그것이 차지하는 위상 자체가 큰 것이 아니라는 점을 보면 후자 또한 연구자의 구도가 앞선 해석의 결과라고 하지 않을 수 없다. 이렇게 연구자의 구도를 앞세워 『삼대』가 이원적인 대립상을 보여 주는 듯이 해석하는 방식은 김경수(『廉想涉 長篇小說 硏究』, 일조각, 1999)에게서 그대로 확대 재생산되고 있다.

물론 사회주의자들에 대한 형상화가 긍정적인 시선에 의해 마련되고 있다는 사실과, 조덕기가 동정자로서의 면모를 구현하고 있다는 점에 대한 평가가 이 두 사실만을 강조하는 방식으로 이루어질 수는 없다. 조 씨 집안 세 세대의 삶의 지향과 그 주변 인물들의 욕망, 그리고 홍경애나 매당집, 하층민들의 설정 부분이 당대 사회를 반영하는 측면이 『삼대』에서 훨씬 더 우세하다는 사실의 의미를 축소할 수 없는 까닭이다.

맥락을 달리 해서 말하자면, 『삼대』는 다양한 인물군들을 통해서 1920년대 후반 식민지 한국 사회의 제 모습을 충실히 형상화하고 있다고 할 수 있다. 통시적으로는 개화기 세대에서 작품 내 세계의 현재에 이르고, 공시적으로는 식민지 수도 경성의 다양한 삶의 공간을 아우르며, 이념적으로는 전근대적 보수주의로부터 사회주의에까지 이르러, 역사와 사회, 이념의 세 차원에서 다양한 편폭을 갖추며 당대 사회의 제 상을 작품 안에 아우르고 있는 것이다. 바로 이러한 양상, 당대 현실을 전체적으로 형상화하고자 하는 의도와 그 성취의 결과로 『삼대』가

그는 "혈연에 의한 이기적이고 폐쇄적인 가족 공동체인 '조 씨 가문'의 몰락과 동지애로 결속된 저항의 본산인 '산해진'이란 공간의 구체적인 부상이 대비되면서 그려지는 작품 「삼대」는, 바로 이 점에서 식민지 현실에 대한 정치적인 의미를 강하게 드러낸다"(110면)라고 주장한다. '몰락하는 조 씨 가문'과 '저항의 메카로 부상하는 '산해진'의 대비적인 구도를 주장하는 근거로, 병화와 장훈의 세계관이 보이는 계급 상황 변화에 대한 판단을 들고, 폭탄이 위력적이며 '외국에서 들어온 것 같지 않은 특수성'을 띠었다고 한 종결부가 '마지막 대반전'이라면서 그 의미를 '본격적인 저항운동'이 진행되고 있는 상황을 가리킨다고 상징적으로 해석하고 있다(111~113면).
이러한 주장 또한 연구자의 선입견적 판단이 앞선 것이라 하지 않을 수 없다. 그가 내세운 근거 중 첫째가 의미 있는 것이기 위해서는 그러한 계급 상황 인식이 나름의 스토리-선을 부여받고 서사화될 필요가 있다. 그러한 인식이 제대로 그리고 훌륭하게 형상화된 대표적인 경우가 한설야의 『황혼』인데, 이와 비교해서 보자면, 김병화의 말을 통해 보이는 그러한 인식은 당대 사회에 퍼져 있던 주의자 담론을 『삼대』가 살짝 활용한 것이라고 해야 온당할 듯싶다. '마지막 대반전' 운운의 해석은 아무런 스토리-선도 없는 구절 하나를 두고 행한 상징적인 의미 부여라는 점에서 이 책의 견지에서는 따로 비판할 여지도 없는 것이라 하겠다.

     제2부 한국 근대소설의 형성 및 분화와 우연

사회의 제 면모를 다각도로 형상화하고 있는 점을 가리켜 전체적 리얼리즘이라 할 수 있다. 더 나아가『삼대』는 주의자들에 대한 형상화에서 보이듯 작가의 세계관에 구애받지 않고 현실의 본질을 적확하게 포착하기도 한다는 점에서 '리얼리즘의 승리'에 해당한다고 할 것이다.

2) 우연에 대한『삼대』의 처리

서사 구성상의 특징과 관련한 리얼리즘적인 면모는『삼대』가 보이는 우연 구사 방식상의 특성을 통해서도 확인된다. 이 작품에는 총 16회의 우연이 등장한다. ④인과적 적극적 우연이 8회, ②목적적 적극적 우연이 4회, ⑤이접적 우연이 4회 보이는 것이다. 작품에 등장하는 순서대로 종류와 횟수를 표시하고, 말미에 주요 기능을 밝히면 다음과 같다.

②-1 : 병화가 덕기를 끌고 간 술집이 바로 홍경애가 일하는 곳(3회 : 홍경애-1)[16] → 인물 제시 기능.

④-1 : 일본 국수집 앞에서 덕기와 병화가, 일을 마치고 돌아오는 필순을 만남(18회 : 너만 괴로우냐-2) → 인물 제시 기능.

④-2 : 제사 준비 시중을 피해 거리를 배회하던 덕기가, 홍경애를 보러 바커스에 갈지 고민하던 차에 경애를 만남(22회 : 새 누이동생-1) → 인물 제시 기능. 배다른 동생 및 경애 모친의 등장 계기.

⑤(관계)-1 : "부친의 소실 수원집과 경애 모녀와는 공교히도 한 고향"(41

---

16 괄호 속은 '연재 횟수 : 절 이름—절 횟수'를 나타낸다.

회 : 제 일 충돌-5)→서술의 편의. 상훈의 홍경애 사단이 조 의관에게 알려져 있는 연유로 설정됨.

④-3 : 병화와 함께 술꾼과 다투다 교번소에 끌려갔다 나온 상훈이 바커스로 향해 가는 도중에, 웬 청년이 다가와 덕기, 경애의 동창이라며 아는 체를 하고 술을 사 달라 조름(62회 : 봉욕-3)→흥미 제고.

②-2 : 아범이 편지 답신을 외투 주머니에 넣은 채 병화에게 외투를 빼앗기는 바람에, 김의경에게 상훈이 보내는 답신이 발각됨(81회 : 외투-6).

④-4 : 경애의 부탁으로 아범을 찾아가던 병화가 병문에서 그를 만남(96회 : 밧갓애-1)→서술의 편의 및 흥미 제고.

⑤(이접)-2~3 : 저녁에 상훈이를 어떻게 할지, 김의경에게는 어찌할지 궁리하다 활동사진을 보러 들어가는 경애. 안면 있는 운전수가 알은 체함. 다시 나온 경애가 올라탄 차의 운전수도 아는 사람(104회 : 김의경-6).

②-3 : 경애가 운전사를 끌고 병화가 말해준 대로 겨우 찾다가, 젊은 여자[수원집]가 노파[매당]와 속삭이는 소리를 듣게 되어 조상훈이 와 있음과 매당의 의도를 알게 됨(104·6회 : 김의경-6~7).

④-5~6 : 부친에게 문안드리고 나오던 상훈이 수원집을 만남. 수원집과 헤어져 사랑으로 들어가다 최 참봉을 만남(113회 : 가는 이-4).

④-7 : 병화의 얼굴을 아는 형사가 경애의 집 근처에서 그를 밤낮으로 보고는 이상히 생각하여 확인 차 경애의 집으로 순사를 들여보냄(119회 : 활동-5)→긴장 고조.

②-4 : 사랑에서 나가던 지 주사가 창훈의 목도리를 주워 올리는 것을 본 덕기가(141회 : 입원-6)[17], 안으로 들어가 창훈을 잡고 따져 금고

에 눈독 들이지 말라고 주의를 줌→숫보기가 아니라, 재산을 지
키고자 하는 당찬 면모를 보이는 덕기의 성격 변화 제시의 계기.

④-8 : 서툴게 자전거를 타던 병화가 원삼을 칠 뻔함(147회 : 새 출발-1)

→ 흥미 제고.

⑤(이접)-4 : 병화의 상점으로 구경 나온 덕기. "박람회통에 일자로 부쩍 느는
일본집들" 사이로 산해진을 찾다 길을 물어볼 요량으로 들어선 가
게에서 필순을 만남(151회 : 진창-1)[18] → 독자의 공감 유발 계기.

『삼대』에 사용된 16차례의 우연은 그 기능에 따라 크게 네 유형으로
나눠 볼 수 있다. 첫째는 소설 일반에서 두루 확인되는바 등장인물의
제시 기능에 해당하는 경우이다. 홍경애 및 그 가족과 필순이 처음 등
장하게 되는 맨 앞의 세 가지 우연이 이에 해당된다. 이들 우연은 독자
의 흥미를 유발하기도 하여, 흥미 제고의 기능에 초점이 맞춰진 둘째
유형과 밀접히 관련된다. ④-3과 ④-8이 이에 부합하는 경우이다. ⑤
(이접)-4는, 덕기와 필순 둘이 만나 이야기를 나누게 됨으로써 산해진
을 차린 돈의 출처에 대한 양인의 호기심을 증폭시키는 계기로 기능하
고 있다. 장훈이 패의 병화 폭행 사건에 덕기가 자연스레 개입하는 상
황 앞에 놓이지만 서사 구성상 꼭 필요한 것은 아니므로, 양인의 호기
심에 독자를 공감시키는 효과가 앞선다고 할 수 있다. 『삼대』에서 우
연이 행하는 셋째 기능은 서술의 편의를 도모하는 경우로서, ⑤(관계)-

---

17 『조선일보』 1931년 6월 7일자로 '〈입원〉 (五)'로 표기되어 있지만 (二)가 두 번 있어서 6회가
    맞다.
18 『조선일보』 1931년 6월 21일. '〈진창〉 (三)'으로 표기되어 있지만 처음 나온 1회가 맞다.

1과 ④-4가 이에 해당되고, 작품 내 세계의 사건에 아무런 의미도 갖지 않는 ⑤(이접)-2~3 또한 이 경우로 묶어 볼 수 있다.

인물의 제시와 서술의 편의를 위해 우연을 구사하는 경우나 흥미 제고의 목적으로 우연을 사용한 것은, 소설 구성상 긴요한 것도 아니고 주제효과의 구현에 있어서 의미 있는 것도 아니다. 이상 세 경우가 이렇게 소설 미학적인 측면에서 볼 때 부차적인 반면, 『삼대』에 구사된 나머지 우연들은 스토리의 전개에 의미 있는 영향력을 행사한다. 이들이 넷째 유형에 해당한다. ②-2와 ②-3, ④-5~6과 ②-4, ④-7이 그것이다.

이들은 그 기능에 따라 다시 세 갈래로 나눠 볼 수 있다. 하나는 ②-2와 ②-3으로서, 우연이 스토리의 전개에서 중요한 역할을 하는 경우이다. 다만 이들은 홍경애와 조상훈이 중심이 되는 스토리-선에서 기능한다는 점에서 『삼대』의 중심 사건과는 거리가 있음을 알 수 있다. 다른 하나는 ④-5~6과 ②-4인데, 이들 우연은 인물의 성격을 부각시키거나 성격 변화를 알려주는 기능을 한다. 수원집과 최 참봉의 경우는 큰 의미가 없으나, 덕기가 학생 티를 벗고 집안의 주인으로서 당당한 면모를 띠는 변화를 보이는 ②-4는 의미 있는 기능을 한다고 하겠다. 이와 관련하여 창훈이 패의 음모가 보다 명확해진다는 점에서도 이 우연은 무게를 지닌다. 끝으로 ④-7은 긴장을 고조시키는 역할을 한다. 피혁과 병화의 스토리-선에서 등장하긴 하지만, 핵심 사건이 지나간 후 흥미 제고 효과와 더불어 인물의 긴장을 높이는 기능을 하고 있다.

이상 살펴본 바와 같이 『삼대』는 다양한 효과를 발휘하는 16회의 우연을 구사하고 있다. 16회라는 숫자 자체가 큰 것은 아니어도 리얼리즘소설이라는 선입견적 기준에 비추어 보면 적다고 보기도 어렵다. 물론 여기서 중요한 것은 이들 우연의 기능일 터이다. 이런 점에서, 『삼대』의 우연 중에서 주제효과를 구현하거나 구성상 긴요한 장면에서 쓰인 경우는 거의 없다는 점이 주목된다. 엄밀히 말하자면, 조덕기의 성격 변화 및 조씨 집안의 재산을 둘러싼 사건의 전개에서 의미 있는 역할을 하는 ②-4 하나가 주의를 요하는 것일 뿐이다. 기타의 우연들 중 인물 설정상의 기본적 필요에 의한 것이거나 서술의 편의에 따른 것은 소설 일반에서 보이는 것이므로 『삼대』 혹은 리얼리즘소설의 특징을 구명하는 데 유효한 것이 아니다. 따라서 ②-4 외에 눈에 띄는 것은, 흥미를 고조시키는 몇몇 경우에 국한된다. 이는 우연의 구사가 갖는 기본적이고 전통적인 효과를 연재소설인 『삼대』 또한 활용하고 있음을 알려 주는 것이다.

물론 소설과 우연의 맥락에서 『삼대』가 보이는 기본적인 특징은, 작품의 주제 구현이나 중요한 서사 구성에서는 우연을 사용하지 않고 있다는 점이다. 이는 앞의 『무정』이나 뒤의 「소설가 구보 씨의 일일」, 『찔레꽃』 등과 비교할 때 확연해지는 것으로서, 『삼대』의 리얼리즘적 면모를 입증하는 것이라 할 수 있다. 앞의 정리에서 확인되듯이, 조씨 집안의 재산을 둘러싼 암투가 본격적으로 전개되고 주의자들의 사건 또한 해결되는 작품의 뒷부분에서는 우연을 찾을 수 없다는 사실 또한 이를 증명한다.

3) 전체적 리얼리즘의 사회 형상화 양상

이 절에서는 인물 구성상의 특징을 중심으로 하여 『삼대』가 전체적 리얼리즘소설로서 보이는 시대성, 사회성의 양상을 다섯 가지 측면으로 검토해 본다.

『삼대』에서 확인할 수 있는 사회 반영적인 특징 중 첫째는 세대 간의 차이이다. 『삼대』는 제목에서부터 확인되듯이 조부손 세 세대가 있는 조씨 집안의 인물들을 수직 축으로 하여 이야기가 구성된다. 구한말 세대인 조 의관과, 개화파 세대라 할 조상훈, 당대의 신세대에 속하는 조덕기가 그들이다. 작품의 시간이 말 그대로 세 세대에 걸쳐 진행되는 것은 아니고 조씨 집안 세 세대의 삶의 역정이 비례적으로 그려지는 것도 아닌 까닭에 가문소설과는 구별되지만, 이들 세 사람은 1920년대 말의 식민지 조선 사회를 세대 구성 측면에서 압축적으로 보여주는 기능을 하고 있다.[19]

조 의관은 살림 규모가 짜인 사람이지만 평생에 세 가지 오입을 했

---

19 조씨 집안 세 세대 설정의 의미 효과와 관련해서는, 『삼대』가 가족사를 통해서 이들 한말 세대, 개화기 세대, 식민지 세대, 세 세대의 세계관을 염상섭 특유의 눈으로 냉정하게 묘파했다 하여, 세계관에 주목한 김윤식 · 김현의 해석이 주의를 끄는데(『韓國文學史』, 민음사, 1973, 159~160면 참조), 조덕기를 제외하면 딱히 세계관이라 할 만한 인물들의 의식이 기술되지도 않고 행적이 아니라 서술시점상의 행동을 통해 추론할 만한 양태를 보이지도 않기에 전적으로 동의하기는 어렵다. 한편 김경수는 이들 세 인물의 형상화와 관련해서, 조상훈과 조 의관의 인물화가 다른 인물들에 비해 상대적으로 서술자에 의해 요약되는 부분이 많다는 지적에 이어, 이들 둘이 조덕기 세대의 삶을 전경화하기 위해 어느 정도 유형적으로 그려졌을 가능성이 높다고 추정한 바 있다(『廉想涉 長篇小說 硏究』, 일조각, 1999, 102면 각주 14). 조 의관과 조상훈의 인물 형상화상의 특성에 대한 지적은 적절한 파악이지만, 그렇다고 해서 그들이 유형화되었으며 조덕기 세대의 배경 노릇을 한다는 추정은 다소 무리하다고 판단된다. 서로 상반되는 이상 두 견해와 달리, 조 의관과 조상훈의 경우 당대의 풍속 중 일부를 훌륭히 체현하고 있는 인물이라고 중간 정도로 파악하는 것이 적절해 보인다.

     제2부 한국 근대소설의 형성 및 분화와 우연

으니, 하나는 을사조약 무렵 2만 냥으로 벼슬을 산 것이고, 둘은 아들을 바라고 수원집을 들인 것이며, XX씨의 족보에 덤붙이가 되고자 대동보소를 꾸리고 20만 냥 4,000원을 낭비한 것이 셋째이다. 이런 조 의관이 산소 치레 건으로 조씨 문중 사람들과 줄다리기를 하던 중에 병석에 눕게 된다. 내일을 기약할 수 없게 된 조 의관에게 가장 중요한 것은 금고와 사당을 지키는 열쇠를 후손에게 넘겨주는 것이다. 봉건시대의 가부장적인 가문 의식에 깊이 빠져 있는 까닭이다. 따라서 그는 기독교를 믿는다 하고 황음에 빠져 있는 아들 조상훈을 건너 뛰어 손자인 조덕기에게 재산을 넘겨주게 된다.

가운데 세대인 조상훈은 그 인생 역정이 『삼대』에서 가장 생생하게 그려진 인물이라 할 수 있다. 그는 '가장 불안정한 번민기에 있는' 세대에 속한 '어지중간에 선 사람'이다. 이러한 점은 그의 성격 변화에서 잘 드러난다. 젊은 시절에는 교계의 유망한 선지자였던 조상훈은 제 세대와 신세대에 대한 이해를 갖추었으나 '위선적 이중생활이나 이중성격'에 빠져있는 상태이며, 부친 조 의관의 사망 이후에는 '신앙과 빵을 걷어치운 상태'에서 갖은 타락상을 다 보이다 급기야 가짜 형사를 대동하고 재산을 노리게까지 되는 파렴치한 인물로 변모한다. 이는 한 개인의 타락이면서 동시에 이른바 개화 세대의 역사적 역할이 실패했다는 작가의 판단을 대변하는 것이기도 하다.

끝 세대인 조덕기는 23세의 청년으로서 『삼대』를 기준으로 보면 미래 세대에 해당한다. 도덕적으로 타락한 부친이나 역사의 흐름을 거스르려는 조부에 대해서 비판과 더불어 이해의 눈길을 보냄으로써 이전 세대의 삶을 역사적으로 정리하고 있다. 조덕기의 면모는 비정형적이며 복합적이다. 이는 두 가지 측면에서 확인된다. 사태를 단순화하지 않고 명암의 두 측면을 세심히 갈라서 바라보는 성품이 첫째 요인인데, 이는 자기 세대의 정체성과 시대적 사명을 찾아가려는 부르주아 청년 계층의 반영이라 할 수 있다. 둘째는 사회주의자인 친구 김병화와의 교류와 미래의 주역에 해당될 필순에 대한 태도에서 드러난다. 한편으로는 김병화를 후원하는 동정자의 면모를 띠고 있지만 다른 한편으로는 그와 사상적·이념적으로 긴장 관계를 유지함으로써 자신의 정체성을 찾고자 한다. 필순과의 관계에서도 그녀에 대한 후원 의지와 더불어 자신의 위선에 대한 경계를 동시에 보임으로써 아직 정형화되지 않은 세대의 면모를 보인다. 이러한 점은, 재산을 물려받은 뒤 부잣집 주인으로서 깐깐한 태도를 갖추는 한편 단순한 금고지기로 남지는 않으려 하는 지향에서도 확인된다.[20]

이렇게 『삼대』는 조 의관의 죽음과 죄인이 되는 조상훈의 타락한 삶의 말로, 조덕기의 가업 계승을 통해, 1930년대로 진입하는 근대사를 정리하는 한편 앞으로 나아가야 할 미래를 모색하고 있다. 이러한 세대 파악은 조씨 세 사람에 한정되지 않는다. 조 의관을 옹위하고 있는 조창훈과 최 참봉 패거리나, 조상훈 주변을 채우는 매당집 패거리, 조덕기와 관계되는 병화 등으로 해서 동시대의 중층적인 역사성을 두텁게 보여주고 있는 것이다. 이러한 맥락을 한층 강화시켜 주는 것은, 덕기 모친을 옛 세대로 덕기 처나 홍경애를 당대 세대로, 필순이나 김의경 등을 미래세대로 하여 여성의 측면에서 사태를 조망해 볼 여지도

---

20 사정이 이러하기에 이 책은 조덕기를 두고 시대착오적인 인물로서 보수적인 성향을 보인다고 평가하는 일부 선행 연구들과 거리를 둔다.

　　　　　제2부 한국 근대소설의 형성 및 분화와 우연

제공하고 있다는 사실이다.

『삼대』가 보이는 시대성 · 사회성 파악의 둘째 측면은 사회 경제적으로 다양한 계층을 아우르고 있는 점에서 찾아진다. 중상층 부르주아라 할 수 있는 조씨 세 세대가 한편에 있고 김병화, 필순 가족, 원삼이 내외 및 병문 친구들로 대표되는 하층민들이 다른 한편에 맞세워져 있으며, 그 가운데에 매당집 패거리나 김의경 집안, 홍경애 모녀 등이 포진함으로써 당대 사회의 제 계층이 두루 포착되어 있다. 여기에 더하여 권력집단인 고등계 형사들과 최상류층인 의사 등까지 더하면『삼대』야말로 당대의 사회계층을 두루 꿰고 있는 작품임이 분명해진다. 이러한 인물 구성이 전체적 리얼리즘의 성격을 강화함은 물론이다.

사회 경제적인 계층이 사회 상태를 알려주는 종적인 단면이라면, 이념적 지향성은 횡적 단면에 해당되는데, 이 점에서도『삼대』는 포괄적인 면모를 보인다. 이데올로기상의 좌우를 두루 아우르고 있는 것이다. 급진적 · 진보적인 세력으로는 김병화와 필순 부친, 피혁, 장훈이, 경애의 부친이 등장하고, 수구적 보수 세력으로 조 의관과 조창훈 등이 그 맞은편에 자리하며, 이들의 중간에 조덕기와 홍경애, 필순이 존재한다. 인물들을 이렇게 배치함으로써『삼대』는 당대의 이념적 지형도 또한 파노라마식으로 폭넓게 보여주고 있다.

한편으로『삼대』는 당대 사회의 윤리적인 스펙트럼도 형상화하고 있다. 조상훈과 매당집, 수원집, 김의경, 최 참봉, 조창훈 등이 윤리적, 도덕적으로 부정적인 인물군이라면, 조덕기와 김병화, 피혁, 장훈이, 필순 등이 긍정적 인물로 그에 대치하고 있으며, 이들 중간에 홍경애 모녀, 원삼이 내외 등이 자리하고 있는 것이다.

이상의 네 가지 특징은 『삼대』가 전체적 리얼리즘으로서 획득하고 있는 현실 형상화의 성과를 인물 구성을 중심으로 살펴본 것이다. 등 장인물들이 세대, 계층, 이념, 윤리적인 차이를 두루 아우르는 다양한 층위에서 교직됨으로써 당대 사회의 제 양상을 포괄적으로 드러내주고 있음을 알 수 있다.

『삼대』의 시대성·사회성 측면은 이 소설에 드러나는 다양한 공간들을 통해서도 확인된다. 식민 지배세력을 나타내는 권력 공간으로 경찰서, 교번소가 한 편에 있고, 부유층의 공간으로 조씨 집안이 그 옆에 놓이며, 당시의 세태를 드러내는 유흥·향락 공간으로 매당집이나, 요릿집, 청목당, 바커스 등이 등장하고 있다. 이와 더불어 필순이네의 서민 집안과 원삼이네 및 병문의 하층민 공간이 자리하고, 일종의 대안 공간으로 김병화가 차린 반찬가게 산해진까지 자리한다. 이와 같이 1920년대 말 경성의 다양한 공간이 어느 하나 누락되지 않고 설정됨으로써 전체적 리얼리즘의 성취가 가능하게 뒷받침해 주고 있다.

이러한 기능은 각 공간의 특성에 대한 세밀한 묘사에 의해 한층 강화된다. 한 인물이 이질적인 공간에 들어갈 때마다 세밀하고도 현실적으로 행해지는 배경 묘사를 통해서, 각각의 공간이 갖는 사회적인 의미들이 함축적으로 드러나게 되고 그 결과로 당대 사회의 전체적인 면모가 폭넓게 작품화되는 것이다. 여기에 더해서, 『삼대』의 공간이 보여주는 시대성·사회성은 보다 집약적, 상징적으로 나타나기도 한다. 조 의관의 죽음을 앞두고 돈을 둘러싼 암투가 벌어지는 조씨 집안의 음산한 공기와, 따로 주인이 없는 운영 방식이나 김병화의 말을 통해서 드러나는 바 산해진의 공동체적인 분위기의 대비가 그것이다.

지금까지 살펴본 대로『삼대』는 인물 구성 및 배경 설정에 있어서
전체적 리얼리즘의 대표작답게 시대성·사회성을 전면적으로 포착하
고 있다. 이러한 특성이『삼대』의 소설사적 의의를 마련해 주는 것은
물론인데 리얼리즘적인 사회 반영 측면에서의 이와 같은 성과에 더하
여 다음과 같은 특성들 또한 빼놓을 수 없다.

『삼대』의 소설사적 성취 면에서 첫손에 꼽을 것은, 한국소설사 전체
에 걸쳐 가장 뛰어난 경우의 하나로 지적되는 인물의 심리묘사이다.
다양한 사건들을 긴박하게 전개시키고 하나의 초점으로 응축시키는
구성력이 빼어난 것도 사실이지만『삼대』의 소설적 밀도를 높여주는
궁극적인 요소는 인물들의 심리에 대한 섬세하고도 치밀한 묘사 태도
이다.[21]『삼대』가 보이는 인물 심리묘사의 기본 방식은 두 가지이다.
하나는 주요 등장인물들의 자의식과 심리 상태를 날카롭게 해부하는
것이며, 다른 하나는 상호관계에 있는 인물들이 끊임없이 상대를 의식
하게 설정하는 것이다. 이 위에서 어느 일방의 시선에 갇히지 않고서,
인물들의 미묘한 심리전을 이중삼중으로 치밀하게 묘사하는 것이『삼
대』의 주요 특징에 해당한다.

그 결과『삼대』의 인물들은 누구 하나 단선적이지 않다. 정도의 차
이는 있어도 이들은 대체로 섬세하거나 노회하고, 배려심이 많거나 의

---

21 돈이나 사상 문제, 연애에 관련된 인물들이 속내를 그냥 내보일 수는 없다는 점에서 이러한
  형상화는 필지의 것이라 할 수도 있는바 그것을 성공적으로 작품화한 것이 염상섭의 능력
  이라 할 것이다. 이렇게 보면 스토리의 특성상 요청되는 성격화를 수행한 데 그친다고 할 수
  도 있겠지만, 금전이나 이념과 다소 거리를 띄운 인물들 예컨대 원삼이(18절「밧갓애」)나
  필순(17절「편지」, 22절「답장」, 31절「고식」등)의 경우 또한 섬세한 심리 묘사의 대상으로
  그려지는 사실을 간과하지 않는다면,『삼대』의 특징으로 인물들의 심리묘사에 공을 들이
  는 사실을 꼽지 않을 수 없다.

심투성이며, 의뭉스럽거나 표리부동한 면모를 띤다는 점에서 공통된다. 이 소설의 심리묘사는 사건의 전개에 있어서도 큰 역할을 한다. 심리묘사는 조씨 집안사람들 간의 시기와 견제 등을 풍성하게 형상화해주며, 병화와 경애 등의 행적 및 애정관계의 변화 양상을 구체화하고, 주의자들의 동태를 적절하게 암시하는 외에, 향후 벌어질 사건을 알려주는 복선의 구사에도 기여하고 있다.

『삼대』가 보이는 묘사 방식의 특장을 지적하는 자리에서는 인물의 심리묘사 외에 객관 현실의 제 측면에 대한 묘사도 빼놓을 수 없다. 앞서도 지적한 바이지만, 이 소설에서 공간적 배경이 바뀔 때 두드러지는 특징은 새로운 장소에 대한 작가의 시선이 객관적이고도 날카롭다는 데 있다. 빈부의 공간이나 유흥 장소 등을 아울러 묘사하는 폭넓은 시야 속에서 『삼대』는 리얼리즘과 모더니즘의 요소를 망라하는 시선을 구사하고 있다. 일상성의 감각과 이념적 · 도덕적 지향성을 겸비하여 공간의 현실적인 본질과 더불어 문화적 · 현상적인 특성을 함께 포착하고 있는 것이다.

『삼대』가 보이는 언어 구사의 풍성함도 빼놓을 수 없다. 평양의 부잣집 자제인 김동인이 서울 중인 출신 작가 염상섭의 재능으로 부러워했던 것이 바로 표준어의 정확한 구사를 위시한 풍부한 언어 사용 능력이었음은 잘 알려져 있다.[22] 『삼대』에서도 이러한 면모가 유감없이 발휘되어 있다. 무엇보다도 각계각층의 인물들이 그에 걸맞은 문체를 사용하여 리얼리티를 증대시키는 점과, 관용적인 표현을 적재적소에

---

22 김동인, 「文壇 三十年의 자취 (四)」, 『신천지』 3권 6호, 1948.7, 188~189면; 김윤식, 『염상섭 연구』, 서울대 출판부, 1987, 6~9면 참조.

　　　　　　　　제2부 한국 근대소설의 형성 및 분화와 우연

배치하여 의미의 명확성과 깊이를 갖춘 사실을 지적할 수 있다.

신문연재소설로서『삼대』는 대중 독자가 읽기에 좋은 요소들 또한 적절히 갖추고 있다. 연재 단위로 서사를 분절하거나 하는 식으로 대중의 기호를 좇지는 않고 있지만, 앞서 지적한 바 주요 인물들 간의 관계에서 보이는 연애소설적인 요소로 독자의 호기심을 증대시키는 것은 분명한 사실이다. 이 외에도 병화와 피혁, 장훈이 등 사회주의자의 서사가 탐정소설적인 흥미 요소를 갖추고 있는 점도 이 맥락에서 특기할 만하다. 이러한 측면은 이들의 비밀운동에 국한되지 않고 좀 더 폭넓게 확인된다. 예컨대 새로운 인물이 등장하거나 새로운 배경이 제시되거나, 인물들 간의 관계가 베일을 벗는다거나 하는 데 있어서 심리묘사와 더불어서 정체를 서서히 밝혀 주는 기법을 주로 쓰는 점도 이와 관련하여 지적할 수 있다.[23] 『삼대』가 지니고 있는 흥미 요소와 관련해서 끝으로 명확히 해 둘 점은, 연애소설이나 탐정소설 등 장르소설적인 요소를 보이긴 하되, 이것이 『삼대』의 주제의식이나 작품의 질을 떨어뜨리는 부정적인 기능을 하지는 않는다는 점이다. 전체 서사와 밀접히 관련되어 그 기능이 한정되어 있기 때문이다.

『삼대』의 성과와 특징에 대한 이상의 논의를 통해 우리는 다음 세 가지 사항을 확인하였다. 『삼대』야말로 1920년대 후반의 식민지 현실에 대한 종합적 지형도에 해당하며, 당대 현실을 치열하게 탐구하는 작가정신이 낳은 한국 리얼리즘소설의 중요한 성과 중 하나이고, 전체

---

23 이와 관련하여, 염상섭의 소설들이 보이는 추리소설적 성격에 주목하여『삼대』를 검토한 김학균의 논의도 참조해 볼 수 있다(『염상섭 소설 다시 읽기―추리소설적 성격을 중심으로』, 한국학술정보, 2009, 118~140면 참조).

적 리얼리즘소설의 대표 격으로 문학사에 남는 정전(正典)이면서도 장르소설적인 요소까지 두루 갖춘 종합적인 면모를 성공적으로 보여준다고 하였다.

이러한 세 가지 특징은 그대로『삼대』의 주제효과에 해당되기도 한다. 현실의 전면적 형상화와 이념 및 경제를 중심으로 한 사회문제에 대한 규명, 사랑과 욕망의 다양한 양상을 구현한 것 모두가 이 소설의 주된 메시지인 까닭이다. 여기에 더하여, 두 가지 주제효과를 빼놓을 수 없다.

첫째는『삼대』에서 보이는 '돈'의 의미와 관련된다.『삼대』에서의 돈은 서사 구성의 완결에 있어 중요한 역할을 하는 외에, 내용면에서 사람들의 탐욕의 대상으로 기능하고 있다. 조 의관을 둘러싼 인물들은 모두 그의 재산을 바라고 서성대며, 그의 사후에 그 재산을 조금이라도 더 챙기기 위해 동분서주한다. 이러한 설정은 근대사회의 사람살이가 돈을 목적으로 하게 마련이라는 작가 염상섭의 판단에 의한 것이라 할 수 있다.

염상섭이 파악한 바, 근대사회를 사는 사람들의 목적은 거의 맹목적으로 돈을 획득하고자 하는 데 놓여 있다고 하겠다. 조상훈이나 김의경이 보여주듯이 돈을 추구하는 데는 사회적 지위나 체면이 아무런 의미도 갖지 못하며, 매당과 수원집 일당이나 조상훈이 보여 주듯이 돈을 얻기 위해서는 아무 거리낄 것도 있을 수 없다. 돈은 홍경애의 모친의 경우에서 보이듯 사람의 인성을 파괴하기도 하며, 더 나아가 사회주의자 조직 내에서도 돈을 우려내기 위한 작태를 보이게까지 한다. 이렇게 돈을 추구하는 사람들의 욕망을 적나라하게 드러내고 그 부정적인 결과를 폭로하는 것이『삼대』의 한 가지 중요 주제라 하겠다.

　　　　　　　제2부 한국 근대소설의 형성 및 분화와 우연

　『삼대』가 보여 주는 다른 한 가지 주제는, 암울한 현실 속에서 어떻게 살아나가야 할 것인가 하는 문제의 조명이다. 작품 전체에 걸쳐서 이 문제와 씨름하는 인물이 바로 조덕기이다.[24] 부유한 집안의 상속자로서 동정자의 삶을 살면서 제 주관을 살리고자 하는 조덕기의 고민은, 한 개인이 자신의 인생을 개척해 나아가는 데 있어서 어떤 주어진 틀에 의지하지 않고 주체적으로 새로운 길을 뚫고자 하는 근대인의 숙명에 닿아 있다. 단순한 금고지기로 생을 마감하지는 않고자 하는 조덕기의 이상은, 한편으로는 동정자로서 병화를 거드는 행위로 다른 한편으로는 불우한 환경 속에 있는 필순을 돕고자 하는 것으로 표현된다. 전자는 사법 당국의 취조로 귀결되는 데서 보이듯 시대적인 한계에 곧바로 닿아 있는 것이며, 후자는 홍경애를 망쳐 놓은 아버지 상훈의 경우를 떠올리지 않을 수 없는 데서 알 수 있듯 윤리적 문제와 밀접히 얽힌 미묘한 경우에 해당된다.

　필순과 조덕기의 관계 및 그녀에 대한 조덕기의 태도가 보이는 미묘함은, 필순을 돕고자 하는 시도가 맞닥뜨리게 되는 문제 상황에서 유래한다. 이러한 상황의 본질이란 바로 '순수한 이상을 세속적인 욕망으로부터 지켜내는 일'의 어려움에 놓여 있다. 이상과 욕망이 별개의 것으로 분리될 수 있는 것은 아니지만 이상이 욕망에 짓밟히는 경우에 진정한 진보가 불가능함은 부정할 수 없는 사실이다. 따라서 필순을 돕고자 하는 덕기의 지향과 그에 따르는 자기 검열은, 이상을 발현시

24　홍경애 또한 김병화와 어우러지면서 이러한 문제를 안게 된다. 이들과는 달리, 김병화의 경우는 사적 유물론의 견지에서 해석한 계급 관계에 기초하여 자신의 길을 확실히 의식하고 있다(22절 「답장」 4~5회, 『조선일보』, 1931.5.18~19).

키는 진정한 진보의 도정을 모색하는 보편적인 문제의 지위에 오른다. 이렇게 보편적인 의미망까지 확보함으로써 한국 근대소설사에서『삼대』가 갖는 위상이 한층 공고해짐은 물론이다.

2. 종합적 리얼리즘소설과 반영, 재현, 표현의 문제

1) 최서해,『호외시대』의 탈서사화와 주제의 추상화

소설가로서 최서해의 이력은 장편소설『호외시대』(매일신보, 1930.9.20 ~1931.8.1)로 마감된다. 위문협착증에 의한 사망으로 31세의 젊은 나이에 창작 활동이 중단되어, 이 처녀 장편이 유일한 장편이자 그의 마지막 작품이 된 것이다. 최서해가 1920년대 중반에 가장 왕성하게 단편소설을 발표한 작가라는 사실과 함께 고려할 때 이러한 사실은, 그가 장편소설이라는 장르가 요구하는 작가적 역량을 갖출 기회를 얻지 못한 상태에서 작품을 출간했음을 알게 한다. 따라서 장편소설의 미학에 비추어 이 작품을 논하는 것은 서해의 문학 세계를 이해하는 데는 사실 적절치 못할 수 있다.

이런 사정을 고려할 때『호외시대』에 대한 국문학 연구계의 그간의 반응을 이해할 수 있다. 이 작품에 대한 학계의 태도에서 두 가지가 특징적인데, 신경향파의 대표적인 작가라는 맥락에서 최서해에게 쏟아

     제2부 한국 근대소설의 형성 및 분화와 우연

진 관심에 비하면 놀라울 정도로 『호외시대』에 대한 연구가 전무하다시피 하다는 점이 하나요, 이러한 논의 부재 상황을 문제시하며 제출된 소수의 선행 연구들은 작품의 의의를 긍정적으로 살리는 데 치중했다는 사실이 다른 하나다.[25] 요컨대 논의의 외면 혹은 고평이라는 두 가지 극단 상태를 보이고 있는 것이다. 이러한 상황은 문제적이다. 이 책에서도 밝히게 되듯이 『호외시대』가 소설 미학적으로 빼어난 작품도 아니요 소설사적으로 중요한 작품도 못 되는 것은 사실이지만, 그렇다고 해서 이 작품이 결론적으로 한갓 통속에 그칠 뿐이라는 식으로 논외로 하거나 논의의 필요성을 역설하면서 작품의 가치를 높이 평가하는 데로 곧바로 나아갈 수는 없기 때문이다. 이러한 문제의식에서 이 책에서는 서해의 단편소설들 일반과의 관련성을 염두에 두며 『호외시대』의 텍스트 분석을 시행하고 근대소설 하위 갈래로서 갖는 특징에 주목하고자 한다.

서해의 소설 세계는 일반의 통념과는 달리 신경향파소설에 갇히지

---

25 『호외시대』에 대한 기존의 연구는 조남현의 「최서해의 『호외시대』, 그 갈등 구조」(『한국소설과 갈등』, 문학과비평사, 1990) 외에는 별로 없다. 이 글은 『호외시대』가 사회 계급에 근거한 갈등 대신에, '은혜-보은'의 관계로 진행됨을 밝히고, 이 작품 고유의 의의를 살리는 데 치중하고 있다. 그러나 연재에 앞서 서해가 쓴 「連載小說〈號外時代〉豫告」(매일신보, 1930.9.14)를 다소 지나치게 존중하고 '돈'과 '자본'의 사회적인 의미 차이를 고려하지 않은 채로, 작품이 발표된 시대 상황과 관련하여 그 의의를 인정한 감이 적지 않다. 이외에 한수영의 「돈의 철학, 혹은 화폐의 물신성을 넘어서기」(한국문학연구학회, 『현대문학의 연구』, 1993)와 김창식의 「1930년대 한국 신문소설의 특성과 그 존재의미에 관한 일 연구—최서해의 『호외시대』를 중심으로」(국어국문학회, 『국어국문학』 32, 1995) 정도가 발표된 바 있다. 한수영은 이 작품이 현실의 모순을 '돈의 가치가 지배하는 논리'로 파악하고 그 극복의 방편으로 이상주의적이고 자기희생적인 인물을 형상화했으나 화폐의 물신성을 극복하는 데는 실패했다고 보지만 문제의 진지함과 예술적 역량을 앞세워 전체적으로는 긍정적인 평가를 내리고 있다. 김창식 또한 신문연재소설 일반이 통속적이라는 인식과는 다른 이 작품의 면모로 민족경제의 파탄이 돈의 왜곡된 흐름에 따른 것임을 보여주었다는 점을 주목하여 긍정적인 평가를 내리고 있다.

않는다. 임화가 신경향파소설의 두 갈래 중 하나로 지칭한 이른바 '최서해적 경향'[26]에 한정되지 않음은 물론이요, 그의 작품 모두가 좌파문학인 것도 아니다. 사회주의적 자연주의라 할 신경향파소설 외에 그는 부르주아적 자연주의 계열의 작품[27] 및 낭만주의적인 소설은 물론이요 설화적인 작품에 이르기까지 다양한 갈래의 작품을 발표해 왔다. 이와 같이 소설 갈래 면에서 다양성을 보이지만 그와 동시에 뚜렷한 공통점을 보이는 것이 서해 소설 세계의 특징인데, 작품들 대부분이 경제적인 문제를 천착하고 있으며 인물 구성에 있어서 '가족'이라는 범주를 즐겨 사용한다는 사실이 그것이다.[28]

이러한 점은, 약간 확장되기는 했어도, 『호외시대』에서도 마찬가지이다. 이 소설의 인물 구성을 검토해 보면, 대단한 분량의 장편이면서도 인물군이 실상 단순하다는 사실이 쉽게 확인된다. 하급 노동자로부터 출발하여 인쇄소 사장이자 학교 교주에 오르는 자수성가형 갑부인 홍재훈과 그 아내, 어려서는 파락호였다가 크게 뉘우친 바 있어 가업을 잇는 착실한 모습을 보이게 되는 그 아들 찬형 및 그의 아내, 큰딸 경순, 허영에 들떠 결국은 신세를 망치고 자살로 삶을 마감하는 작은

---

26 임화, 「朝鮮新文學史論序說—李人稙으로부터 崔曙海까지」, 『조선중앙일보』, 1935.11.12.

27 사회주의적 자연주의와 부르주아적 자연주의의 구별에 대해서는 졸고, 「조선자연주의 소설 시론」, 『1920년대 문학과 염상섭』, 역락, 2000 참조. 이 글에서 필자는 "계몽주의의 실패 이후 사회를 총괄적으로 보는 능력을 상실한 자리에서 현상 묘사를 통해 사실들을 나열 · 병치시키는 1920년대 중기 이후의 소설 문학 일반"을 '조선자연주의'로 명명하고(45면), 루카치의 논의(문학예술연구회 역, 『우리시대의 리얼리즘』, 인간사, 1986, 119면)를 원용하여, 교조주의와 실용주의에로의 양극화에 빠진 경우를 사회주의적 자연주의로, 사실을 이론화하지 못하는 무능함을 보이는 경우를 부르주아적 자연주의로 규정한 바 있다(46면). '조선자연주의'라 명명되는 1920년대 중반의 소설계 상황에 대해서는 제3부 8장 2절에서 조금 폭넓게 논의한다.

28 이에 대한 상세는 논의는 졸고, 「최서해 소설 연구—경제 문제 및 가족 범주 형상화의 변주」, 『한국소설 텍스트의 시학』, 소명출판, 2009, 참조.

  제2부 한국 근대소설의 형성 및 분화와 우연

딸 경애, 홍재훈 밑에서 상업학교를 마치고 삼성은행 직원이 되었으며 언제나 홍씨 집안의 일원인 양 생각하고 행동하는 주동인물 양두환을 홍씨 일가로 묶을 수 있다. 이 인물군에는, 찬형에 대한 연모의 정을 품고 자신을 희생하면서까지 찬형과 홍씨 집안에 보탬이 되고자 하는 이정애와, 양두환의 일이라면 아무런 사심 없이 유형무형의 도움을 제공하는 류숙경까지 포괄해도 무방하다. 이들 사이에는 ‘넓은 의미의 가족주의’가 자리하고 있는 까닭이다.

이상의 중심인물들이 단행본으로 600면을 상회하는 방대한 서사를 이끌고 있다. 그리하여 이 소설은 실질적으로 홍씨 집안의 부침과 관련하여 가족의 범주에 속한 인물들의 행태를 세세히 그리는 양상을 띠게 된다. 부차적인 인물들 또한 별로 많지 않은 것이 이러한 사실을 강화한다. 부차적인 인물들에는 삼성은행의 서울 직원인 강순철, 양두환이 근무하는 삼성은행의 지점장, 양두환이 벌이는 범행의 범인으로 잡히는 류원철, 홍찬형의 친구인 최 군, 삼성은행에서 두환과 함께 근무하던 김동준, 기생 홍련 등이 있으며, 악인 부류로, 경애를 파탄에 빠뜨리는 김홍준과 김준원, 정애를 첩으로 삼게 되는 허성찬 및 그를 도와주는 김정자 등이 설정된다. 기타 정애의 하숙 주인과 같이 소소한 인물들이 있지만 그런대로 주요 스토리-선들에 영향을 끼치는 인물들은 이상이 전부라 할 수 있다.

사실 부차적인 인물들 모두 자기들 나름의 스토리-선을 이끄는 것은 아니라는 점, 곧 주서사의 전개와는 무관한 지엽적이고 삽화적인 인물임을 고려하면, 『호외시대』의 인물 구성은 넓은 의미의 홍씨 일가로 단순화된다. 서해의 여타 소설들 대부분처럼 가족의 범주를 벗어나지 않는 것이다. 『호외시대』의 가족 범주적 성격은, 이 작품의 중심 사건이 바로, 홍씨 집안의 몰락과 그에 따른 고생을 보다 못 한 양두환의 범죄를 핵으로 하여 전개된다는 점에서 확연해진다.

이로써 『호외시대』가 인물 구성 및 서사의 추동력에 있어서 가족이라는 범주와 가족애에 기초해 있다는 점에서, 이전 단편소설들의 연장 선상에 있음을 알 수 있다. 물론 이러한 사실의 확인 자체가 중요할 수는 없다. 그 대신 이러한 특성이 작품의 효과와 질에 미치는 영향을 검토하는 것이 필요하다.

서해 소설 문학의 전개에 있어서 가족 범주와 가족애라는 작품 요소의 기능은 대체로 긍정적인 효과를 낳았다. 전기 신경향파소설의 성과와 후기 단편소설에서의 풍성한 심리묘사 및 현실 문제에의 진지한 형상화가 그에서 가능해진 까닭이다. 반면 『호외시대』에 오면 사정이 달라진다. 『호외시대』가 장편소설의 미학에 비춰 부족한 점이 있다 할 때, 이들 중 상당 부분은 바로 이러한 구성 방식상의 동일성에 기인하는 것으로 보인다. 인물 구성을 가족 범주에 한정시키면서 단편소설적 성격을 벗어나지 못한 까닭에 장편소설 장르에 기대되는 폭을 갖추는 데는 부족한 면모를 보이게 된 것이다. 물론 염상섭의 『삼대』나 채만식의 『태평천하』만 생각해도, '가족'이라는 범주 및 가족애에 의한 서사의 진행 자체가 문제적일 것은 없다고 하겠다. 『호외시대』의 허술함은 현상 차원에서 작품 내 세계가 가족 범주에 한정되어 있기 때문이 아니라, 주요 사건을 전개하는 인물들의 의지나 지향 자체가 실질적으로 가족적인 한계 즉 달리 말하자면 가족주의적인 한계에 갇혀 있기 때문에 나오는 것이다.

이상과 같은 판단은, 이 소설의 서사에 대한 분석에 의해서도 근거를 얻는다. 『호외시대』의 스토리를 간략히 정리해 보면 다음과 같다.

홍재훈은 사생아로 태어나 모친을 여읜 뒤 양부모까지 잃고 상경하여, 이 대감의 머슴 노릇을 하다 우연한 화재에 둘째며느리를 구하게 되어 신임을 얻고 재산을 모으게 된다. 이후로도 인력거를 몰며 착실히 축재를 한 뒤 반도인쇄소를 인수하여 번성시키는 한편 학교를 운영하여, 근 천 명을 부리는 사장이요 교주가 된다. 인쇄소의 이익으로 학교 운영의 손해를 메우는 방식을 유지하나 교육사업의 의의를 높이 여겨 아랑곳하지 않는다.

6년 전 어느 날 양두환이 홍재훈을 찾아와 자신을 고용해 달라 하자 그의 인품을 보고 들이게 된다. 두환이 홍의 주선으로 상업학교를 다니며 집안일을 돌보고 졸업 후에는 삼성은행 대구지점으로 가게 된다. 그와 동갑인 홍재훈의 아들 홍찬형은 일본유학 후 주색잡기에 빠져지내는 인물이었다. 그러던 중 두환이 자신의 잘못을 뒤집어써 주는 것을 보고 크게 뉘우쳐, 부친을 도와 학교 운영에 힘쓰고 두환과 친형제처럼 지내게 된다.

두환이 대구에 내려간 2년 사이에 홍재훈의 사업이 기울기 시작한다. 거대자본의 앞에서 중소 사업들이 무너져 가는 상황에다 학교 운영의 적자가 큰 터에, 홍재훈이 2년 전 주변의 신문 사업에 거액을 투자했다가 떼여 치명적인 타격을 받고, 신축 확장한 공장의 자금을 회수하지 못하게 되어, 결국 집과 공장에 학교까지 모두 빚에 넘어가게 된다.

홍재훈의 몰락을 수만 명의 목숨이 걸린 일로 생각하는 두환이 이를 되돌리기 위해 무슨 수를 써서라도 돈을 구해야 한다 생각하고는, 치밀한 준비 끝에 삼성은행의 돈 4만 원을 빼돌리는 데 성공한다. 그러나 이를 갖고 홍재훈을 찾아와 돈 가방을 맡긴 날 집에 화재가 발생해 전소되고 만다. 송금 사기 사건의 범인으로 엉뚱한 사람이 잡히게 되자, 두환이 고민 끝에 자수할 생각을 하고 찬형에게 사실을 밝힌다. 정애와 더불어 야학을 꾸려가던 찬형이 뒷일을 두환에게 맡기며 대신 자수하기로 하여 수감된다.

숙경의 도움, 정애의 헌신으로 두환이 야학을 꾸리고 하던 중, 찬형을 연모하던 정애가 김정자의 모략에 걸려 허성찬의 첩으로 가게 된다. 찬형은 병이 심해져 가석방으로 나오나 하루 만에 병원에서 사망하고, 그 충격으로 홍재훈도 죽게 된다. 여기에 더하여, 김홍준의 꾐에 빠져 끝내 유곽에 몸이 팔린 경애가 자살한 소식을 두환이 알게 된다. 그럼에도, 정애가 찬형의 무덤을 찾으며 그 뜻을 이어가고자 하는 것을 알고, 홍재훈의 큰 자취를 생각하며 두환 또한 야학 학생들을 위해 목숨을 바치고자 한다.

이상의 스토리 경개가 일차적으로 보여주는 것은 『호외시대』 전편의 내용이 홍씨 집안의 융성과 몰락을 뼈대로 하고 있다는 사실이다. 이 위에서 가장 눈에 띄는 것은, 주동인물인 양두환이 송금사기사건을 벌이는 방식으로 홍재훈의 몰락을 되돌리고자 한다는 점과, 그의 범행을 알게 된 홍 씨 부자가 그를 두둔하여 홍찬형이 대신 자수하게 된다는 주요 스토리-선의 전개 양상이다. 이러한 설정이 현실성을 거의 얻을 수 없음은 물론이다. 그럼에도 불구하고 사건이 이렇게 전개되는 데는, 홍재훈의 사업이 갖는 의미가 한껏 높게 여겨지고, 불행한 사태의 모든 원인이 돈에 있는 것으로 간주되기 때문이다. 전자를 두고 가족주의 이데올로기를 떠올리는 것은 자연스러운 일이다. 물론 이와 관련한 양두환의 생각은 다소 다르게 기술되고 있다.

일만 사람의 가난은 한 사람의 부자를 의미하는 것이다 …… 그러나 우리
의 현실은 반드시 그렇지도 않으니 한 사업가의 실패는 수백 명의 실직을
의미하게 된다! 홍재훈의 사업은 더구나 그렇다![29]

양두환에게 있어 홍재훈의 몰락은 한 사업가의 몰락에 그치는 것이
아니라 '수백 명의 실직'을 의미하는 사건이다. 더 나아가서는 천여 명
의 생계를 책임지는 사업주요, 가난한 학생들을 무료로 가르치는 사립
학교의 교주인 홍재훈의 사회활동이 중단되는 것이기도 하다. 바로 이
러한 생각에서 양두환은 홍재훈의 사업을 살리는 것을 수많은 사람들
의 목숨이 걸린 일로 간주하고 무슨 수를 써서라도 돈을 구하여, '그대
들(어린 생도)을 위하여서 학교의 운명을 다시 돌이킬 터'(309면)라고 다
짐하는 것이다. 양두환의 입장에서만 바라보면 이러한 문제의식 혹은
논리 구조 또한 나름의 타당성을 갖는 것으로 여겨질 수도 있다. 여기
에 더하여 사상단체의 회원 전력이 있고 '삼우회'에 관계하고 있는 양
두환의 이력을 고려하고,[30] 1925년으로 설정된 식민지치하 현실 경제
에 대해 은행원인 그가 보이는 대체적이지만 정확한 사실 인식을 적극
적으로 추론해 주면, 그의 행동을 한층 더 긍정적으로 봐 줄 여지가 생
기기도 한다.

그러나 『호외시대』가 보이는 사건 자체, 스토리의 전개 양상을 작품

---

29 최서해, 『호외시대』, 문학과지성사, 1994, 127면.
30 물론 이러한 인정은 제한적이어야 한다. 그가 사상단체의 회원이었다는 전력(73면)이 소개
    되기는 해도 그의 '큰 목적'이 무엇인지는 명확히 드러나지 않으며, '삼우회'라는 모임의 성
    격도 매우 불분명하고(80면) 뒤로 가서는 삼우회와 두환이 어떤 관계에 이르게 되었는지도
    알 수 없을 만큼 나름의 스토리-선을 부여받지도 않고 있기 때문이다.

내 세계에서 사실로 바라보게 되면 주인공에 대한 맹목적인 동일시를 경계하지 않을 수 없게 된다. 양두환의 주관을 추수하지 않고 작품에서 확인되는 현실을 고려하게 되면, 중심 사건에서 사회적인 맥락이 매우 약화되어 사실상 부재하는 점을 간과할 수 없다.

이 측면에서 가장 설득력이 떨어지는 것은 양두환에게 있어서 자신의 행위와 의식에 대한 반성적·사회적 사고가 전무하다는 점이다. 송금 사기 범행과 관련한 그의 계획과 심사가 가장 밀도 있게 제시되는 부분에서 그는, 홍재훈이며 그가 운영하던 공장 직원들, 학교의 어린 생도들을 위한다는 둥 자기 합리화를 꾀하면서, 그들이 말릴까 보아 홍씨 부자에게 알리지 않은 채 비밀스레 일을 진행하려 하고 있다(308~316면). 구체적인 과정에서 그는 자신이 행하고자 하는 일이 갖는 사회적 의미에 대해서는 전혀 고려하지 않으며, 윤리적, 법적, 도덕적 반성의식조차도 부재한 상태에서, 범행 계획은 매우 철저하게 짜고 주도면밀하게 수행하는 모습을 보인다. 이렇게 목적에 대한 반성이 전무한 까닭에, 양두환의 이러한 행태야말로 도구적 합리성의 극치를 보여 주는 것이라 하지 않을 수 없다.

양두환의 스토리-선이 그리고 나아가 『호외시대』의 전체 서사가 현실성도 설득력도 잃고 있다는 점은, 양두환이 은행돈을 빼돌린 데 대해서는 어떠한 죄책감도 느끼지 않으면서도 엉뚱하게 범인으로 몰린 일면식도 없는 류원철에 대해서는 죄의식을 통절히 느낀다는 데서(384~388면) 극명하게 확인된다. 사회적·법제적인 규율 의식은 부재한 채 윤리적인 감각은 살아 있다는, 현실성이 거의 없는 기묘한 불균형 상태에 빠져 있는 듯이 형상화된 것이다.[31]

   제2부 한국 근대소설의 형성 및 분화와 우연

이러한 양두환의 심리 및 의식 상태를 식민지치하라는 특수 상황에 따른 것으로 볼 수도 없다는 데 문제의 심각성이 있다. 그가 범행 대상으로 삼은 삼성은행은 '조선 사람의 힘으로 세운 가장 큰 은행'(35면)이며 은행 자본과 노동자 간의 갈등 등이 그려진 것도 전혀 아니므로, 민족 자본으로 이루어진 기업의 돈을 빼돌리는 양두환의 행위를 긍정적으로 해석하고자 예컨대 식민지 현실에 대한 저항이나 비판을 운위할 수도 없는 까닭이다. 여기에 더하여, 양두환 스스로 사회 상황을 둘러보아 '조선 경제의 장래는 한심할 뿐'(34면)이라 의식하고 있으며, 서술자 또한 직접 나서서 홍재훈의 몰락과 같은 데는 '깊은 이유'(36면)가 있다고 강조해 두는 점을 생각하면 문제가 한층 심각해진다. 홍재훈의 몰락 배경으로 설정된 상황이 사실상 식민지배 세력의 거대자본이 토착 자본을 포함한 중소 자본을 잠식하는 자본의 원시적 축적 과정이라는 점을 추론해 보면,[32] 그의 송금사기 사건이 긍정적으로 받아들여질

---

31 이러한 형상화는 '자수 의사, 찬형의 대리 수감 및 병사' 등 후속 사건을 전개시키기 위한 플롯상의 필요에 의한 처리로 보인다. 스토리의 전개를 위해 인물의 성격화도 그가 벌이는 행위의 사회적, 현실적 의미 맥락도 희생시킨 결과인 것이다. 이러한 점이야말로 『호외시대』가 보이는 통속적인 특성의 주된 요인이라 할 만하다.

32 이 과정을 『호외시대』는 다음과 같이 표현하고 있다. "황금의 녹슬은 바람이 바다를 건너 하루 이틀 서울을 불어들자 서울에는 기계 소리가 더욱 높아지고 검은 연기가 더욱 퍼졌다. / 큰 기계가 소리를 내는 때마다 작은 기계들은 쥐 죽은 듯이 고요하였고 큰 굴뚝이 연기를 뿜는 때마다 작은 굴뚝들은 숨을 못 쉬었다. 그처럼 여러 작은 기계의 소리를 큰 기계가 대신 내게 되고 여러 작은 굴뚝의 연기를 큰 굴뚝이 대신 뿜어내게 된 뒤로 골목골목에서 팔딱팔딱 뛰던 작은 공장의 생명은 그림자를 감추지 않을 수 없었다. 그림자를 감추지 않고 그저 남아 있다면 그 생명은 삼기가 지난 폐병 환자의 생명이다. 그른 줄을 번연히 알면서도 차마 제 손으로는 끊을 수 없어서 오늘 내일 하고 끊치기를 기다리는 생명이다. / 그 바람은 그처럼 공장에만 미친 것이 아니었다. 방방곡곡 사업이란 사업에는 다 미치게 되었으니 서울 한복판에 끼인 반도인쇄사에는 어디보담도 먼저 미치게 되었다. / 반도인쇄사는 원체 근거가 있었고 규모가 째이었음으로 동취서대로 겨우겨우 꾸려가던 공장들처럼 얼른 흔들리지는 않았다. 그러나 독불장군 격으로 사업이란 혼자 할 수는 없는 것이다. 거래하던 상대자가 나날이 쓰러져가고 몇 갑절 되는 힘이 시시로 머리를 내려누르게 되니 홍재훈의 사업도 누

가능성은 전무하다고 하지 않을 수 없다. 여기에 더하여, 자수하려는 양두환을 대신해서 홍찬형이 감옥행을 주장하고, 그것을 부친 홍재형이 선뜻 동의하고 어떤 면에서는 사주하는 듯이 행동하는 것(426~434면)도 현실성이 거의 없는 처리라고 하겠다.

『호외시대』의 서사를 특징짓는 기본 사건과 그에 관련된 중심인물들의 의식 및 행위가 이러하기에, 이 소설의 서사를 압축해서 정리하자면, 홍씨 집안의 몰락을 이야기하되 그 원인 및 양상의 형상화에 있어서 시대나 사회 상황의 현실적 맥락이 제대로 반영·재현되지 않은 채 가족주의적 사고 체계에 갇혀 있다고 하겠다. 현실의 원리에 근거하여 인물들의 행위가 정향되고 그로부터 갈등 구조가 마련되는 방식이 아니라, 이런 외적 설정 없이 혈육·육친의 정이나 보은의 논리를 앞세우게 하는 유사 가족관계에 끌려 중심인물들의 행위와 사건이 전개될 뿐이다. 사실 홍재훈의 몰락도 직접적으로 보면 경제계의 현황이라는 등의 사회상황에 따른 측면보다는 그의 잘못된 투자라는 경영자로서의 실수에 의한 것으로 설정되어 있음을 확인할 수 있다. 홍찬형의 방탕과 상황 타개 면에서의 무능력이라는 성정의 문제와, 홍경애의

런 잎 지는 가을바람을 쏘이지 않을 수 없었다"(110면. 밑줄은 인용자).
밑줄 친 부분에 주목해서 보면, 이 구절이 식민지 자본주의화의 본질을 적실하게 드러내고 있음이 확인된다. 현해탄을 건너 식민 본국에서 흘러들어온 거대자본이 피식민지의 토착자본을 잠식해 가는 과정을 효과적으로 그리고 매우 이해하기 쉽게 기술하고 있다. 사실 이러한 인식은 식민지시대 소설사에서 보기 어려운 것이어서 그 인식 내용 자체만으로도 소중한 것이라 할 수 있다. 한국 소설의 현실 인식사를 따지는 자리에서라면 최서해의 『호외시대』가 보이는 이 구절을 앞자리에 두지 않을 수 없다 하겠다. 그렇지만 소설 작품이 사회과학 논문이 아닌 것은 물론이요, 작품 내에서 보이는 서술자–작가의 인식이 의미를 가지려면 그것이 작품의 주된 사건 전개 및 중심인물들의 지향과도 자연스럽게 어울릴 수 있어야 함 또한 엄연한 사실이다. 바로 이 점에서, 양두환이 보이는바 '윤리적 감각과 사회적·법제적 규율 의식 사이의 불균형'이 치명적인 문제가 되는 것이다.

　　　　　　　　　제2부 한국 근대소설의 형성 및 분화와 우연

타락과 죽음을 초래하는 허영심 혹은 욕망 추수 등에서 확인되듯이 인물들의 면면 또한 사회적인 함의가 부족하게 형상화되어 있다.

요약하여 『호외시대』는 인물들의 지향이 사회적인 맥락에서 보아 대단히 불분명하게 되어 있다고 할 수 있다. 사회 계급 넓혀서는 사회 관계에 근거한 의미 맥락이 사실상 전무하다시피 한 것이다. 사회적인 갈등이 사라진 것은 물론이며, 그 자리를 홍재훈의 사업을 재개하는 데 필요한 것으로서의 '돈'과 그에 대한 맹목적인 추구가 대체할 뿐이다. 홍씨 집안사람들 사이의 맹목적인 가족애가 서사의 추동력으로 전일적인 지배력을 행사하는 것이 이러한 제반 양상의 궁극적인 원인이라 하겠다. 그 결과로 방대한 분량에 비해서 이 작품이 우리에게 주는 것은 적다. 192, 30년대 사회사상의 흐름과 문제점을 제기하는 것도 아니며 당시 사회의 상황을 조감해 주는 것도 아니다.

이러한 문제적 양상을 낳는 데는 소설 미학적 결함도 크게 작용한다. 무엇보다도, 서사의 구성에 있어서 특정 인물들의 스토리-선이 작품의 중간 중간에 불쑥 제기되는 점을 지적할 수 있다. 호출되듯 갑자기 등장하여 두환이 어려울 때마다 물심양면으로 도와주는 류숙경의 존재가 대표적이며,[33] 중심인물의 하나인 이정애의 운명을 나락으로 떨어뜨리는 역할을 하는 김정자와 허성찬이 급조되듯 등장하는 것도 그에 못지않게 문제적이다. 홍경애를 유곽에 팔아넘기는 김준원 또한 아무런 맥락 없이 마치 악역을 수행하기 위해서인 듯이 갑작스레 등장

---

33 남편과 젖먹이 아이가 있는 여자임에도 불구하고, 양두환이 곤란을 겪을 때마다 등장하여 무엇이든 돕는 것으로 되어 있어 류숙경은 인물 자체가 현실성이 약하다. 서사에서 차지하는 비중은 적지 않지만 철저히 기능적인 인물인 것이다.

하고 있다. 맥락 없이 거론되다가 뜬금없이 죽게 되는 강순철 또한 홍찬형의 경제적 어려움을 부각시키는 기능에만 충실한 양상을 보인다.

요컨대 『호외시대』는 중심인물들의 고난과 부침을 보다 강조하고 사건 전개의 편의를 위해, 부차적인 인물들을 사전 스토리 배경 없이 필요할 때마다 급히 불러내는 양상을 보이고 있다. 달리 말하자면 인물 구성이 전체적으로 짜이고 그들의 전체적인 관계로부터 사건이 진행되는 대신 몇몇 인물만이 앞에 나서서 주된 스토리-선을 전개하고 그와 관련하여 부차적인 인물들이 그때그때 명멸하고 있는 것이다.

이는 서사 구성 측면에서도 결함을 낳는다. 인물들의 스토리-선들이 나름대로 전개되는 한편 서로 이합집산하면서 전체 이야기를 축조하는 것이 아니라 소수 중심인물의 스토리-선들만 살아 있고 나머지 부차적인 스토리-선들은 갑작스레 없어지거나 별안간 등장하는 양상을 반복함으로써, 서사의 줄기들 전반이 어울려 전체적인 주제효과를 만들어내는 장편소설의 일반적인 방식과는 거리를 보이는 것이다.[34]

이러한 문제적인 양상은 『호외시대』가 구사하는 우연과도 밀접히 관련되어 있다. 이 소설에는 모두 19차례의 우연이 사용되고 있는데, 이들은 대체로 사회적 맥락의 약화·부재 및 현실성의 결여와 바로 위

---

[34] 이러한 인물 등장 방식은 중심인물이 행하는 스토리-선의 전개를 용이하게 하려는 작가의 조급함을 나타내는 것이라고 할 수도 있다. 이와 같은 추론은 이러한 조급함을 완화시키는 기능을 하는 반대 경우 즉 부차적인 스토리-선들이 개재되는 방식을 통해서 역으로 확인된다. 『호외시대』에서는 주요 스토리-선이 신속히 전개되다가 그 흐름을 끊고 부차적인 스토리-선이 펼쳐지는 경우를 어렵지 않게 보게 되는데, 이들 삽입적 스토리-선들이 주 서사와 별다른 관련을 갖추지 않음으로써, 사건의 전개 양상을 풍성하게 하는 것이 아니라 사건의 주된 전개를 잠시 쉬었다 가게 하여 오히려 의미의 구현을 방해하는 부정적인 효과를 낳을 뿐이다. 강순철의 스토리-선이나(177~180, 182, 194~195면) 홍련의 스토리-선(274~285, 399~417면)이 대표적인 경우이고, 두환이 그리워하는 정 군 부분(264~267면)도 전체 서사와 아무런 관련도 없는 사족으로 남고 말았다.

　　　　　　　　제2부 한국 근대소설의 형성 및 분화와 우연

에서 말한 소설 미학적 결함 등과 관련되어 있다. 작품에 나오는 순서대로 우연을 정리하고 필요한 경우 그러한 우연의 기능 및 효과를 병기하면 다음과 같다.

⑤-1 : 홍재훈이 구종으로 있던 이 대감 집에 불이 났을 때 홍이 위험을 무릅쓰고 둘째며느리를 구하여 이 대감의 신임을 얻고 후에 적지 않은 재산을 받게 됨(60면).

④-1 : 패악스런 일을 하고 집으로 도망쳐 들어온 찬형을 대신해 마침 대문 안에 있던 두환이 봉변을 당하게 됨(94~95면)—이 사건 때문에 찬형이 새사람이 되어 부친을 도와 학교 운영에 힘을 쓰고 두환과 절친한 동지가 됨(101~103면).

④-2 : 홍찬형이 동생 경애에게 부쳐줄 돈을 부탁했던 강순철이 불의의 교통사고로 죽는 바람에 돈을 변통하지 못하게 됨(179~181, 194~195면).

④-3 : 홍찬형이 동생 경애의 돈 요구에 어쩔 수 없이 아내의 비녀를 전당포에 맡기게 되었을 때, 사람을 피해 들어갔음에도 불구하고 마침 뒤에 들어온 최 군을 만나게 됨(198~199면).

④-4 : 찬형이 정애에게 통장을 돌려주고자 찾아가서는, 돈을 두고 농담을 주고받는 사이 입김을 스치도록 서로간의 거리가 가까워진 상태에서 어느덧 그녀의 손목을 잡게 되었다가 마침 전깃불이 켜지는 바람에 정색을 하며 자리를 일어서게 됨(205~207면)—찬형을 무안하게 하지 않았나 싶어 정애가 전깃불 켜진 것을 탓하고(213면), 찬형으로서는 '이때까지 자신이 지켜오던 계율'(227면)을 범한 것이어서 둘 사이에 의미를 갖는 사건임(232면).

④-5 : 통장을 우편으로 다시 보낸 정애에게 통장을 돌려주고자 재차 찾
아간 찬형이 정애와 통장을 사이에 두고 옥신각신할 때 마침 어떤
손님이 찾아와 통장을 서랍에 슬쩍 두고 나올 수 있게 됨(249면).

④-6 : 경애의 일본행 소식을 전한 사람을 만나기 위해 인천으로 가고자
정류장으로 간 찬형이, 그가 개성에서 돌아오는 시간을 착각하여
마중 나와 있던 정애를 만나(252면) 함께 인천으로 가게 됨.

④-7 : 두환이 지난 여름 일주일의 수유를 얻어 해운대로 놀러갔다가 해
운류 옆방에 묵고 있던 류숙경을 알게 됨(269면).

④-8 : 지점장이 홀로 관리하는 전신송금암호가, 두환이 미심쩍은 위체
건으로 보고하러 갔을 때 '유달스리 분명하게도 그의 눈에 비쳤고
그도 똑똑히 보려고' 함으로써 "그의 마음에 큰 자리를 잡은 굳은
결심의 첫걸음"이 유발됨(290면).

④-9 : 평양과 진남포 지점을 이용하려던 두환이 지점장이 아파서 출근
하지 못하는 바람에 원래 일정대로 일을 처리하지 못하게 되나
(318면), 강순철의 죽음이 '우연히도 살아 있는 두환에게 큰 기회를
주'어 서울과 이리를 이용하는 식으로 더 좋게 계획을 변경할 수 있
게 됨(319~320면).

⑤-2 : 두환이 은행 돈을 빼돌려 마련한 4만 원이 든 가방을 홍재형의 집
에 맡겨 둔 바로 그날 밤 화재가 발생(351~353면).

④-10 : 홍재형의 집이 불에 소각되어 두환이 당장 들어갈 집을 구할 때
우연히 길에서 숙경을 만나게 되어(360면) 그녀의 소개로 셋집을
싸게 구함.

④-11 : 행적을 복잡하게 하기 위하여 인천에 갔던 두환이 급한 용을 쓰

려고 십 원짜리 몇 장을 뽑아 두려다가 마침 밖에서 계집 하인의 자취가 들려오기에 천 원 묶음 하나를 얼른 호주머니에 넣어두었던 (377면) 것 중에서 남은 육백 원을 찬형에게 전달할 수 있게 됨.

⑤-3 : 삼성은행 4만 원 사기 사건의 범인으로 지목된 삼성은행 군산 지점 출납계의 류원철이 공교롭게도 같은 시각에 두환과 마찬가지로 이리에서 서울로 움직임(385면).

④-12 : 정애가 옛날 학교에 다닐 때 사감이었던 김정자를 소식도 모르다가 작년 봄에 전차 속에서 우연히 만난 뒤(456면) 인연을 이어오다, 급기야 학교를 위해 몸을 파는 심정으로 그의 중매를 받아들여 신세를 망치게 됨.

④-13 : 정애가 허성찬을 따라 서울을 떠나는 것을 숙경의 남편이 보고 그 사실을 숙경에게 알려 숙경이 두환에게 전하게 됨(507면).

④-14 : 두환이 전차 안에서 최 군을 만나 정애가 서울 올라온 소식을 듣게 됨(585면).

④-15 : 숙경과 헤어져 찬형의 무덤으로 가기 위해 용산행 전차를 탄 두환이 경성역 정류장에 서 있던 이정애를 보게 됨(595면).

④-16 : 유곽에 팔린 신세가 된 홍경애가 동래 전차 정류장에서 우연히 허성찬과 서 있는 이정애를 보나 면목이 없어 물러섬(614~615면).

『호외시대』의 분량이 방대하다는 점을 고려하면 19회의 우연을 많은 것이라 하기는 어렵지만, 이들 우연의 구사 방식이 이 소설의 특징에 대해 말해주는 바는 적지 않다. 우연의 기능에 주목할 때 다음 네 가지가 특징적이다.

첫째는 이 소설의 중심 사건이나 중심인물들의 운명과 관련하여 우연이 많이 사용되고 있다는 사실이다. 홍재훈이 갑부가 될 수 있게 된 발단이 우연히 마련되고(⑤-1), 홍찬형이 개과천선하듯이 완전히 새로운 인간으로 변모하는 것 또한 우연적인 사건이 계기가 되어서이며(④-1), 이정애의 운명이 급전직하하게 되는 김정자와의 만남 또한 우연으로 이루어지고 있다(④-12). 이와 더불어서, 『호외시대』의 가장 중요한 사건이라 할 양두환의 삼성은행 송금사기 사건 관련 스토리-선 또한 수많은 우연으로 점철되어 있음을 특기할 만하다. ④-8~9와 ④-11, ⑤-2~3의 다섯 개 우연이 여기에 할애되어 있는데, 이는 이 소설의 중심사건이 사실상 양두환 한 개인의 행위로 이루어지고 있는 사실과 깊이 관련된다. 달리 말하자면 이해관계나 세계관이 서로 다른 인물들 사이의 사회경제적 갈등에 의해 중심사건이 전개되는 것이 아니라 등장인물 한 명의 지향에 의해 스토리의 기본 축이 구성되는 까닭에, 이 중심사건에 굴곡을 주면서 서사를 진행하기 위해 서사의 추동력을 우연에도 의지해야 하게 되었다는 것이다.

『호외시대』의 우연 구사가 보이는 둘째 특징도 이 소설의 서사 구성과 관련이 있다. 몇몇의 중심인물들이 있되 이들 모두 하나의 가족 범주에 놓이는 것임은 앞서 밝혀 두었다. 이러한 사정은 바로 위에서도 지적한바 작품의 주된 사건이 사실상 개별적인 인물에 의해 이루어지는 점과 함께, 이 소설의 중심인물들 사이에 아무런 갈등이나 긴장관계가 없음은 물론이요 그들이 상호적으로 꾸미는 사건조차 특별히 거론할 만한 게 없다는 특징에 이어진다. 바로 이러한 특징을 서사 구성 차원에서 확인시켜 주는 또 하나의 요소가 『호외시대』가 우연을 구사하는 특징적인 방식의 하나인데, 중심인물들이 서로간의 상황을 알게

　　　　제2부 한국 근대소설의 형성 및 분화와 우연

되는 방식이 우연이라는 점이다. 양두환이 이정애의 동정을 알게 되는 우연 ④-13~15와 홍경애가 이정애의 상황을 짐작하게 되는 우연 ④-16이 이에 해당된다. 홍 씨 부자의 사망 이후 남은 핵심적인 인물들이 서로 갈린 상태에서 그들 사이를 잇는 아무런 사건도 없기에 부득이 우연을 활용하여 서로가 서로의 상황을 알게 하는 방식을 동원했다 할 것이다. 이 진술이 의미하듯, 이러한 우연은『호외시대』의 서사성이 약하다는 사실을 증명해 주는 지표이기도 하다.

셋째 특징은 흥미의 제고라는 우연의 일반적인 효과를 발하는 경우로서, 홍찬형과 이정애의 내밀한 관계에 관련된 우연 ④-4~6과, 사건의 전개를 교묘하게 꾸미는 데 활용된 ④-2 및 유사한 맥락의 ④-3이 이에 해당한다. 끝으로 넷째 특징은 ④-7과 ④-10이 드러내는 것으로서, 사건 전개를 용이하게 하려는 서술의 편의상 끌어들여진 경우이다. 이 둘 모두 류숙경의 스토리-선에 있다는 점은 그녀가 양두환의 스토리-선이 매끄럽게 전개될 수 있도록 기능적으로 설정된 인물임을 입증해 수는 것이기도 하다.

중심인물들이 서로 얽이는 중심사건을 갖지 않은 채 방대한 분량의 서사를 구성하는『호외시대』가, 이렇게 핵심적인 사건의 전개나 주요 인물들 상호간의 관계를 마련하는 데 있어서 우연에 의지하는 것은, 결론적으로 볼 때 부정적이라 하지 않을 수 없다. 스토리-선들이 융합되면서 인물들의 운명을 결정하는 굵은 서사 줄기를 형성하지 않는 상태에서 단선적인 주 서사를 전개하고 인물들 간의 관계를 유지하는 등 넓은 의미에서 서술의 편의를 도모하기 위해 우연을 끌어들이고 있기 때문이다.

작품 전체에 걸치는 서사 구성상의 이러한 특징으로 해서『호외시

대』는, 홍재훈이 벌이는 사업이 갖는 의의와 그를 이해하고 계승하려
는 중심인물들의 지향이 갖는 긍정적인 의미 및 몇 군데 안 되지만 충
분히 추론해 볼 수 있는 서술자-작가의 높은 사회의식 등을 효과적으
로 살리지 못하고 말았다. 그 대신『호외시대』가 결과로서 보이게 된
것은, 혈육과도 같은 사람을 위해서 자기 자신의 인생을 완전히 바치
는 인물형이며, 그런 인물들의 행위가 담고 있는 '보은'과도 같은 추상
적인 덕목이다. 사실 독자에게 던져진 객관적 사실로서의 작품을 두고
말을 하자면, 이러한 인물형과 그가 보이는 덕목을 드러내기 위해서,
지금까지 분석한바 현실성도 개연성도 부재하여 설득력을 잃는 방식
으로까지 서사를 이끌어 나아갔다고 해야 할 것이다.

이때의 주제효과는 무엇인가. 사람살이에서 가장 중요한 것은 개인적
인 일신 영달 등이 아니라 몸을 던지는 보은(報恩)이라는 것이다. 자본주
의 사회의 경제적 논리, 금권 만능주의를 거부하고 도의와 정리의 맥락을
따르는 보은이야말로 이 시대에 중요한 것이라는 생각을 표현하고자 했
던 것이라 하겠다. 양두환이나 이정애 등이 간헐적으로 표방하는 그들
삶의 목표가 공장과 야학에 관련된 사람들의 생활을 향상시키는 것이어
서, 돈에 사람들이 지배당하는 사회 상황 너머를 꿈꾸는 것이 표면적인
혹은 서술자에 의해 주장되는 주제효과라고 추정할 수는 있지만, 정작
중심인물들이 보여주는 행태 및 그로 인한 사건 전개가 보여주는 바는
그렇게 긍정적으로 해석될 여지를 충분히 갖지는 못한다. 의식이 아니라
행동이, 생각이 아니라 행적이 사회적인 의미를 갖는 것은 소설 작품의
세계에서도 마찬가지이다. 이러한 까닭에『호외시대』의 주제효과는 가
족 범주 내에서의 보은이며 인간 도리 정도로 추상화될 수밖에 없다.[35]

　　　　　　　　　　　　　제2부 한국 근대소설의 형성 및 분화와 우연

이상과 같이 당대 사회 현실을 재현하는 대신에 이러한 추상적인 가치를 적극적으로 표현하고 있다는 점에서 『호외시대』의 경우 종합적 리얼리즘에 속하게 된다. 양두환이나 이정애가 표방하는 삶의 목표 또한 말 그대로 재현이 아니라 표현의 양식에 속함은 물론이며 바로 그러한 까닭에 이 소설의 갈래를 명확히 해 주고 있다.

2) 현진건의 『적도』와 표현의 문제

『적도』(『동아일보』, 1933.12.20~1934.6.17)는 현진건의 첫 장편소설이다. 뒤의 역사소설들을 제외하면 유일한 장편이기도 하다. 한국 근대소설의 발전에 있어 빙허가 이룬 중요한 기여가 완미한 단편소설의 완성에 있음을 생각할 때, 앞서 살핀 최서해의 『호외시대』와 마찬가지로, 『적도』 또한 장편소설의 미학을 생각해 볼 수 있는 좋은 사례가 된다. 기존 연구들이 이 작품을 두고 멜로드라마적인 통속소설인지 민족주의적인 의식이 드러난 사회비판적 소설인지를 두고 갈려 왔던 것도, 장편소설로서 『적도』가 보이는 특성에 대한 이해와 해석의 문제가 깔려 있는 까닭으로 보인다.

이 소설은 1930년대 어느 해 봄철의 한 달여 기간을 시간적 배경으로 하고 있다. 중심인물들의 과거사와 5년 전의 사건에 대한 회상이 있

---

35 여기까지 와서 보면, 『호외시대』는 일찍이 김동인이 지적한 대로 작가의 '설교적 강박력'(「韓國近代小說考」, 『金東仁文學全集』, 대중서관, 1983, 12권 471면)이 드러난 대표적인 작품이라고 할 수 있다. 주제의식이 과도한 나머지 작품 요소들 일체를 한 방향으로 몰고 갔기 때문이다.

고, 4월 중순의 며칠이 작품 말미에서 간략히 설정되지만 서사가 전개되는 전체적인 시간은 짧은 기간에 한정되어 있다. 공간적 배경 또한 한정적인 성격을 보인다. 말미의 에필로그적인 중국행을 제외하면 모든 사건이 서울을 배경으로 하며 그것도 박병일의 집이나 병원, 요릿집, 한강인도교 등으로 좁혀져 있다. 물론 소설의 시공간 배경이 보이는 현상적인 한정성 자체가 특별한 의미를 지닐 수는 없는데, 『적도』의 경우는 시간 면에서 정치역사적인 의미도 개재되지 않고 공간 면에서 사회경제적인 맥락이 관여되지도 않는다는 점에서 주목할 만하다. 이 소설에서 시공간의 한정성은, 중심인물들이 보이는 관계의 사적인 성격을 가능케 하는 실질적인 배경으로서 그러한 성격을 강화하는 효과를 발휘하고 있는 것이다.

『적도』의 배경이 이렇게 시공간적으로 좁게 압축되어 있는 점은 이 소설의 인물 구성상의 특징과 맞물려 있다. 인물 구성 면에서 『적도』가 보이는 두드러지는 특징은 전체 스토리-선들을 영위하는 중심인물이 소수라는 점이다. 단행본으로 270여 면의 분량을 갖는 장편이지만,[36] 이 소설의 스토리-선들을 이끄는 인물들은 김여해와 박병일, 이명화, 홍영애, 박은주, 김상열, 원석호의 7인에 불과하며, 그나마도 주된 사건들은 사실 앞의 3인에 한정되어 있다.

인물 구성상의 압축적 성격은 이들 소수의 등장인물이 맺고 있는 관계의 특성에서 한층 강화된다. 박병일과 홍영애는 부부이며, 박은주는 박병일의 누이이고 이명화는 그의 애첩인데다 원석호는 박의 집사 역

---

36 여기서는 신문연재본을 저본으로 한 『현진건 문학전집』 2권(국학자료원, 2004)을 대상으로 한다.

     제2부 한국 근대소설의 형성 및 분화와 우연

할을 하는 인물임을 생각하면 사정이 명확해진다. 중심인물들 모두가 넓은 의미에서의 가족 범주에 한정되어 있는 것이다. 다른 인물들을 포함해도 사정이 달라지지 않는다. 김여해가 홍영애의 전 애인이었으며 박은주를 겁탈한 장본인이면서 현재 이명화와 가깝게 지낸다는 점, 김상열이 이명화가 사랑하는 애인이라는 사실이 보여주듯 중심인물 7인 모두가 사실상 각각 공간과 감정을 공유하는 가족적인 관계를 맺고 있는 것이다. 각도를 약간 달리해서 말하면 이들 전체가 서로서로 교차하는 애욕관계를 맺고 있음을 지적할 수 있다. 김여해와 박병일이 발산하는 성적 욕망과 원석호, 김상열이 관련되는 결연 욕망, 여인들이 중심이 되는 연애 관계가 복잡하게 얽혀, 중심인물들 모두가 연애·성애 관계로 긴밀하게 관련되어 있는 것이다. 요컨대, 넓은 의미의 가족관계든 남녀 간의 애욕 관계든『적도』의 인물 구성은 기본적으로 매우 사적인 관계로 한정, 압축되어 있다. 이러한 성격이 시공간 배경이 좁게 한정되어 있는 특성과 서로 긴밀히 관련되어 있는 것이다.

시공간 배경 설정 및 인물 구성 면에서『적도』가 범 가족적인 범주 내의 사적인 성격을 짙게 띠고 있음은 이 소설에 이르기까지 빙허의 소설세계가 보여 왔던 특징에 닿아 있는 것이고,[37] 다른 한편으로는 이 소설의 장편소설로서의 특성의 일단을 보여주는 것이기도 하다. 이를 구체적으로 논의하기 전에『적도』의 서사 구성을 검토해 본다. 서술 순서가 아니라 스토리상의 시간적 순서대로 정리했고, 각 부분 스토리-선의 수행 인물들에 밑줄을 그어 두었다.

---

[37]　1920년대 초기의 현진건 소설이 보이는 가족 범주적 특징에 대해서는 졸고,「1920년대 초기 소설 연구」, 서울대 석사논문, 1993 참조.

• 첫째 날(1~3절,[38] 32면) : [이른 봄] 여해 출옥. 영애가 집으로 이끎, 은주가 여해의 이야기에 관심.

• 둘째 날(4절, 10면) : [여해 입원] 여해가 은주를 겁탈하고 도망가다, 병일에 끌려 음주 후 혼절.

과거(5절, 10면) : [작년] 병일과 명화의 만남[재작년]. 명화가 문신을 제거.

• 일주일 후(6절, 16면) : 명월관. 병일의 여해 처우를 석호, 명화 등이 추켜세움.

• 익일 새벽(7절, 10면) : 석호가 귀가 후, 5년 전 여해 사건의 신문 스크랩 검토.

• 같은 날(?)(8절, 11면) : 명화가 병원으로 여해를 찾아감. 계속 찾아가 둘이 친해짐.

• 10여 일 후(12절, 19면) : 병일이 영애로부터 은주 사단을 듣게 됨. 석호와 의논.

• 며칠 경과(9절, 10면) : [첫째 날에서 대략 2주 경과] 여해가 명화에게서 은주의 환영을 봄.

저녁, 밤(10~11절, 20면) : 여해가 5년 전 사건의 실상과 영애와의 연애를 명화에게 알림.

• 어느 날(13절, 15면)[39] : [3주 이상 경과] 병일이 영애에게, 여해에게 문병을 가라며 석호의 의견을 전함. 명화가 김상열의 편지를 보이며, 둘의 관계를 여해에게 알림.

---

38 논의의 편의를 위해 원래는 없는 절 번호를 매겨 둔다. 괄호 속 면 수는 해당 부분의 서술시 분량을 가리킨다.

39 12절 이후 최소 10일이 지난 시점인데(202, 215면 참조), 이 시간적 상거가 16절에서는 '단 몇 시간' 차이로 처리되고 있다(262면). 작가의 착오에 의한 것으로 보인다.

같은 날(14절, 13면) : 영애가 병실의 여해에게서 5년 전 사건의 진상을 들음. 영애, 명화 격돌.

• 어느 날(15절, 11면) : [한 달여 경과] 고월. 명화가 병일에게 영애를 모함하고 보석반지를 사라 함.

• 어느 날(16절, 13면) : 전날 밤 술자리에서, 석호가 병일에게 은주를 맡겠다 함.

• 다음 날(16절 계속) : [15절 이후 열흘 경과] 석호와의 혼인 이야기를 들은 은주가 유서를 쓰고 죽고자 함.

같은 날(17절, 12면) : 명월관. 병일-석호-명화. 영애가 전화로 은주 사건 전달.

같은 날(18절, 17면) : 은주의 투신. 여해의 구출 노력. 병일의 지휘로 양인을 건져냄.

같은 날(19~20절, 23면) : 명화가 상열을 만나 취월로 데려감. 명화와 상열의 소회. 상열이 품속에서 흙을 꺼내 보임.

• 다음 날(21절, 14면) : 은주가 병일에게 절교 선언. 귀가한 여해가, 명화의 소재 확인.

• 이틀 뒤(22절, 12면) : [투신 이후 3일] 취월[40]. 옥신각신 후, 여해가 상열의 임무를 맡고, 은주를 부탁.

• 4월 중순(23절, 2면) : 상열, 은주, 명화가 중국행 중에 여해의 자폭 기사 확인.

---

40 15절과 같은 요릿집 '고월'로 보인다. 이 또한 작가의 착오라 하겠다.

이상을 바탕으로 인물들이 맺는 스토리-선의 층위에 주목할 때 『적도』의 서사 구성상 특징을 다음 다섯 가지로 정리할 수 있다.

첫째는 전체 스토리-선의 수에 비해 그에 관여하는 인물이 적다는 사실이다. 위의 정리에서 보면 밑줄이 쳐진 인물들이 해당 부분의 스토리-선을 담당하고 있는데, 이를 구체적으로 정리해 보면, 여섯 명의 인물이 여덟 개의 주요 스토리-선들에 복합적으로 참여하고 있음을 알 수 있다. 따라서 『적도』의 인물-서사 관계는, 소수의 중심인물들이 서로 조합을 바꿔가며 스토리-선들을 구성하는 방식으로 이루어져 있다 하겠다. 이들 스토리-선의 양상 중 다음 두 가지가 특징적이다.

하나는, '여해-영애-병일'의 스토리-선이 보이는 특징이다. 이는 더 이상 진행되지 않는 5년 전 과거의 사건이지만, 스토리-선은 1, 6, 7, 10, 11, 14의 여섯 절에 걸쳐 수차례 펼쳐진다. 의미상으로 볼 때 이 과정은 '궁금증 증폭-진상 폭로'의 구도를 띠는데, 따라서 이와 같은 방식은 흥미를 유지, 고조시킴으로써 독자의 시선을 묶어두고자 시도된 것이라 할 수 있다. 또 다른 특징은, '명화-여해' 스토리-선과 '명화-상열' 스토리-선의 경우, 각 스토리-선을 이루는 사건 자체가 인물들의 대화 위주여서, 내용상으로 정작 중요한 사건은 이야기 행위가 아니라 이야기되는 과거 사건이 된다는 점에서 찾아진다. 이는 과거의 사건과 그것을 이야기하는 현재 사이를 서사적으로 잇는 대신에 서술 시점의 기준에서 이전 사건을 과거로 고정시키는 한편 공간의 변화를 불필요하게 하는 것이다. 따라서 시공간의 측면에서 볼 때 이러한 특징은, 시간의 지속보다 현재를 중시하는 방식으로 작품의 시간성·서사성을 약화시키고, 실내에서 무언가를 이야기하는 사건은 공간의 변화를 필요로 하지 않는다는 점에서 상대적으로 공간적 요소를 강화하는 것이라 할 수 있다.

『적도』의 스토리-선 구성에서 확인되는 서사 구성상의 둘째 특징은 이상 여덟 개의 스토리-선들이 상호 대체 방식으로 띄엄띄엄 등장하여 서사의 연속성을 약화시키고 공간적 형식의 특성을 강화한다는 사실이다.[41] 이러한 특성은 스토리-선들의 상호 교차가 사실상 부재하여 서사의 전개에 따라 이들이 합류하는 대신 각 스토리-선들이 공간적으로 병치되는 양상을 보이는 점에 의해 강화된다. 이러한 양상을 '공간적 형식(Spatial Form)'[42]적 특성이라 하겠다.

『적도』의 서사 구성이 보이는 셋째 특징은 여덟 가지 스토리-선들 사이에 위계를 정하기가 어렵다는 점이다. 개별 스토리-선들이 서로 교차되지도 융합되지도 않는 형편이니 다른 스토리-선들이 수렴되는 식의 주 스토리-선이 없음은 물론이다. 서술 분량 면에서 특별히 강조되는 스토리-선도 없으며, 작품 전체에 걸쳐 지속되는 스토리-선 또한 부재하다. 이러한 양상은『적도』가 장면 위주로 구성되어 있으며 전체 국면에서 보자면 몇몇 주요한 삽화들이 대등하게 병존하는 공간적 형식의 특징을 낳는다.

서사 구성상의 넷째 특징은 이들 스토리-선이 작품 전편에 걸쳐 산

---

41 이러한 면과 관련하여 조동일은『적도』의 특징으로 '장면의 연속'을 든 바 있다. '장면을 중단시키는 요약이나 설명 없이 장면이 계속 연속되고 교차되기만 한다'는 것이다(「『赤道』의 구성과 주제」, 신동욱 해설,『玄鎭健 硏究』, 새문사, 1981, Ⅰ-73면). 이런 지적은 유효하지만 곧 이어서 '서술적 역전 없이 작품이 항상 미래로 진행된다'고 하는 데는 동의하기 어렵다. 위의 정리에서 보이듯 12절은 9~11절에 비해 앞선 사건이기 때문이다.

42 Jeffrey Smitten, "Introduction : Spatial Form and Narrative Theory", edit. by Jeffrey R. Smitten & Ann Daghistany, *Spatial Form in Narrative*, Cornell Univ. Press, 1981, p.19.

재하지는 않는다는 점이다. 상술했듯이 '여해-영애-병일'의 스토리-
선은 작품의 전반부에 그치고, '명화-상열' 및 '여해-명화-상열'의 스토
리-선들은 말미에 짧게 등장할 뿐이다. 다른 스토리-선들도 몇 군데
절에 걸쳐 시작되었다가 끝을 보인다. 시작과 끝이 작품 전체에 어느
정도나마 맞는 스토리-선이 없을 뿐 아니라, 모든 스토리-선들이 절을
기준으로 볼 때 전체 23개 절의 반에도 미치지 못하고 있다. 이러한 결
과로 『적도』는 여러 사건들이 교대로 명멸하는 느낌을 주게 된다. 굵
직한 서사의 흐름을 보여주는 것이 아니라 연관성이 약한 개별 사건들
이 따로 따로 주목을 받는 양상을 보이는 것이다.

　『적도』의 서사 구성이 보이는 다섯째 특징은 23개 절들에 대한 서술
시의 배분 양상과 관련된 것으로서, 절들의 길이는 저마다 달라도 절
에 배치된 스토리-선의 구조를 이루는 사건 단위에서는 대체로 균등
한 양상을 보인다는 점이다. 전체 절들의 분량은 들쭉날쭉해도, 각 절
에 배당된 스토리-선의 구조에 주목하여 보면, 확장·지속되는 이들
사건 단위에서는 서술시가 비교적 균등하게 배분되어 있음을 확인할
수 있다.[43] 이러한 특징은, 작품 읽기의 호흡 곧 작품의 의미가 독자에
게 재구성되는 단위가 정제되어 있음을 의미한다.

　스토리-선의 구성 양상에 초점을 맞춘 이상의 분석에 의해 명확해
진 것은, 『적도』가 위계가 없는 여러 스토리-선들이 서로 교차되지 않
는 상태로 작품의 일정 부분에 걸쳐 띄엄띄엄 산재함으로써 '공간적 형
식'의 특징을 짙게 띤다는 점이다. 이는 현재와 실내로 압축된 시공간

---

[43] 서술시가 상대적으로 큰 편에 속하는 14절(13면), 16절(13면), 20절(14면) 모두 복수의 '촉매' 사건
　　들을 보이고, 21절(14면)은 두 개의 스토리-선을 갖고 있어서 이러한 판단을 뒷받침해 준다.

　　　　　　　　　　제2부 한국 근대소설의 형성 및 분화와 우연

배경 설정 및 소수의 인물들이 가족 범주와 연애·성욕 관계로 얽힌 인물 구성 방식에서 확인한 이 작품의 '사적인 성격'과 긴밀히 관련된다. 이러한 관련성은 '사적인 성격'과 '공간적 형식' 모두 서사성을 약화시키는 동일한 효과를 낳는 데서도 확인된다.[44] 물론 서사성이 약화되었다고 해서 『적도』가 태작이나 실패작이라고 말하는 것은 아니며, 이 작품이 인물들의 애욕의 변주만을 보이는 한갓 연애소설 혹은 통속적 대중소설에 머문다고 규정하는 것도 아니다. 서사 구성상의 특징에 더하여 우연의 문제를 검토한 뒤, 작품의 주제효과를 논하면서 이에 대해 구체적으로 밝히고자 한다.

『적도』에 구사된 우연은 모두 합해야 여섯 차례밖에 나타나지 않는다. 일단 이를 간략히 정리해 보면 다음과 같다.

　④-1 : 박은주를 겁탈한 뒤 김여해가 달아나려고 대문 빗장을 찾다가, 술이 취해 운전수에게 기댄 박병일과 마주쳐(113면), 그에 끌려 들어가 함께 술을 마시게 됨.

　④-2 : 박병일이 친구들과 피서를 갔다가 산보 중에 우연히 명화를 만남(120면).

　④-3 : 여해를 덧들여 놓으면 은주의 신세가 더 말이 안 되리라는 병일의

---

44 여기서의 '서사성'은 루카치의 구별을 따른 것이다. 그는, '묘사(beschreiben)'를 인물을 관찰자로 만들어 사건과 유리시키며 각각의 사건들을 우연히 병치시키면서 잘못된 현재성에 가두어 사회역사적 의미를 탈각시키는 것으로, '서사(Erzählen)'를 인물들이 행위 주체로서 참여하는 사건들이 상호 연관되면서 그들의 운명을 변화시키고 사회역사적 문제의 핵심에 다다르게 하는 것으로 대조적으로 설명한 바 있다(Lukács, "Erzählen oder beschreiben?", *Probleme des Realismus I*, Werke Bd.4, Luchterhand, 1971, SS.202~3, 216). 서사와 묘사에 대한 선명한 긍·부정적인 평가 및 현대 서유럽에 이르러 서사가 불가능하게 되었다는 역사적 판단에 동의하지 않더라도, 그의 이러한 구별은 서사학적 견지에서도 주목할 만하다.

말에 영애가 조용히 졸라서 마침내 석호의 의견을 듣게 되는데, 은
주가 방문 밖에서 우연히 이 말을 들음(219면).

④-4 : 여해가 우는 명화를 으스러질 듯이 껴안고 입을 맞추는 순간 영애
가 노크하고 들어섬(230면).

④-5 : 귀국하는 김상열을 마중하러 나가야 하는데 병일, 석호 등과의 명
월관 술자리에 붙잡혀 있던 명화가, 마침 걸려온 영애의 전화로 은
주의 자살 소식이 전해져 자리가 파하게 되자, 자동차를 하나 더
불러 길을 나섬(277면).

④-6 : 자살을 하기 위해 밤을 기다려 집을 나서던 은주가 길에서, 자식이
아파 밖에 나갔다 온다는 어멈을 만남(281면).

적지 않은 분량의 장편소설이면서 우연의 구사 횟수가 이처럼 적다
는 점이 무엇보다 먼저 꼽을 만한 특징이다. 이는 『적도』의 서사가 스토
리-선들의 상호 교차가 사실상 부재한 채 소수 중심인물들의 내밀한 관
계 위주로 되어 있으며, 그나마도 회상 형식의 전언의 비중이 크다는 특
징과 관련된다고 할 수 있다. 인과적 우연이라는 것이 별개의 서사가
서로 교차하는 데서 이루어지는 것임을 생각하면 이는 필지의 사실이
라고도 할 법하다. 요컨대 우연이 이렇게 적다는 사실이 앞서 살핀 바
『적도』의 서사 구성상의 특성을 다시 입증해 주는 것이라 하겠다.[45]

『적도』의 우연이 행하는 기능은 세 가지로 정리할 수 있다.

---

[45] 이때, 우연이 적다는 사실에 따라서 앞서 지적한 바 서사성의 약화 현상을 말할 수는 없다는
점을 명기해 둔다. 스토리-선을 다루는 서사 구성상의 특징에 의해 우연이 적어진 것이지,
그 역은 아닌 까닭이다. 따라서 이 진술은 철저히 기술적(記述的)인 것인데, 이와 같이 소설
서사에서의 우연의 문제에 대한 논의는 일반적으로 연역화할 수 있는 것이 아니다.

　　　　　　　　　제2부 한국 근대소설의 형성 및 분화와 우연

첫째는 인물 구성상의 기본적인 방식 중의 하나로 구사된 것으로서 ④-1
과 ④-2가 이에 해당된다. 서사문학에서 인물을 제시하고 그들 사이에
관계를 맺는 일반적인 방식 중 하나여서 특별한 의미를 갖지는 않는다.

이와는 달리 ④-3~4와 ④-6은 사건의 전개에 중요한 기능을 한다. ④
-3은 은주가 자살을 결행하게 되는 데 있어 중요한 계기가 되고 있으며,
④-6은 은주의 심정을 좀 더 곡진히 밝혀주는 한편, 영애가 은주의 부재
를 듣고 유서를 발견하게 되어 구조를 요청할 수 있게 하는 실제적인 기능
을 수행한다. 은주 관련 스토리-선에 있어서 이 두 우연 모두 결정적인
것이라 할 수 있다. 다른 인물들의 경우와 달리, 은주의 스토리-선에서
결정적인 우연이 두 차례나 벌어지는 것은, 인물 간의 애욕으로 점철되는
지배적인 서사와 거리를 두는 그녀의 스토리-선이 미미한 것이기는 해
도, 주제효과의 구현에 있어서는 그녀의 존재가 필요했기 때문이라 할
수 있다. 이 소설에서 그녀의 존재가 의미를 갖는 것은, 『적도』가 미래
전망을 표현하는 방식으로 설정한 교육이 실행되기 위해 필요한 피교육
자가 될 가능성이 그녀에게밖에 없기 때문이다. 즉 이런 연유로 그녀는
살아 있고 박병일로부터 자유로워야 하는데, 이를 위해 구사된 것이, 오
빠 박병일에 대한 뜬금없다 할 만큼 부자연스러운 절교 선언과 더불어
그녀의 구원 서사를 가능케 하는 우연인 것이다.[46] 인물들 관계의 형성에
있어 의미를 갖는다는 점에서는 ④-4의 경우도 영애와 여해의 관계가 개
선될 여지를 잘라버리는 사건이라는 점에서 유사한 기능을 하고 있다.

---

[46] 이렇게 작품의 주제효과를 구현하기 위해서 우연이 설정되었다는 사실은 신소설이나 『무
정』 등과 다른 국면에 『적도』가 놓여 있음을 의미하는 것이라 할 수 있다. 이에 대해서는 제
3부 8장에서 다시 논의한다.

끝으로 ④-5의 경우는, 여러 스토리-선들이 하루에 동시다발적으로 벌어지는 16~20절의 사건 서술에 편의를 기하기 위한 것, 즉 기능적으로 요청된 것이라 할 수 있다.

이상의 분석을 바탕으로 『적도』의 주제효과를 검토해 본다. 『적도』의 주제효과를 적절히 파악하기 위해서는, 기존 평가들의 분열상을 염두에 둘 때,[47] 이 작품이 식민지치하의 삶의 제한성에 대한 냉철한 인식을 전제하고 있음을 명확히 해 둘 필요가 있다. 『적도』의 세계는, 간단한 증거 조작을 통해 치정사건이 시국사건으로 전환될 수 있는 곳이며, 취체를 두려워해야 하는 상황이고 자폭 테러가 행해지는 사회이다. 이에 더하여 『적도』는, 재산가의 '귀부인'이 고깝게 여겨지고 주주총회에서 모든 것이 사주의 뜻대로 처리되며(129면), 기생의 재산 후려내기가 행해지는 등 계층적으로 위화감이 팽배하고 경제적으로 건전치 못한 사회의 면모를 보인다. 따라서 이 작품이 쓰이고 발표된 시기를 무시하지 않는 한, 작품 세계의 설정에 있어서 『적도』에 1930년대 일제치하의 문제적인 현실에 대한 올바른 인식이 전제되어 있음은 그 자체로 인정되어야 한다. 달리 말하자면, 작가 의식의 차원에서 식

---

47 『적도』에 대한 선행 연구들은 서로 대립되는 두 갈래로 나뉘고 있다. 한편에서는 작가 의식이나 주제효과에 주목하여 고평하는 반면, 다른 편에서는 스토리의 전체적인 양상을 근거로 작품의 질을 낮게 보고 있다. 전자에 해당하는 논의들로, 임형택, 「新文學運動과 民族現實의 發見 —1920년대에 있어서의 玄鎭健·李相和·廉想涉의 문학활동」(『창작과비평』 27, 1973 봄, 43, 51~52면), 한상무, 「抵抗의 情神과 僞裝의 方法」(『강원대 연구논문집』 8, 1974), 조동일, 「『赤道』의 구성과 주제」(신동욱 해설, 『玄鎭健 硏究』, 새문사, 1981), 이재선, 「속악한 삶과 승화된 삶」(『현진건 전집』 1, 문학과비평사, 1988), 김상욱, 「현진건의 『적도』 연구—계몽의 수사학」(『선청어문』 24, 서울대국교과, 1996), 고명철, 「식민지 자본주의의 통속성에 대한 서사적 대응—빙허 현진건의 장편 『적도』 읽기」(『한국어문학연구』 46, 2006) 등을 들 수 있다. 후자의 예로는 윤병로, 「현진건 문학」(『한국장편소설대계』, 성음사, 1970), 최원식, 「長恨夢과 위안으로서의 文學」(『民族文學의 論理』, 창작과비평사, 1982), 전영태, 「한국 근대소설의 대중성에 대한 고찰—멜로드라마적 성격을 중심으로」(『한국학보』, 1983) 등이 있다.

　　　　　제2부 한국 근대소설의 형성 및 분화와 우연

민지 현실의 기본적인 문제가 적절히 인식되어, 작품 내 세계의 근본적인 상황으로 반영되어 있다고 하겠다.

물론 이러한 상황에 맞서는 긍정적·주체적 인물형은 등장하지 않는다. 카프 경향소설 식의 문제적 인물이나 전형적 인물이 부재한 것이다. 그 대신『적도』는 이러한 상황에 맞서는 존재로 김여해를 내세우고 있다. 성적 욕망으로 가득 차 있고 충동적으로 행동하는 인물형을 그리고 있는 것이다. 따라서 김여해라는 특이한 인물의 설정과 그가 수행하는 이질적인 행위들의 불연속적인 전개는 물론이요, 이상에서 정리한 대로, 남녀 간의 애욕 관계와 식민지 상황에 대한 저항이라는 두 갈래 내용의 혼재 및 그 표현 형식의 병치적 양상을 그대로 인정할 필요가 있다. 이러한 자리에 서면,『적도』가 하나의 완미한 전체를 이루지 않고 하나의 중심으로 모든 요소가 통합되어 있지 않다는 의미에서 '분열된 작품 양상'을 보이는 경우임을 알 수 있다.

분열된 작품으로서『적도』는 주제효과 측면에서도 정합적으로 짜이는 단일한 의미체를 낳는 대신, 서로 관련을 짓자면 각각의 의미가 훼손될 수도 있는 정도로 다양한 의미들을 구현하고 있다. 개괄적으로 볼 때, 당대의 타락한 삶의 양상들을 사적인 성격이 강한 미시적 차원에서 병치적으로 형상화하면서 '재현'하는 한편, 타락한 방식으로 추구하는 혹은 타락함 속에서 추구하는 진정성의 의미 요소를 '표현'해 내는 것이다. 재현의 양상이 서로 결합되어 전체적인 사회상을 보여주지 않음은 물론이요, 명화의 김상열에 대한 사랑이나 박은주의 갱생, 김여해의 속죄 등으로 대표되는 표현의 양상 또한 작품 내에서 근거를 갖지 않고 있음이 분명하다. 그렇지만 재현과 표현의 양상이 이렇다고 해서, 그것들의 의미가 약해지는 것도 아니고 무시될 수 있는 것도 아니다. 일반적으로 분열된 작품의 주제효과는 그렇게 분산되기 마련인 까닭이며, 구체적으로『적도』의 경우 작품 내 세계의 삶의 제한성이라는 방식으로 식민지 현실의 기본적인 문제가 제대로 '반영'되어 재현 및 표현된 의미소들을 받쳐 주고 있기 때문이다.[48]

요컨대『적도』는 현실의 한계적 상황을 올바로 전제한 '반영'론적 인식의 틀 위에서, 타락한 삶의 병치적 '재현'이라는 공간적 형식, 분열된 형식의 방법으로,[49] 현실에 대한 저항 및 미래에 대한 소망을 '표현'하고 있는 것이다. 재현과 표현, 반영 측면의 이러한 이접적 조합으로 『적도』는, 서사의 현실성이 저하된 상태로 현실적인 주제효과를 드러낼 수 있게 된다. 결론적으로, 식민지 시대의 타락한 삶의 혼돈을 다각도로 보여 주면서 진정성에 대한 소망을 상징적으로 일깨워 주는 것이 『적도』가 보이는 주제효과라 할 것이다.

---

[48] 이러한 반영과 표현의 요소에 의해『적도』는『찔레꽃』이나『무영탑』과 달리 한갓 대중소설이나 멜로드라마의 범주에 빠지지 않는다.

[49] 이러한 병치적, 분열적 형식이 취해진 외적 요인의 하나로『적도』와 작품 외적 사상(事象)의 관련을 생각해 볼 수 있다. 남상권의 경우, 현진건의 가계와 당시의 사건 등 작품 밖의 사실들을 광범위하고도 세밀하게 추적하여,『적도』의 주요 인물 및 사건들이 실제 모델을 갖고 있는 것이며 따라서 이 작품의 통속적 요소란 '통속한 시대의 세태상'이 그대로 나타난 것이어서 그 문학성을 쉽게 재단할 수 없다고 지적한 바 있다(「현진건 장편소설『적도』의 등장인물과 모델들」, 한국어문학회,『어문학』108, 2010, 240면). 남상권은 이후 논의에서, 서사의 중심이 김여해가 아니라 김상열과 명화라는 동의하기 어려운 주장을 거쳐, 그러한 통속적 요소가 검열을 피하기 위한 것이라고 결론을 내린다(240~241면 참조). 결론에 이르는 과정과 결론이 문제지만, 모델 요인은 수용할 만하다고 판단된다.
여기서 두 가지가 강조될 필요가 있다. 하나는 이러한 작품 왜곡이야말로 연구자가 고수하고 있는 서사적 소설관에서 유래한 것이며 따라서 필요한 해결책은 연구자 자신의 소설관을 앞세우지 않는 태도여야 한다는 점이다. 다른 하나는 모델들이 작품에 작용한 것을『적도』자체의 형식적 특성의 한 요인으로 간주한 위에서『적도』가 보이는 병치적, 분열적 형식 자체를 그대로 인정하고 주제효과의 해석이나 소설사적 위상 규정 또한 그에 걸맞게 병치적, 분열적으로 수행해야 한다는 것이다.

          제2부 한국 근대소설의 형성 및 분화와 우연

이상과 같이 반영 및 재현, 표현의 방법을 가리지 않고 종합적으로 구사하면서 당대 사회의 문제 상황을 부각시킨다는 점에서『적도』야 말로 종합적 리얼리즘의 좋은 예라 하겠다.

3. 이기영의『고향』, 총체적 리얼리즘의 양상

1)『고향』의 의의와 판본의 문제

이기영의『故鄕』(『조선일보』, 1933.11.15~1934.9.21)은 여러 측면에서 그 위상이 돋보이는 작품이다.

먼저 작가인 민촌 이기영의 문학세계를 두고 볼 때 식민지시기 그의 대표작이라 할 수 있다. 농촌소설 작가의 길을 걸어오며 중편「鼠火」 (『조선일보』, 1933.5.30~7.1)를 통해 호평을 받은 뒤 곧이어 연재한 이『고 향』으로 그는 KAPF의 대표 작가이자 당대 소설계의 주요 작가 반열에 들게 되었다.[50]

『고향』은 1920~1930년대 카프(KAPF)의 문학적 성과를 담보하는 가 장 중요한 작품이라는 점에서도 의미를 갖는다. 카프의 운동이 몇몇

---

50 『고향』이 연재되던 시기『조선일보』에는 이광수의『有情』과 김동인의『雲峴宮의 봄』, 홍명 희의『林巨正傳』이 함께 연재되고 있었다. 춘원과 동인, 벽초, 민촌이 동시에 장편을 연재하 는 이 장면이야말로 민촌의 위상을 상징적으로 보여 주는 것이라 할 만하다.

중요한 분절점을 보이며 전진하는 와중에 각각을 대표하는 작품들이 있어 왔지만, '문학'운동의 측면에서 가장 중요한 것이 사회주의리얼리즘의 수용 문제라 할 때 이에 걸맞은 본격적인 장편소설은 『고향』 하나밖에 없다. 카프 해산 이후에 나온 한설야의 『黃昏』(1936)과 더불어 『고향』이 카프 문학운동 전체의 중요한 성과임은 당대부터 현재에 이르기까지 이론의 여지가 없는 사실이다.[51]

끝으로 이 소설은 한국 근대소설 형성기의 주요 작품들 중 맨 앞자리에 오는 것 중의 하나이기도 하다. 카프가 수행한 좌파문학운동의 맥락에서만이 아니라 20세기 초에서 1930년대에 이르는 한국 근대소설의 형성기를 완성하는 데 있어 총체적 리얼리즘의 최초이자 성공적인 장편소설로서 『고향』이 서 있는 것이다. 염상섭의 『삼대』가 대표하는 전체적 리얼리즘과 더불어 『고향』은 한국 근대 리얼리즘소설의 완미한 완성을 알려 주는 작품이다. 이들 작품이 이상의 단편들이 보여 주는 모더니즘소설과 김말봉, 박계주 등이 선보인 '순통속소설'[52]로서의 대중소설과 더불어 정립상을 보이게 되었을 때, 한국 근대소설의 형성기가 완수되는 것이다.

『고향』의 의의가 이렇게 다대한 만큼 선행 연구들 또한 적지 않다. 월납북 작가 해금 이후 관련 연구가 집중되어 작품의 제반 특징을 밝히면서 소설사 및 문학운동사상의 의미를 구명하는 여러 성과가 이어졌다. 2000

---

51 『고향』의 의의에 대한 당대의 평가로는 김남천의 「知識階級 典型의 創造와 『故鄉』主人公에 對한 感想—李箕永 『故鄉』의 一面的 批評」(『조선중앙일보』, 1935.6.28~7.4)이나 민병휘의 「春園의 『흙』과 民村의 『故鄉』—農民小說로서의 對照」(『조선문단』, 1935.5), 임화의 「偉大한 浪漫的 情神—이로써 自己를 貫徹하라!」(『동아일보』, 1936.1.4) 등을 들 수 있다. 이들은 좌파문학운동 차원에서 이 작품의 주인공 김희준의 형상화에 주목하고 그 성격화를 높이 평가하고 있다. 작가의 경우도 몇 가지 자기비판을 하기도 하지만 김희준과 안갑숙 등을 통해 그리고자 한 바의 의미를 밝혀 준 바 있다(이기영, 「『故鄉』의 評判에 對하야」, 『풍림』, 1937.1).
52 임화, 「俗文學의 擡頭와 藝術文學의 悲劇—通俗小說論에 代하야」, 『동아일보』, 1938.11.22.

년대 들어서 다소 소강상태를 보이고 있지만 기존과는 다른 방식으로 작품의 특성을 살피고자 하는 연구의 형태로 명맥이 이어지고 있다.[53]

　이상과 같은 『고향』의 의의와 연구사적인 중요성을 고려할 때, 논의를 시작하기 전에 지적해 두지 않을 수 없는 사항이 하나 있다. 판본의 문제가 그것이다. 『고향』의 주요 판본은 신문 연재본과 1936, 7년의 최초 단행본, 해방 이후의 단행본 및 해금 조치 이후의 단행본, 이상 네 가지인데, 연재본과 최초 단행본 중 무엇을 대상으로 해야 하는지를 짚어 둔다.

　『고향』은 월세 9원짜리 집세에 졸리던 이기영이 '最后의 一策으로 新聞小說의 長篇을 쓰기로 決心하고' 천안으로 내려가 음력 7월 그믐께까지 성불사에서 40일 동안 쓴 뒤[54] 11월부터 연재한 것으로 알려져 있다. 『조선일보』의 연재 기간은 1933년 11월 15일부터 1934년 9월 21일까지인데, 중간 중간 빠지기도 해서 총 연재 횟수는 251회이다.[55] 『조선일보』 연재가 끝나고 2년여 뒤 『고향』의 초판본이 한성도서주식회사에서 '현대조선장편소설전집' 1, 2권으로 출판된다. 상권의 발행

53　이러한 맥락의 최근 연구로 『고향』의 통속소설적 측면에 주목한 조구호의 「이기영 소설의 대중문학적 성격」(배달말학회, 『배달말』 30, 2002)이나, 여성 형상화 및 연애의 양상 등에 주목한 이미림의 「이기영의 '여성해방' 소설 연구」(한국여성문학학회, 『여성문학연구』, 2001), 김진석의 「프롤레타리아 문학의 연애 담론과 서사 양상—이기영의 『고향』을 중심으로」(한국언어문학회, 『한국언어문학』 73, 2010), 최명국의 「이기영의 『고향』에 대한 소고—'몸' 표현을 중심으로」(문예시학회, 『문예시학』 22, 2010) 등을 들 수 있다.

54　이기영, 「貰房十年」, 『조광』 28, 1938.2, 196면.

55　마지막 회의 연재 번호를 보면 252회로 되어 있지만, 그 전에 두 차례 번호가 밀리고 한 번 당겨져서 전체적으로는 251회 연재되었다. 원래 25회인 4절 「춘궁」 3회(1933.12.14)가 26회로 오기된 채로 번호가 계속 밀렸고, 원래 70회째인 13절 「이리의 마음」 2회(1934.2.14)가 다시 한 번 더 밀려 72회로 오기되었으며, 239회째인 35절 「희생」 9회(1934.9.7)에서는 번호가 하나 당겨져서 240회로 표기되었다. 중간에 번호가 오기되었다가 정정된 경우도 있어서 24절 중 (번호가 밀려 있는 상태에서) 141회가 될 것(1934.5.9)이 150으로 되어 사흘 간 지속되다가 144회에서 바로잡힌 바도 있으나(1934.5.12) 전체 횟수와 마지막 회의 표기 사이의 차이와는 무관하다.

일은 1936년 10월 30일, 하권은 1937년 1월17일이다.

『고향』의 연재본과 최초 단행본 사이에는 장·절 구성상의 변화에서부터 쉼표 및 문장부호의 변화에 이르기까지 매우 많은 차이가 있다. 카프의 대표적인 소설로서 『고향』이 갖는 주제적인 측면에 심각한 변화를 낳는 구절 및 장면의 삭제 및 변경도 적지 않다. 가장 두드러진 예는 인순, 옥희[갑숙] 등과 김희준이 만나는 장면에서 이들의 회합이 제사공장 파업과 관련하여 읽힐 수 있는 구절들이 대폭 삭제된 것이다.[56] 김희준이나 인동, 갑숙의 성격화 양상에 영향을 주는 변화도 없지 않다. 음전이와 결혼한 인동이가 방개를 그리며 두 여자를 비교하는 대목[57]은 현실 자각 면에서의 인동이의 발전이 약화되고 제대로 드러나지 않는 방식으로 크게 수정되어 있다. 주인공이라 할 김희준의 경우는 다른 방식으로 성격화의 변화가 확인된다. 서술자-작가의 언어에 의한 성격화 측면에서는 거의 차이가 없어도, 예컨대 그가 아내 복임이와 맺는 스토리-선을 보면 아내를 싫어하는 김희준의 심정이 한층 극단적으로 되어 있는 것이 확인된다.[58]

『고향』의 연재본과 초판본을 비교하는 것이 이 자리의 몫은 아니지만,[59] 이 작품을 논하면서 카프 문학운동의 흐름을 함께 고려할 때라면

---

56 연재본 29절 「그 뒤의 갑숙이」, 7, 『조선일보』, 1934.6.21; 최초 단행본, 하권 161~164면.
57 연재본 29절 「그 뒤의 갑숙이」, 8, 『조선일보』, 1934.6.22; 최초 단행본, 하권 165~166면.
58 연재본 11절 「달밤」, 5, 『조선일보』, 1934.2.3; 최초 단행본, 상권 208~209면.
59 『고향』의 판본을 비교 검토한 가장 중요한 성과는 이상경의 논의이다. 1992년에 취득한 문학박사논문에서 그는 『조선일보』 연재본과 한성도서에서 나온 최초 단행본, 북한에서 출판된 조선작가동맹출판사 본(1955)을 주요 대상으로 하고, 제사공장의 파업 부분과 인동이의 성격화와 관련한 변화 양상에 주목하였다. 그 외 '중략' 표시가 된 부분들의 사례를 들어 '소설 원고의 삭제' 문제를 논의하고, '단어의 수정'과 '문장의 수정' 항목에서 몇 가지 사례를 제시하여 그 의미를 파악하였다. 북한에서 나온 재판에 대해서도 따로 절을 할애하여 몇몇 어휘의 복원 등을 강조하고 『고향』 후반부의 작자 문제에 대한 추정을 제시하며 관련 논의

반드시 연재본을 대상으로 해야 하는데 그렇지 못한 경우도 있었다는 점
만큼은 지적해 두지 않을 수 없다.[60] 이들 두 판본이 카프 해산 전후로 나
뉘고 작품의 제반 특성을 발현시키는 요소들 가운데 위에 지적한 바와
같은 차이를 보이고 있으므로, 소설사적인 구도와 관련하여 『고향』을
검토할 때 연재본을 사용해야 한다는 데는 이론의 여지가 있을 수 없다.

2) 『고향』의 작품 세계

『고향』은 전체 37개 절로 이루어져[61] 앞서 밝힌 대로 총 251회 연재
되었다. 공간적 배경은 C군 원터 읍내와 농촌, 상리 등이고 시간적으
로는 1930년대 초라고 할 어느 해 여름부터 그 다다음해 추수 이후까

를 맺었다. 동일한 내용을 『이기영, 시대와 문학』(풀빛, 1994)을 통해 다시 선보였다. 여기
서 나아가 2005년에는 문학과지성사에서 『고향』을 출판하면서 초판본을 준거로 하여 연재
본과의 차이를 미주로 처리함으로써, 체재 면에서 텍스트 비교본의 첫 사례를 보였다. 이상
경의 이러한 노력은 판본의 차이를 무시한 『고향』 연구사에서 중요한 의미를 가진다.
그러나 아쉬운 점이 없지 않다. 앞에서 보였듯이 작품의 일정 요소에 주목하여 비교 작업을
행했을 뿐 작품 전체상의 특징과 관련하여 판본상의 차이가 갖는 의미를 본격적으로 검토
하지는 않았다. 또한 텍스트 표면상의 차이에만 주목했지, 작품의 구성과 언어 측면의 심층
적인 특질 차원에까지 비교 검토의 촉수를 들이대지는 않았다. 향후의 과제이다.

60 카프 연구는 물론이요 『고향』에 대한 연구에 있어서도 선편을 잡고 큰 영향력을 행사한 김
윤식의 경우(「이기영론―『고향』에서 『두만강』까지」, 『한국 현대 현실주의 소설 연구』, 문
학과지성사, 1990), 신문 연재본이 아니라 해방기의 아문각 본(1948)을 대상으로 논의를 전
개하면서, 김희준을 중심으로 한 원터 농민과 제사공장 노동자의 소작쟁의 및 파업이 아니
라 안승학의 형상화가 이 작품에서 제일 중요한 요소라고 하였다. 이러한 주장은, 안승학의
형상화도 뛰어나지만 김희준의 경우에 비할 바가 못 된다고 했던 임화의 판단(「偉大한 浪漫
的 情神―이로써 自己를 貫徹하라!」, 『동아일보』, 1936. 1. 4)과 정면으로 배치된다는 점에서
주목을 요한다. 이러한 상반된 주장이 내려진 배경에는 파업과 관련한 연재본 내용이 최초
단행본에서부터 사라진 사실이 놓여 있다는 것이 이 책의 판단이다.

61 연재본의 33절 「재봉춘」 1~15가 단행본에서는 둘로 나뉘어 「재봉춘」 9회 이후가 「경호」
절로 되었다. 그에 따라 단행본들의 전체 절 수는 38개이다.

지 만 2년여의 기간이다. 각각을 좀 더 넓힌다면 공간적으로는 서울이 포함되고 시간적으로는 안승학이 마름이 된 전해 가을이 추가된다. 최대한으로 넓히자면 김희준이 유학했던 일본 동경과 막동이가 노동일을 가는 대판, 탈향한 춘삼이네가 찾아간 서간도까지 공간적 배경에 포함되고, 시간적으로는 김희준의 부친과 안승학이 어울리던 시기며 김희준의 조부 시대까지 거슬러 올라갈 수도 있다 하겠다.

배경 면에서 가장 중요한 점은 『고향』을 두고 단순히 농촌소설이라 규정하는 것이 부적절할 만큼 작품 내 세계가 복합공간적인 면모를 보인다는 사실이다. 원터란 부재지주가 마름을 두고 농업을 경영하는 전형적인 농촌이자 동시에 여직공이 400여 명이 되는 거대한 제사공장이 들어서 있는 공업지이다. C군을 두고 말하자면, 십년 전후하여 제방공사와 철도 부설, 제사공장 건설이 행해진 근대화의 공간으로서 급속한 변화를 겪고 있는 곳이다. 물론 새로운 공간이 모든 것을 대체한 것은 아니다. 원터의 주민들은 예나 다름없이 소작농이어서 땅을 일구는 것으로 생명줄을 유지하고 춘궁기면 어김없이 기아에 허덕이고 있다. 이와 같이 『고향』의 배경은 근대적 산업시설 및 날로 도시화되는 읍내와 더불어 자본가적 수탈에 허덕이는 반봉건적인 농민의 삶의 터전이 함께 공존하는 복합적인 면모를 보이고 있다.

인물들의 행위가 벌어지는 배경의 맥락에서 서사의 전개 양상을 볼 때 이 또한 복합적인 면모를 보인다는 점을 강조해 둘 필요가 있다. 농민들의 노동과 두레, 소작쟁의가 농토를 기반으로 이루어짐은 물론이지만, 중심인물군에 속하는 인순과 옥희[갑숙], 경호에 더하여 방개까지 제사공장에서 일하게 되고 그들의 행동이 원터의 소작쟁의와 긴밀하게 연관되어 있다는 사실이 주목할 만하다. 이는 생산과 노동 공간으로서의 농토와 제사공장이 상호 관련되어 있음을 뜻한다. 서술시의 배분에 있어서도 원터 농촌의 비중이 절대적인 것은 아니다. 김희준의 스토리-선이 공간적으로 넓게 설정되어 있는 것은 물론이요, 경호와 갑숙의 스토리-선 그리고 그들 각각의 스토리-선 또한 농촌의 경계를 넘어서 있다. 안승학과 순경의 스토리-선 및 안승학-권상철의 스토리-선, 권상철과 경호의 스토리-선 또한 농업 및 농토와는 거리가 먼 공간에서 전개된다.

지금까지 살펴본 대로 『고향』을 이루는 작품 내 세계의 구체적인 공간 양상은 물론이요 주요 등장인물들이 벌이는 스토리-선의 전개 장소 또한 농토에 한정되지 않는 복합적인 면모를 보이고 있다.[62] 이상의 사실을 외면하지 않는다면 『고향』을 농촌소설이라는 범주에 가두는 것이 사려 깊지 못한 처사라는 점을 인정하지 않을 수 없게 된다. 이러한 의미에서 이 책에서는 『고향』을 농촌소설 혹은 농민소설로 보는 견해들과 입장을 달리 한다. 『고향』은 배경상의 한 지역을 특화하여 갈래적 특성을 규정하기에는 훨씬 크고 심원한 현실상을 보이고 있는 까닭이다. 이 소설 서사의 바탕에는 원터가 담지하는 농촌 경제의 일반적인 메커니즘과 제사공장의 상황이 대변하는 자본주의 노동 경제의 실상 및 김희준을 중심으로 발전해 나아가는 사회 변혁 운동의 흐름이 깔려 있다. 이에 더해서 『고향』은, 비록 식민지적 수탈의 메커니즘을 전면에 드러

---

62 김용재의 경우 『고향』의 공간 배치가 '삼원적 체계'를 이루고 있다고 평가한 바 있는데(「『고향』의 이야기 구조와 서술 전략」, 한국현대소설학회, 『현대소설연구』, 1994, III-1 참조), 『고향』의 작품 내 세계가 갖는 복합적인 양상을 단순화하고 다소 편의적으로 구획한 것이라 하겠다.

내지는 않고 있지만,[63] 농사가 대풍인 경우에조차 농민들의 삶이 피폐함을 벗어날 수 없는 경제 원리에 대한 깊이 있는 분석과, 한때 사람들의 존경을 받던 사상가니 운동가니 하는 사람들이 일신의 안위와 치부, 도락 등에 빠져 지내는 소시민적인 생활에 빠져들 수밖에 없는 현실까지도 적확하게 그려내고 있다. 이렇게 사회의 제상을 마르크스주의적 관점에서 일관되게 형상화한다는 점에서, 『고향』에 대한 적절한 갈래 규정은 총체적 리얼리즘 외에 달리 있을 수 없다고 하겠다.

이러한 판단의 구체적인 근거로 먼저 인물 구성상의 특징을 차례로 분석해 본다. 『고향』이 보이는 인물 구성상의 특징은 크게 세 가지로 정리할 수 있다.

첫째는 80여 명에 이르는 전체 인물군이 노동을 통해 현실에 뿌리를 박고 있다는 사실이다. 이러한 사실 자체가 『고향』의 인물 구성상의 특징 중 맨 앞자리에 나올 만한 특징이라는 점은 한국 근대소설의 특수성에 관련된다. 형성기 한국 근대소설사를 수놓는 주요 작품들을 보면 그 배경이 농촌이든 도시든 주요 등장인물이 생산현장에 발을 붙이는 경우가 매우 드물다. 전체적 리얼리즘소설의 최고봉에 속하는 염상

63　이러한 지적은 '식민지적'이라는 규정에 초점을 둔 것이다. 검열 당국의 눈을 의식하지 않을 수 없는 상황이므로 이러한 결여를 강조하여 작품의 한계를 논하는 것은 적절하지 않다. 이러한 판단은, 대풍이 들어도 농민들이 '수탈'당할 수밖에 없는 경제적 메커니즘을 『고향』이 심도 있게 파헤치고 있으며(28절 「풍년공황」, 6~7회), 작품의 도처에서 제사공장 노동의 고통과 노동자들에 대한 통제 양상을 그려 보이는 점 등에서 근거를 얻는다. 식민지 지배의 메커니즘이 완전히 배제된 것은 아니라는 점도 여기에 보탤 수 있다. 제사공장 파업과 관련한 회사 측의 대응 부분이나(33절 「재봉춘」, 7~8회), 추수를 미루며 안승학에 맞서는 와중에 벼를 베고자 하는 농민들을 달래기 위해 김희준이 돈 변통을 부탁할 때 고두머리가 '당국의 일'이 주는 위험을 말하는 부분(34절 「갈등」, 12회) 등은 물론이요, 작품의 첫 부분에서 마름을 찾아간 순사가 김희준의 내력과 동태를 묻는 장면(1절 「농촌점경」, 2회) 또한 피식민지 상황의 특수성을 그리고 있는 것이다.

　　　제2부 한국 근대소설의 형성 및 분화와 우연

섭의 『삼대』를 봐도 경제적인 의미에서 생산 활동을 하는 사람은 조의관 일 인뿐이며 자본의 맥락에서 기능하는 곳은 정미소 한 곳뿐이다. 지금까지 살펴본 대로 신소설들은 물론이요 이광수의 『무정』, 염상섭의 『만세전』, 최서해의 『호외시대』나 현진건의 『적도』 등 모두 중심인물들 대부분은 자본주의 사회의 생산현장으로부터 유리되어 있다. 뒤에 검토할 모더니즘 계열의 소설들이나 통속적 대중소설들 또한 예외가 아니다.

이러한 사실에 비추어 보면, 『고향』의 등장인물들 거의 모두가 노동하는 사람이라는 점은 그 자체로 특기할 만한 사항이 된다.[64] 일본 유학생인 김희준은 물론이요 구장, 조 첨지까지 포함하여 김원칠과 인동, 김 선달, 곽 첨지, 막동, 업동, 쇠득, 백룡, 상출, 학삼 등 원터의 주민들 모두가 논과 밭에 노동력을 투입하는 농업노동자이다. 한편 인순과 옥희[갑숙], 방개, 경순은 제사공장에서 일하는 노동자이다. 안승학은 마름으로서의 역할을 하는 한편 가계 운영에서는 물론이요 고리대를 놓고 기회가 닿는 대로 돈을 벌고자 하는 데서 자본가의 면모를 보인다. 읍내에서 가게를 운영하는 한편 고리대를 놓는 권상철은 상인자본가이며, 경호는 제사공장의 사무원이다. 그 외 제사공장을 운영하는 사장, 감독, 직공장 등이 자본가 계급의 일원으로 기능하고, 민 판서는 지주이다. 기타 장수철이나 박훈은 언론사에서 일하고, 김도원은 양조소를 운영하고 있다. 이렇게 주요 등장인물들 모두가 노동하는 인물인 것이 『고향』이 보이는 기본적인 특징이다. 여기에 더하여 이들의 노동

---

64 안승학의 후처인 숙자나 박훈의 아내인 난희 정도가 전업주부로서 예외에 해당된다.

이 생산현장 면에서 복합적인 면모를 띠고 있음도 재차 강조해 둘 만하다. 농업과 공업은 물론이요 상업에 서비스업, 고리대금업까지 망라하여 당시의 생활세계를 적절히 포착하고 있는 것이다.

둘째는 인물들 각각의 면모가 복합적이어서 인물 구성 전체를 볼 때 자본가 대 노동자·농민이든 선악이든 단순한 유형화를 허락하지 않는다는 사실이다. 이 면에서 무엇보다 먼저 주의를 요하는 것은 80여 명의 등장인물들이 예컨대 계급관계나 경제적인 측면 등 어느 하나를 기준으로 해서 일면적으로 형상화되지 않는다는 사실이다. 『고향』의 등장인물들은 계급적 인간 혹은 경제적 인간의 단면이 아니라 실제 현실에서 생활하는 전체로서의 면모가 다면적, 복합적으로 형상화되고 있다. 말 그대로 전형적 요소와 개성적 요소가 어우러진 전형을 창조했다고 고평 받기도 하는 이러한 특성이야말로 『고향』의 인물 구성이 보이는 두드러진 특징으로 강조될 필요가 있다.

김희준이 아들이자 남편으로서 보이는 가족 내에서의 실망스럽기까지 한 모습이나 처자가 있음에도 불구하고 음전이나 갑숙에게 끌리는 남성으로서의 양상 등이, 청년회와 야학에 참여하고 두레를 조직하여 소작쟁의를 이끄는 농촌 운동가로서의 면모와 더불어 존재함은 익히 지적되어 온 사실이다. 안승학 또한 그에 못지않게 복합적인 면모를 보인다. 그의 행위의 주된 목적이 치부 한 가지에 집중되어 있는 것은 사실이지만 그의 형상화가 돈 버는 기계로 한정되어 있지는 않다. 그가 마름이 되기까지의 이력은 거론하지 않는다 해도, 지역 유지로서의 모습과 마름으로서의 면모, 원두를 놓을지 여부를 계산한다거나 자식들에게 훈계하는 가부장으로서의 행동 등이 각각 생동감 있게 그려지고 있다.

원터의 농민들 또한 마찬가지이다. 땀 흘려 일하는 노동하는 인간의 면모가 관념적으로 이상화되지 않으면서 사실적으로 묘사되어 있음은 물론이나 결코 그에 그치지 않는다. 박성녀나 김희준의 모친처럼 가난에 찌들려 성격적으로 문제적인 행태를 보이기도 하고, 쇠득이 처국실이처럼 부부관계에 대한 염증으로 괴로워하기도 하며, 쇠득의 모친과 백룡의 모친처럼 죽기 살기로 아귀다툼을 벌이다가도 두레를 통해 놀며 화합하기도 한다. 김 선달과 조 첨지처럼 짧으나마 식견을 자랑하기도 하고, 인동이와 막동이와 같이 연애 문제로 다투기도 하고, 혼사를 앞둔 원칠이처럼 술 한 잔에 태평해지기도 하는 등 다양한 모습으로 그려지고 있다. 말 그대로 삶의 제 양상이 핍진하게 포착되어 있는 것이다. 제사공장의 경우도 그러하다. 관리자와 노동자가 각각 계급적 속성을 잘 보여주는 한편, 감독은 옥희에게 관심을 보이기도 하고 여공들은 처녀들답게 새로 들어온 청년 경호에게 관심을 표명하기도 하는 것이다.

사정이 이러하기에, 전체적인 양상을 볼 때 『고향』의 인물 구성을 두고 예컨대 자본가 대 노동자나 지주·마름 대 소작농의 관계로 단선적으로 가르는 것은 적절치 않게 된다. 이러한 계급관계가 없다는 것이 아니라, 그것을 앞세워 인물 구성상의 특징이라 규정하는 순간 상술한 대로 복합적인 면모를 보이는 인물들이 벌이는 세부 스토리-선들의 복잡한 얽힘 양상이 휘발될 수밖에 없기 때문이다. 단행본으로 옮겨 가면서 삭제된 부분들에 주목해서 보더라도 『고향』의 제사공장 파업은 목적의식적인 것이라 할 수 없으며, 소작쟁의의 위기를 헤쳐 나아가는 데 있어 옥희와 방개의 도움이 중요한 역할을 한다고 해도 이를 노농동맹이라고 하기는 어려운 것이 사실이다. 무엇보다도 공장면의 조직이랄 것이 없는 까닭이다.[65] 요컨대 인물들 각각을 형상화하고 그들 간의 관계를 설정하며 서술시를 배분하는 전체적인 양상을 따져 볼 때,『고향』의 인물 구성은 농공 복합지역으로 나아가는 원터 사람들의 삶의 양상을 경제적인 문제를 근저에 두되 복합적으로 리얼하게 형상화하고 있는 것이지, 예컨대 계급갈등에 초점을 맞추어 모든 것을 조직해 둔 것은 아니라 하겠다.[66]

끝으로『고향』의 인물 구성상의 특징 셋째는 인물들의 위상이 수평적인 양상을 띤다는 점이다. 한 명의 주동인물이 전면에 나서는 단편소설의 수준을 넘어서지 못했던 신경향파소설과 비교하지는 않는다 하더라도, 이전의 카프 경향소설들이 보였던 것처럼 무산자를 이끄는 문제적 인물의 독보적인 위상 같은 것을『고향』에서는 찾을 수 없다. 전체적인 스토리 전개를 볼 때 김희준이 주동인물인 것은 맞지만, 그가 가장 중요한 인물이라고 혹은 그만이 중요한 인물이라고 할 수는 없다. 그가 김 선달이나 조 첨지를 뛰어넘어 사람들의 말을 들어 주고 의문에 답해 주는 역할을 한다 해도 「民村」(『조선지광』, 1925.12)의 서울댁이나 「서화」(『조선일보』, 1933.5.30~7.1)의 정광조처럼 문제를 규명하

65　1930년대 들어 검열 상황이 악화되기는 해도(정근식, 「식민지검열과 '검열표준—일본 및 대만과의 비교를 통하여」, 대동문화연구원,『대동문화연구』79, 2012 참조) 이러한 양상을 검열의 탓으로 돌리는 것이 적절하지는 않다.『고향』(1934)과 비슷한 시기에 발표된 작품들 예컨대『삼대』(1931)나『적도』(1934)는 물론이요 뒤늦게 나온『황혼』(1936) 등만 해도 보다 조직적인 사회주의자들의 활동을 구체적으로 형상화하고 있기 때문이다.

66　이러한 판단의 방증으로, 상이한 두 계급이라 할 원터 농민들과 마름 및 읍내 유지들을 함께 그리는『고향』의 방식이, 농민들이 못자리 가꾸기에 분주할 때 유지들이 강 천렵에 꽃놀이를 하는 장면을 대조시키는 상징적인 수준이라는 점이나(3절 「마을사람들」 5~6절), 김희준의 세력이 커지는 것을 안승학이 염려한다는 식으로 다소 작위적으로 설정하는 정도임을 들 수 있다.

고 행동의 지침을 주는 위상을 갖고 있지는 않다. 김희준은 청년회의 대표도 아니며 회원들을 주도하지도 못한다. 야학에 있어서도 일개 선생일 뿐이지 어떠한 운동성을 주입시키는 인물은 아니며, 마을사람들과의 관계에서 보자면 김 선달의 뼈아픈 소리도 듣기도 하고 인동이에게 핀잔을 듣기도 한다. 자신과 자기 집의 일을 뒷전에 두다시피 하고 동리 일에 발 벗고 나서는 것은 맞지만, 이를테면 섬김의 리더십을 보이는 봉사대원형 운동가이지 보다 큰 상부조직의 일원도 아니며 지략가도 카리스마를 발휘하는 전략적 리더도 아니라 할 수 있다.

『고향』 전체 서사의 대표적인 반동인물인 안승학 또한 김희준 못지 않게 생생하게 살아 있는 인물로서, 어떤 의미에서도 악의 화신이라 하기 어렵고 한갓 자본의 대리인에 머물지도 않는다. 순경에게는 더할 나위 없는 나쁜 남편이고 못된 가부장이지만 숙자와의 관계에서 보자면 평범한 남편의 면모를 보이고, 갑숙의 사단과 관련해서는 아들 갑성이에게 항의를 듣기도 하는 인물이다. 요컨대 경제적인 위상 하나만으로 전체 서사 내에서의 그의 위상이 단선적으로 규정되고 있지는 않은 것이다. 바로 이런 의미에서 원터의 농민들을 포함한 제반 등장인물들 모두 각기 처한 상황의 변화와 대하는 인물들의 차이에 따라 생동감 있게 다양한 면모를 보이고 있어서, 그들 사이에 특정한 기준을 들이대어 위상을 정하는 일이 아무런 의미도 갖지 못하고 오히려 작품의 생명력을 손상시키는 결과만 낳게 되어 있다.

요컨대 『고향』의 경우 80여 명에 이르는 등장인물들 모두가 각자의 삶의 장에서 생생하게 그려짐으로써 이들 사이에 어떠한 단순한 위계 관계도 만들 수 없다고 하겠다. 이는 결국 작가 이기영이 이들을 대하는 태도가 특정한 인생관이나 세계관을 거칠게 단순화하고 추상화하여 재단하는 것과는 거리가 멀다는 사실을 의미하는 것이다.

3) 스토리-선의 구성 양상과 서사 구성상의 세 특징

80여 명에 이르는 등장인물들 모두가 실제 현실에 발을 붙이고 노동하는 존재이며 그들이 생활하는 전체로서의 면모가 다면적, 복합적으로 형상화되어 있어 어떤 식으로도 이들을 위계 짓거나 이분법적으로 편을 가르는 것은 적절치 못하다는 이상의 분석은, 『고향』이 보이는 서사 구성상의 특징과도 맞물린다.

주요 등장인물들의 스토리-선의 변화에 초점을 두고 절 구분에 맞추어 전체 서사를 정리하면 다음과 같다.[67]

- 1절 「농촌 점경」(5회) : 김희준이 일손을 얻으러 원칠에게 오고 인순이의 공장 취직 부탁을 받음. 귀가하던 희준이 길에서 인순을 만나 (④-1) 재차 부탁을 받음.
- 2절 「돌아온 아들」(8회) : 5년 만에 귀국하는 희준. 초라한 집안 상황, 명준의 행적 및 그에 대한 희준의 비판. 이듬해 봄(2년차), 희준이 중산계급 운동의 한계를 절감하며(7) 상황을 비관적으로 보다, 생각이 음전이에게 미치자 스스로를 책망.

67　연재 과정에서 잘못 표기된 절 이름을 바로잡아 표기한 뒤 괄호를 열어 각 절의 연재 횟수를 기록한다. 서사 정리상 필요할 경우 괄호를 열고 해당 횟수를 밝힌다.

• 3절「마을사람들」(9회) : 일을 하던 원칠과 인동이가 지나가던 희준이
와 인사(④-2). 가난을 탓하는 박성녀(1~2). 인동이 방개를 우연
히 만나(④-3) 골려 줌(3~4). 농민들이 못자리를 가꿀 때, 안승학
등의 유지가 강 천렵을 즐김(5). 국실의 결혼 내력, 쇠득의 몰락, 이
근수와의 관계(7~9).

• 4절「춘궁」(5회) : 김도원의 영생양조소에서(3) 술지게미를 얻어 오던
박성녀가 인성을 만나(④-4) 귀가하다 갑성, 갑숙 남매 조우(④-5).

• 5절「마름집」(4회) : 첫여름. 마름집 모 심기 시작. 갑숙이 희준과 놀던
시절을 회상하다 자신을 책함. 인순이를 찾아 감.

• 6절「새로운 우정」(5회) : 집안 형편과 모친의 모습을 보고 서글퍼 하는
인순. 제가 노동해 만든 옷을 갑숙이 입는 현실의 연유를 이상해
함. 갑숙이 공장 취직을 부탁하자 이를 더 이상해 함. 인순과 이야
기하며, 자신의 미래 신상과 관련해 상심하는 갑숙.

• 7절「출세담」(4회) : 안승학의 근본 내력과 마름이 되는 과정(2~3). 남
편 때문에 망신당한 것을 한탄하는 국실. 자식들의 버릇 고칠 방법
을 궁구하는 안승학.

• 8절「산보」(3회) : 갑숙과 인순이가 갑성이를 앞세워 읍내로 산보. 돌
아오는 길에 희준을 만남(④-6).

• 9절「청년회」(7회) : 엡웰 청년회와의 싸움으로 열린 임시총회. 갑숙이
희준의 '투사의 면목'에 '아주 감심'하며, 경호와의 사단을 회상(4).
희준 등이 청년회 일로 며칠 구류. 다시 시작하며 학생이 는 야학에
서 음전을 보고 부지중 한숨을 쉬는 희준.

• 10절「농번기」(6회) : 김희준이 안승학을 찾아와 20원을 빌려 달라 함. 희

준의 부친 김춘호와 안승학의 관계(3~4). 안승학이 희준을 입에 올려 갑숙에게 훈계하자, 갑숙이 쏘아 대고 나감(5). 안승학이, 곽 첨지가 20년 전 어떤 여인과 살다 일심사 중에게 빼앗긴 이야기를 들음.

• 11절 「달밤」(5회) : 야학 후 귀가길에 인동이 방개를 끌어안음(1). 청년회 진흥책을 논의하다 먼저 나온 희준이(2) 음전을 생각. 아내가 왜 죽지도 않나 생각하며 오다가 마름집 귀퉁이에 서 있는(④-7) 갑숙을 돌아봄. 반갑게 대하는 복임이 더 싫은 희준. 마름집 빚 이야기 끝에 희준이 복임을 때림.

• 12절 「김 선달」(7회) : 농민들의 생활이 말라가는 이유에 대한 김 선달과 조 첨지의 대화. 모두가 일하고 잘사는 세상에 대한 김 선달의 꿈. 옛날에는 원터도 그러했다는 조 첨지(4). 김 선달이 김희준에게 청년회를 왜 하냐고 따지며 야학은 잘하는 일이라 함.

• 13절 「이리의 마음」(6회) : 쇠득이 모친과 백룡 모친의 싸움 끝에 국실이 기절함(1~3). 국실이 양잿물을 먹었다는 소식에 희준이 뛰어나감(4). 쇠득이가 백룡 모친에게 똥을 끼얹음

• 14절 「그들의 부처」(5회) : 생명을 살린 데 대해 만족감을 느끼며 귀가한 희준이, 투기하는 마음을 보이는 복임을 보고 불쾌해 함(1). 김희준과 복임의 조혼과 그 이후 내력(2~4). 이상적 가정을 공상이라 여기고 아들을 얻은 뒤로는 아내에게도 마음을 터 왔으나 자신의 속을 이해하지 못함에 저주하고 싶어 함. 생활은 싸움이라는 생각 속에, 이를 끝까지 지속할 수 있을까 아득해 하는 희준(4).

• 15절 「원두막」(5회) : 안승학이 자신의 위신을 위해 희준을 굴복시켜야 한다고 생각(1). 원두막을 놓는 비용과 이익을 계산(2). 완성된 원

두막으로 피서를 나가는 안승학의 가족. 갑숙이 희준을 본 뒤부터 경호에게서 부족함을 느낌(4~5).

• 16절 「중학생」(6회) : 방학을 맞아 갑성, 갑준, 경호 귀향. 갑숙이 경호를 낯설게 느낌(3). 안승학이 아이들에게 훈계.

• 17절 「청춘의 꿈」(9회) : 방개와 막동의 관계 틀어짐(1). 냉정해진 갑숙에 침울해 하는 경호(2~3). 방개를 두고 인동과 막동이가 싸움(4~5). 갑숙과 경호의 사단을 알고 둘을 결혼시킬까 싶어 순경이 안승학의 속을 떠 보나 단칼에 무질러 버리는 안승학(6). 순경이 난희를 찾아가 갑숙에 대한 고민을 이야기(8~9).

• 18절 「두레」(6회) : 희준이 품앗이 상대로 대접받게 됨. 두레를 내자는 이야기. 희준의 세력이 커지는 것을 꺼리는 안승학이 학삼을 시켜 반대하게 함. 학삼이 반대 의견을 내자(2) 희준이 따져 가다 아래턱을 치받음(3). 손해가 나면 자기가 책임지겠다고 사람들을 안심시키는 희준. 음전의 모친이 희준에게 딸 혼처를 부탁(4). 두레 이후 마을사람들 기분이 통일됨(5). 김 선달과 조 첨지 등이 원시적인 우매한 생각에 사로잡혀 있음을 생각하는 희준. 사람들과 더불어 논을 매고 밤새도록 앓는 희준(6).

• 19절 「일심사」(8회) : 일심사에 온 경호가 자신의 출생 경위를 이상해 함(3). 갑숙이 후일을 기약하자며 경호에게 하숙을 옮겨 달라 함(6).

• 20절 「소유욕」(4회) : 경호가 권상철의 아들이 아니라는 소문을 들은 안승학이, 곽 첨지를 찾아가 20년 전 일을 묻고는, 권상철에게로 가 말을 꺼냄(1~3). 권상철이 소문이 퍼지지 않게 해 달라며 입막음 용 돈을 주겠다 함.

• 21절 「그들의 남매」(5회) : 월급을 받은 인순이 고기를 사들고 귀가. 속
사람이 커진 듯한 딸을 자랑하는 박성녀의 세상 인식(2). 인순에게
이끌려 희준의 집으로 간(4) 갑숙이 궁상과 희준 처의 모습을 보고
놀람. 세상에 자유가 없으므로 연애를 생각할 것이 아니라 먼저 부
자유와 싸워야 한다는 생각을 하며 희준의 마음을 짐작하고 자신
을 반성.

• 22절 「희비극 일 막」(6회) : 혼처를 구한 안승학이 서울로 가 사진을 보
여줌. 순경이 경호 이야기를 꺼내자 안승학이 사흘 밤낮을 침식을
전폐하고 누웠다가, 순경을 불러 폭력을 휘두르며 경호의 비밀을
이야기한 끝에 칼로 찌름. 갑숙이 밖으로 도망감.

• 23절 「누구의 죄」(5회) : 20년 전, 박 수월과 어떤 여자 사이의 아이를
권상철이 자식으로 삼음. 자식에 대한 소유욕으로 권상철 부부가
안승학의 입을 막기 위해 노력. 서울로 올라온 경호가 순경과 갑숙
의 청에 따라 하숙을 옮김.

• 24절 「출가」(8회) : 청년회 일로 서울 박훈을 찾은 희준이 갑숙과 더불
어 저녁을 먹게 됨(②-1). 박훈이 희준에게 갑숙의 제사공장 취업
을 부탁(1~3). 안승학이 갑숙의 가출 소식을 들음(5). 갑숙의 편
지를 보고는 죽었으리라 짐작. 실성한 상태에 이른 순경이(7) 자살
시도 후 인사불성일 때 안승학이 찾아와 수색청원 이야기를 하자
갑성이 부친에게 대듦.

• 25절 「두 쌍의 원앙」(5회) : 두레 후의 풍년에 벌어진 동네잔치 후 음전
의 모친이 희준에게 인동이의 중매를 부탁. 서로의 혼약 소식을 들
은 인동과 방개가 만나 아쉬워함. 원칠의 근심이 풀리고 인동과 음

　　　　　　　　　　　　　　　　제2부 한국 근대소설의 형성 및 분화와 우연

전의 혼례 거행. 방개의 혼례.

• 26절 「번뢰」(4회) : 경호가 인동의 결혼식에서 자신이 남의 자식이라는 수군거림을 들음(②-2). 부모의 말을 엿들어 출생의 비밀을 알게 된 경호가 서울로 가 순경에게 묻다 갑숙의 가출 소식을 들음(2). 순경으로부터 출생 비밀을 듣는 경호. 갑숙이 순경에게 동경으로 간다는 엽서를 보냄(3). 경호가 졸업 후 귀향.

• 27절 「위자료 오천 원」(6회) : 안승학이 권상철을 찾아가 경호가 갑숙의 신세를 망쳤다며 위자료 오천 원 이야기를 꺼냄(2). 다툼 끝에 소장을 준비하는 안승학(3~4). 경호의 말을 들은 권상철이 위자료를 주고 혼인을 청하자는 마음을 굳히고(5), 안승학을 찾아가 제안.

• 28절 「풍년공황」(11회) : 인동과 음전 및 원칠 부부의 생활(1~4). 희준이 자기 집에서 야학을 엶. 금비로 소출을 느렸지만 오히려 손해가 큰 작인들의 현실(6). 곡가 하락과 불경기 속의 부익부빈익빈 현상(7). 타작관보다 엄히 감독하는 안승학(9). 벼 섬의 계량법과 소작료 방식으로 농민의 생활이 곤란해지는 까닭(10). 타작마당에서 헛농사를 지은 폭이 되어, 농사를 지어야 빚이라도 얻어먹는다는 농민들.

• 29절 「그 뒤의 갑숙이」(10회) : 해가 바뀜(3년차). 인순과 옥희[갑숙]의 공장 생활(1~3). 갑숙이 사회의 생산 기구에 대한 눈이 트이면서 '앞날의 원대한 포부'를 가지게 됨. 노동의 위대한 힘에 대한 자각을 동무들에게 알리기 시작함(4). 사무원으로 들어온 경호와 갑숙이 만나 당황해 함(5~6). 한식날(4월경) 뒷산 공동묘지에서 희준과 인순, 옥희 등이 만나 함께 솔밭 속으로 사라짐(7).[68] 낙엽을 긁

던 인동이 갈피 없는 생각 끝에 재산도 없으면서 울타리를 치고 사는 것이 돼지와 같다는 깨달음을 얻고, 어디선가 들리는 소리에 (④-8) 희준과 인순 등의 모임을 발견하고 놀람(9). 인순이와 헤어져 걷던 갑숙이 자신을 부르는 경호를 만나 서로 놀람(④-9).

- 30절 「신생활」(10회) : 과거를 잊고 새 출발을 하자 하는 갑숙과 경호(2~3). 동네 사람들의 모습이 한층 더 비참해졌음을 느끼는 인순(5). 방개가 찾아와 시집살이 한탄 끝에 인순에게 제사공장 취직을 부탁하고 나서다 인동과 마주침(④-10)(6~7). 밤에 재회하는 인동과 방개(9~10).

- 31절 「비밀의 열쇠」(6회) : 경호의 출가. 돈 뜯어낼 계획이 틀어진 안승학이 경호를 찾아가 생부가 곽 첨지라 함(3). 경호가, 마침 찾아온 (④-11) 김희준을 들여 상의하자(4) 희준이 조사 후 사실을 확인해 줌(5). 이튿날 경호가 곽 첨지를 만남.

- 32절 「수재」(9회) : 두레의 수익을 공유재산으로 처리. 폭풍우에 뒷벽이 무너져 임신 중인 음전이 흙덩이에 깔림(3). 방축이 터져 논과 집 등이 침수 피해. 두레 먹을 돈으로 수재민을 돕기로 함. 농민들이 안승학에게 소작료 감면을 부탁하다 타박을 당함. 한 달 후, 진정서를 꾸며 김 선달 등이 지주를 찾아감. 제사공장에서 대운동회 개최. 제사공장 휴업을 이용 경호가 서울로 가서 갑성에게 편지 전달(8).[69] 갑성이 박훈의 집에 들름. 사음과 타협하라는 지주의 말

---

68 이 부분을 보여 주는 29절의 7회는 단행본으로 오면서 크게 변화된다. 먼저 와 기다리고 있는 희준의 심정이 인생무상 차원의 쓸쓸함에 닿아 있고, 인순 일행과 아무 목적의식 없이 우연히 만난 것으로 처리되고 있다.

69 무슨 내용인지 밝혀지지 않는 이 편지와 관련해서, 김희준이 인동을 만난 이후 인성-인순-

에 다시 안승학과 담판하기로 하는 작인들. 임시휴업에 불평하던 경순이 감독에게 들켜 해고되자, 경순의 복직과 대우 개선 등을 요구하는 파업 발생(9).

- 33절「재봉춘」(16회) : 타작관이 내려올 때까지 기다리며 농민들이 유대를 지키고자 함(1). 사산한 음전의 심정이 변하나 개의치 않는 인동(2). 방개로부터 공장 사정과 갑숙 관련 사실을 듣는 인동(3~4). 비밀리에 만난 경호와 옥희가 오해를 풀고 동지적으로 일하자고 이야기(5~15). 사태를 자연발생적인 것으로 정리하고 직공 단속에 주의하자는 사장과 관리자들(8)[70]. 정조를 지키며 경호와 다시 시작하기로 한 옥희의 태도(16).

- 34절「갈등」(12회) : 집을 알아봐 달라며 갑숙과 약혼했음을 밝히는 경호에게 질투심을 느끼고 침울해지는 희준(1~3). 인동이 희준에게 결혼생활의 불만 토로. 고상한 생활과 불순한 생각이 교차하는 희준(6) 농민들의 동요에 양식을 변통하고자 읍내 고두머리를 찾아 돈을 부탁하다 절망하는 희준(12).

- 35절「희생」(11회) : 경호를 통해 옥희를 만난 희준. 부친을 원망하는 옥희가 사람들을 구하기 위해 희생을 하겠다 하자, 동지애와 이성

옥희-경호-갑성을 거쳐 박훈에게 편지가 전달되는 과정이 띄엄띄엄 소략하게 기술되어 있다. 원터의 김희준과 공장의 옥희, 서울의 박훈 사이에 모종의 연계가 있음을 드러내는 것이라고 추정되는데, 이렇게 복잡한 연결망을 설정할 이유는 알 수 없다. 사전 검열의 탓이 아닐까 추정해 볼 만한 부분이다.

70 「재봉춘」 9회(1934.8.3)의 첫머리에는 '此間二回分略' 표시가 있다. 8회(1934.8.2)와의 날짜 간격은 없지만, 회사의 대책 논의로 8절이 끝난 뒤 9절이 옥희와 감독 사이에 대한 경호의 오해로 시작하면서 '감독에게 타협안을 제출함으로써 직공들의 자발적 복업을 막는 한편 들어간 직공들을 나오게 했다'는 옥희의 생각이 있으므로, 이에 해당하는 내용(이는 다시 8월 8일의「재봉춘」 13회에서 옥희와 경호의 대화로 명확히 확인된다)이 초고에는 있었지만 검열에 걸려 연재되지 못했으리라 추정해 볼 수 있다.

애를 함께 느끼는 희준(1~3). 옥희에 대한 사랑을 고백하면서 영구히 동무로 지내자 함(4). 동지애를 맺으며 감정을 다스리는 양인(5~7). 옥희가 건넨 돈(7)을 가져와 마을사람들에게 나눠줌.

- 36절 「고육계」(5회) : 며칠 뒤 옥희가 다시 희준에게 돈을 건네며 상황 타개책을 제시(1). 돌아오는 길에 인동이를 만나(④-12) 갑숙의 돈을 보이자 인동이가 방개의 돈을 꺼냄. 2차로 분배하기로 함. 희준이 김 선달 등과 안승학을 찾아가서 갑숙, 경호와 관련된 불상사들을 들어 명예를 생각하라며, 지주가 반대하지 않는 일에 반대하는 사회적 죄악을 응징하겠다고 하자 안승학이 수그러들며 밤 안으로 답하겠다 함(4~5).

- 37절 「먼동이 틀 때」(5회) : 언덕 위에서 회신을 기다리며 희준과 인동이가 옥희, 방개에 대한 사랑을 이야기. 학삼이 나타나, 요구를 들어주되 각서에 도장을 찍으라 하자 모두 찬성(1~2). 옥희가 와 경과를 듣고 안심. 요구가 받아들여졌지만 정당한 수단으로 실력으로 한 것이 아님을 기억하자는 희준의 연설에 모두 공명. 옥희는 부친에 대한 반항심이 더 강해짐(3). 동지적 사랑에 대한 희준의 말에 옥희도 동조(5).

『고향』의 서사에 대한 위의 정리 자체에서 확인되는 특징 세 가지를 먼저 지적해 둔다.

하나는 각 절의 구성에 있어서 복수의 스토리-선들이 병치되어 있다는 점이다. 각 절을 이루는 스토리-선들의 담당 인물들이 다양하게 설정되는 데서 보이듯 『고향』의 절들은 이들 인물들이 맺는 상이한 스

   제2부 한국 근대소설의 형성 및 분화와 우연

토리-선들에 의해 중층적으로 구성되어 있다. 이러한 특징은 절 단위뿐 아니라 1회의 연재분에서도 확인된다. 적지 않은 수의 연재분이 복수의 스토리-선들로 이루어져 있는 것이다.

다른 하나는 바로 위의 지적에 이어지는 것으로서 『고향』이 연재를 크게 신경 쓰지 않고 내용을 구성하고 있다는 사실이다. 달리 말하자면 개별 스토리-선의 범위가 연재 단위로 끊어지지 않는 양상이 확인된다. 앞부분의 예만 들어 보더라도 2절 「돌아온 아들」의 3~4회와 10~11회, 3절 「마을사람들」의 3~4회, 4절 「춘궁」의 3~4회, 8절 「산보」의 1~2회, 10절 「농번기」의 1~2회와 3~4회에 걸쳐서 단일한 스토리-선이 전개되고 있다.

이렇게 『고향』은 스토리-선의 지절들을 기술하는 데 있어서 매우 신축적인 양상을 보인다. 때로는 하나의 스토리-선이 연재의 경계를 넘어 지속되기도 하고 때로는 한 회의 연재 분 내에 복수의 스토리-선들이 병치되기도 하는 등, 개별 스토리-선의 지절에 할당되는 서술시의 비중이 자유자재로 설정되고 있는 것이다.

이러한 사실이 갖는 의미는 두 가지이다. 첫째는 상술한 바 『고향』의 초고가 연재 이전에 전체적으로 완성되어 있었던 사실과 맞물리는 것으로서, 신문연재의 형식을 크게 염두에 두지 않고 집필이 이루어졌다는 점이다. 이는 뒤에 다시 언급하겠지만 『고향』이 저널리즘의 상업주의적인 목적과 거리를 두는 특성[71]의 사실적이고도 실증적

71　김진석의 경우 인동의 연애 서사가 이 소설의 전반부에서 메인 플롯에 해당될 만큼 중요하다면서(195면) 이러한 양상이 작가 스스로 '우익적 경향을 끌어들여 대중성을 획득하고자 한 의도(192면)의 결과로 해석하고 있는데(「프롤레타리아 문학의 연애 담론과 서사 양상―이기영의 『고향』을 중심으로」, 한국언어문학회, 『한국언어문학』, 2010, 193~196면), 인동

인 텍스트상의 근거에 해당된다. 둘째는 작품 내적인 특징 차원의 의미로서 『고향』이 소수의 중심인물 외에 원칠이나 국실, 길동 아버지 등과 같은 부차적인 인물들에게도 그들 각자의 스토리-선을 마련해 주고 있다는 것이다.[72] 이러한 처리 방식을 통해 『고향』은 의미 효과를 풍성하게 만들고 있다.

끝으로 우연과 관련한 특징을 짚어 둘 수 있다. 『고향』에 구사된 우연은 총 14회로서 ② 목적적 우연이 2회, ④ 인과적 우연이 12회이다. 이 소설의 전체 분량에 비해 볼 때 이는 매우 적은 수인데, 이들 우연이 행하는 기능을 살펴보면 그 의미가 더욱 축소된다.

『고향』에서 확인되는 상당수의 우연은 사실상 스토리-선의 전개 양상에서 별다른 의미를 가지지 못하고 있다. 우연히 조우하게 되는 인물들이 그러한 조우의 연장선상에서 그들만의 스토리-선을 아예 형성하지 않는 경우가 무려 6회나 된다(④-1, 2, 4, 5, 11, 12). 이들은 인물들이 그저 스쳐 지나가는 정도의 우연이어서, 있으나 없으나 내용상으로 어떤 의미 있는 변화를 가져온다고 하기 어렵다. 스토리-선의 맥락에서

-방개의 스토리-선이 갖는 서술시의 비중만 따져 봐도 자의적이고 지나친 평가임이 확인된다. 이 소설의 애정 서사의 비중을 실제보다 높게 평가하는 경우는 조구호에게서도 확인된다(「이기영 소설의 대중문학적 성격」, 배달말학회, 『배달말』 30, 2002).

72 원칠과 박성녀 부부의 경우 작품 도처에서 생활상이 드러남은 물론이요 5절 「마름집」의 1회나 10절 「농번기」, 1회 등으로 이어지는 스토리-선에서 원칠의 내력이 드러나며, 쇠득이 처인 국실의 경우 3절 「마을사람들」의 7~9회와 7절 「출세담」의 4회에 걸친 스토리-선을 통해 인생사 전부가 드러나 있다. 안승학의 행랑아범인 길동 아버지의 경우도 33절 「재봉춘」의 1회에서 태도 변화의 내력이 밝혀진다. 엑스트라 정도밖에 안 되어 작은 사건의 연쇄수준의 미약한 스토리-선을 가지면서도 주제효과 구현에 의미 있게 기여하는 경우들도 있다. 최신도의 경우 17절 「청춘의 꿈」, 6~7회에 한 차례 등장할 뿐이지만 기독교 비판의 주제효과를 구현하고 있고, 35절 「희생」의 10회에 단 한 번 등장할 뿐인 원출의 경우 자신의 사건을 명확히 가짐으로써 농민의 소유욕과 벼를 베지 않고 버티는 과정의 어려움 및 인동의 성숙함을 드러내는 기능을 하고 있다.

 제2부 한국 근대소설의 형성 및 분화와 우연

해당 인물들이 중요한 위상을 차지한다고 해도 그들의 우연한 조우가 그들 스토리-선의 의미 있는 전개에 기여하지는 않는다는 점에서는, 희준과 갑숙이 그저 스쳐 지나가는 두 차례의 우연(④-6, 7)과 희준과 옥희 일행의 회합을 인동이 우연히 목격하게 되는 우연(④-8) 또한 이 부류에 넣을 수 있다. 이렇게 보면 전체 14회의 우연 중에서 서사의 전개상 실질적인 의미를 지니지 못하는 경우가 9회나 된다. 64%에 달하는 우연이 없어도 그만인 이러한 상황이 『고향』의 우연 구사가 보이는 첫째 특징이라 할 것이다.

그 외의 우연들을 봐도 중요한 기능을 행사한다고는 하기 어렵다.

경호와 관련된 두 차례의 우연을 먼저 본다. 인동의 결혼식에 간 자신의 목적과는 달리 자신의 출생에 대한 상리 사람의 수군거림을 듣게 되는 우연(②-2)과, 일본으로 건너갔다고 생각했던 갑숙과 논길에서 마주치는 우연(④-9)이 그것이다. 전자의 경우 경호가 권씨 집안을 떠나게 되는 이후 서사의 최초 계기가 된다는 점에서 의미를 가지지만 이는 서술시 비중이 매우 미미한 경호와 권상철 혹은 경호와 곽 첨지의 스토리-선과 관련될 뿐이어서 『고향』의 전체적인 주제효과 견지에서 보면 무시해도 좋을 만한 것이라 할 수 있다. 후자의 경우는 사무실에서 갑숙을 얼핏 본 뒤에 확인하고자 휴일을 이용해 기숙사로 찾아갔다가 허탕을 친 뒤 길로 나온 뒤의 조우인데, 갑숙인지 여부를 확인하고자 하는 경호의 의지가 확고한 만큼 이들의 재회가 우연으로 설정된 사실 자체가 큰 의미를 지니지는 않는다. 경호와 옥희의 스토리-선을 재개시키는 실질적인 만남으로서 의미를 가지지만, 이 상황에서는 언제든 만나게 되어 있는 것이므로 우연이 재회를 가능케 한다는 식의 서사 구성상의 의미를 부여할 수는 없는 것이다.

경호의 사례는, 앞서 지적한 바 서사의 전개상 실질적인 의미를 지니지 않는 9회의 우연들과 더불어서, 『고향』이 우연을 구사하는 데 있어 거리낌이 없다는 특성을 보여 준다는 의미가 더 앞선다고 하겠다.[73] 바로 이 점이 『고향』의 우연 구사가 갖는 둘째 특징이다. 우연 구사에 있어 거리낌이 없다고 했지만 전체적으로 볼 때 우연의 구사 빈도가 대단히 작다는 점에서, 뒤에 살펴볼 「소설가 구보 씨의 일일」이나 『찔레꽃』의 경우와는 매우 다르다는 점을 명기해 둘 필요가 있다. 애초부터 우연을 배제하겠다는 의식 자체가 없는 상황에서 우연이든 아니든 개의치 않고 자신의 작품 세계를 재현해 내는 양상이 『고향』의 경우라고 할 수 있다. 이들 작품들이 보이는 우연 구사 양상과 비교해서 다시 말하자면, 우연을 부정적으로 보지도 않고 서사의 구성 원리로서 중요하게 간주하지도 않으며 흥미를 제고시키는 데 효과적인 기법으로도 활용하지 않는 상태, 곧 우연을 따로 의식하지 않는 것이 『고향』의 우연 구사가 갖는 둘째 특징이라 하겠다.

이러한 의미에서는 인동과 방개의 스토리-선상에 있는 두 차례의 우연(④-3, 10)도 별 차이가 없다. 전자는 설명이 필요 없이 자명한 경우이고 후자는 시집을 나온 방개가 인동을 찾으려는 의지를 이미 갖고 있으므로 또한 동일한 경우가 된다.

여기까지 와서 보면 『고향』의 서사에서 의미 있게 작용하는 우연은

---

[73] 이 논리를 조금 더 밀고 나아가면 경호가 자신의 출생에 관해 의심을 갖게 되는 앞서의 우연 또한 이 범주에 속한다고 할 수 있다. 안승학에 의해 이미 소문이 퍼진 터라 이러한 상황은 언제든 벌어지게 되어 있는 것인데 이를 우연을 이용하여 처리한 만큼, 『고향』의 경우 우연을 배제하려는 의도가 선재되어 있지 않음이 확인되는 까닭이다.

          제2부 한국 근대소설의 형성 및 분화와 우연

사실 희준과 갑숙이 박훈의 집에서 식사를 하게 되는 우연(②-1) 하나뿐임이 확인된다. 이 우연은 희준에게 자신의 불행한 결혼생활을 각인시키면서 갑숙에 대한 자신의 내적 갈등의 한 축을 강화하는 기능을 하고 있다. 갑숙과 관련한 김희준의 내적 갈등이 심화되는 계기인 것이다.[74]

소설 서사에서의 우연 구사 문제라는 전체적인 견지에서 볼 때 『고향』은 우연을 개의치 않는 자리에 놓인다는 점, 이것이 현재 논의의 요체이다.

지금까지 살핀 세 가지 특징을 전제로 한 위에서, 『고향』의 서사 구성이 보이는 주요 특징을 다음 세 가지로 정리해 볼 수 있다.

첫째는 『고향』이 중심 사건의 부재 양상을 보인다는 사실이다. 월납북 작가 해금 조치 이후 행해진 초기 연구들을 보면 대체로 『고향』을 소작쟁의를 다룬 전형적인 카프 농민소설이라 하거나, 여기에 제사공장 파업까지 고려하여 노농동맹을 형상화한 데서 의의가 찾아지는 작품이라고 규정하면서 높게 평가해 오곤 했지만, 앞서의 서사 정리에 주목하여 공정하게 논의하자면 그런 식으로 이 소설을 특징짓는 것은 충분치 못하다고 하지 않을 수 없다. 수재에 따른 소작료 감면 투쟁이나 제사공장의 파업 등을 『고향』의 주된 주제효과를 산출하는 대표적인 사건이라 말하기 어려운 까닭이다. 세 가지 이유를 들 수 있다. 하나는 이들 사건이 전체적인 스토리 구성 차원에서 차지하는 비중이 적다는 것이요, 다른 하나는 시간상으로도 너무 뒤에 발생한다는 사실이다.[75] 끝으로, 소작료 감면 투쟁의 경우 수재라는 자연재해에 따라 발

---

74 이 만남이 없어도 박훈의 부탁으로 인해 희준이 갑숙의 공장행을 주선하게 될 터이므로, 외적 사건의 맥락에서 이 우연이 행하는 의미 있는 기능은 없다.

75 소작료 감면 투쟁의 직접적인 당사자라 할 김희준과 안승학이 벌이는 스토리-선이 전체 서사의 주요한 뼈대가 되어 있는 것은 전혀 아니며 사실 이 스토리-선은 미미하기 짝이 없을 만큼

생한 것이라는 점도 빼놓을 수 없다.

　작품의 실제에 바탕을 두고 말하자면, 소작료 감면 투쟁 자체가 아니라, 수재에 따른 심각한 위기가 발생했을 때 소작농들이 일치단결하여 마름에 맞설 수 있게 되는 과정의 형상화가 더 비중 있게 다루어져 있음을 알 수 있다. 이러한 과정의 스토리는 어떤 의미에서도 소작료 감면 투쟁에 부수적인 것이라고 할 수 없을 만큼 큰 비중을 차지하고 있다. 단순히 양적 비중만으로 판단을 내린다면 설득력을 얻기 어렵겠지만 사정은 그렇지 않다. 계급투쟁을 대비하는 것이라 할 이 과정이, 그 자체로도 의미를 갖는 야학과 두레, 수재민 구호라는 사건들로 이루어져 있는 점을 주목해야 한다. 이들 사건들은 또 그대로 전체 서사에서 차지하는 비중이 높으며, 이러한 각각의 사건을 통해서 주요 등장인물들의 의식이 발전되고 있으며 그들 간의 관계 또한 의미 있게 변화한다는 점에서도 전체 주제효과의 형성에서 중요한 역할을 하고 있다.

　요컨대 『고향』은 소작료 감면 투쟁이나 제사공장 파업과 같은 사회사적인 면에서 중요한 사건이 전면화된 것이 아니라, 그러한 사건이 발생할 수밖에 없는 상황에 대한 분석과 그러한 사건에서 무산자들이 계급적 차원의 투쟁을 견지할 수 있기 위해 필요한 의식의 각성 및 운명 공동체적 생활상의 준비 등을 사실적으로 형상화하는 데 공을 들이고 있다. 따라서 서사 구성상의 특징으로든 주제효과상의 메시지로든 『고향』을 대표하는 것이 소작료 감면 투쟁이나 제사공장의 파업이라고 할 수는 없다.

서술시 면에서 볼 때 그 비중이 매우 작다는 점도 부기해 둔다. 이와 유사하게도, 제사공장의 파업 부분 또한 전체 서사에서 그 비중을 따질 여지가 없을 만큼 비중이 미미하다(물론 여기에는 검열에 따른 삭제 문제도 고려해야 하지만 그렇다고 해서 결론이 달라지지는 않는다).

　제2부 한국 근대소설의 형성 및 분화와 우연

『고향』의 서사 구성이 보이는 둘째 특징은 스토리-선들의 복잡한 병치에 따른 비위계화 양상이다. 스토리-선들 사이에 위계 관계가 명확하지 않다는 것이다. 이는 두 가지 측면에서 확인된다. 하나는 주요 스토리-선들의 비중이다. 전체 스토리를 구성하는 요소로서 스토리-선이 차지하는 위상이란 기본적으로 서술시상의 비중이나 전체 스토리의 주된 줄기를 형성하는 데 대한 기여도 정도로 파악될 수 있다. 이런 면에서 볼 때『고향』은 스토리-선들 사이에 다른 것들보다 확연하게 두드러지는 경우가 없다는 특징을 보인다. 희준이 관계하는 스토리-선들은 갑숙[옥희]의 그것보다 비중 면에서 앞서는 것이 아니며 기여도 면에서도 우세하다고 하기 어렵다.[76] 앞서 지적했듯이『고향』의 주요 주제효과가 인물들의 각성·발전에 있다는 면에서 보자면, 후술하겠지만, 인동의 스토리-선 또한 대단한 비중을 차지하고 있음이 확인된다. 스토리-선들 사이에 위계 관계가 불명확하다는 판단의 또 다른 근거는 위계를 가능케 할 기준이 될 만한 스토리를 정하기 어렵다는 사실이다. 앞서 지적했듯이 소작료 감면 투쟁이나 제사공장 파업은 그러한 기준이 될 수 없으며, 이 두 사건을 제치고 기준 역할을 할 만한 다른 사건이 있는 것도 아니다. 이렇게『고향』은 단일한 중심 사건을 설정하여 세부 스토리-선들이 그것에 수렴되는 양상과는 거리가 먼 서사 구성 방식 즉 우열을 가릴 수 없는 다기한 스토리-선들이 복잡한

---

76 소작료 감면 투쟁이 고비에 처하여 김희준이 고두머리를 찾아가 돈을 변통하려다 실패하고 좌절할 때(34절「갈등」12회) 옥희가 돈을 건넴으로써 투쟁을 살린 것이나(35절「희생」7회), 안승학이 굴복할 수밖에 없는 고육책을 생각해 내어 김희준에게 일러준 사실(36절「고육계」1회), 제사공장 파업과 관련하여 준비 과정에 힘을 쓴 점(29절「그 뒤의 갑숙이」4회) 등을 고려하면, 소작쟁의와 파업으로 요약되는『고향』의 정치사회적인 주제효과의 형성에 있어서 갑숙[옥희]의 역할이 김희준에 비하여 결코 적다고 할 수 없다는 점이 확인된다.

양상으로 얽혀 다양한 주제효과를 산출하는 양상을 띠고 있다.

스토리-선이 인물을 전제로 하는 것이라는 점에 따라 이상의 특징을 인물 측면으로 돌려서 말하자면, 『고향』은 서사의 전개 면에서 말 그대로 주동인물 역할을 하는 주인공을 특정하기 어려운 특징을 보인다고 할 수 있다. 일찍이 김남천과 임화 등이 이 소설의 최대의 성과로 김희준의 성격화가 빼어나다는 점에 주목하며 『고향』을 높이 평가했고 김남천의 경우 김희준을 '주인공'이라고 제목에서부터 명기한 바 있으며,[77] 선행 연구들의 상당수도 김희준을 주인공으로 더 나아가서는 영웅적 주인공이라고까지 보기도 했지만,[78] 성격화 면에서 보든 전체 서사에서 차지하는 역할과 비중 면에서 보든 김희준은 일반적인 의미에서 『고향』을 대표하는 주인공이라 하기 어렵다. 그가 보이는 내적 갈등이나 성격적 결함[79] 때문이 아니라, 청년회원이나 농민들에 대한

---

[77] 김남천, 「知識階級 典型의 創造와 『故鄕』主人公에 對한 感想—李箕永『故鄕』의 一面的 批評」, 『조선중앙일보』, 1935.6.28~7.4; 임화, 「偉大한 浪漫的 情神—이로써 自己를 貫徹하라!」, 『동아일보』, 1936.1.4.

[78] 조구호의 앞의 글(「이기영 소설의 대중문학적 성격」, 배달말학회, 『배달말』 30, 2002)이 대표적인 예가 된다. 김희준을 다른 인물들의 손이 미치지 않는 곳에 위치한 이상적인 인물이라는 의미에서의 '지평인물'로 규정하는 김병구의 논의나(「이기영의『故鄕』론, 한국문학이론과비평학회, 『한국문학이론과 비평』 9, 2000, 2절), '1930년대 한국 프로문학에 등장하는 긍정적 인물 또는 긍정적 주체인물의 한 전형'으로 김희준을 규정하고 논의를 전개하는 김정숙의 논의(「이기영의『고향』에 나타난 인물의 행위항적 구도」, 중앙어문학회, 『어문론집』 26, 1998, 2절) 등도 모두 이에 해당된다. 김희준이 '자기 계급의 현실에 눈을 뜸으로써 계몽적 지식인으로부터 민중적 인물로 전화'된다고 파악하는 한기형의 의미 있는 논의(「『고향』의 인물전형 창조에 대한 연구(Ⅰ)—김희준과 소작농민의 인물성격에 대하여」, 반교어문학회, 『반교어문연구』, 1990) 같은 경우를 제외하면, 대부분의 선행 연구들이 김희준의 작품 내 역할을 여전히 문제적 개인이나 매개적 인물의 그것으로 해석하면서 그의 주인공 혹은 주동인물적 위상을 당연한 것인 양 받아들이는 경향을 보이고 있다.

[79] 아내가 있고 이혼을 결행할 의지도 없는 상태에서 음전이나 갑숙에게 이성으로서의 욕망을 품는 것이나, 성미가 급해서 걸핏하면 욱 하거나 주먹을 들이대는 모습(2절 「돌아온 아들」 3회, 11절 「달밤」 5회, 13절 「이리의 마음」 4회, 18절 「두레」 3회) 등을 들 수 있다.

그의 위상이란 것이 지도자적인 것이 아니며[80] 그의 지향이나 실천적
의지 자체가 실제적으로 계속 흔들리고 있는 것이기 때문이다.[81]

지금까지 살펴본 대로『고향』은, 서사 구성 면에서 볼 때 두어 명의
중심인물 위주로 스토리-선들이 위계화되어 있는 것이 아니라, 주요
등장인물들이 관여되는 스토리-선들이 각각 서술시상으로 상당한 비
중을 차지하면서 사실상 병치되어 있고 그 위에서 서로 복잡하게 관련
되어 있는 특징을 보인다. 사정이 이러하기에 주인공을 특정하기도 어
렵다는 것이 이와 관련된 결론 중 하나이기도 하다.

『고향』의 서사 구성이 보이는 셋째 특징은 서술의 초점이 인물의 발
전 및 인물관계의 변화에 중점을 두고 있다는 사실이다. 인물의 변
화·발전 면에서 두드러지는 경우가 바로 인동과 인순, 갑숙, 경호의
스토리-선들인데,[82] 서술시상의 비중이 큰 것은 물론이요 이를 통해
작가-서술자의 당대 사회에 대한 진단이나 문제를 해결할 변혁론 맥
락의 방침 등이 제시되고 있다는 점에서 중요한 의미를 갖는다. 이들

---

80 9절「청년회」의 임시총회와 11절「달밤」의 청년회 진흥책 논의 부분을 보면 김희준의 청년
  회 내에서의 위상이 내세울 것이 전혀 없는 것임을 알 수 있다. 청년회와 관련하여 김 선달
  에게서 편잔조의 이야기를 듣는다거나(12절「김 선달」, 7회), 연애문제와 관련하여 인동의
  이견에 맞닥뜨린다거나(34절「갈등」, 4~5회, 37절「먼동이 틀 때」, 1회), 앞서 지적했듯이 소
  작료 감면 투쟁의 실질적인 해결에 있어 리더로서의 면모를 보이는 것은 못 된다는 점 등을
  고려하면 농민들과의 관계에 있어서도 그가 지도-피지도의 관계에서 우위에 있는 것이라
  고는 하기 어렵다.
81 2절「돌아온 아들」, 7회, 11절「달밤」 2~3회, 14절「그들의 부처」, 4회, 34절「갈등」, 6, 11~12
  회 등에서 단신으로 농촌운동에 뛰어든 자의 실제적인 좌절과 동요가 부단히 확인된다. 옥
  희에게 동지적 관계의 의미를 역설하는 것 자체가 정욕을 억누르기 위한 의식적인 노력의
  일환인 것(35절「희생」, 1~4회) 또한 김희준의 운동가로서의 의식이 현실적으로 확고한 것
  은 아님을 잘 보여 주고 있다.
82 이들과 달리 김희준이나 안승학, 권상철의 경우는 발전적인 변화라 할 것이 없다. 복합적인
  성격을 갖고 있어 평면적 인물이라고 할 수는 없지만 의미 있는 발전을 보이는 것이 아님도
  분명한 사실이다.

의 경우 의식과 실천 양면에서 뚜렷한 발전을 보이고 있는 것이다.

이 면에서 가장 두드러지는 인물은 갑숙[옥희]이다. 서술시점 이전에 그녀는 경호와 육체적 관계를 맺은 시체 여학생이자, 박성녀의 술지게미를 보고 돼지먹이냐고 묻고(4절 「춘궁」, 5회), 순결을 잃은 자신의 미래 신상을 걱정하면서(6절 「새로운 우정」, 5회) 발버둥을 치며 징징 울거나(15절 「원두막」, 5회), 부친의 훈계에 앙칼지게 대응하는(10절 「농번기」, 5회) 등에서 보이듯이 세상물정 모르는 부잣집 딸에 불과하다. 그러던 갑숙은 청년회에서 열변을 토하는 김희준을 보고 '투사의 면목'에 '아주 감심'한 뒤(9절 「청년회」, 4회) 희준과 경호를 비교하기 시작하여(15절 「원두막」, 4~5회), 방학을 맞아 내려온 경호를 낯설게 느끼고(16절 「중학생」, 3회) 그에게 신세를 망치지 말고 후일을 기약하자며 하숙을 옮겨 달라고 요청하게 된다(19절 「일심사」, 6회). 여기까지는 고작 경호와의 관계에서 나름대로 입장을 취하게 된 것이고 그 동인에 김희준에 대한 끌림이 있는 것이어서 개인적 차원을 넘어선 발전이라고 보기는 어렵다.

이러한 갑숙의 상태에 질적인 전환이 되는 것은 인순이에게 이끌려 희준의 집을 찾아간 일이다. 김희준 집의 궁핍상과 그의 아내를 보면서, 연애를 생각할 것이 아니라 부자유와 싸워야 한다는 생각을 하고 희준의 마음을 짐작하며 자신을 반성(21절 「그들의 남매」, 5회)하는 데서 갑숙의 질적인 변화가 시작되는 것이다. 그녀의 변화가 관념 차원이 아니라 희준의 집을 방문한 현실의 경험에서 촉발된다는 점은 변화 발전에 현실성을 부여하는 것으로서 의미를 지닌다. 여기에 더하여 갑숙은 부친이 모친을 칼로 찌르는 극한 상황까지 겪게 된다(22절 「희비극 일막」, 6회). 이상의 두 사건 이후, 그녀는 경호의 비밀을 간직한 채 그를 물리치고(23절 「누구의 죄」, 5회), 현실적으로 불가피한 측면이 있지만, 박훈을 만나 공장 취업을 부탁하여 마침내 집을 나와 제사공장에 들어가는 것이다(24절 「출가」, 1~4회). 이후 그녀는 해를 넘겨 노동일에 자신을 적응시키며 여공들의 미덕을 배우는 한편 사회의 생산 기구에 눈을 뜨고 자신의 지식을 나눠 주기 시작한다(29절 「그 뒤의 갑숙이」, 1~4회). 변화된 환경 속에서 존재의 전이를 이룬 것이다.

작품에 충분히 형상화되어 있지는 않지만 이 시점에서 이미 옥희[갑숙]는 노동운동가의 면모를 띠기 시작했다고 할 수 있으며, 작품 내 세계의 정황에서 볼 때 이는 자연스러운 변화라고 할 만하다. 이러한 변모에 힘을 실어 주는 것이 바로 인순 등과 더불어 희준과 몰래 회합을 갖는 것이기도 하다(29절 「그 뒤의 갑숙이」, 7, 9회).[83] 이렇게 변화한 상태에서 그녀는 파업에 참여하고(32절 「수재」, 9회), 경호와 동지적으로 일하며 다시 시작하자고 둘의 관계를 주도적으로 해결한다(33절 「재봉춘」, 5~16회). 여기까지 온 상태에서 보면, 소작료 감면 투쟁이 위기에 봉착했을 때 옥희가 경호를 통해 희준을 청하여 돈을 건네는 일(35절 「희생」, 7회) 또한 자연스럽고 필연적인 면모라 할 수 있다.

자신의 부친 안승학을 원망하는 데서 나아가 반항심을 키우며 비난하는 것(37절 「먼동이 틀 때」, 3~4회)은 다소 과하다고 하지 않을 수 없지만, 지금까지 살펴본 대로 갑숙[옥희]은 현실의 경험을 통해 평범한 시체 여학생에서 노동운동의 주력으로 변화·발전하고 있다. 이러한 변화가 전혀 관념적인 것이 아니라 주요 사건의 체험과 환경의 변화에 긴밀히

83　이 장면이 초판본에 가면 비밀모임이 아니라 우연한 만남으로 설정되어 있다. 그 결과 갑숙의 변모 양상이 갖는 의미가 약화됨은 물론이다.

관련되어 이루어진다는 사실을 재차 강조해 둔다. '갑숙'이 '옥희'로 되는 만큼 실제성을 가지고 전면적으로 이루어지고 있는 그녀의 변화야말로 『고향』이 이룩한 리얼리즘적 성취의 주요 요소라 할 것이다.[84]

인동의 경우 또한 큰 변화를 보여 준다. 작품 초반의 인동은, 공장에 들어간 인순이만 걱정하는 모친을 원망하기도 하고(3절 「마을사람들」 2회), 야학에서 졸음에 겨워하면서도 음전이와 방개에 정신을 팔고(9절 「청년회」 7회), 방개를 희롱하며 육체적 욕망에 이끌리는 순박하고도 평범한 시골 청년에 불과하다(3절 「마을사람들」 3~4회, 11절 「달밤」 1회). 신체적인 성장과 더불어 막동이와 맞먹게 되고 방개와 연인관계가 되었어도(17절 「청춘의 꿈」 4~5회), 인순과의 대화에서 확인되듯이 아직 인간적으로까지 성숙한 면모를 갖추지는 못하고 있다(21절 「그들의 남매」 3회).

음전과의 결혼 이후 타작마당에서 인동이, 희준 덕에 자신의 의식이 변했다고 느끼면서 손톱만 한 욕심을 벗어나야 한다는 갈피 없는 생각

---

[84] 이러한 판단은, 인물들의 발전상을 논의할 때 인동에게 주목해 온 선행 연구들이나, '김희준의 전형화와 안승학의 성격화가 성공한 데 비해 안갑숙은 이상화하여 실패했다'는 당대의 평가와 그에 대한 작가 자신의 동의(민촌생, 「『故鄕』의 評判에 對하야」, 『풍림』, 1937.1, 27면)와도 거리를 두는 것이다. 이기영 스스로 갑숙을 이상화한 의도를 설명하며 '理想에 늘 뛰는 性急한 마음'이 '封建的 桎梏' 밑에서 '二重으로 屈辱的 生活을 하고 있는 女性'에게서 '純眞高潔한 理想的 性格'을 발견하고 싶게 하였다면서, 그런 성격의 창조가 필요할 것 같아서 "安承學 吝嗇漢과 對照해서 女學生의 한 個의 典型을 그려 보자 한 것이었다"(같은 곳)라고 하였지만, 지금까지 분석한 대로 갑숙의 성격화는 전체적으로 볼 때 리얼리즘 미학의 견지에서 대단히 설득력 있게 형상화된 성공적인 경우라고 할 수 있다.
후술하겠지만, 냉정하게 판단해 보면 인동의 변화 발전을 그리는 방식은 이에 크게 미치지 못하는 것이다. 인동의 경우를 고평하는 경우들은, 김희준의 감화력에 대한 인동의 의식(28절 「풍년공황」 8회)에 주목하면서 이를 근거로 인동이 실제로 변화하였다고 판단하고 그 변화의 정도 또한 큰 것이라고 평가하고 있는데, 작품의 실제에 비추어 볼 때 이는 예단에 불과하다. 이러한 예단이 무반성적으로 계속된 데에는, '매개적 인물에 의한 민중 교육'이라는 『고향』 이전 카프 소설계의 구도가 연구자들 사이에 암암리에 계승된 사정이 있다 하겠다. 『고향』이 넘어서고자 했고 실제로 넘어선 이전 시기의 도식적 틀에, 『고향』에 대한 선행 연구들 상당수가 여전히 빠져 있었던 것이다.

제2부 한국 근대소설의 형성 및 분화와 우연

을 하는 데서(28절 「풍년공황」, 8회), 비로소 그의 변화가 드러나기 시작한다. 그의 발전은 이듬해 뒷산에서 음전이와 방개를 대조하던 끝에, 야학에서 들었던 울타리와 관련한 호랑이, 돼지 등의 일화를 떠올리며 무산자인 소작농들이 울타리를 칠 이유가 없다는 자각에 이르면서 명확해진다(29절 「그 뒤의 갑숙이」, 8~9회).

이러한 변화가 의식상에 있어서 놀라운 발전임은 분명하지만, 두 가지를 짚어 둘 필요가 있다. 하나는 작품 내 세계 차원의 실제적인 계기가 취약하다는 문제이다. 김희준의 감화를 의식한다거나 야학에서 들은 말을 어렵게 떠올려가며 생각을 이어 나아가는 면모가 형상화되어 있기는 해도, 김희준과 인동의 관계가 각별한 것으로 그려진 바도 없으며 야학의 영향력을 짐작할 만한 구체적인 장면이 있는 것도 아니다.[85] 요컨대 인동의 변화 발전은 야학과 독본 읽기라는 '공부'를 바탕으로 하고 스스로 생각을 해 보는 방식으로 이루어지고 있는데, 그러한 생각의 전개가 이야기를 들을 때는 없었다가 불현듯 가능해진다는 점을 고려할 때, 인동의 생각이라는 형식으로 서술자-작가의 언어가 발화되는 형국이라 해도 좋을 만하다. 다른 하나는 그러한 발전이 아직은 인동의 심중에 그쳐 있다는 한계이다. 아내 음전이 임신을 해서 부모가 기뻐할 때 그가 보이는 태도는 부친의 삶을 통해 암울한 미래를 내다보며 무거운 짐을 느끼는 것일 뿐이다(32절 「수재」, 1회). 이는 그의 변화라는 것이 현실을 변혁하여 미래를 개척하겠다는 의지와는 거리가 먼 자리에서, 사실상 현실의 궁핍함을 자각한 데 지나지 않는 것

---

85 이에 상응하는 것으로는, 인동이 "참으로 지금 우리는, 배우는 것이 목적이야"(28절 「풍년공황」, 5회)라며 음전과 공부에 열중하는 장면 정도가 유일하다.

임을 알게 한다. 수재로 인해 음전이 사산했을 때 그것을 '가난한 자의 숙명'으로 받아들이는 것(33절 「재봉춘」, 2회) 또한 그의 수동성을 입증해 주는 작품 내 세계 차원의 객관적, 현실적인 증거이다.

어쨌든 인동은 상술한 자각 위에서 모친의 욕심을 비판적으로 평가하기도 하고(32절 「수재」, 4회), 소작료 감면 투쟁을 지속하기 위해 돈을 나눠줄 때 원출의 문제가 생기자 자신이 양보하는 모습을 보이기도 한다(35절 「희생」, 11회). 이러한 행위가 작품 초반의 인동에게서 기대하기 어려운 성숙한 것임은 분명하지만 소작농들의 상황을 적극적으로 타개하기 위한 운동가의 면모에 미치지 못하는 것도 마찬가지로 분명하다. 사정이 이러하기에 『고향』의 성과 중 하나로 인물의 발전적 형상화를 꼽는다 할 때 그 맨 앞에 나올 수 있는 것은 앞의 주석에서도 밝혔듯이 인동이 아니라 갑숙이라 할 것이다. 갑숙에 비한다면 인순의 경우도 미미한 수준이다.[86]

인동의 변화와 관련해서 리얼리즘적인 설득력을 갖는 것은 그 개인의 경우가 아니라 그와 음전이 맺는 스토리-선이 보이는 변화 양상이다. 음전에 대한 인동의 호기심으로 시작되는 이 관계는 부모에 의한 결혼 이후, 살아온 환경 탓에 약간의 거리감이 생기다가,[87] 인동이 서

---

[86] 인순의 발전적인 면모는 6절 「새로운 우정」, 9절 「청년회」, 21절 「그들의 남매」, 30절 「신생활」 등에서 확인되는데, 자신의 집은 물론이요 원터 농민들의 삶이 갈수록 궁핍해지는 현실을 의식하는 한편 음전이 여전히 갖고 있는 천박한 세속티를 느끼는 수준이다. 목사의 말을 회의하기 시작하고(9절 「청년회」, 5회) 하는 데서 발전적 면모를 보이는 것은 사실이지만, 그러한 발전을, 성인이 되어가는 과정이나 그 구체적인 양상으로서의 자연발생적인 계급적 자각 이상으로 보기는 어렵다.

[87] 음전이 만든 호사스런 저고리를 마지못해 받아드는 인동이 아내의 심중을 생각하여 민망해하는 것이나(28절 「풍년공황」, 5회), 일하는 남편의 모습을 부끄러워하는 음전(28절 「풍년공황」, 10회)에게서 이러한 거리가 확인된다.

　　　　　　　제2부 한국 근대소설의 형성 및 분화와 우연

로의 차이를 인식하는 한편[88] 방개와 다시 만나 그녀에게 끌리면서(30절 「신생활」 9~10회) 부부 사이의 거리가 벌어지는 양상을 보인다. 급기야 음전이 사산을 해도 개의치 않으며(33절 「재봉춘」 2회), 음전이도 심정이 변화하고 인동이도 아내 옆에서 자기를 싫어할 만큼 서로 간의 거리가 벌어진다(33절 「재봉춘」 4회). 끝내 이들의 관계는 타인 앞에서 가시화되는 데까지 이른다. 인동이 결혼생활의 불만을 희준에게 털어놓으며 아내가 왜 죽지도 않는지 일갈하고 방개에 대한 애정을 밝히는 것이다(34절 「갈등」 4~5회). 이후의 인동은 방개와의 관계를 희준에게 당당히 주장하는 면모를 보이기까지 하는데(37절 「면동이 틀 때」 1~2회), 이로써 음전과의 결혼생활이 파탄에 이르렀음이 명확해진다.

인동과 음전의 스토리-선이 보이는 이상과 같은 양상은, 두 사람이 살아온 환경의 차이가 영향력을 행사하고 있으며, 인동과 방개와의 관계가 이를 강화, 가속화하고 있다는 점에서 자연스럽고 설득력이 강하다. 현실적으로 있을 법한 방식으로 전개되고 있어 이 자체를 두고 볼 때 리얼리즘적 성취의 한 사례라고 하지 않을 이유가 없다 하겠다. 물론 이들의 스토리-선이 자유연애나 가족의 울타리를 넘어선 순수한 사랑을 고취시킨다거나 하는 것으로 해석될 수는 없겠지만,[89] 자신의 욕망을 억누르며 옥희에게 동지적 사랑을 역설하는 희준의 면모가 갖는 관념적 성격에 비할 때 인동의 행태가 보이는 현실적 성격은 농민사회의 한 측면을 훌륭히 재현했다는 의미를 갖게 되는 것이다.

---

[88] 앞서 지적한 인동의 자각 부분(29절 「그 뒤의 갑숙이」 8~9회)의 단초는 음전과 방개를 대조하는 것이며 그 결과는 음전과 자신의 거리를 확실히 의식하는 것이다.

[89] 개별 스토리-선의 의미 효과는 전체 스토리와의 관계에서 확정되는 것이기에, 『고향』의 전체적인 주제효과를 염두에 두는 한 이러한 식의 해석은 설자리가 없다.

일일이 상론할 수는 없어도『고향』의 여러 인물들 사이에서 확인되는 인물관계 면에서의 변화 양상은 이 작품의 리얼리즘적 성취를 한결 빛나게 해 주는 부분으로서, 비단 인동-음전의 경우에 그치지 않는다. 갑숙-경호, 인동-방개, 희준-갑숙, 희준-복임, 희준-김 선달, 안승학-갑성, 원칠-박성녀 등의 관계들 또한 작품 내 세계의 현실성을 확보하면서 의미 있는 변화의 양상을 보이고 있다. 갑숙과 경호의 스토리-선은 서술시상의 비중 면에서도 대단히 큰 것이어서 한층 중요한 것이며, 희준과 복임의 관계는 김희준의 성격의 일면을 잘 보여주는 것으로서 주목할 만하고,[90] 희준에 대한 김 선달의 태도 변화는 농민들의 생래적인 현실주의적 의식과[91] 계급적 한계[92] 모두를 드러내 준다는 점에서 의미가 있다.

4)『고향』의 성과와 소설사적 위상

지금까지의 분석 결과를 토대로『고향』의 특성을 종합해 보면, 결론적으로 지적해야 할 사항은 이 소설이 갖고 있는 복합적인 성격이라 할 수 있다. 작품 내 세계의 설정 양상에서부터 80여 명의 등장인물들이 각기 생동감 있게 살아서 저마다의 스토리-선을 영위하는 인물 구성상의 특징과 여러 개의 스토리-선들이 중층적으로 엮여 있는 서사

---

90 11절「달밤」4~5회와 14절「그들의 부처」의 스토리에서 이 부부의 관계 변화 양상과 복임
    을 대하는 김희준의 행동이 드러내는 성격을 내밀한 차원에서 추론할 수 있다.
91 실행력이 없는 청년회를 왜 하냐고 따지면서 야학은 잘하는 일이라 평가하는 데서 이러한
    면모가 확인된다(12절「김 선달」7회).
92 목적의식적으로 투쟁을 끝까지 이어나가려고 분투하는 대신에 벼를 베려고 하는 다른 작인들
    의 동요를 전하며 김희준의 하회를 기다리는 모습(34절「갈등」8회)에서 그의 한계가 드러난다.

　　　　　　　　　　　제2부 한국 근대소설의 형성 및 분화와 우연

구성상의 특징에 이르기까지 이러한 복합적인 양상이 확인된다.

『고향』이 보이는 이러한 복합적인 양상의 최종적인 작품 효과는, 1930년대 초 식민지 조선 사회의 충실한 재현이라고 할 수 있다. 작품 내 세계와 그 속에서 행동하는 인물들의 면면 및 그들이 벌이는 사건들이 하나의 줄기로 통합되거나 일목요연한 위계 관계를 이룬다거나 하는 대신에 복합적인 양상을 보인다는 점은, 일견, 재래의 좌파 리얼리즘미학의 견지에서 보면 문제적인 것이라 할 수도 있겠다. 당파성의 견지에서 혹은 사적 유물론의 구도에서 파악되고 재현된 세계상이란 전형성으로 형상화되는 본질과 그로부터 멀어지는 만큼 아무런 가치도 지닐 수 없는 지엽이 명확히 구분되고, 그 속의 행위나 사건들 또한 역사 발전상의 진보와 반동으로 확연히 갈라진다고 생각해 왔던 맥락에서 보면,『고향』의 이러한 면모는 다소 석연치 않은 것일 수 있는 까닭이다.

그러나 중요한 것은 재현의 현실성이지 특정 이론에의 부합 여부가 아니다.『고향』이 발표된 1930년대 중후반이나 이 작품에 대한 연구가 활성화되었던 1990년대라면 이러한 주장의 자명성 또한 힘을 발휘하기 어려웠지만, 발표 당시에 문단의 주목을 끌었던 유물변증법적 창작방법론이나 사회주의리얼리즘론이든 1990년대의 변혁이론과 연동된 좌파문학이론이든, 그것이 작품에 앞서서 평가의 기준으로 설정될 수 있는 것은 아니다. 분석 단계에서 중요한 것은 외삽적 이론이 아니라 텍스트 차원의 실증이며, 해석은 그러한 실증적 분석의 결과를 종합하면서 이루어져야 한다.

이러한 사실을 명기하는 것은, 지금까지 행한 분석 과정에서 부분적으로 이미 밝혀졌듯이,『고향』에 대한 기존의 평가 및 연구들의 경우 작품의 실제와는 다소 거리가 있는 예단 혹은 의미 부여를 시도해 왔기 때문이다. 그러한 모든 경우들에 공통되는 것이 바로『고향』이 보이는 복잡성을 간과하고 단순화하는 것이다. 그들은 리얼리즘이란 특히 좌파문학의 견지에서 제창되는 리얼리즘이란 사태의 현상을 뚫고 그 본질과 핵심을 명확히 반영해 내는 것이라고 본다. 그러한 입장에서는 복잡한 현실을 복잡하게 재현하는 것이 리얼리즘의 성취라는 인식이 용인되지 않는다.

『고향』에 대한 논의의 지평 자체를 대상으로 하여 깊이 탐색할 만한 여유는 없는 까닭에, 이 소설의 주제효과를 설명하는 방식으로『고향』이 대표하는 1930년대 카프 소설의 총체적 리얼리즘이란 무엇인가를 규명하도록 한다.

이기영의『고향』이 보여 주는 것은, 반복이 되겠지만, 1930년대 초 식민지 조선 사회의 충실한 재현이다. 여기서 중요한 것은, 재현이라고 해서 그 상(像)이 완결된 것으로 제시되지는 않는다는 점이다. 사정은 반대이다.『고향』의 특징은 작품 내 세계와 그 속의 인물들, 그리고 그들이 벌이는 사건들 이 모두를 변화와 운동의 맥락에서 재현하고 있다는 데 있다. C군 원터 읍내의 근대화 양상은 물론이요, 김희준이나 안승학의 의도와 노력, 좌절, 재기의 서사나 기타 주요 등장인물들의 변화·발전의 서사, 인물들이 맺는 스토리-선의 전개 양상, 소작료 감면 투쟁과 제사공장 파업의 전개 양상 모두 부단한 운동의 맥락에서 재현되고 있다. 김희준의 정체성이 일의적으로 규정될 수 없음은 주지의 사실이며 인물들과의 관계에서 볼 때 안승학도 마찬가지이다.[93] 갑숙이나 인동, 경호 등 주요 등장인물들이 보이는 변화의 양상과 지향

점이 하나로 수렴되고 있지 않은 것도 물론이요, 그럼으로써 작품의 종결 이후가 열려 있는 것도 명확하다. 작품 내 세계든 인물이든 사건이든 그리고 이들 모두의 총화든 어떤 견지에서 보더라도『고향』의 세계 자체는 어떤 식으로도 실정적으로 규정되어 있지 않고 끊임없이 운동하면서 복잡한 양상을 보이고 있는 것이다.[94]

결과가 아니라 과정이 중시되고 있다고 상식적인 맥락으로 옮겨 말해도 크게 문제될 것은 없겠지만, 이러한『고향』의 재현 방식은 사상(事象)을 고정시키지 않고 운동하는 것으로 파악하는 변증법적 사유를 충실히 구현한 것으로서 의미를 갖는다.『고향』이 보여 주는 현실은 특정한 현실상 혹은 세계관에 의해 고정된 것이 아니라, 변화하는 사실들과 관계들, 과정들의 총합이다. 총합이라고 했지만 그것이 특정한 상태에서 특정한 모습으로 실정적으로 규정되는 것이 아님은 물론이다. 그러한 총합으로서의 현실 자체가 끊임없이 운동하면서 그 구성 요소들 모두를 형성하는 것이기 때문이다. 다시 말하자면 인물, 사건, 배경 들이 각각 그리고 상호적으로 운동하는 구조적 효과로서 스스로 형성 과정 중에 있는 그러한 총합이 바로『고향』이 재현하고 있는 세계이다.[95] 이

---

93 안승학을 자본의 화신인 양 해석하는 것은 돈에 대한 그의 열망 한 가지에만 초점을 맞춘 것으로서 설득력을 갖기 어렵다. 그의 과거 여성 편력까지 따지지는 않는다 해도, 새로운 양반이자 유지로 행세하고자 하는 명리욕, 김희준을 위협 세력으로 느끼는 권력 감각 및 지배 욕구, 권상철을 우습게봐 결연 상대로 치지 않고 갑숙의 혼사를 통해 사회적 지위를 확고히 하고자 하는 계층 의식, 배다른 자식들을 두고 가문의 미래를 생각하는 가부장의 면모 등 모두가 안승학을 이루는 요소들이며 이들 상호간의 상생 혹은 상충 관계는 물론이요 각각의 지향과 좌절 등의 운동이 그의 고정되지 않는 실체를 구성하는 것이다.

94 전통적인 세시풍속의 하나인 두레 또한 정형화된 세시풍속으로 고정되어 있지 않고 사회관계자본으로 전이되고 있는데(윤영옥,「이기영 농민소설에 나타난 풍속의 재현과 문화재생산」, 국어국문학회,『국어국문학』157, 2011, 263~264면), 이러한 사실이야말로 지금 논의하고 있는『고향』의 특성이 상징적으로 잘 보여 주는 것이라 할 만하다.

95 이러한 점은, 전체적으로 볼 때 미미하지만 내용 면에서 의미 있게 읽히는 서술자─작가의

것이 구체적 총체성의 세계이며[96] 바로 이러한 총체성을 구현하고 있다는 점에서 『고향』의 성취를 총체적 리얼리즘이라고 할 수 있다.

『고향』의 이러한 성취는 소설사적으로 볼 때 매우 값진 것이다. 사회주의 리얼리즘이 수용되면서 카프의 소설관이 기존의 경직성을 상당 부분 덜어내고 있었다 해도, 공시적으로는 사회를 실정적 실체로서 재현할 수 있다는 의식의 한계를 벗어나지 못하고 통시적으로는 사적 유물론을 맹목적으로 따르며 미래를 규정하고자 하는 욕망에 갇혀 있던 것이 사실이다.[97] 이러한 상황에서 『고향』은 농촌 현실의 구체성을 운동의 맥락에서 포착하고자 하는 왕성한 실증적 욕구를 통해 마르크스주의적 현실 파악 의지를 실현해 낸 희귀하면서도 성공적인 사례에 해당된다. 바로 이러한 성취가 『고향』을 카프의 대표작이면서 동시에 한국 근대소설 형성기의 주요 작품으로 세워 주고 있다.

언어가 주목하는 것 또한 농촌이 궁핍화되는 과정이지(28절 「풍년공황」, 6~7회) 예컨대 추상적인 계급의식이나 계급투쟁의 구도 등이 아닌 데서도 확인된다.

96　카렐 코지크, 박정호 역, 『구체성의 변증법』, 거름, 1984, 43~47면 참조.

97　『고향』에 대한 당대 카프 진영의 상찬과 한계 지적 모두 이에 해당된다.

5장

모더니즘소설의 등장과 양상

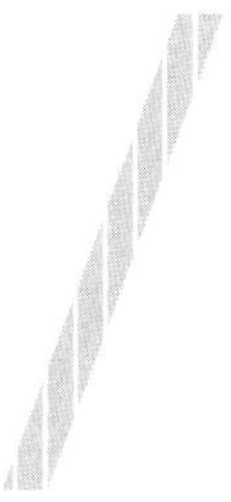

1. 박태원 소설과 우연의 문제

1)「소설가 구보 씨의 일일」의 경우

「小說家 仇甫氏의 一日」은『조선중앙일보』에 1934년 8월 1일부터 9월 19일까지 총 30회 연재된 중편소설로서 박태원의 대표작 중 하나이며, 한국 모더니즘소설을 대변하는 작품이기도 하다.[1] 작가 자신의 이

1 　특이한 점은「소설가 구보 씨의 일일」의 이러한 위상은 한국 모더니즘소설에 대한 연구사를 통해 수립된 것이라는 사실이다. 이 소설에 대한 당대의 반응은 '무반응' 자체여서, 예컨대 안회남의 경우 박태원론을 쓰는 자리에서『천변풍경』과 더불어「사흘 굶은 봄 달」이나「거리」,「길은 어둡고」 등을 상찬하되 단편집의 표제작이기도 한「소설가 구보 씨의 일일」은 언급하지조차 않고 있기도 하다(「作家 朴泰遠」,『문장』 창간호, 1939.2). 이러한 상황에 대해 박태원 스스로 강하게 유감을 표시한 바도 있지만(「내 藝術에 對한 抗辯―作品과 批評

야기를 쓰는 형식으로 되어 있다는 점, 주인공 구보의 동선으로 이야기가 축조되고 그가 가지고 다니는 대학노트의 기록이 그대로 이 소설이 되었다고 볼 수 있다는 점, 만 하루에 걸쳐 서울을 돌아다니며 주인공이 관찰하고 생각한 바를 담은 '고현학(modernology)'의 소산으로 볼 수 있다는 것, 무엇보다도 주인공 구보의 행태가 모더니즘소설의 대표적인 인물형인 산책자의 양태에 해당된다는 점 등이, 선행 연구들이 이 소설의 (내용)형식에 주목하면서 그 소설사적 위상을 매길 때 거론하여 온 특성이다. 주제 면에서는 도시에 대한 묘사, 도시성의 인식의 문제를 주목하거나 주인공 구보가 추구하는 행복의 의미를 검토하거나, 미적 근대성의 구현 여부에 대한 판단을 내려 본다거나 하는 양상을 보여 왔다.

「소설가 구보 씨의 일일」이 자신의 내용을 드러내는 복합적인 양상에 주목하면, 이러한 문제들을 일목요연하게 통합하여 정리하는 일은 매우 지난해 보인다. 무엇보다도 구보의 언행과 생각, 회상 및 자유연상으로 작품 내용의 출처 및 출현 양상이 중층적으로 혼효되어 있기 때문이고, 벗을 지향하는 거리의 산보객인 주인공과 생활과 집이 있는 사람들 사이의 대비는 분명한 반면 이들 모두의 지향이 공통되게 행복으로 설정된다는 사실 또한 명백하여, 이 두 가지의 관계를 명료히 규정하기가 쉽지 않다는 문제가 두드러지기 때문이기도 하다. 길지 않은 분량의 중편이고 등장인물이 많은 것도 아니며 복잡한 사건이 전개되는 것도 아니지만, 이렇게 「소설가 구보 씨의 일일」은 주제효과의 응

家의 責任」, 『조선일보』, 1937.10.23), 사정이 달라지지는 않았다. 이렇게 홀대(?)받던 작품이 후대의 연구를 통해 모더니즘소설의 대표작 반열에 오르게 된 것인데, 이러한 현상은 한국 모더니즘소설의 정체와 관련하여 추후에 좀 더 논의되어야 할 사안으로 보인다.

          제2부 한국 근대소설의 형성 및 분화와 우연

집성이 잘 확인되지 않는다는 점에서 문제적인 성격을 띤다. 여기에 한 가지 더하여, 「소설가 구보 씨의 일일」의 경우 그 어떤 작품들보다도 우연이 서사 구성에서 차지하는 위상과 의미가 매우 크다는 사실 또한 주목된다.

이상의 문제들을 풀어 나아가기 위해서, 객관적인 텍스트 분석으로부터 시작하여 작품의 주제효과와 형식적 특성의 관련을 검토해 보고자 한다. 다른 작품들에 대한 논의와 마찬가지로 서사 구성 분석부터 시작하되, 이 소설이 전개되는 양상의 특징을 고려하여 주인공의 동선을 함께 명기한다. 이를 통해서, 구보가 움직이는 대로 스토리가 진행되고 집에서 종로 네거리에 걸치는 그의 행적이 그대로 서사 구성의 뼈대가 된다는 점을 명확히 하고, 그의 상념이 여정과 어떻게 관련되는지를 고려하여 그 의미망을 가늠해 보고자 한다.

「소설가 구보 씨의 일일」의 전체적인 서사 구성 양상은 다음과 같다.[2]

- 1절 「어머니는」(8.1) : 집. 26세 총각 아들이 외출, 일찍 귀가하라는 모친.
- 2절 「아들은」(8.2) : 집. 동경 유학생인 아들이 직업 없음이 믿어지지 않는 모친.
- 3절 「仇甫는」(8.3) : 길-광교. 길에서 두통, 신경쇠약, 귀의 중이질환에 대해 생각.

---

2 절의 번호와 연재 일자를 병기한다. 절의 번호는 『조선중앙일보』 연재본에 표기된 것으로서 연재 횟수와 일치한다. 연재본 「소설가 구보 씨의 일일」은 1934년 8월 1일에서 9월 19일에 걸쳐 총 30회 연재되며 30개 절로 이루어졌다. 단행본으로 오면 번호가 사라지면서 절의 개수가 31개로 느는데, 다음의 각주에서 밝히겠지만 단행본이 구성상 착오를 보인 것이므로, 연재본을 따라 절 번호를 붙여 둔다. 9월 12일자 25절 「茶房을」은 해당 면에 연재된 것이 없어서 문장사 단행본을 참조하였다.

• 4절 「仇甫는」(8.4) : 길-종로. 쇠약해진 시력을 느끼며, 백화점, 안전지
대 등으로 산책.

• 5절 「電車 안에서」(8.7) : 전차. 동대문행 전차에 타서, 어디까지 갈까
하다, 한 여성을 봄.

• 6절 「女子는」(8.8) : 전차-한강행(?). 여자와의 만남 상념 후 그녀가 내
리자 아차 하고 뉘우침.

• 7절 「幸福은」(8.10) : 전차-훈련원(?). 그녀에 대한 회상 후, 새 여성 승
객을 두고, 여인들 생각.

• 8절 「일즉이」(8.11) : 조선은행 앞. 벗의 누이 회상, 한 소녀 회상. 물질
과 행복 상념.

• 9절 「茶房의」(8.14) : 장곡천정 다방. 우울을 사랑하는 사람들 의식. 금
전과 벗에 따른 행복 상념.

• 10절 「그 사나이와,」[3](8.15) : 길-다방 옆. 어떤 사내를 보고 교섭의 번
거로움 의식. 벗을 찾으나 허탕.

• 11절 「얼마 잇다」(8.17) : 태평통. 현기증, 건장한 장년을 보고 독서에
따른 건강 쇠퇴 의식. 서해 회상. 옛 동무 조우.

• 12절 「조고만」(8.18) : 경성역. 군중 관찰, 고독감. 경성역 사람들 사이
에서 대학노트 펼침.

• 13절 「改札口 아페」(8.19) : 경성역. 시대의 무직자, 금광 열풍 상념. 여
자를 끼고 있는 교양 없는 중학시대 열등생을 조우하여 이야기.

• 14절 「月尾島로」(8.21) : 길-조선은행 앞. 여자와 돈 생각. 거리의 불유

---

3 8월 15일자 연재본에는 제목에 해당하는 이 두 구절이 누락되어 있다. 17일 연재분 말미의
'第十四分訂誤'를 통해 누락 사실이 밝혀진다.

  제2부 한국 근대소설의 형성 및 분화와 우연

쾌함을 피해 전화로 벗을 청함.

- 15절 「다행하게도」(8.22) : 다방. 다시 다방으로 가 강아지에게 수작. 벗을 기다림.

- 16절 「마츰내」(8.24) : 다방. 시인이자 기자인 벗이 와, 구보의 소설이 늙음을 가장한다 함. 권태를 느끼고 '遊民'다운 문제로 화제 전환.

- 17절 「문득」(8.25) : 다방. 황혼 무렵. 아이 울음소리에 성욕 강한 가엾은 친우 생각. 벗의 이야기를 끊고 나옴. 벗이 귀가. 누구와 황혼을 보낼까 생각.

- 18절 「電車를 타고」(8.28) : 종로네거리, 다료. 생활을 가진 사람, 노는 계집과의 비판적 거리감 의식.

- 19절 「女子를」(8.29) : 다료. 다료 주인 등장. 남녀를 보고 선망하나, 사랑보다 벗을 찾는 자신의 태도에 대한 오해가 잘못됐다 의식하다, 지난날의 로맨스 회상.

- 20절 「茶寮에서」(8.31) : 다료. 벗 앞에서, 로맨스의 회상을 이으며, 설렁탕을 먹음.

- 21절 「이곳을」(9.4) : 길. 식당을 나와, 벗이 약속을 잊었다며 밤에 보자하고 떠남. 로맨스의 끝, 이별을 회상하다 그녀를 보고 싶어 함.

- 22절 「光化門通」(9.5) : 길-광화문통. 여자를 떠나보냈던 자신을 책망. 근심 없는 아이, 만족한 취객을 보고 자신에 대한 외로움과 가여움 자각. 지나가는 남녀 '사랑하는 이들'을 축복.

- 23절 「이제」(9.8) : 길. 길에 망연히 서 있다 다방으로 급히 걸음을 옮기다, 어느 벗의 조카아이들을 만나 이야기.

- 24절 「그래도」(9.10) : 길, 다방. 거리의 여인에게서 성욕을, 전보 배달

부에게서 벗들과의 편지 왕래를 생각하며 웃음을 띠다, 가엾은 모친 생각.

- 25절 「茶房을」(9.12) : 다방. 다방에서 생명보험 외교원을 만나 이야기를 듣다, 벗이 오자 끌고 나옴.
- 26절 「朝鮮호텔」(9.13) : 길, 술집, 카페. 벗과의 문답. 가난한 문인, 구차한 내 나라 의식. 아내 혹은 계집, 딸 같은 소녀를 구하는 '고독'이 빚은 사상 의식. 벗에게 술을 청하고, 술집에 있던 여급을 찾아 카페로 감.
- 27절 「처음에」(9.14) : 낙원정. 기력, 정열이 결핍된 벗. 사람들을 정신병자로 관찰하고 싶은 충동을 느끼며, 이것만으로 이미 자신이 환자라 의식.
- 28절 「그러면」(9.15) : 카페. 노트를 펼쳐 읽고 새 것을 적으며 좌중을 웃기며 농담.
- 29절 「仇甫와 벗과」(9.16) : 카페. 여급들의 무지와 행복 상념. 비가 오자, 여급이 되고자 하는 한 여자 상상, 계집아이밖에 안 되는 여급에게 장난.
- 30절 「午前 二時의」(9.19) : 길-종로 네거리. 길에 나와 어머니의 사랑을 느끼고, 이제 생활을 가지리라 마음을 잡고는, 벗에게 내일부터 집에서 창작하겠다 함. 자신의 행복보다 어머니의 행복을 생각하며 집으로 향함.

이상의 서사 구성 분석을 통해 확인되는 사실은 다음 세 가지이다. 첫째는 위의 정리 자체에서 확연히 드러나듯이 이 작품의 서사 구성이 대체로 비슷한 분량의 서술시[4]를 갖는 30개의 자잘한 절들로 나뉘어 있되,[5] 그러한 분절 방식에 특별한 의미를 부여하기는 어렵다는 점이다.

이러한 의미 부여의 부적절함은 다음 두 가지로 드러난다. 하나는, 절 제목과 내용 사이에 아무런 관련성도 없다는 사실이다. 소설의 서사를 장절 형식으로 나누어 각각에 제목을 다는 경우, 그러한 제목이 해당 부분의 스토리와 어느 정도의 관련을 갖는 것이 일반적이지만 「소설가 구보 씨의 일일」의 경우는 사정이 다르다. 모든 제목이 해당 절의 첫 구절을 떼어내 글자 크기를 키우고 행을 나눈 것일 뿐이어서, 그 구절로 시작되는 문장에서의 통사적인 의미 외에 해당 절 전체의 의미를 대표한다거나 함축하는 등의 기능은 할 수 없게 되어 있는 것

4　대부분의 절이 삽화를 포함하며 여섯 단으로 되어 있다. 분량상 변화가 있는 경우는 다음과 같다. 5절 「電車 안에서」가 다섯 단으로 조금 적은 편인 반면, 19절 「女子를」은 삽화가 없는 여섯 단, 21절 「이곳을」은 일곱 단에 걸쳐 있어 다른 절들보다 분량이 조금 많은 편이다. 이러한 차이가 있지만 절 구성상의 특징으로 거론할 만한 정도는 아니다. 참고로 밝혀 두면, 이상이 '하융(河戎)'이란 이름으로 그린 삽화가 없는 절은 5절과 더불어 마지막 30절 두 곳뿐이다.

5　서지적인 맥락에서 「소설가 구보 씨의 일일」은 연재본과 단행본에서 중요한 차이를 보인다. 『조선중앙일보』 연재본은 총 30회에 걸쳐 30개 절로 이루어져 있다. 반면에 단행본들은 31개 절로 구성되어 있는데, 연재본의 26절 「朝鮮호텔」을 단행본에서는 26절 '조선호텔'과 27절 '나의 願하는 바를 月輪도 모르네'로 나누었기 때문이다. 이는 단행본 작업에서 이루어진 잘못임에 분명하다. 「春夫」의 一行詩 인용구를 절 제목인 양 착각한 것이다. 이것이 착각임은 두 가지 면에서 확인된다. 첫째는 30절 연재분(9월 19일) 뒤의 '訂誤'에서 해당 시를 '改譯'하면서 시구의 위치를 다섯 번째 단으로 지정하여 본문의 일부임을 명확히 할 뿐, 절의 구분에 관한 언급은 전혀 없다는 사실이다. 둘째로, 시가 인용되는 또 다른 구절인 18절 '電車를 타고'에서의 '啄木의 短歌' 부분과의 비교를 통해서도 알 수 있다. 두 부분 모두 인용 시 전후에 한 행씩을 띄워, 시를 인용하는 데 있어 일관된 체재를 보이고 있는 것이다. 이를 착각하여, 1938년의 단행본(『小說家 仇甫氏의 一日』, 문장사)에서는 18절의 시 인용은 앞뒤로 행을 띄우지 않고 시로 처리하면서(265~266면) 26절의 원래 인용 구절을 별개 절의 제목인 양 바꾸어 놓았다(285면). 동일한 오류가 1948년에 발행된 을유문화사의 소설집 『聖誕祭』에서도 반복되고 있다. 1989년에 깊은샘에서 출간한 『小說家 仇甫氏의 一日』에서는 절 구성의 잘못은 그대로 답습한 채 18절의 시 인용 부분에서 앞뒤에 한 행씩을 비워 두었다. 1938년의 단행본 이후, 연재본을 검토하지 않은 채 단행본들이 출간되며 이러한 오류가 계속된 것이라 추정된다.

이다. 다음으로, 서사의 뼈대를 이루는 장소 이동과 관련해서 볼 때, 절의 구분과 공간의 변화가 의미 있는 관련을 맺지는 않고 있음을 주목할 수 있다. 특정 장소에서의 서사가 복수의 절에 걸쳐 있기도 하고 (1~2, 5~7, 12~13, 15~17, 27~29절 등) 반대로 이렇게 짧은 절 속에서 장소 이동이 드러나는 경우도 있어서(8, 10, 17, 18, 25절 등), 공간적 배경과 분절 방식 사이에 어떠한 관련성도 부여할 수 없는 것이다.[6]

위의 정리에서 확인되는 둘째 특징은, 구보의 상념과 언행 대부분이 여성과 관련되어 있다는 점이다. 예전에 선을 봤던 여인이나 일본 유학 시절 인연을 맺을 뻔했던 여인에 더하여, 거리의 노는계집이나 카페의 여급에다, 여급 광고를 보고 문의하는 여인에 이르기까지, 여인들 정확히는 여인들에 대한 구보의 상념이 이 소설에서 차지하는 비중이 매우 크다. 이를 두고 상념 및 사색의 제재상 비중이 큰 것일 뿐이지 작품의 전체적인 주제효과에서까지 마찬가지로 중요한 것은 아니리라고 성급하게 결론을 맺어서는 안 된다. 이 소설을 두고 모더니즘 미학을 구현했느니 미적 근대성의 좋은 사례라느니, 도시성의 문제를 깊

---

6   앞에서 지적했듯이 이 소설이 보이는 30개 절은 그대로 연재 횟수이며 절 제목이란 회당 연재분의 첫 구절에 불과하다. 절의 구분이 이렇게 작품의 의미망이나 서사 구성상의 특징과 아무런 관계를 맺지 않고 있다는 사실은, 그 자체가 소설사적으로 낯선 것이라는 점에서 의미를 갖는다. 요컨대 소설 관습을 위반했다는 사실 그 자체가 의미를 갖는 것이다. 여기에는 작품 내외에 걸친 작가의 상황도 고려될 수 있다. 이 소설 속에 등장하는 다료 주인인 벗이 당대의 문제적 시인 이상임은 자명하거니와, 그를 등장인물로 설정한 결과 이상은 물론이요 박태원 자신도 작품의 경계 안팎에 걸쳐 존재하게 되었다. 이상과의 관련이 작가의 위상에 변화를 가져와 작가 스스로 작품의 주인공이기도 하게 되는 효과가 마련된 것이다. 이상의 관련이 여기에 그치지 않음으로써 이러한 특성이 한층 강화된다. 이상이 '하융'이라는 이름으로 바로 이 소설의 삽화를 그리고 있으며, 또한 같은 시기에 『조선중앙일보』의 같은 지면에 세상을 떠들썩하게 했던 자신의 역작 「오감도」 연작을 게재하고 있는 것이다. 이상과 「오감도」, 하융, 구보, 「소설가 구보 씨의 일일」이 맺는 이러한 관계가, 이 소설이 갖는 관습 위반의 성격이 「오감도」와 마찬가지로 작가에 의해 의도된 의식적인 행위라는 추정에 힘을 실어 준다.

이 있게 천착했다느니 하는 특정 주장들을 경계하며 미리 제외하는 것은 물론 아니지만, 그러한 평가를 앞세워 작품의 실제를 무시하는 오류의 위험이 매우 큰 만큼, 작품이 보이는 이러한 객관적인 사실 자체는 아무리 강조해도 지나치지 않은 것이다. 여성의 등장과 그에 대한 회상이나 상념에 더하여, 구보의 모친이 아들이 장가가기를 바라는 점이나 이 사실을 구보가 의식하고 마냥 거부하지는 않겠다는 결심에 이르기까지 한다는 점과, 행복에 대한 구보의 상념이 여성과 밀접히 관련되어 있다는 사실 또한 간과할 수 없다. 이와 같이 여성 관련 서술의 비중이 크다는 점은, 다소 급전처럼 느껴지는 결말의 처리를 이해하는 데 있어서 중요하다.

「소설가 구보 씨의 일일」의 서사 구성 분석에서 확인되는 셋째 특징이자 이 책의 견지에서 가장 중요한 특징은, 서사를 진행시키는 구보의 동선에 우연이 점철되어 있으며 작품의 주제효과를 풍성하게 하는 갖은 상념을 촉발시키는 데 있어서 이러한 우연들이 중요한 역할을 하나는 사실이다. 이를 구체적으로 살피기 위하여 우연의 구사 양상을 따로 추려내어 정리하면 다음과 같다. 필요한 경우 우연의 기능 및 우연 구사의 효과 등을 밝혀 둔다.

> ④-1 : 집을 나설 때 "대문아플, 때마츰 <u>세 명의 여학생</u>이 웃고 떠들며 지내갓다"(3절 「仇甫는」). 해서 모친의 말에 대답을 안 하게 되었다 (고 스스로 변명).
>
> ⑤(이유-소)-1 : 광교 근처에서 아무렇게나 내어놓은 발이 공교롭게도 왼편으로 쏠려 종로네거리 방면으로 발걸음을 옮김(4절 「仇甫는」).

⑤(이유-소)-2~3 : 저도 모를 사이에 발이 백화점 안으로 들어섬. 밖으로 나와서도, 발이 가는 대로 어느 틈엔가 安全地帶에 서게 됨(4절 「仇甫는」).

⑤(이유-적)-1 : 차장이 차표를 찍으라 하여 동전을 꺼냈을 때 다섯 닢 동전이 "공교로웁게도, 모도가 뒤집히여 잇섯다"(5절 「電車 안에서」).

④-2 : 예전에 혼삿말이 있던 여성이 전차에 올라탐(5절 「電車 안에서」).

④-3 : 다방에서, 친구의 소개를 받았으나 알아보지 못하여 서먹해진 '그 사나이'를 만나 외면하고 마음이 음울해짐(9절 「茶房의」).

④-4 / ⑤(이유-소)-4 : 두통, 피로, 현기증을 느끼며 걷기 시작할 때 "때마침 여플 지나는 壯年의, 그 精力家型 肉體와 彈力 잇는 거름거리"의 사내 등장으로, 아홉 살 때 춘향전을 읽게 된 일을 뉘우침. 두 가지 우연. 우연적 사건이 생각을 우연적으로 이끌어냄. 사건이 생각을 이끌어낸 셈이므로 우연이 아니라 모종의 인과가 있다고 볼 수 있지만, 서술자는 반대로 우연성을 드러낸다. 사내가 스쳐지나갈 때 "仇甫는, 一種威脅조차 느끼며 문득, 아홉 살 쩍에 집안 어른의 눈을 기여 春香傳을 읽엇든 것을 뉘우친다"(11절 「얼마 잇다」).

④-5 : 태평통 거리에서 행색이 초라해진 옛 동무, 보통학교 때의 급우를 만남(11절 「얼마 잇다」).

④-6 : 개찰구 앞에서 '中學時代의 劣等生'을 만남(13절 「改札口 아페」). 애인과 동반한 그와 앉았다가 헤어지며 그 여성과 친구의 재력에 대해 상념(14절 「月尾島로」).

②-1 : 다시 돌아간 다방에 다행히도 사람이 많지 않고 "마침, 자긔가 사랑하는 '스킵퍼'의 〈아이, 아이 아이〉"가 들려옴(15절 「다행하게도」).

④-7 / ⑤(이유-소)-5 : 문학을 논하는 벗과 다방에 있을 때 <u>문득 들려온</u> <u>어린애 울음소리</u>에(261) '거의 仇甫의 親友'였던 '가엽슨 벗'을 떠올림(17절 「문득」).

②-2 : 동경의 가을, 끽다점에서 '한 卷 大學 노트' 발견(19절 「女子를」).

④-8 : 여자와 무장야관(武藏野館) 앞에 내렸을 때 <u>영어교사</u>인 외국 부인을 만남(20절 「茶寮에서」).

⑤(이접)-1 : 여자가, 중학시대의 동창생과 이미 약혼한 사이(21절 「이곳을」).

④-9 : 광화문통을 걷다 길에 망연히 서 있을 때 '어느 벗의 조카아이들'을 만나, 아이들의 처지를 기술(23절 「이제」).

④-10 : 아이들에게 수박을 사 준 구보를 '마침 아플 지나든 <u>한 女子</u>'가 날카롭게 흘겨보고 지나감. 홍소하고 어쩌면 이제 명랑해질 수 있을지 모른다 함(23절 「이제」).

④-11 : 다방을 향해 걷다 거리의 부녀를 보고 '갑작이, 腐爛된 性慾'을 느꼈을 때 "문득, 제비와 가티 輕快하게 <u>電報 配達의 自轉車</u>가 지나간다". 전보 봉투를 손에 들고 감동하고 싶은 충동을 느끼며, 이것이 '性慾의, 어느 形態로서의, 한 發現'이라 생각(24절 「그래도」).

④-12 : 다방에 들어서서 엘만의 〈발쓰 · 쌘티만탈〉을 고요히 들을 때 '어느 <u>生命保險會社의 外交員</u>'이 '傍若無人한 소리'로 '仇포 氏'하고 부름(25절 「茶房을」).

⑤(이유-소)-6 / ④-13 : 낙원정 카페에서, '유끼짱'을 부르는 취성(醉聲)에, '廣橋 모퉁이 카페 앞에서, 마침 지나는 그를 적은 소리로 불렀던 아낙네'를 떠올림(29절 「仇甫와 벗과」). 여인을 떠올린 것이나 그녀를 만난 것 모두 우연.

④-14 : 새벽 두 시의 종로네거리에서 벗과 헤어지며 좋은 소설을 쓰겠다 할 때 "番 드는 巡査가 侮蔑을 가저 그를 훌터보앗"음(30절 「午前 二時의」).

이와 같이 「소설가 구보 씨의 일일」에는 작품 도처에 많은 우연들이 구사되어 있다. 별개의 사건이 겹쳐지는 ④ 인과적 적극적 우연이 14회 나타나고, ⑤ 기타의 우연 중 이유적 소극적 우연이 6회, 이유적 적극적 우연이 1회, 이접적 우연이 1회 등장하며, 목적하지 않은 결과를 맞이하는 ② 목적적 적극적 우연 또한 2회나 구사되어, 총 24회의 우연이 구사되었다.

우연과 관련하여 특징적인 점을 다음 네 가지로 정리할 수 있다.

첫째는 중편소설 분량의 그리 길지 않은 작품임에도 불구하고 지금까지 살펴봤던 장편소설들보다도 훨씬 많은 24회의 우연을 구사하고 있다는 사실이다. 이는 뒤에서 검토하는 김말봉의 『찔레꽃』과 더불어 우연을 가장 많이 구사한 사례에 드는 것이어서 특기할 만하다. 둘째는, 인과적 필연성을 결여한 우연[④]이 꽤 많이 등장한다는 것이고, 셋째는 다른 소설들에서는 흔치 않은 '이유적 우연'이 무려 7회나 구사되었다는 사실이다.[7] 끝으로 넷째는 바로 이러한 우연들을 통해서 구보가 여러 인물들을 만나며 그로써 작품의 주제효과가 풍성해진다는 점이다.

「소설가 구보 씨의 일일」의 등장인물들 중 의미 있는 스토리-선을 구축하며 구보와 관계를 맺는 사람은 극소수이다. 구보의 어머니와, 그

---

[7]   우연 구사의 빈도와 종류 등에서의 이와 같은 특징이 갖는 의미에 대해서는, 네 번째 특징을 살펴본 뒤에 논의한다.

                              제2부 한국 근대소설의 형성 및 분화와 우연

가 연락을 취하여 함께 저녁을 먹은 뒤 헤어졌다가 다시 만나 낙원정 카페에 가고 하며 구보의 결심을 듣게 되는 다료 주인인 벗을 제외하면, 사실상 서사 구성상 비중을 갖는 의미 있는 등장인물은 없다고 할 정도 이다. 그나마 중심적인 스토리-선이라 할 벗과 구보의 관계 또한 단속 적으로 되어 있음은 물론이다. 이러한 상황에서, 작품의 전체적인 주제 효과 구현에 크게 기여하는 구보의 상념과 사색이, 그가 우연히 만나는 등장인물들로 인해 촉발되고 있다. 우연에 의해서 그와 관계를 맺게 되 는 부차적인 등장인물들이 구보의 사색을 이끌어내고 있는 것이다.

이러한 상황을 가능케 하는 우연이란, 부차적인 인물들에게 독립적 인 스토리-선을 부여하지 않으면서 구보로 하여금 다양한 생각을 자 유롭게 전개할 수 있게 하는 서술적 장치라고 할 수 있다. 현실의 재현 이나 반영이 아니라 소설 구성상의 기법에 가까운 방식으로 우연이 구 사되어 있는 것이다.

「소설가 구보 씨의 일일」에서 구보가 경성 거리를 배회하며 우연히 만나게 되는 사람은 놀라울 정도로 많다. 면식이 있는 경우를 순서대로 꼽아보면 다음과 같다. '예전에 혼삿말이 있었던 여성'을 전차에서 만나 고[8], 다방에서는 관계가 서먹한 '그 사나이'를 만나고(9절), 태평통 거리 에서는 '행색이 초라해진 옛 동무, 보통학교 때의 급우'와 마주치며(11절), 경성역 개찰구 앞에선 애인을 거느린 '중학시대의 열등생'을 만나고(13 절), 회상 속 동경의 가을에 알게 된 여자와 무장야관(武藏野館) 앞에 내렸 을 때는 영어교사인 외국 부인과 맞닥뜨리고(20절), 광화문통에서 망연

---

8   박태원, 「小說家 仇甫氏의 一日」 5절 「電車 안에서」, 『조선중앙일보』, 1934.8.7. 이하에서는
     본문 속에 절 번호만 드러낸다.

히 서 있다가는 '<u>어느 벗의 조카들</u>'을 만나고(23절), 다시 들른 다방에서는 반갑지 않은 '어느 생명보험회사의 외교원'을 만나는 것이다(25절).

소설의 배경인 경성바닥이 아무리 좁고 인구가 많지 않다 해도 길을 배회하다가 여섯 명이나 되는 지인들을 연속적으로 만날 가능성은 극히 희박하다. 이들 중 밑줄 친 세 명은 오랜만에 만난 경우라는 점을 보태면 이러한 조우의 우연성이 한층 두드러진다.

물론 이런 특성이 놀랄 만한 일은 아니다. 실제의 반영 맥락에서 당시의 경성에 비추어 그럴 법하다고 해서가 아니라, 이 모두가 당연히도 작가의 의도에 따른 것이기 때문이다. 우연을 적극적으로 구사하는 작가의 의지와 그 결과인 우연의 극대화는, 구보가 그토록 만나고자 하는 벗들은 길에서도 다방에서도 마주치지 않고 찾아가도 제자리에 없다는 점과 이상의 우연들이 대비될 때 더욱 명확해진다.[9]

이 소설의 우연한 만남에는 면식 없는 경우들도 포함된다. '세 명의 여학생'(3절)과 '<u>정력가형 육체와 탄력 있는 걸음걸이의 장년</u>'(11절), '<u>어린애 울음소리</u>'(17절), '<u>한 여자</u>'(23절), '<u>자전거 탄 전보 배달원</u>'(24절), '아낙네'(29절), '번 드는 순사'(30절)가 그들이다.

9　이러한 진술은, 「소설가 구보 씨의 일일」의 경우 작가 박태원에 의해 우연이 내용과 형식 양면에서 주된 기법이자 근본적인 원리로 설정되었음을 강조하기 위한 것일 뿐이다. 우연 검출의 방식에서 작가의 의도를 고려했다는 식으로 오해하면 안 된다. 1장에서 밝혔듯이 어떠한 사건이 소설에서 우연으로 판명되는 것은 체계로서의 작품 내 세계를 기준으로 해서일 뿐이며, 우연의 검출 과정에서 작가의 우연 설정 의도는 고려 사항이 아니다. 작품이 배경으로 했다고 여겨지는 실제 세계에서 방불한 사건이 갖게 될 우연성의 정도 또한 고려되지 않는다. 소설의 우연에 대한 논의는 작품이라는 하나의 구성물 속에서 판단될 때에만 학적 객관성을 유지할 수 있기 때문이다. 따라서 예컨대 「소설가 구보 씨의 일일」이 배경으로 하는 1930년대 경성의 상황을 추론하여 그러한 조우의 가능성을 따지는 일은, 서사 구성상의 우연을 검출하고 그 기능을 살피는 일과는 아무런 상관이 없다. 마찬가지로 작가 박태원이 즐겨 다니던 행적과 구보의 동선을 비교하는 일도 이 맥락에서 유의미한 연구라고는 하기 어렵다.

　　　　　제2부 한국 근대소설의 형성 및 분화와 우연

이들 중 밑줄 친 네 명과의 조우는, 구보의 심정을 드러내며 작품의 주제효과를 구성하는 데 기여하는 다양한 상념들을 이끌어내는 계기로 기능하고 있다. 작품의 주제효과를 드러내는 데 있어서 일면식도 없는 인물들과의 조우를 적극적으로 구사하고 있는 것이다. 우연과 주제효과의 관련성은, 앞서 언급한 면식 있는 자와의 우연한 만남 중 반 이상에서도 확인된다. 이로써 「소설가 구보 씨의 일일」의 주제 구현에 있어서 ④ 인과적 적극적 우연이 의도적으로 폭넓게 구사되었다고 할 수 있다.

이 소설이 보이는 우연의 중시 경향은 ⑤ 기타의 우연에서도 잘 드러난다. 특히 '이유적 소극적 우연'이 여섯 차례나 쓰인 점이 주목된다. '이유적 소극적 우연'이란 말 그대로 행위에 이유가 없고 사태에서 인과관계를 찾을 수 없는 경우를 말하는데, 바로 이러한 까닭에 여타 계열의 소설들에서는 찾아보기 어려운 우연에 해당한다. 이 우연은, 인물의 꿈이 펼쳐지지 않는 한, 사실성이 중시되는 작품 내 세계에서는 좀처럼 등장하지 않는다. 이런 맥락에서 '이유적 소극적 우연'이 여섯 차례 등장한다는 사실은 「소설가 구보 씨의 일일」이 사실성 및 개연성의 굴레로부터 자유로운 상태에서 창작되고 있음을 증명하는 것이라 할 수 있다.

이러한 특징은 이들 우연의 기능에서 한층 강화된다. 「소설가 구보 씨의 일일」에 구사된 '이유적 소극적 우연'은 두 가지 기능을 수행한다. 하나는 서사의 뼈대를 이루는 구보의 동선을 낳는 기본 원리로 기능한다는 사실이고, 다른 하나는 앞서의 ④와 같이 상념을 유발한다는 점이다. 논의를 간명히 하기 위해 전자에 해당하는 세 경우만 밝혀 둔다.

한 손에 단장과 또 한 손에 공책을 들고, 목적 없이 거리로 나선 구보는 광교 근처에서 종로네거리 쪽으로 발걸음을 옮기는데, 이에 대해

서술자는 "처음에 그가 아모러케나 내여노앗든 바른발이 공교로웁게도 왼편으로 쏠렷기 때문"(4절)이라고 해명 아닌 해명을 하고 있다. 구보가 종로네거리로 향하게 된 데 별다른 이유가 없다는 사실을 알려 줌으로써, 이러한 해명 비슷한 구절은 이 사건의 우연성을 두드러지게 해 준다. 구보가 화신상회로 들어갔다 나오는 데 대해서도 "저도 모를 사이에 그의 발은 백화점 안으로 들어스기조차 하였다. (…중략…) 다시 박으로 나오며, (…중략…) 발 가는 대로, 그는 어느 틈엔가 安全地帶에 가 서서"(231면) 운운하며 사건의 우연성을 그대로 드러내고 있다.

이러한 구절들은 구보의 경성 만보가 목적지나 이유를 갖지 않은 채로 곧 우연에 의해서 이루어짐을 알려 준다. 이러한 동선 설정의 우연성은 '공교로웁게도'나 '저도 모를 사이에', '발 가는 대로' 등의 구절을 통해 부각되기까지 한다. 구보의 정처 없음이 '이유적 소극적 우연'을 통해서 작품 초반에 이렇게 강조되는 것은, 「소설가 구보 씨의 일일」에서 구보가 보이는 움직임이 기본적으로 어떠한 이유도 목적도 필연성도 띠지 않는 배회 행위임을 알려주는 것이다. 작품 도처에서 구보가 갈 곳을 몰라 하며 뜸을 들이는 장면이 확인되는데, 그럴 때마다 사실 위와 같은 우연이 이어졌을 것임은 쉽게 추정할 수 있다.[10]

이상과 같이 「소설가 구보 씨의 일일」은 의도적, 적극적으로 수많은 우연을 구사하며 이들 우연이 서사 구성의 근본 원리이자 주제 구현의 주요 요소로 기능하는 특징을 보인다. 이를 다시 다음 셋으로 정리해

---

[10] 이러한 특성에 주목하여 본고는, 구보의 인물 성격이 '산책자'가 아니라 '배회자'에 해당한다는 김명인의 주장을 지지한다. 김명인, 「근대소설과 도시성의 문제─박태원의 「小說家 仇甫氏의 一日」을 중심으로」, 민족문학사학회, 『민족문학사연구』 16, 2000.6, 221~222면 참조.

　　　　　　　　제2부 한국 근대소설의 형성 및 분화와 우연

볼 수 있다. 첫째는 우연의 적극적 구사이다. 이 소설은 신소설들 일반에 비추어도 많은 수인 24회의 우연을 (소설의 사회 반영의 측면을 아랑곳하지 않고) 의도적으로 구사하고 있다. 둘째는 이들 우연에 의해서 작품의 뼈대를 이루는 구보의 동선 자체가 이루어진다는 점이며, 셋째는 작품의 주제효과를 이루는 상념의 상당수 또한 우연에 의해 유발된다는 사실이다. 여기서 의미 있는 것은 당연히도 뒤의 두 가지이다. 이 둘은 「소설가 구보 씨의 일일」의 경우 작품의 형식[구성]과 내용[주제 구현] 모두가 우연에 기초를 두고 있음을 알려 준다.[11] 요컨대 중요한 것은, 구보가 경성을 배회하며 만나게 되는 우연들에 의해 그의 상념이 전개되고 그것에 의해서 작품 전체의 주제효과가 상당 부분 영향을 받게 구성되어 있다는 점이다. 이렇게 우연이 서사를 구성하는 근본 원리로 기능하면서 주제를 강화하는 것이 「소설가 구보 씨의 일일」의 특징이다.

이렇게 구성, 강화되는 이 소설의 주제효과를 검토하기 위해서는 작품의 내용을 크게 두 가지로 나누어 살펴보는 것이 효과적이다. 구보가 이동함에 따라 주위 세계로부터 촉발되어 행하는 수동적 상념 즉 경성의 풍물이 그에게 미치는 영향 측면의 내용을 한 편으로 하고, 그러한 풍물에 대한 주인공의 적극적이고 주체적인 사색을 다른 한 편으로 나누어 그 의미를 따져볼 필요가 있다. 수동적으로 촉발되는 상념

---

11 이러한 특성은, 우연이 아니지만 우연인 듯이 기술되는 '유사 우연'의 경우도 여섯 차례나 확인된다는 데서 더욱 두드러진다. "二週日間 熱病을 알흔 끄테, 갑작이 衰弱해진 視力"(4절) 운운하는 부분의 경우 체계로서의 작품 내에서는 확인되지 않지만 정황상 우연이라 보기 어려운 사실에 대해 '갑자기'라는 어휘를 사용함으로써 우연성을 강조·부각하고 있다. 전화를 걸었더니 "多幸하게도 벗은 아즉 社에 남어 잇섯다. 바로 지금 나가려든 次야 하고 그는 말햇다"(14절)라는 구절이나, 다방을 경영하는 벗과 길을 걷다가 "문득 「春夫」의 一行詩를 仇甫는 입 밧게 내여 외여 본다"(26절) 등 또한 '다행하게도'라든가 '문득'을 통해서 사태의 우연성을 가장하는 예에 해당한다.

과 적극적 주체적으로 행해지는 사색을 나누는 이러한 검토 방식은 이 작품의 특성에 따른 것이다.

구보의 상념과 사색은, 서재에 혼자 있으면서 이루어지는 것도 아니고 다른 등장인물들과의 교호 속에서 촉발, 진행되는 것도 아니다. 그것은 그 자신의 공간 이동에 따라 비의도적으로 우연적으로 전개된다. 즉 이 소설의 내용을 이루는 구보의 상념과 사색은, 한편으로는 외부에서 주어지는 자극에 수동적으로 촉발되거나 반응하는 양상으로 전개되며, 다른 한편으로는 그러한 감각 인상을 대상으로 하여 구보가 주체적으로 해석과 평가를 가하는 모습을 띠고 있는 것이다. 외부 자극이 남기는 상념과 그에 대한 적극적 사색이라고 다소 이분법적으로 정리해 볼 수 있다는 이러한 특징 자체 또한, 상념과 사색 각각의 의미 내용에 일정한 굴곡을 주는 기능을 한다.

먼저, 우연한 만남이나 길거리에서 목도하는 풍물 등에 따라 외부로부터 유발되는 상념들을 살펴본다. 이들 상념은, 구보를 고독하게 하고 괴롭게 하는 것이라는 공통점을 보인다. 그 유발 요인과 구보의 심정은 대략 다음과 같다. 자신의 쇠약한 건강상태가 주는 우울함, 선을 봤던 여인과의 사이에 있을 법했던 인연이 주는 아쉬움, 헤어진 여인에 대한 그리움과 그녀를 떠나보낸 데 대한 자책, 보통사람들이 생각하는 행복과 그러한 행복을 위해 필요한 가정이나 돈 등에 대한 거리감 등이 그 구체적인 내용이다.

이렇게 정리해 보면, 이들 상념이 구보가 현재 갖고 있지 않거나 못한 것에 닿아 있으며 그에 대한 구보의 태도란 선망에 가까운 소망임이 명료해진다. 26세의 총각으로 애인이 없되 그에 대한 아쉬움이나 그와 관련된 후회되는 기억은 있는 상태, 이런 저런 이유로 건강상의 여러 문제를 안고 있어서 스스로 걱정하고 안타까워하는 상태, 딱히 불행스러운 것은 아니라 해도 사람들의 행복을 볼 때마다 자신에게 행복이 있기 위해서 무엇이 필요한가를 따져보게 되는 바람의 상태에 구보가 있어서, 고독감이나 괴로움을 느끼게 되는 것이다. 이러한 사실이 의미하는 바는, 구보의 결여 대상이 말 그대로 그의 동경과 소망의 대상이라는 점이다. 이 점을 명확히 해 두는 일이 중요하다.

물론 구보는 아쉬움이나 선망, 고독감 외에 불쾌감을 느끼기도 한다. 우연히 만난 중학시대의 열등생이 여자를 끼고 거들먹거리는 것이나 다방에서 우연히 마주친 사내, 자신을 억지로 청하여 쓸데없는 이야기를 늘어놓는 외판원 등은 그에게 위화감을 주어 기회가 되는 대로 자리를 뜨게 하며, 경성의 지저분한 거리와 구보를 귀찮게 하는 구차스러운 거리의 호객꾼 등은 그에게 불쾌감과 우울함을 유발한다. 뒤에서 살피게 될 밤거리의 노는계집 또한 이 부류에 속한다. 이들은 앞의 경우와 달리 전적인 부정 혹은 비판의 대상으로서 주인공을 우울하게 하는 것이다.

그러나 조금 깊이 생각해 보면, 이들에 대한 구보의 부정적인 의식이 부정적이게 되는 것이야말로, 그것을 부정적으로 볼 수 있게 하는 기준이나 상태에 대한 바람이 그에게 있기 때문임을 알 수 있다. 이러한 점에서 이들의 의미 기능 또한 별개의 것은 아니라 하겠다. 이들은 한편으로는 현재 상태와는 다른 것에 대한 구보의 동경을 유발하고 환기시킨다는 점에서 앞에서 거론한 외부 자극과 동궤에 놓이며, 다른 한편으로는 보다 적극적인 비판적 생각의 대상이 된다는 점에서 아래의 사색 대상들과 같은 맥락에 놓인다.

「소설가 구보 씨의 일일」의 주제효과를 구성하는 구보의 또 하나의 생각 즉 외부 대상에 대한 사색은, 해석과 평가의 형식을 띤다. 생활인에 대한 사색과 노는계집들의 (목표 부재에 따른) 세상살이의 불안정함에 대한 무지 등에 대한 생각이 대표적이다. 다소 길지만 관련 부분을 인용해 본다.

'生活'을 가진 사람은 마땅히 제 집에서 저녁을 먹어야 할 께다. 벗은 仇甫와 비겨볼 때, 分明히 生活을 가지고 잇섯다. (⋯중략⋯) 어느 틈엔가, 仇甫는 鐘路 네거리에 서서, 그곳에 黃昏과 또 黃昏을 타서 거리로 나온 노는게집의 무리들을 본다. 노는게집들은 오늘도 無智를 싸고 거리에 나왓다. (⋯중략⋯) 그들은, 그러나 勿論 그런 것을 그네 自身 깨닷지 못한다. 그들의 世上살이의 걸음거리가, 얼마나 不安定한 것인가를 깨닷지 못한다. 그들은 누구라 하나 人生에 確實한 目標를 가지고 잇지 안엇스나, 無智는 거의 完全히 그 不安에서 그들의 눈을 가리워 준다.

그러나 鋪道를 울리는 것은 勿論 그들의 가장 不安定한 구두 뒤축뿐이 아니엿다. 生活을, 生活을 가진 왼갓 사람들의 발끗은 이 거리 우에서 모다 자긔네들 집으로 向하야 노혀 잇섯다. 집으로, 집으로, 그들은 그들의 晩餐과 家族의 얼골과 또 하로 苦役 뒤의 安慰를 차저 그러케도 기꺼히 걸어가고 잇다. 문득, 저도 몰을 사이에 仇甫의 입술을 새여나오는 啄木의 短歌—

누구나 모다 집 가지고 잇다는 애닯흠이여 / 무덤에 들어가듯 / 돌아와서 자옵네

    제2부 한국 근대소설의 형성 및 분화와 우연

그러나 仇甫는 그러한 것을 초저녁의 거리에서 느낄 必要는 업다. 아즉 그
는 집에 돌아가지 안허도 조왓다. 그리고 좁은 서울이엿스나, 밤늦게까지
헤맬 거리와, 들을 處所가 仇甫에게 잇섯다.

그러나 대체 누구와 이 黃昏을…… 仇甫는 거의 自信을 가지고, 것기 始作
한다. 벗이 잇다. 黃昏을, 또 밤을 가티 지낼 벗이 仇甫에게 잇다. 鐘路警察署
아플 지나 하야코 납작한 조고만 茶寮엘 들른다.

그러나 主人은 업섯다(18절 「電車를 타고」, 『조선중앙일보』, 1934.8.28).

위의 인용 부분을 특징짓는 것은 '생활을 가진 사람들'과 '집에 돌아가
지 않아도 좋은 사람'의 대비가 선명하다는 사실이다. '집'과 '헤맬 거리
와 들를 처소'의 대비 위에 마련된 이 대비는 후자에 강조점이 두어지는
특징을 보인다. 헤맬 거리와 들를 처소가 있어 집에 돌아가지 않아도 좋
을 구보 자신과 생활을 가져 집으로 돌아가는 사람들을 대비하면서, 그
러한 사람들을 거리를 두고 보는 것이다. 노는계집에 대한 사색을 더하
면 단순한 거리두기가 아니라 비판적 인식이라고 해도 좋을 것이다.

일견 이러한 지적은 앞서 논의한바 외부로부터 유발되는 상념들이
기실 구보 자신의 바람과 소망에 닿아 있다는 사실과 상위되는 듯이
보일 수도 있다. 그러나 여기서 구보가 비판적으로 바라보는 '집'이 '진
정한 생활은 없는 집'이라는 사실을 간과해서는 안 된다. 이 점은 인용
문 바로 앞에서 확인된다. 집에 대한 그의 생각을 이끌어낸 계기는 벗
의 귀가이다. 그런데 벗이 돌아가는 곳이란 주인집 가족밖에 없는 '여
사(旅舍)'여서 구보에게는 '집'이라고 생각되지 않는다. 더 나아가서 구
보는 그렇게 시간을 맞추어 집으로 돌아가려는 것이 단순히 '저녁밥을

먹기 爲하여서의 일'이 아닐까 추측해 보며, '집에 가서 무얼 할 생각이
오'라 물었던 것이다.

이를 통해, 단순히 저녁밥을 먹기 위한 목적으로 위안을 줄 가족도
없는 상태의 '여사'로 가서 딱히 의미 있는 일을 할 것도 아니라면 그것
은 길을 헤매는 것보다 전혀 나을 바가 없다는 것이 구보의 생각임을
알 수 있다. 물론 그는 자신의 질문을 어리석은 것이라 하고 인용문의
첫 구절처럼 생각하지만, 실상 그는 자기 주변의 사람들이 마땅히 집
에서 저녁밥을 먹어야 할 만한 그러한 생활을 가졌다고 생각하지는 않
는 것이다. 사정이 이러한 까닭에, 인생의 목표가 없이 살아가는 '노는
계집'들과 집으로 귀가하는 사람들을 함께 생각하는 것이 가능해지며,
'만찬과 가족과 안위'를 찾아 귀가하는 사람들을 보되 탁목의 단가를
떠올려 그들의 귀가가 무덤에 들어가는 애달픈 일이라고 생각하게까
지 되는 것이다. 이렇게 구보는 '인생의 목표가 없지만 무지하여 그 불
안을 못 느끼는 노는계집들'과 '집으로 향하는, 생활을 가진 사람들'을
동류로 묶고 자신과 대비시키며, 매일 저녁마다 집으로 돌아가서 자는
것을 애달프다고 느낀다. 바로 이 연장선상에서 자신은 '그러한 것' 즉
'애달픔'을 초저녁의 거리에서 느낄 필요가 없는 보다 나은 상태에 있
다고 여긴다. 제대로 된 생활이 없는 집으로의 귀가보다는 거리에서
돌아다니는 자신이 낫다고 위안하는 것이다.

그러나 집으로 돌아가(야 하)는 사람들이나 거리의 노는계집을 비판
적으로 규정하며 자신을 세우고는 있지만, 구보에게 문제가 없는 것은
아니다. 누구와 함께 시간을 보낼 것인가가 그것이다. 앞서 확인했듯이
벗과 함께 하지 못하는 상태에서 외부의 자극에 유발되는 구보의 심정

은 고독과 자책, 불쾌감이 얽혀 있을 뿐이다. 행복에 대한, 행복한 일상 생활에 대한 자신의 바람에 토대를 둔 이러한 부정적 심리를 없애는 한편, 인용문에서 확인되는바 심리적 우월감에 근거한 거리두기를 유지하기 위해서는 '생각이 같은' 벗과 함께 할 수 있어야 하는데, 그 벗이 만나지지 않아 문제가 생기는 것이다. 다료를 찾아가지만 없는 벗을, 물론 구보는 계속 연락하여 만나 저녁을 먹게 되고, 다른 약속이 있다며 가는 벗과 재차 만날 약속을 하여 낙원정 카페에서 함께 술을 마신 뒤 새벽 두 시가 넘어서야 헤어진다. 벗과 함께 있는 것에 대한 갈망에 가까운 구보의 이러한 행태는, 지금까지 살펴본바 생활인들의 양태와 거리를 두는 진정한 행복에 대한 그의 갈망의 현상 형식이라 할 수 있다.

「소설가 구보 씨의 일일」의 주제효과를 정리하기 위해서는, 이상 살펴본 상념과 사색의 대위 관계가 보이는 의미망에다가 이 소설의 결말부가 갖는 의미를 더해야 한다.

이 작품의 결말부는 두 가지 주목할 만한 사건으로 이루어져 있다. 그토록 찾던 벗과 함께 할 때 그가 보인 언행이 고작 카페 여급들을 대상으로 하는 농담이라는 점이 하나며, 앞으로는 집에서 창작에 전념하며 모친이 혼인 이야기를 꺼내도 그것을 쉽게 물리치지 않겠다는 마음으로 귀가하는 다소 급작스럽다 할 만한 구보의 태도 변화로 작품이 종결된다는 것이 다른 하나다. 이와 같이 현상적인 차원에서 이 두 가지 사건은 「소설가 구보 씨의 일일」의 전체적인 분위기나 의미망에 비추어 이질적으로 보일 수도 있다.

그러나 지금까지 분석했던 구보의 지향과 거리두기의 의미를 염두에 두고, 이 부분에서 그 연장에 해당되는 바를 찾아보면 사정이 그렇지 않음을 알 수 있다. 낙원정 카페에서 구보가 행하는 바는 물론, 여급들을 대상으로 노트에 적어 두었던 '당의즉답증(當意卽答症)' 관련 내용을 읽어 주고 자기 또한 정신병이 있다며 병명을 다변증이라 하는 등 술집에서 문인들이 할 법한 농담과 희롱에 해당된다. 하지만 이에 그치는 것이 아님을 주목해야 한다. 구보는 벗과 자신의 말을 알아듣지 못하면서도 알아들은 듯이 가장하는 여급들을 보고, 그 무지가 그들이 맛볼 수 있는 기쁨과 다행함을 갖게 하는 것이 아닐까 하면서, 무지가 그들에게 없어서는 안 되리라는 생각을 노트에 초하고 있다.[12] 이는 여급들의 무지를 비판적으로만 보지는 않는 모습이어서 앞서 제시된 바 거리의 노는계집들의 무지에 대한 사색과는 차이를 보인다. 무지가 무지한 이들에게 행하는 기능을 인정하는 폭넓은 면모, 관용적인 인식을 드러내고 있는 것이다.

　이 점에 주목할 때, 모친의 뜻을 좀 더 헤아려 주는 한편 소설 쓰기에 몰두하겠다는 결심을 보이는 이 소설의 종결부 또한 자연스럽게 다가온다. 종결부가 보여주는 것이 구보가 갑자기 모친의 사랑을 깊게 느끼게 되었다는 것은 물론 아니지만, 아들이 아내를 맞이하고 직업을 가져 행복하기를 바라는 모친의 소망을 구보가 관대하게 인정하게 된 것만큼은 분명하다. 여기서 강조할 점은, 이러한 관대한 인정이 결코 급작스러운 것이 아니라는 사실이다. 이는, 한편으로 카페 여급들에

12　구보의 노트 정리는 두 가지의 양상을 띤다. 도회의 소설가는 모름지기 이 도회의 항구와 친하여야 한다고 생각하여 들어간 경성역에서 '바세도우 씨 병'을 앓음에 틀림없어 보이는 노동자 옆으로 한 아낙이 복숭아를 떨어뜨렸지만 집으러 다가오지 않는 것을 보고 대학노트를 펼치는 것처럼(12절) 흥미를 주는 외부 현상을 기록해 두는 것이 하나라면, 지금처럼 자신의 깨달음을 기록하는 것이 다른 하나라 할 수 있다.

　　　　　제2부 한국 근대소설의 형성 및 분화와 우연

대한 관대함에 이어져 있는 것이며, 다른 한편으로는 하루 내내 구보의 상념을 지배했던 것이 여인들과의 인연이었으며 그러한 상념이 지향하는 바가 행복이었다는 사실에 닿아 있기 때문이다.

지금까지의 논의를 정리해 본다. 「소설가 구보 씨의 일일」은, 자기 스스로도 일상적인 행복을 그리워하기는 하지만, 인생의 목표가 없어 진정한 생활이라 할 수 없는 그러한 일상적 상태로부터는 거리를 둔 행태를 보이며 스스로를 위안하는 26세의 직업 없는 미혼 청년의 초상을 그리고 있다. 여기서 구보가 보이는 생각의 두 가지 갈래 곧 외부로부터 유발되는 상념과 그에 대해 비판적인 거리를 갖고 행하는 사색을 통해 구보의 불행이 드러나고 있다. 외로움과 후회, 쇠약한 건강상태에 대한 염려에 빠져 있는 채로, 사회경제적으로 궁핍하고 그로 인해 사람들의 내면이 신산해진 그러한 식민지시대의 비속한 일상성에 대해 비판적으로 조명하는 것은 결코 행복일 수 없다. 사색의 측면에서는 비속한 현실과 거리를 두지만 상념의 측면에서는 그 또한 행복한 일상을 꿈꾸기에 그의 불행은 좀 더 절실하게 다가온다. 이러한 그의 불행을 낳는 이중적 심리상태를, 한편으로는 상념과 사색의 이분법으로 다른 한편으로는 진솔한 소망과 냉철한 인식 사이의 긴장으로 풀어내는 것이 이 소설의 주된 내용이다. 여기에 더하여 구보가 관대함을 갖고 스스로 이중적 상태를 지양하는 진정한 생활 곧 소설 쓰기에 몰두하겠다는 것으로 작품을 종결지음으로써, 「소설가 구보 씨의 일일」은 1930년대 지식인 청년의 분열상에 대한 충실한 형상화와 더불어 일상적인 행복을 진실되게 추구하고자 하는 지향을 보이는 주제효과를 갖는다고 할 수 있다. 세태의 파악에 그치지 않는 이러한 주제효과로

인해 「소설가 구보 씨의 일일」은 단순한 세태 묘사의 수준으로부터 한 단계 고양될 수 있었다.[13]

2) 풍속의 체현, 『천변풍경』의 작품 세계

박태원의 『川邊風景』(박문서관, 1938)[14]은 식민지 시기 구보 소설세계의 대표작이며, 형성기 한국 근대소설계의 지형 내에서 모더니즘소설의 외연과 역사를 따질 때에 중요한 검토 대상이 된다. 이 작품을 한갓 세태소설이라 할 것인지, 한국형 모더니즘소설의 한 가지 대표 유형으로 볼 것인지 등의 문제가 여전히 심층적인 논의를 기다리고 있는 까닭이다. 바로 이러한 의미에서 『천변풍경』은 작가 박태원 개인을 넘어 소설사적으로도 중요한 작품이라고 할 수 있다.

이러한 소설사적인 의미에 부응하듯 수많은 선행 연구들이 있기는 하지만, 『천변풍경』에 대한 연구는 새삼스러운 것이 아니다. 사실 연재본과 최초 단행본의 차이에 대해 주목한 경우 자체가 거의 없었으며[15]

13　이 또한 박태원의 소설세계에서 낯선 것이 아님을 부연해 두자. 이는 『천변풍경』에서 보이는 그의 작가적 태도에로 이어지는 것이다. 일상에 대한 이러한 따뜻한 인식이야말로 이들 작품이 보이는 특징이라 할 수 있다.

14　이 작품은 『조광』에 '中篇小說 川邊風景'으로 1936년 8월에서 10월까지 3회 연재된 후(단행본 기준 14개 절) 1937년 1월부터 9월까지 '長篇小說 續 川邊風景'으로 나머지 내용 36개 절이 연재되어 완결되었다. 곧이어 1938년에 단행본이 출간되었는데, 연재본에서 단행본으로의 변화가 의미 있는 것이고(졸고, 「『천변풍경』의 개작에 따른 작품 효과의 변화」, 한국문학연구학회, 『현대문학의 연구』 45, 2011) 시간적 상거 또한 길지 않으므로, 소설사적 맥락을 염두에 두더라도 『川邊風景』의 경우는 단행본을 대상으로 논의를 전개하는 것이 적절하다고 판단된다. 여기서는 1941년에 출간된 재판을 사용하며, 필요한 경우 연재본을 참조한다. 연재본을 참조할 경우 1936년의 연재를 1차, 1937년 연재를 2차로 표시한 뒤에 '횟수;면 수'를 밝히고 '/' 뒤에 단행본 면 수를 표기하여 '○차 ○면 수 / 면 수'와 같이 표기한다.

 　　　　　　　　　　　제2부 한국 근대소설의 형성 및 분화와 우연

작품의 실제에 대한 정치한 분석에 근거한 연구들 또한 소략한 편이다. 그 결과로, 일찍이 최재서가[16] 「날개」와 비교하면서 이 작품을 '리얼리즘의 확대' 경향을 나타내는 경우로 위치 지으며 구사했던 논거들이 무반성적으로 되풀이되는 양상이 전개되어 왔다. 서술상의 특징으로 '카메라 아이'를 이용한 객관적 묘사를 지나치게 강조하거나 한두 인물이 초점화자로 설정되어 있다고 단순화하는 것, 시간 배경 설정상의 특징으로 순환적인 시간 구조를 내세우거나, 공간 배경과 관련하여 고현학적인 관찰이나 천변의 식민정치적 함의를 강조하는 것, 인물 구성 및 형상화와 관련하여 부정적인 인물군(에 대한 서술자의 냉소적 태도)의 문제를 다소간 과장하는 것, 스토리-선의 구조를 정치하게 분석하지 않고 이 작품에서는 스토리 자체가 문제되지 않는다고 단정하는 것 등이 그러하다. 이상과 같은 통념들이 다양하게 변주되면서『천변풍경』의 실제를 가리고 있기에, 실증적 분석에 기초한 연구가 요청되는 상황이다.

이 소설의 작품 세계를 시공간 차원에서 검토하는 것으로 논의를 시작한다. 네 가지 특징이 두드러진다.

첫째는 장소가 한정되어 있다는 사실이다. 『천변풍경』은 제목에 명확히 드러나 있듯 청계천 주변을 공간 배경으로 삼고 있는데, 동서로는 모교에서 수표교 이내, 남북으로는 황금정[을지로]에서 종로 정도에 한정되어 있다.[17] 이 지역에, 빨래터를 중심으로 하여 이발소와 종로은방,

---

15　근래에 와서 전승주가 일차 검토한 바 있고(「『천변풍경』의 개작 과정 연구―판본 대조를 중심으로」, 민족문학사연구소, 『민족문학사연구』, 2011), 이후 졸고가 있었을 뿐이다(「『천변풍경』의 개작에 따른 작품 효과의 변화」, 앞의 글).

16　최재서, 「리아리즘의 擴大와 深化―『川邊風景』과 「날개」에 關하야」, 『조선일보』, 1936.10.31 ～11.7.

17　좀 더 확장하자면, 북면으로 한약국집 며느리의 친정이 있는 사직골과 안성집이 옮아가는

화신상회, 평화 카페, 한약국집, 반찬가게 등이 배치된다. 이 좁은 지역에서 거의 대부분의 스토리-선들이 전개된다. 주요 인물들 모두가 걸어 다닐 수 있는 정도의 공간으로 작품 세계가 한정되어 있는 것이다.

이렇게 작품 세계가 좁혀져 있다는 특징은 『천변풍경』의 공간 배경을 절 단위로 나누어 살펴볼 때 좀 더 명확히 확인된다. 전체 50개 절 중에서 21개 절의 배경이 집이며, 천변 길이 10개 절, 이발소와 평화 카페, 각종 상점이 각각 5개 절, 빨래터가 4개 절, 청계천 자체가 2개 절의 배경으로 설정되어 있다. 이와 같이 집과 작은 상점들, 빨래터 및 이들을 잇는 청계천과 길로만 구성된 작품의 배경이란 일상적인 생활공간에 해당하는 것이어서,[18] 전체적인 스토리-선들이 사적 개인들의 일상사로 채워지는 이 작품의 내용상의 특징과 상호 긴밀하게 맞물려 있다. 생활공간으로 좁혀진 배경 설정이 사적 개인들의 일상사라는 작품 내용의 바탕으로 기능하고 있는 것이다.

천변의 집과 상점들 속에서 결혼이 이루어지고 남자들의 오입이 행해지며 간혹 소박 받는 여인이 생기고, 드난살이 행랑살이 및 각종 상

계동, 남면으로는 전매국 공장이 있는 의주통[서소문 근방까지 포괄된다. 그 외, 신전집이 이사간 강화, 안성집의 고향인 안성, 창수의 고향인 가평, 민 주사나 안성집, 전문학교 학생, 한약국집 젊은 내외, 포목전 식구 등이 놀러가는 인천, 오류정, 온양, 원산 등과 순동 부자가 돌아다닌 부산 등도 포함될 수 있지만 스토리와 길항작용을 하는 구체적인 환경으로 기능하는 것은 아니다.

18 청계천 남북 천변을 아우르는 이 지역들 모두 '조선인 거주지역으로서의 북촌'에 해당되는 것이어서, 일부 논의들에서처럼 이 작품의 배경으로 '일인 거주지역인 남촌과 조선인 거주지역인 북촌을 가르는 경계선으로서의 천변'을 강조하는 것은 적절치 않다. 배경이나 스토리 차원에서 '경계'로서의 성격이 드러나 있지 않기에 더욱 그러하다. 또한, 소설 배경으로서의 '집'이란 경우에 따라서는 사회역사적이든 정치경제적이든 첨예한 갈등이 벌어지거나 그 소지를 제공하는 공간일 수 있지만, 『천변풍경』에서는 그렇지 않다. 집안에서 벌어지는 각종 사건들 거의 대부분이 고된 시집살이나 남편의 폭행 등 전근대로부터 당대까지 일반화되어 있던 보편적인 일상사에 한정되어 있는 까닭이다.

회 직원들의 어려움이 펼쳐진다. 그에 더하여, 한편으로는 경제적으로 유한한 계층의 자기 자랑이나 치가, 보신책이 제시되고, 다른 한편으로는 소년소녀들의 세계와 부랑자들의 행태, 사회로부터 방치된 소외 계층 및 윤리와 법의 테두리 밖의 존재들이 그려진다. 천변 길에서 전개되는 스토리-선들 또한 주로 인물들 간의 소소한 일상사로 이루어지며, 이발소나 평화 카페, 빨래터 등은 일상사에 대한 사람들의 한담, 잡담이 벌어지는 공간으로 기능할 뿐이다.

이러한 사건들은 딱히 1930년대 중후반 서울에 한정되는 것이 아니라 근대사회의 도시 어느 곳에서나 볼 수 있는 것이며 전근대사회라 하더라도 번화한 도시에서는 으레 찾아볼 수 있는 일상적 삶의 복합체라 할 수 있다. 이렇게 일상사의 세세한 국면이 전개될 수 있게 하는 것이 바로 『천변풍경』의 좁혀진 작품 내 세계 곧 일상적인 생활공간이라 하겠다.

『천변풍경』의 공간 배경 설정상의 또 다른 특징으로, 지역이나 공간 배경 자체에 대한 객관적인 서술 곧 건물의 외양이나 풍경의 묘사, 장소 등의 유래에 대한 설명 등이 거의 없다는 사실을 들 수 있다.[19] 배경과 관련된 서술이 이루어지는 경우, 백화점식당에 대한 경우에서처럼 (326면), 객관적 현실 자체가 아니라 인간적 정서적 측면에서 그 공간이 갖는 의미에 주목하는 것 또한 특징적이다. 이러한 점은, 배경 자체가 아니라 그 속에서 벌어지는 사람들의 삶이 주목되는 것, 천변이라는 배경 자체가 아니라 일상적인 삶의 세세한 양상이 드러날 수 있게 하는 생활공간으로서의 그 기능이 강조되는 것과 동일한 맥락에서 이해

---

19 창수의 서울 상경 부분이 유일한 예외이지만(3절) 이 또한 '서울은 번화하다' 정도로 피상적으로 그려져 있다. 사정이 이러하기 때문에 『천변풍경』에서는 '고현학'의 특징을 읽어내기 어렵다.

될 수 있는 특징이라 하겠다.

일상을 드러내는 이러한 특징은 시간 배경에서도 확인된다. 주지하는 바대로 『천변풍경』의 시간은 1년 정도에 걸쳐 있으며 연대기적, 순차적 구성 양상을 보인다. 정이월 무렵[20]의 빨래터 장면으로 시작하여 이듬해 입춘 직전 시점에서 각 인물들의 동향을 소개하는 데 이르기까지, 그 중간에 벌어진 사건들을 거의 시간순서대로 제시하는 것이다. 시일이 명확한 몇몇 사건을 대략적으로 제시하면, 3월 17일의 이쁜이 결혼(5절), 4월 초파일의 만돌이의 '나쁜 날' 경험 및 하나꼬 부친의 교통사고(10절), 첫여름 직전의 선거(14절), 첫여름의 금순 등장(15절), 장마 기간 내의 신전집 마누라의 5개월 만의 상경(20절)과 하숙옥 사내의 한 달 만의 출옥(26절) 및 한약국집 며느리의 임신 확인(29절), 10월 초의 하나꼬의 결혼(35절), 12월 초 전후의 하나꼬의 혹독한 시집살이(43절)와 한약국집 며느리의 행복한 임신 7개월 시점(48절), 망년회 무렵 송 주사의 재혼 결심(49절) 등이 눈에 띈다.

여기서 두 가지가 주목할 만하다. 첫째는 위의 사건들 모두 일회적, 개별적으로 발생한다는 점이다. 이들은 지속적인 시간의 흐름 속에서 반복적, 연쇄적으로 일어나지도 않고 일 년 단위의 단일한 거대 사건의 부분들로 연관되지도 않으며, 출현 시점 및 빈도가 계절적으로 규정되지도 않는다. 요컨대 이들 사건들은 주기적으로 반복되는 순환적인 것이 아니라, 계절 및 책력의 변화와도 무관하게 벌어지는, 개별적이고 일회적인 일상사일 뿐이다.[21]

---

20 시간 배경을 알리는 작품 허두의 구절은 연재 당시에는 없던 것이다. 단행본에서야 '정이월'이라는 표현이 나오는데 이 또한 속담을 끌어온 것이기에 명확한 것은 아니다.

제2부 한국 근대소설의 형성 및 분화와 우연

시간 배경 설정상의 둘째 특징은, 이 작품의 시간 배경이 사건의 전개나 인물의 변화를 규정하는 어떠한 힘도 행사하지 않고 있으며 따라서 시대적, 역사적인 성격을 띠지 않는다는 사실이다. 위에 예거한 사건들은 근대 전환기 이래 어느 사회에서든 기층민과 중간층에 해당하는 보통사람들의 삶에서 두루 발견되는 사실로서 딱히 식민지시대에 한정되지 않는다. 이런 의미에서 『천변풍경』의 시간 배경 설정은 비역사적인 면모를 띠며, 그렇게 역사적으로 한정되지 않는 까닭에 이 작품의 사건들에 보편성을 부여하는 기능을 수행하고 있다. 『천변풍경』을 시대적 특수성으로부터 자유롭게 하는 것이다.[22]

요컨대 『천변풍경』의 시간은 개별적이고 일회적인 일상사들이 점철되는 끝없는 지속으로서의 보편적, 추상적 시간의 양상을 띤다. 역사를 의식하지 않는 이러한 보편적, 추상적 시간의 설정은, 이후의 논의에서 보다 확실해지겠지만, 역사적 시간에 대한 환희나 환멸에서 비켜선 작가의 일상적 삶의 지속에 대한 주목, 긍정의 발로라 할 수 있다.

이러한 판단의 바탕을, 인물 구성 및 서사 구성의 분석을 통해 확인해 본다.

---

21 사정이 이러하기에 『천변풍경』이 이러한 일상사를 일 년 정도의 기간에 걸쳐 그려냈다고 해도, 니체가 말하는 바 '영겁회귀'의 맥락에 서지 않는 한, 이를 두고 일부 논의들에서처럼 '순환론적인 시간', '순환의 시간구조'를 읽어내는 것은 적절치 않다. 이 작품에서 일 년이라는 기간은 요컨대 작품 구성의 한 방편으로 구사된 것일 뿐이어서, 그것이 반년이나 2년이 된다고 해서 스토리 구성이나 주제효과 면에서 의미 있는 변화가 있으리라고 볼 수는 없기 때문이다.

22 일부 선행 연구들은 이와는 달리 정치역사적인 의미를 부여한 바 있다. 청계천의 복개설에 대한 인물들의 언급이나 빨래터 운영상 부청에 세금을 내는 사실을 따로 주목하여 일제의 도시 정비 사업이 갖는 정치적인 함의 등 지리정치학적 의미를 강조하고는 『천변풍경』의 주제효과 중에 식민지체제에 대한 비판적인 인식이 있다는 식으로 논의를 끌어가는 것이다. 이러한 식의 해석은, 작품으로부터 너무 자유로운 상상력을 펼치는 경우로 보인다. 이런 식이라면, 식민지시대에 발표된 거의 모든 소설들이 반식민지적, 탈식민지적 인식의 소산으로 간주될 수도 있기 때문이다.

광교 인근으로 좁혀진 생활공간에서 일 년여에 걸쳐 지속되는 개별적이고 일회적인 여러 소소한 일상사들을 행하는 것은 모두 150여 명에 이르는 등장인물들이다.[23] 이들 중에는 포목전 주인의 매부나 점룡 아버지처럼 거론만 되는 경우도 있고, 취옥의 아저씨인 신 서방이나 한약국 집 아들처럼 스토리 전개나 특정 상황의 부각을 위해 등장하는 도구적인 인물들도 있지만, 작품을 구성하는 다양한 스토리-선들을 기준으로 보면 수많은 엑스트라적인 인물들 자체가 두루두루 무시될 수 없는 역할을 맡는다고 할 수 있다.

이렇게 수많은 인물들을 사회경제적인 위상에 따라 분류해 보면 다음과 같다. 첫째는 하층민으로서 거지들과 하인, 상노 등이 있으며, 둘째는 등장인물의 거의 대부분을 차지하는 서민으로, 귀돌이네, 만돌이네, 칠성이네처럼 드난살이, 행랑살이를 하는 인물들과 점룡이네, 이쁜이네, 금순이네 등이 있다. 가사노동 외의 직업으로 보자면 상업에 종사하는 아이스크림 장수나 이발사, 등 장수, 고무신 행상 및 각종 상점의 종업원, 카페 여급 등과, 노동자 계급에 속하는 미장이, 철공장 직원, 전매지국 공장 직원, 부청 인부 등 또한 서민 계층에 속한다. 셋째는 중소상인 계층으로 한약국, 포목전, 신전, 종로은방, 이발소, 약방, 한양구락부, 근화식당 등의 주인들이 이에 해당되며, 넷째로 사회경제적 상층에 해당되는 인물로 석유회사 주인과 경성부 부회의원을 꼽을 수 있다. 끝으로 학생

---

23 논자에 따라서는 20~30명 혹은 70여 명 등으로 말하지만, 모두 정확하지 못하다. 2차 연재본에서 작가 자신이 '作中人物紹介─(五回까지의 景槪를 兼하여)'를 통해 26명의 인물을 소개하지만, '포목전 주인의 매부'나 '한약국집 아들 내외', '신전집', '취옥이', '김 첨지' 등 작품 내 비중이 그다지 크지 않은 인물들을 거론하고 있음을 고려하면, 이들과 유사한 비중의 다른 인물들 또한 검토 대상에 포괄해야 한다.

　　　　　　　　　　　제2부 한국 근대소설의 형성 및 분화와 우연

및 기타 부류로 학생, 기생, 첩, 금전꾼, 밀항 브로커 등이 등장한다.

이와 같이 사회경제적 위상에 따라 다섯 부류로 나눌 수 있는 인물군을 등장시키는 구성 양상은 이 작품이 다양한 직종, 다양한 계층을 망라하고 있는 것처럼 여기게도 한다. 그러나 사실은 그렇지 않은데, 여기서 두 가지 점이 주목된다.

첫째는 매우 많은 인물들이 설정되어 있지만 사실상 서민과 중산층만 살아 움직일 뿐이어서, 사회경제적인 의미에서 근대 자본주의의 핵심적인 계층이라 할 자본가나 노동자가 계급으로서 포착되지 않은 것은 물론이요 계급갈등 등의 측면이 어떠한 주목도 받지 않고 있다는 사실이다.[24] 그 대신 『천변풍경』은 이들 서민 및 중산층이 겪는 일반적인 생활의 문제 즉 고된 시집살이나 남편의 횡포 아래 신음하는 여인들의 고통 혹은 그와 정반대로 첩이나 부정한 아내를 다루는 어려움 등에 보다 초점을 맞추고 있다. 둘째는 정치적인 맥락에서도 특정한 지향을 말하는 것 자체가 부적절할 만큼, 지배세력은 물론이요 그와 결탁한 인물이 설정되지 않은데다 시대상황에 고민하는 지식인형 인물조차 존재하지 않는다는 점이다. 150여 명에 이르는 방대한 등장인물들을 제시하면서, 사회주의자로서의 지식인도, 식민 지배세력으로서의 일본인도, 민중을 수탈하는 유산계급으로서의 부르주아도 없다는 사실은[25] 『천변풍경』의 두드러지는 특징이라 하지 않을 수 없다.[26]

---

24 빈부차이 수준으로 넓혔을 때야 비로소, 창수 부친과 한약국 주인의 대비(48, 54면) 정도를 하나의 예로 찾을 수 있지만, 이 경우도 창수의 시선을 통해 부친을 부끄러워하는 맥락에서 처리될 뿐 사회적 의미를 띠는 것은 아니다.

25 실제로는 각 인물군 앞의 한정 어구를 삭제해도 사정이 달라지지 않는다. 부재를 통해 특징을 규명하는 것은 어떤 면에서는 실정적일 수 없지만, 식민지시대 소설사의 맥락에서는 매우 중요한 작업이다. 이들 인물군의 부재야말로 장편소설 『천변풍경』을 카프 작가들은 물

『천변풍경』이 인물의 배치 및 성격화 자체에서 정치경제적인 해석의 여지를 차단하고 있다는 사실은, 서사의 주요 줄기를 이루는 어느 스토리-선에서도 인물들 간의 관계가 사회경제적인 계층, 계급 측면에서 형상화되지는 않는다는 점에서도 확인된다.[27] 이는 『천변풍경』 특유의 특징으로 한껏 강조할 만한 사실이다. 인물들 상호관계의 주요 양상이라 할, 주인집과 행랑살이 집 식구들의 관계가 경제적인 면에서는 전혀 조명되지 않고 있으며, 상점들 및 가게의 경우에서도 주인과 직원의 고용관계는 언급되는 법이 없다.[28] 신분상 노동자가 등장하기는 해도 그들이 속한 철공장이나 전매지국 공장이 어떠한 사건의 배경으로 등장하지조차 않기에 노동자가 노동자로서 관여하는 사건이 부재함은 물론이다.

수많은 인물이 등장하지만 서민과 중산층의 일상생활의 범주를 넘어서는 어떠한 언행도 사건도 없다는 이러한 사실은, 앞서 살핀 바 시

<hr>

론이요 이광수나 염상섭의 소설세계와 구별되게 하는 중요한 특징인 까닭이다. 주로 고학력 룸펜을 내세우는 모더니즘 계열의 작품들 곧 박태원 자신의 「소설가 구보 씨의 일일」이나 이상의 소설들과도 『천변풍경』은 이 점에서 차이를 보인다. 『천변풍경』의 인물 구성상의 이러한 특징을 간파하여, '경계로서의 천변' 담론의 자장 속에서 논지를 전개하되 사실상 그것을 내파하는 논의로 정소영의 「박태원과 제임스 조이스의 식민도시 형상화 방식 고찰」(한국현대문예비평학회, 『한국문예비평연구』, 2008, 399~401면 참조)이 주목된다.

26 따라서, 일부 연구들에서처럼, 인물들의 신원이 다양하게 분류될 수 있다는 사실을 강조하여 이 작품이 식민지치하의 정치경제적인 상황을 보여주고 있다고 판단한다면 이는 잘못이다. 인물들의 언행과 그들이 벌이는 사건을 살펴보면 사정이 그렇지 않기 때문이다.

27 이러한 판단의 예외라 할 수 있는 두 부류의 명시적인 대조의 예를 찾자면, 임신 사실을 확인하고 행복해 하는 한약국 며느리가 길에서 만돌 어멈을 만난 뒤 자신의 행복을 더욱 실감하는 것이나(2차 5;330면 / 289면), 작가-서술자가 「英伊의 悲哀」(2차 33절 / 47절)와 「平和」를 나란히 배치하면서 영이[하나꼬]와 한약국집 며느리의 시집살이를 대조하는 것(개작 과정에서 이쁜이도 추가로 거론된다. 479면)을 들 수 있지만, 이 경우 또한 (서로 직접 관련되지조차 않는) 여성들의 삶을 비교하는 것일 뿐이다.

28 한약국집 주인과 창수의 갈등이 유일한 예외가 되지만, 창수 자신이 놀기 좋아하는 소년으로 설정되어 있고 그 아비가 그를 맡긴 이유가 사람 되기를 희망하는 것이며, 한약국 영감이 그를 나무라는 것 또한 근면한 인성 측면이어서, 그의 '월급 타령' 또한 별다른 사회경제적 의미를 띠지 않게 된다.

   제2부 한국 근대소설의 형성 및 분화와 우연

공간 배경 설정상의 특징과 밀접하게 관련된다. 보편적 시간이 지속되는 좁혀진 생활공간이라는 『천변풍경』의 배경과 일상적 삶을 영위하는 평범한 사적 개인들이 서로 원인이자 결과로서 연관되어, 일상의 시공간 속에서 보통사람들의 일상 세태를 그려내는 이 작품의 효과를 만들어내고 있는 것이다.[29]

『천변풍경』의 이러한 작품 효과를 보다 구체적으로 검토하기 위해서는 스토리-선 차원에서 등장인물들의 위계를 점검할 필요가 있다.

절을 기준으로 한 각 인물의 등장 빈도를 통해 보면, 10개 절 이상에서 기미꼬, 하나꼬, 금순, 민 주사 등 8명이 주동적으로 서사를 이끌어 나가고, 22명의 인물이 6개 절 이상에 등장하거나 언급됨으로써 중심인물이 30명 정도임이 확인된다. 여기에 작품의 효과를 고려하여 종합적으로 보자면, 4~5개의 주요 인물군을 추릴 수 있다. 첫째는 금순과 하나꼬, 기미꼬 및 관련 인물군으로서 이들은 14개 이상의 절에 걸치는 스토리-선들을 이끌어 간다. 그 다음으로 민 주사, 안성집 관련이 7개 절, 여인들의 수난사를 보여주는 이쁜이네와 만돌이네가 각각 4개

---

29 이상의 논의에서 조명된 『천변풍경』의 '일상(사)', '일상 세태' 등의 개념이 일부 선행연구들이 주목한 바 있는 '일상성'과는 다른 것임을 밝혀 둔다. 주지하는 대로 '일상성'이란 산업사회, 상품소비사회에서 인물들의 행위가 '양식(style)'을 상실하고 틀에 갇힌[routine] 일의 반복으로 전락하여, 사회 시스템 차원에서의 인간 소외가 벌어지는 상황을 의미한다. 이는 근대자본주의 사회 특유의 특징으로서 역사성을 띠는 것이다(앙리 르페브르, 박정자 역, 『현대세계의 일상성』, 『세계일보』, 1990 참조).
이와는 달리 『천변풍경』이 보이는 일상사는, 전근대로부터 당대에 이르기까지 일반적으로 확인되는 것이지 시대적인 특수성이 각인되어 있는 것은 아니라는 점에서 비역사적(a-historical)이고, 사회제도의 주요 담지자가 아닌 사사로운 사람들의 일상에 머문다는 점에서 비사회적인 특징을 갖는다. 이러한 일상사는 말 그대로 다사다난한, 어느 시대에나 존재하는 서민들의 일상적인 삶의 애환일 뿐이다. 따라서 이러한 특성을 지칭하기 위해 이 책에서 사용하는 '일상', '일상사' 등은 사전적 의미 그대로의 개념으로서, 임화가 지적했던바 '정신의 풍속, 인간성의 세태'로서의 '인정'에 가까운 의미로 쓰인다(임화, 「朴泰遠 著, 『川邊風景』評」, 『조선일보』, 1939.2.17 참조).

절, 끝으로 창수가 4개 절 가량의 스토리-선에서 주동인물로 등장하고 있다. 이들 인물군들이, 전체 50개 절 중에서 35개 절에 걸쳐 스토리-선들의 주동인물로 등장하여 작품의 주요 뼈대를 형성함으로써, 수많은 인물이 등장하는 『천변풍경』의 중심인물로 부상하고 있다.

이러한 실증적 사실을 명기해 두는 것은 중요한 의미를 갖는다. 수많은 등장인물들 중에서 서술시의 상당 부분을 차지하는 중심인물군들이 따로 추려진다는 명확한 사실을 도외시하면, 작품의 주제 측면에서 인물 구성이 갖는 효과를 왜곡할 수 있기 때문이다. 요컨대 『천변풍경』은 비역사적, 비사회경제적인 소소한 일상의 세계를 설정한 위에서 금순-하나꼬-기미꼬 인물군과 민 주사-안성집, 그리고 이쁜이, 만돌 어멈, 창수 등의 스토리-선들을 근간으로 해서 주제효과를 발하는 것이다. 이를 구체화하기 위해 이들 중심인물군들의 지향을 살펴본다.

기미꼬와 금순, 하나꼬는 『천변풍경』의 핵심 등장인물에 해당한다. 세 가지 근거를 들 수 있다. 앞서 지적했듯 이들 인물군이 차지하는 서사 비중이 막강하다는 점이 첫째이고, 이들과 연관되는 인물들을 거론하면 그 규모가 주요한 스토리-선들 거의 전반에 걸친다는 것이 둘째며,[30] 연재본에서 단행본으로의 개작 과정을 통해 이들 세 여성 모두 그 형상화가 매우 긍정적으로 변모된 데서 알 수 있듯 이들이야말로 작가 의도의 직접적인 대변자라는 사실이 셋째이다.[31]

---

30 금순과 관련해서는 그의 부친 용 서방과 그가 재혼한 아내인 곰보 미장이의 큰 누이(미장이와 그 작은 누이 신정옥을 거쳐 강석주 및 이쁜이 관련 인물들로까지 확장된다), 동생 순동이(같이 일하는 한양구락부 게임돌이들에서 창수까지 확장된다), 금순의 예전 남편과 시부모(근화식당 주인과 그 종업원들로 이어진다), 하숙옥 사내(하숙옥 주인 등으로 이어진다) 등이 있고, 하나꼬와는 그 부모와 종로은방 주인, 최진국 및 그 집안사람들이 관련된다.

31 이들 3인과 관련된 개작 양상에 대해서는 졸고 「『천변풍경』의 개작에 따른 작품 효과의 변화

    제2부 한국 근대소설의 형성 및 분화와 우연

이 인물군이 보여주는 주요 특징은 두 가지 측면에서 찾아진다. 하나는 개별 인물들의 이력 및 현재 상황이 보잘것없는 것임에도 불구하고 세 인물 모두 대단히 긍정적인 인물로 제시되었다는 사실이다. 카페 여급인 기미꼬가 '협기'를 발휘하여 금순을 구해주고 친언니와도 같이 하나꼬를 시종여일하게 위해 주는 것이나, 하나꼬가 자신의 행위에 책임을 느껴 혹독한 시집살이의 어려움을 의연하게 감내하고자 하는 것, 시집살이의 고통으로 자살까지 생각했던 금순이가 동생을 챙겨주며 행복한 일상을 보내게 되는 것 등은 모두 『천변풍경』의 인물 형상화에 있어서 긍정적인 사례의 대표격에 해당된다.

여기서 주목할 점은 이들 인물 설정의 비현실성 및 그 의미이다. 하나꼬 시집살이의 문제를 간파하고 금순의 어려움을 해결해 줄 만큼 긍정적이고 능력 있는 기미꼬나, 일개 카페 여급에서 양반집 며느리로 신분을 바꾸기에 부족함이 없는 품성을 갖추고 결혼 후에도 상황의 어려움을 탓하기에 앞서 자신의 잘못을 돌아보는 성숙한 면모를 보이는 하나꼬의 모습은, 일반적으로 생각해 볼 수 있는 카페 여급의 이미지와 동떨어져 있다.[32] 이는 금순의 스토리-선이 전대소설에 가까울 정

─연재본과 단행본의 비교」, 한국문학연구학회, 『현대문학의 연구』, 2011, 2장 참조. 금순 등의 스토리-선 설정에 작가의 의도가 개입되어 있다는 점은 금순의 행적에 우연이 적지 아니 개입되어 있다는 점에서도 확인된다. 이러한 우연의 기능에 주목하고 그에 큰 의미를 부여한 경우로 장수익, 「박태원 소설의 발전과정과 그 의미」, 『외국문학』 30, 1992, 140~141면 참조.

32 이러한 점은, 단행본에서는 삭제되었지만 연재본에서 확인되는 이들의 부정적인 면모들을 고려할 때 보다 분명해진다. 연재본의 기미꼬는 '변태적인 매력'으로 술손님을 끌고(1차 1회;260면) 하나꼬가 부친의 사고 소식을 듣고 황황해 할 때도 무덤덤히 대한 후 길거리에서 손으로 코를 풀어 부치는(1차 3회;265면) 나이 먹은 여급이고, 하나꼬는 종로은방 주인에게 처녀를 바친 후(1차 3회;14절) 그가 검거되고 최진국이 접근하자 스스로를 합리화하며 최와의 결혼을 바라는 면모를 보인다(2차 4회;12절). 이러한 점들은 이들 개개인의 성품 면에서는 부정적인 것만큼 사회 계층 면에서 보자면 현실적이라 할 수 있다.

도로 해피엔딩인 것과 더불어서 현실성이 부족한 것이지만, 그렇게 비현실적인 만큼 작가의 의도에 의해 구축된 것이어서, 이들이 보이는 긍정성은『천변풍경』의 한 가지 중요 주제효과에 해당된다.

이 인물군의 둘째 특징은 이들이 보인 공동체적인 삶의 방식에서 찾아진다. 이들 세 여인의 공동생활은 상부상조적인 하나의 공동체로서 이들이 처한 사회상황의 대안 공간의 위상을 갖는다. 이들 공동체의 긍정성 및 대안적 성격은『천변풍경』의 등장인물 상당수가 남편의 오입과 폭행 등 가족 범주 내에서의 재래의 문제에 빠져 있음을 고려할 때 한층 뚜렷해진다. 이들의 공동생활은 '삶의 기쁨'을 추구함에 따라 이루어져(232면), 서로의 생활리듬을 존중하며(314~315면) 기쁨을 느끼는 삶을 가능케 하는 것이다(316면).[33] 첫째 특징과 마찬가지로 이러한 특징 또한 작가의 의도에 따른 것이라 할 수 있다는 점에서, 이들 인물군이야말로 작가가 드러내고자 하는 바, '서민들의 행복한 삶에의 지향'을 보여주는 메가폰적 인물들이라 하겠다.

물론『천변풍경』의 주된 주제효과는 천변 사람들의 일상사를 통해 당대의 다양한 세태를 부정적인 측면에 주안점을 두고 묘파한 데서 찾아진다. 중심인물군들을 통해 보더라도 위의 3인 외에 민 주사와 안성

---

[33] 이와 관련해서『천변풍경』의 주제로 전통적인 공동체, 농촌공동체의 형상화를 들기도 하지만 이는 무리이다. 전통 및 인습과 관련해서 보자면, 작품 전체적으로 부정적인 측면의 고발이 훨씬 큰 비중을 차지하기 때문이고, 이들의 공동생활 또한 전래의 일반적인 가족관계와는 거리가 먼 여성들만의 것이어서 전통적 공동체와 유사한 것은 아니기 때문이다. 일견 서발턴(subaltern)의 연대로 볼 수 있는 이들의 경우는 이상적인 공동 삶의 한 양상 정도로 제시되었다 하는 것이 적절해 보인다. 그럼에도 불구하고 이들의 공동체가 작가 박태원이『천변풍경』을 통해 당대 세태에 맞서 제시하고자 하는 하나의 이상에 해당하는 것은 물론이다. 이러한 점에서는 염상섭의『삼대』가 보이는 '산해진'보다 훨씬 구체적으로 형상화되었다고 할 수 있다.

　　　　　　　　제2부 한국 근대소설의 형성 및 분화와 우연

집, 이쁜이, 만돌 어멈 및 창수 등이 포괄되기 때문에 이는 의심의 여지가 없다. 다만, 『천변풍경』이 부정적 세태 묘사 일변도로 흐르지 않고 행복한 삶에의 지향 또한 다소 통속적일 정도로 직접 드러내고 있음은 강조될 필요가 있다.

민 주사와 안성집의 인물군에는 전문학교 학생 및 그의 애인인 여학생, 민 주사가 눈을 돌리는 취옥과 노름판을 제공하는 기생퇴물 강옥주 패거리 등이 더해지고, 가족관계로 민 주사의 부인과 어린 아들 및 행랑살이 칠성 아범 부부, 안성집의 시중을 드는 갓난이 등이 포함된다. 첩을 두고 노름에 빠져 지내며 부회의원을 꿈꾸는 민 주사의 행태는 중산층의 허영과 허세를 보이는 것이고, 그의 돈을 우려내어 전문학교 학생과 육욕을 나누고 미래를 도모하는 안성집의 행태는 그악한 여인의 생존전략을 드러내는 것이지만, 여기서 주목할 점은 이들을 그리는 서술자의 시선이 부정적이지만은 않다는 사실이다. 이들 양인과 여학생, 취옥 등이 난잡하게 어우러지는 스토리를 두고는 절의 제목부터 '희화(戱畵)'라 하고 말미에 전문학교 학생의 파렴치함을 강조하기도 하지만(302~303면), 그 외에는 항상 중립적이거나 오히려 동정적인 시선을 보내고 있다.[34] 옹호는 물론 아니지만 단죄와도 이렇게 거리를 두는 시선으로 이들 인물을 그림으로써, 『천변풍경』은 돈과 정욕, 도박에 빠져있는 세태의 객관적 제시를 주제효과의 하나로 갖게 된다.

이쁜이네와 만돌이네의 경우는 작품 표면에 명확히 드러나 있듯이

---

[34] 안성집의 경우 개작 과정을 통해서 악녀로서의 면모가 삭제되고 미래의 생계수단 확보를 위해 노력하는 일반적인 첩들의 수준으로 완화되어 형상화되며(2차 2회;404~405면 및 2차 7회;108면 / 143~147면 및 386~387면 참조), 민 주사의 경우는 그 심성이 착하고 어리숙한 선량한 사람이라는 것을 서술자가 작품의 도처에서 강조하고 있다.

봉건적인 가족관계의 희생이 되는 여인들의 수난을 보여준다. 이쁜이의 스토리-선은 금순과 하나꼬의 경우와 더불어서 시집살이의 혹독함을 제시하는 기능을 하고, 행랑살이를 전전하며 남편의 폭행에 시달리는 만돌 어멈의 경우는 반봉건적 가부장제의 폐해를 여실히 보여주고 있다. 여기서 특징적인 것은 두 여인의 남편들이 모두 외입을 하는 것으로 그려졌다는 점이다. 이는 이들의 고난을 한층 강화하는 것인데, 주제효과 측면에서 보자면 작가의 의도가 반영된 것이라 하지 않을 수 없다. 이렇게 하여 '가족관계 내에서의 여인들의 수난사' 또한 『천변풍경』의 주된 주제효과 중 하나가 된다.

텍스트의 실증적 분석에 의할 때 다소 의외로 부각되는 인물이 창수이다. 그는 전체 등장인물들 중에서 예외적으로 성격의 변화 발전이 뚜렷한 입체적 인물로서 작품 전편에 걸쳐 지속적으로 등장한다. 창수는 가평에서 처음 상경한 어리숙한 시골 소년이었다가(3절), 반년 못 되는 서울 생활을 겪으면서 '도회의 감화'로 점차 영악해진 뒤(12, 15, 20절), 스스로 한약국집을 나와 귀향했다가(24절), 다시 상경해서는 게임돌이로 일하게 된다(46절). 시골 소년의 순진함을 잃고 서울의 유흥을 즐기며 보다 쉽게 돈을 벌기 바라는 이러한 변모의 형상화는 도시화가 주는 부정적인 측면을 주제효과에 더해주는 것이다.[35]

등장인물 설정과 주제효과의 관련 면에서 보자면 이들 외에도, 한약국집 관련 인물들을 고려해야 한다. 이들은 경제적으로뿐 아니라 윤리

---

[35] 물론 이 측면만이 강조되어서는 안 된다. 역시 상경 모티프를 띠는 금순과 그 부친 용 서방 및 아우 순동이, 예전 시아버지 등의 스토리-선들은 시골 출신들의 서울 정착 양상을 보다 복합적으로 보여주기 때문이다.

     제2부 한국 근대소설의 형성 및 분화와 우연

적으로도 안정된 중산층의 삶과 행복을 보여줌으로써 천변의 서민들
이 겪는 삶의 고단함이나 그 외 중소상인들이 보이는 향락적인 태도를
대조적으로 강조하는 기능을 하고 있다.

이상 시공간 배경 및 인물 구성을 통해 살펴본 대로『천변풍경』은,
청계천변 일부로 좁혀진 비사회적 공간 속의 서민들 및 중소상인 계층
의 비역사적인 일상사를 통해서, 반봉건적인 가족관계에서 유래되는
고난과 갈등 및 그 극복의 소망, 서울살이가 주는 퇴폐와 향락, 허영심
등의 인정세태를 보여주고 있다. 다사다난하게 펼쳐지는 인간의 희로
애락이라 할 이러한 내용 갈래가 중심인물군들을 통해 드러나는 것까
지 살펴보았는데, 그 제시 방식을 서사 구성 및 서술상의 특징 면에서
검토하는 일이 이하의 과제이다.

앞서도 지적했듯이『천변풍경』의 서사 구성 및 서술상의 특징에 대
해서는 '카메라 아이'를 이용하여 작가의 주관을 배제한 채 객관적인
세태를 객관적으로 포착하는 파노라마식 구성을 보인다는 인식이 널
리 받아들여져 왔지만, 앞서 살핀 대로 중심인물들을 형상화하는 방식
만 생각해도 동의할 수 없는 진단임이 분명하다.[36]『천변풍경』에 다양
한 등장인물들의 생동감 넘치는 언행이 객관적으로 묘사된 것은 분명
하지만, 그 외에, 서술 거리를 자유자재로 변화시키면서 인물의 심리
를 파헤치거나 성격을 규정하고 사건의 의미를 해설하는 등의 서술자

---

[36] 이러한 잘못된 견해는 일찍이 최재서가「리아리즘의 擴大와 深化─『川邊風景』과『날개』에
關하야」(『조선일보』, 1936.11.3일 분)에서 주장한 이래 별다른 반성 없이 특히 모더니즘소
설론의 맥락에서 발전적으로(!) 계승되어 왔다. 최재서의 소론 자체가 1차 연재본만을 본
상태에서 제출된 것임을 고려하면 이러한 오독의 심화가 갖는 문제가 한층 두드러진다. 작
품에 대한 외삽적, 재단적인 해석에 맞서 실증 차원의 텍스트 분석을 소홀히 하지 않아야 할
이유가 여기서도 확인된다.

의 언어와, 작품 세계의 설정 및 인물 구성, 플롯 차원에서 아무런 거리낌 없이 영향력을 행사하는 작가의 언어가 텍스트 표면에 자주 등장할 뿐만 아니라,[37] 서술자-작가의 언어가 주관적이고도 감정적인 판단을 내리는 경우 또한 빈번하기 때문이다.

『천변풍경』의 형식적 특성이 일의적으로 요약될 수 없다는 위와 같은 문제의식에서, 이 작품의 서사 구성 방식을 먼저 규명한 뒤에 서술상의 특징들을 세세히 살펴보고자 한다. 먼저 스토리-선의 제시 방식에 따른 절별 서술 구조상의 유형을 네 가지로 정리하면서 『천변풍경』의 서사 구성 방식을 검토한다.

절별 서술 구조의 첫째 유형은 다양한 인물들의 다양한 사정이 인물들의 잡담이나 수다, 서술자의 점묘식 상황 묘사 및 해설 등을 통해 제시되는 경우이다. 빨래터와 이발소를 배경으로 인물을 소개하는 1, 2절과 후일담에 가까운 근황 소개로 작품을 맺는 50절 외에, 8, 13, 17, 20, 25, 35, 36의 7개 절 곧 총 50개 절 중 10개 절이 이러한 방식으로 구성되어 있다. 여기서 특징적인 것은, 빨래터나 이발소, 평화 카페 등이 배경으로 설정되었지만 이들 장소가 어떻게 생겼는지를 객관적으로 묘사, 설명하는 구절은 거의 없다는 사실이다. 이들 장소 모두 인물들을 소개하는 잡담이나 수다가 전개되는 장의 역할만 부여받고 있기 때문인데, 이러한 점에서 보자면, 복합적인 스토리-선들의 효과적인

---

37 최재서는 『천변풍경』의 작가는 작품 밖에 있다고 했지만(앞의 글, 같은 곳) 그렇지 않다. 작가의 언어가 가장 자유롭게 등장하는 경우로, 한양구락부의 게임돌이들을 소개하는 자리에서(36절), 아침에 점 안을 치워놓으면 불이 들어올 때까지 오후 시간이 한가하다 한 뒤에 "잠깐 그 한가한 시간을 이용하여, 이 아이들을 소개하자면—"(358면)이라고 작가가 문면에 나서는 곳을 들 수 있다. 작품 세계와 서술 상황을 연결시키며 작가가 자신을 서술자와 일치시키고 있는 것이다.

제시 방법으로 기능하는 잡담, 수다 등의 형식이야말로 『천변풍경』의 한 가지 서술 장치라 할 만하다.[38]

『천변풍경』이 보이는 절별 서술 구조의 다음 두 가지 유형은, 상대적인 메인 스토리-선에 기타 사건들이 부가되는 경우와 복합적인 스토리-선들을 보이는 경우이다. 전자의 경우로는 창수, 깍정이들, 기미꼬와 하숙옥 사내의 담판 각각을 메인 스토리-선으로 하는 15, 23, 27의 3개 절을 들 수 있고, 후자의 경우로는 만돌 어멈과 이쁜이의 수난사가 병치되는 11절과 민 주사와 안성집의 밀고 당기기가 그려지는 14, 28, 31, 32, 34, 42, 46절의 8개 절을 꼽을 수 있다.[39]

끝으로 넷째 유형은 절 하나에 단일한 스토리-선이 마련되는 경우이다. 서술시 비중 면에서 작품의 절반에 해당하는 29개의 절이 이러한 방식으로 구성되어 있는데,[40] 이들 스토리-선들을 앞서 살핀 중심 인물군별로 분류하면 다음과 같다. 금순-하나꼬-기미꼬 인물군이 주동인물로 등장하는 경우가 13개 절 23.7%로 가장 많고, 민 주사-안성집 인물군의 경우가 네 개 절, 만돌 어멈 및 이쁜이 관련 절들이 각각 3개, 2개 절로 다섯 개 절, 창수가 주동인물 역할을 하는 경우가 세 개 절이다. 여기서 특징적인 것은 이들 상이한 인물군들의 스토리-선들이

---

38 '카메라 아이' 식으로 다양한 인물사를 소개하는 이러한 구성방식이 서술시의 비중 면에서 전체 469면 중 122면에 해당되어 그 비중이 26% 정도에 그치고 공간에 대한 객관적 형상화가 대단히 미미하다는 점은, 『천변풍경』의 서술방식을 '카메라 아이에 의한 파노라마 식 구성'으로 단순히 정리할 수는 없게 만든다.
39 도합 11개 절인 이 두 유형의 서술시상의 비중은 469면 중 115면, 24.4%에 해당된다.
40 여기에 셋째 유형 중 4개 절 곧 단일 스토리-선 두 개가 단순히 병치되어 있는 11절과, 사실상 하나의 스토리가 각 인물의 입장에서 세부적으로 서술되는 14, 31, 42절을 포함시킬 수도 있다. 절이라는 형식에 매이지 않는다면 스토리-선의 구성상 원리는 동일하기 때문이다. 이 경우 넷째 유형의 비중은 33개 절, 265면, 56.5%로 증대된다.

작품 전체로 보면 부단히 교차적으로 제시되고 있다는 점이다.

이상과 같이 『천변풍경』의 서술방식을 스토리-선들의 절별 구성 방식에 따라 점검해 보면 두 가지 사실이 명확해진다. 하나는 소수의 중심 인물들이 주동인물로 기능하고 있는 단일한 스토리-선의 제시 유형이 압도적이라는 점이며, 다른 하나는 앞서 지적된 절 번호에서 확인되듯이 이들 단일 스토리-선들이 부단히 교차되며 서술된다는 점이다. 이를 통해, 이른바 『천변풍경』 특유의 '카메라 아이'적 서술방식이 그다지 특기할 만한 것이 아니며, 그보다는, 수많은 인물들의 여러 스토리-선들이 교차적으로 구성되는 것이야말로 이 작품의 특징적인 서술방식임을 알 수 있다. 절 단위에 매이지 않고 스토리-선들의 교차적 구성 자체에 주목해서 보자면, 상대적인 메인 스토리-선과 부가적 사건이 결합되는 유형이나 대등한 스토리-선들이 병치되는 경우 또한 동일한 교차 구성 양상을 보이는 것이어서, 위의 판단을 한층 강화해 준다.[41]

따라서 여러 인물들의 스토리-선들이 서로 번갈아가며 등장하는 '교차적 서사 구성 방식'이야말로 『천변풍경』의 서사 구성상의 기본 특징이라고 할 수 있다. 실증적 분석에 기초한 이러한 결론은 논리적으로도 근거를 얻는다. '교차적 서사 구성 방식'은 등장인물의 수가 많되

---

[41] 여기서 『천변풍경』의 또 다른 특징이 발생한다. 인물들의 스토리-선이 심하게 교차되면서 몇몇 부차적인 인물의 경우 서술시간상의 거리가 무척 멀게 벌어지는 것이다. 예컨대 신정옥의 경우 130면에서 처음 언급된 뒤에 409면, 464면으로 넘어가고, 시즈꼬는 식당 여급으로만 지칭되다가(113면) 후에 등장한다(454면, 464면). 금순의 시아버지는 171면 이하에서 기술되다가 450면 이하에 등장하고, 손 주사의 경우는 아내가 죽어 슬퍼한 뒤(133면), 후처 들일 생각도 안 하고 딸을 위해 노력하다가(343면), 딸을 위해서라도 재취를 해야겠다고 생각하는 것이(431면) 띄엄띄엄 소개된다. 포목전 주인의 중산모 관련 서술(바람에 날려 떨어지길 바라는 재봉의 희망이 산재되어 있는 것(34, 266, 489면)도 마찬가지 경우이다.
이러한 서술시간상의 거리 확대는 작품의 이해를 어렵게 하기 마련인데, 이를 해소하는 형식적 장치가 바로 뒤에서 분석하는 『천변풍경』 고유의 서술방식상의 특징이 된다.

   제2부 한국 근대소설의 형성 및 분화와 우연

그들을 함께 엮어주는 단일한 중심 사건이 없는 경우에 요청될 수 있는 거의 유일한 플롯 형식에 해당된다. 이 점을 염두에 두고, 이 작품이 보이는 단일한 중심 사건의 부재가 천변의 일상 풍속을 폭넓게 묘파하려는 의도에 따른 것임을 고려하면, '교차적 서사 구성 방식'이야말로 『천변풍경』을 『천변풍경』으로 존재하게 한 필연적인 형식이라고 할 수 있게 된다.

서사 구성 분석의 연장선상에서 우연의 문제를 살펴본다. 『천변풍경』에는 모두 16회의 우연이 구사되는데, 이를 정리해 보면 다음과 같다.

②-1 : 민 주사가 낮에 들렀다가 안성집이 젊은 학생과 시시덕거리는 장면을 발견(82면).

④-1 : 초파일날 수가 나길 바라던 만돌이가 집으로 뛰어들다 귀돌 어멈의 발을 밟음(104면).

④-2 : 이쁜이 모친이 길에서 우연히 만난 필원이네에게 이쁜이에게 줄 만두를 부탁(212~213면).

②-2 : 하숙옥 상노가 기미꼬, 하나꼬와 잡담을 하다 우연히 금순의 이야기가 나옴(229면).

④-3 : 금전꾼 사내가 하숙으로 돌아오다 우연히 도박 상습자를 만남(208면).

④-4 : 임신 사실을 확인한 한약국집 며느리가 시댁으로 오는 길에 만돌 어멈을 만남(288면).

④-5 : 취옥이와 함께 나들이에서 돌아오던 민 주사가 경인선에서 전문학교 학생을 만남(301면).

④-6 : 금순과 순동이가 화신상회 앞에서 우연히 재회(336~337면).

④-7 : 민 주사와 취옥이 국수집 앞에서 우연히 만나 이야기하는 것을 재
봉이 발견(344면).

④-8 : 밀항을 시도하던 용 서방이 신 서방을 우연히 만난 뜻을 접음(379
～380면).

④-9 : 유끼꼬가 우연히 만난 하나꼬의 얼굴이 아주 못되었다고 기미꼬
에게 전함(389～390면).

④-10 : 예배당 앞을 지나던 점룡 어머니가 (정옥을 기다리던) 강 서방을
우연히 발견(405면).

④-11～13 : 취옥과 안성집 누구에게 갈까 하던 민 주사가 길에서 우연히
취옥을 만남(④-11, 440면). 마침 아이들 싸우는 소리가 들려 보다
가 아들 효준을 발견하고(④-12, 443면) 자켓을 사 주겠다며 옷을
갈아입고 나오라 한 뒤 기다리는데, 취옥을 만나러 가던 최진국이
지나가며 인사(④-13, 444면).

④-14 : 근화식당을 찾아가던 금순의 시아버지가 길에서 우연히 근화식
당 주인을 만남(453면).

이들 우연을 중심인물을 기준으로 나누어 보면, 금순과 관련된 것이
세 차례(②-2, ④-3, 6), 민 주사와 관련된 것이 여섯 차례(②-1, ④-5, 7, 11～
13)임이 확인된다. 금순이나 민 주사의 스토리-선에서 볼 때 이들 우연
은 사실상 큰 의미를 지닐 수 있는 것이지만, 실제로는 그렇지 않게 처
리된 것이 주목할 만하다.

금순의 경우 ②-2는 그녀가 기미꼬 등과 함께 살게 되는 단초에 해
당하는 것이고 ④-3은 그와 관련된 장애가 없어지는 것이어서 그녀의

생활에 큰 의미를 갖는 것이지만, 두 경우 모두 금순은 전혀 관계되어 있지 않다. 순동이 금순 일행과 함께 살게 되는 ④-6에서야 금순이 우연의 직접적인 당사자가 될 뿐이다. 이는 금순의 생활 양상 혹은 삶의 조건이 순수하게 우연에 의해 결정되고 있음을 의미한다.[42] 민 주사와 관련된 우연의 경우 또한 유사한 양상을 보인다. 이들 우연으로 해서 민 주사의 안성집이나 취옥과의 연애 전선에 중요한 변화가 초래되는 것이다. 그럼에도 불구하고 그러한 우연 자체에 큰 의미를 부여하지 않는 처리 방식은 대동소이하다. 지금처럼 우연히 발각되어 변명과 졸림의 이야기가 살짝 전개될 뿐, 민 주사에게든 그가 상관하는 여인들에게든 이러한 우연이 그들 삶에서 어떤 의미 있는 전환이 되거나 하지는 않는 것이다.

이상을 통해서 『천변풍경』이 우연을 대하고 다루는 태도를 확인할 수 있다. 금순이나 민 주사의 경우 모두 각자의 생활이나 관심사 면에서 큰 의미가 있는 사건들을 우연을 통해 처리하되 서술의 비중이나 의미 면에서 그리 크게 다루지 않는 것은, 세부 스토리-선의 전개나 인

---

[42] 이러한 처리 방식에 대한 작가의 의식은, 종적을 알 수 없는 부친과 동생을 항상 그리워하던 금순이 순동이를 만나게 되는 극적인 우연 ④-6에 대한 서술자의 언급에서 잘 확인된다. 이 우연의 경우 서술자가 나서서 독자를 준비시키기는 하지만(321면), 결론은 우연의 현실성을 인정하자는 데로 향하고 있다. 넓은 서울에서 순동 부자와 금순이가 우연히 스쳐지나가게 된다 해도 서로를 알아볼 가능성은 거의 없다고 서술하다가 "그러나 사실 또 만나러 들면 우수운 것이었다. 외로운 아버지와 가엾은 오래비의 생각을, 오직 멀리 남쪽 하늘 우에만 달리고 있던 금순이가, 참말 뜻밖에도 백화점 문깐에서 순동이와 마주쳤드라도 그것은 무어 그렇게 있기 어려운 일로 돌릴 것이 못 된다……"(323면)라 하여, 우연의 존재, 우연적인 사건의 발생 자체를 시인하자는 태도를 보이는 것이다. 실제의 상봉이 336~337면에서 기술됨으로써 이 구절이 복선 역할을 하고, 바로 이러한 맥락에서 보자면 우연의 우연성을 희석시키려는 의도의 소산으로 볼 수도 있지만, 『천변풍경』 전체에서 확인되는 우연의 사례들을 보거나 앞에 인용한 구절의 내용 자체를 보자면 '우연을 우연으로 적시하는 서술'로서 우연의 현실성을 인정하고 강조하는 것이라 보는 것이 적절하다고 판단된다.

물 상황의 변화를 위해 우연을 기능적으로 구사하고 있음을 알려 준다. 이러한 사정은, 그 외 여섯 차례 우연들의 기능이 스토리-선의 전환(④-7, 10, 12)이나 서술의 편의(④-2, 9, 14)에 맞춰져 있는 데서도 확인된다. 인물의 삶에 의미가 있든 없든 대부분의 우연이 기능적으로 구사되고 있는 것인데, 이러한 처리 방법을 가능케 하는 것이 우연이란 실생활에 편재하는 것이라는 관점임은 물론이다. 이러한 태도를, 우연에 대한 단순한 수용이라 말해도 좋을 것이다.

이렇게 구성되는『천변풍경』의 작품 효과를 보다 세밀하게 살피기 위해서는 서술상의 특징들 또한 검토할 필요가 있다. 다음 세 가지가 주목된다. 첫째는 서술자의 태도가 복합적이라는 점이고, 둘째는 '비초점화된 복합적 진술 방식'이라는 서술 전략이 구사되었다는 사실이다. 이는 서술방식과 인물 및 사건의 구성방식이 상호 관련될 수 있었던 원인이자 결과로서,『천변풍경』텍스트의 가장 중요한 특징에 해당된다. 끝으로 셋째는 내용 면에서 인물의 소망과 서술자-작가의 해석을 드러내는 언어들이 두드러진다는 점이다.

『천변풍경』의 서술자는 다양한 면모를 보인다. 서술 대상과의 거리 면에서 보자면, 때로는 냉정한 관찰자로서 거리를 유지하지만 다른 경우에서는 거리를 좁혀 주관적, 공감적으로 서술하기도 한다. 인물이나 청자에 대한 태도 면에서도, 때로는 청자-독자를 위해 친절하고도 객관적인 해설을 제시하는 한편 등장인물의 품성이나 사건의 정서적 측면에 주목하거나 한걸음 더 나아가 윤리적인 판단을 내리기도 하는 등 복합적인 면모를 보인다.

『천변풍경』서술자의 객관적인 면모는 천변 인물들의 소소한 언행을

　　　　　제2부 한국 근대소설의 형성 및 분화와 우연

사실적으로 재현하는 데서 두루 확인되는데, 여기서 조금 더 나아간 것이 냉정한 관찰자의 면모이다. 딸의 소식을 궁금해 하는 하나꼬 모친의 꿈 이야기와 그에 대한 기미꼬와 금순의 반응을 세세히 서술하면서 서술의 밀도를 높여가던 중에, 순동이가 출근하러 나서고 그에 대해 하나꼬 모친이 묻는 장면을 차분히 챙겨두는 것은(421~422면), 인물들로부터 거리를 두고 자신은 흥분하지 않는 서술자의 면모를 잘 보여 준다. 신전집의 몰락을 아무런 감정이입 없이 건조하게 서술하는 것이나(6절), 만돌 어멈이 남편에게 모질게 매를 맞는 장면 및 어멈의 심정을 거리를 두고 객관적, 분석적으로 기술하는 것(63~64면), 인신매매나 구속 등과 같은 다소 극단적인 사건들을 마치 그것이 장마처럼 '지나가는 일'인 듯 간결하게 서술하는 것(27절) 등을 이 경우에 추가할 수 있다.

위와는 달리 『천변풍경』의 서술자는 주관적, 공감적 서술 양상 또한 자주 보여 준다. 빨래터의 여인네들이 만돌 어멈과 이쁜이의 수난을 이야기한 뒤에 한약국집 아들 내외를 보고 말을 잃는 모습을 '애닯게 조용하다'(117면)라고 한다거나, 창수의 변모를 두고 '도회의 감화란 실로 무서운 듯싶'다 하는 것(259면), 민 주사가 오입 대신 아들과 시간을 보낸 것을 두고 모두에게 '다행한 일이었다'고 서술하는 것(445) 등이 서술자의 정서를 드러내는 주관적 서술의 예에 해당된다. 『천변풍경』의 공감적인 서술 양상은 인물과의 거리를 좁히거나 몇몇 등장인물을 초점화자로 삼아 서술하는 경우에서 확인된다.[43] 작품의 허두에

---

⁴³ 『천변풍경』의 초점화자와 관련하여 적지 않은 경우가 '재봉'과 '점룡 어머니'만을 들어 잘못 단순화하고 있지만, 김종구도 잘 밝혀두었듯이, 실제로는 다양한 인물들이 초점화자로 기능하고 있다(김종구, 「박태원의 『천변풍경』 초점화 양상 연구」, 『한국문학이론과 비평』 10, 2001, 3절 참조).

서 등장인물들의 내력을 소개함에 있어 재봉이의 정보와 서술자-작가의 그것이 뒤섞이는 것이나(2절), 이쁜이의 혼례식을 객관적으로 묘사함과 동시에 이쁜이 어머니의 심정으로부터 상황을 서술하는 것(5절), 기미꼬와 하나꼬, 금순의 공동생활 방식을 금순의 입장에서 서술하는 것(33절) 등이 예가 된다.

서술자의 다양한 면모를 구성하는 또 다른 특성은 친절하고도 상세한 해설에서 찾을 수 있다. 칠성 아범과 용돌이를 상대할 때 김 첨지가 빨래터 수입에 대해 상반된 자세를 보였다고 따로 강조하여 알려주는 것이나(195면), 금순에 관한 정보에 있어 김 서방이 아니라 재봉이 옳았다고 확인해주거나(229면) 부친과 동생에 대한 금순의 생각이 잘못되었다고 지적해주는(321면) 등 인물의 판단에 대해 논평하는 것, 기미꼬가 금순을 찾아가게 된 연유를 설명하거나(230면), 하나꼬, 금순과 함께 사는 것이 기미꼬에게 삶의 기쁨을 주리라고 그의 내력을 밝히며 설명하는 것(232면), 하숙옥 앞의 중년부인이 신전집 마누라이고(220면) 교회당 앞에서 강 서방과 만난 여자가 신정옥이라는 사실(409면) 등을 알려주는 것 등이 좋은 예가 된다.

더 나아가 『천변풍경』의 서술자는 인물의 품성에 주목하여 그들에 대한 호오를 명확히 드러내고 심지어는 윤리적인 판단도 아끼지 않는 과감한 면모를 보인다. 재봉이나 금순, 순동 등에 대해서는 긍정적으로, 창수나 강석주, 미장이 누이들, 게임돌이들, 근화식당 주인 등에 대해서는 부정적인 서술태도를 드러내고 있다.[44] 이에 더하여, 윤리적인

---

44 긍정적 인물들은 '귀여운 소년 재봉'(488면)이나 '우리 금순이'(336면), '우리 순동이'(367면)처럼 우호적인 시선으로 서술 거리를 없애며 지칭하는 반면, 미장이 누이들은 행실이 부정

판단 결과를 규정적으로 명확히 하지는 않아도, 개개 인물들의 특정 행태를 묘사하는 데 있어서 독자의 주의를 윤리적 맥락으로 이끄는 경향 또한 두루 확인된다.[45]

『천변풍경』이 보이는 서술상의 둘째 특징은 서술방식에서 찾아진다. 이 면에서 『천변풍경』을 일별할 때 표면상 가장 두드러지는 특징으로는 대화의 비중이 꽤 높다는 점을 들 수 있다. 천변이나 이발소, 길에서 인물들이 만나 나누는 대화 장면이 많은 것은 물론이고, 한두 문장으로 간략히 요약할 수 있는 경우에도 대화를 통해 생생하게 묘사하는 대목이 흔히 보인다.[46] 간단히 말해서 작품 전체로 볼 때 보여주기(showing) 방식이 우세한 것이다.

그러나 『천변풍경』이 보이는 서술방식상의 고유한 특징은 다른 데서 찾아지는데, 서술의 초점이 흐려질 만큼 다양한 정보를 하나의 문장에 함께 제시하는 '비초점화된 복합적 진술 방식'이 그것이다. 다음의 두 예는, 연재본에서 단행본으로의 개작 과정에서 이러한 진술 방식이 한층 강화되었음을 보여준다.

하다는 점을 규정적으로 제시하고(42, 375~6, 409면), 창수의 경우는 그의 변모를 따라 평가를 달리한다. 게임돌이들의 부정적 행태를 지적하고(36절), 전문학교 학생의 파렴치한 같은 생각을 명시하며(302~303면), 근화식당 주인에게는 '간사한'(468면)이라는 한정어를 부여하는 것 역시 눈에 띄는 예들이다.

45 포목전 주인의 자기 자랑에 대해 미워하지 않고 웃음을 지을 수 있다는 진술이나(262면), 민주사가 심성이 착하고 어리숙한, 선량한 사람이라는 점을 반복적으로 제시하는 것(387면 등), 시집살이에서 주의할 점을 설명하는 기미꼬와 그것을 유념해 듣는 하나꼬의 행동을 두고 '엄숙한 시간'으로 지칭하거나(330), 김 서방과 애인이 돈을 계산하며 미래를 계획하는 것을 두고 '거룩하고 또 아름답게 꿈꾸어 본다' 하는 것(351) 등이 이에 해당된다.

46 한약국 집 젊은 내외나(35절) 점룡 모자의(41절) 대화를 실시간 호흡으로 서술하는 경우가 대표적이다.

ⓐ 종로 보신각(普信閣) 뒷골목에 있는 한양구락부(漢陽俱樂部)라는 '다마 치는 집'에서 금순이의 오래비 순동이는 '께임도리'를 하고 있었다. (2 차 7회;94면).

ⓑ 젊은 주인이 금 밀수 사건으로 검속이 된 뒤로, 문을 닫힌 종노은방 이 층에 있는 '한양구락부'라는 다마 치는 집에서 금순이의 오래비 순동 이는 '께임도리'를 하고 있었다. (337면)

순동이의 직업을 알려 주는 이 두 구절의 차이는 명확하다. 연재본 에 비해서 단행본의 문장은, 종로은방 주인의 검속 사건과 은방의 휴 업, 은방과 구락부가 한 건물에 있다는 사실을 추가로 밝혀주고 있다. 그러나 이들의 차이는 담겨 있는 정보의 과다에 그치지 않는다. ⓐ의 경우 순동이의 직업을 말해 준다는 서술 초점이 명확한 반면, ⓑ는 종 로은방 관련 내용들이 추가됨으로써 서술의 초점이 흐려지고 서술 내 용이 복합적으로 되었기 때문이다. 게다가 ⓑ는 전후 스토리를 고려하 지 않으면 사실들의 전후 관계를 오해할 여지까지 안고 있다.[47]

이렇게 의미의 혼동 우려를 감수하면서까지 다양한 정보를 추가하 여 함께 제시하는 '비초점화된 복합적 진술 방식'을 강화한 데는 필연 적인 이유가 없을 수 없다. 이를 서술자-작가 차원에서 추론해 보면, 하나의 개별 스토리-선을 전개하는 자리에서 다른 정보들까지 함께 소개하려는 의도 곧 가능한 대로 많은 정보를 동시에 서술하고자 하는

---

47 ⓑ를 그 자체로 보면, 종로은방 주인이 검속된 뒤에 순동이가 취직한 것처럼 읽히지만 스토 리상의 실제 순서는 반대이다. 순동이는 5개월 전 곧 5, 6월에 취직했고(337면) 종로은방 주 인이 검거된 것은 장마 끝 무렵(27절)이다.

     제2부 한국 근대소설의 형성 및 분화와 우연

의도를 찾을 수 있다. 한걸음 더 나아가 이러한 의도가 요구되는 사정까지 고찰할 필요가 있는데, 이는 앞서 살펴바『천변풍경』의 인물 및 서사 구성상의 특징과 긴밀하게 맞물려 있다.

『천변풍경』에는 수많은 등장인물들의 여러 스토리-선들이 얽혀 있으며, 이의 효과적인 제시를 위해 교차적 서사 구성 방식이 작품의 근간을 이루고 있다고 하였다. 이러한 상황에서 여러 부차적인 인물들의 소소한 스토리-선들은, 잡담이나 수다 등을 통해 여러 인물의 사정이 밝혀지는 절별 서술 구조의 첫째 유형을 통해서, 혹은 서로 교차되면서 띄엄띄엄 등장하는 각각의 메인 스토리-선에 단편적으로 편입되는 방식으로 자신을 전개해 나갈 수밖에 없는데, 여기서 청자(및 독자)의 이해 차원에서 두 가지 어려움이 생긴다. 교차 구성 속에서 분절되어 있는 메인 스토리-선의 연관을 따라잡는 것부터가 쉽지 않으며, 부분적으로 편입되는 방식으로 존재하는 소소한 스토리-선들의 경우는 그 내용을 파악하는 섯 자제가 곤란해지는 것이다.

이러한 어려움을 줄이고 작품의 유기성을 증진시키기 위해서는, 기회가 되는 대로 이전 사건을 환기시킴으로써 스토리-선의 연속성을 명확히 하는 한편 하나의 스토리-선을 전개하면서 가능한 대로 여타 스토리-선들을 끌어들이는 수밖에 없다. 이러한 요구를 충족시키려는 노력이 문체상에 드러난 결과가 바로 '비초점화된 복합적 진술 방식'인 것이다. 따라서 이러한 서술방식상의 특징은 '교차적 서사 구성 방식'과 마찬가지로『천변풍경』이『천변풍경』으로 존재하기 위해 필연적으로 요청된 것이라 할 수 있다. 달리 말하자면, 단일한 중심 사건 없이 수많은 등장인물을 설정하여 천변의 일상 풍속을 효과적으로 재현하기 위해, 전체 서사 차원에서는 '교차적 서사 구성 방식'이, 문장 단위에서는 '비초점화된 복합적 진술 방식'이 요청된 것이라고 하겠다.[48]

이렇게 구사된 이들 문장의 사례를 좀 더 살피면서 그 기능과 효과를 구체화해 본다.

①우에서 무새빨래를 하였다고 아까 타박을 받은, 그, 낯설은 여편네가 이 편 끝으로 나려와서, 하던 빨래를 대강 마치고서, 개천 뚝에다 널판 면으로 비스듬이 짜놓은 사다리를 반이나 올라가고 있는 것을, 마침 빨래줄을 매고 있던 샘터 주인이 발견하고, 소리를 지른 것이다. (13~14면)

②이러한 작란은 여자가 끼면, 좀 더 흥미를 돋우는 것이라, 그래, 민 주사는 자기가 그 집에 나타난 뒤로, 주인 옥주를 비롯하여, 그곳에 모이는 패들이 어디서 '가모'가 잘 걸려들었다고, 뒷공논이 일치되어 있는 것은 알 턱도 없이, 매일, 남들에게 적지 아니 부조만 하여주면서도, "오락은 이게 그저 지일이야. 하옇든 청국놈이 묘하겐 꾸며 놨거든……" 하고 오로지 그러한 것만 감탄하였다. (299면)

③이 영선이란 아이와 얼마 전에 우동을 가치 먹었대서 잠깐 '문제'를 일으킨 명숙이란 계집애는 영선이나 순동이와 한동갑인 열여섯—, 그 언니가 관철동에서 기생노릇을 하는 것은 삼봉이 누나가 카페 여급인 것과 그 경우가 근사하지만, 기생의 아우라든 그러한 티는 눈꼽만치도 없어, 권번에를 다니라고 그렇게 제 언니의 '어머니'가 권하여도 듣지 않고,

---

48 이러한 규정은, 사실상 만연체라는 현상적인 지적 외에 그 구체적이고도 고유한 특징을 말해주지는 못하는 '장거리 문제' 등의 지적들을 넘어서서, 같은 만연체라 해도 예컨대 염상섭 소설의 문체와는 확실히 다른 『천변풍경』 고유의 특징을 가리킨다는 의의를 갖는다.

　　　제2부 한국 근대소설의 형성 및 분화와 우연

제가 어떻게 어떻게 주선을 하다 싶이 하여 이곳에 와 있는 그는, 평생
지망이, 제일이 백화점의 여점원이요, 제이가 버스껄이다. (363면)
④ 그러나 이 아이가 이쁜이를 울려가며 미쳐서 다닌다는 계집이, 바로 이
근화식당의 시즈꼬라는 것은 과연 오늘 처음 알아낸 사실로, 자기가 달포
전부터 은근히 마음을 두고 지내온 이 여자가, 알고보니 가엾은 이쁜이에
게서 남편의 사랑을 빼앗았던 그 계집이라, 우선 그 점에 있어 점룡이는
쓰디쓴 침을 몇 덩어리고 삼키지 않으면 안 되었던 것이나, 사실은 계집이
남자를 유혹한 것이 아니라, 이 불량한 젊은 아이가 시즈꼬를 농낙하였던
것이 분명하여, 자기가 이 식당에 다니기 시작한 뒤로 오늘 밤에야 비로소
강 가와 이곳에서 만날 수 있었던 것을 보면, 분명히 달포 이상은 강 가가
이곳에 발그림자도 하지 않고, 여자 말을 들으면, 무슨, 풍금을 잘 치는
여학생에게 근래는 또 미쳐서 다닌다는 게 아니냐? (466면)

『천변풍경』의 도처에서 두루 발견되는 위와 같은 '비초점화된 복합
적 진술'들은 두 가지 기능을 수행한다. 첫째는 앞서 지적했듯이 소소
한 스토리-선들을 챙기면서 청자를 배려하는 것이다. '청자에 대한 배
려'는, 서술시점에서 전개되고 있는 스토리-선과는 다른 스토리-선을
환기시키거나 좀 더 진행시키고, 서술시상으로 멀리 떨어져 있는 과거
의 사건을 요약적으로 제시하여 환기시키는(③, ④) 등의 방식으로 이루
어진다. 둘째는 제한된 지면 속에서 다양한 인물들을 등장시키거나 다
양한 정보를 하나의 호흡으로 제시하는 것이다. '서술의 경제성 확보'
라 할 이러한 기능은, 희곡의 지문이나 해설처럼 인물들의 동정을 단
편적으로 함께 언급하거나①, 인물군들 속에 있는 각 인물들의 행동

이나 심정을 함께 서술하거나(②), 인물의 내력이나 과거 동정을 현재 언행의 서술 속에 함께 제시하는(③) 등으로 이루어진다.

'비초점화된 복합적 진술 방식'의 이러한 기능에 따른 효과는, 부차적인 인물들의 스토리-선들을 복잡하게 일일이 독립시키지 않으면서도 상황 및 사건의 다면성을 확보할 수 있게 된 점에서 찾아진다. 이러한 진술 방식에 의해 『천변풍경』은 스토리-선들을 지나치게 다기화하지 않으면서도 150여 명의 인물군을 아우르는 데 필요한 만큼의 내용을 담을 수 있게 된다. 하나의 문장에 담기는 정보들, 하나의 호흡 속에서 처리되는 정보들을 다양화하면서도 스토리-선들의 주요 구도 자체는 복잡하지 않게 만드는 이 작품의 형식적 장치가 바로 '비초점화된 복합적 진술 방식'인 것이다.

『천변풍경』이 보이는 서술상의 셋째 특징은 내용 면에서 찾아진다. 이는 다시 '행복'이나 '평화', '희망' 등에 서술의 초점이 놓이는 경향과,[49] 서술자-작가의 인생관, 세계관에 해당하는 언설이 그대로 드러나는 경향으로 대별된다.

'소망의 서술 경향'이라 할 전자 중 '행복'과 관련되는 사례들을 먼저 살펴본다. 첫째는 천변 사람들의 일상을 서술해 나가되 그들이 추구하는 바를 행복에 연관 짓는 경우로서, 하나꼬 및 금순과의 공동생활을 제안하는 기미꼬나(24절), 청계천에서 동전을 주운 만돌 아범(28절), 최진국과의 결혼을 꿈꾸는 하나꼬(30절), 순동과 살게 된 금순(37절), 손 주사와 금순의 결합을 생각하는 기미꼬(49절) 등의 예를 들 수 있다. 둘째

---

[49] 주지하듯이 이는 「소설가 구보 씨의 일일」에서도 두드러지는 특징으로서, 박태원 소설세계의 내적 연관성의 한 근거가 된다.

  제2부 한국 근대소설의 형성 및 분화와 우연

는 만돌 어멈의 생활이나 이쁜이 및 금순의 시집살이 등을 서술하면서 그들의 신산한 삶을 불행으로 해석하는 것이다. 끝으로 셋째는 인물들의 행불행을 대조하는 방식을 들 수 있다. 사월 초파일을 맞은 서민들과 중산층이(10절), 만돌 어멈이나 이쁜이의 경우가 한약국 집 젊은 부부와(11절), 포목전 주인이 몰락한 신전집 마누라와(20절), 한약국집 며느리가 만돌 어멈과(29절) 대조되는 경우 등이 좋은 예가 된다.[50]

작품에서 보이는 일상사를 '평화'의 맥락으로 해석하는 경우로는, 민 주사와 안성집의 갈등 해소나(14절), 금순-기미꼬-하나꼬의 공동생활의 불편함 해소(34절), 재혼을 불행으로 느끼는 용 서방(38절)의 경우들을 들 수 있다. 이 외에, 부친의 생활이 평화롭기를 금순이 바라는 것이나(37절), 한약국 집 여인들의 일상을 실로 평화롭게 묘사하는 것(48절) 또한 여기에 포함시킬 수 있다.

이에 더하여, 이쁜이에게 마음을 두는 점룡이나(5, 46절), '돌다가 계'에 당첨되기를 바라는 점룡 어머니(17, 41, 50절), 백화점 여점원이나 버스걸을 꿈꾸는 명숙(363), 누이의 처지를 생각하고 책임감을 느껴 저금할 방침을 세우는 순동(368), 좋은 일자리를 찾아 도항을 꿈꾸었던 순동과 그 아비(378), 권투 챔피언을 바라는 용돌이(488) 등은 등장인물들의 행위의 추동력으로 희망 혹은 소망이 설정된 경우라 할 수 있다.

여기서 주목할 점은 '행복'이나 '평화', '희망'의 언어들이, 위의 예들

---

50 이러한 점에서 『천변풍경』의 인물들을, 크게 보아, 행복하거나 행복해질 수 있을 법한 인물군과 불행한 인물군, 그 중간의 인물군으로 분류해 볼 수도 있다. 행복한 인물군으로는 한약국 집 사람들과 포목전 사람들, 안성집, 금순, 순동, 기미꼬, 재봉 등을, 불행한 인물군으로는 만돌 어멈네와 이쁜이 모녀, 민 주사, 하나꼬, 강 서방, 용 서방 등을 꼽을 수 있다. 그 외 점룡 모자나 용돌이, 김 첨지, 필원이네, 창수 등이 중간 인물군이라 할 만하다.

이 보이는 작품 내 사건에 대한 서술자의 판단 기준 혹은 해석의 틀로 구사된다는 사실이다. 풀어 말하자면, 서민의 삶의 애환이나 중소상인 계층의 생활의 안정 및 인간관계의 굴곡 등이 '개개인의 행불행'이나 '행복의 희구', '인간관계의 행복이라는 의미에서의 평화' 등에 비추어 기술되고 그 의미가 가늠되고 있는 것이다. 이러한 점은, 민 주사와 안성집의 갈등 해소나 금순, 기미꼬 등의 공동생활의 불편함 해소를, 갈등 해소나 불편함 해소로 객관적으로 지칭하는 데 그치지 않고 '평화의 맥락으로 주관적으로 해석'해 내는 데서 잘 확인된다. 이를 두고 서술자-작가의 서술의 초점이 이러한 관념에 의해 규정된다고 하겠는데, 이러한 점은 행불행의 대조가 서사 구성상의 우연(11, 29절)이나 스토리-선들의 병치(10, 20절)를 통해 생성, 강화되는 사실에서도 근거를 얻는다. 요컨대 『천변풍경』의 서술자-작가가 각종 사건 및 등장인물들의 삶을 해석하고 평가하는 주요 준거가 바로 '행복'과 같은 추상적인 관념이라는 사실이, 이 작품의 서술상의 특징 가운데 하나인 것이다.

『천변풍경』의 서술상의 특징은 여기서 한걸음 더 나아가 서술자-작가의 인간관, 세계관 등이 직접 노출 노출되는 편집자적 논평이나 해설이 등장하는 데서도 찾아진다. 이쁜이의 초라한 신혼 짐을 열거한 후에 "그러나, 이미, 부귀라 하는 것이 우리에게 있어 한 조각 뜬 구름일진댄, 혼인의 장하고, 또 장하지 못함을 어찌 그러한 것에서 상고하여 마땅하랴"(65면) 하는 것이나, 금순이의 내력을 밝히는 부분에서 "불행에 익숙한 사람은 유혹에 빠지기 쉽다. 어데 사는 누구라고도 모르는 오직 한 번 본 '외간남자'의 '엉뚱한 수작'에도, 대체 그 뒤에 어떠한 '음모'가 감추어져 있는지, 그러한 것을 잠깐 생각하여 보려고도 안

                                        제2부 한국 근대소설의 형성 및 분화와 우연

하고, 쉽사리 남자의 말을 쫓고 말았던 그는, 역시 그 과거에 오직 불행만을 가진 여자다"(164면)라 규정하는 등이 대표적인 예이다. 개작 과정에서 삭제되었지만, 빨래터의 여인들이 만돌 어멈과 이쁜이의 고난을 이야기하는 장면을 그린 뒤, "그렇게들 입을 놀리고 있는 동안 그들은 그들의 화제가 설혹 '생활란'에 있는 경우에라도 역시 인생을 어느 의미에서 축복하여 마지않는 듯싶게만 생각된다"(1차 3회;11절 / 267면)라는 구절 또한 이런 경우에 속한다. 이와 같이 지나치게 낙관적, 달관적인 서술은 배제되었지만, 삶의 행불행에 주목하여 서술하는 특징만큼은 여기서도 공통된다 하겠다.

『천변풍경』의 작품 효과는 일상의 공간 속에서 보통사람들의 세태를 제시하는 것으로 요약될 수 있다. 정치사회적 의미가 배제된 좁혀진 공간과 비역사적 보편성으로 추상화된 시간을 통해 작품 세계가 일상 세태를 드러내기 좋게 설정되어 있으며, 일반적인 생활의 문제를 겪으며 다양한 인정세태를 보여주는 수많은 등장인물이 설정된 위에 몇몇 중심인물군들이 교대로 나서며 행복한 삶에의 지향을 보여주고 있다. 요컨대 작품 세계가 사회역사적인 면에서뿐 아니라 지리적으로도 추상화되고, 일회적인 사건들로 점철되는 시간 또한 인물들의 삶에 아무런 규정력도 행사하지 않고 추상화되면서, 작품 세계가 말 그대로 하나의 배경으로만 놓이게 되어 서술자–작가가 자신의 의도를 자유롭게 구현하는 것이 가능해지게 된 것이다.[51] 이러한 상태에서, 유연한 서술자가 등장하여 '비초점화된 복합적 진술 방식'을 통해 객관적이고

---

[51] 창작과정을 추론해서 보자면, 자신의 의도를 구현하려는 작가의 욕망이 작품 세계의 배경화를 낳았다고 볼 수도 있다.

냉정한 관찰뿐 아니라 정서적, 공감적 서술까지 풍부하게 선보이며 작가의 관념까지도 직접적으로 자유롭게 제시하고 있다.

그 결과가 150여 명에 이르는 수다한 인물들을 모두 서민과 중산층으로 채우고 그 속에 긍정적인 중심인물군을 설정하여 '행복한 삶에의 긍정적 지향'이라는 주제효과를 중점적으로 부각시키는 것이다. 기미꼬와 금순 등이 보이는 이상적인 공동생활의 모습이나 한약국집의 평화, 『무정』의 종결부와도 유사하게 미래를 낙관하는 50절 등에서 뚜렷이 확인되는 『천변풍경』의 긍정성은 바로 이러한 메커니즘 속에서 가능해진다. 전반적으로 볼 때 이 작품에서 천변 서민들의 곤궁하고 괴로운 생활과 여타 인물들의 행불행이 객관적인 시선에 의해 묘파되고 있는 것은 분명하지만, 바로 이렇게 작가의 주관적 의도에 의해 긍정적으로 형상화된 인물들이 불행에 맞서서 행복을 지향하는 모습이 구현되어 있는 것 또한 엄연한 사실이다.[52] 이를 두고, 객관적 재현과 주관적 변형의 결과가 혼재되어 있다 하겠다.

재현과 변형의 혼재 양상은, 서술방법과 서술초점의 이원화와 밀접하게 연관되어 있다. 대체적으로 보아 『천변풍경』의 서술방법은 객관적이라고 할 수 있다. 그러나 서술의 초점을 어디에 두는가는 서술자-작가의 주관적 의도에 종속되어 있는 양상을 보인다. 달리 말하자면,

---

52 이러한 점에 주목하여 한수영은, 『천변풍경』에서 탈근대적 지향이 이루어진다고 판단했던, 자신을 포함한 기존의 연구들이 잘못되었다고 지적한 후에 '전통적 가치'에 매개된 '바람직한(좋은) 근대'를 지향한다고 밝힌 바 있다(「박태원 소설에서의 근대와 전통-'합리성'에 대한 인식과 '신체제론' 수용의 문제를 중심으로」, 한국문학이론과 비평 학회, 『한국문학이론과 비평』, 2005, 236면). 『천변풍경』에서 전통과 근대의 길항관계가 주목되어야 하는가에 대해서는 여전히 의문이 있지만, 이러한 변화는 연구동향의 한 물결이 지나간 뒤 작품에 보다 주목한 결과로 나온 것이어서 소중해 보인다.

　　　　제2부 한국 근대소설의 형성 및 분화와 우연

서술 대상의 논리가 아니라 서술자의 의도에 따라 서술의 초점과 방식이 결정됨으로써 서술의 대상과 그 결과 사이에 틈이 존재하게 된다는 것이다. 이는 두 가지로 확인된다.

하나는, 앞서 살폈듯이 '행복', '평화' 등의 주관적 맥락에서 사실상 행복이나 평화와는 거리가 먼 사건들까지도 조명하는 경우이다. 다른 하나는, 특유의 시공간 배경 설정을 통해『천변풍경』고유의 작품 세계를 구축한 결과, 객관적 서술의 대상이 되는 사상(事象)들 자체가 이미 작가의 의도에 따라 재구성된 세계 내의 것이라는 사실이다. 요컨대 서술의 초점을 결정하는 서술자-작가의 의도가 '카메라 아이'적인 객관적 서술방법까지 조종하며『천변풍경』의 세계를 구성하고 있다 하겠다.[53]

여기서 다음 사실이 두드러진다. 서술의 초점을 규정하는 서술자-작가의 의도가 '행복'이나 '평화', '희망'과 같은 추상적 관념의 맥락에 닿아 있는 까닭에, 서술방법이 대체로 객관적인 태도로 서술되었어도『천변풍경』의 세계는 객관적인 세계의 객관적인 반영이 아니라는 점이다. 지금까지 분석했듯이『천변풍경』의 세계는 정치경제 및 역사적인 측면이 사상되고 보편적인 인정세태로 조명된 하나의 상(像)에 해당된다.

『천변풍경』의 이중적인 특성에 대한 이상의 분석 결과에 의하면 이 작품의 주제효과 또한 단선적인 것일 수 없음이 분명해진다. 천변 사람들의 일상에 대한 핍진한 묘사를 통해 풍속 세태가 객관적으로 재현되고 있지만, 그러한 세태의 상당 부분이 서술자-작가의 주관적인 의도에 의해 세계 및 중심인물들이 변형된 결과로 구상된 것이기 때문이다. 달리

---

[53] 이러한 특징은, 리얼리즘적 규율이 작가의 세계관과는 배치되는 작품 세계를 낳게 되었다며 레닌이 발자크를 두고 '리얼리즘의 승리'라고 평가했던 바와는 반대의 상황을 가리킨다.

말하자면 주관적으로 좁혀진 세태가 객관적으로 형상화되어 『천변풍
경』을 이루고 있기에, 주제효과 또한 재현된 세태의 의미에 더하여, 세계
및 인물 행동의 주관적 변형에서 확인되는 의도까지 포괄하게 된다.[54]

재현의 차원에서, 돈과 정욕, 도박에 빠져 있는 세태나 반봉건적 가
족관계 내에서의 여인들의 수난, 도시화가 주는 부정적 측면 등이 제
시되어 있음은 이미 확인되었다. 서민들 및 중산계층의 다사다난한 일
상생활의 행불행이 여러 에피소드를 통해 드러나 있는 것이다. 여기
에, 서술자-작가의 의도에 의해 세계와 인물 행동이 변형된 사실의 의
미가 더해진다. 두 가지를 지적할 수 있다. 하나는 기미꼬, 금순 등의
공동생활처럼 현실의 대안으로든, 부정적인 인물군들에게서 보이듯
고작 고된 현실에 대한 허위적인 위안으로 순간순간 드러나든, 하나꼬
나 순동이, 재봉이, 이발소 김 서방, 점룡 등에게서처럼 더 나은 미래를
위해 현재를 감내하는 모습들로 포착되든, 서민들의 행복한 삶에의 지
향이 형상화되며 중요 주제효과로 설정된다는 점이다. 다른 하나는 작
가 의식 차원에 걸치는 것으로서, 변형을 시도했다는 사실 자체가 갖
는 의미이다. 이는, 작품 내 세계의 설정 및 인물 구성에서 보이는 배제
와 포착의 기제 및 서술의 초점 설정이 보여주는 집요한 의지, 대부분
의 인물들에게 따뜻한 시선을 아끼지 않는 태도 등에서 확인되는 바,
일상의 세태에 대한 근본적인 긍정이라 할 수 있다.[55]

54　여기서 의미와 의도 양자의 위계를 고려해 보면, 풍경이 시선에 의해 포착되는 것처럼 후자
　　가 보다 근원적이라고 하겠다. 이렇게 의도와 시선을 강조하는 것은, 보이는 것이 아니라
　　생각하는 것을 그린다는 후기 인상파의 모토와도 상통하는 현대예술의 기본 특징에 닿아
　　있는 것이기도 하다.

55　만보객의 조건이 대중을 상대로 '온화한 관대함(benign tolerance)'을 갖추는 것이라는 지적
　　(신형기, 「주변부의 만보객」, 상허학회, 『상허학보』 26, 2009, 242면)을 고려할 때, 이러한

　　　　　제2부 한국 근대소설의 형성 및 분화와 우연

중일전쟁으로 치닫는 식민지치하에서 비역사적, 보편적인 일상으로 채워지는 하나의 사회상(社會像)을 설정하고 그 주인공들에게 긍정적인 시선을 부여하는 것은, 일견 보자면 역사에 대한 외면이라 할 수도 있을 것이다. 그러나 이른바 '사실 수리설'로 이어질 수밖에 없던 현실 상황의 위력을 고려해서 달리 보자면, 『천변풍경』의 이러한 시선이야말로 사회경제적 상황이 주는 환멸을 견뎌내고자 하는 하나의 자세라 할 것이다. 면면히 이어지는 일상 세태에 초점을 맞추었다는 점에 주목하여 보자면, 광풍과도 같은 사건과 사고로 점철되는 정치사를 넘어서 지속되는 '일상으로서의 역사' 차원에서 미래를 긍정하는 것이어서, 부정적 현실에 대한 문학적 저항으로서의 의미를 띠기도 한다.

이러한 긍정을 바탕에 두고, 이렇다 할 교설적 언사 없이, 사건을 부풀리거나 의미를 과장하지 않으면서 천변의 풍경을 형상화함으로써 『천변풍경』은 한국 근대소설사에서 자신만의 자리를 획득할 수 있었다. 그것은, 일상성의 굴레에 갇히기 이전의, 행복과 의미가 삶에서 추방되기 직전의, 희망은 물론이요 욕망에 따른 행동마저도 아직은 나름의 양식(style)이 다 지워지지 않았던 시대의 풍속, 폐색된 현실을 멀리하고 환멸의 역사 바깥을 보고자 한 작가의 정신이 도약하여 포착한 바로 그 풍속, 그것을 『천변풍경』 스스로 체현함으로써 자신을 보편화할 수 있었기 때문에 생겨난 자리이다.[56]

특징 또한 「소설가 구보 씨의 일일」의 연속선상에 위치하는 것이어서 주목할 만하다.

[56] 『천변풍경』에 대한 이러한 문학사적 위상 부여는, "이 小說이 世態만을 그렷기 때문에 世態小說이라기보다는 作者의 現實에 대한 態度나 품고 잇는 思想이 世態風俗의 緻密한 描寫를 通하야 自己를 發現하고 잇는 그 文學精神을 말한 것이다"(「朴泰遠著 『川邊風景』評」, 앞의 글)라는 임화의 함축적인 표현에 대한 본고의 부연이자 해석이다.

2. 이상 소설과 모더니즘의 소설 미학적 다층성

1) 「날개」, 정체성 찾기의 서사

「날개」는 『조광』 1936년 9월호에 발표되어 이상의 이름을 문단 안팎에 확실히 해 준 소설이다. 또한 지금까지도 그가 소설사에 굳건히 자신의 자리를 잡을 수 있게 해 준 대표작에 해당된다.

그러나 「날개」는 널리 알려진 바와는 달리 작품 자체에 대한 세밀한 검토를 요한다. 작품의 참모습이 적지 아니 왜곡되어 있는 까닭이다. 이 소설에 대한 가장 큰 오해는, 주인공이 좁고 어두운 방에서 밝고 긍정적인 세계로 나아가게 된다고, 공간적인 대비 속에서 작품의 구조와 주제를 파악하는 것이다.[57] 하지만 작품을 꼼꼼히 살피는 것만으로도 이러한 생각이 잘못임이 분명해진다. 작품의 말미에서 주인공은 현란한 도시의 대로 한복판에서 갈 곳을 잃고 있기 때문이다.

이러한 예를 포함하여 「날개」의 실상은 이 작품에 대한 관례적인 이해와 연구방법에 의해 적지 아니 왜곡되어 있다. 연구사의 맥락에서 「날개」에 대한 오해를 조장하는 장애는 크게 다섯 가지로 정리할 수 있다. 첫째는 「날개」를 익히 안다는 생각에 연구자들이 작품의 실제를 꼼꼼히 검토하지 않음으로써, 몇몇 중요한 오독이 끊임없이 재생산되어 왔다는 점이

---

57 이와 같은 인식은 이어령에게서 시작되어 권영민에 의해 명료화되었다. 이어령, 「이상 연구의 길 찾기―왜 기호론적 접근이어야 하는가」, 권영민 편, 『이상 문학 연구 60년』, 문학사상사, 1998; 권영민, 「이상 연구의 회고와 전망―이상 문학, 근대적인 것으로부터의 탈출」, 같은 책.

다. 앞서도 언급했듯이, 작품 끝 부분에서 주인공이 백화점 옥상에서 나와 길을 걷다가 멈춰 서서는 다시 한 번 날아 보자 하고 외쳐 보려 했던 것을, 백화점 옥상 위에서 실제로 외친 것인 양 오해하는 것이 대표적인 예이다.[58] 이 외에도 「날개」가 모더니즘소설이라는 선규정과, 작품 자체를 일차적인 분석 대상으로 하지 않고 시나 수필 등과 소설의 구절구절을 관련지어 해석하는 경향, 주인공과 아내의 관계나 방의 구조 등을 작품 전체의 의미망으로부터 따로 떼어내어 상징적·정신분석학적으로 과도하게 해석하는 방식, 발표 당시 '작가의 말'처럼 처리된 작품 앞의 아포리즘 부분까지 소설 본문으로 해석하고 그렇게 보이도록 출판해 온 관행 등이 「날개」의 참모습을 보기 어렵게 하는 장애물에 해당된다.

이러한 장애들에 의해 왜곡된 '이상의 「날개」'는 작가 김해경의 「날개」와 무관하다고 할 수 있다. 1936년에 발표된 「날개」는, 그 앞뒤에 놓인 「지주회시」 및 「봉별기」와 더불어서, 삶의 의욕을 상실한 상태에서 남편이자 남성으로서의 정체성을 획득하지 못하는 인물의 이야기를 보여주고 있다. 이를 두고 작가 이상의 자전적인 요소가 짙은 작품으로 보든 식민지시대 삶의 상황을 함축하는 것으로 해석하든 간에, 「날개」가 보여주는 스토리는 그러한 것이다.

「날개」의 서사는 주인공이 행하는 다섯 차례의 외출 및 네 차례의 귀가를 거멀못으로 하여 이루어져 있다. 이 과정을 통해 주인공의 변화, 그의 지향과 좌절이 확인된다. 이의 규명을 위해, 「날개」의 스토리를 명확히 그리고 상세히 정리해 둔다.

---

58 이 문제에 대해서는 김성수가 한 차례 밝힌 바 있을 뿐이다(『이상 소설의 해석』, 태학사, 1999, 144, 164~166면 참조).

구조가 유곽과 흡사한 三十三번지 일곱 번째 방에서 '나'와 아내가 살고 있다. 장지로 나뉜 윗방에서 '나'는 모든 것을 스스롭다 생각하며 '이불 속 사색 생활'에 빠져 한없이 게으르게 지낸다. 반면 아내는 하루에 두 번 세수하고 낮이나 밤이나 외출한다. 아내가 없을 때면 아랫방에 가서 화장품 병이나 돋보기, 거울을 가지고 장난을 하고, '아내의 체취를 떠올리며' 논다.

아내에게 내객이 있어서 그럴 수 없을 때, '의식적으로 우울해 하면' 아내가 와서 은화를 준다. 그 돈이 꽤 쌓인다. 어느 날, 우주적 허무감에, 은화를 담은 벙어리를 변소에 갖다 버린다.

내객이 있는 날이면 이불 속에서, 아내에게 왜 돈이 많은가 등을 연구한다. 그 결과, 내객들이 놓고 간 것임을 알게 된다. 내객이 아내에게, 아내가 제게 돈을 놓고 가는 것이 '일종의 쾌감' 때문이라는 생각이 들자, 그것을 확인하고 싶어진다. 해서 밖에 나갈 생각을 한다.

오랜만의 **첫 외출**. 목적을 잃어버리고자 쏘다닌 거리의 경이로운 모습에 금방 피곤해진다. 귀가했더니 내객이 있다. 윗방에 누우니, 아내와 둘이 소곤거리다가 밖으로 나간다. '서운해 하면서', 잠을 청한다. 돌아와서 자신을 깨우는 아내의 노기 어린 눈초리에 외출한 것을 후회한다. 자신의 후회와 사죄를 전하기 위해, 의식 없이 아내 방으로 가서는, 돈을 아내 손에 쥐어주고 함께 잔다.

'아내에게 돈을 쥐어 주고 함께 잔' 지난밤의 '쾌감과 기쁨'으로 해서 **또 외출**할 생각을 한다. 겨우 자정을 넘겨 귀가해서는, 다시 아내에게 돈을 건네고 아내 방에서 잔다.

다음날 낮잠 후, 아내가 불러서 가 보니 밥상이 차려져 있다. 이면에 음모가 있지 않나 하여 불안을 느꼈지만 맘 편히 먹기로 한다. 자기 방으로 돌아

　　　　　　　제2부 한국 근대소설의 형성 및 분화와 우연

와 앉아 있어도 아무 일이 없으니, 긴장이 풀어지면서 다시 외출할 생각이 난다. 하지만 돈이 없다. '외출해도 나중에 올 기쁨이 없다'는 생각에, 돈이 없는 것이 야속하고 슬퍼서 울기까지 한다. 했더니 아내가 와서는 돈을 주며 더 늦게 들어오라고 한다.

세 번째 외출에서 경성역 대합실의 티룸에 들러, 서글픈 분위기를 즐기며 어렸을 때 동무들 이름을 떠올린다. 열한 시 조금 넘어 폐점이라, 비가 오는 중에 정처 없이 길에 나선다. 오한이 심해지자 궂은 날이라 내객이 없으려니 하고 귀가를 결심한다. 노크를 잊은 탓에 ⊙'보면 아내가 좀 덜 좋아할' 장면을 보고 제 방으로 들어가, 오한에 의식을 잃는다(210면).

이튿날, 제법 근심스러운 얼굴의 아내가 약을 준다. 여러 날 앓은 후에 외출하고 싶어지지만, 아내가 만류하며 약을 계속 먹으라 해서 그렇게 하기로 한다.

한 달이나 그렇게 보낸 뒤, 수염과 머리가 자란 것을 보러 아내 방으로 가서는 겸사겸사 화장품 냄새를 맡아 본다. '몸이 배배 꼬일 것 같은 체취'에 '아내의 이름을 속으로 불러본다'. 이런저런 장난을 하며 '이렇게도 편안하고 즐거운 세월을 하느님께 흠씬 자랑'하고 싶어진다. 그러다가 최면약 아달린 갑이 눈에 띄자, 그 동안 아스피린으로 알고 아달린을 먹어 왔다고 판단한다. 아내의 처사가 너무 심하다는 생각에, 까무러칠까 조심하며 **집을 나서서** 산을 찾아 올라간다. 벤치에 앉아 생각해 보지만 혼란스럽다. 그만 귀찮은 생각이 들어 아달린 여섯 개를 먹고 잠에 빠진다.

일주야를 잔 뒤에, 다시 생각해 보다가, '아내가 근심이 있어 아달린을 먹은 것은 아닌가 돌려 생각하게 된다'. 그렇다면 아내에게 참 미안하다 싶어서, 부리나케 산을 내려와 집으로 향한다.

오전 여덟시경. 마음이 급해서 말없이 문을 열다가 "내 눈으로는 절대로 보아서 않 될 것을 그만 딱 보아 버리고"(213면) 말게 된다. 얼떨결에 문을 닫고 현기증을 진정시키려니 매무새를 풀어헤친 아내가 나서면서 멱살을 잡는다. 나둥그러진 나를 덮치며 함부로 물어뜯는데, 남자가 나와서는 덥썩 안아 들여간다. 아무 말 없이 다소곳이 안겨 들어가는 아내가 "여간 미운 것이 아니다." 방 안의 아내가 발악하는 소리를 듣다가, 남은 돈을 꺼내 문지방 밑에 놓고 **줄달음질을 쳐서 나온다.**

경성역에 다다라 커피를 떠올리나 돈이 없다. 어딘지도 모르고 쏘다니다 거의 대낮에 미쓰꼬시 옥상에 이른다. 거기 주저앉아서 살아온 생애를 회고하고 인생의 욕심을 자문해 보지만 자신의 존재를 인식하기도 어렵다. 싱싱한 금붕어를 보다, 회탁의 거리를 내려다본다. 거리 속으로 섞여들어가지 않을 수도 없다는 생각에 <u>거리로 나서나</u>(214면) 갈 곳이 없다. 아내와의 관계를 규정해 보고, "그저 끝없이 발을 절뚝거리면서 세상을 거러가면 되는 것이다. 그렇지 않을까?" 생각해 본다. 그러나 아내에게로 발길을 돌려야할지 알 수가 없다.

이때 정오 사이렌이 울린다. 현란을 극한 정오. 불현듯 겨드랑이가 가렵다. "머릿속에서는 희망과 야심의 말소된 페ー지가 딕슈내리 넘어가듯 번뜩였다. 나는 건든 걸음을 멈추고 그리고 어디 한 번 이렇게 외쳐 보고 싶었다. 날개야 다시 돋아라. 날자. 날자. 날자. 한 번만 더 날자ㅅ구나. 한 번만 더 날아 보자ㅅ구나."(214면)

이와 같이 정리된 서사에서 명확해지는 것은 '나'와 아내의 관계, '나'의 지향 및 그 결과이다. 「날개」의 주인공은 아내에게 기생하는 삶을 살고 있다. '희망과 야심이 말소'되어 있는 무위의 상태에 있는 것이다. 이 상태에서 그가 '외출-귀가-아내에게 돈을 쥐어주고 함께 자기'라는 방식을 통해 변화를 꾀하면서 서사의 굴곡이 마련된다. 주인공의 의지는 그러나 아내의 술책에 의해 좌절된다. 감기약이라며 수면제를 먹인 탓에 한 달 동안이나 꼼짝 못 하게 되는 것이다. '나'가 우연찮게 이 사실을 알게 되었을 때 그와 아내의 스토리-선이 충돌의 양상을 보이게 된다. 결론은, '남편으로서 보아서는 안 될 것'을 보게 되는 것이고, 이로 인해 그는 집을 뛰쳐나가게 된다. 다시 아내에게로 돌아갈 수도 없는 정처 없는 상태에서 비상을 그리워하며 스토리가 종결된다. 요컨대 '나'의 변화의 시도 및 그 좌절을 그리는 것이 「날개」가 보이는 스토리의 경개이다.

「날개」의 주제효과를 구명하는 데 있어 관건은 주인공 '나'의 지향이 무엇인지를 명확히 하는 일이다. 이를 위해 그의 스토리-선의 양상과 의미를 검토해 보아야 한다. '나'의 네 차례의 '외출-귀가'와 마지막 한 차례의 출가가 이루어지는 계기와 의미를 확인해 볼 필요가 여기서 생긴다.

주인공이 보이는 변화는 '외출-귀가'의 반복 패턴 속에서 확인된다. 첫 번째 외출의 목적은 원래, 내객이 아내에게 그리고 아내가 자신에게 돈을 건네는 이유를 알고자 하는 것이었다. 그렇지만 귀가하여 아내에게 돈을 쥐어주고 자는 쾌감을 느끼게 된 후로는 외출의 목적이 달라진다. 아내 방에서 자는 쾌락을 느끼는 것 자체가 목적이 되는 것이다. 이 목적을 달성하기 위해 '외출-귀가-아내에게 돈을 쥐어주고 함께 자기'라는 의식적인 절차가 갖추어진다. 이것이 '나'에게 얼마나 절실한가는, 돈은 물론이요 인간사회니 생활이니 모두에 아무런 관심도 흥미도 없던(201면) 그가, 두 차례의 '외출-귀가' 후 아내에게 쥐어 줄 돈이 없다는 사실에 울기까지 하는 데서(209면) 잘 확인된다. 물론 '쥐어 줄 돈' 자체가 목적인 것은 아니다. '나'의 목적은 아내와의 동침이다.

이러한 사실은 이전에도 그가 보였던 아내에 대한 지향에서 잘 확인된다. 아내가 자리를 비우면 곧장 그녀의 방으로 내려가 그가 행하는 것은 돋보기나 거울 등을 갖고 노는 장난에 그치지 않는다. '나'가 보이는 회상적 서술의 끝은 아내를 향하고 있다. 곧 화장품 병을 열고 '이국적인 쎈슈얼한 향기'를 맡으며 눈을 감고는 그것이 '안해의 체臭의 파편'임을 확신하면서 '안해의 어느 부분에서 요 내음새가 났든가를' 생각하는 것이나(199면), 벽에 걸려 있는 아내의 옷가지들을 통해 그녀의 '胴체와 그 동체 될 수 있는 여러 가지 포—스'(200면)를 연상하며 점잖지 못한 마음을 갖는 것이다.

주인공의 이와 같은 행태가 아내와의 육체적 관계로 향해 있음은 어떠한 논란의 여지도 없을 만큼 자명하며, 아내 방에서 그가 행하는 이런 저런 장난들보다 이러한 지향, 욕망이 그를 아내 방으로 이끄는 원동력임도 어렵지 않게 추정할 수 있다. 이 점은, 아달린을 먹고 한 달 가까이 잠만 자다 모처럼 아내 방으로 온 '나'가, 돋보기 장난이나 거울 장난 이전에 화장품 병들의 마개를 뽑고 이것저것 냄새를 맡아 본 사실, 그리고 그에 따라 '몸이 배배꼬일 것 같은 체臭'에 아내의 이름을 마음속으로 불러보기까지 하는 데서(211면) 근거를 얻는다.

아내에 대한 '나'의 지향은 이렇게 그의 스토리-선에서 명확히 드러난다. 「날개」의 주제효과를 제대로 해석하는 데 있어서 이 사실을 잊지 않는 것이 중요하다. 비록 '나' 스스로 사회적인 생활과 거리가 먼 삶에 만족해하며 자신이 어떤 의미에서도 적극적인 모습을 보이지 않

   제2부 한국 근대소설의 형성 및 분화와 우연

는다고 규정하기는 하지만, 그러한 규정 자체가, 그의 삶이 아무런 욕
망도 갖지 않는 것인 양 해석하게 해 주는 것은 아님을 간과하지 말아
야 한다. 자신의 생활에 대한 '나'의 그러한 규정도 텍스트를 정확히 읽
자면 그것이 주는 인상대로 무위의 삶, 무욕의 삶을 의미하지는 않는
다는 점이 확인된다. '나' 자신이 인간사회와 생활을 '스스롭다' 여기고
'이불 속 사색생활'에서도 적극적인 것을 궁리하지 않으며 '가장 게을
는 동물처럼 게을는' 현재 상태가 좋다고 하지만, 사실 이러한 의식은,
그러지 않을 경우 아내와 의논해야 하고 그 결과 아내로부터 성가신
꾸지람을 듣게 될 것임을 그가 저어하기 때문인 까닭이다(200~201면).
여기서도 그가 아내를 의식하고 있음이 명확해진다. 아내에 대한 그의
의식은, 아내라는 "그 꽃에 매어달려 사는 나라는 존재가 도모지 형언
할 수 없는 거북ㅅ살스러운 존재가 아닐 수 없었든 것은 물론이다"(198
면)라는 데서 확인되듯이, 아내에게 남편으로서의 지위를 지키고자 혹
은 회복하고자 하는 평범한(!) 것이다.

　요컨대 「날개」의 주인공 '나'는 일상인의 삶의 행태와 상반되는 듯한
생활 패턴을 보이고 또 그에 걸맞은 의식을 보이는 것처럼 여겨지지만,
아내에 대한 의식이나 지향에 있어서는 일반적인 남편과 다르지 않은
면모를 보인다. 이것이 「날개」에서 전제되어 있는 '나'의 상태이다.

　문제는 그가 자신의 이러한 욕망을 아내에게 드러내지 못하고 그녀
의 부재상황에서만 스스로의 욕망에 대면하는 상황에 있다는 것인데,
이러한 상태를 깨뜨리게 되는 것이 바로 '외출-귀가-아내에게 돈을 쥐
어주고 함께 자기' 사건이다. 이는 형식상 아내를 돈으로 사는 것이며
따라서 남성으로서 여성을, 남편으로서 아내를 소유하고자 하는 심리

의 발현에 해당된다. 주인공의 이런 행위의 궁극적인 목적은, 아내와의 성합을 통해 자신의 정체성을 회복하려는 것이다. 사회적으로 자신을 실현하기 어려운 상황에 처하게 될 때 개인은 성공적인 성생활과 그에 근거한 가정생활을 통해 자신의 정체성을 회복하고자 한다는 심리학적 사실이 이러한 추정을 가능케 한다.[59] 따라서 상황이 반대로 흘러갈 때 '나'는 현실을 애써 외면하려고 한다. 자신의 소망 달성을 저해하는 상황을 없었던 듯이 하려는 것이다. 아내의 부정행위를 처음 보았을 때 자기 입장이 아니라 아내 입장에서 상황을 해석하는 것이나 (㉠ 부분), 아달린 사건을 오해라고 돌려 생각하는 등이 이를 잘 보여 준다. 그러나 이러한 노력은, 그나마 유지되던 부부관계의 끈을 완전히 무시하고 아내가 주인공에게 행악을 함으로써 수포로 돌아간다.

바로 위의 추론을 부부관계 측면에 주목하여 확증해 둔다. 본래 주인공과 아내는 그가 아내의 행실을 모르는 듯이 지낼 수 있도록 서로 일정한 수준을 넘지 않으며 관계를 유지해 왔다. 아내는 내객과 있을 때 말소리를 죽이지 않아도 될 말만을 했고(205면), 그래도 주인공이 우울한 기색을 보이면 찾아와 달래 주었으며(201면), 그는 이러한 상황을 즐거워했던 것이다. 앞서 지적했듯이, 그가 아내라는 꽃에 기생하는 삶을 거북살스러워 했음도 분명하다. 요컨대 미약하고 위태롭지만 '나'와 아내는 의식과 행동 양 면에서 서로가 부부관계의 끈을 유지했던 것이다.

그러나 이들의 관계는 주인공이 외출을 시도한 이후 뒤틀어진다. 그가 자신의 정체성을 회복·강화하고자 시도하는 반면, 아내는 내객 맞

---

59 캐럴 페이트만, 이충훈·유영근 역, 『남과 여, 은폐된 성적 계약』, 이후, 2001, 277~278면 참조

이를 본격화하기 시작한 까닭이다. 아내의 내객 맞이가 본격화된 데 대하여 두 가지를 말해 볼 수 있다. 첫째는 목적 혹은 이유인데, 「지주회시」의 경우로 미루어보든 사회현실의 맥락에 비추어보든, 돈을 벌기 위해서라고 추측하는 것이 자연스럽다. 둘째로 그 방식을 보자면, 손님을 불러들이는 자신의 일이 남편이 없는 빈 방에서 더 잘 이루어지는 까닭에, 아내로서는 남편의 외출을 종용하게 되었고 그것이 여의치 않게 되자 아달린을 먹여 재우게 되었다고 하겠다. 이 와중에 아내의 심경에 변화가 생겨 부부관계 자체를 달리 생각하게 되었음을 짐작할 수 있다.

결국 주인공은 자기 눈으로 절대로 봐서는 안 될 것을 보게 되고, 그 순간 아내는 그동안 유지했던 아내로서의 위치를 버리고 태도를 완전히 바꾸어 행패를 부림으로써 부부관계를 청산하겠다는 의지를 명확히 드러낸다. 아내로서 해서는 안 될 부정을 남편에게 들킨 셈이 되자 아내의 자리, 아내의 역할 자체를 버리는 것이다. 사태가 이렇게까지 진전되자 그는 일단 자리를 피하고 보지만, 결국 부부관계가 완전히 깨졌다는 것을 인정하지 않을 수 없게 된다. 미스꼬시 옥상에 있다가 거기에서 내려온 시점의 일이다.

옥상 위에서 주인공은, 몽롱하지만 차분한 생각을 통해, 부부관계의 파탄이 자신의 소망의 문제에 닿아 있음을 느낀다. 스물여섯 해를 회고하면서 그가 "너는 인생에 무슨 욕심이 있느냐"라고 자문하게 되는 점을 주목할 만하다. 자신의 '몸과 마음에 옷처럼 잘 맞는 방'을 벗어나, 보아서는 안 될 아내의 행실을 목도하고, 끝내 기진맥진한 육체에 몽롱한 의식으로 미스꼬시 옥상으로 올라오게 된 상태에서 자신의 욕심을 묻는 것은, 이러한 모든 사태의 전개가 자신의 '욕심' 때문이라는

(무)의식의 발로라고 할 수 있다. 즉 자신이 아내를 남편으로서 소유하고자 하는, 남편으로서의 남성으로서의 정체성을 회복하려고 하는 욕심을 부렸기 때문에 '절름발이'와도 같은 관계나마 이어질 수 없게 되었다고 의식하는 것이다. 자신의 자문에 대해 욕심이 있다거나 없다거나 하는 식으로 대답하기를 싫어하는 심정이야말로(214면) '나'의 이러한 상황 인식을 알려 준다.

이러한 의식은 길을 걸으면서 한층 더 진전된다. 남편으로서의 정체성을 수립함으로써 자신을 추스르고자 했던 시도가 좌절되면서 부부관계가 완전히 파탄이 났다는 사실, 따라서 자신에게는 갈 곳이 없어졌다는 점을 '나'는 통렬하게 깨닫는다. 이러한 상태에서 그는 경성 한복판에서 갈 곳을 몰라 하며, 지금은 사라진 날개가 돋아나 다시 한 번 날아 보았으면 하고 외쳐 보고 싶어 한다.

여기서 그가 바라는 것이 '오늘은 없는 인공의 날개'라는 점 또한 주의를 요한다. 자신이 의욕하여 만들었던 '인공의 날개'가 다시 돋아나 날아 보고자 하는 것이야말로, 자신의 욕망을 인정하고 그로부터 의욕을 일으켜 무언가를 해 보고자 하는 바람이다. 물론 이 소망은 입 밖으로 발화되지조차 못하는 것이다. 아내와의 관계를 정상적인 부부관계로 회복, 발전시켜 보고자 했던 지금까지의 노력이 완전히 실패하였음을 인정하지 않을 수 없게 된 시점에서 떠오르는 그러한 소망은, 소망의 내용과는 반대로 자신의 실패를 일깨우는 역할만을 수행한다. 그러한 마음속의 바람이야말로 주인공 '나'의 좌절을 극명하게 표현해 준다. 입 밖으로 내뱉지도 못하는 이러한 소망이 삶의 패배자, 의욕 상실자인 주인공의 현상황을 극적으로 강조하는 것이다.

   제2부 한국 근대소설의 형성 및 분화와 우연

이상 살펴본 대로 「날개」는 주인공 '나'의 남성이자 남편으로서의 성적인 정체성 찾기의 실패담을 보여 준다. 이러한 실패의 이야기, 그러한 실패가 벌어지는 상황, 생활능력을 상실한 무기력한 남성이 끝내 좌절하는 상황의 제시야말로 「날개」가 발하는 주제효과의 중심을 차지한다.[60]

끝으로, 이러한 주제효과의 구현과 관련하여 우연이 적지 않은 역할을 수행하고 있음을 부연해 둔다.

「날개」에는 ④ 인과적 우연 5회와 ② 목적적 우연 1회, ⑤ 기타의 우연 2회, 총 여덟 차례의 우연이 구사되고 있다. 인과적 우연 첫째는, 첫 번째의 외출-귀가 후 돈이 없다고 생각했는데 주머니에 2원이 있는 데(208면)서 드러난다(④-1). 세 번째 외출에서 경성역 티룸에 있다가 폐점 시간에 쫓겨 밖으로 나왔을 때 비가 오는 것이(210면) 둘째이며(④-2), 그 비에 젖어 어쩔 수 없이 귀가했을 때 아내가 보면 좋아하지 않을 장면을 마주하게 되는 것이 셋째고(④-3), 한 달쯤 잠에 빠져 있다가 아내의 화장대 밑에서 아달린 갑을 발견하는 것이 넷째며(④-4). 작품의 말미에서 정오 사이렌 소리에 '희망과 야심의 말소된 페이지'를 떠올리게 되는 것이(214면) 다섯째 우연이다(④-5). 여기에 더하여, '아스피린, 아달린, 맑스, 말사스, 마도로스'로 전개되는 연상(212면)에 아무런 이유도 없는 것이 이유적 소극적 우연(⑤-1)에 해당되며, 그가 마지막으로

---

60 「날개」에 등장하는 이들 부부의 관계를 바라볼 때 기존의 연구들은, '절름발이 상징'을 드러내는 한 구절을 뽑아들고 '나'의 무기력한 무위의 생활과 결부시켜서, 이들 부부의 관계가 애초부터(작품 처음부터) 파탄 난 것인 양 정리하는 경향을 보여 왔다. 그 결과 부부의 관계가 악화되는 방향으로 변화, 전개되는 점을 제대로 파악하지 못하게 되었고, 서사 전개의 추동력, 사건을 진전시키는 요소에 해당하는 바 아내에 대한 '나'의 인정투쟁적인 측면 즉 남편이자 남성으로서 자신의 정체성을 세우고자 하는 '나'의 욕망 또한 제대로 읽을 수 없게 되었다.

집을 나와서 정신없이 돌아다니다 이르게 되는 곳이 미쓰코시 옥상인 점은(213면) 이접적 우연(⑤-2)이라고 할 수 있다. 이상 인과적 우연과 기타의 우연 외에 「날개」는 목적적 우연도 구사하고 있다. 아내가 자신에게 수면제를 먹였다는 생각에 집을 뛰쳐나가 산에서 일주야를 보낸 주인공이, 어쩌면 자신이 사태를 오해했는지도 모르겠다는 생각에 이어, 아내에게 가서 사과해야겠다는 일념으로 급히 돌아온 네 번째 귀가에서 자신이 남편으로서 보아서는 안 될 장면을 목도하게 되는 것이 이에 해당한다(②-1).

이상의 정리에서 확연해지는 것은, '나'와 아내의 관계가 변화되는 과정, 그들의 운명이 결정되는 중요 국면에 이들 우연이 개재되고 있다는 사실이다. 우연 ④-2는 부부관계의 균열의 시작을 만드는 우연 ④-3을 촉발하며, 스토리상에서 아내의 태도 변화를 증명하는 것이자 '나'의 사태 인식을 가능케 하는 또 하나의 우연인 아달린 사건(④-4)의 원인이 된다. 거기에 직접 이어지면서 '나'의 지향을 좌절시키고 부부관계를 파탄 내는 결정적인 사건 또한 우연 ②-1로 이루어져 있다.

요컨대 우연 ④-2~4와 ②-1 모두 '나'와 아내의 기존 관계에 현저한 변동을 가하며 이 소설의 서사가 극적인 전개를 보이게 하는 핵심적인 역할을 하는 것이다. 이 점은 힘껏 강조할 만하다. 「날개」는 이렇게 세 차례의 인과적 우연과 하나의 목적적 우연으로 '나'와 아내의 스토리-선에 결정적인 분기점들을 형성하며 그들의 운명을 변화시키고 있다. 작품 말미의 ④-5도 매우 중요하다. 스토리 전후를 포함하여 주인공의 상황이 갖는 의미를 구현해 주는 장면을 이끌어 내는 역할, 달리 말하자면 「날개」의 전체적이고 종국적인 주제효과를 구현하는 데 있어 필

  제2부 한국 근대소설의 형성 및 분화와 우연

수적인 역할을 하고 있는 까닭이다.

단편소설이기는 해도 「날개」에 여덟 차례의 우연이 구사된 것을 두고 그 횟수가 많다고 할 수는 없다. 중편이긴 하지만 「소설가 구보 씨의 일일」이 서사 구성의 원리로서 무려 24회의 우연을 구사하고 있음에 비해 보면 적은 편이라고도 할 수 있다.

그렇지만 「날개」에서의 우연은 위에서 살핀 바처럼 스토리의 주요 국면을 가능케 하는 필수적인 역할을 할 뿐만 아니라 작품의 전체적인 주제효과를 집약하는 데 있어서도 중요한 기능을 수행하고 있다. 이는 「소설가 구보 씨의 일일」 못지않게 「날개」 또한 우연이 없이는 성립될 수 없는 작품이라는 점을 의미한다. 우연이 인물들의 운명을 가르고 작품의 전체적인 주제를 효과적으로 구현할 수 있게 해 준다는 점에서 보면 「날개」에서 보이는 우연의 기능이 보다 핵심적이라고 할 수도 있다. 모더니즘소설들에서 우연이 이렇게 의미심장한 역할을 하는 사실이 갖는 의미에 대해서는 제3부 8장에서 논의한다.

2) 부부관계 연작의 작품세계

이상의 소설 세계 전체를 대상으로 하여 설득력 있는 논의를 펼치는 것은 이 자리의 몫이 아니다. 다른 작가들의 경우도 그렇게 파악하지는 않았다는 점을 들 수 있지만, 그러지 않았던 것 자체가 형성기 한국 근대소설의 제 갈래를 일관된 방식으로 검토함으로써 각 유형의 특성을 텍스트상의 특징에 준하여 상호 비교의 맥락에서 파악하고자 하는 이 책의 목적에 따른 것이기에 더욱 그러하다. 따라서 이상의 경우, 앞서 살핀 「날개」와 더불어 부부관계 3부작에 해당하는 「지주회시」와 「봉별기」[61]에 대해서만 간략히 살펴보는 것으로 마감하고자 한다.

『중앙』 1936년 6월호에 발표된 「䵷䵑會豕」는 몇 가지 점에서 낯설게 다가온다.

제일 먼저 눈이 가는 제목부터가 잘 쓰이지 않는 한자를 이용해서 독자를 당황케 한다. 거미를 뜻하는 '지주(䵷䵑)'가 벽자(僻字)임은 말할 것도 없고 '돼지를 만나다'라는 '회시(會豕)' 또한 자연스럽지 않다. 어쨌든 제목의 뜻은 '거미가 돼지를 만나다'가 될 터이다. 이러한 제목 구성은 상징적 해석의 유혹을 강하게 불러일으킨다. 소설을 상징적으로 읽는 것은 일반적으로 바람직하지 않지만, 이런 경우는 작품 속에서 '거미'와 '돼지'에 해당되는 인물을 찾게 마련이다. 결과는 '거미 / 돼지'의 구도가 선명하게 드러나는 것이어서, 이 소설의 제목에 대한 선행 연구의 복잡한 해석들이 왜 필요한지 이해하기 어려울 정도이다.

「지주회시」의 또 다른 낯선 점은, 의도적으로 띄어쓰기를 무시하는 데서 온다. 이러한 표기법은, 문학의 질료인 언어의 구사방식에 있어서 일상적인 용법과 차이를 보이는 것이어서, 러시아형식주의자들이 문학의 특징이라 규정했던 '낯설게 하기'에 해당된다. 기호로서의 언어의

---

61 『李箱 문학 전집』(문학사상사, 1991) 2권의 「종생기」 해석에서 김윤식은 "「동해」의 연애기간을 거쳐 결혼생활의 권태로움을 그린 것이 「날개」라면 「종생기」는 결혼 파탄에 해당되는 것"(401면)이라 하였지만, 「날개」에서 이미 결혼생활의 파탄이 그려지고 있음은 앞서 검토한 바와 같고, 「종생기」는 결혼과는 무관하게 '侈奢한 小女' 정희와의 연애 이야기를 다루고 있다. 「종생기」는 그의 지적대로 이상 문학 전체를 마감하는 것이고, 구체적으로 말하자면 연애 관계를 거멀못으로 하는 이상 소설 계열의 마지막 작품이라 할 것이다. 따라서 결혼과 관련된 작품은 「지주회시」, 「날개」, 「봉별기」의 셋이 된다.

일반적인 기능은 자신을 숨기고 의미를 드러내는 것인데, 이 경우에는 낯선 사용법으로 인해 언어 기호 자체가 부각되고 있다. 물론 중요한 것은 그 효과이다. 띄어쓰기 규정을 무시하는 표기법은, 독자가 일단 작품을 읽기로 한 이상 평소 이상의 집중력을 요하게 된다. 요컨대 독자가 텍스트에 보다 밀착되게 하는 효과가 생기는 것이다. 이러한 효과는, 인물들의 대화가 따로 표시되지 않고 서술자의 말과 섞여 있으며, 서술시점 또한 자유자재로 변하는 사실에 의해 한층 강화된다.

이렇게 「지주회시」에서 이상은 낯설고 상징적인 제목을 달고 띄어쓰기를 무시하며 서술 면에서 몇 가지의 형식적인 특성을 가미함으로써, 독자들의 주의를 한층 끌어올리려 하고 있다. 이를 통해서 제시하는 주제효과를, 작품을 따라가며 밝혀 본다.

「지주회시」는 번호를 붙인 두 부분으로 단순하게 이루어졌으며, 공간 배경은 경성, 시간적 배경은 크리스마스와 그 다음날의 이틀이다(물론 회상 부분을 넣으면 사정이 달라진다). 등장인물도 단출하다. '그'와 아내가 한편에 있고 '그'의 친구로서 지금은 A 취인점에서 일하는 '오', A 취인점의 전무, 아내가 일하는 'R 까페'의 주인, 다른 카페의 여급으로서 '오'와 사귀는 마유미 등이 손으로 꼽을 만한 전부이다. '그'와 아내, '그'와 '오'와의 관계는 회상으로 처리되고 이틀간의 일이 서사의 중심을 이룬다. 뒤에서 보겠지만 이 사건 또한 단순하다. 이러한 상태에서, 작품의 주제효과는 소설 앞뒤의 상당 부분을 차지하고 작품 도처에서 제기되는 '그'의 상념에 크게 좌우된다.

1절은 '그'의 현재 상태와 '그'와 아내, '그'와 '오'의 관계를 밝혀준다. 주인공 '그'는 '귤 궤짝만 한 방안'에서 한없이 게으르게 시간을 보낼 뿐이다. 그는 아내를 거미라고 생각하고, 아내는 잠만 자는 그를 희한하다고 여긴다. 영락없이 비정상적인 부부 사이이다. 이는, 아내가 가출한 적이 있으며 그는 아내가 언제든 다시 집을 나갈 것이라고 생각한다는 사실을 통해 한층 강화된다.

크리스마스인데도 날이 따뜻하니 수염 좀 깎으라는 아내의 말에 면도를 하고 외출한 주인공은 거리의 모든 것에서 답답증을 느낀다. 그런 그가 찾아간 곳은 '오'가 일하는 A 취인점인데 거기서 그는 아내가 일하는 R카페의 주인을 우연히 만나 혼자 인사를 건넸다가 모욕감을 느끼고, 그에게 돈을 얻어 쓴 일을 기억해 낸다. 그에 이어 자신의 '칙칙한 근성'을 의식하고, '아내를 빨아먹는 거미'라는 자의식에 사로잡혀 아내와의 부부관계를 생각한다.

이들의 부부관계는 어떠한가. 아내는 결혼 1년반 만에 가출했다가 돌아와서는 그를 먹여 살리겠다며 카페 여급으로 일하며, 카페로 마중 나오지 않는 남편을 책망하기도 한다. 이들 둘이 만나 부부가 된 사연은 밝혀지지 않는데, 그는 아내가 언제든 떠날 수 있다 생각하고 때로는 떠나기를 바라기도 한다. 그러면서 그는 자기 부부가 서로를 빨아먹는 거미라 생각한다. 자신은 경제적으로 아내에게 기생하고 있으며 아내는 건강이 나쁜 자신을 열렬한 정사로 소진시키기 때문이다. 두 가지를 강조해 둘 필요가 있다. 이들 부부의 관계가 다소 비정상적이라는 것이 하나고, 남편인 그가 피해의식에 가까운 자괴감을 느낀다는 점이 다른 하나다.[62]

---

62 이 두 가지 모두 「날개」의 경우와 마찬가지라는 점을 부연해 둘 수 있겠다. 이러한 사실은 역으로, 「날개」의 부부관계를 명확히 하는 데 간접적인 근거가 된다고 할 수 있다.

   제2부 한국 근대소설의 형성 및 분화와 우연

R 카페 주인이 나간 뒤 '오'와 그는 찻집으로 자리를 옮긴다. '오'의 이야기를 듣는 그의 생각을 통해 둘의 관계가 밝혀지고 그의 심정이 보다 명확해진다. 오랜 친구였던 둘은 지난봄에 한 달을 함께 지냈는데 '오'는 부친의 파산 때문에 그는 건강 문제 때문에 화가의 길을 포기한 시점으로, '오'는 직장생활에 열심히 매달리는 반면 그는 '인생에 대한 끝없는 주저'만 가득한 상태였다. 그가 집에 돌아왔을 때 아내는 가출한 상태였고 그는 '영구히 인생을 망설거리기 위하여' 문학에 발을 내디뎠다. 여름이 끝날 무렵 돌아온 아내가 R 카페에 나가며 돈 100원을 받아오자, 100원을 가져오면 석 달 만에 다섯 배로 불려주겠다 했던 '오'의 말을 떠올리고 그에게 맡겼다가 떼어먹혔다. 그랬던 '오'가 지금 번지르르한 옷차림을 하고 '저속한 큰소리'를 내뱉는 것을 보며 그는 '오'나 자신이 왜 이렇게 되었나, 돈을 원망하기도 하고 무위의 생활 속에서 잠만 자는 자신을 돌아보며 '오'를 부러워하기도 한다.

이상에서 주인공과 관련하여 세 가지가 확인된다. 한때 화가 지망생이었으나 건강 탓에 포기했으며 이후 문학의 길에 들어섰다는 것과 현재의 무위의 생활과는 달리 그에게 생활력에 대한 선망이 내밀하게 자리 잡고 있다는 점이 주목할 만하다. 뒤의 사항은, 아내의 돈 100원을 가지고 '오'를 통해 투자를 시도했으며 그 약속이 어그러지자 서운해 하는 데서 잘 확인된다. 끝으로 셋째는 이러한 이력의 결과로, 한편으로는 세상의 영달에 대한 거부감이 다른 한편으로는 자신 속으로 움츠리는 자괴감이 서로 맞물린 심리상태를 갖게 되었다는 점이다. 2절의 중심사건에서 보이는 그의 행동은 이러한 심리 위에서야 제대로 이해된다.

2절의 첫 장면은 밤에 '오'와 함께 그가 어느 카페에서 술을 먹는 것이다. 이 부분에서는 주변의 언행과 그의 생각이 병치되어 나타난다. 먼저 그는 화장을 해서 똑같아 보이는 여급들을 보고 아내와 자신을 돌아보는데, 이를 통해 그가 세상에 부끄러움을 느끼고 있으며 남편으로서의 자괴감을 갖고 있음이 확인된다. 이후 '오'가 자신의 동거녀인 마유미를 두고 여급을 이용하여 경제적 배수진을 치는 처세를 자랑하자, 그는 '오'의 힘이나 의지 같은 '그런 강력한 것'을 선망하는 한편, 아내를 포함하여 '자신의 의지가 작용하지 않는 온갖 것'으로부터 벗어나고자 염원한다. 이번에는 마유미가 상황을 반대로 해석하여 자신이 '오'를 끄나풀로 두고 산다는 이야기를 하자, 그는 아내의 돈벌이를 생각하고 '오'와 마유미라는 '너무나 튼튼한 쌍거미'와 대비되는 자기 부부를 떠올리며 자신의 존재가 너무 우스꽝스럽다고 스스로를 비웃는다.

새벽 두 시에 아내를 생각하며 귀가하나 아내가 없자 R 카페로 찾아가서는, 아내가 손님에게 발로 채여 층계에서 굴렀고 그 일로 경찰서에 있다는 이야기를 듣는다. 아내와 가해자 양인의 심리를 추론하다 자신이 아내 편을 들지 못하고 있음을 생각하고 아파한다. 고소하라는 종업원들의 말을 듣고 경찰서 숙직실로 가니 '오'와 카페 주인, 가해자인 A 취인점 전무 그리고 아내가 있다. 그는 술이 올라 전무에게 헛말을 건네고, 고소하겠느냐는 경부보의 말에도 명확한 대답을 못 한 채 자기비하의 상태에서 눈물을 보이고 만다. 그런 그에게 '오'와 카페 사장이 화해를 종용하자, '오'에게 돈 때문에 서운했던 것을 비치면서, 자신은 참견하기 싫으니 마음대로 하라며 아내를 데리고 귀가해버린다. 앓는 아내 옆에서 코까지 골며 잤고 오전에 경찰서로 불려간 아내가 아주 가버리기를 바라기조차 하며 게으름을 피우는데, 오후 두 시에

                            제2부 한국 근대소설의 형성 및 분화와 우연

아내가 '오'가 주더라며 20원을 갖고 돌아온다. 그는 20원의 출처를 생각하고, 아내는 공돈이 생겼으니 일을 안 나가겠다며 제 옷과 그의 구두를 사겠다 한다. 졸려 하며 R 회관의 망년회와 자신의 상태를 생각하던 그는, 혼곤히 잠이 든 아내를 두고 20원을 들고 집을 나선다. 돈이 생사람을 잡는 세상에서 자신을 거미라 여기며, 마유미를 찾아가 술을 먹을 생각을 한다.

이 장면은 「지주회시」의 주요 서사에 해당된다. 1, 2절의 첫 구절이 모두 '그날 밤에 아내가 층계에서 굴러 떨어졌다'로 되어 서술의 초점이 맞춰진 상태에서, 아내가 다친 이 사건에 대한 주인공의 반응에 해당되는 까닭이다. 여기서 두드러지는 것은 당연히 그가 남편으로서의 역할을 하지 못하는 사실이다. 그 이유는 무엇일까. 순차적으로 보자면 네 사람의 조합이 주는 낯섦이 맨 앞에 오고, 가해자와 안면이 있다는 점과 술기운이 거기에 이어진다. 그러나 가장 중요한 것은, "당신들 눈에 내가 구데기만큼이나 보이겠소? 이 사람을 어떻게 하였으면 좋을까는 (…중략…) 그래 내가 하라는 대로 하겠다는 말이요?"(240면)에서 확인되는 자괴감이다.

주인공의 이러한 태도, 자괴감이라 할 그의 심정의 정체를 명확히 하기 위해 먼저 확인해 둘 것은 주인공의 심사가 '당신들'을 상대로 한 것이라는 점이다. 따라서 이들에 대해 그가 보이는 심정의 정체를 파악하는 데 있어서는, 카페 주인이나 A 취인점 전무 모두 주인공과 아내의 관계를 알고 있다는 점을 놓칠 수 없다. 네 사람의 조합이 그의 얼을 빼놓고 술기운을 돋우는 숨은 이유도 바로 이것인데, 경부보의 질문을 빌리자면 주인공이 아내에게 대해 '정당한 남편'이 못 된다는 점

즉 아내에게 기생하는 거미에 불과한 존재임을 그들이 알고 있다는 사실, 그것을 주인공 또한 끊임없이 의식할 수밖에 없다는 사실이 핵심이다. 바로 이러한 상황이기에 그들 앞에서 그의 심정은 자괴감이 되는 것이며 그들과의 관계가 연장될수록 그의 자괴감이 강화된다고 할 수 있다. 요컨대 주인공의 자괴감은 바로 떳떳한 남편, 정당한 남편으로서의 정체성을 갖출 수 없다는 사실에 바탕을 두고 있는 것이다.

여기까지 와서 보면 주인공이 20원을 들고 마유미를 찾아가는 행위의 의미도 분명해진다. 「운수 좋은 날」의 주인공이 친구에게 헛돈을 쓰며 돈에 대한 포한을 풀고자 하듯, 그의 행위는, 아내에 대해 남편으로서의 지위를 유지하지 못하는 자기 처지의 비극성을 한층 강화하는 미성숙한 태도라 할 수 있다. 이러한 미성숙 상태가, 나쁜 건강으로 인해 자신의 소망인 화가의 길을 포기하고 세상으로부터 자신을 숨겨버린 채 무위의 생활을 보내는 무기력증과 서로 상승작용을 하고 있음은 물론이다.

이렇게 「지주회시」는 세상에 나아가지 못한 자의 무기력, 무능이 남편으로서의 정체성을 확보하지 못하는 자괴감과 맞물려 있는 상황을 보여 준다. 작은 방에 스스로 유폐된 채 '거미'처럼 아내의 피를 빨고 또 스스로도 빨리면서 '돼지'처럼 생명력이 왕성한 사람들에 대한 선망과 자괴감, 패배를 느끼는 존재의 정체성 상실을 그리고 있는 것이다.

여기까지 와서 보면, 앞서 검토한 「날개」의 스토리 즉 아내에 대해 남편이자 남성으로서 자신의 정체성을 수립하고자 하나 결국은 실패하고 마는 이야기가 「지주회시」의 반복이자 연장이라는 점이 분명해진다. 3개월 차이로 발표된 「지주회시」와 「날개」는 '부부관계 연작'이

    제2부 한국 근대소설의 형성 및 분화와 우연

라 해도 좋을 만큼 내용적으로 이어지는 것이다. '돼지'들에 의해 소외되어 '귤 궤짝만 한 방'으로 내몰린 채 서로를 파먹는 거미처럼 살아가는 부부관계 속에서 남편으로서의 그리고 사회적 존재로서의 정체성이 위태로워진 주인공의 행적이 「지주회시」에서 제시된 뒤에, 활동성을 잃고 거의 유아기적인 수준으로까지 퇴행한 남자가 부부관계의 회복을 통해 자신의 정체성을 획득하려다 실패하는 이야기가 「날개」에서 그려졌다고 할 수 있다. 사회로부터 유리되어 아내에게 기생하고 끝내는 아내로부터도 버림받아 거리 한복판에서 깊은 좌절상태에 처하게 되는 주인공의 불행한 전말이 이 두 편의 소설을 통해 확인된다.

이 두 작품의 특징을 좀 더 명확히 하는 데 있어서 「날개」보다 3개월 후에 발표되는 「逢別記」(『여성』, 1936.12)의 경우를 살펴볼 필요가 있다. 「봉별기」는 제목이 의미하는 대로 주인공 '나'가 스물세 살에 '금홍'을 만나 함께 살다 헤어지게 되는 과정 전체를 기록하고 있다. 이 책의 논의 맥락에서 「봉별기」에 대해 세 가지를 지적해 둘 필요가 있다.

첫째는 「봉별기」가 소설과 수필의 경계에 놓여 있는 자전적인 기록이라는 사실이다. 주인공을 '이상'으로 명기한 점은 차치하고라도, 그가 아직 기를 펴지 못한 청춘의 나이에 폐병을 앓게 되었다는 설정에서부터, '금홍'과의 만남과 이별, 재회의 과정이나 이상 스스로 동경으로 떠나겠다고 주위에 알리고 다녔던 일 등 전기적 사실에 부합하는 내용을 그대로 제시하고, 화가 구본웅 등 작가 주변의 인물을 끌어들인 점 등에서, 김해경의 이력이 글에 그대로 묻어나 있는 까닭이다.

둘째는 이러한 「봉별기」의 내용 중 일부가 「지주회시」와 직접 이어지고 있다는 점이다. 아내가 가출을 했다가 돌아온다는 설정이 그것이다. 이 사건이 작가 김해경 개인사의 문학적 반영이라는 점을 보면[63] 「지주회시」 또한 어느 정도는 자전적인 소설임을 알 수 있다.

끝으로 셋째는 위와 같은 공통점과는 달리 「봉별기」에는 작가의 자의식이 강하게 드러나서 작가-서술자-주인공이 아내인 '금홍'을 굽어보는 듯한 방식으로 서술되고 있다는 사실이다. 작가와 겹쳐지는 주인공이 '금홍'과 거리를 두고 우월한 위치에서 판단을 내리는 것인데 이러한 사실도 「지주회시」나 「날개」와는 사뭇 다른 것으로서 주의를 요한다.

「봉별기」와의 공통점과 차이점은 「지주회시」와 「날개」 연작의 의미를 이해하는 데 큰 도움이 된다. 공통점은 분명하다. 세 작품 모두 부부관계를 인물 구성의 기본 틀로 하고 있으며, 몇몇 에피소드상의 일치에서 알 수 있듯 작가 김해경의 자전적인 측면이 반영되었다는 사실이 그것이다.

「지주회시」와 「날개」의 특징을 뚜렷이 하는 데는 차이에 주목할 필요가 있다. 차이점으로 무엇보다 먼저 꼽을 것은, 「봉별기」와는 달리 「지주회시」와 「날개」에서는 서술상의 거리가 좀처럼 확인되지 않는다는 사실이다. 「지주회시」에서 작가-서술자는 주인공의 시선과 의식 안에 갇혀 있다. 서술자가 주인공에 동조적인 것만은 아니지만 '그'가 보고 생각하는 대로만 서술이 진행될 뿐이어서, 주인공의 의식을 넘어서는 인식은 작품에 들어오지 못하는 것이다. 이러한 점은 「날개」에서도 마찬가지이다. 「날개」의 경우 일인칭시점을 구사하였으니 그렇게 되는 게 당연하다고 생각하면 오해다. 아내에 대한 기술이 주인공의

---

63 김윤식, 『이상 문학 텍스트 연구』, 서울대 출판부, 1998, 170~174면 참조.

　　　　　　　　제2부 한국 근대소설의 형성 및 분화와 우연

시선에 한정되어 있는 것은 물론이지만, 이에 더해서, 서술자-주인공이 자신의 심리를 다룰 때에도 반성적 · 시간적 거리를 확보하지는 않은 채 의식의 흐름 기법이나 자동기술처럼 즉자적으로만 기술할 뿐이기 때문이다. 요컨대 두 소설 모두 서술되는 내용에 대한 서술자의 거리두기 및 반성적 인식이 부재한 특징을 보인다. 타인에 대한 서술자-주인공의 해석이 거의 없다는 점 또한 동일한 사정에서 유래한다.

「봉별기」와의 비교에서 확인되는 또 다른 차이점은, 기형적인 부부관계를 바라보는 서술자의 의식이 판이하다는 사실이다. 「지주회시」와 「날개」에서는 아내에게 기생하는 남편의 삶이 부정적으로 인식되는 반면, 「봉별기」에서는 사정이 다르다. 「봉별기」의 서술자-주인공은 생계를 아내에게 의존하는 것을 부정적으로 의식하지 않음은 물론이요, 부부관계의 윤리에 대한 의식에 있어서도 '금홍'보다 훨씬 급진적이다. 정조의식 자체를 관념적 굴레라고 인식하여 '금홍'의 처지를 오히려 안타까워하기까지 하는 것이다. 이렇게 「봉별기」가 상식과 윤리를 무시하는 것과는 달리, 「지주회시」와 「날개」는 일반적인 부부관계의 정상성을 인정하는 차이를 보인다.

사정이 이러한 까닭에 이 두 소설에서는, 일반적인 남성, 남편의 정체성이 상실된 주인공의 상태를 문제적으로 그리게 된다. 「지주회시」의 경우, 세상의 잣대에 대해 복합적인 태도를 취하기는 하지만, 타인에 대한 선망이나 자신에 대한 반성 혹은 실의 등을 통해서 주인공이 세상의 논리를 강하게 의식하고 있음을 보여준다. 주인공의 상태에 대한 문제의식이 심리를 통해 명확히 드러나는 것이다. 「날개」에서는 주인공의 '외출-귀가' 행위의 양상 및 의미가 변화하는 것을 통해 동일한 문제의식이 소설 전편에 걸쳐 구조화되고 있다. 이렇게 「지주회시」와 「날개」는 주인공의 심리와 행위를 통해 정체성 상실의 인간을 직접적으로 인상 깊게 제시하고 있다.

「지주회시」와 「날개」 연작에 대한 지금까지의 논의를 크게 셋으로 정리해 본다. 첫째는 자전적인 요소가 짙다는 사실이다. 둘째는 자기 자신만을 향하는 서술자-주인공의 시선 속에서 서술이 전개되어, 타인과 사회에 대한 해석이나 비판이 부재하며 주인공 자신에 대한 기술에 있어서도 반성적인 거리가 확보되지는 않고 있다는 것이다. 끝으로 셋째는, 아내에게 기생하는 자신의 삶을 부정적으로 바라보는 사회 일반의 윤리를 바탕으로 하여, 그런 상황에서 방황하거나 좌절하는 내용을 직접적으로 제시하였다는 점이다.

이를 요약하여 '자전적인 요소'와 '작가-서술자의 해석 없이 사건을 제시하는 직접성'의 두 가지로 「지주회시」와 「날개」의 특징을 잡아낼 수 있다. 여기서 핵심은 자전적인 요소이다. '사건 제시의 직접성'으로 요약되는 작품의 특성 또한 자전적인 글쓰기의 결과라 할 수 있기 때문이다. 두 가지 근거를 들 수 있다. 직접적으로 제시되는 사건의 핵심이 김해경의 불행한 연애라는 자전적인 사건에 닿아 있다는 사실이 하나이고, 남성 및 남편으로서의 정체성을 상실한 주인공의 퇴행적인 내면이 의식의 흐름이나 자동기술법적인 서술 방식을 통해 날것 그대로 제시되었다는 점이 다른 하나다. 「봉별기」에서 보이는 다소 위악적인 의식이 아니라, 건강 악화와 실연의 충격에 빠져 무기력한 모습을 보였던 김해경 자신의 무의식 자체가 서술적 거리에 의해 위장되지 않고 그대로 소설화되었다는 점에서 「지주회시」와 「날개」의 자전적 성격

　　　　　　　　　　제2부 한국 근대소설의 형성 및 분화와 우연

이 한층 강화되는 것이다. 김해경의 문학적 자의식에 해당되는 '이상'이 이 두 소설에 등장하지 않는 연유 또한 여기에서 찾을 수 있다.

이러한 의미에서 「지주회시」와 「날개」는 자전적 글쓰기이자 자기 폭로적 글쓰기에 해당된다. 건강을 잃고 사랑과 결혼에서 실패했으며 새롭게 뛰어든 문단에서도 아직 자기 자리를 잡지 못한 27세의 청년 김해경이 자전적 요소 자체를 전면적으로 극화한 것이 '부부관계 연작'인 것이다. 의미를 조금 넓히자면 '부부관계 연작'이란 20대 청년의 불안한 자의식, 정제되지 못한 삶의 감각을 작품화한 것이라 하겠다. 한편으로 보면 이는 자신의 삶 자신이 그리는 삶에 대해 반성적인 인식을 갖추지 못한 상태에서 즉 인생을 원숙한 경지에서 보지 못하는 상태에서 소설을 써 낸 것이라 할 수도 있겠지만, 다른 한편에서 보자면, 이러한 글쓰기야말로 자신의 삶을 극화하는 한 가지 방식이요 삶 자체가 문학이 되는 주요 양상이라는 의미를 갖는다. 김해경이 후자의 방향으로 나아갔음은 물론이며, 이러한 선택이 이상의 소설 세계가 한국 근대 모더니즘소설의 한 봉우리를 형성하는 데 크게 기여했음 또한 명백한 사실이다.[64]

---

[64] 이상에게 있어 문학작품 창작이 갖는 의미에 대해서는, 김윤식이 글쓰기 및 기록으로서의 문학 활동과 결핍을 관련지어 논의하고(김윤식, 『李箱研究』, 문학사상사, 1987, 237~239면), 이상의 문학 텍스트를 등장인물 '나'와 이상, 김해경 셋이 문제되는 세 가지 층위로 나누어 검토한 것(김윤식, 『이상 문학 텍스트 연구』, 서울대 출판부, 1998, 제2부 1장 참조) 등을 참조할 수 있다.

6장

대중문학의 세계

1. 김말봉의 『찔레꽃』과 우연, 통속성

『찔레꽃』(『조선일보』, 1937.3.31~10.3)[1]은 김말봉의 첫 장편소설이면서
출세작이다. 그에 그치지 않고 이는 박계주의 『순애보』와 더불어 1930
년대 한국 대중소설의 대표작이기도 하다. 짧은 시기에 판을 거듭하여
출간된 사실에서도 확인되듯 『찔레꽃』의 대중적 인기는 가히 폭발적
이었다고 할 수 있다.[2]

---

1 이 책에서는 『김말봉 찔레꽃』, 한국의문학 7권, 청화, 1983을 대상으로 하고, 부분적으로 신
   문연재본을 참조하였다.
2 『찔레꽃』이 거둔 상업적 성공과 김말봉의 대중작가적 의식에 대한 근래의 포괄적 정리로
   김미영의 논의를 참조할 수 있다(「김말봉의 『밀림』과 『찔레꽃』의 독자수용과정에 대한 인
   지심리학적 고찰」, 한국어문학회, 『어문학』 107, 2010, 220~221면 참조).

　『찔레꽃』의 이러한 성공을 가능케 한 주요 요인은 대중문화의 발전과 그에 호응하는 새로운 소비 대중의 등장에서 찾을 수 있다. 정치사회적으로 볼 때 1930년대 중반이란 만주사변 이래 지속적으로 식민지 억압 체제가 강화되는 시기이지만, 문화 상황을 보면 자본주의의 유흥문화가 꽃을 피운 시기이기도 하다.[3] 수용의 측면에서 일반 독서대중의 문학작품 소비 양상을 고려하면, 소설사적으로 수명을 다한 전대소설의 보급판들이 여전히 출간되어 독자들의 사랑을 받고 있었으며, 일본과 서양의 장르소설, 통속소설이 널리 읽히는 한편 영화소설, 라디오소설 등 다른 문화와 습합된 다양한 문학 상품들 또한 새롭게 개발되어 수요를 창출하고 있었음이 확인된다. 요컨대 오락으로서의 독서 경향이 강화되면서 대중문화의 시대로 들어서고 있었던 것이다.[4] 이러한 견지에 서면, 1930년대 중반이란 가히 대중문화의 발전과 더불어 대중문학의 융성시대라고 할 수 있다.[5]

　1930년대 중반의 이러한 정치사회적, 문화적, 소설사적 상황이 『찔레꽃』의 상업적 성공의 기틀을 마련해 주었다고 할 수 있다. 물론 이러한 조건 속에서 독보적으로 성공하는 데는 『찔레꽃』 고유의 특성이 작

3　대중문화 텍스트의 꽃이라 할 영화가 1920~30년대 식민지 조선에서 얼마나 융성했으며 어느 정도로 대중들의 사랑을 받았는지에 대해서는 김승구의 『식민지 조선의 또 다른 이름, 시네마 천국』(책과함께, 2012)이 세세히 밝힌 바 있다.

4　이러한 경향의 구체적인 양상에 대해서는 천정환, 「한국 근대 소설 독자와 소설 수용 양상에 대한 연구」, 서울대 박사논문, 2002, 139~150면 참조.

5　일견 역설적으로 보일 수 있어도 이는 일반적인 맥락에서 해명이 가능한 현상이다. 일제 군국주의의 강화에도 불구하고 유흥으로서의 문학 또한 사실상 발전 국면에 놓임으로써 정치적 억압과 대중문화의 강화가 병존하게 된 이러한 상황은, 정치적인 권력과 비정치적이고자 하는 문화의 결탁관계에 주목하여 따져 들어갈 때, 정치체제가 비민주적이 될수록 일상에 있어서 유흥적인 요소가 필수적으로 요청되고 사실상 지배 권력에 의해 제공되기까지 하는 일반적인 양상에 해당되는 것이다. 나찌 치하의 독일 상황이 이에 대한 좋은 참조가 된다(데틀레프 포이케르트, 김학이 역, 『나찌 시대의 일상사』, 개마고원, 2003, 284~290면 참조).

용했음에 틀림없다. 이 책의 논의가 그러한 성공 요인을 밝히는 데 있지는 않지만, 지금까지 해 왔던 대로 이 소설의 특성을 정치한 텍스트 분석을 통해 밝히는 것만으로도 그와 관련된 근래의 여러 연구들과 상보적으로 작용하여, 앞으로 보다 균형을 갖춘 논의가 펼쳐지는 데 기여할 수 있으리라 본다.[6]

서사 구성 면에서 『찔레꽃』이 보이는 특징은 크게 세 가지이다. 하나는 절 구성의 비대칭성이고 다른 하나는 욕망과 음모 및 그에 따른 오해와 해혹이 잇따르는 극적 구성이다. 셋째는 지나치게 많은 우연의 구사를 들지 않을 수 없다. 이 소설의 우연은 단지 구사 빈도가 높은 것이 아니라, 우연을 빼고는 주요 등장인물들 사이의 관계를 설명할 수

---

[6] 『찔레꽃』에 대한 당대의 반응은 임화와 김남천 등의 논평이 보여주듯이 부정적인 평가가 지배적이었으며(임화, 「俗文學의 擡頭와 藝術文學의 悲劇―通俗小說論에 代하야」, 『동아일보』, 1938.11.17~27; 김남천, 「昨今의 新聞小說―通俗小說論을 爲한 感想」, 『비판』, 1938.12, 65~6, 68면), 이러한 경향은 국문학 연구 초창기에도 지속되었다. 통속소설이라는 판단 위에서 본격적인 논의 대상으로 간주하지 않아 온 것이다. 이러한 맥락 위에서지만 근래의 생산적인 연구로는 서영채의 「1930년대 통속소설의 존재방식과 그 의미―김말봉의 『찔레꽃』을 중심으로」(민족문학사학회, 『민족문학사연구』 3, 1993)와 김한식의 「김말봉의 『찔레꽃』과 '본격통속'의 구조」(고려대 한국학연구소, 『한국학연구』 12, 2000)를 들 수 있다. 한편 이와는 정반대로 역사주의적인 견지에서 그 의의를 고평하는 경우도 없지 않았다. 윤정헌의 「30년대 애정통속소설의 갈등양상」(한국어문학회, 『어문학』 60, 1998)과 서정자의 「삶의 비극적 인식과 행동형 인물의 창조―김말봉의 『밀림』과 『찔레꽃』 연구」(한국여성문학학회, 『여성문학연구』 8, 2002)가 대표적인 예가 된다.
근래 들어서는 『찔레꽃』을 다룬 연구가 한층 풍성해졌는데, 이들 중에서 찾아볼 수 있는 주요한 특징은 이 소설의 통속성이나 대중소설적 특성을 비판적으로 지적하기보다는 이 소설이 대중들의 큰 호응을 받을 수 있었던 특징을 찾아보고자 하는 흐름이 강화되고 있다는 점이다. 다음이 주요 예가 된다. 배기정, 「『찔레꽃』의 전개 양상과 그 의미」, 국어교육학회, 『국어교육연구』 26, 1994; 이정옥, 「『찔레꽃』, 전망 없는 현실에 대한 초월적 대응 방식」, 한국여성문학학회, 『여성문학연구』 2, 1999; 김동환, 「『찔레꽃』의 대중 지향성」, 국어국문학회, 『국어국문학』 127, 2000; 김종수, 「1930년대 대중소설의 멜로드라마적 성격 연구―『찔레꽃』을 중심으로」, 부산대 한국민족문화연구소, 『한국민족문화』 27, 2006; 손종업, 「『찔레꽃』에 나타난 식민도시 경성의 공간 표상체계」, 한국근대문학회, 『한국근대문학연구』 16, 2007; 김미영, 「김말봉의 『밀림』과 『찔레꽃』의 독자수용과정에 대한 인지심리학적 고찰」, 한국어문학회, 『어문학』 107, 2010.

도 없고 그들이 벌이는 중요한 사건 전개를 기술할 수도 없을 만큼, 우연의 서사에 의해 작품 전편이 구성된다 할 정도로 핵심적인 역할을 하고 있다.[7] 『찔레꽃』의 서사를 절 구성에 맞추어 부분적으로 따라가면서 이상을 구체적으로 검토해 본다.

『찔레꽃』의 처음 네 개 절은 작품의 주요 인물들이 등장하면서 그들 간의 관계가 형성되는 양상을 보인다.

- 1절 「여섯째의 여자」(11~32면) : 22면. 이틀[1~2일차]
- 한여름 더위에 일자리를 구하던 정순이 우연히 김 부인을 만내[④-1] 조만호의 집 가정교사가 됨. 부인 면담 후 경애와 마주침[④-2]. 다음 날, 애인 민수와 이야기를 나누고 모친에게 부친 치료비 걱정을 하지 말라 한 후, 조만호의 집으로 가 조만호와 마주침[④-3]. 아이들과 인사할 때 조만호가 와 부탁의 말을 건네는 것을 침모가 염탐. 조만호가 정순에게 정욕을 느낌. 윤영환이 찾아와 조만호가 경애를 부르나 경애가 가지 않고 자신의 결혼의사 없음을 정순에게 울며 말함.
- 2절 「운명의 손」(33~80면) : 48면. 이틀[3~4일차]
- 윤영환 앞에서 경애와 조만호가 혼인 논란. 경애가 정순과 현관으로 나오자 마침 조만호가 자동차에 있어[④-4], 셋이 백화점에 감. 엘리베이터에서 우연히 민수가 경애의 발을 밟음[④-5]. 식사 후 민수를 멀리서 보게 된[④-6] 정순이 경애에게 농담. 민수가 부친과 백화점에 온 내력;

가산이 축나가면서 토지를 은행에 넣었는데 마침 길수가 폐병을 앓고 [⑤-1] 유례없는 태풍도 겹쳐[⑤-2] 경매가 진행되자 조만호에게 부탁하려는 것. 이튿날 정순의 주인집에 가게 된 것을 생각하며[⑤-3] 길을 나서는 민수.

―조만호의 집 현관, 민수 앞에 탁구공이 떨어져[④-7] 던져주려 하나 실패. 공을 가지러 내려오던 경애가 민수를 만남[④-8]. 정순이 사정을 알게 됨. 조만호에게 거절당한 민수 부자, 마침 아이들이 다퉈[④-9] 부인한테 불려간 정순은 못 보고, 경애와 맞닥뜨림[④-10]. 경애가 가능하면 돕겠다 함. 경애가 민수의 얼굴을 그림. 침모의 보고를 들은 부인이 정순을 혼냄. 경애가 정순 두둔. 정순이 민수 그림을 보고 놀라며 거북해 함. 영환이 경애를 찾아와 승마 제안. 몇 달 전 우연히 기마순사를 보고[④-11] 승마를 배웠음.

• 3절 「팔리는 사랑」(81~94면) : 14면. 하루[5일차]

―임시총회 후의 주연에서 최근호가 옥란을 보고 의아해 함. 비밀리에 최근호와 부부가 된 옥란이 몰래 참석했다 눈에 띈 것[④-12]. 근호가 옥란을 뿌리치고 나간 뒤, 옥란이 조만호와 일본 요릿집으로 가 결혼 및 자식 입적을 청하여 승낙을 받아냄.

• 4절 「빛과 어둠」(95~138면) : 44면. 이틀[6~7일차]

―밤새 옥란을 기다렸던 근호가 '인간 상식'을 졸업하여 크게 변함. 밀양 출장. 경애로부터 민수의 편지 이야기를 듣고, 경매 연기 부탁을 들어주라 권유한 뒤, 직접 조만호를 찾아가 부탁하며 우는 정순. 민수와 외사촌 사이라는 거짓말을 듣고 승낙한 조만호가 정순의 손을 잡으려 할 때, 윤영환이 왔다는 전갈[④-13]. 이 과정을 침모가 염탐. 다음날 부인

　제2부 한국 근대소설의 형성 및 분화와 우연

이 정순을 불러 서재 건을 트집 잡자 모욕을 느끼며 사실을 말하나 부인이 계속 의심하여 가정교사를 그만두라 함. 경애가 모친의 말을 듣고 정순이 민수와 애인이라 생각하고 정순을 미워함. 문을 열어주지 않는 경애에게 정순이 굴욕을 느낌. 마음을 돌린 부인이 정순을 기다릴 때 조만호가 경구의 귀국 소식을 전함.

불과 일주일이라는 짧은 서술시 동안 전체 작품의 1/3 이상을 할애하면서 김말봉은, 안정순과 이민수, 조만호, 조의 아내, 조경애, 최근호, 옥란 등 핵심인물들을 모두 등장시키며 그들 간의 복잡한 애정관계의 기본 틀을 주조해 낸다. 작품의 허두에 주요 인물들이 등장하는 것이 통례라는 점을 생각하면 핵심 인물들의 등장 자체는 특기할 만한 것이 못 된다. 중요 인물 중 하나인 조경구가 아직 작품 내 세계에 직접 등장한 것은 아니라는 점을 고려하면 더욱 그렇다.

그렇지만 『찔레꽃』은 이들 인물들이 이 시점부터 복잡다단한 애욕의 관계로 얽히고 있음을 분명히 한다는 점에서 주목된다. 정순을 처음 본 조만호나 민수를 처음 본 경애가 심상치 않은 태도를 보이는 것은 일반적이라 하기 어렵다. 여기에 더하여, 조만호의 아내가 병적일 정도로 여자 가정교사들에게 의심의 눈초리를 보내는 것이나, 경애가 민수와 정순의 관계를 의심함에 따라 자신의 태도를 바꿀 만큼 남자관계에 있어 특이한 모습을 보이는 것, 윤영환이 조경애에게 일방적이고도 맹목적인 연정을 보이는 것, 여기에 옥란이 최근호와 조만호 사이에서 줄타기를 하는 것이 더해지고, 최종적으로는 안정순과 이민수가 조씨 집안사람들에게 외사촌 관계인 것으로 오해되는 설정이 마련되

는 것은 『찔레꽃』 특유의 설정이라 할 만하다. 주요 등장인물들 모두
가 이렇게 애정관계라는 '단일한' 층위에서 복잡다단하게 얽혀 있는 것
은 어떤 의미에서도 일반적인 것일 수 없기 때문이다. 이들 사이의 이
러한 관계가, 중간에서 떨어져 나가는 영환을 제외하면, 10절에 이르
기까지 계속 유지, 강화된다는 점 또한 이 소설의 특징이라 할 것이다.

140면이 안 되는 서술시 분량에 불과 일주일이라는 사건시가 전개
되면서 우연이 16차례나 등장하는 점도 지적하지 않을 수 없다. ④ 인
과적 우연이 13차례, ⑤ 기타의 우연이 3차례 구사되어 보통 소설들 전
편에 등장하는 만큼의 우연이 집중적으로 드러나고 있다. ④-1~3의
세 우연은 인물들을 등장시키는 일반적인 방식의 우연으로 볼 수 있지
만, 나머지 인과적 우연들은 주요 인물들 사이에 특별한 관계를 만들
어내기 위해 의도적으로 마련된 것에 다름 아니라고 할 수 있다.

④-4는 조만호와 안정순의 서사를 파란 많은 것으로 만드는 첫걸음
에 해당됨과 동시에, 바로 뒤에 이어지는 우연들을 이끄는 역할을 한
다. ④-5~8과 ④-10의 우연들은 조경애와 이민수를 엮음으로써 안정
순이 포함된 삼각관계를 형성하는 결과를 낳는다. 이들 우연은 사실상
이러한 애욕의 관계를 만들기 위해서 작가 차원에서 의도적으로 구사
된 것이라 할 수 있다. 또 한편으로 『찔레꽃』의 우연은 사건 진행의 완
급이나 편의를 도모하는 방편으로도 이용되고 있다. 영환이 승마를 배
우게 되는 ④-11은 조경애와 이민수, 윤영환의 관계가 극적인 삼각관
계로 발전되는 것을 가능케 하는 장치로 마련된 것이며, ④-13은 조만
호와 안정순의 스토리가 작품 전체의 상황에 비추어 너무 앞서나가지
않도록 설정된 것이라 할 수 있다.

 제2부 한국 근대소설의 형성 및 분화와 우연

『찔레꽃』이 이렇게 수많은 우연을 마음껏 사용하면서 인물들의 애정관계를 복잡 미묘하게 만드는 것은, 우연을 사용하는 것이 서사 구성을 경제적이게 하고 서술의 편의를 증진시키는 한 아무런 거리낌도 없이 우연을 설정하는 자세를 나타낸다. 이러한 특징은 기타의 우연 ⑤-1∼2에서도 잘 확인된다. 이민수의 부친 이 도사의 집안경제가 파탄 나는 과정을 서술자의 해설 식으로 간략히 기술해 나가는 과정에서 김말봉은 소설 전체에서 단 한 번 거론되는 민수의 형 길수를 내세워 폐병을 앓았다 하고, 유례없는 태풍까지 등장시키고 있다. 각종 제례에서 체면을 중시하여 씀씀이는 크고 있는 재산을 털어 자식들 공부는 시키되 재산이 늘 방도는 없어 자연스레 가산이 줄었다고 해도 실제에 부합하는 것임을 생각하면,[8] 『찔레꽃』의 이러한 우연 구사 방식은 우연을 적극적으로 사용하는 작가적 태도를 입증하는 것이라 할 수 있다. 동일한 사정이 이후의 사례들에서도 확인된다. 가장 대표적인 것이 이어지는 5절에서 등장하는 '말 사건'에서의 우연이다.

- 5절 「물레바퀴 세상」(139∼173면) : 35면. 이틀 뒤의 이틀[8∼11일차]
  −부인이 직접 만류하여 머물게 된 정순. 조만호, 경구 마중차 부산행. 경매를 당하는 민수 부친. 밀양에서 근호가 우연히 민수를 만나[④-14] 이야기 끝에 민수의 하숙에 있기로 결정.
  −영환과 경애가 승마를 즐기다, 경애의 말이 뜻밖의 행동을 하며 함부로 뛰기 시작[⑤-4]. 말이 노량진역 선로 안으로 뛰어들어 '방금 시꺼먼 연

---

8   예컨대 『고향』의 주인공 김희준네의 경제적 궁핍이 바로 이러한 과정으로 이루어져 있다.

기를 뿜으며 헐덕이고 오는'[④-15] 부산발 기차로 돌진. 영환이 경애 구출에 오천 원을 걸고 역사에서 조치를 부탁할 때, 한 사나이가 말을 몰애④-16] 돌진. 조만호 부자가 타 있는 기채④-17]를 피해 청년이 경애를 구함. 경애, 용산철도병원에 입원. 영환과 인사하는 청년이 자신을 이민수라 함.

－민수 일을 분해 하는 정순. 경구 귀가. 병원에서 전화가 와, 조만호와 경구가 급히 나감. 정순이, 민수가 경애를 구한 소식을 듣고 부인과 병원에 감. 민수가 나오려는 순간 조만호 부자가 들어섬[④-18]. 일주일 전의 일을 생각하고 조만호가 부끄럽다 하자 가슴 시원해 하는 민수. 정순이 민수를 보고 감격, 흥분함. <u>일동에게 민수와 정순의 관계를 알리는 조만호.</u>

• 6절 「黃金보다 귀한 것」(174~204면) : 31면. 10일 정도[21일차까지]

－경매 건을 두고 정순이 조롱 · 모멸 섞인 말을 하자 조만호가 사정을 설명. 갑자기 경애가 깨어 물을 청한 뒤 다시 잠이 듦[④-19]. 사흘 후, 정순이 민수와 외사촌이라는 말을 듣고 경애가 오해를 품. 이틀 뒤 퇴원하여 정순을 얼싸안는 경애. '외사촌 오빠' 민수에게 인사해야겠다는 말에 자랑스러움을 느끼는 정순. 경애와 정순이 민수의 하숙으로 찾아가 초대 편지를 남김. 이튿날, 경애의 몸치장을 도와주며 (하인이 된 듯한 심정에) 어색해 하는 정순. 민수 도착. <u>정순에게 눈을 주는 경구</u>. 영환이 내놓은 5,000원을 민수가 거절. 식사 중 복도로 나왔던 경애 모친이 각혈 후, 아이들 계모로 정순을 생각해봄. 조만호가 아내를 보고 의사를 부른 후 가망이 없음을 앎. 다음날 아침, 병인 입원. 사흘간의 일진일퇴 끝에 증세 호전. <u>민수를 보고 싶어 하는 자신을 속으로 나무라는</u>

 제2부 한국 근대소설의 형성 및 분화와 우연

경애. 조만호가 영환에게서 예전 민수네 토지 관련 계획을 들음. 민수가, 5천원을 거절한 자신의 위선을 생각하다가 그 돈으로 복수심을 상쇄시킬 수는 없다 생각. 밖으로 나가려다가 경애와 마주침[④-20].

  이상의 5~6절은 핵심 인물들 사이의 문제적 관계가 확고해지는 과정을 보여 준다. 조경애가 이민수를 사랑하게 되는 반면 조만호에 대한 이민수의 복수 의지는 명확해지는 것이다. 윤영환에 대한 조경애의 태도가 사랑과는 아무런 인연이 없는 것임이 분명해지는 것도 이들 장면에서이다. 인물들 사이의 이러한 관계가 바로 '말 사건'이라 할 우연에 의해서 이루어지고 있는 점이 『찔레꽃』의 특징이며, 바로 이러한 특징이 이 소설을 통속적 대중문학으로 규정하게 하는 주요한 요소라고 할 것이다.

  조경애와 이민수의 본질상 서로 어긋나면서도 현상적으로는 둘이 맺어지는 기묘한 인연을 탄생시키는 것이 바로 '말 사건'이다. 영환과 경애의 승마 도중, 경애의 말이 아무 이유도 없이 뜻밖의 행동을 하며 기차를 향해 돌진하는 이유적 소극적 우연(⑤-4)으로 '말 사건'이 시작된다. 여기에 더하여 마침 한강행 기차를 탔던 이민수가 그 현장에 있게 된 우연과,[9] 바로 그 시각에 무슨 조치를 취해달라고 윤영환이 말을 두고 역사로 들어감으로써 이민수가 그 말을 탈 수 있게 된 우연(④-16), 말이 선로로 뛰어들었을 때 불행히도 부산발 기차가 다가오는 우연(④

---

[9] 여기서는 이렇게 현장에 오게 된 이민수가 윤영환의 말을 타게 된 것을 하나의 우연으로 처리하였지만, 경매를 당한 후 최근호와 알게 되어 밤차에 시달리며 귀경한 이민수가 늦잠을 자고 일어나, '별다른 이유 없이' 한강행 전차에 올라탄 것(148면) 자체도 또 하나의 우연이라 할 수 있다. 이 경우 『찔레꽃』의 우연은 총 41회에 이른다.

-15)이 설정되고, 이로도 부족하여 바로 그 기차에 조만호와 조경구 부자가 타고 있었다는 우연(④-17)까지 더해진다. 이렇게 우연으로 점철된 사건이 전체 서사에서 가지는 중요한 의미가 확보되게 하기 위하여 작가는, 이민수가 병원을 나오려는 순간 조만호 부자가 들이닥쳐 서로 만나게 되는 우연(④-18)까지 구사한다. 이로써 이민수가 병실에 더 있게 되고 뒤미처 들어온 안정순과 경애 모친까지 있는 자리 즉 중요 인물들이 모두 모이게 된 자리에서, 조만호가 이민수와 안정순이 외사촌 관계라는 소개를 할 수 있게 됨으로써, 조경애와 이민수의 미묘한 관계가 가능해지는 것이다.

지금까지 조경애에게 있어 이민수란 그저 우연히 만난 잘생긴 청년에 불과하였지만 우연들로 구성된 '말 사건' 이후로는 '생명의 은인'이 되어 크나큰 의미를 띠게 되며, 후일 죽음을 앞둔 경애 모친이 바로 딸의 생명의 은인이라는 점을 일깨워 경애에게 민수와 결혼하라고 조언까지 할 수 있게 된다. 경구와 경애 남매가 이민수와 안정순에게 서로 교차되는 연애 관계를 성사시켜 달라고 부탁하는 기묘한 양상이 가능해지는 것도 바로 조만호가 이들 둘의 관계를 외사촌이라고 선언하듯이 밝힌 까닭인데, 이러한 선언이 가능해진 것이 '말 사건'이 확대된 스토리-선 위에서임도 물론이다. 여기에 더하여, 현실적으로 기대하기 어려운 여러 우연들에 의해 이런 식으로 얽혀든 까닭에 이민수가 토지 경매 관련하여 조만호에게 품었을 법한 감정을 그냥 버리지 않고 복수심으로 키우는 것이 가능해졌으며, 바로 그 복수심의 발로로서 자신에 대한 조경애의 사랑을 이용하겠다고 생각하고 그렇게 행동할 수 있게 되었음을 지적해 둔다. 이로써 안정순, 이민수, 조경구, 조경애라는 핵심 등장인물 4인 사이의 희한한 애정관계가 형성된다. 요컨대 『찔레꽃』은 다섯 차례의 우연을 이용하여 '말 사건'과 그 연장 서사를 형성, 전개함으로써 소설 전체를 이끄는 극적이고도 희한한 연애 관계를 구성하는 것이다.

우연을 통해 소설 전체의 근간이 되는 사건을 마련하고 전개시키는 것은 이에 그치지 않는다. 최근호와 이민수가 우연(④-14)을 통해 관계를 맺는 것도 특기할 만하다. 밀양에서 우연히 만난 둘이 서로 이야기를 나눈 끝에 같은 하숙에 머물게 됨으로써, 직접적으로는 이민수와 안정순의 애정이 파탄 나는 데 있어 뒤에 최근호가 행하는 역할이 가능해지고, 간접적으로는 안정순에 대한 모든 오해가 해소되는 데 있어 최근호의 애인인 옥란이 행하는 역할 또한 가능해지고 있다. 이렇게 전체 서사를 보면 최근호와 이민수의 우연한 만남이 얼마나 기능적인 것인지가 분명해진다.

주요 등장인물들 사이의 관계가 복잡미묘하게 전개될 가능성이 이렇게 마련된 후 7~8절을 통해 이것이 가시화된다.

• 7절 「꽃은 피었건만」(205~241면) : 37면. 보름 정도. 9월초.

−소낙비가 내리는 중[⑤-5], 경애와 민수가 토지 관련 이야기를 할 때, 근호가 들어와[④-21] 택시비를 청하자, 그 택시로 경애가 돌아감. 경애가 병원에서 의사와 마주침[④-22]. 병인이 깨어, 남편에게 정순 같은 사람을 계모로 들이라 한 뒤 사망. 다음날 민수가 조문.

−9월 6일, 모친 사망 후 반 달. 민수에 대한 경애의 태도를 눈치 채고 사실을 말해야 한다 생각하는 정순. 정순에게 경구가 휘트먼 시집을 권

함. 첫 만남 이후 줄곧 정순을 '운명의 처녀'로 의식.

─새벽에 귀가한 조만호가 아내의 부재를 절감하며 눈물을 흘리다, 별안 간 용길이가 울어[④-23] 안방으로 갔다가 용길을 안고 나오는 정순을 보고 그 마음씨에 탄복. 아침에 조만호가 세면실에서 멍하니 있던 경구를 봄. 그가 흘린 편지봉투를 챙겨, 피봉을 뜯으려 할 때 경애가 들어와 가져가 경구에게 줌. 정순이 가난한 처녀라서 사랑한다며, 민수에게 끌리는 경애를 돕겠다 하는 경구.

• 8절 「사랑의 척도」(242~267면) : 26면. 9월말.

─구월도 이미 기운 시점. 길에서 경구 등이 민수를 쫓아와[④-24], 정순 까지 넷이 조선호텔 후원으로 감. 경애를 민수와 맺어주면 좋겠다는 의사를 밝히는 경구에게, 민수의 행복을 깨뜨릴 권리가 제게 있을까 하여 좋겠다 하는 정순. 경애는 민수에게, 경구가 정순과 혼인하여 농촌 사업을 하고자 한다며 정순에게 권고해 달라 함. 민수가 뭐라 하려다가 경구와 정순이 오는 것을 보고 입을 다물자, 그것을 보고 입술을 떠는 정순. 정순과 경구를 보며 쓸쓸해 하는 민수. 마침 조만호가 옥란을 데리고 들어옴[④-25]. 조만호가 귀가하다 정순과 경구가 함께 들어오는 것을 봄[④-26]. 정순이 경구를 선택하면 어쩔 수 없다는 심정으로 경애를 따르는 민수. 정순이 민수에게 편지를 보내, 경애 남매가 무엇을 요구하는지 짐작할 것이라며 모든 것은 민수의 태도에 달려 있다 함.

─정순을 후처로 맞아들일 생각을 하며 적당한 매파를 생각하는 조만호.

─민수가 정순의 '서류 편지'[등기]를 보고, 좌우간 만나봐야겠다 생각하여 전화를 걸었다가 찾아가게 됨. 영환이 여행권을 가져왔다가 거절당해 나오며 민수와 마주침[④-27]. 경애가 민수를 제 방으로 이끎. 둘을

보고 들어오지 못하는 정순. 경애가 정순에게 차와 과자 심부름을 시키자, 찻잔을 몇 개 가져갈까 궁리하다 자연스러운 모양새를 차리려고 경구까지 부름. 경구와 나란히 들어오는 정순을 보며 찾아온 자신을 후회하는 민수. <u>서로 대화가 어긋나는 정순과 민수.</u>

전체 스토리의 전개에 있어 이 두 절이 행하는 기능은 명확하다. 『찔레꽃』의 주요 사건이 실질적으로 전개되는 것이다. 7절을 통해 안정순에 대한 조만호와 조경구 부자의 두 가닥 애정이 각각 확고해지며, 8절에 이르러서는 청춘남녀 4인과 조만호를 더한 다섯 명의 핵심 등장인물들 사이에 상상하기 어려운 다중적 애정관계가 실체를 드러내고, 그러한 애정관계가 심각한 갈등을 빚어낼 수 있도록 안정순과 이민수의 사이에 오해에 기초한 균열이 확실해진다. 이 과정에 조만호의 처가 사망함으로써 안정순에 대한 조만호의 구애가 가능해지고 이민수에 대한 조경애의 사랑에 힘이 실리며, 이민수에 대한 조경애의 태도를 보고 윤영환이 그녀에 대한 연정을 포기하게 되는 사실은, 조만호 처의 사망과 윤영환의 퇴장이 5인 사이에 벌어지는 연애사건이 본격적으로 전개되는 것을 가능케 하는 기능적인 장치라는 점을 알려준다.

동일한 기능을 수행하는 것으로 이러한 두 가지 설정 외에 우연의 역할을 뺄 수 없음 또한 명확하다. 안정순에 대한 조만호의 마음을 단순한 욕정이 아니라 애정으로 발전시키는 것이 ④-23이며, 경구 경애 남매가 정순과 민수에 대한 자신들의 사랑을 민수와 정순에게 엇갈려 부탁하게 되는 기묘한 상황이 전개되는 것은 ④-24에 의해서이다. 이들의 관계에 옥란이 관련되는 것이 ④-25에 의한 것이고, 조만호가 경

구의 태도를 의식하여 정순과의 관계에 속도를 내고자 하는 계기는 ④
-26에서 마련되며, 윤영환이 경애를 포기하게 되는 것은 ④-27로 확실
해지고 있다.

우연에 의해서만 주요 인물들 사이의 관계가 결정된다고는 말할 수
없어도, 바로 이렇게 수많은 우연을 구사함으로써 인물들의 운명의 굴
곡이 마련되는 것은 엄연한 사실이다. 인물관계의 극적인 전개가 우연
과 밀접히 관련되는 점은, 주요 인물들의 운명을 가를 사건이 마련되
는 9절에서도 확인된다.

• 9절 「영혼의 시장」(268~320면) : 53면. 11월 하순에서 연말.

−침모 박 씨가 찾아와 '굉장한 곳에서 청혼'한다 하자(④−28], 민수가 자
신을 버리고 돈을 취했다는 생각에 긍정적인 듯 대답하는 정순.

−옥란의 집에서 술을 먹던 조만호가 잠이 들자, 사흘 전 우연히 목격한
옥란을[④-29] 조만호가 따르는 것을 알고 구입했던 칼을 들고 최근호
가 잠입. 그를 구슬려, 돈을 마련할테니 함께 달아나자는 데 동의하고
칼을 빼앗아 내보내는 옥란. 잠든 척하며 옥란의 말을 들은 조만호가
옥란을 떳떳이 버릴 수 있게 되었다고 생각.

−크리스마스 약 한 달 전. 한 달 가량 정순을 조르던 침모가 딸 영자를 시
켜 정순의 화장품을 몰래 조사. 경구가 농촌사업 자금을 조만호에게 청
하나 틀어짐. 경구가 정순에게 사랑을 고백. 윤희를 저버릴 만큼 잔인
한 남자냐 하며 거절하는 정순. 경구가 재차 안으려 할 때 경애가 문을
열고 부름[④-30]. 정순의 태도에 실망한 침모가, 딸과 '커다란 계획'을
품고, 정순 집안의 빚을 운운하여 조만호에게서 돈을 끌어냄. 경애와

    제2부 한국 근대소설의 형성 및 분화와 우연

민수의 만남에서, 정순이 누이가 아니라는 점을 캐물어 확인하는 경애에게, 말을 뒤집어 남매라고 하는 민수. 영자와 조만호를 안심시키고 방침을 주는 침모. 침모의 말대로 정순영재과 관계를 맺게 되는 조만호. 효자정 집을 다녀온 정순, 간밤에 민수를 기다리다 그가 경애의 이마에 입맞추는 것을 보고④-31] 뛰어나옴. 조만호가 간밤에 고단했겠다며 선물 운운하자, 부자가 함께 '저주 받을 사랑의 화살'을 던진다 생각하고 나가야겠다 생각하는 정순. 침모가 조만호를 찾아가, 예전과 똑같이 대하면 정순이 일주일에 한 번씩 불 꺼진 침실로 찾아가리라 함. 한 달 후 한 해가 사흘 남음. 간밤에도 왔다 간 정순영재 생각에 황홀해 하던 조만호가, 최근호가 출장을 가 25,000원을 받은 후 출근하지 않음을 확인.

『찔레꽃』의 서사 구성에서 9절이 행하는 역할은, 주요 인물들의 연애서사에 변화를 가함으로써 전체 스토리의 절정과 파국이 가능케 한다는 데서 찾아진다. 무릇 주요 등장인물들 사이의 심정적 연애만으로 한 편의 장편소설이 구성되기는 어려운 법이다. 인물들의 운명에 굴곡이 생기기 위해서는 대체로 그들 상호간의 사회적 관계에서 갈등이 빚어지거나 인물과 세계와의 관계가 틀어지는 등 심리 외적 측면에서의 상황 변화가 있게 마련이다. 따라서 주요 인물들 사이에 그러한 사회적, 현실적 관계가 갈등요소로 기능하지 않는 경우 경제적 이해관계에 의해 악행을 저지르는 악인이 등장하는 것이 일반적이다. 『사랑과 죄』의 해줏집이나 『탁류』의 장형보가 바로 그러한 역할을 수행하는 대표적인 행역자이다. 『찔레꽃』에서도 사정이 다르지 않은데, 이 경우는 중심인물들의 특성상 더욱더 악인을 필요로 한다.

조씨 집안이 내로라하는 재산가인 반면 안정순은 궁핍한 상황이 지속되는 경우고 이민수의 경우 고학생 처지로 전락하게 되지만, 이들 사이에 사회경제적인 갈등이 존재하지는 않는다. 조씨 집안의 가정교사 노릇을 그만두어야지 하면서도 가족의 생계와 부친의 병원비 때문에 안정순이 매어 있는 것은 사실이지만, 이러한 상황에 의해 그녀와 조씨 집안사람들 사이에 긴장이나 갈등이 생기지는 않고 있다. 이민수가 조만호에 대한 복수심으로 경애의 구애에 응하는 것도 사실이지만 이 또한 그 스스로 자신의 행동을 반성함으로써 복수심에 따른 사건 전개의 싹은 자라지 않게 된다. 옥란에 빠져 있던 최근호가 그녀를 취해야겠다는 일념으로 은행돈을 횡령할 생각을 하기는 해도, 끝내 실행에 옮기지는 않는다. 이러한 사실은 두 가지를 의미한다. 주요 등장인물들 사이의 관계가 순수하게 애정관계로 채색될 뿐 거기에 사회경제적인 의미가 담기지는 않는다는 것이 하나요, 안정순이나 이민수는 물론이요 조경구와 조경애, 최근호 모두 근본이 선한 인물로 설정되어 있으며 성격 변화를 보이지 않는다는 점이 다른 하나이다.

여기에는 조만호도 포함된다. 부분 부분에서 서술자가 조만호를 악한 인물인 양 서술하기는 해도 실제로 그의 면면과 행동을 보면 조만호는 1930년대 상층 부르주아 가장의 일반적인 모습에서 크게 벗어나는 악인이라고 할 수 없다.[10] 가정교사인 정순을 처음 보고 정욕을 느끼고,

---

10 조만호가 처음 정순을 보고 "잘 익은 과일을 보는 때처럼 그의 눈에서는 어떤 애욕의 횃불이 여름 밤에 인광과 같이 흩어졌다"(22면)지만, 이것이 '한숨'에 이어지는 것임을 생각할 필요가 있다. 자신을 찾아와 민수의 경매 건을 해결해 달라는 정순을 대하며 그 외모에 눈이 갔을 때 그가 의식적으로 "얼굴을 돌리고 눈을 감아 버"(112면)리는 것 또한 정순에 대한 조만

          제2부 한국 근대소설의 형성 및 분화와 우연

함께 식사를 하면서 딸과 외모를 비교해 보는 것은, 성경 차원의 윤리적인 면에서야 나무랄 구석이 있는 것이겠지만 성희롱 관념이 부재하다시피 한 당대의 일상적인 감각에서 보자면 문제적이라 하기 어렵다. 병들어 히스테릭한 아내를 두고 한 명의 기생과 첩인 양 어울리는 것 또한 당대의 감각에서 보면 윤리적으로 문제를 일으키는 것은 아니다.

이러한 상황에서 『찔레꽃』의 주요 서사에 파동을 일으키는 인물이 바로 침모 박 씨와 기생 옥란 등이다. 이들이 욕망을 채우고자 함으로써, 사실상 애정의 변주만 있을 뿐이어서 극적인 전개가 어려워 보이던 주요 인물들 사이에 운명적인 전환이 이루어진다. 침모와 그의 딸 영자, 옥란을 추동시키는 것은 궁극적으로 돈에 대한 욕망이라고 할 수 있는데, 세세하게 보면 약간의 차이를 보인다.

옥란이 자신을 영원한 애인으로 삼고자 하는 조만호로부터 후에 한 밑천을 챙기고자 하는 것은 서술자의 말대로 기생으로서 자연스러운 일이기도 하지만, 9절에 이르기까지 그녀의 욕망은 조만호의 정실이 되어 자신의 아들 수남이를 사생아가 안 되게 하는 것으로서 모성애적인 측면 또한 없지 않다(92~3, 272면). 이와는 달리 침모의 경우는 오로지 돈에 대한 욕망에 이끌려 행동한다고 할 수 있다. 물론 딸 영자를 정

호의 끌림이 사회적 지위 등을 이용한 그의 탐욕에서 유래하는 것은 아님을 명확히 해 준다. 여기에 더하여, 아내와 자식들에게 그가 하는 행동을 보면 가정적인 면모가 짙은 편임이 확인된다. 요컨대 기생 옥란과 가까이하고 있다는 점을 제외하면 윤리적으로도 별문제가 없는 상태인 것이다. 가정교사 정순에게도 그는 전혀 무례하게 처신하지 않는다. 정순에게 '홈처'를 내라는 침모의 권유를 달갑게 여기지 않으며 주저하는 것이나(307~308면) 막상 정순영재과 관계를 맺게 되었을 때 "안 선생님! 요, 용서…… 하십시요……"(309면)라 첫 말을 떼는 데서도 그가 정욕의 화신과는 거리가 먼 인물임을 알 수 있다. 그럼에도 불구하고 서술자의 규정 자체가 그가 악의 화신인 양 과도하게 몰고 가는데, 이는 자신이 묘사하는 사상(事象)에 대한 해석을 과도하게, 부적절하게 수행하는 『찔레꽃』의 특징에 포함되는 것이다. 이에 대해서는 뒤에서 논한다.

순인 양 속여 조만호와 동침하게 하고 급기야 임신하는 데 이르기까지 하지만, 자신이 조만호의 장모가 될 생각을 했다고 보기는 어렵다 하겠다. 이보다는, 그렇게 관계를 진전시켜 한밑천을 우려내는 것이 목적이었다고 추정하는 것이 좀 더 설득력이 있다. 이는 애초에 조만호의 부탁으로 정순과 그를 맺어주는 매파 역할을 맡고(254면) 냉정하게 구는 정순에게 '심해의 문어발같이 끈기 있게 달려 붙는'(279면) 그녀가 바랐던 것이 '물질적 보수'(291면)인 까닭이다. 첫 문답과 달리 정순이 거부 의사를 명확히 하고 요지부동일 때 침모가 거짓말을 해서 조만호로부터 400여 원을 뜯어내는 데서도 이 점이 잘 확인된다(289~293면).

침모나 영자, 옥란의 행동이 이렇게 뚜렷한 물질적 목적하에 이루어지는 것은, 중심인물들이 사랑 그 자체를 추구하고자 하는 데 비해 대조적이다. 이렇게 현실적 계기가 뚜렷하기에 그들의 행동은 전체 서사를 뒤흔들 만큼 극적으로 전개된다. 이 과정에서 우연이 구사되어, 한편으로는 그러한 극적 사건 전개를 가능케 하고, 다른 한편으로는 어쨌든 사건이 전개될 계기를 마련함으로써 그러한 극적인 사건의 작품 내 세계 차원에서의 비현실적인 성격을 다소 완화시켜주는 기능을 하기도 한다.

정순이 돈 때문에 애인 이민수로부터 배신당했다는 생각에 사로잡히지 않을 수 없는 바로 그 순간에 침모가 그녀에게 다가와 조만호의 의사를 타진하게 됨으로써 정순으로부터 긍정적으로 들리는 답변을 듣게 되는 우연(④-28)이야말로 침모와 영자가 이후 벌이는 모든 사건의 단초를 마련해 주는 것이다. 이 우연이 없었다면 조만호, 조경구, 이민수와 안정순이 엇갈리는 이후의 사건 전개가 가능할 수 없다는 데서, 이 하나의 우연은 전체 서사의 종결 방식에 지대한 영향을 미치는

   제2부 한국 근대소설의 형성 및 분화와 우연

중요한 사건에 해당한다. 일견 사소해 보이는바 최근호가 옥란을 어떤 요정 앞에서 우연히 보는 것(④-29) 또한, 이를 계기로 그가 칼을 구입하게 되고 그 칼이 있음으로써 옥란의 범행이 벌어진다는 점에서, 사건의 종결에 중요한 역할을 하고 있다. 민수의 하숙으로 찾아간 정순이 민수가 경애의 이마에 입을 맞추는 장면을 보게 되는 우연(④-31) 또한 민수에 대한 정순의 마음이 완전히 끊어지는 계기로서 중요한 역할을 한다. 이렇게 『찔레꽃』은 서사의 구성에 있어 중요한 부분들 거의 대부분에 있어 우연을 적극적으로 활용하고 있다.

이 소설의 마지막 절인 10절 「적자」는 앞의 절들과 달리 무려 79면에 달한다. 서술시의 비중이 이렇게 큰 데 비해 사건시는 그렇지 않다. 전체 시간 경과는 연말에서 정월보름에 걸치지만, 정작 사건이 벌어지는 것은 닷새에 불과하다. 더욱이 작품을 종결지으며 인물들의 관계가 모두 정리되는 주요 사건이 펼쳐지는 것은 마지막의 겨우 만 이틀뿐이다. 이 이틀의 사건이 44면(356~399면)을 차지하며 세세하게 기술되고 있다.

이러한 점은 『찔레꽃』의 서사가 보이는 특징으로 절 구성의 비대칭성을 꼽을 수 있게 한다. 『찔레꽃』의 서사는 처음 시점부터 불과 3주에 걸치는 1~6절에 전체 서사의 반(1~204면)을 할애하면서, 주요 인물들의 등장과 그들 사이의 초기 관계를 제시한 뒤 5절의 '말 사건'을 통해 주요 인물들 사이에 다층적인 애정관계의 발판을 만들어 둔다.

이어지는 7~9절은 9월에서 연말에 이르는 넉 달 정도의 사건시를 차지하지만 청춘남녀 4인의 관계에 극적인 변화는 없다. 민수에 대한 경애의 사랑과 정순에 대한 경구와 조만호 각각의 사랑이 계속 짙어지는 한편 이민수와 안정순이 서로를 배려하면서 오해하여 결국은 심각

하게 어긋나는 양상을 보이지만, 전체적으로 보자면 동일한 관계 양상
이 지속되는 것이다. 핵심 인물들 사이의 관계가 질적인 변화 없이 임
계점을 향해 진행되어 간다고 할 수 있다.

　이 부분(205~320면)의 서술시는 전체의 약 1/4 정도를 차지하고 있어
그리 긴 것이 아니다. 물론 이 과정에 조만호의 처가 사망하고, 윤영환
이 무대 밖으로 물러나며, 침모 모녀의 흉계가 진행되어 조만호와 영자
의 동침이 이루어지고, 최근호가 옥란과의 도주를 생각하여 은행돈을
횡령하려고 하기도 하지만, 이러한 사건들은 소설의 전체적인 주제효
과에 비춰볼 때 자잘한 것이라 할 수 있다. 이들 사건의 실질적인 기능
이란 4인의 청춘남녀와 조만호 사이의 애정관계가 기묘하게 흘러갈 수
있도록 기여하는 것이기 때문이다. 이상을 종합하면,『찔레꽃』중간의
1/4 부분은 이후의 극적 전개를 위한 발판에 해당한다고 할 수 있다.

　이 위에서 10절을 통해 모든 스토리-선들이 서로 얽히면서 중심인
물들 사이의 애정관계가 확정되고 전체 서사가 종결된다. 여기에 와서
야 비로소 안정순이 이민수와의 관계를 조경구에게 사실대로 터놓게
되어(341면) 모든 중심인물들이 이를 알게 되고, 그녀의 의도와는 반대
로 이민수와의 확실한 파경도 이루어진다(350면).

　물론 전체 서사를 종결짓는 것은 이에 의해서가 아니다. 심정적 연
애 관계상의 변화만으로 장편 서사의 파국을 기대하기는 힘든 까닭이
다. 사정이 이러하기에, 침모 모녀와 조만호의 스토리-선이 조만호와
최근호, 옥란의 스토리-선과 연결되는 사건 즉 최종적으로는 옥란이
조만호를 살해하려고 잠입하여 영자에게 치명상을 입히게 되는 사건
에 의해 전체 서사의 절정과 파국이 마련된다.

　　　　　　　　　　제2부 한국 근대소설의 형성 및 분화와 우연

영자-옥란 사건이라 명명해도 좋을 이 사건 자체에 조경구, 조경애, 이민수 및 안정순은 직접 관련되어 있지 않지만, 이 사건은 그 설정 단계에서부터 이들 청춘남녀의 관계를 결정적으로 비틀고 만다. 이 과정은 두 가지 방향으로 시작된다. 하나는 최근호가 옥란과 조만호의 대화를 우연히 엿듣게 되어 탈주를 포기하고 옥란과의 관계를 끊으면서 조만호가 가정교사와 혼인할 의사가 있음을 민수에게 전하는 것이고, 다른 하나는 자신이 정순과 관계를 맺고 있다고 믿고 있던 조만호가 영자의 임신을 계기로 경구에게 사실을 털어놓는 것이다. 이로써 민수가 정순을 확실히 오해하게 되어, 정순이 자신의 진정을 직접 밝힘에도 불구하고 둘의 사이는 완전히 틀어지게 되고, 결국 민수와 경애의 약혼이 확정되는 데 이르게 된다. 한편으로 경구는 정순에 대한 사랑을 불가불 포기하게 되어 그녀를 냉정하게 대하며, 경애는 정순을 제 부친에게 타산적, 물질적으로 접근한 음흉하고 요망스러운 여인으로 간주하여 미워하게 된다. 경구 남매의 이러한 태도 변화에 정순이 조 씨 집을 떠날 생각을 굳히는 것 또한 영자-옥란 사건의 귀결 양상에 해당된다.

물론 영자-옥란 사건은 옥란의 칼부림 사건을 핵으로 하며 이로써 전체 서사를 종결짓는다. 자신이 후처 자리를 차지하지 못하고 첩으로 남게 되매 재산이라도 한밑천 잡아보고자 했던 옥란이, 조만호를 괴롭히고자 쫓아갔던 송별회가 최근호 결혼식에 이은 것임을 알게 되어 추태를 부린 뒤 조만호로부터도 버림받게 된 것이 파국의 시발점이다. 근호의 칼로 자살을 생각하다가 조만호를 먼저 죽이겠다는 심정에 그의 방으로 잠입하여, 늦게 귀가한 조만호가 잠들기를 기다리던 옥란이, 마침 들어온 영자까지 찌르게 됨으로써, 침모 모녀의 흉계와 정순의 결백함이 드러나면서 모든 사건이 종결된다. 옥란이 주동인물로 기능하는 이 사건을 16면에 걸쳐서(383~398면) 묘파함으로써 『찔레꽃』은 홍미진진한 파국을 선보인다. 민수와 정순이 만나 이들의 관계 파탄을 기정사실화하는 마지막 두 면은 인물관계에 어떠한 변화를 주는 것이 아니다. 마지막 장면에 경구가 정순에게 다가감으로써 둘 사이에 새로운 관계가 설정될지도 모른다는 기대를 주고는 있지만, 민수와 정순, 경애가 등장하는 소설 말미의 두 면은 사실상 이미 확정된 이들 중심인물들의 관계를 확인해 주는 것이라 할 수 있다.

현재의 논의 맥락에서 중요한 것은 이 소설의 마지막 10절이, 다른 절들과 달리 방대한 서술시를 차지하면서 작품을 종결짓고 있으며 그 구체적인 양상은 옥란이 주동적으로 행동하는 말미의 16면을 통해 벌어진다는 점, 조금 넓게 생각하면 영자-옥란 사건을 통해 전체 서사가 종결된다는 사실이다. 이 소설 전편을 두고 볼 때, 이와 같이 작품의 1/5을 차지하는 마지막 절을 통해 혹은 전체 서사의 4%에 해당하는 서사 말미의 옥란의 사건을 통해 중심인물들의 복잡한 관계를 일거에 해소하는 방식은 『찔레꽃』의 서사 구성이 보이는 주요 특징이라 할 만하다. '말 사건'이 있는 5절을 통해서 중심인물들의 관계가 기묘하게 발전할 법한 기틀을 갖춘 뒤 중간 부분 내내 특기할 만한 변화를 보여주지 않다가 이렇게 모든 관계를 일목요연하게 정리하는 사건을 집약적으로 보여주는 방식을 두고, 절 구성의 비대칭성이라 명명하여 『찔레꽃』이 보이는 서사 구성상의 첫째 특징으로 지적해 둔다.

『찔레꽃』이 보이는 서사 구성상의 둘째 특징은, 앞서 언명했듯이 욕망과 음모 및 그에 따른 오해와 해혹이 잇따르는 극적 구성 방식이다.

제2부 한국 근대소설의 형성 및 분화와 우연

지금까지의 서사 분석을 통해 밝혔듯이, 침모 모녀의 음모와 옥란이 벌이는 극적 사건이 가장 두드러지지만, 토지 경매 사건과 '말 사건'을 위시하여 청춘남녀 4인과 조만호가 엮이는 수다한 장면들 또한 이민수-안정순의 관계 자체 및 그들 각각에 대한 조씨 집안사람들의 관계 그리고 이들의 관계에 대한 조씨 집안사람들의 오해에 자잘한 부침을 주고 그 양상을 변화시킴으로써 서사의 극적 성격을 강화하고 있다. 물론 이들 중심인물들의 관계 자체가 근본적인 변화를 보이는 것은 아니지만 서술 효과 면에서는 근본적인 오해에 근거한 심정적 관계들의 진전이 극적인 효과를 발하는 것이다.

이 소설의 서사 구성상 특징 셋째로는, 지속적으로 밝혀 왔듯이, 우연이 40차례에 이를 만큼 빈번하게 구사되면서 서사의 전개에 중요한 기능을 한다는 점을 꼽지 않을 수 없다. 10절에서도 우연은 결정적인 역할을 수행한다. 은행돈으로 옥란과 도망칠 생각을 한 근호가 그녀의 집으로 찾아갔을 때 마침 조만호가 와 있던 우연은(④-32) 앞서 지적했듯이 영자-옥란 사건을 가능케 하는 주요한 역할을 수행한다. 옥란의 사건 또한 두 개의 우연을 안고 있는데, 그녀가 근호 부부를 만나게 되는 것(④-34)은 최근호-옥란-조만호의 스토리-선이 파탄 나는 사건의 계기이며, 칼을 든 옥란이 조만호가 잠들기를 기다릴 때 마침 영자가 들어오는 우연은(④-35) 그 자체로 옥란의 스토리-선과 영자의 그것이 조우한 경우로서, 영자-옥란 사건의 핵심을 이루면서 소설 전체를 종결짓는 막대한 역할을 수행한다. 10절에 구사된 또 하나의 우연 즉 정순이 조 씨 집을 떠나고자 하나 마침 용길이 디프테리아에 걸려 간호를 위해 머물 수밖에 없게 되는 우연(④-33)은, 옥란의 칼부림 사건이 중심인물들 사이의 연애 관계를 해명하는 서사 종결적 사건이 되는 데 필수적인 요소가 된다. 정순이 집을 나가고 없었다면, 조만호가 영자와도 관계를 맺고 있었다는 식으로 넘어갈 개연성이 짙은 까닭이다.

지금까지 살펴본 대로 『찔레꽃』은 서사의 중요 국면들을 우연으로 점철된 사건들을 이용하여 전개하고, 전체 서사의 결정적인 전개 및 종말 또한 우연에 의지하여 처리하고 있다. 이 과정을 통해 사실상 본질적인 관계가 바뀌지는 않으면서도 인물들의 운명이 극적인 양상을 보이게 된 점도 특기할 만하다. 이러한 양상은 이 책에서 지금까지 분석한 다른 갈래의 소설들에서는 발견하지 못했던 것이다. 우연에 대한 긍부정적인 의식을 말해볼 여지가 없을 만큼 우연을 자유자재로 사용하는 이러한 방식은 『찔레꽃』 고유의 특징이라 하겠다.

끝으로, 이 소설이 보이는 대중소설적인 면모를 정리하면서 『찔레꽃』에 대한 논의를 마치고자 한다. 이는 크게 인물 형상화의 특징과 기묘한 사건 전개 양상, 서술자의 흥미 유발적 진술 방식, 작위적인 설정의 넷으로 정리해 볼 수 있다.

먼저 인물 형상화의 특징을 간략히 짚어 본다. 앞서도 지적했듯이 『찔레꽃』은 인물들의 성격 변화 없이 주요 인물들 모두를 선하게 설정하는 특징을 보인다. 안정순이나 조경구, 조경애는 시종일관 선한 면모를 보이고 있으며, 조만호 또한 예외가 아님을 분석해 둔 바 있다. 복수심을 품는 이민수나 은행돈을 횡령하여 옥란과 도주할 생각을 하는 최근호 또한 본바탕이 선하여 일탈을 행하지 않는다. 이러한 양상의 원인이자 결과로 이들 인물이 보이는 사회경제적 지위의 상이함이 그들의 행동에 별다른 영향력을 행사하지 못하고 / 않고 있는 점도 특기할 만하다. 이로써 사건의 진행과 전개에 있어서 주요 인물들의 경우 일반적이고 보편적이라 간주되는 심정 차원에서만 움직이게 되고 서사의 파국과 결말은 소수의 악인에 의해 급격하게 전개되게 된다. 중심인물들의 스토리-선을 두고 보면 사회경제적 의미망이 틈입할 여지가 전혀 없어서 사건의 전개가 연애 관계상의 심정적 변주에 그치게 된 것인데, 이러한 탈사회화 양상이 『찔레꽃』의 연애소설로서의, 통속적인 대중소설로서의 특성의 하나를 이룬다.[11]

『찔레꽃』이 보이는 통속소설적인 특성 둘째는 기묘한 사건 전개 양상에서 확인된다. 대표적인 몇 가지 사례를 추리자면, 정순이 민수를 외사촌이라고 거짓말로 얼버무렸던 것이 화근이 되어, 경애가 민수에게 적극적으로 달려들게 되고 조만호가 정순을 후처로 들이고자 적극적으로 나서게 되는 설정, 민수가 정순의 의사를 확인코자 전화를 걸었다가 경애의 집으로 가게 되고, 거기서 둘의 대화가 엇갈리면서 헤어지게 되는 것(264~267면), 정순이 민수에게 버림받았다고 여길 때 마침 침모가 들어와 후취 자리를 말하며 긍정적인 답을 듣게 되는 것(269

---

11 사실 통속성의 문제는 이론적으로 규명하기 대단히 어렵다. 소설 작품의 형식적 특성으로 통속성을 짚어 내는 것은 원리적으로 불가능하다. 이는 예컨대 통속적인 소설들에만 고유한 모티프나 스토리 등을 상정해 볼 수 없다는 데서도 쉽게 확인된다. 삼각관계라는 '모티프'도 연애라는 '스토리'도 그 자체로 특정 작품을 통속소설로 규정해 주지는 않는다. 소설의 형식적 측면을 보자면 어떤 요소도 어떤 수준도 그 자체로 통속성의 지표가 되지는 않는 것이다. 해서 어떠한 작품이 통속적이라 할 때 그 요소로 기술될 수 있는 사항들은 언제나 기본적으로 사후적이며 기술적(記述的)이게 된다. 이를 두고 몇몇 형식적인 특성들과 내용형식적 특징 등등의 특정한 상호관계가 통속적인 효과를 낳는다고 말해 볼 수는 있지만, 지금처럼 추상적으로만 말할 수 있을 뿐, '특정한 상호관계'를 특정할 수는 없는 법이다. 이러한 상황에서 어떠한 작품을 통속소설이라 하는 것은 한편으로는 소설사의 맥락에서 다른 한편으로는 연구사의 맥락에서 일반적으로 이루어지는 합의에 따를 수밖에 없다. 요컨대 소설 연구의 지평 속에서만 경험적, 귀납적으로 통속의 문제를 논의해 볼 수 있을 뿐인 것이다. 『찔레꽃』에 대한 이 책의 논의도 바로 이러한 맥락에 한정된다.

~271면) 등을 꼽을 수 있다. 이들은 모두, 작가의 사건 구성 능력이 대단하다고 여기지 않을 수 없을 만큼, 이 소설의 서사를 극적으로 전개시키면서 흥미를 돋우고 있다. 흥미 유발 외에 별다른 목적을 찾기 어려운 이와 같은 사건 전개 양상이야말로 이 소설을 통속소설로 이끄는 주요한 특성이라 할 것이다.

셋째는 작품의 흥미를 직접적으로 유발하고자 서술자의 언어를 자극적, 극단적으로 구사하는 양상이다. 이는 다시 세 유형으로 나누어 살펴볼 수 있다. 그 하나는 향후 전개될 사건에 대한 청자-독자의 호기심을 요구하는 언급들이다. 이 소설의 서술자는 "그러나 차츰 가까워오는 운명의 손을 막을 수 있을까"(80면)라든지 "그러나 이 편지 이 간단한 편지가 어떻게 자기와 민수 사이에 크나큰 파란을 초래할 것이라고는 정순은 물론 상상하지도 못하였던 것이다"(253면), "그가 무슨 까닭으로 정순의 화장품을 도적해서 검사하였는지 우리는 여기에서 인간으로서 가장 추하고 무섭고 그리고 비꼬아진 한 장면을 구경하게 되는 것이다"(282면), "과연 내일이라는 그 날에 어떠한 무서운 사건이 그들을 기다리고 있을는지 물론 신이 아닌 그들이라 알 길이 없는 것이다"(375면) 등 사건이 어떻게 전개될지에 대해 청자-독자의 주의를 끌고자 하는 노골적인 진술을 삼가지 않고 있다. 이들 중에는 다음의 예처럼 사태를 극적으로 규정하면서 서술자 자신이 흥분해 있는 경우도 볼 수 있다.[12]

---

[12] 선행 연구 중에서는 아래의 인용문과 앞에서 언급한 253면의 구절 등을 지적하면서 이를 '독자들의 반응을 조절'하는 작가의 개입이라고 중립적으로 해석하기도 했다(김동환, 「『찔레꽃』의 대중 지향성」, 국어국문학회, 『국어국문학』 127, 2000, 300~302면). 대중소설을 일방적으로 폄하하는 입장을 경계하면서(309~310면 참조) 대중소설이 대중들에게 다가가는

 제2부 한국 근대소설의 형성 및 분화와 우연

정순을 향하여 불붙는 경구의 마음! 그리고 민수를 사모하고 눈물을 삼키는 경애의 가슴! 아니, 정순을 사랑하는 민수! 민수를 신뢰하는 정순! 그들은 바야흐로 서로 얽혀 어지럽게 피어나는 화려한 꽃들이다. 그러나 그 꽃들이 무사히 열매를 맺을까? 비도 있고 바람도 있고 그리고 때로는 잔인스럽게 꺾어버리려는 흰 손(手)도 있지 않은가? (241면)

다음으로 향후 사건의 전개에 예상키 어려운 변화를 이끌어올 듯이 인물들의 속생각을 암시하는 서술을 들 수 있다. "조 두취의 입가에는 어떤 야릇한 미소가 흘러가자 그는 탁상전화기를 집어 들었다"(200면)라거나 "그 착각이라는 한 마디에 이르러서는 민수는 저으기 초조해지는 것을 생각하자 경애는 어떤 새로운 계획이 머릿속에 떠오른 모양으로 그는 아랫입술을 지그시 씹으면서 살그머니 눈을 감았다"(211면) 등과 같은 표현이 쉽게 눈에 띈다. 이러한 방식은 때때로 지나치게 자극적인 적나라한 평가를 곁들여 가며 수행되어 흥미 유발 의도를 전면화하기도 한다. "영환은 빙그레 웃었다. 그러나 그 빙그레 죄 없이 웃는 그 웃음 속에 악마의 잔인한 꾀가 숨어 있을 줄은 실업계의 패왕인 조만호 씨도 알 길은 없었다"(203면)나 다음과 같은 경우가 좋은 예다. "그가 소경을 찾아 가려고 대문으로 나가던 길에 오늘도 건넌방에서 잡지

방식을 조명하려는 취지의 의의는 인정할 수 있지만, 그렇다고 해서 평가의 문제로부터 지나치게 거리를 두는 그러한 해석은 바람직하다고 보기 어렵다. 이러한 태도는, 이 소설의 우연을 두고서 "대중소설에서는 이러한 부분들을 우연성이라기보다는 작가의 치밀한 계산으로 보아야 한다"(303면)고 주장하는 데서도 확인된다. 『찔레꽃』의 우연이 『무정』이나 여타 신소설들의 경우에서처럼 '작가의 치밀한 계산과 의도에 따라 구사되었음은 이론의 여지없이 당연한 것인데, 그러한 지적만으로, 이들 우연이 작품에서 행하는 기능과 효과의 긍부정적인 평가의 문제를 갈음할 수는 없는 것이다.

책을 들고 편하게 누워 있는 자기 딸 영자를 생각해 보자 그의 머리에
는 커다란 계획이 번개와 같이 스쳐갔던 것이다. (…중략…) 무엇인지
그의 딸과 근 한 시간이나 이야기를 소곤거린 침모의 얼굴에는 공포에
가까운 긴장이 넘쳐흐르고 있었던 것이다"(291면).

홍미를 유발하고자 하는 서술자의 언어에 대한 구사 방식의 셋째 유
형은 작품 내 세계의 실제 상황과 어울리지 않을 만큼 지나친 해석을
가하는 것이다. 아들 경구가 집안 좋은 혼처를 두고 혹시라도 정순을
탐낼까 걱정하여 아들을 위해서라도 정순을 후처로 들이는 문제를 속
히 담판 지어야겠다는 조만호의 생각을 소개한 뒤, "두취는 이러한 스
스로가 만들어 낸 궤변에 만족하리만큼 그의 얼굴은 철면과 같이 두꺼
운 것이다"(254면)라고 지나치게 비판적으로 규정하는 식이다. 경애를
구해준 민수에게 면목 없어 하며 조만호가 치하의 말을 하고 이민수가
사양의 인사를 하는 묘사에 이어지는 다음과 같은 해설 및 결론적인
규정도 두드러지는 예가 된다.

고개를 숙여 보이는 민수의 가슴은 탄산수를 마신 때처럼 시원하여졌다.
/ 그 돌같이 차고 교만한 조만호 씨의 얼굴에서 진정으로 패배하였다는 표
정을 읽을 때 이겼다는 쾌감이 민수의 가슴 한복판에 폭포와 같이 쏟아졌
다. / 그는 이 광경을 늙은 아버지께 보여 드리고 싶다. 진실로 그는 선으로
써 악을 이긴 것이다(172면).

이는 실제 상황에 부합되지 않는 선악의 이분법적 구도 위에서 서술
자가 인물의 심리를 극화하는 경우라 하겠다. 조만호가 악함의 화신도

　　　　　　　　　　　　제2부 한국 근대소설의 형성 및 분화와 우연

아니며, 이민수가 그의 딸을 구해주어 인사를 받는 것이 승리일 수도 없음을 생각하면 서술자의 해석이 얼마나 지나친 것인지가 명확해진다.

마지막 넷째로 『찔레꽃』의 통속소설적인 면모는 지나치게 작위적인 설정에서 확인된다. 40차례나 사용된 우연 또한 이 맥락에서 지적할 수 있는 것이지만 우연의 문제를 재론하지는 않아도 서사의 현실성을 해치는 작위적인 사례는 작품 도처에서 쉽게 확인된다.

영환과의 결혼 의사가 없음을 밝히고자 그가 있는 자리에서 경애가 제 부친인 조만호에게, 영환의 재산 때문에 혼인을 원하는 것이 아니냐고 직접적으로 따지는 장면(33~35면)이나, 세계일주 여행을 할 때 '좀 다른 의미'가 있으니 함께 하자는 경애의 말에 따르는 윤영환의 심정을 묘사하되 "기회는 왔다. 경애가 자기를 사랑하고 있다. 맘으로 부르짖는 영환은 곧 말에서 뛰어 내려 경애의 발아래 꿇어 엎드리고 싶었다"(149면)라 하는 것. 용산철도병원에 주요 인물들이 모두 모였을 때, 경매 일로 분해 했던 안정순이 조만호에게 대놓고 모멸적 언사를 하는 것(173~174면) 등은 현실성이 거의 없는 작위적인 설정이라 하지 않을 수 없다. 주요 인물들이 모두 모인 식사자리에서 영환이 가져온 5,000원 봉투를 열어보고 웬 돈이냐 한 민수가, 영환의 답에 "아 그러셨읍디가? 전, 돈이란 말은 금시에 첨 듣는 일입니다. 당초에 제가 말을 쫓아간 것은 무슨 돈에 욕심이 나서 한 것은 결단코 아니었으니까요. 돈을 생각했다면 그런 모험은 못 했을 줄 압니다. 한 생명이 황금보다 더 중하지 않습니까"(187면)라 말한다는 것도 어색하기 짝이 없고, 죽음을 앞둔 경애의 모친이 경애에게, 시집가기 싫으면 가지 말라 하고, 가려거든 생명을 구원해 준 민수에게 가라 한다는 것(213면) 또한 지나치게 비현실적이다.

이러한 사례는 일일이 열거하기 쉽지 않을 만큼 적지 않은데, 중요한 두 가지만 덧붙인다.

하나는, 조경구가 경애에게 정순에 대한 자신의 사랑을 알리는 자리에서, 자신이 부잣집 아이라 어려서 '갖은 박해'를 받았다며 성경 구절을 인용한 뒤(240면), 무엇보다도 정순이 '가난한 처녀라서 그녀를 사랑한다'고 말하는 것이다(241면). 이러한 설정은 비현실적이고 작위적인 데 머물지 않고 지나치게 어설프고 한심하기까지 한 관념의 소산이라는 문제를 동시에 보인다. 조경구를 미국 여행 중 인종차별에 분개한 바 있고, 농촌사업에 헌신할 생각으로 회도 조직하고 문서도 등사하며, 있는 집 자식답지 않게 처음 보는 가정교사도 세세히 배려하는 인물로 그려놓는 한편, 지금과 같이 실로 엉뚱한 이유로 정순을 사랑한다고 말하게 설정하고도 이에 대한 비판적 논평이 전무한 것은, 작가 자신의 의식수준이 인물의 그것을 벗어나 있지 못하다고 보지 않을 수 없게 한다.

『찔레꽃』 전체 서사의 종결을 가능케 하는 또 하나의 설정인 조만호와 정순(영재)의 육체관계 또한 현실성이 전혀 없어서 문제이다. 침모의 제안에 따라 조만호가 정순에게 '흠처'를 내고자 한다는 것부터 부자연스럽지만, 아무리 전구 없는 캄캄한 방에서의 일이라 해도 정순과 처녀도 아닌(140면) 침모의 딸 영자를 구별하지 못한다는 것이나, 그러한 상태로 상당 기간 육체관계를 지속한다는 설정은 아무래도 말이 되지 않는다. 이러한 작위적인 설정이 문제적이어야 하는데 문제가 되지 않는 작품 세계야말로 통속적인 것이라 하지 않을 수 없다. 별로 중요하지 않은 세세한 일들까지 구체적인 시일과 정확한 시각을 밝히는[13] 작

 　　　　　　　　　제2부 한국 근대소설의 형성 및 분화와 우연

가-서술자가 이 사건과 관련해서는 침모가 언제 조만호에게 그러한 말을 했는지 밝히지 않는 것도 문제의 심각성을 강화한다.[14]

이상 살펴본 대로 『찔레꽃』은, 중심인물들의 성격을 단선적으로 선하게 설정하여 사회경제적 관계망을 무력화한 채 인물들 사이의 애정 관계를 심리 차원에서 세세하게 파헤치고, 통상적으로는 상상하기 어려울 정도로 사건이 꼬이도록 스토리를 기묘하게 전개시키며, 독자의 호기심과 흥미를 노골적으로 겨냥하는 서술자의 진술 방식을 세 가지 유형으로 구사하고, 현실성이 거의 없는 작위적인 설정을 서슴지 않는 방식으로 통속소설적인 면모를 강화하고 있다.

이들 네 가지 특징에 더하여 40차례나 사용된 우연들의 효과 또한 이 소설의 작품효과를 통속적인 것으로 만드는 데 기여하고 있음을 강조해 둘 필요가 있다. 사실 『찔레꽃』의 통속소설적 효과를 기술할 수 있게 하는 위의 네 가지 특성 중 스토리의 기묘한 전개와 작위적인 설정은 그 자체로 우연과 밀접한 관계를 맺고 있다. '말 사건'과 '영자-옥란 사건'이 대표적으로 보여주듯 다수의 우연을 통해 구성되는 이러한 사건 요소들이 전체 서사가 현실성, 개연성에 구애받지 않고 기묘하게 전개될 수 있게 해 주는 것은, 통속적 효과를 낳는 이러한 특성들이 우연과 뗄 수 없는 화학적 융합 상태를 보여줌을 알게 한다. 인물 형상화상의 특징이기도 한 첫째 항목 또한 우연의 문제와 무관한 것이 아니다. 중심인물들의 성격화가 고정적 단선적인 것으로 이루어져 전체 서사

13　『찔레꽃』은 쓸데없이 습관적으로 구체적인 시일과 정확한 시각을 밝히는 특성을 보이는데, 이는 사건의 비현실성을 상쇄시키려는 의도의 소산이라 할 만하다.

14　결혼식을 올리기 전에 정순에게 '흠처'를 지우자는 침모의 원래 제안은 없는 채, 그러한 제안에 주저하는 조만호의 언사를 제시하면서(307면) 이 사건이 가시화될 뿐이다.

를 추동시키는 힘을 발휘하지 못하는 상황이 침모 모녀와 옥란이 악인
으로 행동하는 스토리-선으로 인해 해소된다고 했는데, 바로 이들이
악인으로 행동할 수 있게 하는 데 있어서 적지 않은 우연이 계기로 작
용하고 있기 때문이다. 사실『찔레꽃』의 경우 서사 전편에 걸쳐 골고루
(!) 우연이 구사됨으로써 작품의 전체적인 양상과 효과가 우연과 무관
할 수 없는 상태에 있기도 하지만, 서술자가 적극적으로 나서서 흥미
효과를 진작시킬 수 있는 것 또한 우연이 배제된 상태에서라면 그 효과
를 기대하기 어렵다 하겠다. 이와 같이『찔레꽃』에서 우연은 작품의 통
속적 재미를 가능케 하고 강화하는 데 있어 크게 기여하고 있다.

2. 현진건의『무영탑』, 우연과 운명의 문제

『無影塔』은 빙허 현진건의 두 번째 장편소설이자 역사소설로는 유
일하게 완성된 작품이다. 이 작품은『동아일보』에 연재(1938.7.20∼
1939.2.7)된 후 곧장 박문서관(1939년)에서 단행본으로 출간되었다.[15] 신
라 경덕왕 시대를 배경으로 불국사 석가탑을 짓는 석수 아사달과 그를
사랑하는 귀족 처녀 주만, 그리고 아사달의 스승의 딸이자 아내인 아
사녀를 중심인물로 하여 이야기가 진행되고 있다.

15　여기서는 1941년에 나온 판본을 대상으로 한다.

『무영탑』에 대한 기존의 평가는 작품의 실제에 비추어볼 때 놀라울 정도로 고평이 많다. '일장기 말소사건'으로 신문사를 그만두고 칩거한 작가의 이력이나 독립운동을 하다 숨진 형을 둔 가계 등에서 추론되는 작가의 민족주의적 항일의식을 직간접적으로 참조하면서 그 연장선상에서 『무영탑』을 해석해 온 것이라 할 수 있는데, 이러한 고평의 첫머리에 놓이면서 후속 연구들에 큰 영향을 미친 것이 바로 신동욱의 소론들이다.

신동욱은 『무영탑』에 "일제치하의 민족의식을 건전하고 견실하게 드높이려는 작가적 의도가 있는 것같이 보인다"[16](I -65면)면서, 귀족에서 평민에 이르는 계층들을 포괄하고 사당적(事唐的)인 세력과 민족 주체적인 세력의 대조를 보이는 인물 구성 및 '정당론(征唐論)' 등에서 확인되는 독립의식 등을 주목하였다(66~67면). 아사달과 주만의 사랑을 '실제상으로는 불가능하지만 이념상으로는 이루어져야 하는' 변혁적인 것으로 해석하면서(69면), 영지에 두 여인을 조각하고 죽어가는 아사달을 통해 "구제할 수 없이 어긋난 가치의 훼손으로부터 일정한 거리를 두고 영적인 면에서 이상을 실현하는 상징적 합의"(71면)를 읽어 내고 있다. 결론적으로 "있음의 실질적 세계에 대하여 있어야 함의 시적 논리를 의지적으로 실천하는 낭만적 지향에 의하여 만들어진 작품으로서 우리 시대의 문학 유산 중 가장 높은 봉우리의 하나로 지목된다"(72면)라고 대단히 고평하며 글을 맺었다.

이러한 평가의 연장선상에서, '상상력의 활용에 의해서 인간 고뇌의

---

16 신동욱, 「『無影塔』論」, 신동욱 해설, 『玄鎭健研究』, 새문사, 1981.

깊이에서 永遠을 조형해 내는 藝人의 삶을 묘사'해 낸 작품으로 '영원성에의 조명을 통해서 현실의 專制性을 극복'하려 했다거나,[17] "개인의 운명과 사회의 운명을 통합시키고 새로운 歷史의 해방을 제시하는 데 성공"했다 하여 '作家의 최고 수준을 이룩한 소설이면서 현실적 한계를 극복한 작품'이라고 한다거나,[18] 1930년대의 다른 역사소설들과 달리 현실도피적 성향에 빠지지 않고 "당대의 시대상황과 그 극복양식을 역사적 사실에서 추구하여, 닫힌 사회를 초월하는 문학양식을 이루었다는 데, 이 시대 문학의 새로운 면모를 제시하여 준다"거나,[19] 『무영탑』이 "통속성 짙은 이야기를 표면에 내세우는 迂廻的 혹은 僞裝의 수법으로 작가의 當代的 현실을 겨냥한 메시지를 표현"하였으며(38면), "郎家의 尙武之風의 재흥, 곧 武力養成으로 당대의 식민지 상황을 타개하고 '大朝鮮主義'的인 강성한 고대 民族史像의 재현을 예견하는 미래지향적 역사의식을 우회적인 방법으로 표현한 작품"이라고 하는[20] 등의 고평이 이어졌다.

2000년대 들어서도 사정이 별로 달라지지 않아서, 알레고리적으로 민족주의사상을 표현하고 "역사를 통해 현실의 모순과 桎梏을 극복하려는 역사의식을 구현하고 있는 작품으로 李光洙·金東仁 등의 역사소설의 한계를 뛰어 넘고 있다는 점에서 문학사적 의의가 크다 하겠다"거나,[21] 현진건이 아사달의 '신흥'과 경신의 '국선도'를 내세우되 위계

---

17 이재선, 『한국현대소설사』, 홍성사, 1979, 399면. 두 번째 따옴표가 있는 구절은 신동욱의 『韓國現代文學論』(박영사, 1972, 118면)을 인용한 것이다.
18 박의상, 「『無影塔』의 再解釋」, 한국어문교육연구회, 『어문연구』 12, 1984, 635, 624면.
19 현길언, 『문학과 사랑과 이데올로기―현진건 연구』, 태학사, 2000, 192면.
20 한상무, 「玄鎭健의 歷史意識 形成」, 국어국문학회, 『국어국문학』 94, 1985, 59면. 앞의 인용구는 한상무, 「玄鎭健 後期小說의 構造와 民族·歷史 意識」, 1983의 요약.

    제2부 한국 근대소설의 형성 및 분화와 우연

를 짓지 않으면서 민족에 대한 상상을 구현해 낸 작품으로 평가하거나,[22] '민족의식과 민족적 전통을 살려 나가야 할 현실적 요구'에 부응한 작품으로 "1930년대의 현실에서 '작가의 의도'가 투영되어 있는 인물들의 생동하고 특색 있는 형상으로 하여 『무영탑』은 1930년대 진보적 역사소설의 한 페이지를 기록한 작품으로 살아 있다"라고 평하거나,[23] "신라를 조선으로, 당학파를 친일분자와 같은 외세주의자로, 국선도를 민족주의자로 환치해서 보는 독법을 요구"(381면)하면서 '예술가소설을 외연으로 삼아 정치소설적, 이념소설적 요소를 내장한 역사소설'이라 규정하고 『무영탑』이 "설화소설 유형, 역사소설 유형, 장인 주인공소설 양식과 함께 미문주의를 선택함으로써 우리 민족의 아이덴티티를 지킬 수 있었다"고 하는 등[24] 당대의 여타 역사소설들에 비해 성공한 작품이라는 견해가 지속되어 왔다.

선행 연구들이 보이는 이러한 상황은 문제적이다. 『무영탑』이 발하는 전체적인 효과를 검토하기 전에 그 작품에서 확인할 수 있는 특정 내용 요소를 집중적으로 부각시켰을 뿐이라는 혐의를 지우기 어렵고, 분석에 있어서는 다양한 측면을 검토하다가도 결론에 이르면 바로 그 특정 내용에 주목하여 과도하게 고평하는 경향을 보이기 때문이다.

지금 지적하는 '특정 내용'이 민족주의적인 견해임은 물론이다. 사

---

21 장양수, 「玄鎭健 장편 『無影塔』의 민족주의 문학적 성격」, 새얼어문학회, 『새얼語文論集』 13, 2000, 386~387면.

22 양진오, 「현진건의 『무영탑』 연구—민족을 상상하는 방식과 그 문학적 의미에 관하여」, 한국현대소설학회, 『현대소설연구』 19, 2003.

23 고철훈, 「'작가의 의도'가 투영된 역사소설 『무영탑』의 인물 형상」, 『실천문학』 78, 실천문학사, 2005, 295~297면. 이 글은 북한에서 나온 것이다.

24 조남현, 『한국현대소설사』, 문학과지성사, 2012년, 2권 378~382면 참조.

당적(事唐的)인 태도를 보이는 금 시중에 맞서서 국선도를 주창하는 유종이나 금상량이 보이는 민족주의적 의식 및 금경신이 제기하는 정당론(征唐論) 등이 그것이다. 이러한 내용 요소가 나름의 의미를 갖는 것은 물론이지만, 이에 주목한다고 해도, 사실상 작가의 말을 전하는 메가폰적 기능을 하는 자리에서 등장인물의 의견으로 단순히 제시되고 있는지 그렇지 않고 주요 인물들의 운명과 관련된 행동으로 드러나 작품의 주된 스토리-선을 이루고 있는지 등을 분석하면서 평가해야 마땅할 것이다. 유감스럽게도 선행 연구들 대부분은 이러한 분석을 생략하고 있으며, 뒤에 제시하겠지만 실제 분석에 의거할 때 작품 내에서 근거를 찾기 어려움에도 불구하고 민족주의적인 인식 요소를 과도하게 평가하고 있다. 이러한 방식은 학적 연구로서 설득력을 얻기 어려운 정론적 논의의 한 가지 사례일 뿐이다.[25] 화랑 사상이나 신라의 부흥이 식민지시대에서 갖는 의미가 순수한(?) 민족주의일 수만은 없다는 사실에 대한 날카로운 지적[26]을 참조하지 않더라도 이러한 문제의식은 언제나 유효한 것이다.

---

[25] 작품을 폭넓게 검토하는 데 있어서 작가의 행적이나 의도를 외면할 수는 없겠지만 그것에 치중해서는 안 됨은 따로 설명이 필요하지 않은 일이다. 낭만주의적인 시인관에 의거한 비논리적이고 비전문적인 태도가 배척되어야 하는 것과 마찬가지로, 혹은 사회주의사상이 드러난다는 사실 자체만으로 예컨대 신경향파소설이나 카프소설을 고평하는 것이 설득력을 가질 수 없는 것과 마찬가지로, 민족주의라는 이데올로기 또한 작품론의 자리에서 볼 때 학적 분석을 사실상 소홀히 해도 괜찮게 만들 수 있는 절대적인 명제일 수는 없다. 일차적으로 중요한 것은 사회주의냐 민족주의냐 하는 것이 아니다. 어떠한 사상이든 그것이 작품의 주제효과로 기능하려면, 작가의 말로서 단순히 외삽되는 것이 아니라, 서사로서의 작품의 뼈대를 이루고 인물들의 운명과 사건 전개의 주요 동인으로 기능하고 있어야 한다. 신문의 칼럼을 쓴 것이 아닌 이상, 특정 내용 요소를 드러내기 위하여 이야기의 거의 대부분이 당의(糖衣)로 기능할 뿐이라는 식으로 장편소설을 검토할 수는 없다.

[26] 황종연, 「한국 근대소설에 나타난 신라―현진건의 『무영탑』과 이광수의 『원효대사』를 중심으로」, 『동방학지』, 2007 참조. 그에 따를 때 『무영탑』은 '노블(Novel)'이라기보다 '감상적인(sentimental) 로맨스의 근대적 버전'에 해당한다(353~354면).

물론 모든 선행 연구가 천편일률적으로 『무영탑』의 민족주의적 내용에 주목하여 고평을 일삼는 것은 아니다. 일찍이 김영희가 이상적인 사랑의 모습을 제시하고 '종교의 경지로까지 승화된 사랑과 예술의 세계'를 보여 줌으로써 "현실적인 모든 조건의 억압에도 불구하고 主人公들의 內的인 世界가 승리하고 있음을 말해 주는" 작품이라고 평가한 바 있으며,[27] 그 뒤를 이어 『무영탑』을 '한 편의 낭만적인 연애소설'(82면)이라 하고 민족주의적인 견지에서 내려진 고평들을 비판하면서, "치밀하고 아름다운 묘사를 통해 낭만적인 연애를 격조 높게 그리고 있으며, 이와 관련하여 참다운 예술은 삶을 희생한 대가로 얻어지는 것이라는 현대적인 주제를 추구하고 있는 작품이다. (…중략…) 이와 아울러 역사적 비유(比喩)를 통해 민족주의적인 교훈이 제시되고 있다는 점에서, 『무영탑』은 낭만주의적 역사소설의 한 전형이라 할 수 있다" 한 평가도 제시되었다.[28] 근래에는 이러한 경향을 좀 더 밀고 나아가 『무영탑』이 멜로드라마적 특성에 의해 구성되어 대중성이 짙은 작품으로서 "낭만적 사랑의 강렬한 체험과 죽음으로의 승화, 민족적 주체의식의 재정립"을 대중성의 구성 동력으로 하였다는 견해[29]가 제시되기도 하였다.

이러한 견해들은 『무영탑』에 관한 연구의 주된 줄기를 이루는 민족주의적인 해석 방식에 맞서서 이 소설이 보이는 연애소설적인 측면에 주목했다는 특징을 보인다. 상대적으로 작품의 실제에 근거하여 논의

27　김영희, 「憑虛 玄鎭健의 現實認識과 그 變貌의 樣相」, 민족어문학회, 『어문론집』, 1977, 246
　　～247면.
28　강영주, 『韓國 歷史小說의 再認識』, 창작과비평사, 1991, 89～90면. 이 논의는 1987년의 박사
　　논문을 재수록한 것이다.
29　홍혜원, 「현진건 장편소설 연구」, 한국비평문학회, 『비평문학』 28, 2008, 325～326면.

를 구성했다는 점에서 이 책의 입장에 가까운 것인데, 이러한 의견이 소수라는 점에서 『무영탑』에 대한 실증적 검토의 의의가 새삼스러운 것이 아니게 된다고 하겠다.

『무영탑』의 시간적 배경은 신라 경덕왕 시절이며, 경주와 부여 좁혀서는 불국사를 공간 배경으로 하고 있다. 천여 년 전의 시대를 배경으로 하고 있기에 과거의 복원 등은 기대하기도 어려운 형편이지만, 경덕왕이나 금량상 등의 실제 사적에 다소의 변형을 취하고 무영탑 설화에 관해서도 변경을 가했으며,[30] 현재의 기준으로 보더라도 불국사의 두 탑에 대한 공간 설정 등에도 변화를 주었음을 고려할 때[31] 작가 스스로 사실주의적 재현을 의도하지는 않았음을 알 수 있다.[32] 이러한 결과로 『무영탑』의 시공간 배경은, 뒤에서도 살피겠지만, 역사적 현실로서 인물들을 제어하지는 않는 양상을 보인다. 사실상 작품 내 세계가 천 년 전 신라 사회라는 구체적 현실에 구속되지 않고 추상화되어 있다고 하겠다.

---

[30] 현진건은 「古都 巡禮—慶州」(『동아일보』, 1929.7.18~8.19)의 '무영탑 전설' 부분에서 석가탑의 석공을 당나라 사람이라고 소개하고 있다(8.16). 이것을 『무영탑』을 쓰면서 부여 사람 아사달로 설정한 것이다. 무영탑 전설에 대한 현진건의 이해가 일본 학자들의 견해를 따른 것이라는 점에 대해서는 강석근, 「무영탑 전설의 전승과 변이 과정에 대한 연구」, 동국대신라문화연구소, 『신라문화』 37, 2011, 102~108면 참조.

[31] 35절을 보면, 주만과 털이가 다보탑에 이르렀을 때 석가탑으로 가야 아사달을 만나지 않겠느냐는 대화가 나온다(132면). 말 그대로 지척인 두 탑의 실제 거리와 달리 『무영탑』의 세계에서는 한 탑에서 다른 탑이 안 보이는 듯이 설정되어 있는 것이다.

[32] 이러한 점은 현진건이 역사소설에 대한 자신의 생각을 드러낸 「歷史小說問題」(『문장』, 1939.12)에서도 잘 확인된다. 여기서 그는 사실에 충실하자고 소설로서의 주제와 결구를 돌아보지 않는다면 실록에 그칠 뿐이라며 '소설을 위한 사실'로 과거를 이용하는 역사소설을 주장하고 있다. 사실의 복원 자체가 중요한 것이 아니라, 작가가 갖고 있는 주제의식을 효과적으로 표현하는 데 있어 활용될 수 있다면 소재가 과거의 것이든 현재의 것이든 그 현실성 면에서 문제가 되지 않는다는 것이다. 이러한 주장은 현진건에게 있어서 과거에 대한 재현의 의지가 아니라 현재에서의 표현 의지가 앞서 있음을 알려 주는 것이다.

　　제2부 한국 근대소설의 형성 및 분화와 우연

『무영탑』의 등장인물은 장편소설 치고는 소략한 편이다. 석가탑을 짓고 있는 부여 석수 아사달과 그를 사랑하는 주만, 아사달의 아내 아사녀의 세 명이 핵심적인 중심인물이다. 여기에, 주요 인물군을 크게 경주, 불국사 지역 서사와 부여의 아사녀 서사로 나누어 더해 볼 수 있다.[33] 앞에는 주만의 시종인 털이, 주만과 약혼을 하게 되는 경신과 그녀를 아내로 맞이하고자 하다 거부당한 뒤 앙심을 품는 금성 및 그 부친인 시중 금지, 주만의 부친 유종과 그 아내 사초 부인, 경신과 뜻을 같이 하는 용돌, 아사녀를 이용하려는 콩콩이 등이 해당된다. 부여에서 아사녀의 스토리-선에 관련되는 주요 인물로는 팽개 정도를 꼽을 수 있다. 부차적인 인물들로는 경덕왕, 아상 노장, 차돌이, 부석, 아옥, 고두쇠, 금량상, 웃보, 장달, 작지, 싹불, 팽개의 처, 금성의 패거리들, 불국사 문지기, 대감 등이 있다. 그 외의 몇몇 인물들은 말 그대로 엑스트라에 해당되어, 주요 인물 12명, 부차적인 인물들까지 따져도 30명 정도에 그치게 된다. 실제로는 10여 인의 주요 인물들이 거의 모든 스토리-선을 장악하고 있으므로 장편 역사소설 치고는 인물 구성이 단출하게 된 편이라고 하겠다.

주요 인물이 적은 수로 구성된 점은, 앞서 살핀 시공간 배경의 설정이나 작가의 의도와 맞아 떨어지는 특징이라 할 수 있다. 당대 사회의 구체적인 현실상이나 정치사회적으로 의미 있는 특정한 역사적 사실을 재현

---

33 아사녀와 스토리-선을 맺는 부여의 등장인물들과 경주 및 불국사 면에서 스토리-선을 진행하는 인물들 사이에는 사실상 아무런 관련이 없다. 아사녀의 경주 등장 이전까지는 스토리 차원에서 볼 때 이중 구조로 되어 있다고 해도 무방할 정도로 두 지역의 사건이 따로 전개되는 셈이다. 상대 지역의 소문이 살짝 등장하기는 해도 이를 두고 두 가지 사건의 계열들이 서로 관련되어 있다고 하기는 어렵다.

하려는 의도에 따른 것이 아니기 때문에 주요 인물의 구성이 단순하게 된 것이다. 이것이 『무영탑』이 보이는 인물 구성상의 첫째 특징이다.

이 소설의 인물 구성상의 특징 둘째는, 등장인물의 위상에 따른 형상화 방식상의 차이에서 찾아진다. 주인공이라 할 핵심적인 중심인물인 아사달과 주만, 아사녀의 내력이나 생의 목표가 거의 밝혀지지 않는다는 점이 무엇보다 먼저 주목할 만하다. 어디 사람이며 부모가 누구인지 등의 신원이야 밝혀져 있지만, 그들의 삶의 지향이나 세상에 대한 견해 등을 추론할 여지는 대단히 희박하다. 아사달의 경우 '신흥(神興)'에 빠지는 예술가로서의 면모[34]와 아내에 대한 그리움에 사무치는 남편의 모습 이외에는 달리 드러나는 것이 없고, 아사녀는 그런 남

---

[34] 이 면에서도 주목할 점은, '신흥'의 양상을 드러내는 방식이 아사달의 작업 행위 즉 그의 스토리-선에 따른 형상화 방식에 의해서가 아니라, 다음과 같이 서술자의 설명에 의해서라는 점이다. 그만큼 추상성이 짙어짐은 물론이다.
"이 흥이 오기를 얼마나 바래었던고, 기다리었던고, 이 「흥」이란 한없이 곱고 한없이 사나웁고 철석같이 믿부다가 바람같이 변한다. 널자면 왼 누리에 차고 잘자면 겨자알도 오히려 크다. 활달할 쩍엔 양양한 바다에 봄바람이 넘놀고 까다롭자면 시기하는 지어미도 룰러앉을 지경이다. 그러고 가진 조화를 다 가진 듯 고대 여기 있는가 하면 깜아득하게 살아지고, 분명히 손아퀴에 들었거니 하다가 돌아서면 간 곳을 찾일 길 없다. 어느 때는 푸드득 날으는 새 나래에서 그대로 뚝 떨어져서 품속으로 기어들고 어느 때엔 발뿌리에 밟히는 조악돌에서도 불쑥 그 안타까운 모양을 나타낸다. 겨누와 정을 들고 얼마를 신고를 하고 생각을 하여도 날이 마치도록 그림자도 얼신 않을 때도 있고, 생각이 나면 심술궂게도 아닌 밤중에나 샐 녘에야 언뜻 얼굴을 비치기도 한다. 바위덩이에나 지질린 것 같은 답답하고 캄캄한 머리 가운데 으렷이 한가닭 광명이 어릿거린다. 그 실낱 같은 빛 줄이 차차 굵어지다가 떼구름을 쫓고 쑥 햇발이 불거지듯 갑자기 머리속이 환해지면 어느 모를 어떻게 갈기고 어디를 어떻게 쪼아야 될 것도 따라서 환해지는 것이었다. 그러나 보통 때는 이 신흥이 그리 길지 않았다. 번개처럼 번쩍하다가 그대로 살아져 버리기도 하고, 길어도 한두 시간을 지나지 않는 법이었다. 그런데 오늘은 식전꼭두부터 찾아 온 것도 전보다 다를 뿐인가, 그 빛갈도 유난히 부시고 그 흐름도 있달고 연달아 그칠 줄을 모른다. 그러고 그 빛물결도 여느 때 모양으로 한 결같고 종용하지를 않다. 너무도 아름답고 너무도 찬란하고 너무도 급하다"(118~189면). 예술혼의 발현 상태에 대한 이러한 섬세한 묘사는 그대로 작가 현진건의 것이어서 한 연구자의 지적대로 고대 장인에 해당된다기보다는 근대 예술가에 해당되는 것이며(강영주, 『韓國歷史小說의 再認識』, 앞의 책, 84~85면), 그 결과로 추상성이 한층 강화된다고 할 수 있다.

편을 보고자 하는 간절한 염원 외에는 아무 것도 보여 주지 않는다. 주만 또한 사정이 다르지 않다. 어릴 적에 남장을 하고 말을 타기도 했다는 것을 빼면, 아사달을 맹목적으로 사랑하는 현재의 모습 외에 다른 어떤 측면도 제시되지 않는다. 사정이 이러하기에, 비록 주인공이라 해도 이들 각자는 '신흥'이나 '고난', '낭만적 사랑'과 같은 추상의 화신, 그러한 추상을 드러내는 기능을 하는 행역자(agent)에 머물러 있다고 봐도 무리가 없다. 요컨대『무영탑』의 주인공들은 성격화 면에서 보자면 추상적이고 사건 면에서 보자면 기능적일 뿐인 것이다.[35]

흥미로운 것은 세 주인공과 달리 유종이나 경신, 금 시중 등 서술시 비중상 부차적인 인물들은 정치적 지향이나 세태에 대한 판단 등에서 주관이 뚜렷하다는 사실이다. 유종과 경신은 화랑 시절을 그리워하며 국선도를 부흥시키고자 하고 사당적인 태도를 비판적으로 대하며, 경신의 경우는 당나라를 쳐 고토를 회복하자는 포부를 갖고 있기까지 하다. 이와는 반대로 시중 금지는 당의 문물에 대한 선호가 강하여 사대적인 입장을 견지하고 있다. 물론 양자의 입장을 이렇게 대립시키고 서술자-작가가 전자의 입장에 서서 민족주의적인 언설을 제시하고 있음을 주목하면, 이들 또한 이러한 이데올로기적인 내용을 작품에 펼칠 수 있게 하는 메가폰적 기능을 한다는 점에서는 마찬가지로 기능적으로 설정되었다고 할 수도 있다.[36] 작가의 의도가 드러나는 통로라는

---

35 이러한 추상성, 기능성은 아사달과 아사녀가 민중의 전형이 아니라 신분과 계층을 초월한 예술가형이자, 사랑으로 고난을 겪는 가련한 여성일 뿐이라는 점이나(강영주,『韓國 歷史小說의 再認識』, 앞의 책, 86면) 아사달에 대한 주만의 사랑이 개연성을 띠지 못한다는 데서 한 층 강화된다.

36 아사달의 '신흥'이 제시되는 방식과 마찬가지로 유종의 의식 또한 행동이 아니라 사고를 통해 드러나며 그만큼 서술자-작가의 언어와 뚜렷이 구분되지 않는 양상을 띤다.

점에서 주인공들과 비슷하게 추상화되었다고 할 수 있는 것이다.[37] 자신의 주견 외에 전체 스토리의 전개에서 의미 있는 역할을 수행하고 있는 경신의 경우 약간 차이가 있는 것으로 보일 여지가 있지만, 이 경우도 그가 왜 주만의 뜻을 그렇게도 존중해 주는지는 알 수 없게 되어 있고 아사달을 구한 것은 우연의 소치이므로 작품 외적으로 상징적 해석을 하지 않는다면 다른 의미를 부여할 수는 없다. 이렇게 주요 등장인물들이 사실상 기능적으로 설정되어 추상화된 면모를 보인다는 것이『무영탑』의 인물 구성이 보이는 또 한 가지 특징이라 하겠다.

이후로는『무영탑』의 서사 구성상의 특징을 정리하면서 이 작품의 주제효과를 정리하는 것으로 이 절의 논의를 마친다.

"설령 금성이가 출중한 재주와 인물을 갖후었다 하드라도 유종은 이 혼인을 거절할밖에 없었으리라. 첫째로 금지는 당학파의 우두머리가 아니냐. 나라를 좀먹게 하는 그들의 소위만 생각해도 뼈가 저리거든 그런 가문에 내 딸을 들여보내다니 될 뻔이나 한 수작인가. 도대체 당학이 무에 그리 좋은고. 그 나라의 바루 전 임금인 당명황(唐明皇)만 하드라도 양구비란 계집에게 미쳐서 정사를 다스리지 않은 탓에 필경 안녹산(安祿山)의 난을 빚어내어 오랑캐의 말굽 아래 그네들의 자랑하는 장안이 쑥 밭을 이루고 천자란 빈 이름뿐, 촉나라란 두메속에 五六년을 가치어 있지 않았는가. 금지가 당대 제일 문장이라고 추어올리는 이백이만 하드라도 제 임금이 성색에 빠져 헤어날 줄을 모르는 것을 죽엄으로 간하지는 못할지언정 몇 잔 술에 감지덕지해서 그 요마한 계집을 칭찬하는 글을 지어 도리어 임금을 부축였다 하니 우리네로는 꿈에라도 생각 밖이 아니냐. 그네들의 한문이란 난신적자를 맨들어 내기에 꼭 알맞인 것이어늘 이것을 좋아라고 배우려 들고 퍼뜨리려 드니 참으로 한심한 노릇이 아니냐. 이 당학을 그대로 내버려두었다가는 우리나라에도 오래지 않아 큰 난이 일어날 것이요, 난이 일어난다면 누가 감당해 낼 자이랴 (…중략…) 이 늙은 향도(香徒)에게 남은 오직 하나의 히망은 자기의 주의주장에 공명하는 사윗감을 구하는 것이었다"(188~189면).
인용문의 처음과 끝 문장이 유종이 아니라 서술자의 것임은 분명하다. 여기에 더하여, 유종의 생각이 작품 내에서 그가 수행하는 실제 스토리-선에 근거하고 있는 것이라 보기 힘든 점을 고려하면, 여기 제시된 생각 자체가 서술자-작가의 그것이라 해도 무방할 것이다.
37 앞서 지적한바 국선도나 낭가 사상에 대한 고취가 당대에 가지는 이데올로기적 효과가 '순수한(?) 민족주의'와 거리가 있을 수 있다는 사실이나, 유종이나 금상량, 경신 등의 지향이 생각이나 대화로 표현되는 데 그칠 뿐 실제 서사에서 구현되는 바는 없다는 것, 이들의 행위가 아사달이나 주만 같은 주인공들의 행위와 바로 이런 의미에서 연관되는 것 또한 전혀 없다는 점 등 또한 이들 인물의 설정이나 언행의 기술 등이 추상적, 기능적인 데 머물고 있다는 사실을 강화하고 있다.

『무영탑』은 전체 164절, 616면 분량으로 이루어져 있다. 서사의 주요 지절을 정리하면 다음과 같다.

- 신라 경덕왕 시절. '다 가무러진 잿불처럼 절안이 괴괴'한 불국사(1~4절)에 임금의 미행 일행이 방문(6절). 임금에게 불려 온 젊은 석수 아사달을 보고 주만이 한눈에 반함(9절;30면).
- 10~13절 : 홀로 나와 탑으로 향하던 주만이 탑돌이를 하고 있는 그림자에 놀란 뒤 그가 석수인 줄 알고(④-1) 더욱 놀라 꼼짝도 못 함(11절;38면). 정면으로 맞닥뜨리자 아사달의 눈이 주만을 뚫어지게 보다가 감김(46면) → **첫 번째 만남**.
- 14~18절 : 처소로 돌아와 처자가 누군지 궁금해 하던 아사달이, 아내 아사녀와 스승이자 장인인 부석을 생각.
- 19~22절 : 첫 만남 이후 '그 안타까운 석수의 모양이 선연하게 눈시울 속으로' 들어선 주만이(75면) 아사달을 보러 불국사로 향하고자 함(75~82면).
- 23~31절 : 누이 아옥과 주만 이야기를 하던 금성이 고두쇠를 불러 주만의 집에 가 담장에 올랐을 때 '도적이야' 하는 소리가 들림.
- 32~34절 : 오랜만에 찾아온 '신흥(新興)'(118~119면)으로 침식을 잊고 일을 하다, '그리운 안해' 생각이 뒤섞이며 기진하여 까무러치는 아사달(127~128면).
- 35~42절 : 불국사로 온 주만이 기절해 있는 아사달을 발견. 이튿날 깨어난 아사달과 대화. 아사달의 음식에 신경을 쓰는 주만 → **두 번째 만남**. 서로에게 운명으로 의식됨(199, 224~225, 562~563면).

• 43~46절 : 귀가하던 주만 일행이 담장 위의 금성을 보고, 타일러 보냄.
제 아내가 되고 싶어 하지 않음에 분개하는 금성.

• 47~53절 : 사흘 뒤 시중 금지가 유종을 찾아와, 중국과 신라의 풍속에
대한 이야기. 금지가 사돈을 맺자 하고 유종이 마침내 혼담
을 중단하자 함(47~50절). 무슨 화란이 있을지 모른다 생
각하는 유종(188면). 금성이 뛰어난 인물이라도 유종이 혼
담을 거절할 수밖에 없는 이유로 금지가 당학파의 우두머리
라는 점을 설명(188~189면). 논의의 재론을 피하기 위해
다른 혼처를 생각하다, 당학파를 미워하고 국선도를 숭상
하여 동지자라 할 만한 금량상의 아우 경신을 떠올림(190~
191면). 금성과의 혼담 파기 소식에 좋아했다가, 경신과의
혼담 이야기에 소리 내어 우는 주만(194~196면).

• 54~62절 : 몸을 회복한 아사달이 주만과의 인연(⑤이접-1), 아사녀 생
각 끝에 일에 빠짐(54절). 주만이 와서[세 번째 만남] 탑 위에
서 둘이 대화. 속절없이 지나가는 봄에 자신의 짝사랑을 생
각하는 주만과 아사녀를 생각하는 아사달의 심정이 엇갈림
(206~210면). 이야기 끝에 **아사달에게 사랑을 고백**하는 주만
(223면)이, 뇌성벽력 속에 둘의 인연을 말하며(224~225면)
부여로 돌아갈 때 꼭 데려가 달라 함. 마침내 아사달이 아내
가 있음을 밝히자(225면), '남편이 되고 아내가 되는 것보다
더 높은 정, 더 깨끗한 사랑'을 말하며 제자가 되겠다 하는
주만(226~227면).

• 63~88절 : 부석의 죽음 후, 제자들이 넘보는 위기를 겪는 아사녀가 죽

  제2부 한국 근대소설의 형성 및 분화와 우연

으려다가 자신을 극진히 위하는 팽개에게 기대려 하다 그야
말로 음심을 품고 있음을 알게 되자, 죽기 전에 아사달을 보
고자 길을 나섬(231~330면).

- 89~93절 : 검술 연습을 하던 용돌에게 경신이 찾아와, 정당론(征唐論),
  승군 준비 등을 이야기. 함께 석수장이를 구경 가자 함(331
  ~349면).

- 94~99절 : 며칠을 앓은 주만이 금량상 대감 방문 소식에 아사달을 찾아가
  공사를 서둘러 달라고 함. 도중에 고두쇠를 만나(④-2) 성가신
  일이 있을까 걱정. 두 달 이내로 주만의 혼사가 정해짐. 칠월.
  한가위 안으로 공사를 끝내 달라는 주만. 닷새째, 다시 집을
  나선 주만이 흰 그림자를 보고 뜨끔해 함(350~372면).

- 100~108절 : 금성 일당이 아사달을 폭행할 때, 마침 경신과 용돌이 와
  서(④-3) 구해 줌(372~408면).

- 109~113절 : 폭행 사건 이후 절문 단속이 심해지고 아사달을 찾는 사
  람을 절금하게 된 사흘째(109절), '웬 여자 거지'로 보이는
  아사녀가 온갖 고생 끝에 당도(⑤이접-2)하나 문지기에게
  거절당함(110~113절).

- 114~118절 : '불국사의 큰 야료' 이야기에 아사달을 염려하던 주만이 마
  침 찾아온 차돌이(④-4))를 통해 경신이 구해 준 것을 알고
  '운명의 장난'을 한탄하며 이불을 뒤집어쓰고 누움(444면).

- 119~135절 : 불국사에서 발길을 돌려 내려가던 아사녀가 콩콩이를 만
  남(119~123절). 주만이 경신을 불러내, 아사달과의 관계
  를 말하며 파혼을 부탁(124~129절). 콩콩이의 음모를 알아

챈 아사녀가 도망 나와 불국사로 향하다(130~133절), 주만
일행과 마주치고 그들의 대화를 통해 아사달이 주만과 인
연을 맺었다고 생각하게 됨(④-5). 발길을 돌리다 콩콩이
에게 붙잡힘(130~135절).

- 136~137절 : 주만에게 일이 끝났다 하는 아사달.

- 138절 : 우연히 아사녀를 찾게 되어 천행이라 하는 콩콩이(④-6). 못 속
  으로 몸을 던지는 아사녀(524면).

- 139~146절 : 조회에서 주만의 사단을 금 시중이 넌지시 알림(139~142
  절). 유종이 집에 와 주만을 찾자, 주만이 모친에게 자초지
  종을 밝힘(143~146절).

- 147~154절 : 주만과의 인연, 그녀의 공을 생각하며 그녀를 어떻게 할
  까 고민하는 아사달(147~149절)에게 콩콩이가 찾아와 아
  사녀의 죽음을 알림(150~154절).

- 155절 : 아사녀의 환영을 돌에 새기기 시작하는 아사달(585면).

- 156~161절 : 모친의 뜻을 끝까지 거스르고 불국사로 향한 주만이 아사
  달을 찾아 그림자못으로 향함. 돌만 쪼던 아사달과 한순간
  눈길이 부딪힘. 아사녀의 환영을 놓친 아사달이 아사녀와
  주만의 이미지로 돌을 새김. 털이가 사태의 위급함을 알리
  지만 이미 포기한 주만이, '비참한 사랑의 기념'으로 자기
  얼굴을 새겨 달라 부탁하고는 아사달의 곁을 떠남.

- 162~164절 : 제단에서 주만의 화형이 시작되려 할 때 경신이 비호처럼
  뛰어들어 구해 냄. 아사녀의 얼굴과 주만의 얼굴이 한데 섞여
  부처의 얼굴이 됨. 그것을 새기고 못에 몸을 던지는 아사달.[38]

    제2부 한국 근대소설의 형성 및 분화와 우연

먼저『무영탑』의 전체 서술시 616면[39]을 기준으로 주요 스토리-선들의 비중 및 위계를 검토해 본다.

가장 먼저 주목할 것은 주만과 아사달의 스토리 선이다. 이는 10~13절(16면), 20~22절(11면), 35~42절(31면), 55~62절(29면), 94~99절(23면), 114~118절(21면), 136~137절(8면), 143~146절(16면), 156~161절(26면)을 이루고 있다. 총 46개 절 181면 분량을 차지하고 있어 전체의 29.4%에 해당된다. 이 스토리-선의 주동인물은 주만이어서 그녀야말로 비중에 있어『무영탑』의 으뜸가는 주인공이라 할 수 있다. 주만은 금성과도 스토리-선을 영위하여 43~46절(16면) 4개 절 16면, 2.6%의 비중을 차지하고, 경신과의 스토리-선으로는 124~129절(25면)과 162~163절(9면) 8개 절 34면, 5.5%의 비중에 걸쳐 사건을 진행한다. 다른 부차적인 인물들과 엮이는 경우를 제외한다 해도, 이 세 경우만으로도 주만의 스토리-선은 전체 서사의 37.5%에 이르게 된다.

주만이 관련된 스토리-선의 비중이 이렇게 대단히 크다는 점과, 아사달 및 금성, 경신과 주만이 맺는 스토리-선 모두에서 사실상 그녀가 주동인물로 기능하고 있음을 고려하면,『무영탑』의 주인공을 한 명 꼽는다 할 때 주만이라고 하지 않을 수 없게 된다. 이런 점에서,『무영탑』은 무엇보다도 주만의 사랑 이야기라고 할 수 있다. 아사달에 대한

---

[38] 단행본은 여기서 끝으로 되어 있지만 신문연재본을 보면 'X' 표 이후 불국사를 찾아가면 석가탑과 영지를 둘러보면서 아사달과 아사녀를 생각해 달라는 작가의 말이 후기처럼 붙어 있고, 다시 'XXX' 이후 주만의 생사는 알 길이 없으나 그때 살아났다면 그의 앞길을 경신에게 맡겨도 좋을 줄로 본다고 맺은 뒤에 '(끝)'이라 해 두고 있다(『동아일보』, 1939. 2. 7). 국학자료원에서 출간된『현진건문학전집』3권(2004)은 아사달이 죽는 장면 뒤에 서지사항을 밝혀 둔 뒤 '※'를 하고 그 뒤에 나머지 부분을 옮겨 두고 있다.

[39] 『무영탑』의 스토리는 3면에서 618면에 걸쳐 진행된다.

그녀의 맹목적이고 헌신적인 사랑과, 이에 대한 혼사장애에 해당하는 금성 및 경신과의 각각의 관계, 그리고 화형에 처해지는 그녀를 경신이 구해 주는 구원의 행위 모두 보편적인 연애 서사의 중요 모티프와 지절들에 다름 아니다.

다음으로 서술시상의 비중이 높은 것은 아사녀가 맺는 스토리-선들이다. 아사녀와 함께 사건을 전개해 가는 인물들을 밝히면서 정리하면 다음과 같다. 부친 부석과 그가 죽은 후 그녀를 탐하고자 하는 제자들 즉 팽개, 웃보, 싹불 등과 함께 아사녀가 등장하는 스토리-선이 63~88절로 26개 절 100면에 걸쳐 있고, 경주에 도착하여 불국사 문지기와 벌이는 이야기가 110~113절(17면), 콩콩이의 덫에 들어가고 주만 등과 조우하여 사태를 오해하고 끝내 자살하는 이후의 이야기가 119~123절(20면) 및 130~135절(22면), 138절(5면)에 걸쳐 있다. 이를 모두 합하면 42개 절, 164면에 해당하여 전체 서사의 26.6%가 된다.

아사녀가 관계되는 스토리-선과 관련해서는 다음 사실이 주목된다. 전체 스토리상의 비중은 크지만 대부분의 경우 그녀가 주동적인 것은 아니어서, 이러한 스토리-선들이 드러내는 의미 효과가 그 서술시상의 비중에 비례하여 그대로 작품의 주제효과의 위계에서 상위를 차지할 수는 없다는 점이다. 부여에서 벌어지는 100면에 걸친 시련의 서사 부분이 특히 그러하다. 자체로 전체 서사의 16.2%에 해당하는 비중이 큰 스토리-선이지만 여기서의 주동인물은 팽개이지 아사녀가 아니다. 따라서 이러한 스토리가 의미하는 바도 사회역사적인 의미를 어느 정도 띤다고 하든지 간에 민중의 수난이 아니라 어느 시대 어느 지역에서도 대체적으로 발견할 수 있는 여인의 수난에 불과하게 되며, 이런 의미에서 『무영탑』 전체에서 차지하는 주제효과상의 비중은 크다고 하기 어렵다. 콩콩이의 함정에 빠졌다가 도망치고 다시 붙잡혔다가 마침내 자살에 이르는 스토리-선 또한 마찬가지이다.

요컨대 아사녀가 인물들과 맺는 스토리-선들은 주동적인 악인들의 위협에 시달리는 여인의 수난 이야기에 해당되어 『무영탑』을 역사소설로 만들어 줄 의미망에 관련되지 않고 아사달의 장인 혹은 예술가로서의 지향에도 전혀 닿아 있지 않다. 더욱이 앞서 지적했던 것처럼 그녀의 스토리-선 거의 전부는 아사달, 주만 등의 다른 중심인물들과 관련되지 않으므로 해서 사실상 독립된 별개의 스토리에 해당된다. 이런 만큼 작품 전체의 주제효과에 있어서 다른 주된 의미망과의 괴리 현상이 한층 강해진다. 결론적으로, 아사녀가 맺는 스토리-선들은 형식적인 비중은 크지만 주제효과 측면에서 그에 상응할 만큼 중요한 의미를 지니는 것은 못 된다고 하겠다.

이상 살펴본 대로 주만과 아사녀가 관계되는 스토리-선들 외의 경우는 양적 비중 면에서 볼 때 그리 크지 않은 것들이다. 주만과의 서사를 제외한 아사달의 스토리-선들을 보면, 14~18절(16면), 32~34절(11면), 147~155절(33면), 164절(3면)로 전체 17개 절 63면, 10.2%의 비중을 차지하고 있다. 비중으로만 보면 금성의 스토리-선도 비슷하여 23~31절(36면), 100~105절(26면), 총 15개 절 62면, 10%에 해당하며, 주만과의 서사를 제외한 경신의 스토리-선이 89~93절(19면)과 106~108절(12면)에 걸쳐 총 8개 절 31면, 5%에 해당된다. 여기에 유종과 시중 금지가 맺는 스토리-선이 47~50절(15면), 139~142절(15면)로 8개 절 30면, 4.9%에 해당된다.

금성이나 경신의 스토리-선의 비중이 주만과의 관계를 제외했을 때에도 그리 적지는 않은 점과 관련하여 『무영탑』의 한 가지 특징을 지적해 둘 수 있다. 금성과 그의 누이 아옥의 대화나, 금성이 아사달을 징치하기 위해 모집한 왈패들이 불국사로 떠나기 전의 이야기, 용돌과 경신의 조우 및 검술 장면과 대화 등이 모두 시시콜콜한 데까지 세세히 기술되어 있다는 사실이다. 경신과 용돌이 '정당론(征唐論)'을 펼치는 경우야 그렇지 않다 해도 나머지 경우들은 사실 지엽말단적인 것이어서 그만큼의 서술시를 할애해야 하는지 의심스러울 지경이다. 작품 초반에 보이는 바 불국사 중들의 석수에 대한 입방아 장면 또한 그러하고, 팽개와 싹불 등의 음모가 진행되는 과정의 서술 또한 지루하고 너무 독립적이라 할 만큼 세세하다. 이렇게 지엽적인 에피소드들에 이르기까지 적지 않은 서술시를 할애하여 세세하게 기술, 묘사하는 것이 『무영탑』이 서사 구성 면에서 갖는 서술상의 특징 하나라 하겠다.

『무영탑』이 보이는 서사 구성상의 주된 특징은 주만과 아사달의 스토리-선에서 확인된다.

이 둘의 연애 이야기를 두고 '품격 있는 스토리'라는 호평도 있기는 했지만, 이 책의 견지에서 보자면 흔하고 통속적인 낭만적 사랑 이야기에 불과한 것으로 판단된다. 두 가지 근거를 들 수 있다.

첫째는 아사달에 대한 주만의 끌림과 사랑에 개연성이 너무 부족하다는 점이다. 임금에게 불려 온 아사달을 보고 주만이 첫눈에 반한다는 것(30면)도 그러하고 세 번째 만남 만에 주만이 자신의 사랑을 고백하는 것(223면) 또한 지나치게 낭만적이다. 그녀가 명문 귀족의 딸인 반면 아사달이 부여라는 소국에서 온 보잘것없는 석수라는 신분의 차이

     제2부 한국 근대소설의 형성 및 분화와 우연

를 고려하면 더욱 그러하다. 과거 사회에 대한 재현의 의지 및 정도 여하는 차치하더라도 고대 신라를 배경으로 하여 이렇게 현격한 신분상의 차이가 있는 마당에, 주만이 아사달에게 반하는 요인이 외모[40] 한 가지뿐이라는 점 또한 사실 황당하기까지 한 것이라 하지 않을 수 없다.[41] 이렇게 『무영탑』은 주만과 아사달의 관계를 낭만적 사랑으로 설정하고 매우 신속하게 전개하고 있다. 물론 아사달의 입장에서 주만의 태도를 '대가집 귀동딸'의 '온전히 아름다운 동정심'으로 생각하게 하기도 하지만(199~200면) 그것도 한 번 스쳐가는 생각이 되고 마는 것이, 바로 이어 주만이 찾아와 사랑을 고백하며 둘의 관계를 운명이라 하는 까닭이다.

두 사람이 서로의 우연적인 인연을 운명으로 의식하게끔 작가에 의해 의도적으로 설정되었다는 점이, 이들의 사랑 이야기가 한갓 통속적인 것이라는 판단의 둘째 근거이다. 아사달과 주만은 모두 서로의 만

---

40 왕과 주만 일행 앞에 나선 아사달의 모습은 '꾸미지 않은 옷매무새, 손질 안 한 머리, 두루미처럼 멀쑥하게 여윈' 모습이다(30면). 그늘도 없는 곳에서 오랜 기간 돌을 쪼는 일을 생각할 때 그의 외양이 어떨지 충분히 상상할 수 있는데, 바로 뒤에 이어지는 바 아사달의 생김새에 대한 서술자의 묘사는 독자의 기대지평과 완전히 상반된다. "번듯한 이마ㅅ전, 쭉 일어선 콧대, 열에 뜬 것 같은 붉은 입술, 더구나 가을 호수를 생각키게 하는 맑고 깊숙한 눈자위, 제 아무리 천하 명공이라 하드라도 한낱 시골뜨기 석수쟁이로 이렇게 청수한 풍채와 씩씩한 품위가 있을 줄은 몰랐다. 젊은이 축의 곁눈질하는 눈초리에는 흠모의 빛이 역력히 움직였다. 주만은 그의 얼굴과 풍골에 다보탑의 공교롭고 아름다운 점과 석가탑의 굵고 빼어난 맛이 쩍말없이 어우러진 듯하였다"(31면). 이러한 기술은 객관적 묘사가 아니라 서술자에 의한 주관적이고 관념적인 서술에 해당한다. 무엇보다도, 앞에 인용한 대로 멀쑥하게 여위고 머리가 헝클어져 있으며 옷매무새 또한 제대로 되지 않은 외양과 지금 말하는 바 '청수한 풍채와 씩씩한 품위' 자체가 어울릴 수 없는 까닭이다. 젊은 축들이 흠모의 빛을 내었다는 것부터가 현실성이 없는 과장인 것도 작품 내 세계의 현실을 고려하면 따로 설명이 필요 없을 정도이다.
41 이러한 사정을 염두에 두면, 주만과 아사달의 사랑을 한 가지 주요 근거로 하여 신분제 사회의 지배계층과 민중의 화합을 이야기하고 그 현실적 의미로 식민지치하 민족의 단결을 작가가 희구한 것이라는 식으로 주장하는 논의(?) 또한 이 사랑 이야기가 통속적인 만큼 그에 못지않게 비현실적이고 속류적인 것이라 하지 않을 수 없다.

남을 운명이라고 의식한다. 이것이 작가의 의도에 따른 작위적인 설정이라는 판단은 다음 세 가지 근거를 갖는다. 하나는 그들의 만남이 우연에 의해 이루어진다는 점이며, 다른 하나는 첫 만남에서 주만이 끌리는 것이 앞서 지적했듯이 서술자의 관념적, 주관적 서술에 의해 그 의미가 부여된 것이라는 사실이고, 끝으로 셋째 근거는 동일한 의식이 세 차례나 반복되고 있다는 점이다.

'우연적 인연의 운명화'의 첫 사례는 아사달의 상념으로 등장한다. 자신에 대한 주만의 의도적인 접근을 해석해 보는 자리에서 그는 그들의 인연을 놀라워한다. 둘의 만남을 '천생의 인연', '인연이라면 기이한 인연'이라 생각하며 "파일날 밤 다보탑을 도는 데서 만나는 것도 인연이요, 석가탑 위에서 까무러친 자기를 발견한 것도 인연이 아니냐. 허고 많은 사람 가운데 하필 그 집에서 불공을 오게 되고, 허고 많은 시각 가운데 그가 석가탑을 올라왔을 제 하필 내가 혼절하였을까"(200면)라 하며 '인연의 실마리가 얼기설기한 데 오히려 겁을 내고' 있다. 주만의 의도적인 접근을 우연(⑤이접-1)으로 해석하고 그것을 오히려 겁을 낼 만한 인연 곧 운명으로 해석하고 있는 것이다.

주만의 경우도 마찬가지이다. 사랑을 고백하게 되는 세 번째 만남에서 뇌성벽력이 내리치는 중에 그녀가 발하는 말이 그것이다.

불국사에서 처음 뵙던 그 순간 나의 운명은 벌써 작정이 된 것이야요. 다보탑 밑에서 신기하게도, 참으로 신기하게도 두 번째 만나 뵐 제 나의 일생은 구정이 나고 만 것이야요. 그때부터 이 몸은 아사달님 없이는 이 세상에 못 살 줄 알았습니다. 아사달님 아니고는 나에게 기쁨을 주고 행복을 줄 이가 또 다시 없는 줄 깨달았습니다. 세 번째 석가탑 위, 지금 앉인 이 자리에서 혼절하신 모양까지 뵙게 된 것은 우리의 이상한 인연이 아주 굳어지고만 것입니다. (224-5면)

주만의 의식은 보다 더 운명적이다. '신기하고도 신기한' 인연을 통해 자신의 일생이 귀정이 나고 굳어져 아사달이 없으면 살 수 없게까지 되어 버렸다고 말하는 것은 세 차례의 인연 사실상 두 차례의 우연에 의해 자신의 운명이 결정되었다고 믿는 것이다. 이 위에서 자신을 부여로 데려가 달라면서, 아내가 있다는 아사달의 말에 '남편이 되고 안해가 되는 것보담 더 높은 정이, 더 깨끗한 사랑'이 있다며 '의엿한 부부'가 될 수 없다면 '겨누와 정을 매만져 드리는 제자'가 되겠다고 간청하고 있다(226~227면).

이러한 설정이 얼마나 비현실적이며 작위적인 것인지는 작품 내 세계의 현실성을 고려해 보면 분명해지는 것인데, 그런 만큼 이는 작가의 의도에 의해 만들어진 것이라 할 수 있다. 작가에 의한 의도적인 설정이라는 판단의 근거로, 위의 인용 구절에서 확인되는 작지만 의미 있는 징후를 들 수 있다. 자신이 현재 불국사 석가탑 위에 있으면서 첫 번째 만남의 장소를 '이곳에서' 혹은 '이 절에서' 등으로 하지 않고 '불국사'라고 지칭하는 부자연스러움이 그것이다. 이러한 지칭상의 부자연스러움은 이 말이 등장인물인 주만의 것이지만 사실상 서술자-작가의 말이기도 하다는 사실을 증명해 준다. 작법상의 단순한 실수라고 볼 수도 있겠지만, 우연한 만남을 운명화하려는 작가의 의도 탓에 부지불식간에 드러난 실수라 하는 것이 더 적절해 보인다. 달리 말하자

면 우연한 만남의 운명화가 작가의 의도에 의한 것임을 징후적으로 가
리키는 실수인 것이다.

동일한 의식이 아사달에 의해 한 번 더 반복된다.

> 아름다운 동정자, 연연한 두호인! 이 공을 생각한들 그의 원을 아니 들어
> 줄 수가 있느냐. 그는 그 좋은 지체도 버리고, 호강도 버리고, 부모도 버리
> 고, 이 나를 따르랴 하지 않느냐. 이러기도 어려웁고 저러기도 어려운 노릇.
> 생각에 잦아진 아사달의 발길은 다보탑 가까이 다달았다. 운명적인 사월
> 팔일 밤 일이 선뜻 머리에 떠올랐다. 주만의 모양을 어림없이 안해의 환영
> 으로 속던 기억이 뚜렷이 살아났다. 흑 하고 그의 앞으로 넘어질 듯하던 열
> 에 띠인 제 자신을 생각하고 아사달은 어이없이 웃었다. 스승과 안해를 위
> 해 발원을 올린 것이 주만과 만내게 되는 첫 기회가 될 줄이야. 그 밤에 만
> 일 탑 돌기를 않았던들 주만과 그는 영원히 만날 까닭이 없을 것이고 오늘
> 날 와서 이런 고민의 씨를 작만하지 않았을 것을. (562-3면)

여기서 인연은 드디어 운명의 이름을 얻고, 아사달은 사실상 주만의
사랑을 뿌리치지 못하는 상태에 이르게 된다.

지금까지 살펴본 대로 주만과 아사달의 인연이 운명적인 것이라는
점이 이렇게 의도적으로 강조되고 있는데, 이러한 '우연적 인연의 운
명화'[42]야말로 이들의 사랑이라는 것이 현실의 삶을 통해 형성된 것이

---

[42] 『무영탑』이 보이는 '우연적 인연의 운명화'는 경신까지 얽히는 삼각관계에서도 강하게 의
식된다. 다른 누구도 아닌 자신의 약혼자 경신이 자신이 사랑하는 아사달을 구해 주게 된 운
명의 장난에 주만이 괴로워하는 다음 구절이 그러하다. "아아 이상한 운명! 생각하면 생각
할수록 운명의 작난은 오밀조밀하다. 허구 많은 날 가운데 하필 그날 그이가 용돌을 찾아가

        제2부 한국 근대소설의 형성 및 분화와 우연

아니라 작가의 주관에 의해 만들어진 것임을 명확히 입증해 준다. 이로써, 앞서 검토한 대로 이들이 맺는 스토리-선의 낭만적 사랑의 면모가 한층 강화되고 있다.

끝으로 앞서도 살짝 언급된 바『무영탑』에 구사된 우연의 문제를 간략히 짚어 본다. 서사정리에 표시해 둔 것처럼『무영탑』에는 ④ 인과적 우연이 6회, ⑤ 이접적 우연이 2회 등장하여 전체 8회의 우연이 구사되고 있다. 이를 정리하면 다음과 같다.

④-1 : 탑돌이 하는 아사달과 주만의 만남(서로가 인연, 운명으로 의식).

④-2 : 불국사로 향하던 주만이 고두쇠를 만남.

④-3 : 경신, 용돌이 금성 일당을 만나 제압.

④-4 : 주만이 차돌을 통해 경신의 활약을 듣게 됨(운명 의식).

④-5 : 아사녀가 주만과 털이의 대화를 듣고 아사달과 주만의 관계를 오해(인물의 운명 전환).

④-6 : 콩콩이가 '천행으로' 아사녀를 찾음.

⑤-1 : 석가탑 위에서 까무러친 아사달을 주만이 발견.

⑤-2 : 금성 사건으로 절문 단속이 엄해진 직후에 아사녀가 도착하여 출입을 거부당함.

고 하필 그날 금성이가 들이쳤던고. 허구 많은 사람 가운데 하필 그이의 구원을 받게 되었던고. 은혜를 입게 되었던고. 그이가 아니고 다른 분이라면 무슨 수를 어떻게 하드라도 그 은혜의 만분지 일, 만만분지 일이라도 갚을 수 있지마는 그이에게는 갚으랴 갚을 도리가 없지 않은가. 은혜를 갚기는커녕 그이에게는 원수가 될 이 몸이 아닌가. 그이가 장가를 오기 전에 나는 아사달과 달아날 사람이 아닌가. (⋯중략⋯) 생각할수록 경신의 처지가 딱하고 민망스러웠다."(444~445면)

작품의 분량을 생각하면 불과 8회에 그쳐 우연이 매우 적은 편이지만, 위에서 보듯 아사달과 주만, 아사녀의 운명이 결정되는 데 이들 우연이 절대적인 역할을 하고 있다는 점을 보면 그 효과는 지대한 것이라고 할 수 있다. 앞서 '우연적 인연의 운명화'로 분석한 사례들과 관련하여 주만과 아사달의 사랑 및 경신의 아사달 구원 서사에 네 차례의 우연(④-1, ⑤-1, ④-3, 4)이 개재되고, 죽음에 이르는 아사녀의 운명을 결정짓는 중요한 사건들에서 우연들이(⑤-2, ④-5, 6) 핵심적인 역할을 하고 있는 것이다. 이렇게 중심인물들의 운명의 전개가 우연에 의해 이루어지고 있다는 점에서도, 이들의 사랑의 서사가 작가에 의해 의도된 것임이 재차 확인된다.[43]

서술시의 비중상 분명한 주인공인 주만과 아사달의 사랑이 이렇게 서술자-작가의 의도에 의해 운명으로 각인되는 한편, 중심인물들의 삼각관계 및 그들 각각의 비극적인 운명의 전개가 우연에 크게 의지하면서 이루어지는 전체 스토리 양상을 존중하는 자리에서 보면, 『무영탑』은 전형적인 '통속적인 낭만적 사랑의 이야기'에 해당된다.[44] 1930

---

[43] 이러한 점은, 아사녀가 주만과 털이 일행을 우연히 조우하게 되면서 털이가 '아사달 서방님' 운운하는 말을 듣게 되는 장면에서 특히 잘 확인된다. 주만 스스로도 '서방님' 운운하지는 않는 상황에서 털이가 '서방님'이라는 말을 쓰게 한 것은, 아사녀가 아사달을 오해하고 삶을 포기하게 하려는 창작상의 의도에 따른 것이라 하지 않을 수 없다. 아사녀가 털이의 말을 듣게 된 것 자체가 우연에 의한 것 또한 작가의 의도성을 입증하는 것임은 물론이다. 두 가지 사실 모두 작품 내적으로는 현실적이지 않고 설득력도 떨어지는 까닭이다.

[44] 지금까지의 논의에 더하여 『무영탑』이 통속적이라는 데 대해서는 벤 싱어의 논의가 좋은 참조가 된다. '멜로드라마'와 '최루성 이야기'를 같은 것으로 보면서(16면) 그는 저가의 선정적인 멜로드라마의 특징으로 '강렬한 파토스의 표현'과 '과도한 감정의 노출', '도덕적 양극화', 우연을 구사하는 등의 '비고전적인 내러티브 구조', '선정주의'의 다섯 가지를 들고 있다(벤 싱어, 이위정 역, 『멜로드라마와 모더니티』, 문학동네, 2009, 74~82면). 『무영탑』이 이러한 특징들을 보이고 있음은 분명한데, '도덕적 양극화'적인 특성을 부연설명하자면 금성은 물론이요 금지까지도 단순히 사상적으로 거리를 두는 데 그치지 않고 인품이나 윤리 면에서 문제가 있는 것으로 그린다는 점을 들 수 있고, '선정주의'와 관련해서는 작지가 아사

년대 후반의 역사소설들이 통속적인 면모를 보인다고 할 때 『무영탑』
또한 예외가 아닌 것이다.

녀를 범하려는 장면이나(73~74절) 팽개가 아사녀를 취하고자 하는 장면(86절) 등을 들 수
있다. 나머지 항목들에 대해서는 이미 충분히 논의하였으므로, 벤 싱어의 논의에 비추어볼
때 『무영탑』은 멜로드라마적인 통속성을 띠고 있는 전형적인 작품이라고 할 만하다. 물론
이러한 지적은 소설인 『무영탑』의 장르적 성격에 대해 문제를 제기하는 것이 아니다. 통속
적인 낭만적 사랑의 이야기라는 점을 강조한 것일 뿐인데, 사정이 이러하기 때문에 다른 각
도에서 보자면, 『무영탑』의 이러한 특성을 전근대소설 및 그 연장 형식으로서의 로맨스에
가깝다고 할 수도 있다. 로맨스가 '비사회 · 역사적 성격을 갖는 배경으로서의 자연의 설정,
세계가 아니라 인물이 행위 및 사건을 생성한다는 것, 이원적 대립으로 의미를 조직한다는
점' 등을 특징으로 한다 할 때(Fredric Jameson, *The Political Unconscious*, Methuen & Co. Ltd.,
1981, pp.111~4 참조), 이 책이 검토한 『무영탑』의 면모가 이에 가까움 또한 분명하다.

7장

소설 관련 담론을 통해 본 우연 의식의 제 양상

　형성기 한국 근대소설을 이루는 다양한 갈래의 작품들에 대한 앞서의 분석, 검토에 더하여, 근대소설에 대한 당대 문인들의 인식 속에서 우연이 어떻게 사고되고 있었는지를 살펴보는 것이 이 자리의 과제이다. 소설가들의 경우 소설 서사에서의 우연에 대한 그들의 의식을 가장 정확히 가늠하는 것은 작품에 구사되는 우연의 양상을 통해서이지만, (때때로 작가와 겹치기도 하는) 기타 문학 전문가들 곧 비평가와 문학사가, 연구자 등의 우연에 대한 의식은 각종 비평이나 수상, 좌담, 문학사 기술 등의 텍스트들을 통해 검토할 수밖에 없다. 이들의 우연 의식까지 살펴본 뒤에야, 문학 전문가들 전체가 만들어 내는 문학 담론의 장에서 소설의 우연이 어떻게 의식되고 있었는지를 포괄적으로 확인하는 것이 가능해진다. 더 나아가서, 국문학계에 널리 퍼져 있는 우연에 대한 통념 즉 전대소설의 우연이 신소설에까지 이어졌다가 근대소설

이 형성되면서 사라졌다는 식의 잘못된 판단의 기원을 밝히고 그러한 통념이 유포된 사정의 함의 또한 추론해 볼 수 있다.

한국 근대소설 형성기 소설 관련 담론들의 우연 의식을 검토하는 데 있어서 이 책이 취하는 기본 입장은 다음과 같다.

첫째는 근대 문인들에 의해서 우연이 특정한 맥락에서 의식적으로 사고되고 있었다는 식으로 전제하지 않는 것이다. 일견 역설적으로 들리겠지만 이러한 입장은 우연에 대한 논의를 진행하면서 객관성, 학적 엄밀성을 갖추는 데 있어 반드시 필요하다.

한국 근대소설 형성기의 문인들은 경우에 따라 우연을 서사에서의 구체적인 사실로 의식하기는 했어도 그것에 대해 부정적이거나 혹은 반대로 긍정적인 의식을 일반론인 양 전제하지는 않는 모습을 보인다. 특정 작품이나 작가를 두고 그 소설문학의 특징을 말하면서 우연을 거론하기는 해도, 우연의 존재 자체에 대해 특정한 가치 판단을 하지는 않았다는 말이다. 사정이 이러한 데는, 각종 소설론의 소개나 실제 비평, 논쟁, 소설사적 논의 등 소설에 대한 다양한 종류의 담론들을 전체적으로 일별할 때 소설 서사에서의 우연에 대한 언급을 보이는 경우가 그 비중을 따지기 어려울 만큼 미미하다는 사실이 바탕에 깔려 있다. 문학 관련 담론의 장에서 소설의 우연 자체가 그리 의식되지 않았던 것이다. 대략 1930년대 중반까지 유지되는 이러한 점을 중시하여, 섣부른 일반화를 피하는 것이 필요하다.

둘째는 우연에 대한 이들의 의식을 검출하고 그 특징을 파악하는 데 있어서, 플롯과 관련하여 특정한 판단을 전제하지 않는다는 것이다.[1] 앞서 지적했듯이 우연 자체를 집중적으로 문제시하는 경우는 거의 없다시피 하고 우연의 문제에 지속적으로 관심을 표하는 경우도 찾기 어려울 만큼, 이 시기의 문인들은 우연에 대해 특정한 태도를 취했다고 할 수 있을 만큼 그것을 의식하지는 않고 있다. 반면 초기 소설론들의 경우 플롯에 대해서는 주의 깊게 소개하고 창작 지침에 해당하는 규정적 요소를 제시하기도 한다. 따라서 이들의 플롯 개념을 통해 우연의 문제를 사고하는 것이 가능해지기는 하는데, 바로 이 지점에서 이 책은 플롯에 대한 특정한 관점을 전제하지 않고자 한다. 플롯이 인과관계를 필수적인 요소로 한다든가 하는 식으로 규정해 두지 않고,[2] 플롯에 대한 작가들의 의식이 보이는 특성을 해당 텍스트 자체의 내적 논리로부터 파악하면서, 그것이 실제로 소설 서사에서의 우연과 관련될 경우에 한하여 소설 서사에서의 우연에 대한 의식으로 추론하고자 한다.

한마디로 말해서 현재의 논의를 수행하는 이 책의 입장은 철저히 기술적(記述的)인 양상을 띠고자 한다. 주어진 텍스트들에서 확인되는 우연 관련 인식 내용들을 귀납적, 경험적인 방식으로 정리해 봄으로써, 근대소설 형성기 문인들의 우연에 대한 인식의 지형을 가능한 대로 객관적으로 재구해 보려는 것이다.

---

1   뒤에서 다시 언급하겠지만, 이러한 문제의식은 소설에서의 우연에 대한 근래의 연구에서 보이는 편향 즉 플롯에 대한 관심이나 플롯을 중시하는 태도를 보이는 소설 관련 담론들 일반을 우연 관련 담론인 양 취급하는 경향을 염두에 둔 것이다. 이러한 방식을 '편향'이라고 문제적으로 보는 이유에 대해서는 이 장의 5절 보론 '우연과 플롯의 문제'에서 따로 논의한다.

2   이러한 문제의식은 플롯에 대한 객관적·보편적인 이론은 현재에도 마련되어 있지 않고 20세기 초에는 전 세계적으로 더욱 그러했다는 점에 따른 것이다. 따라서 예컨대 '플롯화 의식 = 우연 부정'이라는 식의 편의적인 방식을 경계한다. 플롯 이해의 문제에 대해서는 졸고, 「우연을 통해 본 한국 근대소설 연구의 제 문제」, 한국현대소설학회, 『현대소설연구』 54, 2013, 3장에서 상세히 논의했다.

1. 초기 소설 담론에서의 우연 의식

실제비평에서 우연에 대한 언급이 처음 나오는 경우는 『청춘』의 현상소설 공모와 관련한 이광수의 「懸賞小說考選餘言」(1918)으로 보인다. 투고 작품 중 「의심의 소녀」를 논하면서 그는, 작중 인물이 첩에 혹하여 처를 죽게 한 냉혈한이면서도 대동강 변에서 우연히 본 딸을 뒤따르는 애정이 있는, '진실로 현실적'인 면모를 보였다고 평가한다.[3] 짤막한 그의 논의에서 주목할 점은, 이 소설의 서사 구성상의 우연을 언급하면서도 그에 대해서는 어떠한 평가도 하지 않은 채 인물 형상화의 현실성을 강조하고 있다는 사실이다. 이러한 논법은 소설에서의 우연에 대해, 사건의 우연적인 전개에 대해 아무런 문제의식도 없음을 보여주는 것이다.

이러한 점은 현실성을 강조하는 그의 태도와 대비될 때 한층 두드러진다. 바로 위에서 「기로」를 언급하면서 그는, 방탕아이되 '放蕩밧긔 아모 것도 모르는' '종래식'으로가 아니라 '품행 단정한 사람이 가지는 수치도 있고 동정도 있고 회한도 있고 의리도 있는' '현실적 방탕아'를 그리고 있어서 좋다고 한다. '현실적 방탕아'의 형상화를 고평하는 태도는, 선인이든 악인이든 관념적으로 규정되어 성격이 단일화·전일화되는 재래의 경향을 비판하고 그 대안으로 인물의 복합적인 면모를 살리는 현실적인 인물 형상화를 주장하는 것이다. 이를 「의심의 소녀」

---

3   춘원, 「懸賞小說考選餘言」, 『청춘』 12, 1918.3, 100면.

를 두고 '진실로 현실적'인 면모를 보였다고 고평한 점과 관련지어 보면, 이 시기의 춘원이 소설의 검토에서 주목하는 사항이 사건이나 인물 형상화에 있어서의 현실적인 성격임을 알 수 있다.

춘원이 보이는 이상의 태도는 이 책의 관점에서 볼 때 매우 흥미롭다. 소설의 현실성을 주목하는 입장에서 작품들을 평가하면서, 대상 소설의 서사에 우연이 사용되고 있음을 직접 언급하면서도 그러한 처리 방법에 대해 어떠한 판단이나 평가도 내리지 않고 있다는 점, 이 사실이 주목된다. 우연의 구사가 서사의 개연성 및 현실성을 떨어뜨린다는 현재의 대체적인 인식에 비추어 보거나, 특히 이광수 스스로도 선구적으로 의식적으로 배척했던 전대소설의 우연 구사 양상이 작품 세계의 비현실적 특성과 관련되어 있음을 염두에 두면, 이렇게 현실성을 강조하며 논의를 진행하면서 우연에 대해 어떠한 부정적인 평가도 내리지 않는 모습은 특이하다고 하지 않을 수 없다. 춘원의 사고 속에서는 우연이 작품을 비현실적이게 하는 요소로 판단되지 않는다. 요컨대 그에게는 우연과 비현실성 혹은 현실성 사이에 어떠한 의미 관계도 없는 것이다.[4]

우연과 현실성 사이에 어떠한 논리적 관계도 마련하지 않는 이러한 춘원의 태도가 보여주는 것은 두 가지이다. 하나는 우연을 비현실적인 것으로 사고하지 않고 있다는 점이며, 다른 하나는 어쨌든 우연을 부정적인 것으로 평가하지 않고 있다는 사실이다.

---

4 이러한 춘원의 태도는 후에 김동리와 조연현이 보이는 우연관(이 책 467면의 각주 47 참조)과 이동점을 갖는다. 우연이 작품의 현실성을 저하시키는 것이 아니라는 점에서 일치하는 한편, 뒤의 이 인은 우연이 오히려 현실성을 증대시킨다고 보았다는 점에서 차이를 보인다.

1910년대의 춘원이 우연을 부정적으로 사고하지 않았다는 점은 그의 작품에서도 확인된다. 제2부의 논의에서 이미 확인한 대로『무정』(1917)이 많은 우연을 구사하고 있다는 사실 외에 다음을 강조해 둘 만하다. 먼저『무정』이 보이는 중요한 두 가지 우연, 즉 자살하기 위해 평양으로 가는 영채가 기차에서 병욱을 만나 생각을 바꾸게 되는 것과, 이형식과 김선형, 박영채와 김병욱이 각기 소식도 모르다가 동일한 부산행 기차를 타서 급기야 삼랑진에서 함께 어울리게 되는 것에 대하여, 작가 이광수가 부정적으로 의식하지 않고 있다는 점이다. 영채와 병욱의 평양행 기차에서의 조우를 앞두고서는 서술자-작가가 직접 문면에 나서서, 영채의 운명에 대해 어떠한 상상을 하든 작가의 솜씨에 놀라게 될 것이라고 청자-독자와 게임을 벌이는 듯한 태도까지 보였으며 그 결과로 우연을 구사했다는 것은, 우연을 소설 기법 중의 하나로 보고 있음을 의미한다는 점도 지적하였다.[5]

요컨대『무정』의 춘원에게는 소설에서의 우연 구사에 대한 부정적인 의식이 전혀 없었던 것이다. 이러한 점이 1918년『청춘』에 게재된「懸賞小說考選餘言」에서도 동일하게 확인되므로, 이 시기의 춘원은 창작과 비평 양 면에서 우연을 배제해야 할 것으로 보지 않고 있다 할 수 있다.[6]

---

5 『무정』의 우연에 대한 논의를 전면화한 김현숙의 경우 이 작품에 나타난 우연이 그 배후에 '유기적 연계성'을 갖추지 못하였다고 비판적으로 평가하고 있는데(13면), "우연의 背後나 展開에는 이 우연을 必然化할 수 있는 구성의 인과관계가 문학적 技巧로 다듬어져야 한다"(3면)는 근거 없는 전제를 깔고 있는 것이어서 동의하기 어렵다(「『無情』의 플롯에 있어서 偶然의 機能」, 동국대한국문학연구소,『한국문학연구』9, 1986).
6 춘원에게서 우연에 대한 부정적인 시각이 발견되는 것은 1936년의「소설가의 준비」에 와서이다.

 제3부 소설과 우연의 문제

비슷한 시기에 『개벽』의 문예부장으로 있으면서 근대 문예론의 소개에 공을 들였던 현철의 경우도 비슷한 양상을 보인다. 그의 경우 서사에서의 우연에 대한 다소 부정적인 판단이라고 추정할 만한 여지도 보였기에 좀 더 꼼꼼한 검토가 필요하다.

현철은 1920년에서 1921년에 걸쳐 '玄堂獨吠' 1~5설을 『개벽』에 여섯 차례로 나누어 연재한다. 연재를 시작하면서 그가 밝힌 바를 먼저 본다.

> 東京 藝術座 演劇學校에서 受業한 筆記를 根底하야 曾往에 演藝講習所의 速成 敎科書로 가장 簡單히 編述한 바이라. (…중략…) 小說 或 戱曲의 創作과 飜譯이 間間 揭載됨을 見하매 그 大多數는 小說과 脚本의 如何한 것을 理解치 못하고 妄作誤譯이 甚히 만흔지라. (…중략…) 文藝를 嗜好하는 諸彦의 一助가 되면 述者의 光榮일가 하노라.[7]

두 가지가 확인된다. 일본 유학 시절의 교과서를 저본으로 했다는 출처의 제시가 하나요, 소설과 희곡의 기본을 갖추지 못한 작품들이 게재되는 상황을 바로잡고 문예를 사랑하는 사람들에게 도움이 되고자 한다는 저술 의도가 다른 하나다. '文藝를 嗜好하는 諸彦'이란 독자라기보다는 작가(지망생)를 지칭하는 것으로 보이는데, 연재물 전체의 내용 면에서 창작의 방침에 주목하여 기술하는 경향이 발견되는 사실에서 그 근거가 마련된다.

---

7 曉鐘, 「小說槪要」, 『개벽』 1호, 1920.6, 131면. 이 글은 필자가 '曉鐘'으로 되어 있는데 曉鐘生의 「玄堂獨吠 第四說 戱曲의 槪要(續)」(『개벽』 7호, 1921.1) 127면을 보면 '미련한 筆者 玄哲'이라는 구절이 보이는 데서 확인되듯, '曉鐘' 혹은 '曉鐘生' 모두 현철의 필명이다.

이 책의 논점과 관련해서 주목되는 것은, '현당독폐'의 제2설 '소설연구법'에서 현철이 플롯을 소개하는 구절이다. 그는 '마련' 혹은 '조직'이라는 개념으로 플롯을 지칭하면서 '小說을 硏究하는 中 가장 緊要한 것의 한 가지'라 한 뒤 다음처럼 쓰고 있다.

> 그것을 鑑賞하는 데는 마련이 單純한지 複雜한지. 쏘는 마련이 滋味잇게 되엇는지 無味하게 되엇는지 滋味잇게 되엇다 하면 엇던 程度까지 滋味가 잇는지 무엇이 滋味잇게 되엇는지. 發端인가 佳境인가 結末인가 或은 順序가 完備되어 滋味가 잇는가. 그 마련은 作者의 自身上 境遇를 著述한 것인가. 歷史上 事件을 取扱한 것인가. 그러치 안이하면 全然이 作者의 虛構로 된 것인가. 쏘 한 가지는 <u>마련한 事件이 모다 連絡이 되어 한 가지도 缺如한 點은 업는가 或은 除去하여도 無妨할 事件이 含有되지 안이하엿는지</u> 이러한 點을 마련上으로 觀察하지 안을 수 업다.[8]

'마련[플롯]'에 대한 위의 구절에서 주목할 만한 점은 다음 세 가지이다. 첫째는 플롯의 효과를 재미 여부에서 찾고 있으며 플롯 자체가 재미의 직접적인 원인이 된다고 생각하는 것이다. 이는 뒤에서 살피게 될 아리스토텔레스의 견해와 유사한 것이어서 주목할 만하다. 둘째 또한 아리스토텔레스의 『시학』과 유사한 양상을 보이는데, 플롯의 출처 혹은 재료가 작가의 경우인가 역사적 사건인가를 나누어 보라는 데서 확인되듯 플롯과 스토리를 명확히 구별하고 있지는 않다는 사실이다. 이

---

8   曉鍾生, 「玄堂獨吠 第二說 小說研究法」, 『개벽』 3, 1920.8, 127면. 밑줄은 인용자.

책의 논의에서 가장 주목을 요하는 셋째는 플롯의 '연락'에 있어서 서사적 긴밀성 또는 개별 사건 존재의 필연성을 강조하고 있다는 점이다.

셋째 판단을 확증하고 이와 우연의 문제를 관련지어 검토하기 위해서는, 그가 '사건이 모두 연락이 되어' '결여한 점'이 하나도 없는지를 보라 할 때, 무엇의 결여를 문제시하는지를 명확히 할 필요가 있다. 제거해도 좋을 사건의 포함 여부를 묻는 진술이 병치되어 있음을 생각하면, 이때 결여의 주체는 어느 개별 사건이 아니라 사건들 사이에 마련되는 '연락(관계)'이라 보아야 할 것이다. 따라서 플롯의 요건으로 현철이 '사건들의 연락'을 제시하고 있으며, 그러한 '연락(관계)'을 갖추지 못한 사건은 제거해도 무방하다고 생각함을 알 수 있다.

플롯에 대한 현철의 이러한 생각이 우연과 맺는 관련성을 지금 맥락에서 확정하는 것은 쉽지 않다. 두 가지 어려움이 있기 때문이다. 다른 사건들과 연락 관계를 갖추지 못한 사건은 제거해도 '무방하다'는 판단이 모든 사건이 반드시 서로 연락관계에 있어야 함을 의미하는 것일 수 없음은 분명하다. 그러한 권장사항을 강조로 파악하여 플롯에서는 사건들이 서로 연결되어야 한다고 생각하더라도, 그 연결 방식이 꼭 인과적인 것이어야 하는지도 단정하기 어렵다.[9] 이러한 판단의 어려움은 플롯과 필연성 및 우연의 문제에 대한 다음과 같은 보다 직접적인 언급을 통해 다소간 해소된다.

---

9   아리스토텔레스가 언급한 바 있듯이 예컨대 사건들의 행위 주체가 단일한 경우라 해도 사건들의 연결 관계가 마련된 것이라 할 수 있으며, 비록 그가 최악의 것으로 평가하기는 해도 '삽화들 상호간에 개연적 또는 필연적 인과관계가 없는 삽화적 플롯' 또한 플롯으로 인정하고 있음을 상기할 필요가 있다(아리스토텔레스, 조우현·천병희 역, 『국가 / 시학』, 삼성출판사, 1990, 480면 참조).

劇의 絶頂과 가티 다 못 偶然이 일어날 것이 아니요 반듯이 從前의 마련의 結果로 必然的으로 進行되는 것을 記錄치 안흐면 아니되겠다[10]

희곡의 '카타스트로옵'[catastrophe, 위기]을 어떻게 쓸 것인가를 설명하는 이 구절에서 그는 '위기'의 구성에 있어서 필연성이 필요하다고 명확하게 주장하고 있다. 그런데 이 짧은 구절에서 주목을 요하는 점은 '절정'의 경우 우연이 일어나도 괜찮다고 한다는 사실이다. 요컨대 절정의 경우와는 달리 결말은 필연적으로 맺어져야 한다고 보고 있는 것이다.

이러한 사실이 의미하는 바는 명확하다. 현철에게서도 우연 자체가 구성상의 결함이라고 인식되지는 않는 것이다. 앞에서 살펴본 춘원의 글과도 달리 우연의 문제를 명확히 의식하고 있으며 경우에 따라서는 우연을 배제하고 필연성을 갖추어야 한다고도 하면서, 종합적으로는 우연 자체를 플롯에서 배제하지 않는 이러한 태도는, 플롯과 인과성, 필연성을 긴밀히 관련짓는 현재의 일반적인 견해에 비추어 십분 강조할 만하다. 여기까지 와서 보면 사건들의 연락관계에 대한 앞의 구절의 의미도 좀 더 명확하게 정리해 볼 수 있다. 다른 사건들과 연락관계에 있지 않은 사건을 제거해도 무방하다는 생각은, 오히려 반대로, 그러한 사건을 없애거나 다른 사건과의 사이에 연락관계를 부여하거나 하지 않고 그대로 두어도 무방하다고 읽을 수 있는 것이다. 연락관계에 놓이지 않은 경우에 다른 사건들의 맥락에 비추어 어떤 한 사건이 우연적인 것으로 드러나는 경우가, 여기서 배제되지 않음은 물론이다.

---

10 曉鐘生, 「玄堂獨吠 第四說 戲曲의 槪要」, 『개벽』 7호, 1921. 1, 126면.

    제3부 소설과 우연의 문제

결론적으로 현철의 경우도 소설이나 희곡의 구성을 의식하면서 우연을 부정적으로 보지는 않고 있다 하겠다.

한국 근대문학 형성 과정의 초기 소설론들이 우연을 부정적으로 사고하지 않았다는 판단의 주요 근거가 되는 경우는 김동인이다. 대부분의 문인들이 우연 자체를 특별히 언급하지 않는 데 비해, 동인의 경우는 이광수의 『무정』을 검토하면서 우연이 구사된 사례들을 명확히 지적하면서 논의를 전개한 바 있다. 따라서 그의 논의 맥락 전반을 염두에 두고 우연 관련 언급의 성격을 추론할 때, 우연에 대한 그의 태도를 명료하게 정리할 수 있다. 이렇게 그의 논의는, 우연에 대한 논의 자체가 공소한 상태에서 당대 문인들이 우연에 대해 가졌을 태도나 의식을 추론하는 데 좋은 사례에 해당된다. 각별한 주목이 필요한 까닭이다. 김동인 또한 현철과 마찬가지로 나름의 소설론을 제시한 바 있는데, 이를 먼저 살펴본 뒤에 『무정』과 관련된 논의를 검토해 본다.

김동인의 「小說作法」은 1925년 4월에서 7월에 걸쳐 『조선문단』에 연재된 그의 소설론이다. 뒤의 「문체」 항목에서 세 종류의 묘사법을 제시하며 시점의 문제를 명확히 한 데 이 글 고유의 특징이 있다. 이와 관련한 그의 생각은 '인형조종술'이라는 특유의 소설관에 있어 핵심적인 사항이라는 점에서도 주목을 요한다. 미완으로 끝난 이 글은 그 외에도 「소설의 기원」과 「구상」 항목을 갖고 있는데, 본고의 관심사는 플롯에 대한 이해를 나타내는 「구상」 부분이다.

플롯에 대해서 김동인은 '단순화'와 '통일', '연락'의 세 가지를 중요 요소라고 지적하며 논의를 시작한다. 사실상 이 세 가지는 같은 것이라 하고는, 플롯의 '단순화'를 두고 "複雜한 世上에서 統一된 連絡 잇는 엇던 事件을 집어내여, 小說化하는 것, 이것이 單純化이겟다"[11]라고 정의한다. 그가 생각하는 잘된 플롯의 양상, 플롯의 요건을 이해하기 위해서는, 단순화를 성취하는 방법과 단순화에 실패한 경우에 대한 논의를 살펴볼 필요가 있다. 단순화의 성취 방법에 대해 그는 다음처럼 설명한다.

> 플롯트에 여러 가지 쓸데업는 군틔며, 에비소-트 等을 加하여, 小說을 다만 길게 하려는 것은, 不必要한 일일쑨더러, 나아가서는, 그 作品을 죽이는 行動에 지나지 못한다. 目的地를 향하여 겻눈질 안 하고, 쏙바로 나아가는 것 - 이것이 小說家로서의 가장, 령리한 행동이라 할 수 잇다. 플롯트에 성공한 모든, 大家의 作品에서, 우리는, 이를 분명히 볼 수 잇다(82면).

문면만 보면 흡사 선형적인 구조의 단일 스토리-선을 가진 단편소설의 경우를 말하는 듯하지만, 곧장 이어지는 예시가 톨스토이의『전쟁과 평화』, 위고의『애사[레미제라블]』, 텍커리의『허영의 거리』, 도스토예프스키의『까라마조프의 형제』 등임을 생각하면 그렇지 않다는 것이 확인된다.『전쟁과 평화』를 두고는 "一見 매우 복잡한 듯하나, 다시 한 번 자세히 內容을 点檢할 쌔에 우리는, 그 너무 單純함에 놀라지 아늘 수가 업다"(82면) 하고 있다. 여기까지 와도 동인의 플롯 개념은 다소 모호한 편인데, 이러한 구절의 진의는 플롯 단순화의 실패에 대한 다음과 같은 진술을 통해 비로소 명확해진다.

---

11   김동인, 「小說作法」, 3,『조선문단』, 1925.6, 81면.

群小作家의 失敗는, 대개 人生 그대로의 복잡한 面을 감추지 안코, 나타내이려 하며, 혹은 一時의 興味 째문에 連絡 업는 行動(主人公의 것이던 누구의 것이던)을 揷入하여 플롯트의 統一을 깨트리는 데 잇다(82면).

여기서 두 가지 특징적인 사실이 확인된다. 소설을 쓸 때 '인생 그대로'를 그리면 안 된다는 생각이 하나요, 플롯의 통일은 행동들의 연락 관계가 마련될 때 갖추어진다는 판단이 다른 하나다. 이 둘을 종합하면, 인생 그대로의 모습은 사건들 사이에 연락 관계가 있는 것이 아니므로 복잡다단한 인생의 모습에서 연락 없는 행동과 사건을 제외하여 통일을 갖추어야 한다는 생각으로 정리할 수 있다. 이렇게 정리해 보면 앞서 보았던 플롯의 단순화에 대한 정의 즉 '複雜한 世上에서 統一된 連絡 잇는 엇던 事件을 집어내여, 小說化하는 것'의 의미도 분명해진다. '집어낸다'고 했지만 사실은 바로 뒤의 '소설화한다'가 보이는 구성적 의미를 더하여, 사건들이 서로 연락 관계에 들어 통일성을 갖출 수 있도록 해야 한다는 의미로 읽을 수 있는 것이다. 요컨대 동인은, 사건들이 서로 연락 관계를 맺도록 '인생을 단순화하여'(82면) 뺄 것은 뺄 때 성공적인 플롯이 마련된다고 본다.

현재의 논의에서 강조해 둘 것은, 김동인이 말하는 플롯의 '연락 관계' 또한 현철의 경우와 마찬가지로 우연을 배제하는 것으로 볼 여지는 없다는 사실이다. 인생 그대로의 복잡한 양상을 그리지 말고, 쓸데없는 군터나 에피소드 등을 배제함으로써 '목적지[결말]'를 향하여 곧바로 나아가라 할 때, 실인생의 도처에 있는 우연 자체를 배제해야 할 필연적이고 논리적인 이유는 없는 까닭이다. 오히려 동인으로서는, 우연을 사용하는 것이 그러한 '곁눈질 안 하는' 전개에 필요하다면 우연을 권장하기까지 할 듯해 보인다. 이러한 점은 춘원의 『무정』에 대한 그의 논의들에서 잘 드러난다.

春園의 無情을 나는 다만 그 플롯트에 대하여서만 좀 써 보겠다. 無情을 우리는, 每頁 字字句句로는 도뎌히 닑을 수 업다. 혹은 서너 줄, 째째로는 數頁식 쮜여서 닑지 안을 수 업도록, 그 가운데는 作者의 탈선이며 不用意가 잇고, 甚한 것으로서는 一人物(황쥬 女學生이 긔챠에서 영채와 만낫슬 째에 同乘하엿든 그 녀학생의 오라비동생)이 不知去處로 된 곳까지 잇스나, 우리는, 그 無情을 하는 수 업시 마즈막 페이쮜까지 닑지 아늘 수 업는 것은, 그 플롯트 째문이다. 열 사람에 갓가운 人物이 登場하여, 場面마다 事件마다, 물이 나즌 데로 흐르는 것과 가치 그 終結의 場面을 向하여 바로 向케 한 곳에(곤대곤대 탈선이 업지는 안치만) 作者는 확실히 그 플롯트를 살게 하엿다 할 수가 잇다.[12]

위의 인용문은 지금까지 살핀 플롯에 대한 논의 이전에 나오는 것이다. 「구상」 항목의 첫 부분에서 김동인은, 인물을 배치하게 될 '니약이의 가음(plot)'으로 플롯을 언급하고 이를 '사건'이라 한 뒤 '인물'과 '배경'을 더한 이 셋이 소설을 성립시키는 요소라고 주장한다. 이어서 감상문이나 스케치와 달리 소설은 "엇더한 (복잡한 혹은 단순한) 統一된 니약이의 構實이 잇지 안을 수가 업다"(76면)고 주장한 뒤에 그 예시로 춘

---

12 김동인, 「小說作法」 3, 앞의 글, 77면.

원의 『무정』을 들고 있는 것이다.

여기서 우리의 주의를 요하는 것은, 『무정』이 결말을 향하여 바로 나아가는 양상을 보여 플롯 면에서 성공을 거두었다고 평가하면서 몇 가지 유보 사항을 들되, 이 소설을 특징짓는 우연에 대해서는 아무런 언급도 하지 않는다는 사실이다. 영채가 죽지 않게 되는 병욱과의 만남 장면을 두고 그가 문제로 지적하는 것은, 병욱의 동생이 사라져버렸다는 사실뿐이다. 그 과정에서 우연이 두 차례 구사되었으며[13] 그러한 우연이 없다면 영채의 자살 시도가 이루어질 수밖에 없었을 만큼 이 우연들이 중요한 역할을 하지만, 동인은 그에 대해서는 아무런 말도 하지 않는다. 이유는 분명하다. 그러한 우연의 구사가 동인에게는 전혀 문제로 보이지 않았기 때문이다.

플롯 및 구성방식을 다루면서 영채가 병욱과 만나 죽고자 하던 마음을 바꾸게 되는 바로 이 장면을 언급하되 이 부분의 우연성에 대해서는 전혀 의식하지 않고 있다는 사실은 이 자체로 특기할 만하다. 추정을 해 보자면, 오히려 그는 당연히 죽지 않으리라 생각되는 영채가 죽지 않을 수 있게 해 줌으로써 결말을 향하여 바로 나아갈 수 있게 하는 (우연 구사 부분의) 처리를 좋게 보았으리라 짐작해 볼 수 있다. 이상이 말해주는 바는, 앞서 살핀 춘원이나 현철 등과 마찬가지로, 1925년 시점의 김동인에게도 서사 구성상의 우연이란 부정적인 것으로 전혀 포착·인식되지 않고 있었다는 사실이다.

---

13 평양행 기차에 몸을 실은 영채의 눈에 석탄가루가 들어가는 것이 첫째 우연이고, 그로 인한 눈물이 자신의 처지를 한탄하는 눈물이 되어 우는 영채 옆에 마침 병욱이 있던 것이 둘째 우연이다.

지금까지 춘원과 현철, 동인의 경우를 논했지만, 이 책에서 검토한 것은 1900년대 신소설의 서문이나 후기 등에서부터 1920년대 말까지의 소설 관련 담론 거의 전부이다.[14] 검토 대상 담론의 규모에 비하자면 실제로 논의 대상이 된 경우는 극히 적은데, 이 사실이 의미하는 바는 두 가지이다. 첫째는 1920년대에 이르기까지 소설에 관한 담론들에서 우연을 논의하는 경우가 찾기 어려울 정도로 대단히 적다는 사실이고, 둘째는 우연을 직간접적으로 사고하는 소수 담론들의 경우 어떠한 의미에서도 우연을 문제적인 것으로 사고하지는 않고 있다는 점이다.

달리 말하자면 1920년대에 이르기까지 문인들은 우연 자체를 그리 주목하지 않았으며 그에 대해 언급할 때조차도 부정적으로 사고하지는 않았다고 하겠다. '플롯에서의 연락 관계'에 대한 논의처럼 우연을 직접 언급하지는 않아도 그와 관련된 의식을 추정해 볼 여지를 주는 언급들은 찾기에 따라 더 추가할 수도 있겠지만,[15] 단순히 플롯을 언급하거나 현실성이나 실감을 강조하는 논의들로까지 우연 담론의 경계를 무차별적으로 확장하려 하지는 않는 한,[16] 1920년대까지의 소설

---

14 한국학진흥원에서 1907년부터 1929년까지의 자료들을 묶은 영인본 '韓國現代小說理論資料集'(1985) 1~9권을 대상으로 하였다.

15 염상섭의 장편소설 『사랑과 죄』(1928)의 다음 구절이 좋은 예이다. "해주ㅅ집이 병원에서 나오다가 명마리아를 만낫다고 하면 그것은 소설가다운 공상으로 일을 공교하게도 꿈이랴고 하는 그짓말이라고 할 듯 십다. 그러나 세상에는 그짓말 가튼 정말이 하도 만흔 것이다. 사실 해주ㅅ집의 운수가 조화서 그래ㅅ든지 병원 문을 나서기 전에 마리아와 딱 마조첫다"(『廉想涉全集』 2, 민음사, 1987, 163~164면).

16 예컨대 현진건이 방인근의 소설 「마지막 편지」의 주인공이 보이는 변모를 두고 "앗가 短杖을 회회 내어 들으면서 女學生과 사랑을 속살거리든 靑年이 제 愛人을 일헛다고 卒地에 牧師님이 되어 버린 늣김이 업지 않다"(「新秋文壇小說評」, 『조선문단』 12, 1925.10, 176면)라고 하는 것처럼, 설득력이 약한, 현실성이 없는 인물의 변화를 문제시하는 진술들은 어렵지 않게 볼 수 있다. 이러한 진술의 바탕에 인물의 변화나 사건의 전개가 합리적이고 인과적으로 이루어져야 한다는 판단이 깔려 있다고 추정하여 이를 우연과 관련지어 볼 수도 있겠지만, 비현실적이거나 비합리적인 것이 곧 우연이라는 등식이 성립될 수는 없는 이상(우연은 현

　　　제3부 소설과 우연의 문제

담론은 우연에 주목하지 않았으며 우연에 직간접적으로 관련된 논의들의 경우 어떤 의미에서도 우연 부정론으로 구획될 수는 없는 양상을 보인다고 할 수 있다.

이상 두 가지가 서로 관련된 것임은 쉽게 추론된다. 우연이 부정적인 것으로 고려되지 않았기에 그에 관한 논의 자체가 매우 공소해진 것이며, 역으로는, 우연 논의가 공소한 만큼 우연의 문제가 중요한 것으로 되지 않았기에 부정적인 의식 또한 형성될 여지가 없었다고 할 수 있다. 요컨대 소설에서의 우연이란 문제적인 범주가 아니었던 것이다.

우연이 문제적인 범주로서 주목되지 않았다는 점은, 1920년대 카프의 문학운동 중 주목할 것 중의 하나인 팔봉의 대중화론 또한 우연을 전혀 언급하지 않고 있는 사실에서도 확인된다. 대중소설·통속소설에 대한 후대의 담론이 우연을 논외로 하는 경우가 거의 없다는 사정을 고려하면 팔봉의 이러한 태도는 특기할 만한 것이다.

팔봉은 통속소설을 논하면서 그 특징을 작품의 내용과 제재, 문장, 사상 등에서 살피는 한편 통속성 및 대중성을 보통사람의 보통 감정이나 사상, 의식상의 한계 내에서 찾고 있지만, 서사 구성이나 플롯에 주목하여 우연의 문제를 언급하지는 않는다.[17] 이어지는 대중소설론에서도 사정은 달라지지 않는다.[18] 무엇을 어떻게 써야 할 것인가와 관련하여, 대중의 흥미를 고려하여 쓰자면서 운문적이고 화려한 문장, 간결한 묘사 및 설명 등에 더하여 "성격묘사보다도 인물의 처한 경우

실에서 자주 일어난다는 점에서는 실제적이고 현실적이다!), 이러한 구절들을 챙겨서 우연 부정론을 구축하는 것은 논리적이라 할 수 없다.

17　김기진, 「通俗小說小考―文藝時代關斷片」, 『조선일보』, 1928.11.9~11.

18　김기진, 「大衆小說論」, 『동아일보』, 1929.4.14~20.

를, 심리묘사보다도 사건의 기복을 뚜렷하게 드러내야 한다"(4.19일) 할 뿐 우연의 문제에 착목하지는 않는 것이다. 팔봉이 대중들이 가장 많이 읽고 있는 대중소설로 전대소설들[이야기책]을 들고 있음을 주목하고(4.17일) 그러한 소설들에서 사건의 기복과 우연이 불가분의 관계에 있음을 고려하면, '사건의 기복을 뚜렷하게 드러내야 한다'면서도 우연에 대해 언급하지 않는 것은 팔봉에게서도 우연이 부정적인 것으로 사고되지 않았음을 확실히 해 준다.

2. 1930년대 중반, 우연 논의의 혼류 양상

소설에서의 우연을 문제적인 것으로 파악하지 않는 태도는 1930년대의 담론에서도 계속 확인된다. 이를 다시 두 가지로, 곧 우연을 명확히 언급하되 부정적인 판단을 가하지 않는 경우와 우연이 구사된 작품을 논의하되 우연에 대해서는 별다른 언급을 하지 않는 경우로 나눌 수 있다. 전자의 대표적인 예가 김동인의 「春園研究」이며, 임화의 '通俗小說論'과 '新文學史' 연구가 후자의 주요 사례이다.

우연에 대한 김동인의 태도는 1920년대 중반 이래로 변화하는 바가 없다. 앞서 논의한 바 있는 『무정』의 우연을 포함하여 춘원이 즐겨(!) 사용하는 우연들을 지적하는 1930년대 중반의 다음 구절이 이를 확인해 준다.

제3부 소설과 우연의 문제

그리고 여기 쏘 한 가지 자미있는 것은 박영채가 自殺하러 가는 '汽車'에서 병욱을 만나게 된 이 '汽車上의 奇緣'이라는 점이다. 春園의 小說에는 흔히 汽車上의 奇緣(혹은 정거장)이 잇다. 「흙」에도 누차 이런 場面이 잇섯고, 「再生」에도 그런 곳이 잇고, 「어린 벗에게」에도 (그것은 汽船이나) 그런 곳이 잇고, 그박게도 車上의 奇緣이 흔히 잇다. 이것은 혹은 春園이 過去에 잇서서 汽車에서 奇異한 일이라도 경험한 일이 잇서서 自然히 小說마다 이런 場面이 나오는지.[19]

여기서 주목되는 점은 김동인이 『무정』이 보이는 '기연 · 우연'의 구사 자체를 전혀 문제시하지 않는다는 사실이다. 이러한 점은 이 구절 앞부분의 논의가, 「춘원 연구」의 전반적인 논조가 그러한 것처럼, 춘원을 비판하는 것임을 고려할 때 더욱 두드러진다.

김동인은 영채의 재등장 부분과 관련하여 『무정』의 문제점을 두 가지로 지적하고 있다. 먼저, 영채가 탄 평양행 기차에 동경 유학생 김병욱이 있다는 설정을 지적하면서 그녀의 갑작스러운 등장이 갖는 의미를 비판적으로 검토한다. 이형식과 같은 성격의 주인공으로는 이 소설을 자신의 이상대로 진행시키고 결말을 내기가 힘든 점을 깨닫게 된 춘원이 '作者가 보혀 주려는 새로운 思潮를 한 몸에 지닌 人物'(202면)로 김병욱을 '急造하여 出場'(203면)시켰다는 것이다. 요컨대 춘원이 작품의 구상을 제대로 마치지 않은 채로 연재를 해 나아가다가 이야기가 자기 뜻대로 흘러가지 않자 이를 바로잡기 위해 김병욱을 급조했다고 비판

---

19 김동인, 「春園研究」 4, 『三千里』, 1935.2, 204~205면.

하는 것이다. 이를 두고 구성상의 미비점을 지적했다고 할 수 있다.

더 나아가서 그는 작가 의식까지도 비판한다. 자살하고자 하는 영채의 생각을 돌리는 부분 즉 사랑에 대한 병욱과 영채의 대화 부분을 두고 등장인물은 물론이요 작가 자신의 사랑에 대한 생각이 잘못되었다 하면서, 그럼에도 불구하고 등장인물들이 이러한 희극적인 대화를 전개하는 이유를 작가 의식의 분열에서 찾는다. "그의 生長과 敎養과 傳統이 그에게 준 바 性格과 그의 理想이 나흔 바의 理論이 미처 調和되지 못하고 그 調和되지 못한 것을 小說에서 억지로 附會시키려고 하고 하여서 가여운 喜劇과 强制가 나타나고 한다"(204면)라 하는 것이다. 요컨대, 새로운 사조를 제시하고자 하는 열망이 있는 한편 작가 스스로는 여전히 구시대적인 한계에 갇혀 있기에, 병욱의 설득 논리와도 같은 억지 주장이 생겨나 작품을 희화화한다고 작가 의식 차원에서 비판을 가하는 것이다.

이러한 김동인의 논의가 얼마나 적실한가에 대한 판단은 이 자리의 관심사가 아니다. 인물의 급조를 들어 『무정』의 구성 문제를 비판하고 그렇게 급조된 김병욱이 박영채의 생각을 돌리는 논리를 두고 작가 의식의 분열을 지적한 바로 뒤에, 이러한 '차상의 기연'을 거론하되 우연 구사의 빈번함에 주목하여 문제시하지도 않고 우연 구사의 효과를 따지며 평가하지도 않는다는 사실이 중요하다. 인용문이 보여주는 대로 김동인은 전혀 비판적인 함의를 띠지 않은 채 사실을 중립적으로 기술할 뿐이다. 사정은 오히려 반대라고도 할 수 있다. '차상의 기연' 자체를 '재미있는 것'으로 특기하면서 그것이 흔한 원인을 춘원의 과거에서 추정해 보고 있을 뿐, 자신의 소설관에 비추어 보거나 하지는 않는 까닭이다.

　　제3부 소설과 우연의 문제

「춘원 연구」 전편에서 확인할 수 있는 김동인의 비판(심지어는 악의)적인 시선과 그에 대한 자신의 자각을 염두에 둘 때,[20] 이러한 양상은 우연의 문제와 관련하여 대단히 시사적이다. 인용문의 바로 뒤에서 이형식의 인물 형상화를 두고 '성격의 불일치'라 하고 "리형식은 우리의 小說 常識으로는 상상치 못할 人物이다"(206면)라고 특유의 극단적인 평가를 서슴지 않는 반면에, 영채가 병욱과 만나게 되는 일이나, 주요 인물들 넷이 부산행 기차에서 만나는 두 가지 주요한 우연을 두고서는 그저 '作者의 질기는 「車中奇緣」'이라고만 칭할 뿐(207면)이라는 점을 더하면, 사정이 명확해진다.[21]

이상의 검토를 통해 분명해지는 사실은, 김동인의 '소설 상식'에 비추어볼 때 『무정』의 이러한 우연 구사 양상, '차중 기연'의 활용·남용은 전혀 문제적인 것이 아니었다는 점이다. 이렇게 1935년의 시점에서도 김동인에게 있어서 소설 서사의 우연은 아무런 문제도 갖지 않는 것으로 사고되고 있다.

우연을 문제시하지 않는 둘째 경우로 임화를 들 수 있다. 한편으로는 「俗文學의 擡頭와 藝術文學의 悲劇―通俗小說論에 代하야」(『동아일보』, 1938.11.17~27)에서 그리고 다른 한편으로는 「槪說新文學史」(『조선일보』, 1939.9~10)에서 「槪說朝鮮新文學史」(『인문평론』, 1940.11~1941.4)에 이르는 '新文學史' 연구에서 우연에 대한 그의 태도가 확인된다.

---

20 김동인 스스로도 이러한 점을 십분 의식하고 있었음은, 중단되었던 「춘원 연구」를 다시 연재하면서 "春園 研究―더욱이 그의 作品에 대한 讚揚보다 惡評이 더 많은 글이라, 이런 글을 쓰기 때문에 多數人의 미움을 받을 줄로 짐작하는 배다"라 하는 데서 잘 확인된다(김동인, 「春園 研究 9―繼續 執筆에 際하여」, 『三千里文學』 1, 1938, 112면).
21 이상의 논의를 근거로 하여 본고는, 인용문에서의 동인의 태도를 '조소'를 보내는 것으로 해석하는 등의 판단과 거리를 둔다.

이 책의 맥락에서 임화의 앞의 글이 갖는 가장 큰 특징은, 통속소설을 논하되 우연에 대해서는 한마디도 언급하지 않고 있다는 사실이다. 김말봉 류의 통속소설이 문단의 한 축을 확실히 장악하고 이른바 순수소설 작가들의 작품들 또한 통속화의 양상을 보인다는 진단 위에서 특정 작품들에 대해 구체적인 분석까지 행하며 통속성을 지적하기도 하지만[22] 우연에 대해서는 전혀 주목하지 않는 것이다.

우연을 문제시하지 않는 이러한 태도는 '新文學史' 연구에서도 확인된다. 신소설들을 구체적으로 검토하면서 임화는 전대소설의 연장으로 우연을 사고하기는 하지만, 우연의 구사 자체를 문제시하거나 이를 근거로 신소설의 문학적 한계를 규정하지는 않는다. 우연이 많이 사용되고 있는 이인직의 『혈의 누』를 논하는 부분을 예로 삼아 이를 확인해 본다.

옥련이 가족이 뿔뿔이 흩어져 모녀가 고난을 겪고 옥련이 일본으로 건너가게 되기까지의 초반부를 두고 그는 '一點의 非를 찾기 어려울 만치 規格이 整備된 構成'을 상찬할 뿐 작품에 구사된 우연들은[23] 전혀 의식하지 않고 있다. 많은 우연이 구사되어 있는 이 부분을 두고 오히려, 세 식구가 헤어지게 되는 것이 "不自然하지 안코 아주 自然스럽게 만나지 못하였다는 것은 여간한 構成의 技術로서는 不可能한 것이다"라고 하며 '구성'의 묘를 한껏 강조하는 그의 논의 방식은,[24] 우연의 개재를 구성상의 결함인 양 생각하는 통념과 전혀 관련이 없는 것이라 하지

22　박태원의 『愚氓』에 대한 논의가 좋은 예가 된다(임화, 「俗文學의 擡頭와 藝術文學의 悲劇─通俗小說論에 代하야」, 『동아일보』, 1938.11.23, 25일 분 참조).

23　전체 서술 분량의 1/3에 해당하는 이 부분에서, 작품 전체에 사용된 21회의 우연 중 무려 9회의 우연이 구사되고 있다(졸고, 「우연을 통해 본 이인직 신소설의 특징」, 한국현대문학회, 『한국현대문학연구』 22, 2007, 14~18면 참조).

24　임화, 「新小說의 擡頭─續新文學史」, 『조선일보』, 1940.4.19.

않을 수 없다. 옥련과 구완서의 우연한 만남을 두고서야 비로소 '佳人이 偶然하게 才子를 만나는 式'임을 지적하며 '舊小說的 樣式을 踏襲한 것'이라 하지만, 임화의 이러한 기술이 우연의 구사가 낳은 어떠한 문제를 지적하는 것이 아님도 분명하다. 그의 강조점은 '새 文學의 手法인 描寫法'을 사용함으로써 '날은(낡은 : 인용재) 樣式을 生彩 잇게 살린 것'에 놓여 있을 뿐이다.[25]

이상 두 글을 쓰는 임화의 논의 방식이 기본적으로 형식미학적인 특성에 주목하지 않고 유물사관의 역사 인식과 동시대를 응시하는 정론성의 토대 위에서 작품의 의미를 해석하는 데 치중하는 특징을 보인다는 사실을 고려하더라도,[26] 바로 그러한 이유 때문이든 다른 이유가 더 있든 간에, 작품에 뚜렷이 드러난 우연을 보면서도 그것을 의미 있는 결함으로 언명하지 않는 사실 자체는 그에게 우연이 문제적인 것으로 고려되고 있지 않았다는 점을 알려 주는 것이다. 이에 더하여, 1930년대 중반의 일본 문단에 나카가와 요이치가 '우연문학론'을 주창하면서 좌파 문인들을 공격하여 커다란 이슈를 만들었다는 사실과[27] 임화가 그것을 몰랐으리라고 생각하기는 쉽지 않다는 점을 더불어 고려하면, 세계관 차원의 필연성 부정으로서의 우연 인식이라면 모를까 소설

---

25 임화, 앞의 글, 『조선일보』, 1940.4.24.
26 「俗文學의 擡頭와 藝術文學의 悲劇―通俗小說論에 代하야」의 논의 구도는 당대 작가들과 환경 사이의 부조화라는 비극에 따라 성격과 환경이 분리·분열되어 나타나는 예술소설의 비극이 초래되었다는 문제의식에서 상식에 침윤되지 않는 분석의 정신으로서의 묘사를 강조하는 것이고, '신문학사' 연구의 기본적인 태도는 신소설이 보이는 양식적인 구투 또한 내용상의 진보로 이어진다는 점에서 따로 문제시할 것이 못 된다는 식이라고 정리할 수 있다.
27 中河與一의 『文學と偶然』(1935.11)에 의해 촉발된 '우연문학론' 논쟁에 대해서는, 일본근대문학관 편, 『日本近代文學大事典』, 강담사, 1977의 '우연문학론' 항목과 黑田俊太郎, 「戰時下日本浪漫派言說의 橫顔―中河與一의 '永遠思想', 變奏される 'リアリズム'」, 三田國文編輯委員會 編, 『三田國文』 50, 2009, 16~17면 참조.

서사에서의 우연에 대해서는 문제적으로 생각하지 않았으리라고 보는 것이 자연스럽다고 하겠다.

지금까지 살펴보았듯이 한국 근대소설 관련 담론에서 우연은 그리 주목을 받지 않아 왔고 1920년대까지는 부정적으로 평가된 경우도 보기 어려웠다. 우연에 대한 부정적인 인식은 1930년대 중반에 와서야 명확히 드러난다. 인물로 치자면 이즈음 소설론 연구에 진력하기 시작한 김남천을 대표적인 논자로 꼽을 수 있고, 문단의 동향 면에서 보자면 1930년대 중반을 넘어서며 활성화된 장편소설론의 흐름 속에서 우연 부정론이 등장하는 것으로 볼 수 있다.

김남천의 관련 논의는 두 가지 점에서 특징적이다. 소설에서의 우연에 대해 부정적인 판단을 명확히 하고 있다는 점이 하나고, 우연 부정론의 논리를 전형성을 강조하는 방식으로 구축하는 것이 다른 하나다.

예컨대 그는 이북명의 「어리석은 사람」이 특이한 성격과 전형적 성격을 혼동하고 있다 지적하면서 전형적 성격을 설명한 뒤 "數多한 事象뿐만 아니라 단 한 개의 事象이 賦與되여도 偶然的인 것은 捨除하고 必然的인 것만을 顯現시켜 創造構成하는 것이 藝術家에 依한 藝術的 타입의 創造임에 틀림업건대"[28] 운운하기도 하고, 좀 더 일반적인 차원에서 '문학의 본질'을 대중들에게 설명하면서도 동일한 주장을 한 바 있다.

누가 가장 훌륭하고 가치 있는 예술가이냐 하는 것의 결정은 객관적으로 ○지어 있는 진리를 기준으로 하야 우연적(偶然的)인 것은 내버리고 필연적

---

28 巴朋, 「最近의 創作 4─喪失된 性格과 典型的性格」, 『조선중앙일보』, 1935.8.2.

(必然的)인 것만을 누가 더 많이 현현(顯現)하고 추상(抽象)하였는가 하는 데 많아 되는 것이다. 한 가지 시대 같은 계급층(階級層) 직업 연령 성별(性別) 환경 의식 등등에 속하는 수많은 사람 중에서 우연적인 것을 내버리고 가장 전형적(典型的)인 것을 종합 창조(綜合創造)하는 것 – 이것의 잘, 잘못에 많아 가치 여하가 결정되는 것이다.[29]

우연적인 것의 반대편에 '필연적인 것'과 '전형적인 것'을 두는 논리 구도가 인상적인 이 글에서 김남천은 우연을 배제해야 함을 명확히 하고 있다. 전형성의 구현을 핵심으로 하는 카프 리얼리즘소설의 견지에서 볼 때 우연이란 있어서는 안 될 것이라 주장하는 것이다.[30] 여기서 주목되는 것은, 김남천의 이러한 주장이, 작품들의 실제를 볼 때 우연의 구사 빈도 및 양상이 다양한 면모를 보이는 1930년대 중반에 발표되었다는 사실이다. 소설들에 다양한 우연이 구사되고 있는 상황에서 이러한 방식으로 우연을 부정하는 것은, 비평으로 창작을 지도하고 이끌려 했던 카프 문학 운동의 연장이라 할 만하다. 카프가 추구했던 좌파 리얼리즘문학을 여전히 지향하는 맥락에서 '필연적인 것' 및 '전형적인 것'을 강조하기 위하여 다소 무리하게 우연 배제론을 펼치고 있는 것이다.

---

29 金南天, 「문학의 본질」, 『조선중앙일보』, 1936.9.3. ○는 판독 불가.
30 우연을 배제하고 필연적인 것만을 현현해야 한다는 이러한 주장에 대해서는, 김남천 자신을 포함하여 카프 작가들의 소설에도 우연이 없는 것이 아니고, 소설에서 우연을 완전히 배제하는 것이 원리상 불가능하며, 문학에서 성취되는 전형적인 것이란 '심오한 전형성'과 더불어 '심오한 개인성'의 유기적인 통일 위에서 가능한 것(루카치, 문학예술연구회 역, 「비판적 리얼리즘과 사회주의적 리얼리즘」, 『우리시대의 리얼리즘』, 인간사, 1986, 122~123면 참조)이라는 점에서 문제적이라고 비판할 수 있다. 끝의 항목은 당시에 도입되던 사회주의 리얼리즘에 대한 김남천의 이해가 잘못된 것임을 알려 주기도 한다. 심오한 개인성, 개성적인 것과 결합된 전형성이란, 개성적인 것의 생동감이 우연을 완전히 배제할 수는 없기에, 우연의 반대편에 놓일 수 없는 것이다.

이러한 문학운동론적인 특징은 2년 정도 뒤에 발표된 「長篇小說界」가 보이는 우연에 대한 보다 유연한 태도에서 역으로 확인된다. 이 글에서 그는 지난 1년 간 발표된 장편소설을 통속성 여부를 중심으로 다섯 부류로 분류한 뒤(13~14면), 그 근거를 설명하면서 '통속성'을 규정할 때 '우연의 남용'을 지적한다(14면). '朝鮮的인 特殊 性格'(11면)에 따라 신문소설로서 성장한 장편소설이 "環境과 性格, 外向과 內向, 世態描寫와 心理 內省 프롯트와 細部 描寫 等의 分列相을 露呈"(12면)하게 된 문제적인 상황 속에서 "우리 長篇小說이 갖고 있는 모든 矛盾, 分裂, 乖離"에 대하여 "苦悶하거나 超克할 方向에서 努力치 아니하고, 出版機關의 商業主義에 迎合하야, 그대로 安易한 解決方法으로 몸을 던진 것, 그리하야 興味 本位 偶然과 感傷性의 濫用, 構成의 奇想天外, 描寫의 不誠實, 人物設定의 類型化, 等等에로 가버린 것을 「通俗性」이라고 불러볼 수는 있을 것 같다"(14면)는 것이 그의 주장이다.[31] 여기서 중요한 점은 우연 자체가 아니라 '홍미 본위의 우연' 및 그 남용만이 비판 대상이 된다는 사실이다. 소설에서의 우연의 불가피성을 어느 정도 인식·용인하는 이러한 태도는, 짧은 시간적 상거를 통해 그의 문학관이 바뀌었다는 것보다 「문학의 본질」에서 보였던 경직된 입장이 정책적·운동적인 맥락에서 제기된 것임을 입증해 준다고 하겠다.

우연에 대한 부정적인 인식은 1930년대 중기 이후 두루 확인된다. 김남천처럼 명시적인 우연 부정론을 취하지는 않아도 소설에서의 우연이 부정적인 것이라는 판단을 바탕에 깔고 있는 구절들을 찾기가 어

---

31 김남천, 「長篇小說界」, 『朝鮮文藝年鑑』, 인문사, 1938 참조.

    제3부 소설과 우연의 문제

렵지 않게 된 것이다. 특징적인 사례를 셋으로 나누어 살펴본다.

먼저 이광수의 「소설가의 준비」(『조광』, 1936.9)를 의미 있게 읽어 볼수 있다. 비록 우연을 명시적으로 언급하고 있지는 않지만 '인과의 법칙'에 맞추어 소설을 써야 한다고 주장하는 것이어서, 일찍이 우연에 대하여 어떠한 부정적인 사고의 흔적도 보이지 않았던 그의 태도가 변화되었음을 알려주는 것이기 때문이다. 소설가 지망생에게 소설의 창작 및 소설가의 자세에 대해 알려주는 이 글에서 춘원은, 카프 진영의 비판을 염두에 두면서 핍진성을 강조하는 우연성 배제 논법을 구사한다.

「구상(構想)」 항목에서 그는 먼저 예술소설과 통속소설을 구별한다. 작가가 마음먹은 모티브를 표현하는 데 필요한 인물과 장면의 변화만을 그리는 것이 예술소설이라면, 독자의 흥미를 위해 진리에 맞지 않는 인물과 장면도 사용하는 것이 통속소설이라 하며 후자를 경계하고 있다.[32] 이러한 이분법에서 통속소설이 통속으로 규정되는 근거가 '진리'라는 점이 눈에 띈다. 진리라고 했지만 이 '진리'의 구체적인 뜻은 사실 충실성에 가깝다. 인물과 장면 형상화의 진위 여부를 말하는 것이다. 이는 리얼리즘 진영의 오해를 비판하고 있는 이어지는 구절에서 좀 더 명확하게 확인된다. 이데올로기가 있거나 인생의 국부적, 병적 방면을 취급한 것만을 예술소설이라 하고 보편적인 방면을 취급하면 통속이라 하는 것은 잘못이라며, 인생의 어떤 방면을 진실하게 핍진하게 그리면 된다고 하는 것이다. 여기서 핵심은 인생의 보편적인 방면과 핍진함의 두 가지 항목이다.

32　이광수, 「小說家의 準備—小說家가 되려는 분에게」, 『조광』 11, 1936.9, 183~184면 참조.

이러한 주장은 카프계 리얼리즘문학뿐 아니라 '인생의 국부적, 병적 방면'을 다룬다고 할 수 있는 모더니즘 계열의 소설까지 망라하여 비판하는 셈이다. 이들에 맞서서 인생의 보편적인 방면을 다루는 작품들을 옹호하는 데 그치지 않고 춘원은 한걸음 더 나아간다. '리얼리즘'이란 말이 원래 '핍진주의'라며, 예술의 목표는 "이상을 현실적으로 표현"하는 데 있다 함으로써(494면), 핍진성을 내세워 리얼리즘 개념을 자기 식으로 전유하고자 하는 것이다.

나아가 춘원은 재미가 소설의 흠이 되는 것은 아니라 하면서(494면), "逼眞性에서야말로 가장 크고 健全한 재미를 發見"할 수 있다고 한다(495면). 이 위에서 서사의 자연스러운 전개를 강조하는, 우연성 배제 논법이라 할 법한 주장을 제시한다. 곧 싫증이 나거나 탈이 나는 사이다보다 맑은 샘물이 더 좋은 것처럼 "誇張이라든가 트릭이라든가 戲論이라든가 하는 眞 아닌 것"도 재미를 주지만 이를 통하지 말고 재미를 드러내야 한다며 다음처럼 이야기하는 것이다.

> 小說 中의 人物이나 事件이나 다 因果의 法則에 어그러지지 아니하게 마치 草木이 自然히 生長하는 模樣으로 發展시키지 아니하면 아니 될 것이다. 이러한 自然스러운 性格과 事件의 發展에서 나오는 재미는 甚히 平凡한 듯하거니와 이 平凡이야말로 모든 眞理의 特色이니 平凡 속에 非平凡한 眞理와 滋味를 包含시키는 것이 大藝術家의 偉大한 솜씨일 것이다(493~495면).

인과의 법칙에 따라 자연스럽게 인물을 그리고 사건을 전개시킬 때 평범한 듯하지만 평범치 않은 진리와 재미를 포함시킬 수 있다는 것이

이 구절의 핵심 주장이다. 평범 속에 비평범한 진리와 주장을 포함시
킨다는 것은 예술의 특성으로 일컬어지는 특수성 차원을 가리키는 것
이라 할 수 있어,[33] 상식적인 성격이 짙은 전체적인 논의 맥락과 이질
적이기도 하고 이렇게 평이하게 풀어내면서도 의미 있는 통찰을 보인
다는 점에서 춘원의 관록을 보여주는 것이기도 하다.

물론 우리의 관심사는 인과성과 우연의 문제에 놓인다. 이 맥락에서
먼저 주목할 점은 '인과의 법칙'에 어그러지지 않게 인물과 사건을 다
루는 것을 '자연스러움'에 연결 짓는 사고방식이다. 이 과정에서 쓰지
말아야 할 것으로 과장과 트릭, 희론을 내세우면서 이들이 '진(眞)'이 아
니라 하고 있음도 눈길을 끈다. 인과의 법칙에 따르는 것이 자연스러
운 것이며, 그러지 않고 과장, 트릭, 희론 등 '진 아닌 것'을 쓰면 재미가
덜하다는 것이다. 따라서 이때의 '진'이란 인과적인 것을 의미하게 되
며, 인과관계를 깨뜨리는 우연 또한 자연스럽게 '진 아닌 것'들 중의 하
나로 사고될 수 있다. 요컨대 인과의 법칙을 따르는 (필연적인) 것이 '진'
이라는 논법으로, 춘원 또한 우연성을 배제하자고 주장하는 것이다.

춘원의 논의와 관련하여 두 가지만 첨언해 둔다. 하나는 위에서 춘원
이 제시하는 소설 창작 방식의 궁극적인 목적은 재미의 구현에 놓여 있
으며, 재미 중에서도 '평범 속에 비평범한 것을 포함하는 그러한 종류
의 재미'를 구현하기 위해서는 인과의 법칙을 따라 자연스럽게 써야 한
다고 주장하고 있다는 사실이다. 이는 과장이나 우연 등 '진 아닌 것'을

---

33 예술적인 활동 및 산물의 근본적인 특징을 특수성 차원에서 사고한 것은 아리스토텔레스의
『시학』 이래 연원이 오래된 것이다. 관련된 사상들을 개괄하면서 가장 구체적이고 핵심적인
논의를 전개한 경우로 루카치의 『미와 변증법』(여균동 역, 이론과실천, 1987)을 꼽을 수 있다.

쓴다고 해서 재미가 없게 된다고 보는 것은 아니라는 점에서 주의를 요한다. 즉 춘원 또한 서사에서의 우연이 보이는 재미[흥미] 제고의 기능을 부정하는 것은 아닌 것이다. 덧붙여 둘 또 다른 하나는, 춘원이 구사하고 있는 '진'이라는 개념의 특징이다. 서사 구성에 있어서 인과의 법칙을 따르는 필연적인 것이 '진'이라는 논법에서의 '진'이라는 것이 윤리적·도덕적 가치를 지니는 것이기는 힘들다는 점이다. 춘원의 이 논의에서 '진'은 사실성의 의미로 축소되어, '사실로서의 진'을 통해 자연스러운 전개를 보이자는 것이라고 그의 주장을 요약해 둘 수 있다.

다음으로 카프 진영의 최고 소설가라 할 이기영의 사례가 주의를 끈다. 1937년의 시점에서 그는 『고향』(1934)에 대한 평자들의 비판에 동조하면서 우연을 자기 작품의 결함의 하나로 지적한다.

> 그럼으로 『故鄕』의 全體的 缺陷인 스켈의 狹隘는 勿論이요 그의 部分的 缺陷
> ─ 스토리의 偶然的 要素 構想의 疎漏 主題의 消極性 等 ─ 枚擧하자면 限이 없
> 을 것이다. [34]

스토리와 구상을 구별하고 서사상의 우연을 구상이 아니라 스토리의 문제로 보는 점이 특징적인데, 이 책의 현재 논의에서 중요한 것은 '스토리의 우연적 요소'가 소설의 결함으로 명확히 제시되고 있다는 사실이다.

끝으로 지적할 것은, 이 시기에 이르러, 소설에서의 우연이 부정적인 것이라는 판단이 논란의 여지가 없는 상식인 양 글의 바탕에 깔려

---

34 民村生, 「『故鄕』의 評判에 對하야」, 『風林』, 1937.1, 27면.

    제3부 소설과 우연의 문제

있는 경우들이 보인다는 사실이다. 예컨대 안회남의 경우 이태준의 「가마귀」를 평하면서, 까마귀를 잡아 나뭇가지에 거는 것이나 그 후 여인이 죽었다는 것은 물론이요 영구차가 지나간 자국에 눈이 내린다는 것까지 믿어지지 않는다 하고는 "모든 것은 眞實을 통한 必然이 아니고 무엇이나 作者가 任意로 맨들어내인 偶然인 때문이요 이야기의 陳述이지 하나도 生活의 表現이 아닌 까닭인 것이다"(8.15)라고 그 이유를 밝힌 바 있다.[35] 이러한 논의의 바탕에, 우연이 진실과 거리가 먼 것으로서 작품의 신뢰성을 떨어뜨리는 부정적인 요소라는 단정이 깔려 있음은 따로 설명이 필요하지 않다고 하겠다.

이원조 또한 유사한 태도를 보여준다. 1937년도 소설계를 정리하는 자리에서[36] 그는 '단편소설(순수소설)'에 대한 미련에 잡혀 있는 중견작가들과 달리 새로이 등장한 김말봉이 독자의 재미를 요구하는 신문소설계에서 '우연성의 강조'를 통해 수위를 점령했다고 지적하는데(44~45면), 인기만을 주안으로 삼는 신문소설이 '長篇小說의 發展上 重大한 暗礁의 하나'(45면)라는 그의 문제의식에 비추어볼 때, 우연이 부정적인 것이라는 판단이 바탕에 깔려 있음을 확인할 수 있다.

이러한 부정적 인식이 나름대로 어느 정도 퍼져 있었음을 확인시켜주는 것이 국어학자인 이희승의 글이다.[37] 표준어 사정 회의에서 소설 항목을 둘러싼 갑론을박 과정을 소개하며 시작하는 이 짧은 글에서 그는 소설의 한 특징이 "普遍妥當性 있는 事件을 取扱한 점"이라 할 때 이

---

35 안회남, 「現代小說의 性格—最近 創作을 中心으로 하야」, 『조선중앙일보』, 1936.8.13~21.
36 이원조, 「丁丑一年間文藝界總觀—主流探索의 한 路程表로서」, 『朝光』, 1937.12.
37 이희승, 「'小說'과 '얘기책'」, 『博文』 5, 1939.2.

야기책 즉 전대소설은 "偶然한 事件을 取扱한 點"을 특징으로 한다고 둘을 가르며 우연을 이야기책에 고유한 것으로 규정한다(12면). 더 나아가 신소설을 두고서는 "「新小說」은 「얘기책」과 「現代小說」 틈에 있어서 그 다리를 놓아주는 것이면서도 얼마큼 現代小說에 가까운 것이 된다"(같은 곳)라 하여, 후에 국문학계에서 통념화되는 인식을 보여주고 있다. 일석이 문학 전문가가 아니고 이 일이 사전의 항목을 정하는 과정의 논의였다는 두 가지 사실을 고려하며 그의 주장을 바라보면, 1930년대 후반에 이르러 우연 부정론이 어느 정도 확고한 기반을 갖추게 되었음을 부정할 수 없게 된다.

지금까지 1930년대 소설 관련 담론들에서 우연과 관계된 경우를 골라 소설에서의 우연을 문제시하지 않는 입장과 그와는 반대로 부정적인 것으로 규정하는 논의로 나누어 살펴보았다. 이와 관련하여 두 가지를 지적할 수 있다.

하나는 1920년대까지의 상황과 마찬가지로 이 시기 또한 전체 담론의 규모에 비할 때 우연에 관련되는 논의의 비중은 대단히 미미하다는 사실이다. 따라서 우연에 대한 논의를 찾아내어 인정·긍정 및 부정·배제의 경우로 나눠 논의할 수 있다고 해도, 보다 일반적으로는, 우연의 문제를 그리 중시하지 않은 것이 한국 근대소설 형성기 소설 담론의 특징이라고 해야 할 것이다.

다른 하나는, 이렇게 둘로 나누어 살펴보기는 했지만 김동인과 김남천만이 소설에서의 우연에 대한 호오의 입장을 명확히 드러내었지 그 외 논자들의 경우는 논의의 구도에 따라서는 서로 대립적이라고 말할 여지가 없어질 수도 있는 정도의 의식을 보인다는 점이다. '신문학사'의 임화가

                                                          제3부 소설과 우연의 문제

우연을 문제시하지 않는 것은 소설에서의 우연을 용인하는 것일 수는 있어도 긍정적 태도를 갖고 있음을 증명하는 것일 수는 없으며, 「소설가의 준비-소설가가 되려는 분에게」의 이광수가 '인과의 법칙'을 강조했다고 해서 소설에서의 우연 일체를 부정했다고 보기도 어려운 까닭이다.[38]

이러한 문제는 소설에서의 우연에 대한 당대 문인들의 의식을 정확히 이해하고 우연에 대한 국문학계의 잘못된 통념을 제대로 교정하는 데 있어서 좀 더 세밀하게 따져볼 필요가 있다. 이러한 맥락에서 바로 앞에서 살핀 안회남이 문제시한 것은 '作者가 任意로 맨들어내인 偶然'이고 이원조 또한 '우연성의 강조'를 문제시했음을 강조해 둘 수 있다. 이들에게서 문제적이라고 지적된 것은 우연 자체라기보다는 임의적으로 만들어지거나 지나치게 강조된 우연인 것이다. 안회남의 경우가 이러한 판단을 보다 명확히 확인할 수 있는 예가 된다. 앞에서 검토한 것과는 다른 글에서 그는, 당대의 문학을 신변소설과 객관소설, 통속소설로 나누어 인식하고 '大衆文學이나 通俗小說 등의 通俗性'과 구별하여 '文學 本來의 通俗美 스토리의 屈曲'으로서의 통속성을 따로 언급하고 있다.[39] 소설에서의 우연을 이와 관련지어 본다면, 객관소설에서 우연이 (원리상 부재할 수 없기에 당연히) 확인될 경우 그것을 소설문학 본

---

[38] 이러한 판단의 근거로, 우연을 우연으로 확인시키는 것이 인과관계뿐만은 아님을 들 수 있다. 일찍이 아리스토텔레스가 자연학에서 보여주었듯이 목적과 결과의 불일치 또한 우연을 낳는 주요한 경우이고(김영균, 「아리스토텔레스에 있어서 우연(tychē)의 문제」, 한국서양고전학회, 『서양고전학연구』 3, 1989; 배기훈, 「아리스토텔레스의 우연론」, 숭실대철학과, 『사색』 17, 2001), 쿠키슈우조우가 증명하듯이 우연이란 '정언적 우연', '가설적 우연', '이접적 우연'의 세 부류로 존재하는데 인과관계상의 우연은 '목적적 우연' 및 '이유적 우연'과 더불어 '가설적 우연'을 이루는 하위 범주의 하나일 뿐이다(쿠키슈우조우, 김성룡 역, 『우연이란 무엇인가』, 이회, 2000).

[39] 안회남, 「本格小說論-眞實感과 通俗性에 關한 提言」, 『조선일보』, 1937.2.17.

래의 통속미를 낳는 스토리상의 굴곡의 일부 요소로 간주하지, 그러한 우연의 존재만을 근거로 통속소설로 규정하지는 않으리라고 추론해 볼 수 있다. 즉 우연이 작가의 임의에 따라 과도하게 만들어지는 경우가 아니라면 그것을 소설에서 배제되어야 할 부정적인 요소로 보지는 않았으리라고 할 수 있는 것이다.

소설에서의 우연 자체는 인정하되 지나치게 작위적이거나 남용되는 경우를 비판적으로 평하는 이러한 태도는 다른 문인들에게서도 발견된다. 우연의 문제를 바탕으로 이광수의 『흙』과 이기영의 『고향』을 검토하는 민병휘의 논의가 좋은 예가 된다.[40] 장편으로 된 농민소설의 대표작으로 두 작품을 든 뒤 그는, 『흙』이 사실상 작가 자신의 '무리한 이상'을 그린 '事件 中心의 大家小說'이라면 『고향』은 작가의 '경험의 소산'으로서 농촌 사람들이 '자본의 검은손'에 맞서는 모습을 형상화한 '傾向을 띠운 作品'이라고 대조적으로 평가한다. 이러한 상반된 평가가, 두 작품 모두에 많이 구사되고 있는 우연의 차이에 대한 강조로 이어지는 점이 주목할 만하다. 허숭과 선이가 탄 차에 정선이 치이는 우연한 사건 설정과 더불어, 주인공이 남의 죄를 쓰고 5년 복역을 한다든지 하는 등장인물의 돌연한 거조 등 비현실적인 처리가 많은 『흙』의 경우 '不自然한 '우연'이 너무 많아 "秋月色' 時節에 써질 作品'에 해당된다고 혹평하는 반면 『고향』에 대해서는 "이 作品도 長篇인 만큼 '우연'이 많다. 더욱이 '경호'의 來歷 같은 것은 舊小說에서나 볼 수 있는 그것이었다. 그러나 『흙』에서 볼 수 있는 그러한 억지로히 '構造'가 보이지

---

40 민병휘, 「春園의 『흙』과 民村의 『故鄉』—農民小說로서의 對照」, 『朝鮮文壇』, 1935.5.

     제3부 소설과 우연의 문제

안는다”라 하여 평가를 달리 하는 것이다(124~125면 참조).

우연과 관련해서 볼 때 여기서 주목할 점은 다음 세 가지이다. 논의의 실질적인 내용을 우연의 문제와 작품의 현실성에 한정하면서 절의 제목을 ‘내용 비판’이라 할 만큼 우연에 주목했다는 점이 첫째요, 장편소설의 경우 우연이 많은 것이 일반적이라는 인식 위에서 우연이 많아도 억지스럽지 않을 수 있다고 주장하는 점이 둘째고, 우연을 구조[plot]의 문제로 사고하고 있다는 점이 다른 셋째이다. 이 중 핵심은, 소설에서의 우연의 일반적 존재에 대한 인식을 바탕에 깔고 과다한 경우 혹은 억지를 부린 경우만을 문제시하는 태도라 하겠다.

우연의 존재는 장편소설에서 일반적인 것이되 그것을 자연스럽게 처리하지 않고 과장할 때 문제가 된다는 이러한 균형 잡힌 인식이야말로 1930년대에 발견되는 일견 혼류 양상을 보이는 우연 관련 담론들의 기본적인 공통 특징이라고 할 수 있다. 김남천이나 김동인 등을 예외로 한 나머지 대부분의 문인들은 우연에 대해 이러한 시선을 공유하고 있다고도 해석되는 까닭이다.[41] 우연에 대한 이러한 의식은, 우연 자체가 아니라 ‘줄거리를 억지로 전개시키기 위하여 가져온 우연’이나 ‘우연의 남용’을 비판했던 조윤제나 조연현 등 국문학 연구 1세대의 우연관과도 다르지 않다.

---

[41] 물론 이러한 시각 자체가 대중문학·통속소설을 폄하하는 본격문학 중심주의에 속하는 것임은 분명하지만 이에 대한 논의를 전개하는 것은 이 책의 몫이 아니다. 본격문학/대중문학 이분법과 우연 인식의 관련 양상의 좋은 예로는 소설의 ‘結末 짓는 法(한 개의 秘訣)’에 대한 엄흥섭의 답변을 들 수 있다. “大衆小說 같은 것은 讀者의 興味를 끌기 爲하야 아기자기한 데서 딱 끈코 不自然한 偶然的 事件을 많이 너어 平凡을 避해 가지고 어떤 크라이막스에 일으러서 終結을 지켜나 하는 것이 通例 있듯 한데 藝術小說에 對해서는 그렇다고 斷言할 수 없읍니다”(「現代作家 創作 苦心 合談會」, 『社會公論』, 1937.1, 79면).

3. 해방 이후 국문학 연구의 우연 인식과 우연에 대한 통념의 발생

근대적 분과학문의 면모를 띤 국문학 연구가 본격화된 것은 1950년대 들어서이다. 이 시기를 이끈 주요 연구자는 조윤제, 전광용, 조연현 등으로 이들이 국문학 연구 1세대에 해당된다고 할 수 있다. 그 앞에 임화의 '신문학사'처럼 식민지시대에 이루어진 성과는 물론이요 백철의 『신문학사조사』(1948)나 조윤제의 『한국문학사』(1949)와 같이 해방기에 발표된 연구들이 토대로 놓여 있다.

소설에서의 우연의 문제와 관련한 인식을 보면 해방기에서 1950년대에 걸쳐 특기할 만한 점은 없다고도 할 수 있다. 소설 서사에서의 우연을 본격적으로 탐구하지 않고 있음은 물론이고, 비중을 따지기가 어려울 만큼 드물게나마 우연을 언급하는 경우 대체로 신소설에 대한 논의로 한정되며, 이때도 우연 자체가 아니라 우연의 과용을 문제시한다는 점에서, 크게 보아 1930년대의 우연 관련 논의의 양상과 다를 바가 없는 까닭이다. 그렇지만 그 이후 1960년대에 등장하는 우연 관련 통념 즉 전대소설의 우연이 신소설로 이어졌다가 근대소설에 이르러 사라졌다는 식의 오류가 형성되는 데 빌미를 제공한 측면이 있다는 점에서 따로 언급할 필요가 있다.

한국 근대소설에 대한 학적 연구의 초창기 산물들 또한 이전의 담론들이 그러한 것처럼 소설 서사에서의 우연에 대한 인식이 미미하다. 신소설의 경우로 좁혀서 보면, 신소설의 형식을 구소설적인 것으로 보든 반대로 새로운 면을 강조해서 보든 초기 국문학 연구들은 신소설의 우연을 주목하지 않고 있다. 전자에 해당하는 김태준의 『朝鮮小說史』(1932)와 앞서도 살핀 임화의 '신문학사 연구'가 그러하며, 후자에 해당하는 조윤제의 「朝鮮小說史槪要」(『문장』 19, 1940.9) 또한 마찬가지이다. 이들 연구의 경우 설령 우연을 언급하는 경우에도 부정적으로 평가하지는 않았다.

초기 국문학 연구의 이정표에 해당되는 몇몇 주요 논의들이 우연을 다루는 방식을 간략히 점검해 본다.

맨 먼저 검토할 대상이 1949년에 초판을 낸 조윤제의 『韓國文學史』(동국문화사, 1963)이다. 조윤제는 신소설의 위상을 '근대소설에 다리를 놓아 주는 일종 과도기적 소설'(411면)이라 규정하고 구체적인 논의를 전개한다. 이인직의 『귀의 성』과 이해조의 『빈상설』, 최찬식의 『추월색』을 예로 하여 작품의 경개를 제시하고 형식적인 측면에서의 특징을 요약하여, '형식에 있어 고대소설을 떠났고 묘사에 있어서도 사실적 방면에 힘을 쓴 점' 등을 강조하였다(414, 416면). 그러면서 『추월색』을 두고 "古代小說式의 偶然性이 너무나 甚하여 現實的인 우리의 生活과는 아직 먼 點이 많으나 그러나 古代小說에서 벗어나려고 애는 썼"(417면)다는 등 우연과 관련한 지적을 하기도 했다. 이후 신소설 일반의 주제에 대한 정리 뒤, "形式面을 細密히 檢討하여 보면 아직 近代小說의 門에 썩 들어서지 못하고 舊態에 어정대고 있는 點도 있는 것 같다"(423면)라고 규정한 뒤 우연의 문제를 부정적으로 언급하고 있다. "事件 進行에 있어서 偶然性이 너무나 많다는 것도 하나의 舊態라 하지 않을 수 없다"라 하고 『빈상설』, 『소학령』, 『모란병』, 『추월색』 등에서의 예를 드는 것이다(423면). 더 나아가 그는 이러한 경우가 "모두 줄거리를 억지로 展開시키기 爲하여 가지고 온 偶然性이라고 할 수 있어, 古代小說이 窮極에 到達하였을 때 그를 解決하고 冒免하기 爲하여 恒常 偶然性을 가지고 오는 것과 何等의 다를 點이 없다"(424면)라고 규정하였다.

이러한 논의의 바탕에는 다음 세 가지 판단이 깔려 있다. 우연성이란 전대소설이 서사 구성상 편의적인 방편으로 항상 구사하는 것이라는 주장이 첫째요, 신소설 또한 그러한 방식을 답습하면서 새로운 주제를 내세우고 있어 과도기적인 양식이라는 것이 둘째이고, 이로부터 추론하건대 이들과는 달리 근대소설에는 적어도 '너무도 많은' 우연성은 없다는 판단이 셋째이다. 이러한 판단들에 대해 여기서 따로 논의할 여유는 없다.[42] 현재 중요한 점은, 조윤제의 『韓國文學史』가 1940년

---

[42] 이 책의 논의에서 확인된 대로, 첫째와 셋째의 두 가지 판단들은 사실에 부합되지 않는 것이다. 신소설이 과도기 양식이라는 규정은 임화 이래 국문학계에서 널리 통용되어 온 것인데, 이러한 사고의 문제점을 원리적인 수준에서 간략히 지적해 둔다.

어떠한 사상(事象)을 과도기적인 것으로 파악하는 사고는 일견 사태를 운동하는 것으로 사고하는 것처럼 보인다. 사실에 대한 무리한 실체 규정적 사고를 넘어서 사태를 변증법적으로 파악하는 것으로 여겨지기 십상인 것이다. 그러나 실제는 그렇지 않다. 특정 대상을 과도기적인 것으로 규정하는 행위는 과도기적인 것의 다리 역할을 통해 이어진다고 여겨지는 그 전후의 대상에 실체를 부여하는 것이기 때문이다. 동일한 방식으로, 신소설에 대한 과도기 규정은 그 이전의 전대소설과 이후의 근대소설 양자 각각이 실체라고 전제한다. 전대소설과 근대소설 각각에 확고한 정체성을 부여하여 그것들을 고정적인 것인 양 사고하는 것이다. 이때의 근대소설이 서구의 그것이라는 점을 문제시하기 전에, 이러한 구도 설정 자체가 소설문학에 대한 바른 이해일 수 없다는 점이 문제이다. 전대소설이나 근대소설에 비할 때 과도기 문학인 신소설은 정체성을 제대로 갖추지 못했다고 주장하는 것이지만, 사실 전대소설이나 근대소설 자체가 신소설을 일종의 미달형으로 만들 만큼 고유의 정체성을 갖는 것인지부터가 의문인 까닭이다. 소설의 양상이 통시적으로 끊임없이 변화·발전하며 공시적으로도 상이한 하위 갈래들로 이루어져 있음을 고려하면 전대소설이든 근대소설이든 나름의 정체성을 갖는 것이라고 실체 규정적으로 사고할 수 없음이 확연해진다. 이러한 점에서, 과도기 규정은 현상적으로 보이는 것처럼 사태를 운동하는 것으로 보는 것이 아니라 오히려 정반대로 형식주의적으로 고정시키는 사고의 소산이라 하지 않을 수 없다(신소설과 마찬가지로 과도기적 양식으로 간주되어 온 신경향파문학에 대한 과도기 규정의 문제에 대해서는 졸고, 『한국 근대문학의 형성과 신경향파』, 소명출판, 2000, 142~145면을 통해 논의한 바 있는데 거기서는 실체론적 사고 자체를 명시적으로 부정하지 못했다).

제3부 소설과 우연의 문제

대의 다른 논의들은 물론이요 1940년에 발표한 자신의 「朝鮮小說史槪
要」와도 달리,[43] 신소설의 특징을 말하면서 우연에 대한 부정적인 시
각을 명확히 하고 과도한 우연을 고대소설·전대소설의 특징으로 단
정했다는 점이다. 우연 자체가 아니라 '너무나 많은' 우연을 문제시하
고 있다는 점을 간과해서는 안 되겠지만, 전대소설과 근대소설을 대비
하는 논의 구도 속에서 신소설의 과도기적인 성격을 규정하는 요소로
우연의 구사를 지적하고 있기 때문에, 이러한 주장은 우연의 구사를
근대소설 미달형의 특징으로 판단하게 만들었다는 혐의로부터 자유
롭기 어렵다.

신소설을 집중적으로 검토하여 관련 연구의 전범을 수립한 전광용
의 경우로 오면 이러한 혐의가 단순한 혐의에 머물지 않게 된다.

「'昭陽亭'考」(『국어국문학』 10, 1954) 이래 일 년여에 걸친 『사상계』 연재
(1955.10~56.11)를 통해 발표한 일련의 '신소설 연구'에서 그는 자살미수
등으로 빈번하게 드러나는 '우연성'을 신소설의 '통폐'로 규정한 바 있
다.[44] '자살미수의 빈번한 삽입 등으로 사건을 진행시키려는 우발성'이
야말로 '엽기성'과 더불어 신소설의 주요 결함이라는 것이다(21, 268~
275면 참조). '신소설이 전대소설과 비교하면 발전한 것이지만 현대소설
과 비교했을 때 적지 않은 결함을 지닌 과도기적인 것'이라는 논의 구도
속에서, 이러한 '결함'과 '통폐'는 현대소설로 오면서 지양되는 부정적

---

43 「朝鮮小說史槪要」(『문장』 19, 1940.9)에서 조윤제가 신소설의 '고대소설'적 요소로 지적하
는 바는 '家庭中心'과 '勸善懲惡的 意味'가 있다는 것이요(159면), '傳記體'로부터 이탈하려 하
고 묘사를 존중하였으나 완전한 것은 되지 못하였다는 점(160면)뿐이다. 우연의 문제는 논
의되지 않고 있다.
44 전광용, 『新小說研究』, 새문사, 1986, 21·274~275면.

인 요소로 설정된다. '과도기적'이라는 말을 "동양적인 전통에서 벗어나 서구적인 소설양식으로 변모해 가는 전환기에 있어서의 교량적인 구실의 뜻으로 해석"(40면)하고 있는 점을 주목하면, 조윤제에게서는 다소 모호했던 근대소설과 우연의 문제가 전광용의 논의에 와서 훨씬 선명해졌다고 할 수 있다. '동양적인 전통'과 '서구적인 소설양식'의 대조 속에서 우발성·우연은 전대소설에 귀속되는 것이고 사정이 이러한 만큼 서구적인 소설양식은 우연과 무연한 것으로 간주되게 된다.

조윤제에서 전광용으로 넘어오면서 근대소설과 우연의 관계를 배타적인 것인 양 단순화하면서 오해할 여지가 증대되기는 했지만, 사태가 단순하지만은 않았다. 조연현의 논의가 개입되어 있는 까닭이다.

조연현은 『韓國現代文學史』(현대문학사, 1956)에서 신소설을 문학적으로 검토하면서 '우연성과 대화의 남용'을 그 한계로 지적하고 있다. 신소설에 대한 소설사적 평가에서는 선행 연구자들과 의견 일치를 보이지만, 조연현의 경우 우연의 구사 자체가 문제라고 보는 것이 아니라 명확하게 '우연의 남용'을 비판하고 있어 차이를 보인다.[45] 그는 『심청전』이나 『춘향전』에서는 우연이 '작품의 감명이나 감동'을 창조하는 데 반해 신소설은 그렇지 못하다고 주장한다.

新小說에 있어서는 이러한 重要한 偶然性을 特別한 境遇에만 適用한 것이 아니라 事件의 性質이나 그 大小를 莫論하고 함부로 어디메고 適用시키고 있기 때문에 文學的인 效果를 형편없이 去勢시키고 말았다. (…중략…) 이러한

---

45 현재의 논의에서 '우연의 남용'을 신소설의 특징으로 보는 판단이 적절치 못하다고 지적할 필요는 없다. 중요한 것은 해방 이후 국문학 연구에서의 논의의 구도 및 흐름이기 때문이다.

 　　　　　　　　　　　제3부 소설과 우연의 문제

新小說의 偶然性이 人物의 性格이나 그 運命의 必然性을 說明하고 表現해 주기 爲한 것이라면 그래도 어느 程度의 成果를 거둘 수도 있었겠지만 그러한 偶然의 連結이 단지 줄거리를 展開시키기 爲한 方法으로서만 利用되었다는 것은 新小說의 致命的인 文學的 損傷이었던 것이다.[46]

위 인용에서 주목되는 것은 두 가지이다. 하나는 소설 서사에서 우연이 순기능을 할 수 있다는 인식이 드러나 있다는 점이다. '우연이 운명의 필연성을 설명하고 표현'하기도 한다는 판단은 표현상 모순이 되는 것처럼 보일 만큼 그 자체로 신선하기까지 한데,[47] 지금 맥락에서 중요한 것은 소설 서사에서 우연이 긍정적으로 쓰일 수 있다고 명언했다는 사실이다. 또 다른 하나는 신소설의 '치명적인 문학적 손상'으로서 우연을 '단지 줄거리를 전개시키기 위한 방법으로서 함부로 이용'한다는 점을 들고 있는 사실이다. 신소설이 실제로 이러하지도 않고 설령 그렇다 해도 이것이 '치명적인' 것인지 또한 논란의 여지가 있지만, 여기서도 중요한 것은 우연의 과용을 결함으로 인정한다는 사실이다. 요컨대 소설에서의 우연 구사 자체와 우연의 과용을 명확히 갈라서 평가를 달리 한다는 데 조연현의 특징이 있다.

이러한 다소 미묘한 논의 구도가 단순화되는 것은 1960년대 초 김우

---

46 조연현, 『韓國現代文學史 (第一部)』, 현대문학사, 1956, 97~98면.
47 이러한 생각은, 우연이 실감을 고조하는 기능을 한다고 보는 이후의 생각(「小說에 있어서의 偶然性의 問題」, 『동국대논문집』 1집, 1964.3)에 닿아 있는 것으로서, 이미 벌어진 것으로서의 운명은 돌이킬 수 없다는 점에서 필연적인 것일 터인데, 그렇게 운명으로 인식되는 사람들의 삶 자체에는 우연이 개재되어 있다고 보는 것이라 해석해 볼 수 있다. 우연이 있는 서사가 좀 더 현실적인 효과를 보인다는 판단은 김동리에게서도 찾아진다(「偶然性의 研究─小說에 있어 偶然性의 虛構面과 眞實面에 對한 考察」, 『신사조』, 1950.5).

종에 이르러서이다. 김우종은 제목에서부터 소설사의 대상을 단절적으로 구분하고 있는 「構成 및 文體에 關한 古代小說과 新小說의 比較研究」(1963)라는 논문을 통해, 신소설의 우연을 전대소설의 부정적인 연장으로 강조하고 있다. 그는 신소설의 새로운 면모를 다각도로 강조한 뒤, 선행 연구자들과 마찬가지로 신소설의 '구투(舊套)'로 우연성을 지적한다. 이인직의 『혈의 누』와 이해조의 『빈상설』을 두고 '필연성이 결여된 경우 즉 우연성이 남용된 사례'를 각기 세 가지씩 소개한 뒤에, 신소설이 '사건 형성을 주제 형성을 위한 한 수단으로 인식'하고는 있었으나 "그 事件에 必然性을 둔다는 것만은 아직 확실히 인식하지 못하고 있었다"라 하고, "이 '必然性 缺如'만은 新小說이 그 構成面에서 지니고 있는 가장 뚜렷한 古代小說的인 遺物이었다"라고 주장하는 것이다.[48]

김우종은 세부적인 판단에서는 우연의 양상과 의미를 객관적·실증적으로 분석하는 면모도 보이지만, 결론에서는 자신의 이러한 분석을 무시하고 우연의 구사를 주요 근거로 삼아 신소설이 근대소설에 미달한다고 규정하고 만다. 신소설이 근대소설에 미달하는 요인으로 '사건에 필연성을 둔다는 것을 확실히 인식하지 못함'이라는 항목을 명기하는 것이다.

이러한 주장은 세 가지 문제를 지닌다. 무엇보다 먼저 근대소설에 대한 자의적인 규정의 위험을 지적할 수 있다. 사건 전개에 필연성이 있어야 근대소설이 근대소설로서 존재하게 된다는 것인데 이 책의 제2부에서 검토한 것처럼 이러한 주장은 사실 아무런 근거도 갖지 않는

---

48 김우종, 「構成 및 文體에 關한 古代小說과 新小說의 比較研究」, 『충남대논문집』 3, 1963, 75~77면 참조. 동일한 생각이 『韓國現代小說史』(성문각, 1982, 37~39면)에까지 이어진다.

제3부 소설과 우연의 문제

것이다. 둘째로 우연성의 개재 곧 필연성의 결여를 기준으로 하여 전
대소설과 근대소설을 명확히 가를 수 있다는 이분법적 인식도 문제적
이다.[49] 마지막으로, 이렇게 전대소설과 근대소설을 이분법적으로 나
누면서 서사에서의 우연을 전대소설의 특징으로 귀속시키고 근대소
설은 사건 전개에서 필연성을 갖춘다고 강조함으로써, 소설에서의 우
연에 대한 통념을 만들어 내었다는 점이다. 우연성을 '전대소설과 신
소설의 공통적인 요소'로 정리함으로써 근대소설에서는 우연성이 없
다는 가상을 명확히 하고, '소설에서의 우연이 전대소설에 흔했다가
신소설기에 부정적으로 계승되었지만 근대소설에 이르면 사라진다'는
식의 그럴 듯한 진화론적 구도를 창출한 것이다. 주지하듯이 이러한
통념은 이후 별다른 이의제기 없이 지속되어 왔다. '서사에서의 우연
이란 전근대소설 고유의 부정적인 특징'이라는 생각이 하나의 공리처
럼 굳어져 버린 것이다.[50]

---

49 전근대 서사의 계승·부활을 기치로 내걸고 등장한 1990년대 이래 김탁환 등이 선보인 일
   군의 소설들의 존재나 신소설과 더불어 『무정』 또한 보이고 있는 전대소설적 특성의 지속
   성 등을 염두에 두거나, 근대소설기 내내 지속적으로 생산되고 소비된 통속적 대중소설들
   의 전대소설과의 유사성을 무시하지 않거나, 톨킨이나 조앤 롤링 등의 위세에 힘입어 전 세
   계적으로 영향력을 행사하고 있는 판타지처럼 전근대소설과의 연속성이 짙은 장르문학의
   확산이나 노벨(Novel)이라기보다는 로망스에 가까운 소설의 지속적인 등장(프랑코 모레
   티, 조형준 역, 『근대의 서사시』, 새물결, 2001) 등을 염두에 둔다면, 이른바 전근대소설과
   근대소설의 경계라는 것이 실정적인 수준에서 대단히 모호한 것이며 사실상 근대소설의 일
   부로서의 본격소설의 (실제가 아니라) 지향성 면에서만 의식될 수 있는 것이라고 하지 않을
   수 없음이 명확해진다.
50 고전문학 분야와 달리 근현대문학 연구계의 경우 강진구의 「한국 근대초기 小說論 硏究―偶
   然性 논의를 중심으로」(중앙대 박사논문, 2002) 정도를 빼면 주목할 만한 성과가 없어 이러한
   점을 따로 따지기가 어려울 정도인데, 대중문학에 대한 논의들에서 광범위하게 확인되는바
   우연을 통속성의 지표로 삼아 폄하하는 인식에서 이러한 통념의 현재성을 확인할 수 있다.

4. 우연에 대한 부정적 통념의 문단 정치적, 미학적 의미

형성기 한국 근대소설사를 이루는 다양한 작품 갈래들 전반을 두고 볼 때, 한국 근대소설의 형성 과정에서 우연이 부정적인 것으로 배척되었다고는 절대 말할 수 없다는 사실은, 이 책의 제2부를 통해 누누이 확인되었다. 신소설이나 대중소설뿐 아니라 모더니즘소설에서도 우연은 두루 확인되고 있으며, 오히려 후자의 경우에서 우연이 작품의 주제효과와 관련하여 서사 구성상 중요한 역할을 하고 있음을 알 수 있었다. 리얼리즘 계열의 소설에서도 우연이 적극적으로 배제되지는 않고 있음 또한 앞의 검토에서 확인된 사항이다.

사정이 이러하기에, 한국 근대소설의 각 갈래에서 우연이 어떤 식으로 구사되며 어떠한 기능을 하고 있는가를 공시적인 측면에서 사실대로 이해해야지, 우연에 대한 인식이 일방향적인 전개 양상을 띤다고 추정하여 우연의 습용에서 배제라는 식으로 가상의 통시적 계열체를 만들고자 해서는 안 된다고 할 수 있다. 그럼에도 불구하고 앞 절에서 검토한 대로 국문학계 내에 우연에 관한 잘못된 통념이 존재하고 있는 것이 사실이다. 소설사의 실제와 학계의 의식 사이에 놓인 이러한 괴리가 어떻게 발생했는지를 추론하고 그 의미를 따져보는 것이 이 절의 과제이다. 이를 위해, 지금까지의 논의를 개괄한 뒤에, 그러한 통념의 발생 원인으로서 우연 관련 담론들의 바탕에 깔려 있는 문단 정치적인 대립 구도를 지적하면서 그러한 통념이 갖는 의미를 살펴본다.

1900년대에서 1940년에 이르는 소설 관련 담론들 및 그 이후의 국

　　　　　　　　　　　　　　제3부 소설과 우연의 문제

문학 연구에 대한 앞 절의 개괄적인 검토를 통해서 확인되고 추론 가능한 사실은 다음 네 가지이다.

첫째는 전체적으로 보아 우연을 다루는 경우가 드물며, 우연과 관련될 수 있는 담론들에서도 우연에 대한 부정적인 견해는 발견하기 어렵다는 사실이다. 1920년대 초에 집중적으로 등장한 소설에 대한 개론적인 글들은 플롯 등을 설명하고 소설이 소설로서 갖춰야 할 제반 특성들을 기술하면서도, 우연을 문제시하거나 그것을 배제해야 한다고 주장하지는 않는다. 플롯과 인과성의 관계에 대한 인식도 통념적인 예상과 다른 양상을 보인다. 플롯이 플롯이기 위해서는 사건들 사이에 인과관계가 있어야 한다는 식으로 양자 사이에 어떠한 필연적 관계를 마련하거나 하지는 않는 것이다.[51] 작품 속의 우연을 실제로 다루며 직간접적으로 논의하는 경우들에서도 우연에 대한 부정적인 견해는 1930년대 중반에 와서야 비로소 확인된다. 이러한 사실은, 형성기 한국 근대소설 작품들에서 우연이 광범위하게 구사되고 있다는 객관적 특징과 함께 고려될 때, 전대소설의 우연이 신소설에로 계승되었다가 근대소설이 형성되면서 배제되었다는 식의 우연 부정론이 195, 60년대에서야 만들어진 잘못된 통념에 불과함을 확증해 준다.

둘째는 1930년대 중반 이전까지는 '우연 배제론'이라 할 만한 논급이 거의 없다는 이러한 사실이, 우연에 대한 당대 문인들의 태도와 관련하여 갖는 의미이다. 작중 인물의 행위나 변화가 보이는 비현실성이나 사건 전개의 부자연스러움 등을 지적하면서도 우연 배제론으로 나아가

---

[51] 뒤에서 살피겠지만, 아리스토텔레스가 『시학』에서 보인 플롯의 이해와 유사한 이러한 특징은, 플롯에 대한 유연한 사고를 보여주는 것으로서, 십분 강조할 만한 것이다.

지 않는 것은, 그들에게 우연이 현실적이지 않은 것이라는 의식이 없었음을 증명해 준다. 실제 생활에서 우연이 심심찮게 등장하는 것처럼 소설에서 우연이 등장하더라도 그것이 실제성을 상하게 한다고 보지는 않았으리라 추론되는 것이다. 이는, 비판적으로 논평하고 있는 대상 작품의 문제적인 양상을 보이는 부분에 우연이 구사되고 있는 경우에도 우연을 배제해야 한다고 주장하지는 않는 데서 잘 확인된다. 서사의 비현실성이나 부자연스러움과 같은 문제가 있어도 그것이 우연에 의한 것이라고 생각되지는 않았던 것이다. 우연의 일반적인 기능이 흥미의 제고에 있다는 점은 일찍이 신소설 작가들부터 충분히 인지하고 있었으므로, 사정이 이러하다는 점은, 우연의 기능에 대한 문인들의 사고 속에는 긍정적인 것이라 할 흥미 제고 기능 외에 특별히 부정적인 것이라 할 만한 것이 없었음을 알려 준다. 요컨대 서사에서의 우연이 행하는 기능을 부정적으로 사고하고 있지 않다는 점이 확인된다.

셋째는 1930년대에 주목해서 보자면 우연에 대한 인식이 혼류 양상을 보인다는 점이다. 한 면에서는 우연을 전혀 문제시하지 않는 반면 다른 면에서는 타기해야 할 요소로 보아 서로 대립각을 세우는 한편, 그 중간에, 우연 자체가 아니라 우연의 남용을 부정적으로 보는 입장이 존재하고 있다. 우연에 대한 결론적인 태도가 아니라 작품 내의 우연에 대한 세부 논의의 맥락을 중시하여 달리 보자면, 소설 서사에서 불가피한 우연은 인정하되 작위적이거나 억지스러운 우연 구사나 우연의 남용 및 과장을 문제시하는 것이 우연과 관련된 대체적인 입장이라고도 할 수 있음을 확인하였다.

끝으로 넷째로, 식민지시대의 우연 관련 담론과 비교하여 해방 이후

　　　　　　　　　　　　　　제3부 소설과 우연의 문제

국문학 연구계가 보이는 우연 논의에 있어서의 변화의 요인을 생각해 볼 수 있다. 앞에서 확인한 대로, 우연 자체를 부정적으로 사고하기보다는 우연의 과용을 문제시하는 이전의 태도는 전체적으로 볼 때 국문학 연구 1세대들에게까지 지속적으로 이어져 왔다. 그런 한편, 우연 자체를 근대소설과 떼어 놓는 식의 사고가 조윤제나 전광용 등에게서 단초를 보이다 김우종에 이르러 일종의 공식처럼 명확하게 된 것 또한 검토해 보았다.

이러한 변화의 상황적 요인을 추론하는 데 있어서 두 가지가 주목을 요한다. 하나는 해방 이후의 상황이란, 한국 근대소설이라는 것이 형성기를 지난 것이며 이미 완성된 것으로서 학적 연구의 대상으로 다루어졌다는 것이다. 이미 형성된 것이기에 그에 대한 정체성 규명이 요구되는 한편 검토의 장이 문단 현장이 아니라 아카데미즘의 자리에 설정되었기에 연구 대상인 근대소설에 대한 추상적 차원의 해명에 대한 요구가 한층 강해졌으리라고 짐작할 수 있다. 이러한 상황에서 근대소설의 실제에 비추어 볼 때 과도하게 단순화된 근대소설관 곧 우연의 배제를 요소로 하는 편협한 관념이 생겨났으리라고 추론할 수 있다.

이상이 상황의 변화에 속하는 것이라면 다른 하나는 상황의 지속성 면에서 고려될 수 있는 것인데, 우연 부정론이 처음 등장하는 1930년대 중반이나 해방기 이후의 순수 아카데미즘이 공유하는바 통속소설을 경계하고 배제하는 태도를 주목해 볼 수 있다. 앞서 살핀 대로 김남천의 우연 부정론은 카프 문학운동의 연장선상에 있던 것이지만 그에 동조하는 논의가 세력을 형성하게 된 데는 소설계의 지배 세력으로 순통속이 등장한 상황 변화가 있었다. 김말봉, 박계주 등의 순통속이 등장하는 상황에서 위기에 처한 본격소설 진영의 문단정치적인 논리로 우연 부정론이 확산된 것인데, 이러한 점이 1950년대 이후의 국문학 연구자들에게도 분명히 전승된 것이라고 하겠다.

끝의 사실에 대한 좀 더 심층적인 논의로서, 우연 부정론이 등장하고 우연에 대한 통념이 형성되는 과정의 바탕에 깔려 있는 문제의 근원을 천착할 필요가 있다. 우연 관련 담론들이 보이는 양상의 바탕에 깔린 두 가지 대립구도가 그것이다.

첫째는 1930년대 전반에 걸친 카프 계열 문학인들을 중심으로 한 좌우파 문인 간의 조직적 대립의 연장 형식이다. 비록 카프가 해산되었어도 이념의 대립구도가 한순간에 없어질 수는 없을 터인데, 이러한 점이 우연에 대한 태도 면에서도 확인되는 것이다.[52] 전형성을 구현해야 훌륭하고 가치 있는 예술작품이 된다고 주장하면서 우연의 구사를 비판한 김남천이 뚜렷한 예가 된다. 전형성을 도식적으로 이해한 채로 그 구현을 주창하며 우연을 부정하는 그의 태도는 사회의 운동과 역사의 전개를 필연의 과정으로 이해하는 교조적 마르크스주의의 입장에서서 문단의 대립구도를 명확히 하려는 것이라 할 수 있다.

이러한 의미에서 김남천 식의 우연 부정론은 두 가지 의미를 갖는다. 하나는 일본의 경우에서 확인된바 우연의 수용 여부가 마르크스주의의 필연적인 세계 이해에 대한 태도 문제로 이어지는 맥락에서, 작

---

52 이른바 전형기로 불리는 1930년대 후반의 제 비평과 논쟁이 구카프계 내의 분화와 더불어 정통 마르크스주의 미학으로 나아가려는 문인들과 이를 거부하는 문인들 사이의 이론 투쟁임은 물론인데, 사회주의 리얼리즘의 '올바른' 수용이나 혁명적 낭만주의의 문제 등과 더불어 소설에서의 우연의 존재에 대한 입장을 결정하는 필연성 / 우연성 문제 또한 이러한 투쟁의 한 요소라 하겠다.

가의 세계관과 소설 형식에 대한 이해의 관련성을 우연 범주가 재삼 고찰할 여지를 준다는 점이다. 다른 하나는 카프 해산과 더불어 문학운동 조직을 통해서는 문단 내 역학관계를 더 이상 파악할 수 없게 된 상황에서, 우연이라는 범주가 이러한 역학관계를 새롭게 조명해 볼 수 있는 소설 미학적 차원에서의 통로가 될 수 있다는 사실이다.

우연 부정론이 확산되어 이희승 식의 사전적 규정까지 가능해지게 되고 결국 195, 60년대 국문학 연구계로까지 이어지는 상황의 바탕에서 확인되는 또 다른 대립구도는, 이른바 본격문학과 대중문학 사이에서 찾아진다. 주지하듯이 1930년대 중후반이란 신문연재 소설의 통속화가 부정할 수 없을 만큼 강화되고 순통속에 해당되는 작품들이 등장하여 문학시장의 우이를 장악하게 되는 시기이다. 이러한 사태를 당하여 좌우파를 망라하는 이른바 예술소설 혹은 본격문학 진영이 대중문학을 타자화하기 시작하는데, 이때 그들이 시도한 통속성 규정의 주요 근거가 바로 우연의 남용이었다. 우연이 본격문학과 대중문학이라는 대립구도를 가능케 하는 범주로 활용된 것이다. 이러한 대립구도가 1980년대에 이르기까지 전혀 흔들림 없이 지속되어 온 점을 생각하면 1950년대의 국문학 연구 1세대나 그 이후의 연구자들 또한 이를 바탕에 깔고 연구를 수행해 왔다는 데 이의를 제기할 수 없다.

'본격문학 / 대중문학'의 이분법을 구축하는 데 있어 우연이 적극적으로 활용된 이러한 사실은, 두 가지의 문제를 낳는다. 하나는 소설에서의 우연의 문제를 문단역학적인 이유로 왜곡하여 결과적으로 볼 때 우연에 대한 국문학계의 잘못된 통념의 연원을 이루었다는 것이다. 본격문학 진영이 대중문학을 사이비문학으로 규정하는 징표로 우연의 남용을 문제시하면서, 소설 서사에서의 불가피한 요소인 우연이 통속소설만의 특징인 양 간주되면서 그 자체로 부정적인 것으로 오해된 것이다. 더불어 생각할 또 하나의 문제는, 이러한 오해의 과정이 좀 더 근원적으로는 사실주의적, 재현 중심주의적인 소설관이 지배적이 되는 과정이기도 하다는 사실이다. 우연을 부정적인 것으로 낙인찍는 과정과 더불어, 우연을 배제하려고 노력하며 소설적 가상을 실제인 양 제시하려는 사실주의적, 재현 중심주의적 욕망이 이른바 본격문학 진영 전반에 편재하게 된 것이다. 바로 이러한 의미에서 대중문학을 경계하며 활성화된 1930년대 우연 부정론이 갖는 문단역학적인 의미는 현재성을 지니는 살아 있는 문제라고도 할 수 있다.

후자의 문제를 좀 더 궁구하면서 이 절의 논의를 맺는다. 소설에서의 우연을 부정적으로 보아 전대소설 및 신소설의 특성으로 규정하고 근대소설에는 그러한 문제적인 우연이 없다는 식의 사고의 바탕에는, 근대소설 일반의 전범인 양 리얼리즘소설을 과도하게 중시하는 태도가 깔려 있다고 할 수 있다. 달리 말하자면 리얼리즘 위주의 근대소설관 혹은 재현을 기저로 하는 소설 이해가 바탕에 있는 것인데, 이러한 리얼리즘 중시 태도는 역사적인 근거를 갖는다고 할 수 있다. 일본 메이지 시대의 작가들이 서구의 '19세기 소설'을 보편적인 소설인 양 받아들인 것처럼[53] 우리도 식민지 시대에 비슷한 양상을 보였고, 이후 현대사가 보인 암울한 상황 탓에 시대 상황에 맞서는 범 리얼리즘적 문학운동이 시대적 소명까지 두르며 문단은 물론이요 사회운동의 주

---

53 노구치 다케히코, 노혜경 역, 『일본의 '소설' 개념』, 소명출판, 2010, 117면.

 제3부 소설과 우연의 문제

류 역할을 해 오게 된 데서, 리얼리즘소설이 근대소설의 보편형으로 간주되는 상황이 벌어진 것이라고 추정된다.

리얼리즘 위주의 근대소설관은 여러 모로 문제적인데, 소설사의 맥락에서 우연의 문제를 왜곡하는 것 외에도, 크게 세 가지를 들 수 있다. 첫째, 이러한 소설관은 근대소설의 중요한 특징 중 하나로 널리 인정되는바 시정의 한담에서 심오한 철학적 · 종교적 사유에 이르기까지 온갖 잡다한 것을 포괄하는 포용력에 의해 펼쳐지는 근대소설 하위 갈래들의 다양한 제 양상을 사실상 인정하지 않고 소설 이해를 편협하게 축소 · 왜곡시키는 문제를 낳는다. 다음으로 보다 근본적으로 볼 때, 리얼리즘 중심의 근대소설 이해는 다양한 소설들을 그 자체로 인정하기보다는 자신에 맞추어 일의적으로 해석하고자 하는 욕망의 산물로서 작품들의 예술성을 억압하는 것이라 할 수 있다.[54] 셋째로, 한 걸음 더 나아가 사상의 측면에서 보자면 이러한 소설 이해의 바탕에는 카프로 대표되는 좌파문학 등이 보였던바 세계관, 역사관, 사회관에 있어서의 필연성에 대한 맹목이 자리 잡고 있어서,[55] 리얼리즘소설에 대한 올바른 이해 자체도 방해한다는 문제를 지적하지 않을 수 없다. 역사 일반이 갖는 구성주의적 성격을 리얼리즘소설을 이해하는 데 있어 무시하고, 이들 소설이 재현 · 반영해 내는 것이 현실에 대한 하나의 상(像)임을 잊고 실제의 재구성인 양 소박하게 생각하는 잘못을 확산시키는 것이다.

---

54 이러한 맥락에서, 예술작품에 대한 일체의 해석이 예술성에 대한 억압이라는 수전 손택의 지적을 한 번쯤은 긍정적으로 생각해 볼 수 있다(이민아 역, 「해석에 반대한다」, 『해석에 반대한다』, 이후, 2002).

55 일본에서 바로 이러한 문제의식을 갖고 마르크스주의 문학에 대항한 것이 中河與一의 '우연문학론'이다(黑田俊太郎, 「戰時下日本浪漫派言說の橫顔─中河與一の'永遠思想', 變奏される'リアリズム'」, 三田國文編輯委員會 編, 『三田國文』50, 2009, 16~17면 참조).

5. 보론 : 우연과 플롯의 문제

1) 아리스토텔레스 시학에서의 플롯과 우연

소설과 같은 서사문학에서 우연이 의식되는 일차적인 방식은 사건들 사이의 인과성이 결여되어 있을 때이다. 목적적 우연이나 이접적 우연, 이유적 우연 등은 사실 분석적인 눈으로 주의 깊게 관찰하지 않는 한 검출 자체가 어려울 수 있지만, 인과적 우연 특히 별개의 사건이 인과관계 없이 연결되는 인과적 적극적 우연의 경우는 쉽게 눈에 띤다. 사정이 이러한 까닭에 우연의 존재는 흔히 플롯상의 결함으로 인식되곤 해 왔다. 이러한 상황의 바탕에, 우연이 존재하면 근대소설로서 마땅히 갖추어야 할 플롯화가 덜 되었다는 판단이 깔려 있음은 물론인데, 우연의 문제에 주목하는 전문적인 연구들도 대체로 동일한 판단을 전제로 하고 있다.

이상의 경향은 두 가지 문제를 안고 있다. 서사에서의 우연이 인과적 적극적 우연으로 좁혀질 수 없다는 것이 첫째요, 인과관계의 결여를 의미하는 이러한 인과적 우연이 존재한다고 해서 플롯상에 결함이 있다고 볼 수는 없다는 것이 다른 하나다. 전자에 대해서는 이 책의 1장 서론에서 밝히고 제2부의 작품 분석을 통해 지속적으로 적용해 왔으므로 여기서 다시 논할 필요가 없겠다. 이 자리에서는 후자의 문제 곧 우연과 플롯의 관계를 검토함으로써 우연의 기능 및 효과에 대한 다음 장 논의의 바탕을 다져 둔다. 먼저 플롯에 대한 이해를 마련해 본다.

일견 자명한 듯 보이지만 플롯(plot)에 대한 이해는 파고들면 들수록 내용이 모호해지는 문제를 안고 있다. 어떤 맥락에서도 플롯에 대한 일의적인 이해가 가능하지 않을 정도로 이론가들 사이의 입장 차이가 크다. 이러한 까닭에 발본적인 검토가 필요한데, 이를 위해서는 아리스토텔레스의 『시학』을 검토해 보는 것이 나름의 의미를 가질 수 있다. 문학을 서정·서사·극으로 나눈 문학양식론에 있어서 그의 입론이 여전히 큰 영향력을 행사하고 있는 데서 확인되듯 플롯의 문제에 있어서도 그의 논의가 현재적인 쟁점에 그대로 연결되어 있는 까닭이다.

플롯에 대한 아리스토텔레스의 이해를 확인할 수 있는 『시학』의 첫 구절은 희극과 서사시를 논하는 5장에서 등장한다.

> 희극의 플롯을 구성하는 것은 시칠리아에서 유래한 것인데, 그것은 에피카르모스와 포르미스가 (원전 파손) 아테네의 시인들 중에서는 크라테스가 최초로 개인 비방의 형식을 버리고 보편적인 스토리, 즉 플롯을 구성하기 시작하였다.[56]
>
> The invented Fable, or Plot, however, originated in Sicily, with Epicharmus and Phormis; of Athenian poets Crates was the first to drop the Comedy of invective and frame stories of a general and non-personal nature, in other words, Fables or Plots.[57]

---

[56] 아리스토텔레스, 조우현·천병희 역, 『국가/시학』, 삼성출판사, 1990, 469~470면.

[57] Aristotle, trans. by Ingram Bywater, *The Poetics*, Oxford at the Clarendon Press, 1920, p.15. 이하에서는 본문 속에 면 수만 표시하고, 국영문 인용의 경우 영문은 이 책의 본문과 면 수만 밝히면서 각주로 처리한다.

　여기서 확인되는 것은, 플롯이란 보편적인 스토리 곧 일반적이고 비개인적 본성의 스토리라는 점이다. 국역본의 보편적인 스토리라는 규정은 단순명쾌해 보이기도 하지만, 사실 플롯이 '개인 비방의 형식'과 다른 것이라 할 때 형식 차원에서 어떠한 차이가 있을 수 있는지는 모호하다. '개인'을 비방하는 대신 '일반적'인 내용을 담는 스토리라는 것인지, '비방'을 하지 않게 되었다는 것인지가 불분명한 까닭이다. 비방 유무와 관계없이, 희극이라는 것이 보통 이하의 악인의 모방으로서 '추악'의 일종인 '우스꽝스런 것'과 관련해서 악인을 모방하는 것이라 할 때(국역본 469면), 특정한 악인으로서의 개인을 비방하지 않게 되었다 해도 희극인 이상 악인을 모방하는 것은 분명할 터이다.[58] 따라서 **개인 비방의 형식'이 아닌 희극** 즉 플롯을 구성하게 된 희극이란, (1) (악인의) 악행 혹은 악덕 또는 '우스꽝스러운 것' 자체를 모방한 것이든가, (2) 여러 명의 악행을 모방한 것일 수밖에 없게 된다. 여기서, 대부분의 희극에 세 명의 배우가 출연한다는 점을 고려하면(470면 역주6), 여러 명의 악행을 모방한다고 간주하는 것은 부적절해 보인다. 따라서 위의 구절에서 아리스토텔레스가 말하는 플롯이란 보편적인 악행 자체의 모방이라고 해야 할 것이다. 이에 더하여 모방 자체가 특수성 범주에 속한다는 점을 고려하면, 개인 비방의 형식을 버리고 보편적·일반적인 스토리를 구성한다는 것은 제대로 된 모방의 수준에 이르렀음을 의미한다고 볼 수 있다. 따라서 보편적·일반적인 스토리로서의 플롯은 모방다운 모방의 필수요건 혹은 모방이 제대로 이루어진 양태라고 해석될 수 있다.

58　이 때 '악'이란 원래 "사물이 그 기능을 제대로 발휘하지 못하는 상태"를 뜻한다. 『국가 / 시학』, 앞의 책, 470면 역주 2 참조.

　　　　　제3부 소설과 우연의 문제

물론 이러한 해석이 그 자체로 구체성을 지니는 것은 아니다. 일반적이고 비개인적인 본성의 스토리를 구성하여 모방다운 모방을 이룬 것이 플롯이라 해도 그 상태가 어떤 것인지는 해명되지 않은 상태이기 때문이다. 스토리의 전체성, 통일성에 대한 8장의 논의를 살필 필요가 여기에 있다.

플롯의 통일성에 관하여 아리스토텔레스는 그것이 한 명의 주체를 상정한다고 확보되는 것은 아님을 명확히 하면서 논의를 시작한다. 행위의 주체가 한 명이라 해도 그의 행위 모두가 통일성을 갖는 것은 아니라는 것이다. 행위의 통일성을 마련하는 것은 행위 주체의 단일성이 아니라 행위들 사이의 개연적이거나 필연적인 관계이다. 그에 따르면 여기서도 호머는 다른 시인들과 달리 이 점을 명확히 이해하고 작품을 썼다 한다. 『오디세이아』의 경우 예컨대, 오디세우스가 파르나소스 산에서 부상당한 사건이나 전장에 나가지 않으려고 광인 흉내를 낸 일 등이 모두 그의 행위이지만 이 두 가지 행위 사이에는 개연성도 필연성도 없기에 둘 모두를 그리지는 않았다는 것이다(477~478면, p.19).[59] 이러한 예시 뒤에 그는 다음과 같이 명언한다.

다른 모든 모방 예술에 있어서도 하나의 모방은 한 가지 사물의 모방이듯 시에 있어서도 스토리는 행동의 모방이기 때문에, 하나의 전체적 행동의 모방이어야 하며 사건의 여러 부분은 그 중 한 부분을 다른 데로 옮겨놓거

---

[59] 국역본의 역주에 따르면, 트로이 전쟁에 출전하고 싶지 않았던 오디세우스가 팔라메데스가 데리러 왔을 때 소와 나귀를 한 쟁기에 매어 밭을 갈며 씨앗 대신 소금을 뿌리면서 광증을 가장하였다는 이야기는 『오디세이아』에는 나오지 않고 『키프리아』에만 나온다 한다(『국가 / 시학』, 앞의 책, 478~479면, 역주 4번).

나 빼버리게 되면 전체가 뒤죽박죽이 되게끔 구성되어야 한다. 왜냐하면 있으나마나 두드러지게 차이가 나지 않는 것은 전체의 부분이 아니기 때문이다(478면).[60]

이 구절은, 모방의 대상이 되는 행동이란 하나의 전체가 되어야 하며, 하나의 전체란 각 부분 요소들의 존재 유무와 순서가 의미를 띠게끔 그것들이 긴밀히 연관되어 있는 유기적인 것이어야 함을 의미한다. 모방의 대상이 되는 전체로서의 행동이란 그 구성 사건들 사이에 개연성이나 필연성이 있어야 하며, 이러한 방식으로 모방이 수행될 때 플롯의 통일성이 갖춰진다는 것이다.

이 맥락에서 주의할 점은 이렇게 정의되는 플롯의 통일성이란 특정한 창작방법을 충실히 수행할 때 얻어지는 것이 아니라 시인·작가가 의도적으로 구성해 내야 하는 것이라는 사실이다. 오디세우스에게 일어난 일이라고 해서 모두 그렸다가는 통일성이 깨질 수도 있다는 사례가 이를 명확히 보여준다. 행위의 주체가 동일인이라고 해서 그의 행위들 전체가 통일성을 갖추지는 않는다는 일반론적인 진술 또한 바로 이러한 사실 즉 플롯의 통일성이란 구성되는 것이라는 점을 의미하고 있다. 해서 아리스토텔레스는 한 걸음 더 나아가서 "시인의 임무는 실제로 일어난 일을 이야기하는 데 있는 것이 아니라, 일어날 법한 일, 즉

---

60 "The truth is that, just as in the other imitative arts one imitation is always of one thing, so in poetry the story, as an imitation of action, must represent one action, a complete whole, with its several incidents so closely connected that the transposal or withdrawal of any one of them will disjoin and dislocate the whole. For that which makes no perceptible difference by its presence or absence is no real part of the whole."(p. 19)

     제3부 소설과 우연의 문제

개연성 또는 필연성의 법칙에 따라 가능한 일을 이야기하는 데 있다"(479면)[61]라고 명언하게 된다. 일어난 일을 기술하는 것은 역사가의 임무이지 시인의 일이 아니며 시인이란 일어날 법한 일을 그린다 하는 것도 동일한 사정을 가리킨다(같은 곳).

플롯과 우연이 관련되는 것은 바로 이러한 맥락에서이다. 플롯의 통일성이 시인·작가에 의해 의도적으로 구성되는 것이며 그 방식이란 실제로 일어난 일이 아니라 '일어날 법한 일(a kind of thing that might happen)' 즉 '개연적이거나 필연적인 듯이 가능한 것(what is possible as being probable or necessary)'을 기술하는 일이라 할 때, 이는 사상(事象)에 개연성이나 필연성을 부과하며 형상화하라는 주문이 된다. 사실 실제로 일어나는 일에는 우연이 있을 수 있고 또 있게 마련이다. 아리스토텔레스 역시 이러한 점을 부정하지 않는다. 다만 그에게 있어 우연적 사건은 '고상하지 못한 것(unnoble)'으로 간주될 뿐이다.[62] 어떠한 사건(들)이 우연적인 것인지 개연적 혹은 필연적인 것인지가 사실의 문제이든 인식의 문제이든 간에, 일단 작품의 구성에 있어서 좋은 것은 행위·사건의 우연성을 피하고 그것에 개연성이나 필연성의 관계를 설정하는 일이며 바로 이러할 때 플롯의 통일성이 갖춰진다는 것이다. 이렇게 플롯의 통일성이란 우연의 배제와 개연성·필연성의 부과라는 의식적인 활동의 소산으로 주어진다. 달리 말하자면 시인·작가가 노력해야 얻어지는 의도적인 성과물이라 할 수 있다.

---

61 "From what we have said it will be seen that the poet's function is to describe, not the thing that has happened, but a kind of thing that might happen, i.e. what is possible as being probable or necessary."(p.19)

62 Pascal Massie, *Contingency, Time, and Possibility*, LEXINGTON BOOKS, 2011, p.24.

따라서 플롯은 전체성, 통일성이 취약한 경우도 있을 수 있게 된다. 플롯의 통일성이 주체의 의지에 의해 성취되는 것인 이상 시인·작가의 의도가 미치지 않아서든 능력이 부족해서든 통일성이 갖춰지지 않는 경우가 있을 수 있는 것이다. 결과로서의 작품을 두고 직접적으로 말하자면 행위·사건 사이에 개연성이나 필연성이 부재한 채 그것들이 우연적으로 엮일 수도 있다는 것이다. 이 점은 십분 강조할 만하다. 플롯이 통일성을 필요조건으로 하는 것은 아니라는 사실, 즉 플롯 중에는 통일성을 갖추지 못한 것들도 있다는 점, 다시 말해서 어떤 플롯에서는 행위나 사건들이 우연적으로 연결될 수도 있다는 점을 명확히 해 둘 필요가 있다. 플롯과 우연의 공존이라 할 이러한 상황은, 플롯의 통일성을 확보해 주는 개연성, 필연성이 사건의 실재 차원이 아니라 시인·작가의 의도 차원에서 구축되는 것이기에 열려진다. 결과로서의 작품의 통일성이 사건의 실재 자체에서 발견되어 모방되는 것이 아니고, 모방의 대상이라는 것 또한 개연성이나 필연성이 있는 경우로만 좁혀져서 실재로부터 추출되는 것이 아니기 때문에, 창작 주체의 의도와 능력에 따라 플롯은 통일적인 것이 될 수도 있고 우연을 포함한 비통일적인 면모를 보이는 것이 될 수도 있게 된다.

아래의 구절은, 아리스토텔레스가 이러한 사정을 인정하고 있으며 그 위에서 통일성을 기준으로 하여 플롯에 위계를 매기고 있음을 보여준다.

이상 말한 여러 가지 사실로부터 명백한 것은, 시인은 모방하기 때문에 시인이요, 또 그가 모방하는 것은 행동인 이상, 시인은 운율보다도 플롯의 창작자가 되지 않으면 안 된다는 사실이다. 그리고 그가 실제로 일어난 일

　　　　　　　　　　　　　제3부 소설과 우연의 문제

을 소재로 하여 시를 쓴다 하더라도, 그는 시인임에는 다름이 없다. 왜냐하면 실제로 일어난 사건 중에도 개연성과 가능성의 법칙에 합치되는 것이 있을 수 있고, 그런 이상 그는 이들 사건의 창작자이기 때문이다. 단순한 플롯과 행동 중에서 최악의 것은 삽화적인 것이다. 나는 여러 가지 삽화들이 상호간에 개연적 또는 필연적 인과관계도 없이 제기될 때 이를 삽화적 플롯이라고 부른다.

　이러한 종류의 행동을 졸렬한 시인들은 그들 자신의 무능으로 인하여 구성하며 우수한 시인들은 배우에 대한 고려에서 구성한다. 경연을 위하여 작품을 쓰다보면, 우수한 시인들도 가끔 무리하게 플롯을 연장하여 사건의 전후관계를 뒤죽박죽으로 만들지 않을 수 없는 것이다(480면).[63]

　위의 구절에서 우리가 주목하는 것은 개연성, 필연성이 없다고 플롯이 못 되는 것은 아니라는 사실이다. 비록 최악의 것으로 평가되기는 해도, 개연적이지도 필연적이지도 않은 플롯 즉 에피소드들을 우연적으로 연결·병치시키는 방식이 '삽화적 플롯'으로 명명되고 있는 것이다. 이러한 점은, 아리스토텔레스가 생각하고 있는 플롯이란 넓은 의미에서는 '사건들의 연쇄(the sequence of incident)' 자체를 의미하고 있음

63　"It is evident from the above that, the poet must be more the poet of his stories or Plots than of his verse, inasmuch as he is a poet by virtue of the imitative element in his work, and it is actions that he imitates. And if he should come to take a subject from actual history, he is none the less a poet for that; since some historic occurrences may very well be in the probable and possible order of things; and it is in that aspect of them that he is their poet. Of simple Plots and actions the episodic are the worst. I call a Plot episodic when there is neither probability nor necessity in the sequence of episodes. Actions of this sort bad poets construct through their own fault, and good ones on account of the players. His work being for public performance, a good poet often stretches out a Plot beyond its capabilities, and is thus obliged to twist the sequence of incident."(p. 20)

을 말해 준다. 개연성이나 필연성이 있든 없든 어쨌든 하나의 작품으로 사건들이 연결되어 있으면 플롯을 말할 수 있는 것이다. 한 가지 덧붙일 것은, 우수한 시인·작가들 또한 그러한 삽화적 플롯을 구사하기도 한다는 데서 알 수 있듯, 삽화적 플롯의 구사 자체를 작가적 무능의 소치라고 보지도 않고 있다는 사실이다.

이러한 지적에서 두 가지를 생각해 볼 수 있다. 하나는 아리스토텔레스가 서사 텍스트의 미학적인 차원과 실제 연희의 차원을 갈라서 각각을 인정하는 유연한 태도를 보여준다는 것이며, 다른 하나는 이를 통해서 삽화적 플롯의 효과가 어디에 있는지를 추론해 볼 수 있다는 점이다. 이 책의 논의에서 후자가 중요한 것임은 따로 말할 필요도 없다. 그 효과란 무엇인가. 우수한 시인·작가들이 사건들의 연쇄를 비틀어서(twist) 삽화적 플롯을 구사하기도 하는 것이 '대중적인 공연(public performance)'의 경우임을 생각하면, 삽화적 플롯의 주된 효과가 대중적인 흥미를 제고시키는 데 있다는 것, 혹은 적어도 아리스토텔레스가 그렇다고 여겼다는 것이 명백하다.

이러한 추론은 작품의 효과에 대한 아리스토텔레스의 다음과 같은 논의를 볼 때 사실로 확인된다.

비극은 완결된 행동의 모방일 뿐 아니라, 공포와 연민의 감정을 불러일으키는 사건의 모방이다. 이러한 사건은 불의(不意)에, 그리고 상호간의 인과관계 속에서 일어날 때 최대의 효과를 거둔다. 사건은 이와 같이 발생할 때, 저절로 또는 우연히 발생할 때보다 더 놀라운 것이다. 왜냐하면 우연한 사건이라 하더라도 어떤 의도에 의하여 일어난 것같이 보일 때, 가장 놀랍게

　　　　　　　　　　　　　　제3부 소설과 우연의 문제

생각되기 때문이다. 아르고스에 있는 미티스(Mitys)의 조상(彫像)이 그 조상을 구경하고 있던 미티스의 살해자 위에 떨어져 그를 죽게 한 사건이 그한 예다. 이와 같은 사건은 단순한 우연지사로 생각되지 않는다. 따라서 이와 같은 플롯은 필연적으로 다른 플롯보다 훌륭하게 마련이다(480면).[64]

여기서 아리스토텔레스는 비극을 정의하는 데 있어서 통일성을 이루는 완결된 행동의 모방이라는 점에 더하여 '공포와 연민'을 불러일으키는 효과 또한 주목하고 있다. 전자가 비극의 형성원리를 지칭한다면 후자는 그 효과 혹은 기능을 말하고 있는 것으로 보인다. 아리스토텔레스가 어떤 사상(事象)을 정의하는 데 있어서 실체론적인 규정보다는 기능론적인 규정을 선호한다는 점을 고려하면,[65] 비극이 어떠한 효과를 보이는지 혹은 보여야 하는지에 대한 논의는 충분히 강조될 필요가 있다. 따라서 공포와 연민 외에 놀라움에도 주목할 필요가 있다. 공포나 연민이라는 것이 작품이 드러내고자 하는 감정의 종류를 의미하는 반면 놀라움이란 어떠한 감정이 드러날 때 관객이나 독자가 그것을 받아들이는 과정에서 생기는 또 하나의 감정이다. 전자가 작품의 내용에

---

64 "Tragedy, however, is an imitation not only of a complete action, but also of incidents arousing pity and fear. Such incidents have the very greatest effect on the mind when they occur unexpectedly and at the same time in consequence of one another; there is more of the marvellous in them then than if they happened of themselves or by mere chance. Even matters of chance seem most marvellous if there is an appearance of design as it were in them; as for instance the statue of Mitys at Argos killed the author of Mitys' death by falling down on him when a looker-on at a public spectacle; for incidents like that we think to be not without a meaning. A Plot, therefore, of this sort is necessarily finer than others."(p. 20)

65 아리스토텔레스는 "만물의 근본적인 성격은 그들의 기능과 능력에서부터 나오는 것"이라고 명언하면서 어떠한 사상의 정체는 그것의 고유한 기능을 수행할 수 있을 때만 주어진다고 주장한다(나종일·천병희 역, 『정치학 / 시학』, 삼성출판사, 1982, 44~45면 참조).

귀속되는 것이라면 후자는 작품과 관객·독자 사이의 상호작용에서 생기는 것이기 때문에, 보다 더 보편적인 효과라고 할 수 있다. 작품이 드러내고자 하는 감정의 종류와 상관없이, 작품의 효과가 수용되는 메커니즘 측면에서 언제나 문제되는 감정적인 효과이기 때문이다. 요컨대 아리스토텔레스에게 있어서 모든 작품이 발하게 되고 발해야 하는 항상적인 효과는 놀라움이라는 감정으로 측정된다. 훌륭한 작품일수록 놀라움이 배가되고, 그러한 놀라움이 어떠한 방식으로 유발되는가에 따라 작품의 훌륭함이 매겨지는 것이다.

아리스토텔레스에 따를 때 (공포나 연민 같은 감정이 수반하고 유발하는) 놀라움은 '불의의 사건'에서 커진다. 보다 구체적으로는 '불의에, 그리고 상호간의 인과관계 속에서' 일어날 때 최대가 된다. 이는 어떠한 경우인가? 숨은 인과관계가 작동하고 있지만 독자의 입장에서 볼 때는 불의의 사건처럼 다가오게 되는 방식이라 할 것이다. 현재의 논의에서 주목할 점은, 이보다는 덜 놀라운 경우이지만, 우연에 의해서도 동일한 효과가 발생한다는 사실이다. 우연을 구사하는 경우에서는, 사실상 우연이라 해도 우연으로 인식되지 않고 어떠한 의도에 따른 것으로 보일 때 가장 놀랍게 생각되며 따라서 훌륭한 플롯이 된다 하고 있다.

이상의 내용을 정리하면 다음 세 가지가 주목된다. 첫째는, 아리스토텔레스가 작품의 효과를 공포와 연민의 감정, 놀라움을 유발하는 데서 찾고 있으며, 놀라움에 작품 효과의 핵심을 두고 그 정도에 따라 작품의 우열을 평가한다는 사실이다. 둘째는, 놀라움의 정도를 파악함에 있어서 인과관계 속에서 일어나되 불의의 것으로 여겨질 때 그 효과가 배가된다고 본다는 점이다. 끝으로 셋째는, 이러한 놀라움을 유발하는

     제3부 소설과 우연의 문제

사건이 우연히 일어날 수도 있지만 이 경우라면 의미가 개재될 때 더 놀랍게 생각되며 바로 그러한 까닭에 더 훌륭한 것이 된다는 것이다. 요컨대 '인과성 + 불의성'에 의해 놀라움이라는 작품의 효과가 극대화되는데, 인과관계를 벗어난 우연 또한 놀라움을 유발하는 데 있어서 나름의 기능을 한다는 것이 아리스토텔레스의 핵심 주장이다.

2) 플롯 관념의 고정화 문제

이 책의 논의와 관련하여, 앞의 항에서 검토한 아리스토텔레스의 플롯 개념에서 주목되는 점은 다음 두 가지이다.

첫째는, 비교적 널리 퍼진 통념과 달리, 서사의 플롯이라는 것이 인과관계를 필수 요소로 삼지는 않는다는 사실이다. 아리스토텔레스에게 있어 서사의 인과성은 마련되면 좋은 효과를 얻지만, 저열한 작가의 경우 이에 실패하기도 하며 훌륭한 작가도 때로는 관객을 고려하여 이를 무시하기도 하는 것이다. 요컨대 서사 구성상 사건의 인과성이 필요조건은 아닌 것으로 사고되고 있다. 따라서 '보편적인 스토리'로서의 플롯 달리 말하자면 서사가 우리에게 주어진 상태로서의 플롯이 인과성과 필연적인 관련을 갖는 것은 아니라고 할 수 있다.[66]

---

[66] 플롯과 인과관계를 필수적인 것인 양 관련지은 대표적인 논자로 E. M. 포스터를 들 수 있다 (이성호 역, 『소설의 이해』, 문예출판사, 1975, 107~109면). 그러나 아리스토텔레스의 경우에서도 확인되듯이 플롯은 스토리와 명확히 구분될 수 있는 것이 아니며, 이하의 논의에서 보이듯이 플롯에 대한 현대 이론가들의 해석 또한 어떠한 합의에도 이르지 못하고 심지어는 정반대의 입장을 보일 만큼 복잡한 양상을 띠고 있다. 인과성을 핵으로 하는 플롯 관념이 자신을 타당한 것으로 내세울 수 있는 어떠한 근거도 없는 것이다.

둘째는, 플롯과 우연과의 관계이다. 플롯이 반드시 인과적이어야 하는 것은 아니라는 점에서, 우연이 플롯을 구성하는 데 있어 피해야 할 사항은 아니라는 점을 강조해 둔다. 사정은 오히려 반대라고도 할 수 있다. 아리스토텔레스에게 있어서 작품의 효과로 주목되는 놀라움을 드러내는 데 있어 불의성이 효과적인 방식이기 때문이다. 불의의 사건이란 것이 대체로 우연과 무관할 수 없음은 자명하다 할 때, 작품의 효과를 높이는 데 있어서 우연은 매우 효과적인 방식이 된다. 따라서 아리스토텔레스에게 있어서 우연이란 플롯에서 금기시되는 것이 아니며, 작가의 의도를 담든 아니든 작품의 효과를 드러내는 데 있어서 매우 효과적인 수단이 된다. 이런 의미에서는 우연 자체가 플롯의 요소라고 할 수 있게 된다.

우연이 플롯에서 배제되는 것이기는커녕 오히려 그 반대로 플롯의 효과를 높이는 유효한 요소라는 사실은, 우연 및 인과성과 서사의 관계를 생각해 볼 때 그리 놀라운 일이 아니기도 하다. 사실 인과성이나 그 결여로서의 우연이란 엄밀히 따져 볼 때 현실 자체의 문제가 아니라 현실의 구성 및 그렇게 구성된 현실에 대한 해석의 문제로 볼 수 있기 때문이다. 일체의 인과관계, 인과성 자체를 부정하는 데이비드 흄식의 회의주의에 빠지지 않더라도, 서사문학에서의 인과성이나 우연이, 사건의 현실적 층위에서 문제되는 것이라기보다는 사건에 대한 해석 및 재현의 차원에서 조명되는 것이라고 간주하는 것은 자연스럽다.

현실 사회의 정확한 재현을 지향하는 소설이라 해도 그 소설이 보여주는 세계란 작품 바깥의 실제 세계(라고 여겨지는 것)에 대한 하나의 상(像), 작가-서술자가 그것을 바라보고 이해한, 보다 구체적으로 엄밀하

　　　　　　　　　　　제3부 소설과 우연의 문제

게 말하자면, 이해한다고 함으로써 구성한 하나의 상일 뿐이다.[67] 따라서 그러한 상을 이루는 사건들의 관계란 사건들 자체에 내재해 있는 것이 아니라 그 사건을 구성하는 주체 곧 서술자-작가에 의해 부여된 것이다. 인과관계든 우연이든 서술자-작가가 고안한 산물이기에, 서사문학에서의 인과성이나 우연이란 해석 및 재현의 차원에서 조명되는 것이지 해석 및 재현의 대상으로 상정되는 현실 자체의 문제는 아니다.[68]

이러한 점은 사건이란 '사물'이 아니라 '발생'이며 우연이란 그러한 발생으로서의 사건의 특성이라는 견해에서 근거를 얻는다. 파스칼 메시에 따르면 사건(event)이란 인과율이나 주객관계 바깥에서 우리들에게 밀려오는 것으로 경험된다. 사건이란 자신의 의지를 가진 것처럼 파열적인(disruptive) 힘으로 우리의 삶으로 밀고 들어오는 것이다. 그런데 우리는 원인도 필연성도 없이 '소멸되는 현현(vanishing appearance)'으

---

[67] 세계 자체가 하나의 상인지 여부는 여기서 문제시하지 않는다. 구성론자들의 사회관이든 반영론자들의 현실관이든 어느 하나의 편을 들지는 않고자 한다. 실재계와 상징계를 구별하는 라깡 식의 논의와도 아무런 관련을 맺지 않는다. 서사를 논의하는 자리에서는, 이러한 점들을 유보해도 아무런 문제가 없는 까닭인데, 이는 서사 자체가 현실(이라고 여겨지는 것)에 대해 이차적인 산물의 관계를 갖기 때문이다. 이러한 거리두기는 논의에 불필요한 혼선을 막는다는 점에서도 긍정적인 의미를 갖는다.

[68] 한 가지 덧붙여 둘 필요가 있다. '해석 및 재현'으로 두 가지를 함께 묶어 둔 까닭이, 현재의 논의가 우연을 하나의 체계로서의 작품 내 세계에서 검출하겠다는 이 책의 방법론적 전제와 상충되는 것은 아닌가 하는 오해를 예방하기 위해서라는 점이다. '해석 및 재현'의 주체라는 규정은 그 주체의 범주에서 등장인물을 배제한다. 등장인물이 어떠한 사건을 우연으로 의식하는가 아닌가는 1장 3)절에서 밝혔듯이 소설 서사에서 어떠한 사건을 우연으로 검출할 때 고려 사항이 되어서는 안 된다. 인물들 사이의 해석 차이가 문제될 수 있고 그들의 해석 자체에 왜곡이나 오류가 있을 수 있기 때문이다. 그 대신 하나의 체계로서의 작품 내 세계가 소설의 우연을 검출하는 지평이어야 한다고 했다. 지금의 논의는, 이러한 작품 내 세계가 그 자체로 작품 바깥에 있는 작가의 세계 해석의 결과이자 동시에 그것을 작품으로 구현해 내는 서술자의 재현물이라는 것이다. 이러한 원초적인 해석 및 재현의 결과로서 존재하는 서사에서 발견되는 우연이나 필연이, 해석 및 재현 차원의 문제이지 작품이 재현 대상으로 놓(는다고 간주되)는 현실 자체의 층위에서 문제되는 것일 수는 없다.

로서 파열적으로 발생하는 이들 사건을, 사건이 벌어지고 난 시점에서 되돌아보며 그 필연성을 우리가 알아차리지 못했다는 식으로 해석함으로써, 결과로 바꾸어 버린다.[69] 바로 이러한 상황에서 우연이란 재현의 문제가 아니라 인식의 문제가 된다.

우연이란 재현의 문제가 아니라 인식의 문제이다. 우리는 우연이 우리의 삶에서 벌어질 때 그것을 알아차린다; 우리는 우리가 살게 되는 도시의 상황 속에서, 우리가 만나는 사람들에게서, 이루어지거나 그러지 않은 만남 등에서 우연을 마주한다. 우연이 현실을 직조하며, 현실은 다른 양상을 띨 수도 있는 것이다. 어떤 현실도 현재의 모습대로 되었어야 하는 것은 없기 때문이다. 하지만 그것은 발생했으며 그 발생의 결과 지금의 현실이 형성되었다. 이러한 의미에서 '현실'이란 우리를 둘러싼 물리적 대상 세계를 가리키는 것이 아니며, 존재의 총합 즉 사물의 고정적 실체에 의해 측정될 수 있는 것이 아니다. 오히려 현실적인 것은 우리가 대면하고 있음을 우연적으로 알아차리게 되는 무언가라 할 수 있다.[70]

---

69 Pascal Massie, *Contingency, Time, and Possibility*, LEXINGTON BOOKS, 2011, p.4~5; "The disruptive occurrence of the event enlightens in retrospect its own necessity. The causes were already there, in the prior circumstances; we simply did not notice them. (…) Events occur, but they occur as *vanishing appearances*. Contingency is not a matter of representation but a matter of acquaintance."

70 "Contingency is not a matter of representation but a matter of acquaintance. We understand contingency as we recognize its play in our lives; we meet it in the form of the cities we end up living in, the people we come across, the encounters that happened or failed to happen. Contingency weaves the tapestry of reality and this reality could have been otherwise, none of it had to be as it is. Yet, it occurred, and its occurrence brought about reality. In this sense, 'reality' does not refer to the physical objects that surround us, reality is not measured by the substantial solidity of things, the furniture of existence; the real is rather whatever we contingently find ourselves dealing with."(Pascal Massie, op.cit., p.5)

 제3부 소설과 우연의 문제

현실은 실체적인 것이 아니라 우리가 우연적으로 대하고 있는 무언가인데, 이 우연한 조우에서 우리는 현실의 사건을 현상으로 변화시킨다. 그 자체로는 필연도 인과성도 갖지 않는 사건들에 해석을 가함으로써, 법칙을 갖고 있는 현상으로 사건을 바꾸는 것이다. 이렇게 생성된 현상은 법칙에 일치하기 때문에 알 수 있는 것의 원형이 되고, 이제 지식은 특수자를 보편자에 포함시키는(subsume) 일이 된다. 이러한 보편화의 결과로, 현상은 전체 현실을 만들게 되는 것이다.[71] 요컨대 사건들에 대한 우연한 해석이 밑바탕이 되어 법칙을 지닌 현상으로 이루어진 현실이 가능해진다는 것이다.

파스칼 메시의 이러한 주장에는 분명 이론의 여지가 있다. 그러나 현실이 아니라 서사가 문제되는 경우라면 별다른 문제없이 그의 견해를 끌어와도 괜찮아 보인다. 여기서는 순서가 반대가 되면서 논란의 여지가 해소되는 까닭이다. 서사 자체가 현실에 대한 하나의 상으로서 해석의 결과이기에, 그러한 해석 속에서 우연이나 법칙이 마련되는 것은 해석 주체의 의지나 세계상에 따른 것이지, 세계 자체가 어떠한 상태에 있는가와는 무관하다. 서사를 낳는 해석의 주체인 서술자-작가가 사건을 사물이 아니라 발생으로 보면서 어떠한 사건들의 연쇄에 우연성을 부여하는지 그리고 그러한 인식의 구현으로서 우연을 어떻게 얼마나 구사하는지가 중요할 뿐이다.

이렇게 우연이든 인과관계든 서사에 '부여되는' 것이기에, 플롯과 우연이 원리적으로 상호배척적인 것일 수는 없게 된다. 이것이 현재 논

---

71 Pascal Massie, op.cit., p.6.

의의 핵심이다.[72]

　이상의 논의를 통해, 플롯이 인과관계를 필수적인 요소로 하는 것은 아니며 따라서 우연의 배제를 성립 조건으로 삼는 것도 아니라는 사실을 확인했다. 이러한 작업은 플롯에 대한 편협한 이해를 지양하는 효과뿐만 아니라, 바로 그렇게 지양된 의식의 지평 위에서, 서사에서 발견되는 우연이 그 서사를 낮게 평가하게 하는 것은 아니라는 점을 명확히 했다는 의의를 갖는다. 사정이 이러하기에 플롯에 대한 이해는 가능한 대로 유연하고 폭이 넓은 것이어야 한다. 우연에 대해서도 마찬가지이다. 우연을 배제하는 특정 문학관을 모든 문학작품을 대할 때의 기준으로 삼아야 할 근거는 어디에도 없으며 우연에 대한 반대 태도 또한 마찬가지이다.

　따라서 이 책에서 사용하는 플롯에 대한 정의 또한 문예사전을 준용하여 일반적인 것을 따른다. 요컨대 여기서도 "플롯은 산문극이나 운문극과 이야기에 나오는 사건(event)들의 순서에 따른 제시 혹은 사건들의 패턴을 가리킨다."[73] 플롯과 스토리, 사건의 개념 관계 또한 널리 알려진바 목걸이 비유에 따른 설명을 습용한다. 사건이 각각의 구슬이라면 플롯은 그 구슬들을 엮는 순서와 방법이며 스토리는 그 구슬 목걸이의 줄에 해당한다. 동일한 줄에 구슬을 꿰는 다양한 방법이 있듯

72　바로 이 맥락의 논의는 서사에서의 우연이 서술자~작가의 세계관에 이어진다는 사실을 알려준다는 점에서도 매우 중요하다. 특정 서사에 우연성을 부여할지 인과관계를 부여할지는 작가~서술자 나름의 세계 인식과 분리되는 것이 아니다. 개별적인 우연 하나가 아니라 서사작품 전체에 걸쳐 어느 정도의 우연이 어떠한 기능을 하며 구사되고 있는가에 이르면, 이러한 우연의 빈도나 스토리의 특정 국면에 우연을 부과하는 특성은 그 자체로 작가의 세계 인식 태도 및 인식 내용과 밀접한 관련을 갖게 된다.

73　조셉 칠더즈·게리 헨치 편, 황종연 역, 『현대 문학·문화 비평 용어사전』, 문학동네, 1999, 332면.

이, 하나의 동일한 스토리도 다양한 플롯으로 전개될 수 있다. 예를 들어 예수의 탄생과 삶이라는 단일한 스토리를 두고도 유대인이나 기독교인, 무신론자 등은 서로 다른 의미를 띠는 상이한 플롯을 만들어내고 있다.[74]

물론 사정이 이렇게 단순하지만은 않다는 점이 분명하지만, 문예학이나 서사학의 자리가 아닌 이상 더 깊이 파고들어갈 필요가 있는 것도 아니다. 형성기 한국 근대소설사의 갈래들을 검토하는 데 있어서는, 각각의 갈래에 속하는 작품들을 상호 비교하는 귀납적 검토에서, 그러한 비교 및 대조의 지평을 구성하는 요소의 하나로 범박한 수준에서 플롯이나 스토리를 사고해도 아무런 문제가 발생하지 않는다. 플롯과 우연에 대한 한국 근대 문인들의 인식 양상을 살피는 자리에서도 사정은 동일하다. 플롯이나 스토리 등에 대한 어떤 한 가지 입장을 전제이자 기준으로 삼지 않더라도 그들의 인식이 보이는 특징을 파악하는 데 별 문제가 있는 것은 아니다.

따라서 아리스토텔레스의 견해에 대한 검토의 결과로 플롯에 대한 통념적인 독단을 배제한 자리에서 일반적으로 습용할 만한 유연한 규정을 마련해 두는 것은, 형성기 한국 근대소설사에서 보이는 플롯이나 우연에 대한 인식의 양상 및 그것의 작품화 양상을 살피는 데 충분한 조치라고 할 수 있다. 달리 말하자면, 플롯에 대한 특정한 관념을 고정화시키지 않는 것만으로도 이 책의 논의를 구성하는 데 충분한 것이다. 소극적인 진술을 적극적인 것으로 바꾸어 정리하면, 형성기에 있

74　조셉 칠더즈·게리 헨치 편, 위의 책, 같은 곳.

는 한국 근대소설의 전개 양상을 제대로 살피기 위해서는 연구자 개인의 문학관과 무관할 수 없는 연역적·재단적인 어떠한 독단적 견해도 피하고 사고를 유연하게 가져가야 하므로, 플롯 등에 관한 문예사전적인 느슨한 규정이 오히려 요청된다고도 하겠다.

8장

한국 근대소설 갈래의 형성과
우연의 기능 및 효과

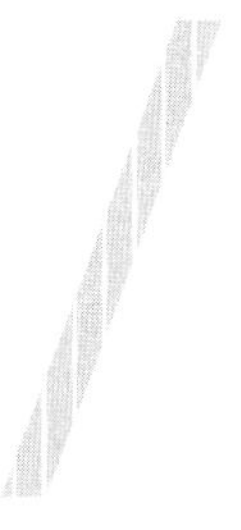

　제2부의 논의를 통해서 이 책은 조선 후기의 영웅소설로부터 시작하여 1930년대 대중소설에 이르기까지 대략 30편가량의 작품을 분석해 보았다. 이 중 반 정도의 소설에 대해서는 일반적인 본격 작품론보다 상세한 분석을 수행해 왔다. 이렇게 논의를 구성한 이유는 이 책의 연구목표를 달성하기 위해서이다. 리얼리즘소설이나 모더니즘소설 등 근대소설 하위 갈래들의 차이에 구애받지 않는 일관된 분석을 수행함으로써, 국문학 연구계에서 지속되어 온 바 각 하위 갈래에 고유한 연구방법론들의 분화와 그에 따른 통약불가능성의 심화를 지양하는 사례를 제공하기 위한 목적으로 텍스트 분석을 치밀하게 수행해 본 것이다. 작품 내 세계의 설정 양상과 인물 및 서사 구성의 특징을 스토리 -선의 구성 방식에 초점을 맞추어 정치하게 분석하는 방식을 일관되게 적용함으로써, 리얼리즘이나 모더니즘의 소설 미학이 필요한 세부

혹은 최종 지점으로 나아가기 이전의, 일반적인 작품 분석을 일관되게 수행하였다.

이렇게 수행된 작품 분석은 해당 소설 각각에 대한 작품론으로 읽어도 무방할 것이다. 사실 이들 작품이 한국 근대소설사에서 차지하는 위상이나 상호간의 관계 등에 대해서는 제대로 논의하지 않았으므로 제2부의 논의가 개별 작품론들의 물리적인 병치 이상의 의미를 지니지 않는다고 볼 수도 있지만, 이 책의 허두에서 밝힌 대로 꼭 그렇지만은 않다. 두 가지 이유에서 그러하다. 첫째, 각 작품들의 분석에 있어서 동일한 분석 방법을 견지했다는 사실만으로도 그들 간의 차이를 통시적인 변화나 갈래에 따른 공시적인 차이로 읽을 여지가 커졌기 때문이다. 둘째로 보다 적극적으로는, 모든 작품 분석에 있어서 서사에서의 우연의 양상을 검토하였으므로 이 점에 있어서는 통시적, 공시적으로 변화 및 차이의 양상을 짚어 보는 것이 훨씬 쉽고도 명확하게 되어 있는 까닭이다.

물론 각론들의 분량이 적지 않으므로 제2부 전체의 논의를 소설사적인 맥락으로 읽는 것은 일종의 재구성 작업이라 할 만큼 불편하고 우연을 중심으로 그 특징을 비교하려 해도 일목요연하게 눈에 들어오는 것은 아니다. 이러한 불편을 덜면서, 소설사의 성격을 좀 더 보강하여 각 작품들의 위상을 보다 명료히 해 보려는 데 이 장의 목적이 있다. 물론 한 편의 한국 근대소설사를 쓰는 것은 아니므로 제2부에서 분석한 작품들을 중심으로 하여, 한편으로는 통시적으로 빈 자리에 대한 논의를 보충하고 다른 한편으로는 공시적으로 그 주변의 작품들이 보이는 주된 경향을 간략히 기술하는 데 그칠 것이다.

1. 신소설의 우연 구사 양상과 소설사적 자리

신소설을 검토하는 이 책의 문제의식 중 맨 앞에 놓인 것은 과도기 양식이라는 규정 때문에 가려진 신소설 고유의 특징을 실증적인 분석을 통해 마련해 보자는 것이었다. 이를 위하여 앞으로는 영웅소설을 뒤로는 춘원의 『무정』을 염두에 두고 이 책의 주요 논점인 우연에 주목하여 신소설들을 분석해 보았다. 그 결과, 신소설이 전대소설의 특징을 한층 강화하여 흥미를 제고하기 위한 방편으로 우연을 빈번히 적극적으로 구사하되 계몽적·정치적 주제의 구현 부분에서는 피하고 있음을 확인하였다. 우연을 기법의 하나로 보고 그 유희적 기능에 주목하고 있는 것이다.

먼저 우연과 관련하여 확인되는바 전대소설과 비교한 신소설의 특징 세 가지를 정리해 둔다.

첫째는 전대소설의 우연이 신소설에 계승되지만 그 양이 줄고 근대소설로 오면서는 지양된다는 식의 국문학계의 통념과 달리, 신소설이 전대의 『유충렬전』이나 『조웅전』 등의 영웅소설보다도 더 많은 우연을 구사하고 있다는 사실이다. 전대소설의 ⑥ 우연적 필연 중에서 천상계가 없다면 순수한 우연으로 현상하게 되는 경우를 합해도 신소설의 우연이 더 많음을 확인할 수 있었다. 『은세계』를 예외로 한 이인직의 신소설들이 그러하고, 이해조의 『고목화』, 『빈상설』, 『원앙도』, 『모란병』 등이나 최찬식의 『추월색』 등은 국초의 소설보다 우연의 빈도가 훨씬 더 높을 뿐 아니라, 등장인물들 스스로가 사태의 기기묘묘한 우연적 전개에 감탄을 금치 못하는 모습까지 보인다. 전체적으로 보아 이렇게 신소설이 우연을 많이 구사한다는 점은 신소설의 양식적 특성이자 소설사적인 특징으로 새겨 둘 필요가 있다.

둘째는 이들 신소설의 경우, 우연의 구사 태도가 당당하다 할 만큼, 우연을 부정적으로 의식하지 않고 있다는 점이다. 우연의 구사 빈도가 높다는 사실은 단순히 우연을 여러 차례 구사했다는 의미에 그치지 않는다. 이는 우연을 긍정적으로 인식하고 우연을 구사하는 데 있어 아무런 주저가 없음을 함축한다.[1] 이 맥락을 조금 더 연장하면, 이들 신소설이 우연을 '의도적·적극적으로' 구사한다고 할 수 있다. 물론 이는 신소설 모두를 검토하지 않는 한 추정에 그친다. 그러나 이러한 추론이 가설만은 아님은, 우연을 지나치게 구사한 나머지 서사 구성상의 오류를 보이는 경우도 있다는 데서 간접적으로 확인된다.[2] 오류의 위험을 무릅쓸 만큼 우연을 적극적으로 구사했던 것이다.

셋째는, 이들 신소설에서는 우연이 특정 인물의 특정 서사에 국한되지 않고 다양하게 분포한다는 점이다. 영웅소설이 주인공 일 인의 일대기를 구성의 뼈대로 삼고 있는 데 비해, 신소설은 한 명의 주인공이 등장하더라도 서사의 단속이 두드러진 편이다. 이런 까닭에 작품 전체

---

1 우연을 부정적으로 의식하고 배제하려는 대신 그와는 정반대로 작품의 중요 요소로 우연을 사용하는 신소설의 이러한 특징은 다음 장에서 살필 이광수의 『무정』에서도 기본적으로 지속된다.

2 『모란병』을 자세히 보면 최가의 집에서 자결을 시도한 이후의 금선의 행적과 금선을 찾아 나선 슈복의 행적이(『新小說·飜案(譯)小說』, 4권, 44~49면) 전체 일정상 시간상으로 부합되지 않는 점을 알 수 있다. 두 스토리-선의 시간을 정리하면, 슈복의 모친 장씨가 아들 도일 소식을 받은 이튿날 송 순검과 금선이 서울에 도착한 것이 되는데, 이는 송 순검과 금선이 함께 밤을 보내지 않은 한 있을 수 없는 일이다. 비슷한 경우로, 서울로 올라온 박 부장이 최복돌에게 속아 딸을 잃고 찾으러 다니다 우연히 갑동을 만나는 두 차례의 장면이 상위하게 그려진 『고목화』를 들 수 있다(『新小說·飜案(譯)小說』, 6권, 112, 119면).

 제3부 소설과 우연의 문제

에 걸쳐 우연이 골고루 퍼져 있게 된다. 우연의 일차적인 효과가 흥미의 제고에 있다 할 때, 신소설의 이러한 특징은 흥미 제고의 목적이 더 강화된 까닭에 생긴 것이라 할 수 있다.

영웅소설에 비해 신소설이 보이는 우연 구사 면에서의 이상과 같은 특징은, 이들 소설의 우연 구사가 전대소설의 방식을 답습한 것은 아님을 의미한다. 단순 계승이나 축소가 아니고 반대로, 우연의 효과를 명확히 의식한 위에서 우연을 의도적으로 적극적으로 구사하고 있음을 확인하였다. 이를 토대로, 전대소설과 신소설의 관계는 '우연 구사 면에서의 확대 발전'이라 할 수 있다.

신소설이 전대소설에 비해 보다 많은 우연을 적극적으로 구사하게 된 데 대해서는, 공시적 측면과 통시적 측면 두 가지로 그 원인을 살펴볼 수 있다.

먼저 공시적으로는 신소설이 놓인 문학 상황을 고려할 필요가 있다. 신소설이 창작된 1900~1910년대는 신소설만이 읽힌 시기가 아니다. 일반 독자 대중은 사실 신소설보다 구활자본 고소설에 더욱 매료되어 있었다. 192, 30년대까지 연장되는 이러한 상황은 근대소설의 형성 과정이 구활자본 고소설과의 경쟁을 통해 이루어졌음을 의미한다. 신문학의 초창기에 활동한 신소설 작가들에게 있어서는 이 경쟁관계가 더욱 치열했음을 쉽게 짐작할 수 있다.[3] 이때 신소설이 의식해야 했던 가장 주요한 경쟁 상대는 당연히 당시에 가장 널리 읽힌 구활자본 소설

---

3   개화기의 이러한 이원적 문학 상황의 양상과 원인에 대해서는 김중하의 「開化小說의 文學社會學的 硏究」(『개화기 소설 연구』, 국학자료원, 2005)가 유익하다. 그는 교육과 독자 계층, 작가층, 민족적 지향성의 제 층위에서 보이는 이원적 경향을 실증적으로 입증하고 있다(274~298면 참조).

일 터인데, 『춘향전』과 『삼국지연의』, 『유충렬전』, 『조웅전』 등이 대표적인 예가 된다.[4] 『삼국지연의』를 논외로 하면, 판소리계소설인 『춘향전』을 제외하고는 영웅소설이 대세를 이루었던 것인데, 이는 19세기 중엽 이래의 현상이다.[5]

이러한 상황 속에서 신소설 작가들은, 한편으로는 이들 구활자본 영웅소설을 모방하고 다른 한편으로는 이것들과 경쟁하면서 작품을 창작했다고 할 수 있다. 소설 서사의 전통뿐 아니라 당대의 독자를 확보하는 전략 면에서 끊임없이 이들 소설을 의식해야 했던 것이다. 따라서 우연을 대하는 방식에 있어서 영웅소설에 비해 신소설이 보이는 확대 발전적인 양상은, 동일한 독자층을 대상으로 하는 이러한 경합 관계에서 살아남기 위해 신소설이 취한 전략의 일환이라고 할 수 있다. 요컨대 당대 독자들을 대상으로 한 신소설과 영웅소설 양자의 이러한 경쟁 관계야말로, 신소설 작가들로 하여금 독자의 흥미를 유발하기 위해 우연을 적극적으로 구사하게끔 강제한 요인이라 할 수 있다.[6]

위와 같은 공시적 상황보다 더 중요한 요인은 체계로서의 작품의 양상을 결정하는 세계관상의 변화라 생각된다. 즉 신소설의 우연 증대를 낳은 통시적 요인이 좀 더 문제적인 것이다. 이러한 대체 과정에서 중요하게 작용하는 요인은 물론 작품 체계상 천상계의 유무이다. 동일한

4　1912~42년 사이 이들 소설의 간행 횟수는 각각 97회, 43회, 24회, 22회가 되며, 『구운몽』(21회), 『장화홍련전』(20회), 『옥루몽』(19회), 『장풍운전』(17회) 등의 영웅소설들이 뒤를 이었다고 한다(천정환, 「한국 근대 소설 독자와 소설 수용 양상에 대한 연구」, 앞의 글, 39면).

5　19세기 중엽 이후 활발해진 방각본 출간에 있어서는 『조웅전』이 16회로 가장 많은 횟수를 기록했다(김동욱, 「坊刻本에 대하여」, 『동방학지』 11, 연세대학교동방학연구소, 1970.12; 조동일, 앞의 책, 26면에서 재인용).

6　신소설의 대중성을 폭넓게 검토한 김석봉의 경우도 신소설의 주요 요소가 '독자의 기대를 충족시키는 방식으로 갖추어짐을 확인하고 있다(『신소설의 대중성 연구』, 역락, 2005, 결론 참조).

모티프라 하더라도, 천상계의 의지가 작용하는 영웅소설의 체계에서는 필연이 되는 반면 천상계가 부재하는 신소설의 체계에서는 순수한 우연이 되는 까닭이다. 이를 통시적인 맥락에서 보면, '천상계의 개입'이 '우연성'으로 대체되었다고 할 수 있겠다. 그런데 작품 체계에서의 천상계의 유무는 이원적 세계관의 존립 여부를 의미하는 것이므로, 신소설이 보이는 우연 증대 양상의 바탕에는 작가들의 세계관의 변화가 깔려 있다고 할 수 있다.

이러한 판단은, 그 내포를 음미할 때, 그 문제적인 성격이 드러난다. 세계관 변화의 내용이 천상계의 부정이라 함은 곧 세계를 우리 주변의 현실계로 단일하게 바라보게 되었다는 말이 된다. 이는 곧 세계의 실제성, 현실성에 주목하는 것이므로 넓은 의미에서의 현실주의적인 태도가 강화되는 과정을 의미한다. 따라서, 근대소설의 일반적 특징으로 널리 말해지는 현실주의적인 태도의 강화[7]가 우연성의 증대를 낳기도 하는 일견 역설적인 상황이 전개되었던 것이다. 이는 한국문학의 한 가지 특수성으로 기억될 만하다 하겠다.

이상을 통해, 조선 후기 소설의 문학적 관습과 통속성 및 상업성은 신소설기로 연장되는 반면 이원적 세계관은 붕괴되는 불균형 상황 속에서 신소설의 우연성이 증대되었다고 할 수 있다.

이러한 신소설 작품들을 통해 추론되는 우연에 대한 의식도 정리해 둘 필요가 있다.

앞서 살폈듯이 신소설들은 우연의 흥미 유발적 효과를 명확히 의식

---

7   이언 와트, 전철민 역, 『소설의 발생』, 열린책들, 1988, 1장 참조.

한 위에서, 작품의 주요 주제효과를 발하는 서사의 맥락 밖에서 우연을 구사하는 방식을 보여준다. 이인직의 경우 우연의 적극적인 구사와 계몽적·정치적인 주제의 구현을 명확히 변별함으로써 재미와 계몽 두 가지를 모두 추구하고 있다. 우연의 기능과 효과를 적절히 인식한 데서 가능해지는 이러한 특징은 비단 국초의 경우에 한정되지 않는다. 요컨대 신소설의 경우 주제의 구현과는 별개로 흥미를 제고하는 방편으로 우연을 적극적으로 구사했다고 할 수 있다. 이러한 점은, 신소설 이후의 한국 근대소설사에서 우연을 다루는 방식에 비추어 볼 때, 신소설의 주요 특징에 해당되는 것이다.

흥미 제고를 위해 우연을 빈번히 구사한 사실과 더불어 주목할 점은, 우연을 구사하되 필연으로 보이게끔 시도하지 않는다는 점이다. 앞에서 검토한 어떠한 우연의 경우도 작가나 서술자가 합리화하려고 하지 않음을 알 수 있다. 『혈의 누』에서 옥련 모의 자살 시도가 실패하게 되는 우연의 경우 그녀가 뛰어내린 곳의 수심이 깊지 않음을 서술자가 꼼꼼히 설명하고 있는데, 이는 사태를 합리화하려는 것이라기보다 우연의 기묘함을 강조하는 것에 해당한다. 리얼리즘소설에서 보이는 우연에 대한 서술자의 해명[8]과 비교해 보면, 신소설의 이러한 태도는 우연의 우연성을 강조하는 것이라 할 수 있다.

이런 경우들은 어찌 보면 우연의 우연성이 지각되지 않은 / 못한 탓이라고 할 수도 있다. 그러나 신소설 일반에 우연이 미만하고 이광수의 『무정』이나 1920년대 중반의 소설에서도 우연을 부정적으로 의식

---

8   우연에 대한 해명이나 합리화의 경우로 앞서 지적한 바 염상섭의 『사랑과 죄』의 해당 구절을 예로 들 수 있다(제3부 7장 1절 참조).

하고 배제하려는 시도를 찾기 어려운 점을 염두에 두면, 신소설 시기에 우연은 작가 및 독자들에게 문학적 관습의 하나로 받아들여졌다고 보는 것이 옳다고 하겠다. 우연이 부정적인 것으로 의식되지 않음은 물론이고, 작품 내에서의 우연의 구사가 방법론적으로 보장받았다고 할 것이다. 이러한 상황에서 우연이 빈번히 그리고 촘촘하게 작용하고 있는 까닭에, '도대체 얼마나 기가 막힌 우연을 구사하나 보자' 하는 심리로 독자가 읽기에 임하게 할 정도이다. 우연의 기기묘묘함으로 독자와 승부하는 셈이라 할 만한 이러한 특성이야말로 신소설의 소설 갈래상 특수성의 주요한 부분을 이룬다고 하겠다.[9] 이렇게 신소설 작가들은 우연을 어떠한 결함으로 의식하는 것이 아니라 오히려 기법의 하나로 간주하여 필요에 따라 자유자재로 구사했다고 볼 수 있다. 이인직이 의식적으로 시도하고 어느 정도 성취해 낸 문체 및 구성에 대한 실험을 고려하면,[10] 이러한 판단의 적실성이 보다 강화된다. 우연을 부정적인 것으로 의식했다면 구성의 실험과 더불어 이렇게 많은 우연을 그리도 빈번하게 구사하지는 않았을 터이다.

신소설이 우연을 소설 기법 중의 하나로 마음 편히 구사했다는 주장은, 우연이 빈번히 구사되데 주제효과의 구현 부분 곧 현실적인 문제

9　신소설이 리얼리즘소설이나 모더니즘소설 등 근대소설의 여타 하위 갈래들과는 질적으로 다른 종류의 소설이라는 점을 장르 관습 혹은 서사 관습의 면에서 강조한 예로, 정재원의 「이해조의 소설에 대한 장르인식과 인간 형상─『화의 혈』과『자유종』을 중심으로」(한국문학연구학회,『현대문학의 연구』, 2000)를 들 수 있다. 정재원은『빈상설』의 몇 장면을 들어 이 작품이 "최대한의 '재미'라는 효과를 노리는 장르 관습에 기반하여 쓰여 있다"고 파악하고 있다(159면).
10　정선태는, 다양한 판본들까지 망라하여 이인직의 소설을 검토하면서, 새로운 소설문장을 확립하려 한 이인직의 노력을 상세히 입증해 낸 바 있다(「신소설의 서사론적 연구─이인직 소설을 중심으로」, 서울대 석사논문, 1994, 9~24면 참조).

를 폭로하거나 비판하는 서사에서는 배제되는 경향에 의해서도 근거를 얻는다. 앞서 살폈듯이 『혈의 누』나 『은세계』의 경우 정치소설적인 주제가 표출되는 부분에서는 우연이 구사되지 않는다. 『치악산』과 『귀의 성』의 경우도 문제가 해결되는 서사에서는 우연의 빈도가 현격히 떨어지고 있다.

이상은, 이들 소설에서 우연이란 주제효과의 표출에 기여하는 방식으로 사용되지는 않고, 작품의 흥미를 제고하기 위한 수단이나 사건 전개를 용이하게 하는 기법으로 인식되고, 구사되고 있을 뿐임을 알려 준다. 요컨대 신소설에는, 우연의 구사가 계몽적인 주제의 구현에는 효과적이지 않다는 판단, 뒤집어 말하자면 우연 사용의 효과가 흥미 제고에 있다는 판단이 깔려 있는 셈이다. 이러한 추론은 소설에서의 우연 일반의 효과에 의해서도 어느 정도 근거를 얻을 수 있지만,[11] 독자의 궁금증과 긴장을 유발하는 '인물의 고난·위기와 구원·극복이 극적으로 중첩되는 서사 과정'에 우연이 빈번하게 등장한다는 본고의 분석에 의해서도 입증된다. 극적 전개 과정의 흥미 제고 효과는 두루 인정되는 것인데, 『치악산』이나 『귀의 성』 등의 경우 서사의 대체 현상에 의해 이러한 효과가 더욱 부각된다.

지금까지의 논의를 정리하여, 신소설의 경우 우연의 구사 목적이 흥미를 높이는 데 있으며 진지하고 현실적인 내용을 표현할 때는 우연을 배제하는 양상을 보이고 있다 하겠다. 신소설 작가들의 측면에서 달리 말하자면, 이들이 흥미의 제고라는 우연의 기능과 효과를 적절히 인식

---

11 소설에서의 우연의 효과를 흥미와 막바로 연관 지을 수는 없지만(이 책 제3부 9장 2절 참조), 소설의 우연이 '경이감'을 주어 흥미를 높인다는 점에 대한 논의가 많은 것도 사실이다.

                                                    제3부 소설과 우연의 문제

하고 우연을 하나의 소설 기법으로 간주하여, 주제효과의 구현과 거리가 있는 스토리 지절들에서 의도적, 적극적으로 구사했다고 할 수 있다. 우연과 중심 메시지를 명료한 의식하에 병렬적으로 제시한 것이다. 이러한 사실은, 신소설의 우연이 전대소설의 단순한 연장이 아니라 확대 발전이며, 독자층을 끌어들이기 위한 의식적인 전략의 하나로 채택되었음을 뜻한다.[12] 이는 한국 근대소설사의 전개에 비추어 강조할 만한 특성으로서, 바로 이러한 점에서 우연 범주를 통하여 신소설이 갖는 소설사적 특징 한 가지를 읽는 것이 가능해진다.

2. 1920년대 소설계의 변화와 우연

한국 근대소설의 형성사에서 1920년대는 중요한 의미를 갖는다. 주지하듯이 이 시기는 춘원과 육당의 이른바 2인 문단 시대를 배척하며 일군의 문학청년들이 동인지를 펴내는 것으로 시작되었는데, 전대의 문학을 부정하며 새로운 문학으로 그것을 대체하려는 그들의 태도가

---

12 이러한 사정을 간취하는 대신 신소설의 우연을 구투의 계승이라 지적하고 비판해 온 선행 연구들의 바탕에는 우연을 부정적인 것으로 단정하는 자신들만의 사실주의적인 문학관이 깔려 있다고 하겠다. 그러한 문학관의 부재 자체를 어떠한 결여나 미숙함으로 간주하지 않는 이상, 우연을 문제적인 것으로 지적하는 행위 자체는 그다지 생산적일 수 없다고 할 수 있다. 그 대신에, 신소설의 작가와 독자들 사이에서는 우연의 잦은 구사가 어떠한 문제도 되지 않았다는 사실 자체를 명확히 하고, 그러한 사태가 갖는 의미를 당대의 기준에서 재구성해 보아야 할 것이다.

이 시기 내내 지속적으로 반복되었다는 데, 소설사의 한 단계로서 1920년대가 갖는 특징이 있다. 이를 근대사회에 대한 막스 베버의 비유를 빌려 말하자면 근대문학, 진정한 근대소설에 대한 각자의 상(像)을 포지한 '제신(諸神)들의 투쟁' 상태라 할 수 있다.

『창조』의 동인들은 기존의 소설세계를 도학선생류의 계몽주의, 통속소설로 규정하여 배척하면서[13] 소설의 취재(取材)를 '區區한 朝鮮社會 風俗改良'에 두지 않고 '人生問題 提示'라는 '小說의 本舞臺'를 펼치고자 하였다.[14] 김동인에 따르면 『창조』의 발행이야말로 '嚴正한 意味의 朝鮮文學運動의 始初'인 것이다.[15] 당대의 문학 상황을 인정하지 않는 이러한 태도는 『폐허』 동인들에게서도 확인된다. 염상섭은 자신들이 발을 디디고 있는 곳을 그들이 새롭게 예술의 나라를 이룩할 책임을 가진 '황폐한 허지(墟址)'[16]라 지칭하고 있다. 춘원과 육당이 이룩한 이른바 '2인 문단 시대'를 전면적으로 부정하면서 '동인지 문학 시대'라 일컬어지는 자신들의 문학이야말로 진정한 것인 양 새롭게 등장한 문학청년들이 주장하고 나선 것이다.

주목할 점은 이렇게 등장한 문학 또한 바로 뒤의 문인들 곧 신경향파 주창자들에 의해 배척당하게 된다는 사실이다. 김기진의 경우, 근대 자본주의하에서의 예술이 장식품이 되고 유희만을 위하는 것이 되

---

13 「남은 말」, 『창조』 창간호, 1919. 2, 81면.

14 김동인, 「朝鮮近代小說考」 7, 『조선일보』, 1929. 8. 6.

15 김동인, 「朝鮮近代小說考」 9, 『조선일보』, 1929. 8. 9. 더 나아가 그는 "『創造』의 던저 노흔 커단 渦汶은 沒却할 수가 업는 것이다. 具體的新文藝運動의 始初엇다. 新詩와 新小說의 初提示엇다. 口語體 文章의 完成이엇다. 새로운 表現方式의 樹立이엇다. 그러고 또한 그의 影響으로 或은 反動으로 朝鮮文學 萬年의 基礎는 닥거젓다"(「朝鮮近代小說考」 13, 『조선일보』, 1929. 8. 14)라고 『창조』의 성과와 의의를 한껏 치켜세우고 있다.

16 염상섭, 「廢墟에 서서」, 『폐허』 창간호, 1920. 2면.

   제3부 소설과 우연의 문제

었으며 우리의 미각(味覺) 또한 병적으로 발달되었다고 지적한 뒤 그 해결을 무산대중과의 일치에서 찾는다. '감각의 혁명' 위에서 "個性의 徹底, 普遍化, 新主觀의 表現으로 中心占을 가지고" 세계의식에 눈을 떠 '프로文學'과 악수해야 한다고 주장하는 것이다.[17] 그 뒤의 신경향파 비평들이 기존의 문학을 부르주아적인 것으로 규정하며 배척했음은 주지의 사실이다.[18]

이렇게 새로운 문학운동이 생겨나 기존의 문학을 전면적으로 부정·배척하는 양상은 1920년대 내내 짧은 주기로 반복되었다. 신경향파가 카프의 결성으로 도약하고, 이후 카프 자체가 각종 이론투쟁을 통해 끊임없이 자신을 쇄신한 것 또한 동일한 맥락에서 이해할 수 있다. 요컨대 '진정한 문학'을 위한 도정이 1920년대 내내 계속된 것이다. 비교 맥락에서 말하자면 토마스 S. 쿤이 『과학혁명의 구조』에서 주장한 바 비누적적인 대체를 통한 자연과학의 발전 양상과도 흡사하게, 이 시기의 소설 관련 담론들은 기존의 것을 부정하며 자신을 주장하는 방식으로 전개되어 왔다고 하겠다.

실제의 소설사 또한 단절적인 양상을 보이고 있다. 소설계의 변화가 소설 담론의 주장대로 이루어진 것은 아니지만 전대 소설들의 경향을 지속·발전시키는 대신 새로운 경향을 그에 맞세우는 방식으로 이루어진 것만큼은 명백한 사실이다.

---

17 김기진, 「今日의 文學·明日의 文學」, 『개벽』, 1924.2. 53~54면 참조. '감각의 혁명'에 대해서는 「눈물의 巡禮」(『개벽』, 1924.1, 237면)에서도 언급하고 있는데, 이러한 점을 조금 강조하면, 신경향파 문학은 미의식이나 감각 차원에서부터 재래의 문학과는 다른 것이라는 의식을 갖고 있었다고 할 만하다.
18 졸저, 『한국 근대문학의 형성과 신경향파』, 소명출판, 2000, II부 2장 참조.

이광수의 『무정』에서부터 이러한 사정을 확인할 수 있다. 제2부의 해당 논의에서 밝혔듯이 『무정』은 그 분량과 구성이며 인물의 형상화, 서술자의 태도 면에서 이전의 소설들과 확연히 다른 양상을 띠고 있다. 『무정』은 전대의 신소설은 물론이요 동시대의 단편들과도 뚜렷이 구별되는 특징을 보인다. 문명개화의 고취라는 계몽주의적 주제 면에서 보자면 신소설과 크게 다를 바가 없고 인물의 내면을 그린다는 사실 자체에서는 춘원 자신의 다른 단편들이나 현상윤, 양건식 등의 동시대 소설들과 같은 부류에 속하기도 하겠지만, 작품 속으로 들어가서 보면 사정이 전혀 다르다. 계몽의 내용이, 이미 주어져 있는 박래품이 아니라 추구되어야 하되 그 정체를 쉽게 알 수는 없는 것임을 명확히 한다는 점에서, 『무정』은 맹목적인 개화사상을 표현하는 신소설들과 유를 달리 한다. 이형식을 비롯한 주인공들의 각성이 전체 서사의 굵은 줄기를 이루고 있음이 이를 증명한다. 이러한 면에서 그리고 이들 인물의 내면에 대한 천착의 깊이에 있어서, 『무정』은 동시대의 다른 작품들과도 비교를 불허하는 탁월한 면모를 갖는다.

물론 『무정』의 소설사적 위상이 이와 같다고 해서 이 작품이 소설사적인 연속성과 무관하다고 말할 수 있는 것은 아니다. 서술시점 이전의 스토리 차원에서 박영채의 서사는 신소설은 물론이요 그 이전의 전대소설들과도 깊은 친연성을 지니는 것이며, 신문명을 배워 와야 한다는 계몽의 구도는 신소설의 연장에 해당하는 까닭이다.

서사에서의 우연과 관련해서는 이러한 '계승 위에서의 변화' 양상이 좀 더 잘 확인된다. 앞서 분석했듯이 『무정』은 기본적으로 신소설의 연장선상에서 우연을 다루고 있다. 우연 구사에 있어 독자와의 게임

제3부 소설과 우연의 문제

양상을 전제할 정도로 우연에 대한 부정적인 의식이 전혀 없이, 서사 기법의 하나로 우연을 구사하고 있는 것이다. 더 나아가서『무정』은 계몽주의적 주제효과의 구현을 위해 중심인물들을 모으는 장면에서도 우연을 구사함으로써, 신소설들과 달리, 주제효과 부분에까지 우연을 확장하는 양상을 보인다. 주제효과로 나아가게 하는 형식적 기능을 우연이 수행하게 하는 것이다. 물론, 우연을 중층화하는 방식으로 우연 자체가 주제효과를 구현하게 하지는 않음으로써 주제효과와 우연의 거리를 유지하고 있다. 또 한편『무정』은 적지 않은 우연을 구사하되 흥미의 제고 기능과는 무관한 양상을 보임으로써 전대소설이나 신소설과 대비된다. 이렇게 기본적으로는 신소설의 우연 구사 양상을 계승 발전시키면서 주목할 만한 차이를 보이고 있는 점이야말로,『무정』이 신소설과 맺는 '계승 위에서의 변화' 관계를 잘 드러내는 것이라 할 수 있다.

소설계의 변화, 소설사의 전개 면에서 볼 때 1920년대 초는 확실히 '지각 변동'이라는 말이 과장일 수 없는 양상을 보여 준다. 앞에서 지적한 대로 새로운 문인들 즉 대정(大正)기 일본 문단의 자유로운 분위기를 경험하고 돌아온 문학청년들에 의해 동인지라는 새로운 문학 장이 만들어졌기 때문이다. 이광수가『무정』과『개척자』를 매일신보에 연재한 사실에 비추어 볼 때 이들이 자신들이 원하는 문학 세계를 펼쳐 보이기 위해 동인지를 만들었다는 사실은 중요한 의미를 갖는다. 저널리즘의 상업성은 물론이요 식민지배 당국의 관심사로부터도 상대적으로 자유로울 수 있는 문학 고유의 장을 형성한 것이기 때문이다. 미적 자율성의 토대를 마련하기 시작한 것이라는 점에서 이는 크게 강조해도 좋을 만하다. 물론 상대적으로 잃은 것도 있다. 긴 호흡의 장편소설이 창작될 기회 자체가 차단된 면도 있는 까닭이다.

동인지를 무대로 한 1920년대 초기 소설들의 새로움은 작품 내 세계에서 다음 세 가지로 확인된다.[19] 당대 현실의 외면 및 부정·축소가 하나이며, '예술'이나 '참사랑', '참개인' 등에 대한 열망을 보여 주는 인물 구도가 다른 하나고, 낭만주의적인 동경의 화려한 좌절을 보여 주는 서사 구성이 마지막 셋째이다. 이는 폐색된 현실과 근대적인 작가의식이 후자가 우세한 형태로 심각한 부조화 상태에 놓이는 상황에서 유래된 것이다. 대정기 일본 문단의 세례를 받은 문학청년들이 근대성의 추상적인 지표라 할 '예술', '참개인' 등에 대한 열망을 포지한 채 귀국하여 식민지의 폐색된 현실을 외면하거나 축소한 작품 세계를 그리게 된 것이다.[20]

---

19 이하의 '세 가지 새로움'에 대한 상세한 논의는, 졸저, 『한국 근대문학의 형성과 신경향파』, 소명출판, 2000, 168~170면 참조.

20 이들 문인들의 현실의식을 짐작할 수 있는 객관적인 근거 한 가지를, 이들을 포함한 유학생 출신 청년들에 대한 식민지 당국의 판단에서 찾아볼 수 있다. "歸還者의 言動은 如何한가 하면, 所謂 新知識에 觸하야 歸한 彼等의 多數는 (…중략…) 眞面目으로 職業에 從事하는 者를 蔑視함과 如한 者도 有하나, 近來는 槪히 思想言動이 共이 穩健着實에 向하는 듯하다. 內地에서 勉學한 者는 上述과 如히 理想만 高하야 如何間 驕傲不眞面의 譏는 不免하나 (하략)"(조선총독부학무과, 「內地勉學朝鮮學生의 歸還後의 狀況」, 『朝鮮』79, 1924.4, 65면). 지방의 선각자요 청년단체의 지도자를 자임하며 취직을 멸시하고 하던 것이, 1924년 시점에 이르러 온건하고 착실해지는 변화 양상을 보이지만, 내지에서 공부한 자들의 경우 여전히 이상만 높아 교만하고 진실하지 못한 태도를 보인다는 것이다. 요컨대 구체적인 현실에 발을 딛지 않는다는 것이 당국의 견해였다. 현실을 돌보지 않고 그로부터 도피하여 현실 너머를 꿈꾸는 이러한 태도는 낭만주의적인 사고의 한 가지 주요 특성으로서, 19세기 중반 이후 세계관의 발전을 따라가지 못한 독일의 작가들에게서도 찾아볼 수 있는 양상이다(루카치, 반성완·임홍배 역, 『독일문학사』, 심설당, 1987, 152~155면 참조). 비슷한 맥락에서 조동일은 낭만주의가 근대 전환기의 필수적인 사고 형태라 하면서, 우리나라의 경우 문제의 상황을 진단할 능력이 결핍된 지식인들에게 자기만족을 얻고자 하는 방편으로 받아들여져 '질병처럼 번졌다'고 지적하고 있다(『한국문학통사』 제2판 5권, 지식산업사, 1989, 121~122면 참조).

애초부터 현실 형상화와는 거리를 띄운 '현실 외면'의 경우로는 「젊은
이의 時節」(『백조』, 1922.1)이나 「별을 안거든 우지나 말걸」(『백조』, 1922.5)
을 쓴 나도향이 대표적이며 「배따라기」(『창조』, 1921.5)의 김동인이 여기
에 추가될 수 있다. 낭만적인 동경이라는 주제의 구현을 위해 현실이 축
소되는 경우로는 「貧妻」(『개벽』, 1921.1)와 「술 勸하는 社會」(『개벽』, 1921.11)
의 현진건이 대표격이다. 앞서 살핀 대로 「표본실의 청개구리」(『개벽』,
1921.8~10)를 위시한 삼부작을 발표한 염상섭과, 「惠善의 死」(『창조』,
1919.2)나 「運命」(『창조』, 1919.12)의 전영택 또한 여기에 속한다.

이러한 작품세계를 보인 1920년대 초기 소설들의 의의는, 심층적인
의미에 있어서 근대적인 개인상을 구축코자 시도했다는 사실에 놓인
다. 이는 낭만적 동경의 성격에서 확인된다. 추상적 근대성에 대한 이
들 작품의 낭만적 동경은 신소설이나 『무정』과는 달리 전체를 상정하
지 않는다. 음악을 배운다 해도 『무정』의 '박영채'에게는 민족을 위하
겠다는 의식이 전제되어 있었지만 「젊은이의 시절」의 '철하'에게는 그
런 것이 없다. 예술가가 되는 것 자체가 목적이 되는 까닭이다. 이와
같이 1920년대 초기 소설들에 있어서 낭만적 동경의 자리 및 그 추동
력은 철저히 개인적인 욕망에 놓여 있다. 바로 이렇게 추상적 근대성
에 대한 낭만주의적 동경을 통해 개인으로서 존재하고자 하는 인물들
을 제시했다는 점에서, 이들 소설은 근대적인 개인의 구현이라는 시대
적인 의의를 갖는다.[21]

물론 1920년대 초기의 소설이 현실을 외면하거나 축소했다고 해도,

---

21 이에 대한 상세한 논의는, 졸저, 『한국 근대문학의 형성과 신경향파』, 소명출판, 2000, 173
　　~174면 참조.

그리고 현실의 전체상을 그리는 것과는 거리가 먼 단편소설이라는 장르의 특성이 작용한다고 해도, 현실의 규정력이 완전히 무시되지는 않는다. 그 결과가 바로 낭만주의적인 동경이 '좌절되는' 서사 구성이다. 앞에서 살핀 대로 염상섭의 초기 삼부작 또한 이러한 면모를 보여주고 있는데, 동경이 동경으로 전면화되는 대신 좌절된다는 점에서, 이들 소설의 낭만주의적인 현실 부정 또한 현실 폭로의 한 가지 방식이라 할 수 있다.

이렇게 부정, 폭로되는 현실이 폐색된 현실임은 앞서도 지적했지만, 현실의 폐색성이 단순히 정신과 비교했을 때의 협소함을 의미하지만은 않음을 강조할 필요가 있다. 현실이 폐색되었다는 것은 '참예술'을 가로막는 세속적·물질적인 성격, '참개인' 혹은 '강한 자'를 부정하는 반(牛)봉건성, 순정적인 인간관계를 불가능케 하는 자본주의적인 면모 등이 복합된 현실이 낭만주의적인 동경을 좌절시키는 실제적인 장애로 기능하고 있음을 의미한다. 물론 폐색된 현실의 이러한 복합적 성격이 이들 작품에서 그 자체로 그려지는 것은 아니다. 서술의 초점은 거의 언제나 의식에 맞춰져 있어서, 현실의 폐색성이나 의식을 억누르는 현실의 위력은 중심인물들의 의식을 통해서만 추론될 수 있을 뿐이다. 자신의 동경과 지향이 성취될 수 없음을 자각하(게 되)면서 불행해하는 인물을 통해서만 그 부정성이 폭로되는 것이다. 따라서 현실의 폐색성은 불행한 의식의 배면에 놓여 있다고 할 수 있다.

추상적 근대성에 대한 낭만주의적 동경을 가진 불행한 의식이 폐색된 현실에 갇혀 좌절될 수밖에 없는 상황을 그러한 의식을 통해 환기시키는 것, 이것이 이른바 동인지 문단의 작품세계이다.

　　　　　　　　　　　　　제3부 소설과 우연의 문제

이러한 양상이 오래가지는 않았다. 소설 관련 담론이 급속히 대체되듯이 1923년을 전후해서 소설계 또한 변화 양상을 보인 것이다. 변화의 현상 형식은 추상적 근대성에 대한 환멸과 풍자이다. 김동인의 「音樂 공부」(『창조』, 1921.1)를 위시하여, 염상섭의 「해바라기」(『동아일보』, 1923.7.18~8.26)나 『너희들은 무엇을 얻었느냐』(『동아일보』, 1923.8.27~1924.2.5), 현진건의 「피아노」(『개벽』, 1922.11)와 「까막잡기」(『개벽』, 1924.1), 나도향의 「春星」(『개벽』, 1923.7)과 「女理髮師」(『백조』, 1923.9) 등이 대표적인 예인데, 이들 작품은 '참예술'이나 '참사랑' 등으로 대표되는 추상적 근대성에 풍자의 초점을 맞추는 공통점을 보인다.

이러한 변화의 궁극적인 원인을 이 책에서는 작가 의식이 변할 수밖에 없는 상황에서 구하고자 한다. 앞서 지적한 바 폐색된 식민지 현실과 대정기 일본 체험에서 생성된 그보다 턱없이 큰 이상의 이러한 마주침은, 이들 문학청년들이 귀국한 지 두어 해만 지나도 지속될 수 없는 것이다. 동인지가 준비되고 출간되는 곳도 그러한 동인지에 싣는 작품이 배경으로 삼는 곳도 반봉건성이 만연한 현실인 까닭에, 이들 동인 스스로 현실과 동떨어진 자신의 이상을 계속 견지할 수는 없게 되는 까닭이다. 이를 한편으로는 청년 작가들의 성숙함으로 이해할 수도 있을 것이고, 다른 한편으로는 단편소설이라 해도 서사문학인 이상 현실의 재현 기제가 작용할 수밖에 없다는 사실에 따른 것으로 볼 수도 있을 터인데, 어떤 경우든 간에 현실과 유리된 이상이 서사문학 형식을 통해 5년 가까이 지속되기는 어렵다는 사정에 닿아 있다. 이러한 발생론적 상황 위에서 1920년대 초기 소설을 지배했던 추상적 근대성에 대한 풍자가 진행되며 소설계가 변화한 것이다.

여기서 풍자와 우연의 문제가 주목된다.[22] 풍자가 풍자로서의 효과를 발하게 되는 방식에 우연의 문제가 개재되는 까닭이다. 소설계의 변화를 이끌어내는 것으로 풍자적인 작품들을 발표한 중요 작가인 현진건과 나도향의 경우를 먼저 간략히 정리해 본다. 현진건의 「피아노」는 '수만 원 재산'을 가진 신혼부부가 '이상적 가정'을 꾸리기 위해 피아노를 들여놓은 뒤 서로 칠 줄 모르는 사실을 알게 된다는 설정을 통해 낭만주의적인 동경을 허황한 것으로 풍자한다. 미소지니스트[23]인 인물이 친구를 따라 음악회에 갔다가 한 여학생이 모르고 행한 까막잡기에 순간 도취되나, 자신의 외모를 보고 원래 상태로 돌아간다는 줄거리의 「까막잡기」는, 당대의 연애 풍속과 허울뿐인 예술 감상을 보다 직접적으로 풍자하고 있다. 1920년대 초기의 가장 낭만주의적인 작가라 할 나도향은 추상적 근대성에 대한 직접적인 풍자를 행한다. 「춘성」의 경우는, 초기작들에 그토록 미만해 있던 '이유 없는 울음'을 희화적으로 풍자하고, '사랑'에서 모든 낭만적 성격을 제거해 버린다. 「여이발사」는 예쁜 여이발사에 대한 허무맹랑한 착각 때문에, 옷을 전당 잡혀 마련한 전 재산 오십 전을 날리는 주인공을 희극적으로 풍자하고 있다. 여기에는 낭만주의적 분위기가 풍자 대상으로서도 거의 그려지지 않고 있다.

---

22 단편소설의 경우 인물 구성이 간단하고 스토리-선의 구조가 단순할 수밖에 없어서 서사에서의 우연을 본격적으로 문제시할 여지가 크지 않지만, 이렇게 소설사의 특정 분절에 있어서 우연이 문제적이고도 주요한 특징이 될 때는 따로 언급할 필요가 있다. 물론 이때의 우연은, 작품 내 세계 속의 사건 차원에서 벌어지는 것에 국한되지 않는다. 실재로서도 그렇고 우연이 문제시되는 의미 차원에서도 그러하다. 소설과 우연을 논의하는 장의 중층적 관계에 대해서는 제3부 9장 참조.
23 misogynist. 여자를 혐오하는 남자.

풍자는 '매개'라는 동적인 전체 체계를 의식적으로 배제한 위에서 본질과 현상을 직접적, 감각적으로 대조하는 창작 방법'이다. 본질과 현상이 직접적으로 대조된다는 것은, '우연한 사건의 단순한 가능성이, 갑자기 대상의 은폐되어 있는 본질적 특징으로 표출되게끔' 하는 방식을 의미한다. 이것이 풍자의 본질적인 특성이다.[24] 즉 풍자는 사회의 총체성이나 세계상을 그리지 않고 개별적인 현상을 다루되, 그것이 우연히 그리고 급작스럽게 본질[현실]에 비춰지게 함으로써 실제 현실의 맥락을 통찰해 내는 비판적, 투쟁적 성격을 띤다. 위에서 살핀 현진건과 나도향의 작품들이 모두, 개별 삽화 혹은 전체 이야기의 끝에 가서 우연히 풍자적인 주제·의미가 밝혀지는 양상을 취하는 것을, 이 맥락에서 이해할 수 있다. 이러한 구조는, 인물들이 매혹을 느끼고 동경하는 대상들이 실상은 말 그대로 추상적인 것임을 가장 집약적으로 폭로하기 위한 것이다.[25]

풍자의 현실 폭로적인 효과가 이렇게 개별적인 현상이 우연히 본질에 비춰지면서 이루어진다는 점 달리 말하자면 본질과 무관하게 전개되던 현상이 어느 순간 우연적으로 본질에 비추어지면서 풍자가 이루어진다는 사실은, 소설에서의 우연의 문제에 대한 새로운 논의 지평을 알려주는 것이자 단편소설에서 우연을 문제시해야 할 경우와 그 방식에 대해 좀 더 숙고하게 한다. 먼저 전자에 대해서 보자면, 여기서의 우연이란 작품 내 세계에서 벌어지는 사건들 상호간의 인과적, 목적적

---

24 루카치, 김혜원 편역, 「풍자의 문제」, 『루카치 문학이론』, 세계, 1990, 50~55, 64면 참조.
25 이상 풍자의 문제에 대한 논의의 구체적인 내용은, 졸고, 『한국 근대소설의 형성과 신경향파』, 앞의 책, 179~181면에서 발췌한 것임.

우연이라고 보기에 적절치 않다. 작품의 경계 내에서 보자면 인물의 깨달음 정도에 닿아 있을 뿐이며 실상은 작품의 경계 바깥과 관련되어 있기 때문이다.

「여이발사」의 경우, 전 재산이 50전밖에 없는 주인공이 돈을 아낄 요량으로 3등 이발소에 갔다가 그 주인의 아내 되는 이의 외모와 태도에 현혹되어 거스름돈도 마다하고 나와 호기롭게 걸어오다 더위에 모자를 벗고 머리를 쓰다듬는 순간 어릴 때 감기를 앓아 쑥을 떴던 자리를 만지게 되면서 30전만 버린 것을 한탄하는 것으로 끝이 나 있다. 여기서 주인공이 머리를 쓰다듬는 것은 더위에 따른 것이므로 우연한 사건이 아니다. 우연을 작품 내에서 굳이 찾자면, 그렇게 머리를 쓰다듬는 순간 자신의 머리에 털이 없는 자리가 있다는 사실을 불현듯 깨닫는 데 존재할 뿐이다. 풍자의 견지에서 보자면, 그러한 우연한 깨달음과 더불어 여이발사의 태도가 호의가 아니었음을 주인공이 알아차림과 동시에, 그러한 사정도 모르고 저 혼자 로맨틱한 상상에 취하여 전 재산을 날렸음이 독자에게 밝혀지면서 주인공의 심정에 대한 풍자 효과가 산출되는 것이다.

위의 경우가 보여주듯이, 작품의 주된 사건을 인물의 시점에서 해석한 결과인 현상이 사태의 본질에 대한 인물의 깨달음과 우연히 조우하게 되는 순간 풍자가 행해지고 있다. 따라서 상황의 본질이 인물들의 생각이나 행동과 다른 것이라는 사실이 드러나는 우연은 작품의 사건 내에 갇힌 것이라고 하기 어렵다. 사건의 층위, 스토리-선의 전개에서는 우연이 존재하지 않는 까닭이다. 현상 이면의 본질에 대한 인물의 깨달음과 더불어 작품의 풍자적인 효과가 발휘될 때, 서로 분리될 수

　제3부 소설과 우연의 문제

없는 '인물의 깨달음'과 '작품의 풍자적인 효과' 양자를 가능케 하는 현상과 본질의 우연한 조우란 작품 내의 인물과 작품 밖의 독자 모두에 걸쳐 있는 것이다.

이러한 사정을 통해서, 소설에서의 우연을 논의하는 새로운 지평이 열리게 된다. 작품의 경계 안팎에 걸친 지점이 그것인데, 이를 달리 말하자면 작품의 효과를 발현시키고자 하는 작가의 의도 차원이라고도 할 수 있다. 이 모든 기제가 풍자적 효과를 염두에 둔 작가에 의해 의도된 것이기 때문이다. 이로써 작품 내 세계의 사건 차원에서 확인되는 우연과 달리 '작품의 경계 안팎을 잇는 작가의 의도' 차원에서 고안되는 우연의 존재가 명확해진다. 이는 앞서 제기한 둘째 문제 곧 단편소설에서의 우연의 문제를 다루는 방식에 대한 숙고의 문제로 이어진다.

제2부의 논의에서 확인되듯이, 이 책에서는 박태원과 이상의 경우를 제외하고는 단편소설을 대상으로 하여 우연의 문제를 다루지는 않아 왔다. 현상적으로 보자면, 대부분의 단편소설에 있어서 우연의 종류가 많지도 않고 빈도가 높지도 않으며 그나마 가끔 확인되는 우연들 또한 대체로 텍스트의 특성 규명에 있어 유의미한 것이 아니기 때문이다. 이는 스토리-선의 구조가 단순한 단편소설 형식의 본질에서 유래하는 것이다. 따라서 단편소설과 우연의 문제가 논의되어야 하는 경우는, 지금의 경우처럼 작품의 경계 내에 갇히지 않는 우연이 소설사의 특정 시기에 문제되거나, 박태원과 이상의 경우처럼 특정 갈래의 소설에서 단편, 장편을 가리지 않고 우연이 특정한 방식으로 구사되거나 할 때뿐이다. 후자에서는 다른 모든 경우와 마찬가지로 작품 내 세계 차원에서의 논의가 가능하고 또 요청되지만, 전자에서는 이와는 달리

소설의 경계 안팎이라는 새로운 논의 차원이 열리게 된다.

이상을 종합할 때, 1923년 전후의 소설계의 변화에 대한 풍자 및 우연 맥락에서의 현재 논의는 두 가지 의의를 갖는다고 할 수 있다. 하나는 소설과 우연의 문제에 대한 논의의 지평을 확장시켰다는 것이며, 우연의 검토가 소설사의 변화를 해명하는 데에서도 생산적인 기능을 할 수 있다는 점을 알려 준 것이 다른 하나다.

1922년에 연재되다가 중단되고 1924년에 단행본으로 출간된 『만세전』의 경우, 1923년 전후 소설계의 변화 과정을 잘 보여준다. 앞서 검토한 대로 『만세전』은 주인공 이인화의 상념을 통해서 근대적 가치들에 대한 소망 및 반성과 현실에 대한 날카로운 인식 양자를 모두 드러내고 있다. 간단히 정리하자면 1920년대 초기 소설들이 보였던 추상적 근대성에 대한 열망을 계승하는 한편으로, 비록 사건으로 재현하는 것이 아니라 상념과 인식을 통해 표현하는 것이기는 해도 식민지 현실의 실상을 폭로하는 새로운 면모까지 보이는 것이다. 이를 가능케 하는 텍스트 차원의 장치가 스토리상의 '여로의 우회와 지체' 및 서술 방식상의 '비여정적인 상념 및 대화의 확대'임은 앞서 보았거니와, 이를 통하여 1923년 전후의 소설계의 변화 양상을 하나의 작품으로 구현한 것이 『만세전』의 소설사적 의의 첫머리에 오는 것이라 하겠다.

이러한 소설사적 의의를 마련하는 데 있어서 우연이 중요하게 기능하고 있는 사실도 확인하였다. 총 10회의 우연 중 일곱 가지가 '상념 및 대화의 확대' 양상에 기여하고 있는 것이다. 이들 상념과 대화를 통해 『만세전』이 근대적인 사상이나, 식민지 현실에 대한 냉철한 인식을 보일 수 있게 됨을 생각하면, 이러한 우연이 서사 구성 차원의 형식적 요

     제3부 소설과 우연의 문제

소에 그치지 않고 작품의 주제 구현과 관련하여 의미 있는 역할을 하고 있음을 알 수 있다. 요컨대 여정마다 우연을 구사하여, 일본의 노동자들이나, 조선인 노동자 모집인, 일선 혼혈인, 김 의관, 갓 장수, 죄수 등 일제 식민지 치하라는 당대 현실의 특수한 역사적 상황을 사고해 볼 만한 다양한 인물군들을 작품 속에 끌어넣고, 이를 기회로 하여 식민지 현실의 제반 양상과 그에 대한 주인공의 사고와 태도를 다각도로 조명하고 있는 것이다.

우연을 이렇게 주제효과의 구현을 위한 생산적인 수단으로 활용하는 것은, 이전의 신소설이나 『무정』과도 달리 『만세전』이 갖는 주요한 특징이라고 할 수 있다. 한 가지 강조해 둘 것은, 이 작품에 구사된 우연은 그 효과 면에서 볼 때 흥미의 제고와는 관계가 없다는 사실이다. 이를 바로 위의 논의와 관련지어 보면, 『만세전』의 경우 애초에 흥미 진작을 위한 수단으로 우연을 구사하지는 않고 있기에, 주제효과를 드러내는 주인공의 상념을 가능케 하는 방식으로 거리낌 없이 우연을 사용할 수 있었다고 추론해 볼 수 있다. 흥미의 제고가 아니라 진지한 주제의 구현에 우연이 복무하고 있는 것이다. 전대의 영웅소설들과 마찬가지로 신소설이나 『무정』이 우연을 주로 흥미의 제고 수단으로 구사하고 주제가 강력히 드러나는 부분에서는 우연을 사용하지 않았던 사실과 비교해 보면, 『만세전』의 이러한 우연 구사 방식은 이 작품 특유의 두드러지는 특징이라고 하지 않을 수 없다. 우연과 주제효과의 관계에 결정적인 변화를 마련했다는 점에서, 이렇게 주제효과를 이끌어내는 장치로 우연을 사용하고 있는 점은 소설사적인 변화를 가리키는 한 가지 주요 지표라고도 할 수 있다.

『만세전』에서도 감지된 현실에 대한 비판적 인식은 1920년대 중반에 들면 전 문단적인 현상이 된다. 앞서 지적한 1923년 전후의 소설계 변화에 따라 문예사조적으로 보자면 낭만주의적인 기운이 자연주의적인 풍토에 의해 대체되고 만다.[26] 현실의 궁핍상과 암흑면에 대한 폭로의 경향이 막 형성된 문단 전반을 휩쓰는 것이다. 이에는 조금 늦게 귀국하여 신경향파문학을 주창하는 좌파 문인들은 물론이요 1920년대 전반기의 제 양상을 이끌었던 문인들까지 망라된다.

나도향이 가장 극적인 변모를 보여 「행랑자식」(『개벽』, 1923.10), 「電車車掌의 日記 몇 節」(『개벽』, 1924.12), 「물레방아」(『조선문단』, 1925.9), 「뽕」(『개벽』, 1925.12) 등 곤궁한 하층민의 삶을 드러내는 작품들을 선보였다. 현진건은 현실의 구체상을 본격적으로 형상화하기 시작하여 「운수 좋은 날」(『개벽』, 1924.6)과 「불」(『개벽』, 1925.1)을 거쳐 「고향」(『조선의 얼굴』, 1926.3)으로 이어지는 현실 탐구 계열과 「郵便局에서」(『동아일보』, 1923.1.1)와 「할머니의 죽음」(『백조』, 1923.9), 「同情」(『조선의 얼굴』, 1926.3) 등 현실 비판 계열의 작품을 통해 자연주의적인 경향을 공고히 하였다. 염상섭

26　여기서 말하는 자연주의란, 19세기 후반 서유럽에서 확인되는 문예사조로서의 자연주의를 말하는 것이 아니라 그 본질적인 원리로서의 '특수한 예술적 방법' 즉 반형이상학적 실증주의·과학주의를 기초로 하여 현실의 기술에 있어서 어떠한 미적·형식적 법칙에도 종속되지 않겠다는 주장을 원리로 하는 소설 갈래를 가리킨다. 요컨대 작품의 완미한 구성보다는 현실의 궁핍상에 대한 핍진한 묘사를 지향하는 경향을 핵심으로 하는 소설들을 지칭하는 것이다(이러한 태도를 자연주의의 '방법'으로 명명하며 검토하는 논의로 스테판 코올, 여균동 역, 『리얼리즘의 역사와 이론』, 한밭출판사, 1982, 144면 참조). 이와 유사한 의미로 임화 또한 1920년대 중기 소설계를 자연주의라 명명하면서 "文學으로부터 全體的 (歷史的 社會的) 關心이 收縮하고 個性의 自律이란 것이 當面의 課題가 된 時代의 樣式"이라고 규정한 바 있다(「小說文學의 二十年」, 『동아일보』, 1940.4.12). 임화의 규정 중 '개성의 자율' 부분을 빼고 전자만을 취하는 한편 1920년대 전반기의 문학사에 대한 통시적 정리에서의 오류를 지적하고 1920년대 중기를 '조선 자연주의'로 재규정한 논의로, 졸고, 「조선자연주의 소설 시론」(『1920년대 문학과 염상섭』, 앞의 책) 참조.

의 경우 여전히 주체의 내면의 연장으로서만 현실을 다룬 「E先生」(『동명』, 1922.9.17~12.10) 등을 거쳐 「電話」(『조선문단』, 1925.2)와 「孤獨」(『조선문단』, 1925.7), 「檢事局待合室」(『개벽』, 1925.7) 등을 선보였으며, 김동인이나 전영택 또한 각각 「감자」(『조선문단』, 1925.1)와 「화수분」(『조선문단』, 1925.1)을 통해 이러한 경향에 부분적으로 부응하였다.

이렇게 1920년대 초기 소설계를 열어 보인 작가들이 작품 세계를 변화시키는 것과 동시에 이익상, 김기진, 박영희, 최서해, 주요섭 등이 등장하여 신경향파문학의 기운을 고조시켰으며, 여기에 조명희, 한설야, 이기영, 송영, 최승일, 이종명 등이 가세하여 바야흐로 전면적인 자연주의의 시대가 소설계를 장악한다. 카프 결성(1925) 이후의 시점에서 되짚어 보자면 문인들의 정치적 성향에 따라 이 시기의 문인들을 좌우파로 명확히 분리하는 것이 가능하겠지만, 사실 이 즈음 소설계의 특징을 말할 때 그러한 분류는 그다지 적실한 것이 아니다. 문인들의 신원주의적 특성과 무관하게 자연주의적 경향이 범문단적으로 펼쳐진 까닭이다. 이러한 자연주의 소설계의 한 극단인 신경향파소설을 보더라도, 이념적 지향성을 드러내는 문단 정치적 담론으로서의 신경향파비평과 염군사와 파스큘라라는 조직 차원의 문학운동에 의해 부르주아적 자연주의소설들과 구분될 수 있을 뿐이지, 미학적 측면에서까지 질을 달리하는 것은 아니다.

신경향파소설이 그 자체의 미적 특질을 갖고 다른 소설 갈래와 구별되는 것이 아니라 신경향파비평 및 해당 문인들의 문단정치적 운동에 의해 그 정체가 마련되는 것이라는 사실을 명확히 한 위에서[27] 그 하위 갈래를 나눠 보면, 사회주의적 자연주의와 알레고리의 둘로 말해 볼 수 있다.[28] 전자의 예로는 박영희의 「事件!」(『개벽』, 1926.1), 최서해의 「朴乭의 죽음」(『조선문단』, 1925.5)과 「飢餓와 殺戮」(『조선문단』, 1925.6), 「큰물 진 뒤」(『개벽』, 1925.12), 「醫師」(『문예운동』, 1926.2), 「紅焰」(『조선문단』, 1927.1), 「序幕」(『동아일보』, 1927.1.11~15), 이기영의 「가난한 사람들」(『개벽』, 1925.5)과 「農夫 鄭道龍」(『개벽』, 1926.1~2), 이익상의 「쫓기어 가는 이들」(『개벽』, 1926.1), 송영의 「느러가는 무리」(『개벽』, 1925.7) 등이 있고, 후자의 예로는 박영희의 「戰鬪」(『개벽』, 1925.1), 「산양개」(『개벽』, 1925.4), 「피의 舞臺」(『개벽』, 1925.11), 최서해의 「누가 망하나?」(『신민』, 1926.7), 이기영의 「쥐 이야기」(『문예운동』, 1926.1), 최승일의 「바둑이」(『개벽』, 1926.2) 등이 있다.

사회주의적 자연주의로서의 신경향파소설들의 경우, 자연주의소설 일반과 마찬가지로 작품 세계의 설정에 있어서 전체성을 띠지는 않는 상태에서, '살인·방화·광기' 등에 의한 서사의 급작스러운 단절 및 종결 형식을 사용하거나, 서술자-작가에 의한 이질적인 담화가 개입하여 서사를 중단시키면서 작품의 의미망에 충격을 주는 방식으로 자본주의 현실 비판 및 사회주의 지향적인 주제효과를 발휘한다. '전체성의 의도적인 회피'와 '의미화의 결정적인 요인으로서의 이질적인 존

---

27 이에 대한 간명한 논의로 졸고, 「'신경향파 문학 담론'의 형성과정 논고」 및 「신경향파 소설의 특질」(『1920년대 문학과 염상섭』, 앞의 책)이 있고, 상세한 연구로 졸저, 『한국 근대문학의 형성과 신경향파』, 앞의 책, Ⅱ부를 참조할 수 있다.

28 임화 이래로 신경향파소설을 '박영희적 경향'과 '최서해적 경향'의 둘로 나누어 살피는 방식이 오래 지속되어 왔지만, 회월이나 서해의 소설 세계 각각을 두고 보더라도 그들의 작품이 저러한 경향으로 단일하게 묶이는 것이 아님은 분명하다. 더욱이 이러한 지칭은 소설 미학적으로 아무 것도 말해주지 않는다는 점에서 문제적이다. 이를 '전망의 과장'과 '전망의 부재'로 해석하는 것 또한 충분치 못하다. 간단한 예만 들더라도 목적의식기의 카프 소설 또한 '전망의 과장'에 해당되며, 부르주아 자연주의 소설들 또한 '전망의 부재'를 특징으로 하기 때문이다.

                                                  제3부 소설과 우연의 문제

재'를 통해 자신의 특성을 갖추는 것이다. 알레고리적인 작품들의 경우는 주인공의 설정에서 애초부터 우의적인 성격이 강한 소설들이 아니라 해도 작품의 제 요소가 알레고리적인 독법을 요청하도록 짜여 있다. 작품 내 세계나 인물의 심정과 행위에 대해서는 자연주의소설 일반의 그것처럼 차분하고도 세밀한 묘사를 수행하다가, 작가의 언어가 틈입하여 주제를 제시하는 맥락에서는 현실성을 무시하고 주장을 강력히 내세움으로써, 이전의 서사가 이러한 주장의 한 가지 예시로 전락하게 만드는 것이다.[29] 이렇게 신경향파소설들은 작품 내 세계의 논리와는 이질적인 전개를 통해 주제효과를 구현하는 양상을 보인다. 작품 내 세계 차원의 현실성에 구애받지 않고 주제효과를 표현하는 수단으로 소설을 바라보는 자리에서 쓰인 까닭이다.

신경향파소설과 우연의 문제는 특기할 만한 것이 못 된다. 신경향파소설 일반의 특성을 구명하는 데 의미 있게 기여하지 않는 까닭이다. 이러한 사정의 원인으로 다음 세 가지를 들 수 있다. 첫째는 이들 소설이 모두 다 단편소설 분량을 취하고 있다는 사실이다. 둘째는 서사의 급작스러운 단절 양상을 보이는 경우 서사에서의 우연이 사용되기도 하지만 대부분의 작품에서 확인되는 것은 아니며 신경향파소설 특유의 현상이라고 할 것도 못 되는 까닭이다. 셋째로 '살인·방화'로 나아가기 직전에 꿈이나 환상을 사용하여 '이유적 소극적 우연'의 면모를 보이기도 하지만 이 또한 신경향파소설을 신경향파소설로 자리매김하는 데는 별다른 의미도 갖지 않기 때문이다.

---

29 이상의 유형 분석에 대한 상세한 논의로, 졸고, 「신경향파 소설의 특질」, 앞의 글, 124~127면 참조.

　　1920년대 후반의 소설계는 한국 근대소설의 형성 과정이 끝나고 리얼리즘소설과 모더니즘소설, 대중소설의 세 갈래가 정립상을 보이는 1930년대와 다를 바 없다. 리얼리즘소설의 경우 카프 경향소설의 발전과 염상섭 특유의 전체적 리얼리즘의 형성이라는 두 갈래로 전개되어 왔다. 대중소설의 경우, 춘원의 역사소설들이 1930년대 통속적 역사소설들의 전범으로 확고히 자리를 잡았으며[30] 최독견이 등장하여 후대 순통속의 대표 작가인 김말봉, 박계주의 선례가 되었다. 이 시기에 등장한 기타 신흥작가들은 크게 보아 이상의 양 갈래에 포괄되며, 김동인만이 다소 예외적으로 자신만의 작품 세계를 지속해 왔다고 할 수 있다. 전체적으로 보아 1920년대 후반기 소설계는 이후 펼쳐질 1930년대 소설 상황의 맹아기적인 양상을 보이는 것이다.[31] 물론 이러한 맹아의 발전 양상은 한국 근대소설의 형성 과정을 살피는 데 있어서 매우 중요한 문제이지만, 이를 다루는 것은, 본격적인 소설사가 아닌 이 책의 몫이 아니다.

30　춘원은 「민족개조론」으로 사회적으로 매장된 상태였다가 『동아일보』의 호의로 문단에 재등장한 이후(「多難한 半生의 道程」, 『조광』, 1936.4~6) 『동아일보』 지면을 통해서 1920년대에 모두 다섯 편의 역사소설을 쓴다. 「嘉實」(1923.2.12~23) 한 편을 제외한 『許生傳』(1923.12.1~1924.3.21)과 『一說 春香傳』(1925.9.30~26.1.3), 『麻衣太子』(1926.5.10~27.1.9), 『端宗哀史』(1928.11.30~29.12.11) 모두 장편소설들로서, 염상섭을 빼고는 장편 작가가 없다시피 한 1920년대에 이러한 소설 세계를 구축한 것 자체로도 주목받을 만하지만, 역사소설로서의 의의를 부여하기는 곤란한 양상을 보였다. 이와 관련해서는 졸고, 「역사 속의 비극적 개인과 계몽 의식―춘원 이광수의 1920년대 역사소설」, 『한국소설 텍스트의 시학』, 소명출판, 2009 참조.

31　문단의 갈래 및 소설계의 구획이 이와 같이 다소 단순화되는 데는, 나도향, 최서해의 죽음과 현진건의 실질적인 절필, 이광수 소설의 단절 등 작가적 요인도 크게 작용한다. 이러한 사정을 두고 김동인은 서해 이후 작가가 없었다고 다소 과장되게 한탄한 바도 있다(「朝鮮近代小說考」 15, 『조선일보』, 1929.8.16).

3. 1930년대 한국 근대소설의 정립과 우연의 기능

1장에서 밝혔듯이 이 책의 연구 대상 곧 한국 근대문학의 형성기는 1900년대에서 1930년대에 이르는 기간을 가리킨다. 이 진술은 1930년 대가 되면 한국 근대문학의 형성 과정이 완수되었음을 뜻한다. 한국 근대문학의 형성 과정을 이렇게 길게 잡은 것은, 특정 작품을 기준으로 하여 한국 근대문학이 출현했다는 식으로 말하는 논의가 갖는 섣부름과 그에 따른 단절적인 문학사 인식을 경계하려는 뜻도 있지만, 원리적으로 보아 근대문학의 수립이라는 것이 일조일석에 이루어지는 것일 수는 없다 할 때 현재에까지 이르는 문학상황이 틀을 잡아 나아가는 과정을 하나의 단위로 고찰하는 것이 훨씬 설득력이 있으리라는 판단에서이다.

이런 맥락에서 보면, 한편으로는 현실 세계의 재현을 목적으로 하는 리얼리즘적인 소설 갈래가 있고 그 맞은편에 세계보다는 인간(상황)을 궁구하는 데 주력하는 모더니즘적인 소설 갈래가 있으며, 이들의 건너편에 흥미의 진작을 목적으로 하는 상업주의적인 대중소설이 존재하는 상황 곧 세 갈래의 소설이 정립상을 이루는 상태가 근대문학의 일반적인 틀이자 그 하위 갈래의 보편적인 양상이라 할 것이다. 오늘날의 이러한 문학 상황이 처음으로 구현된 시기가 1930년대라는 것이 이 책의 판단이며, 이러한 까닭에 한국 근대문학의 형성기는 1930년대에, 보다 정확히는 그 중기에 완수된다고 보고 있다.

이 절에서는 이렇게 근대소설의 형성 과정이 완수되는 시점의 상황을 공시적인 맥락에서 우연을 중심으로 정리해 보고자 한다.[32] 이 책 제2부의 체재가 그러했듯이 리얼리즘소설과 모더니즘소설, 대중소설의 순서로 개괄해 본다.

1) 세 가지 리얼리즘소설과 우연의 문제

한국 근대 리얼리즘소설의 발전은 크게 세 갈래로 진행되어 왔다. 그 하나가 염상섭이 보여 주는 전체적 리얼리즘이고, 다른 하나가 카프가 시도한 총체적 리얼리즘이며, 끝으로 셋째가 재현보다는 사실상 표현이나 변형의 측면이 강한 채로 현실의 문제를 다루는 종합적 리얼리즘이다. 앞의 두 가지는 소설을 통해 재현하고자 하는 세계상·사회상에 따라 구별되는 것이다. 재현되는 세계를 공간적인 면에서든 거기에서 활동하는 인물 구성의 면에서든 전체에 걸쳐 형상화하는 것이 전체적 리얼리즘이라 하면, 작품 내 세계의 원천이 되는 현실 사회가 경제적인 것을 궁극 원인으로 하여 이것이 사회의 제 측면을 조건 짓는 총체(totality)로 되어 있다고 보아 기본모순의 포착에 주력하면서 사회를 재현·반영코자 하는 것이 총체적 리얼리즘이라 할 수 있다.[33] 이

32　앞 절의 말미에서도 언급했듯이, 이 책은 한국 근대소설에 대한 통시적인 연구 곧 소설사가 아니다. 그러한 맥락에서 읽을 수 있는 여지가 없지는 않지만, 이 연구의 궁극적인 목표는 근대소설의 하위 갈래에 속하는 제 작품들을 동일한 기준으로 분석함으로써 그간의 국문학 연구계가 보여 온 분열상을 지양하는 데 있을 뿐, 당장 새로운 소설사를 구축하려는 것은 아니다.

33　이는 인과율을 기준으로 특정 사상을 전체로 사유할 때 상정될 수 있는 세 가지 전체 모델 중 두 가지 사례에 해당된다. 곧 기계적 인과율에 따른 전체와 표현적 인과율에 따른 총체, 구조적 인과율에 따른 구조 중 앞의 둘에 해당되는 것이다. 전체의 세 가지 유형에 대한 이와 같은 설명으로 Fredric Jameson, *The Political Unconscious*, METHUEN, 1981, pp. 23~34 참조.

두 가지 리얼리즘의 중간에 재현만이 아니라 표현과 변형의 계기도 포괄하여 작가가 생각하는 세계상을 제시하는 제3의 리얼리즘이 존재한다.[34] 이를 앞의 두 가지와 구별하여 종합적 리얼리즘이라 칭한다. 제2부 4장의 세 절이 바로 이러한 맥락으로 분류되어 있는 것이다.

전체적 리얼리즘은 사회의 제 양상을 가능한 대로 포괄적으로 형상화하는 양상을 보인다. 이를 위하여 흔히 '중간적 인물'을 주인공으로 설정하는데 이는 사회경제적 계층 면에서 중간에 속하여 상층부의 인물은 물론이요 하층민들까지도 교섭 대상으로 갖는다. 다른 한편 중간

---

[34] 이 책의 입장에서 볼 때 이러한 세 가지 유형은 서로 '차이'를 보이는 리얼리즘소설의 하위 갈래로서 등가적이다. 이들 사이에 위계가 있다고 보지 않는 것이다.

그렇지만 1930년대의 비평계에서나 적어도 1970년대 이래의 국문학계에서는 이들 간에 위계를 정하는 경우가 지배적이었다. 카프 계열 문인들이 총체적 리얼리즘을 강조한 것은 물론이거니와 1980~90년대 연구자들 또한 이를 고평하면서 전체적 리얼리즘과 종합적 리얼리즘에 속하는 작품들을 그에 미치지 못하는 '미달형'으로 취급해 왔다. 이러한 태도의 바탕에 재현의 미학을 중시하는 태도와 사적 유물론에 입각한 세계관(에 대한 친연성)이 놓여 있음은 자명한 사실이다. 이러한 경우는 아니라 해도, 이 책에서 종합적 리얼리즘으로 구획한 소설들에 대해서는 보다 많은 연구자들이 작품의 질에 대해 비판적인 평가를 해 왔다. 이 책에서도『호외시대』를 비판적으로 평가했듯이 개별 작품의 질에 따라 그 가치를 낮게 보는 것이야 아무 문제될 것이 없지만, 실제 사정은 그렇지 않았다. 이 부류의 작품들 일반이 (경우에 따라서는 민족주의적인 입장에서 고평되기도 했지만) 상대적으로 도외시되다시피 다루어져 온 것이 엄연한 사실인데, 이러한 태도의 바탕에도 재현의 미학에 대한 선호와, 특정한 세계관을 중시하는 사고가 깔려 있다는 것이 이 책의 판단이다. 그러한 견지에서 보자면, 전체적 리얼리즘과 총체적 리얼리즘이 세계를 파악하는 나름의 시각과 방법론을 갖추고 그것의 객관적 재현을 지향하며 구성되는 반면, 종합적 리얼리즘의 경우는 작가의 개인적 주관이 크게 작용하여 객관 세계의 형상화 면에서 부족하다고 할 수 있게 된다.

그러나 7장 4절의 논의에서도 밝혔듯이, 재현의 미학에 대한 선호가 소설시학에서 당위적인 것은 아니며 실질적으로는 그 폐해 또한 적지 않았다. 여기에 더하여, 사적 유물론에 입각한 사회·역사 이해 자체가 설득력을 잃는 시대에 우리가 놓여 있음도 고려해 볼 필요가 있다. 마르크스주의적 역사관의 폐기(프랜시스 후쿠야마, 이상훈 역,『역사의 종말』, 한마음사, 1992)에 대한 동의 여부와 상관없이, 리얼리즘소설을 대상으로 하는 연구의 지평이란 연구자가 놓여 있는 현실이나 그 시대의 역사의식과 무관할 수는 없다는 점에서, 이러한 반성적 고려가 진지하게 요청된다. 요컨대 소설시학의 맥락에서든 역사철학의 견지에서든, 종합적 리얼리즘에 속하는 작품들을 일단 그 자체의 특성에 맞추어 진지하게 고찰할 필요가 있다. 세 가지 유형의 리얼리즘소설을 등가로 바라보는 이 책의 입장은 이에 따른 것이다.

적 인물의 중간적 성격은 이데올로기 측면에서도 확인된다. 진보와 보수의 스펙트럼에서 중간적 위치를 차지함으로써 사회사상의 제 양상을 작품에 끌어들일 수 있게 기능하는 것이다.

이에 비해 총체적 리얼리즘은 사회의 제 양상이 하나의 궁극 원인 곧 경제적인 것에 의해 규정된다고 혹은 근본적으로 조건 지어진다고 보아 자본주의 사회의 기본모순인 유산자와 무산자의 계급 갈등을 반영하는 것을 관건으로 한다. 그러한 계급 갈등이 바로 전형적인 상황이 되며 그러한 상황 속에서 프롤레타리아트 및 부르주아 계급의 본성을 잘 구현하는 인물이 전형적인 인물이 된다. 이렇게 전형적인 상황 속의 전형적인 인물을 제대로 파악하여 형상화했을 때 사회의 본질이 적절히 반영된다고 보는 것이다.

이상 두 가지 경우는 문학이 객관적인 사태를 그대로 재구성할 수 있다는 재현의 미학에 기초하는 것인데, 이러한 자리에서 벗어나 있는 것이 종합적 리얼리즘이다. '재현'의 측면과 더불어서 바람직한 사회상에 대한 작가의 바람과 소망을 드러내는 '표현'의 측면, 그리고 이러한 주관적인 소망 · 바람과 재현의 시각으로 포착된 세계의 객관적 상을 종합하는 '변형'의 측면, 이상 세 가지 항을 자유롭게 섞으면서 사회상을 제시하는 것이 종합적 리얼리즘소설이다.

한국 근대소설 형성기의 첫째 유형의 리얼리즘소설을 대표하는 것이 바로 염상섭의 『삼대』(1931)이다. 이 소설의 서사를 전개시키는 추동력은 한편으로는 조 의관의 재산을 둘러싼 여러 인물들의 각축이며 다른 한편으로는 병화와 장훈이 등의 '주의자'들이 대변하는 사회주의 이념이다. 돈과 이념을 좇는 다양한 인물군들을 등장시키고 그들의 지

   제3부 소설과 우연의 문제

향을 펼쳐 보이기 위해 설정된 중간자적 인물이 조덕기임은 물론이다. 그는 서울 중상층 집안의 상속자이자 일본 유학생 신분이고 자신의 주장을 내세우기보다는 타인의 입장을 헤아리는 측면이 강한 성품의 소유자여서, 사회경제적으로는 일제 식민 지배 관료로부터 집안의 하인들까지, 이념적으로는 조부가 대변하는 봉건적 사고에서부터 친구인 김병화 패의 사회주의 사상까지 1920년대 말 식민지 조선 사회의 제 측면을 두루 접할 수 있는 신분적, 성격적 특성을 보이고 있다. 이러한 조덕기를 중심으로, 한편으로는 조 의관의 재산을 둘러싼 조씨 집안의 각축과 그들이 표출하는 각종 욕망이 드러나고 다른 한편으로는 사회주의자들의 비밀스런 활동이 전개되면서, 당대 사회의 제 측면이 작품 내 세계를 이루게 된다. 공간적으로 보자면 식민지 지배 권력이 행사되는 관공서에서 저급한 욕망의 종착지인 매음굴에 이르기까지 사회의 제 영역이 작품의 무대로 끌어들여지면서 당대 사회의 전체적인 양상이 재현되는 것이다.

사회의 객관적인 전체상을 재현하려는 『삼대』의 욕망은 우연에 대해 거리를 두는 양상을 보인다. 16회라는 적지 않은 수의 우연을 구사하지만, 작품의 주제효과를 발하는 중심 서사에서 우연을 긴요하게 구사하는 경우는 거의 없는 것이다. 이 소설의 우연들은 대체로, 서사 구성상의 기본적 필요에 의한 것이거나 서술의 편의를 도모한 것, 흥미 제고 기능을 위해 구사된 것 들이다. 이는 현실성을 중시하는 리얼리즘소설의 일반적 성격에 닿아 있는 것이라 할 수 있다. 사건의 전개에서 중요한 역할을 하는 우연의 경우 홍경애와 조상훈이 중심이 되는 스토리–선에서 기능하여 『삼대』의 중심 사건과는 거리가 있으며, 그 외의 우연들은 인물의 성격을 부각시키거나 성격 변화를 알려주는 기능을 할 뿐이다. 이들 중에서 작품의 전체적인 효과를 염두에 두고 볼 때 주목할 만한 우연은, 덕기가 학생 티를 벗고 집안의 주인으로서 당당한 면모를 띠게 되는 변화를 보여 주는 기능을 하는 한 차례의 우연뿐이다. 즉 『삼대』의 경우 조씨 집안의 재산을 둘러싼 암투가 본격적으로 전개되고 주의자들의 사건 또한 해결되는 서사의 중요 부분에서는 우연을 찾을 수 없다. 이렇게 작품의 주제 구현이나 중요한 서사 구성에서는 우연을 사용하지 않는 특성은, 앞의 『무정』이나 뒤의 「소설가 구보 씨의 일일」, 『찔레꽃』 등과 비교할 때 확연해지는 것으로서, 『삼대』의 리얼리즘적 면모를 입증하는 것이라 할 수 있다.

한국 근대소설 형성기에서 확인되는 총체적 리얼리즘의 대표적인 사례가 이기영의 『고향』(1934)이다. 이러한 진술이 낳을 수 있는 오해를 먼저 불식할 필요가 있는데, 총체적 리얼리즘에 속한다고 할 만큼 사회를 재현하는 데 있어서 기본모순의 포착에 주력한다고 해서 작품의 제반 양상이 그것에 한정되어 있으리라고 여겨서는 안 된다. 오히려 사정은 반대에 가깝다. 전체 서술시상의 비중을 따져 보든 스토리-선의 양상을 살펴보든 『고향』은 주인공이 뚜렷하지 않다고 해도 좋을 만큼 다양한 인물들의 다양한 삶의 모습을 두루두루 생생하게 보여 주는 복합적인 특징을 보인다. 소작료 감면 투쟁으로 불거지는 지소갈등과 제사공장의 파업이 전체 사건 중 비중도 크고 의미 있는 것임에는 틀림없지만, 정치경제학적인 현실 진단에 부응하는 이러한 사건들로 작품의 전체적인 효과가 집약되어 있는 것은 아니다. 서사의 중심사건이 부재한 것이다. 그 대신 『고향』은 작품 내 세계와 그 속의 인물들,

그리고 그들이 벌이는 사건들 모두를 변화와 운동의 맥락에서 포착하면서 1930년대 초 식민지 조선 사회를 충실히 반영하고 있다. 이 작품의 가장 뚜렷한 성과는 현실과 인물을 고정시키지 않고 하나의 유동하는 사태이자 계급적 본성을 깨달아가며 현실과의 교호 속에서 변화해나아가는 존재로 형상화해 냈다는 데 있다. 다시 말하자면 인물, 사건, 배경 들이 각각 그리고 상호적으로 운동하는 구조적 효과로서 스스로 형성 과정 중에 있는 그러한 총합으로서의 세계를 반영해 낸 것이 총체적 리얼리즘으로서 『고향』이 이룩한 성과이다.

『고향』은 근대적 산업시설이 구축되고 날로 도시화되는 읍내와 더불어 자본가적 수탈에 허덕이는 반봉건적인 농촌이 공존하는 복합적인 공간을 배경으로 한다. 인물 구성 면에서 보자면, 노동을 통해 현실에 뿌리를 박고 있는 점 외에 각기 개성을 갖춘 복합적인 면모의 인물 80여 명이 등장하여 일의적으로 규정되지 않는 생생한 관계를 맺고 있다. 이는 부차적인 인물들에게도 스토리-선을 부여하여 복수의 스토리-선들이 병치되어 있는 서사 구성에서 잘 확인된다. 이러한 상황에서 『고향』은 총 14회의 우연을 구사하고 있는데, 이는 방대한 분량에 비추어 보면 매우 적은 편이다. 그나마도 이 중 9회의 우연이 나름의 스토리-선을 부여받지 않는 우연한 조우로서 서사의 전개상 없어도 그만인 경우에 속하며, 나머지 경우 또한 경호와 권상철, 경호와 곽 첨지의 스토리-선과 같이 부차적인 인물의 부차적인 사건에서 등장하고 있을 뿐이다. 『고향』의 서사에서 의미 있게 작용하는 우연은 사실 김희준과 안갑숙이 박훈의 집에서 식사를 하게 되는 우연 하나뿐이다. 이 우연은 희준에게 자신의 불행한 결혼생활을 각인시키면서 갑숙에 대한 자신의 내적 갈등의 한 축을 강화하는 기능을 하고 있다. 갑숙과 관련한 김희준의 내적 갈등이 심화되는 계기인 것이다. 물론 이 우연 또한 현실에 비추어 『고향』의 주요 사건이라 할 소작쟁의나 파업과는 직접 관련이 없는 것이다. 이상을 정리해서 보자면, 우연을 부정적으로 보지도 않고 서사의 구성 원리로서 중요하게 간주하지도 않으며 흥미를 제고시키는 데 효과적인 기법으로도 활용하지 않는 상태, 곧 우연을 따로 의식하지 않는 상태에서 부차적인 우연을 몇 차례 사용하고 있는 것이 『고향』의 우연 구사가 갖는 특징이라 하겠다.

한국 근대 리얼리즘소설의 제 양상은 지금까지 논의한 전체적 리얼리즘과 총체적 리얼리즘에 더하여 종합적 리얼리즘 즉 재현보다는 사실상 표현이나 변형의 측면이 강한 채로 현실의 문제를 다루는 유형의 리얼리즘까지 포괄한 세 갈래로 이루어진다.

끝의 유형으로 이 책에서 검토한 것이 최서해의 『호외시대』와 현진건의 『적도』이다.

최서해의 유일한 장편소설인 『호외시대』(1931)는 단행본 600면을 상회하는 방대한 분량의 작품이지만 사실상 '넓은 의미의 가족주의'로 묶이는 단순한 인물군을 중심으로 이루어져 있다. 중심 사건 또한 홍씨 집안의 몰락과 그에 따른 고생을 보다 못 한 양두환의 범죄를 핵으로 하여 전개된다. 인물 구성 및 서사의 추동력 면에서 가족이라는 범주와 가족애에 기초해 있는 것이다. 이 사실 자체는 문제적일 것이 없지만, 주요 사건을 전개하는 인물들의 의지나 지향 자체가 실질적으로 가족주의적인 한계에 갇혀 있는 것은 문제적이다. 그 결과가 바로 작품 내 세계에서의 사회적인 맥락의 약화 혹은 부재이며, 주인공 양두

　　　　　　　　　　　　제3부 소설과 우연의 문제

환이 극명히 보여주듯이 도구적 합리성에 지배당하는 상황 곧 목적에 대한 반성이 전혀 없는 의식 세계이다. 이러한 상태에서 『호외시대』는, 자본주의 사회의 경제적 논리, 금권 만능주의를 거부하고 도의와 정리의 맥락을 따르는 보은(報恩)이야말로 이 시대에 중요한 것이라는 생각을 중심 주제효과로 표출하고 있다. 주요 인물의 스토리-선을 구축하는 데 있어서 현실성을 무시하면서까지 이러한 주제효과를 드러내는 점을 고려할 때 『호외시대』는 재현보다는 표현에 의지하는 작품이라고 하지 않을 수 없다.

표현의 방식으로 주제를 드러내면서 현실성을 돌보지 않는 점은 『호외시대』가 구사하는 우연의 양상에서도 확인된다. 이 소설에는 모두 19차례의 우연이 사용되고 있는데, 이들은 대체로 사회적 맥락의 약화·부재 및 현실성의 결여와 관련되어 있다. 스토리-선들이 융합되면서 인물들의 운명을 결정하는 굵은 서사 줄기를 형성하지는 않는 상태에서, 단선적인 주 서사를 용이하게 전개하고 인물들 간의 관계를 간편하게 설정하고 유지하는 등 넓은 의미에서 서술의 편의를 도모하기 위해 우연을 끌어들이고 있는 것이다.

현진건의 『적도』(1934) 또한 유사한 양상을 보인다. 이 소설은 시공간적으로 압축된 배경에 불과 7인의 중심인물이 등장하여 서로 매우 사적인 관계를 맺고 있다. 시공간 배경 설정 및 인물 구성 면에서 범 가족적인 범주 내의 사적인 성격을 짙게 띠고 있는 것이다. 사정이 이렇다고 해서 『적도』가 사적인 의미 맥락에 갇혀 있는 것은 아니다. 이 작품은 현실의 한계적 상황을 올바로 전제한 '반영'론적 인식의 틀 위에서, 타락한 삶의 병치적 '재현'이라는 공간적 형식, 분열된 형식의 방법으로, 현실에 대한 저항 및 미래에 대한 소망을 '표현'하고 있다. 재현과 표현, 반영 측면의 이러한 이접적 조합으로『적도』는, 서사의 현실성이 저하된 상태로 현실적인 주제효과를 드러내고 있다. 요컨대, 식민지 시대의 타락한 삶의 혼돈을 다각도로 보여 주면서 삶의 진정성에 대한 소망을 상징적으로 일깨워 주는 것이『적도』가 보이는 주제효과인 것이다.

『적도』는 적지 않은 분량의 장편소설이지만 불과 여섯 차례의 우연만 구사하고 있다. 이는『적도』의 서사가 스토리-선들의 상호 교차가 사실상 부재한 채 소수 중심인물들의 내밀한 관계 위주로 되어 있으며 그나마도 회상 형식의 전언의 비중이 크다는 특징과 관련되는 것이다. 이 소설에서 우연이 행하는 기능은 세 가지이다. 두 차례의 우연이 인물 구성상의 기본적인 방식 중의 하나로 구사되며, 한 차례의 우연이 여러 스토리-선들이 하루에 동시다발적으로 벌어지는 16~20절의 사건 서술에 편의를 기하기 위해 구사되어 있다. 나머지 세 차례의 우연은 은주 관련 스토리-선에 있어서 의미 있는 역할을 한다. 전체적으로 보자면 구성상의 편의를 위해 소수의 우연을 구사한 셈인데, 이는『적도』의 작품의도가 당대 사회 현실의 객관적인 재현에 있지 않은 사실과 관련된다고 하겠다. 현실 형상화의 부담이 경감되어 있기에 그를 위해서 무리하게 우연을 구사할 필요 자체가 줄어든 까닭이다.

지금까지 정리한 대로 형성기 한국 근대소설의 한 가지 주요 갈래인 리얼리즘소설은 전체적 리얼리즘과 총체적 리얼리즘, 종합적 리얼리즘의 세 가지 유형으로 자신을 정립해 왔다. 이 세 유형의 리얼리즘이란 서로 등가의 것이어서 특정한 가치관을 앞세워 위계화해서는 안 된

  제3부 소설과 우연의 문제

다는 점을 앞에서 밝혔는데, 이러한 사실을, 이들 갈래의 발생 계보를 정리하면서 재차 확인해 둔다.

한국 근대소설 형성기에 있어 염상섭의 『삼대』(1931)로 정점을 찍는 전체적 리얼리즘의 계보는 이광수의 『무정』(1917)으로부터 시작된다고 할 수 있다. 중간자적인 인물을 내세워 사회의 제 부면과 시대사조의 제 양상을 작품 안에 끌어넣는다는 점에서 이 두 작품이 커다란 유사점을 갖는다는 점은 제2부의 분석을 일별하기만 해도 금방 확인된다. 한국 근대소설사의 주요 성과인 이 두 작품 사이에 염상섭의 1920년대 장편소설들 곧 『만세전』(1924)이나 『사랑과 죄』(1927), 『이심』(1928) 등이 들어와 전체적 리얼리즘의 흐름을 이루고 있다.

총체적 리얼리즘의 초기 양식은 1920년대 중반의 신경향파소설이며 시야를 조금 멀리 하면 현상윤, 양건식 등의 1910년대 현실 폭로적인 소설들까지 포함할 수 있다. 이 계보의 주된 작품들이 이기영, 한설야, 김남천 등이 산출한 카프의 경향소설들로 채워짐은 물론이며 그 정점은 민촌의 『고향』(1934)이다. 여기에 강경애의 『인간 문제』(1934)와 같이 동반자 작가의 일부 작품들도 포함된다. 요컨대 총체적 리얼리즘 소설은 형성기 한국 근대소설사의 좌파문학과 그 흐름을 같이 한다고 할 수 있다.

종합적 리얼리즘의 계보를 형성하는 작품들의 폭은 매우 넓다. 어찌 보면 『무정』 또한 이러한 측면을 적지 아니 띤다고 할 수 있으며,[35]

---

[35] 전체적 리얼리즘과 종합적 리얼리즘의 경계는 다소 모호하며, 개별 작품을 두고 어느 하나에 귀속시키는 일은 경우에 따라 쉽지 않고 그만큼 긴요한 작업도 아니게 된다. 이러한 점은 이 두 갈래의 리얼리즘이, 세계관상의 차이나 정치 이념 혹은 역사의식의 상위 등에 의해서가, 작품 내 세계의 형상화 및 주제효과 구현상의 기법 차원에서 구분되기 때문에 생기는 것

1920년대 전반의 자연주의소설들 상당수가 여기에 속한다고 할 수 있다. 조금 좁혀서 보자면, 1923, 4년경에 새로 등장하며 소설계의 양상을 바꾸기 시작한 현실 풍자적인 소설들과 1920년대 중기의 신경향파 소설의 일부 작품들, 현진건을 위시하여 새로 등장한 심훈, 채만식, 유진오 등의 소설들이 종합적 리얼리즘의 계보를 이룬다. 이에 더하여, 1930년대의 세태소설들 상당수도 이 부류에 속한다고 볼 수 있다.

이상의 간략한 계보 구성이 보여 주는 사실은 두 가지이다. 하나는 각 갈래에 해당하는 작가 및 작품 들의 목록이 알려주듯이 이들 세 가지 리얼리즘이 사실상 동시적으로 발전해 나온 것이라는 점이다. 이러한 동시성은 어느 한 갈래가 쇠퇴 혹은 발전하면서 다른 갈래로 전화된 것도 아니고 이들 갈래가 통시적으로 서로를 대체하는 것도 아니라는 점을 명확히 해 준다. 말 그대로 리얼리즘소설의 하위 갈래로서 세 유형이 서로 공존하며 함께 전개되어 온 것이다. 이러한 사실 자체가 근거가 되어 다른 한 가지 사실 또한 분명해진다. 앞서 언급했듯이 이들 세 유형의 리얼리즘소설 사이에 어떠한 위계를 설정할 수는 없다는 점이다. 이들 셋이 한국 근대소설의 형성기 내내 공존해 왔음이 소설사적으로 확인되는 이상, 이 중 어느 하나를 진정한(?) 리얼리즘소설로 내세우고 다른 것들은 그에 미치지 못한 미달형인 양 폄하하는 것은 설득력을 갖기 어렵다.

이어서 어찌 보면 자연스러운 일이라 할 수 있다. 전체적 리얼리즘이 재현 위주로 작품 내 세계를 구성하는 한편 종합적 리얼리즘은 주제효과의 산출에 있어 재현과 더불어 표현과 반영의 측면 모두가 중요하게 기능하는 경우여서, 비교의 맥락 자체도 단일한 것은 아니기에 더욱 그러하다. 그럼에도 불구하고 이 두 유형의 리얼리즘을 구별하여 범주화하는 것은, 그간의 근대소설 연구에서 종합적 리얼리즘에 속하는 작품들 상당수가 다소 부당하다 할 만큼 소외되어 온 현상을 타개하는 데 있어서 필요한 작업이라고 판단되기 때문이다.

이러한 차이에도 불구하고, 이들 세 유형의 리얼리즘소설은 소설 서사에서의 우연의 맥락에서 볼 때, 갈래 차원의 유사성을 짙게 띤다. 제2부의 분석을 통해 확인된 바 모더니즘소설이나 대중소설이 우연을 다루는 양상에 비해서 보자면, 이들 세 유형에 속하는 작품들은 우연을 다루는 데 있어서 동질적인 양상을 보이는 것이다. 그 특징을 크게 세 가지로 정리할 수 있다.

첫째로 이들 리얼리즘소설에서는 대체적으로 적은 수의 우연이 구사되고 있을 뿐임이 확인된다. 앞에서도 지적했듯이 『삼대』가 16회, 『고향』이 14회의 우연을 구사하고 있으며, 『호외시대』는 19회, 『적도』는 6회의 우연을 사용하고 있다. 이들 작품들의 분량이 대단한 것임을 고려하면 이는 그 자체로 많은 수라고 하기 어렵다. 리얼리즘소설들에서 우연이 적게 사용되고 있다는 이러한 특징은 비교 맥락에서 한층 뚜렷이 확인된다. 전대의 신소설들은 사실상 중편 분량에 불과하면서 대체로 20회 남짓의 우연을 사용하였으며, 모더니즘소설을 보면 중편소설인 「소설가 구보 씨의 일일」이 24회, 단편소설인 「날개」가 8회의 우연을 구사하고 있다. 대중소설의 경우까지 보면 사태가 보다 확연해진다. 『찔레꽃』의 경우 무려 40회의 우연을 활용하고 있는 것이다.[36]

둘째로 적은 수효의 우연이나마 이것들이 작품 서사의 주요 부분에 사용되거나 작품의 주제효과를 구현하는 데 의미 있게 사용되지는 않고 있다는 사실이다. 이러한 특징은 전체적 리얼리즘과 총체적 리얼리

---

[36] 『무정』이 14회, 『천변풍경』이 16회, 『무영탑』이 8회의 우연을 구사함으로써 다소 예외적인 양상을 보이지만, 그렇다고 해서, 리얼리즘소설이 일반적으로 적은 수의 우연을 구사하고 있다는 판단을 내릴 수 없는 것은 아니다.

즘의 대표작인『삼대』와『고향』에서 가장 뚜렷하게 드러난다. 종합적 리얼리즘에 속하는『호외시대』와『적도』의 경우는 약간 다른 양상을 띠는 것처럼 보이기도 하지만 본질적으로는 차이가 없다.『호외시대』의 경우 중심인물들의 내력이나 그들 사이의 상호 관계가 밝혀지는 데 있어 우연을 활용하고 있고『적도』는 주제효과의 구현상 적지 않은 상징적 의미를 지니는 은주의 스토리-선에 의미 있는 우연들이 구사되고 있지만, 이러한 경우들 모두 각 작품의 주요 주제효과 및 주된 스토리-선과는 거리가 있는 까닭이다. 요컨대, 비록 적은 수의 작품을 대상으로 하는 것이지만, 리얼리즘소설에서 우연의 기능과 효과는 작품의 전체적인 특징이나 핵심적인 주제효과의 구현 면에서는 미미하다고 할 수 있다.

리얼리즘소설이 우연을 구사하는 데서 보이는 셋째 특징은 우연 자체의 기능 면에서 확인된다. 리얼리즘소설들은 신소설이나 대중소설들처럼 우연을 흥미 제고의 수단으로 사용하지 않으며, 모더니즘소설들처럼 서사 구성의 원리로 활용하지도 않는다. 이들 소설에서 구사된 우연들은 대체로, 소설 일반에서 보편적으로 확인되는 우연의 기능[37] 곧 인물관계의 설정이나 서술상의 편의를 증진시키는 역할을 하고 있을 뿐이다. 소설의 서사에서 우연이 행하는 여러 가지 기능 중에 가장 일반적이면서도 작품의 특성이나 주제효과의 구현에 미치는 효과나 의미는 가장 미미한 그러한 기능에 주로 한정되어 있는 것이다.

이상의 세 가지 특징 즉 리얼리즘소설의 경우 우연의 구사 횟수가 적

---

[37] 이에 대해서는 9장 1절에서 상세히 논한다.

은 편이며, 우연의 효과가 작품의 부차적인 측면에서 발휘되고, 우연의 주된 기능이란 소설 서사에서 우연이 행하는 보편적인 기능에 해당한 다는 사실을 함께 고려하여, 리얼리즘소설과 우연의 관계를 다음처럼 요약해 볼 수 있다. 리얼리즘소설은 우연을 특별히 의식하지도 문제시 하지도 않는다. 달리 말하자면, 서술의 편의나 인물 구성상의 필요 차 원에서 우연이 구사될 뿐이어서, 우연의 존재가 사회의 객관적 반영이 나 주제효과의 효과적인 구현에 있어 긴요한 역할을 하지 않음은 물론 이요 걸림돌도 아닌 상태인 것이 리얼리즘소설의 특징이라 하겠다.

물론 리얼리즘소설이 우연을 딱히 문제시하지 않는 양상을 띤다 해 도, 우연의 구사 빈도가 다른 소설 갈래들에 비해 상대적으로 낮다는 점 자체는 의미를 가진다. 이러한 상태야말로 작가가 사태를 해석하는 데 있어서 애초부터 우연을 배제한 결과라 할 수 있는 까닭이다. 요컨 대, 우연의 배제 혹은 우연의 필연화를 전제로 한 작가 의식에서 작품 이 창작됨으로써, 그 결과로 작품의 양상은 우연에 무관심(?)한 것이 되었다고 추론해 볼 수 있다. 이러한 추론은 소설 텍스트가 아니라 작 가 및 창작방법 차원에서 행해지는 것이기에 섣불리 일반화할 수는 없 는 것이지만, 『사랑과 죄』에서처럼 서술자-작가가 작품의 문면에 등 장하여 의식적으로 우연을 배제하는 경우가 존재한다는 점에 의해, 어 느 정도의 타당성을 확보한다고 할 수 있다.

2) 모더니즘소설과 우연적 세계관

1930년대에 이르는 한국 근대소설 형성기에 있어 모더니즘소설은
문제적이다. 모더니즘소설로 간주되는 작품들의 특성을 따지기 이전
에, 모더니즘소설이라는 범주, 하위 갈래를 말하는 것이 어느 정도의
적실성을 갖는가 하는 점부터 논란의 여지가 있다는 점에서 이는 근본
적인 문제에 해당된다. 박태원의 「소설가 구보 씨의 일일」이나 이상의
「날개」 등을 두고 모더니즘소설로 간주하는 데는 1990년대 이래 국문
학 연구계 일반의 합의가 이루어져 있다고 할 수 있지만,[38] 1930년대

---

38 한국 근대문학에 대한 학적인 연구가 80년 정도의 역사를 갖고 있음을 생각할 때, 사실 1990
년대에 와서야 모더니즘소설이 근대소설의 한 갈래로 인정받게 되었다는 사실 자체가 앞서
지적한 바 모더니즘소설의 범주화라는 '근본적인 문제'의 현재성을 알려 주는 것이라 할 수
있다. 이 문제의 심각성은 기존의 문학사 및 소설사 연구들이 현재 모더니즘소설로 간주되
는 작품을 어떻게 다루어 왔는지를 통시적으로 살펴볼 때 한층 뚜렷해진다.
　조윤제는 『國文學通史』(탐구당, 1987; 초판 1948)에서 '新心理主義流의 小說' 항목을 두고 이
상과 허준, 정인택 등의 작품을 다루며, "이 리얼리즘은 自然主義的인 리얼리즘과는 다르
다"(530~531면)고 하여 현재의 모더니즘소설을 리얼리즘소설의 하위 갈래로 간주하고 있
다. 백철의 『朝鮮新文學思潮史－現代篇』(백양당, 1949)도 다르지 않다. 백철은 조이스나 프
루스트 등을 거론하면서 이상과 허준, 안회남 등을 다루되 그 장의 제목을 '心理·身邊小說'
로 명명하고 있다(4장 8절). 이들 작품을 다루는 그의 구도는 최재서가 주장한 바 '리얼리즘
의 확대와 심화'라는 인식 틀을 준용하는 것이어서(316~317면), 모더니즘소설이라는 범주
자체가 존재하지 않는다고 할 수 있다. 그에게서 '모더니즘'은 시문학과 비평을 논의하는 자
리에서만 구사될 뿐이다(3장 4~6절, 4장 13절). 모더니즘이란 범주 및 개념을 시문학에만
사용하고 현재 모더니즘소설로 간주되는 작품군에는 다른 개념을 구사하는 이러한 특징은,
백철·이병기의 『國文學全史』(신구문화사, 1983)에서도 확인된다. 프로문학의 쇠퇴 이후를
'현대적 문학의 생성기'로 보면서 박태원의 경우는 '藝術派'로 이상, 최명익, 유항림 등은 최재
서의 소론을 인용하면서 '主知派'로 다루되, 모더니즘은 시문학 운동에 한정하여 사용하는
것이다(392~402면 참조). 모더니즘소설이라는 명칭 및 범주화를 전혀 구사하지 않는다는
점에서는, 김윤식·김현의 『韓國文學史』(민음사, 1973)나 김동욱의 『國文學史』(일신사,
1986)도 마찬가지이다. 전자는 (애초부터 사조적인 개념 규정을 피하고 있다는 점을 고려할
필요가 있기는 하지만) '폐쇄적인 비관주의자들'로 규정하며 이상과 박태원을 다루었고(189
~197면 참조), 후자는 5장 2절 '近代文學의 諸思潮'를 통해 근대문학 형성기를 다루면서 자연
주의, 사실주의, 프롤레타리아문학, 민족문학 등과 더불어 '이상'을 따로 항목화할 뿐 모더니
즘 개념을 쓰지는 않고 있다(226~241면 참조). 조동일의 『한국문학통사 제2판』(지식산업

사, 1989) 또한 모더니즘은 시문학에만 사용할 뿐, 박태원의『천변풍경』은 세태소설로 이상이나 박태원, 최명익 등의 단편소설은 '삶의 의지를 빼앗기는 시련'이라는 항에서 다룰 뿐이다(5권 430~1, 448~449면 참조). 요컨대 문학사에서 모더니즘소설을 명시적으로 다루는 경우는 국문학 연구사의 맥락에서 보자면 매우 늦은 1990년대에 이르러서야 이루어졌다고 할 수 있다. 1991년에 출간된 윤병로의『한국 근·현대문학사』(명문당)가 그 예가 된다.

이러한 사정은 소설사의 경우에서도 대차가 없다. 1970년대 국문학 연구 세대가 내놓은 대표적인 현대소설사 연구 성과에 해당하는 이재선의『한국현대소설사』(홍성사, 1979) 또한 "詩에 있어서의 모더니즘의 경향과 상응하는 것"(313면)으로 '도시소설의 한 양상'을 언급하면서 이효석, 박태원, 유진오, 이상 등을 거론하고, 이와 더불어 "내성적인 수필성에 의해 소설이 知性化되고 지식인 소설이 제기된다"(같은 곳)고 할 뿐, 모더니즘소설을 따로 범주화하지는 않고 있다. 이상의 경우를 "李箱文學의 특징은 그 이전의 우리 문학사의 영역에서 그 어떤 친족 관계도 찾을 수 없다는 데 있다"(401면)는 판단 위에서 '李箱文學의 時間意識'이라는 장에서 따로 다룰 만큼, 모더니즘소설이라는 범주 자체가 고려되지 않고 있는 것이다. 이는 김우종의『韓國現代小說史』(성문각, 1982)에서도 마찬가지여서 자연주의, 탐미주의, 리얼리즘 등은 명시하는 반면 현재의 모더니즘소설의 경우는 V. '純粹文學과 日帝末'이라는 장의 '30年代의 主要作家·作品들' 장에 묶어서 다룰 뿐이다. 모더니즘소설이 현대소설사의 한 자리를 차지하면서 리얼리즘소설과 대등하게 다루어지는 것은 김윤식·정호웅의『韓國小說史』(예하, 1993)에 와서이다.

이상을 통해서, 문학사나 소설사 분야에서 한국 근대소설의 하위 갈래로 모더니즘소설이 설정되기 시작한 것이 1990년대 들어서라는 사실을 구체적으로 확인하였다. 한국 근대문학 연구사에서 꽤 늦은 시점에야 일군의 작품들이 모더니즘소설이라는 갈래로 범주화된 것인데, 이를 가능케 한 것이 1990년 전후에 나온 몇몇 연구 성과들이다.

서준섭의「1930년대 한국 모더니즘 문학연구」(서울대 박사논문, 1988)와 최혜실의『韓國모더니즘小說研究』(민지사, 1992)가 모더니즘소설의 범주화에 있어서 기념비적인 성과에 해당한다. 전자는 구인회에 주목하면서 모더니즘을 '미적 가공기술의 혁신'을 특징으로 하는 '도시문학의 일종'으로 파악하였으며(학위논문을 출간한『한국 모더니즘 문학 연구』, 일지사, 1988, 6~7면 참조), 후자는 '주관적 보편성'과 '일상성'을 주목하여 모더니즘소설 미학을 수립하면서 이상과, 최명익, 박태원 등을 모더니스트로 다루었다. 모더니즘소설을 한국 근대소설의 한 가지 주요 갈래로 범주화해 내는 이러한 시도의 의의는, 예컨대 비슷한 시기에 나온 나병철의「1930년대 후반기 도시소설 연구」(연세대 박사논문, 1989)에 비해 볼 때 뚜렷해진다. 나병철의 경우는, 박태원이나 이상의 소설이 '모더니즘적 형식 실험'을 보이는 '우리의 성공적인 모더니즘 소설들'이라고 간주하면서도(13~15면) 전체적으로는 "소설적 형상화를 주체와 현실의 변증법적 매개과정으로 보는 점에서 임화의 이론 및 정통적인 리얼리즘의 이론과 맥을 같이 하"면서(국문요약), '도시소설'이라는 범주로 박태원과 이상을 김남천이나 채만식, 한설야 등과 함께 다룸으로써 사실상 모더니즘소설의 범주화를 인정하지 않고 있다. 한국문학 연구사의 대부분을 차지하는 이전 시기의 문제의식이 얼마나 강력한지를 새삼 확인시켜 주는 이러한 사례에 비추어볼 때, 서준섭과 최혜실의 연구가 당시로서는 무척이나 패기만만한 것이며 모더니즘소설의 범주화에 있어 획기적인 성과에 해당하는 것임이 분명해진다. 이들의 연구를 이은 권성우의「1920~30년대 문학비평에 나타난 '타자성' 연구」(서울대 박사논문, 1994)나 김유중의「1930년대 후반기 한국 모더니즘 문학의 세계관 연구」(서울대 박사논문, 1995) 등을 거치면서 모더니즘소설의 범주화가 완수되고,

모더니즘소설의 범주를 어느 정도로 잡을 것이며 그 정체를 어떻게 구
명할 것인지에 대해서는 아직도 이론의 여지가 많다.[39]

　한국 모더니즘소설의 정체 문제를 본격적으로 문제시하는 것은 이
자리의 몫이 아니다. 사실 이 책이 취하고 있는 자세는 선행 연구들이
모더니즘소설이라고 간주하고 그 특성을 검토해 온 대표적인 작품들
중 몇 편을 대상으로 하여, 여타 소설 갈래들에 적용한 방법과 똑같은
방식의 분석을 가하는 것이다.[40] 그럼으로써, 근대소설의 하위 갈래들

1990년대 후반 이래의 다양한 후속 연구들에 의해 그 입지가 공고해졌다고 할 수 있다.
물론 이 주석의 허두에도 밝혔듯이 한국 근대소설사 속에 모더니즘소설을 범주화하는 문제
는 아직 완료된 것이라 하기 어렵다. 지금까지 살펴본 대로 모더니즘소설을 범주화하는 성
과 자체가 차지하는 비중이 적은 만큼 이론의 여지가 여전히 열려 있다는 사실을 부정할 수
없는 까닭이다. 이러한 점은, 근래에 나오는 관련 연구 성과들이 겪는 어려움을 통해서 현
재형으로 확인되고 있다.

39　모더니즘소설에 대한 최근의 한 연구에 의하면, 한국 모더니즘문학에 관한 기존의 논의들
　　은 다음과 같은 문제들을 남겨 두고 있다. 모더니즘소설 텍스트가 사소설, 세태소설 등 리
　　얼리즘 계열로 분류되기도 하는 현상, 리얼리즘과 모더니즘의 양대 축을 기반으로 문학사
　　를 서술하는 것이 영문학의 모델을 모방한 것일 뿐이라는 사실, 텍스트를 비역사적·비정
　　치적인 것으로 간주하는 서구 모더니즘 문학 담론의 중심인 신비평과 달리 한국 모더니즘
　　의 경우 작가들 대부분이 월북 작가들이라는 사실의 적절한 해명 등이 그것이다(권은, 「경
　　성 모더니즘 소설 연구―박태원 소설을 중심으로」, 서강대 박사논문, 2012, 19면). 이를 해
　　결하는 방안으로 권은은, 서구에서 모더니즘 관련 담론이 본격화된 것이 1940년 이후의 일
　　이라는 사실을 지적하면서(12면), "전 세계의 수많은 모더니즘이 공존하는 것으로 가정하
　　는 하나의 '장'(field) 개념을 도입하여, 각국 모더니즘의 특성을 입체적으로 조망"(42면)하
　　고자 하며 구체적으로는 '지리중심적인(geocentered) 분석' 방법(39면)을 구사하겠다고 한
　　다. 요컨대 모더니즘에 대한 선험적인 규정을 전제하지 않은 상태에서 1930년대 한국 사회
　　에 대한 문학 형상화 방식의 하나로서 우리의 모더니즘 문학을 '경성 모더니즘'으로 규명해
　　보겠다는 것이다.
　　한국 모더니즘소설을 한국사 및 한국 문학사로부터 그 자체로 범주화하고자 하는 이러한 시
　　도는, 그 실질적인 성패와는 무관하게 매우 소중한 것이다. 그 의의로 두 가지를 지적할 수 있
　　다. 하나는 외국의 모더니즘 논의를 무반성적으로 끌어 왔던 기존 연구 성과들의 근본적인
　　한계를 넘어서고자 한다는 점이며, 다른 하나는 바로 그러한 시도를 통해서, 앞서 지적한 대
　　로, 한국 모더니즘소설의 범주화가 여전히 현재적인 문제임을 환기시켜 주고 있다는 것이다.
40　특정한 이론을 전거로 삼아 소설의 하위 갈래를 규정하는 방식이란 그러한 이론의 형성 또
　　한 귀납적·기술적인 연구의 결과로 생긴 것이라는 기본적인 사실 자체를 무시한다는 점에
　　서 진지하게 고려할 만한 것이 못 된다고 한다면, 남는 것은 소설 작품이 자신을 이루는 요
　　소들을 끌어 모으고 그 원천에 해당되는 세계를 어떻게 대하는가 하는 점을 실증 차원에서

　　　　　　　　　　　　　　　　　　　　　제3부 소설과 우연의 문제

을 공통된 방법으로 검토해 오지 못한 문제를 지양하는 한편, 동일한 분석 방법에 의해 드러나는 각 갈래들의 차이를 명확히 하는 것이 현재 이 책이 의도하는 바이다. 이 차이를 두드러지게 하는 텍스트 분석상의 초점이 작품 내 세계의 사건 층위에서 발견되는 우연임은 지금까지의 분석과 해석에서 한껏 강조되었다고 하겠다.

박태원의 「소설가 구보 씨의 일일」(1934)의 경우 이러한 분석의 효과가 가장 잘 드러나는 경우라 할 수 있다. 이 책에서 검토한 그 어떤 작품들보다도 우연이 서사 구성에서 차지하는 위상과 의미가 매우 큰 까닭이다. 양적인 비중 면에서보다 질적인 기능 면에서 한층 두드러지기에 이는 아무리 강조해도 지나치지 않을 정도이다.

「소설가 구보 씨의 일일」은 특별한 의미를 갖지 않는 방식으로 30개 절로 나뉘어 있으며, 주인공 구보의 우연적인 발걸음을 따라 벌어지는 갖은 상념과 언행으로 구성되어 있다. 이 소설의 내용을 이루는 구보의 상념과 사색은, 한편으로는 외부에서 주어지는 자극에 수동적으로 촉발되거나 반응하는 양상으로 전개되며, 다른 한편으로는 그러한 감각 인상을 대상으로 하여 구보가 주체적으로 해석과 평가를 가하는 모습을 띤다. 전자의 상념·사색은 구보를 고독하게 하고 괴롭게 하는 것으로서, 쇠약한 건강상태나 아쉬운 인연, 헤어진 여인에 대한 그리

부터 치밀하게 규명하는 방법밖에 없다. 서사문학으로서 소설 텍스트가 자신의 작품 내 세계를 어떻게 구성하며 스토리를 어떻게 구축해 나아가는가를 밝히는 이 책의 일견 소박해 보이는 연구 방식은, 이러한 문제의식에서 비롯된 것이다. 이러한 분석의 결과를 작품이 놓인 당대의 사회 현실과의 관계에서 작품이 갖게 되는 특성을 해석하는 자료로 활용하고, 그러한 결과들이 종합되어 근대소설의 하위 갈래들을 의미 있게 분류할 수 있게 된다면 충분할 것이다. 이러한 작업들이 축적되면, 하위 갈래들을 분류할 수 있게 해 주는 분석 결과들로부터 한국 근대소설 하위 갈래 규정의 이론을 만들어 낼 수 있게 될 것이다. 그 첫걸음 중 하나가 되는 것이 이 책의 목적이다.

움과 자책, 자신이 누리지 못하는 보통사람의 행복이나 돈 등에서 유발된다. 후자 즉 구보의 해석과 평가의 경우는, 생활을 가진 사람들의 삶, 노는계집들의 세상살이 등을 대상으로 한다. 이러한 상념과 사색은 공히 비판적인 맥락을 띠고 있는데, 이러한 비판의 자리는, 생활인들의 양태와 거리를 두는 진정한 행복, 벗과 함께 있을 때에야 가능할 그런 행복에 대한 그의 갈망에 의해 유지된다. 그가 벗과 함께 있는 것을 갈망하는 이유가 여기에 있다. 사정이 이러하지만 대중에 대한 구보의 태도가 부정 일변도의 것은 아니다. 벗과 함께 한 자리에서 카페 여급들에게 보이는 관대함이나 모친의 바람을 헤아리는 것이 그 직접적인 증거이며, 사실 하루의 상념 중 상당 부분이 여인들과의 인연이었고 그 지향하는 바가 행복이었던 까닭이다.

이렇게 「소설가 구보 씨의 일일」은, 자기 스스로도 일상적인 행복을 그리워하기는 하지만, 인생의 목표가 없어 진정한 생활이라 할 수 없는 그러한 일상적 상태로부터는 거리를 둔 행태를 보이며 스스로를 위안하는 26세의 직업 없는 미혼 청년의 초상을 그리고 있다. 식민지 수도 경성을 배경으로 하여 도회의 이곳저곳을 드러내고 있지만 「소설가 구보 씨의 일일」의 초점이 그러한 근대 도시의 메커니즘을 파악하는 데 있지 않음은 물론이다. 정치경제적 의미의 사회 원리는 전혀 의식되지 않고 있으며, 계급적·계층적인 안목 또한 드러나지 않는다. 이 작품이 주목하는 것은 룸펜에 가까운 주인공 소설가 자신의 내면일 뿐이고 행복에 대해 생각하는 그의 눈에 비친 도시의 대중들, 여인들과 도시의 편린일 뿐이다.

이러한 점은 앞에서 정리한 『삼대』와 『고향』, 『호외시대』, 『적도』

　　　　　　　　　　제3부 소설과 우연의 문제

등의 리얼리즘소설은 물론이요, 그 앞의 『만세전』이나 『무정』 및 신소
설들과도 확연히 구별되는 특징이다. 재현 혹은 반영, 변형을 통한 리
얼리즘적인 세계 형상화가 없는 외에, 『만세전』이 보였던 현실 인식
도, 『무정』이나 신소설들에서 확인되는 이상주의적인 세계상도 없는
것이다. 그 대신 「소설가 구보 씨의 일일」은 근대도시의 점경과 그 속
에서 사는 사람들의 생활의 단면을 담아내면서 그로부터 거리를 둔 주
인공의 내면에 초점을 맞추고 있다. 이러한 차이에 주목하면, 이 작품
을 모더니즘소설로 보는 데 무리가 없게 된다.[41]

이 책의 견지에서 특기할 만한 사항 하나는 「소설가 구보 씨의 일일」
에서의 우연의 문제이다. 이와 관련해서는 일반적인 신소설보다도 많
은 24회의 우연을 구사한 점이 일견 눈에 띄지만, 서사를 진행시키는
구보의 동선에 우연이 점철되어 있으며 작품의 주제효과를 이루는 상
념의 상당수가 바로 그러한 우연에 의해 유발된다는 사실이 특히 주목
할 만하다. 구보가 경성을 배회하며 사람들을 만나게 되는 우연들에 의
해 그의 상념이 전개되고 그것에 의해서 작품 전체의 주제효과가 상당
부분 영향을 받게 구성되어 있는 까닭이다. 이렇게 우연이 서사를 구성
하는 근본 원리로 기능하면서 주제를 강화하는 것이 「소설가 구보 씨
의 일일」의 특징이다. 곧 「소설가 구보 씨의 일일」에서 우연은, 작품의

---

41 한국 모더니즘 작품과 근대 도시 경성의 관계에 대한 검토나(서준섭, 『한국 모더니즘 문학
　연구』, 일지사, 1988, 4장 참조), 보들레르의 모더니티, 모더니즘관을 핵심으로 하여 전개된
　모더니티의 현재성 및 반역사성·반정치성에 대한 논의(M. 칼리니스쿠, 이영욱 외 역, 『모
　더니티의 다섯 얼굴』, 시각과언어, 1993, 59~71면 참조), '미학적 자의식 또는 자기 반영성'
　과 '동시성·병치 또는 몽타주', '패러독스·모호성·불확실성', '비인간화와 통합적인 개인
　주체 또는 개성의 붕괴'의 네 가지를 모더니즘 일반에서 확인되는 미학적 형태와 사회적 전
　망의 중요한 지향으로 꼽은 유진 런의 견해(김병익 역, 『마르크시즘과 모더니즘』, 문학과지
　성사, 1986, 45~55면 참조) 등이 이러한 판단의 근거를 강화해 준다.

형식과 내용 양자를 결정하는 주요 소설 미학적 장치로 기능하고 있다.

소설 서사에서의 우연이 구성상의 편의나 흥미의 제고를 위한 기법으로 구사되는 것이 아니라 이렇게 작품의 구성 원리이자 동시에 주제효과 구현에 있어 중요하게 기능하는 점은, 이상의 「날개」(1936)에서도 확인된다. 「날개」에서 우연은 주인공 '나'와 아내의 관계가 변화되는 과정 및 그들의 운명이 결정되는 중요 국면에 개재되어 있다.

「날개」의 서사는 주인공 '나'가 보이는 '외출-귀가' 패턴의 반복 속에서 진행된다. 무위의 상태에 있는 주인공의 지향이 아내에게로 향해 있으며 그의 궁극적인 바람이 아내에게 남편으로서의 지위를 회복하고자 하는 것임이 이 과정에서 밝혀진다. 주인공의 바람은 그가 '외출-귀가-아내에게 돈을 쥐어주고 함께 자기'를 반복하면서 커지고 또렷해지지만, 그런 만큼 아내의 금지·거부도 강화되어 급기야 아달린 사건에 이르게까지 된다. 이를 전후로 작품 내 세계에서 이들 부부의 관계는 실질적으로 파탄이 난다. 이후의 서사는 주인공이 이를 인정하지 않을 수 없는 사건들을 겪고 마침내 사태를 통렬하게 깨달으면서, 입밖으로 내어 보지도 못하는 바람을 속으로 되뇌어 보는 것으로 되어 있다. 이런 식으로 「날개」는 주인공 '나'의 남성이자 남편으로서의 성적인 정체성 찾기의 실패담을 보여 준다. 이를 조금 확장하여 「날개」의 주제효과를 정리한다면, 생활능력을 상실한 무기력한 남성이 끝내 좌절하는 서사를 보여 준다고 하겠다.

이러한 주제효과의 구현에 있어서 「날개」는 우연을 효과적으로 구사하고 있다. 「날개」에는 모두 8회의 우연이 사용되고 있는데 단편소설임을 생각하면 빈도 자체도 낮지 않은 것이며, 보다 중요한 것은 서

제3부 소설과 우연의 문제

사의 진행에 있어서 그 기능이 막강하다는 점이다. 이 소설에서 우연은, '나'와 아내의 관계가 변화되는 과정 및 그들의 운명이 결정되는 중요 국면에 개재되어 부부관계의 균열을 만들고, 아내의 태도 변화를 증명하며, '나'의 사태 인식을 가능케 하는 등의 핵심적인 역할을 한다. 정오 사이렌 소리에 '희망과 야심의 말소된 페이지'를 떠올리게 되는 작품 말미의 우연도, 작품에 드러난 스토리 이전의 상태까지를 포함하여 주인공의 상황이 갖는 의미를 구현해 주는 장면을 이끌어 내는 역할, 달리 말하자면 「날개」의 전체적이고 종국적인 주제효과를 구현하는 데 있어 필수적인 역할을 하고 있다. 이렇게 「날개」에서의 우연은 스토리의 주요 국면을 가능케 하는 필수적인 역할을 할 뿐만 아니라 작품의 전체적인 주제효과를 집약하는 데 있어서도 중요한 기능을 수행하고 있다. 이는 「소설가 구보 씨의 일일」 못지않게 「날개」 또한 우연이 없이는 성립될 수 없는 작품이라는 점을 의미한다. 우연이 인물들의 운명을 가르고 작품의 전체적인 주제를 효과적으로 구현할 수 있게 해 준다는 점에서 보면 「날개」에서 보이는 우연의 기능이 보다 핵심적이라고 할 수도 있다.

　박태원의 『천변풍경』(1938)은 우연의 맥락에서 이상의 두 작품과는 다소 미묘한 관련 양상을 보인다. 위와 같이 주요 서사의 기본 원리로 우연이 구사되지는 않지만 그렇다고 해서 『삼대』처럼 우연을 배제하려 하거나 『고향』처럼 문제시하지 않는 것도 아니다. 우연에 대한 인정, 어떠한 의미도 부여하지 않는 채로 서사에서의 우연을 그저 인정함으로써 단순히 수용하는 것이 『천변풍경』이 보이는 태도이다. 이러한 '특징 없는 특징'은 이 작품의 소설 미학적 특성과 맞물려 있다.

『천변풍경』은 청계천변 일부로 좁혀진 비사회적 공간 속에서 생활하는 150여 명에 이르는 서민들과 중소상인 계층의 비역사적인 일상사를 통해서, 반봉건적인 가족관계에서 유래되는 고난과 갈등 및 그 극복의 소망, 서울살이가 주는 퇴폐와 향락, 허영심 등의 인정세태를 다각도로 보여주고 있다. 이를 위해『천변풍경』은 다양한 인물들이 영위하는 스토리-선들을 작품 전체에 걸쳐 부단히 교차하는 '교차적 서사 구성 방식'을 취하고, 복합적인 태도를 보이는 서술자에 의한 '비초점화된 복합적 진술 방식'을 전략적으로 구사하고 있다. 이를 통하여, '행복'이나 '평화', '희망' 등에 대한 인물의 소망과 그에 대한 서술자-작가의 긍정적인 해석을 표현함으로써 일상의 세태에 대한 근본적인 긍정이라는 주제효과를 구현하고 있다.

작품 외적 세계를 염두에 두면 일견 체제 순응적인 양상이라고 할 수도 있지만, 그러한 정치경제적 상황의 변화에 휩쓸리지 않으면서 면면히 이어지는 삶의 논리를 형상화한 것이『천변풍경』의 의의라 하겠다. 이러한 의의는 우연을 다루는 데서도 추론된다. 이 소설은 총 16회의 우연을 구사하고 있는데 중심인물에 해당하는 금순과 관련된 것이 3회, 민 주사와 관련된 것이 6회로 반 이상을 차지한다. 금순의 스토리와 관련된 우연들을 보면 그녀의 생활 양상 혹은 삶의 조건이 순수하게 우연에 의해 결정되고 있음을 알 수 있는데, 여기서 중요한 것은 그렇다고 해서 우연적인 전개에 별다른 의미를 두거나 하지는 않는다는 점이다. 민 주사의 연애 행각에 개재되는 우연의 경우 오입의 어려움을 약간 가중시킬 뿐, 그러한 우연으로 인해 민 주사나 그와 관계된 여인들의 삶이 실질적으로 어떠한 영향을 받거나 하지는 않는다.

요컨대 『천변풍경』은 인물들의 삶과 생활에 끼치는 영향이 다양한 우연들을 자유롭게 구사하되, 실제 현실에서 우연이 벌어지듯 그 존재를 자연스럽게 인정하며 기술할 뿐 서술자-작가가 그에 대하여 특별히 의식하지는 않는 양상을 보인다. 이는 금순이 제 오라비 순동을 만나게 되는 우연에 대한 서술자의 언급들에서 잘 확인된다. '우연을 우연으로 적시'하면서 '우연에 대한 단순한 수용'의 태도를 보이는 것이다. 우연에 대한 『천변풍경』의 이러한 무심한(!) 태도는, 나머지 우연들 대부분을 스토리-선의 전환이나 서술의 편의를 위해 기능적으로 사용하는 데서도 확인된다.

우연에 대한 서술자-작가의 무심한 태도를 강조하기는 했지만 등장인물인 금순이나 민 주사의 서사에서 우연이 행하는 막대한 기능에 초점을 맞추고 보면, 『천변풍경』에서 우연이 인물들의 삶에 끼치는 영향은 「소설가 구보 씨의 일일」이나 「날개」에서의 효과와 그리 다를 바가 없을 만큼 크다는 것을 알 수 있다. 그에 대한 서술자-작가의 판단과 태도에는 차이가 있어도, 이들 작중 인물 모두 우연에 의해 삶 및 생활의 양상이 결정되고 있는 까닭이다. 좀 더 정확히 말하자면 일상적인 삶 자체가 우연의 점철로 이루어진다는 파악이 이들 작품에 공유되고 있는 것이다. 우연과 관련한 이러한 특성이, 이들을 모더니즘소설로 보는 데 있어 하나의 근거로 기능할 수 있겠다는 것이 이 책의 판단이다.

한국 모더니즘소설의 범주 확립 및 정체성 규명 등의 난제를 잠시 미뤄 둔 자리에서, 박태원과 이상의 몇몇 작품들에 대한 이 책의 텍스트 분석 결과 자체를 이들 소설의 서사에서 우연이 행하는 기능 및 의미에 주목하여 살펴보면, 다음과 같은 세 가지 특징이 두드러진다.

첫째는 이들 모더니즘소설의 서사 구성에서 우연이 행하는 기능이 막강하다는 사실이다. 이는 다시 세 가지로 확인된다.

하나는 우연의 구사 빈도가 높다는 점이다. 중편소설인 「소설가 구보 씨의 일일」에 무려 24회의 우연이 사용된 것이나 단편소설임에도 「날개」에 8회의 우연이 활용된 사실이 이러한 특성 규정을 가능케 해 준다. 장편인 『천변풍경』이 16회의 우연을 구사하여 그 자체로 많다고도 적다고도 하기 어려운 경우에 해당하지만, 모더니즘소설의 대표작이라 하기에 별다른 이의가 없을 앞의 두 경우가 높은 우연 구사 빈도를 보여 준다는 사실만큼은 특기할 만하다.

다른 하나는, 단순히 우연이 많이 쓰였다는 사실 자체보다 훨씬 더 중요한 특징으로서, 그러한 우연들이 이들 소설의 서사가 전개되는 원동력으로 기능하면서 주제효과의 구현에 크게 기여하고 있다는 사실이다. 「날개」에서 보이는 중심인물 양인의 관계 변화가 바로 우연들에 의해 결정적인 국면들을 맞이하는 점이 대표적이다. 수많은 우연들에 의해서 서사의 방향 자체가 정해지는 양상을 보이는 「소설가 구보 씨의 일일」 또한, 우연이 서사의 추동력으로 활용되는 좋은 사례에 해당된다. 이들 두 작품에 구사된 우연은 스토리를 전개시키는 데 그치지 않고, 한걸음 더 나아가서, 작품의 주제효과를 구현하는 데 있어서 없으면 안 될 요소로도 기능하고 있다. 「날개」에서의 우연은 부부관계의 변화 과정을 두드러지게 만듦으로써 그것을 통해 구체화되는 작품의 주제효과 형성에 크게 기여하고 있으며, 「소설가 구보 씨의 일일」에서 주인공의 상념을 유발하는 데 사용되는 우연들은 이 소설의 주제효과를 풍성하게 하는 데 긴요한 것이라 하지 않을 수 없다. 바로 이러한 점

     제3부 소설과 우연의 문제

에서는 『천변풍경』이 보이는바 금순의 스토리-선에 활용된 우연 또한 유사한 기능을 행한다고 하겠다. 요컨대 이들 작품에서 우연은 등장인 물들의 삶의 국면에 막강한 영향력을 행사하면서 작품의 특성을 구현 하는 데 기여하고 있는 것이다.

모더니즘소설에서 우연이 행하는 기능이 막강하다는 사실을 알려 주는 셋째 특징은, 전대소설이나 신소설, 대중소설 등에서와는 달리 우 연의 효과가 흥미의 제고에 놓이지 않는다는 점이다. 이는 바로 앞에서 말한바 서사의 추동력으로서 주제효과의 구현에 기여한다는 특징을 역으로 확인시켜 주는 것으로서, 모더니즘소설에서의 우연의 기능이 다른 소설 갈래들의 경우에 비할 때 보다 근원적인 것임을 알려 준다.

모더니즘소설과 우연의 관계에서 찾아지는 둘째 특징은, 어떤 의미 에서도 우연이 부정적인 것으로 간주되지 않는다는 점이다. 리얼리즘 소설에서와 달리 여기에서는 우연을 배제하려는 서술자-작가의 언급 도 의도도 찾을 수 없으며, 실제 작품에서도 배제되고 있지 않다고 할 수 있다. 우연에 의해 인물들의 삶에 크고 의미 있는 변화가 이루어지 더라도 그러한 기능을 딱히 주목하지도 않게 작품이 짜여 있는 까닭이 다. 이렇게, 실제의 삶이 그러하다는 듯이 자연스럽게 우연을 형상화 대상으로 삼고 있는 것이, 모더니즘소설의 한 가지 특징이라 하겠다.

우연과 관련하여 모더니즘소설이 보이는 셋째 특징은, 이상의 두 가 지 특징으로부터 추론되는 것으로서, 이들 작품의 경우 '우연적 세계 관'이라 할 작가 의식으로부터 창작되었다고 볼 수 있다는 사실이다. 지금까지 지적한 특징들을 보이는 소설 구성의 바탕에는, 인간의 삶이 라는 것이 우연에 의해 그 양상이 정해지는 것이지 이성적으로 파악할 수 있는 어떠한 사회역사적 원리가 있어서 그에 따르는 것일 수는 없다는 판단이 깔려 있다고 할 만하다. 소설 서사에서 배제하거나 합리화해야 할 대상이 아닌 것으로서 존재하는 우연이 등장인물들의 운명을 결정하는 데 주요하게 작용하는 작품 세계로부터, 작품 바깥의 실제 세계와 인간의 삶이란 것 자체가 이미 우연에 의해 크게 영향을 받는 것이라는 의식 곧 우연적 세계관을 추론하는 것은 자연스럽다. 우연을 부정적으로 사고하지 않는 것은 물론이요 우연의 실제성을 그대로 인정하는 이러한 세계관을 환기시키는 것이야말로, 모더니즘소설에서 우연이 행하는 가장 중요한 특징이라고 할 수 있다.

형성기 한국 근대소설사에서 모더니즘소설을 범주화하는 일이 아직도 완수되지 않았다고 보는 입장인데다가, 기존의 연구들에서 모더니즘소설로 간주되어 온 소수의 작품들만을 검토한 상태에 불과하기는 해도, 리얼리즘소설이나 대중소설과 비교하여 모더니즘소설의 특징을 잠정적으로나마 요약해 보는 일은 이 책의 논지 구성상 피할 수 없는 일이다. 이러한 맥락에서 한국 모더니즘소설의 두드러지는 특징을 몇 가지 짚어보면 아래와 같다.

먼저 리얼리즘소설과의 대비 차원에서 소극적으로 진단하자면, 사회 현실의 '진상'에 대한 구명 의지가 부재하다는 점을 꼽을 수 있다. 모더니즘소설은 전체로서든 총체로서든 현실의 본질적 상태라 할 상(像)을 전제하지도 추구하지도 않으며, 따라서 그것을 재구성하는 방식으로 작품이 구성되지 않는다. 사회가 아니라 인물들에 주목하는 것이 이들 소설의 특징인 것이다. 「소설가 구보 씨의 일일」이나 「날개」가 잘 보여주듯이 이들 소설의 작품의도는 개인의 의식, 내면에 맞춰져 있다.

선형적인 역사관 또한 부재하다는 점을 지적해 볼 수 있다. 사회의 현상과 역사, 일상적으로는 세상사가 필연이라고 보는 리얼리즘소설들과는 달리, 모더니즘소설은 사회역사적 시간성을 의식하지 않는다. 모더니즘소설에서는 사건의 전개로 확인되는 시간 자체가 우연에 의해 점철되어 있으며 미래 또한 우연에 의해 열려져 있다. 이러한 특징이 단순히 결여의 맥락에서만 이야기될 수 있는 것은 아니다. 바로 이러한 특징으로 해서『천변풍경』이 보이는바 일상에 대한 긍정이 가능해지기도 하는 까닭이다. 바로 이 맥락에서, 선형적인 역사관의 '부재'는 그러한 역사관을 '부정'하는 우연적 세계관의 결과라고 긍정적인 맥락에서 재기술될 수 있다.

이상 살펴본 대로 사회보다는 인물(의 내면)에 주목하며, 사회 현실을 실정화하거나 역사를 고정시키는 태도를 우연적 세계관에 기초하여 기부함으로써 현재의 일상에 주목하는 것이야말로 모더니즘소설 고유의 특징이라고 하겠다. 텍스트 차원으로 돌아가 말하자면, 우연적 세계관에 바탕을 두고, 작품을 이루는 제 요소들 사이에 어떠한 인과관계를 부여하지 않으면서 작품을 구성하는 것이 모더니즘소설의 특징이라 할 수 있다.[42]

---

42 이러한 특징은 우리 시대의 모더니즘소설들에서도 두루 확인된다. 밀란 쿤데라의 1984년 작『참을 수 없는 존재의 가벼움』(송동준 역, 민음사, 1988)에서 주인공 토마스와 테레사의 관계 설정 및 전개가 여러 차례의 우연에 의해 이루어지는 것이나, 1985년에 오르한 파묵이 발표한『하얀 성』(이난아 역, 민음사)이 '모든 이야기는 실상 우연의 연속'(17면)이라는 인식에 정초하고 있는 것, 2008년에 나온 네팔 소설인 나라얀 와글레의『팔파사 카페』(이루미 역, 문학의숲, 2010)의 주인공 드리샤와 팔파사의 인연이 놀라울 만큼 거의 전적으로 우연으로 점철되는 것 등을 꼽아 볼 만한데, 이러한 사실을 이 책의 논의에 대한 간접적인 근거로 지적해 둘 수도 있겠다.

3) 대중소설과 기법으로서의 우연

1930년대가 오늘날의 문학 상태의 기원으로서 한국 근대소설의 보편적인 상태를 처음 갖추었다고 할 때, 리얼리즘소설, 모더니즘소설과 더불어 이러한 상태의 한 축을 이루는 것이 대중소설이다. 문학의 유희적 기능이야 연원을 따질 수 없을 만큼 오래된 것이지만, 각각 사회제도의 한 부문인 저널리즘과 문학예술 분야가 결합되어 상업적인 문화 산물로서 대중문학을 만든 것은 근대에 이르러서이다.[43] 바로 이런 맥락에서, 1920년대까지의 대중소설들과도 달리 오로지 시장을 목적으로 하고 등장한 1930년대의 대중소설[44]이야말로 근대소설의 하위 갈래로서의 지위를 확고히 갖는 것이라고 하겠다.

이러한 대중소설의 존재를 전 문단에 뚜렷이 각인시킨 작가가 바로 김말봉이다. 김말봉의 『찔레꽃』(1937)은 식민지 시대 대중소설의 대표작으로 판을 거듭하며 널리 읽힌 작품이다. 정치 상황 및 문단 역학을 논외로 하고 이 소설이 인기를 끈 요인을 작품의 특성 면에서 찾자면,

---

43 저널리즘과 이야기·문학의 이러한 결합은 전통적인 서사의 입장에서는 위협적인 상황이라고 할 수도 있다. 상업주의적인 성격을 띠지 않을 수 없는 저널리즘의 속성이 서사문학 본연의 기능을 침해하는 현상에 대한 논의로, 이야기에서 소설로 이어지는 서사시 형태의 변천을 다루면서 이들 두 가지 양식을 심각하게 위협하는 '새로운 형태의 의사전달'로 신문을 통해 유통되면서 사람들이 듣고자 열망하는 것을 즉각적으로 제공해 주는 정보를 지적하는 벤야민의 견해를 참조할 만하다(이태동 역, 「스토리 텔러」, 『文藝批評과 理論』, 문예출판사, 1987, 106~107면 참조). 대중문학, 대중문화의 등장 및 유포와 관련하여 고려할 또 한 가지 사항은 기술의 발달이다. 대중문학과 더불어 대중문화를 이루는 지배적인 양식인 멜로드라마나 영화와 같은 대중적인 연희 예술들이 19세기 이래 크게 발전하였는데, 이러한 현상의 이면에는 기술의 놀라운 발달이 주요한 역할을 해 온 것이다. 멜로드라마와 테크놀로지의 결합 양상 및 초기의 영화 멜로드라마가 갖는 상업적 성격에 대해서는 벤 싱어의 『멜로드라마와 모더니티』가 구체적인 사례들을 포함하여 설득력 있는 논지를 제시하고 있다(이위정 역, 문학동네, 2009, 6~7장).

44 임화, 「俗文學의 擡頭와 藝術文學의 悲劇―通俗小說論에 代하야」, 『동아일보』, 1938.11.22.

 제3부 소설과 우연의 문제

기기묘묘하게 얽히는 애정 관계와 상상을 초월하는 음모가 지속되는 플롯을 주목하지 않을 수 없다. 인물의 구성 자체는 단출하지만 그들 간에 벌어지는 사건은 그 변화 양상이 매우 크다. 안정순과 이민수, 조경구, 조경애의 청춘남녀 4인 간의 미묘한 연애 문제를 중심으로 하고, 여기에 더하여 안정순에 대한 조만호의 구애, 조경애에 대한 윤영환의 사랑, 조만호를 이용하여 돈을 취하고자 하는 침모 박 씨와 그 딸 영자 모녀의 음모, 조만호의 회사 돈을 횡령하게 되는 최근호와 그가 사랑하는 기생 옥란 등의 사건이 가세하여, 전체 서사는 일반 독자의 흥미를 지속시키는 데 부족함이 없을 만큼 크게 요동치는 양상을 보인다.

『찔레꽃』은 인물들의 운명이 크게 변화하는 모습을 보이지만, 그 추동력으로 사회 계층적 차이나 인물들의 지향이 마련되어 있지는 않다. 이 소설의 서사 전개에서 중심 역할을 하는 것은 중심인물들 간의 오해와, 경제적 이해관계에 따라 악행을 저지르는 악인의 존재이다. 청춘남녀 4인의 운명이 안정순과 이민수의 관계에 대한 조씨 남매의 오해에 기인하는 한편 침모 박 씨와 기생 옥란에 의해 파란이 벌어지고 전체 서사 또한 종결에 다다르게 되어 있는 데서, 이러한 사정이 잘 확인된다. 『찔레꽃』의 서사 구성은 절 구성상의 비대칭성, 주요 스토리-선들에 있어 확인되는바 '욕망과 음모 및 그에 따른 오해와 해혹이 잇따르는 극적 구성 방식', 그리고 우연이 40차례에 이를 만큼 빈번하게 구사되면서 서사의 전개에 있어 중요한 기능을 한다는 점을 특징으로 한다.

우연과 관련하여 『찔레꽃』이 보이는 특징은 단지 구사 빈도가 높다는 데 있지 않다. 우연을 빼고는 주요 등장인물들 사이의 관계를 설명할 수도 없고 그들이 벌이는 중요한 사건 전개를 기술할 수도 없어서, 우연에 의해 작품 전편이 구성된다 할 만큼 우연이 핵심적인 역할을 하고 있는 것이 이 소설의 특징이다. 『찔레꽃』이 이렇게 수많은 우연을 마음껏 사용하면서 인물들의 애정관계를 복잡 미묘하게 만드는 것은, 우연을 사용하는 것이 서사 구성을 경제적이게 하고 서술의 편의를 증진시키는 한, 아무런 거리낌도 없이 우연을 설정하는 작가의 자세를 알려 준다. 앞서 언급한 중심인물 4인의 애정 관계가 이루어지는 것이 '말 사건'이라 할 우연에 의해서이며, 전체 서사의 파국 또한 조만호와 옥란, 근호가 엮이는 스토리-선에서의 우연과, 옥란의 스토리-선과 영자의 그것이 조우하게 되는 우연, 조씨 집을 떠나고자 하던 정순이 용길의 간호를 할 수밖에 없는 우연 등으로 구성되어 있다. 이와 같이 서사의 중요 국면들을 우연으로 점철된 사건들을 이용하여 전개하고, 전체 서사의 결정적인 전개 및 종말 또한 우연에 의지하여 처리하고 있는 것이다.

이 과정을 통해, 사실상 작품 내 세계 차원에서 인물들이 점하고 있는 위상에 따른 현실적·본질적인 관계는 전혀 바뀌지 않으면서도 그들 각각의 운명은 극적으로 변화하는 양상을 보이게 된다. 여기에서 중요한 것은, 인물관계의 변화 및 운명의 변전이 현실적 맥락을 떠난 차원에서 이루어진다는 사실이며, 이러한 상황을 가능케 하는 데 있어 우연이 중요한 역할을 하게끔 구사되고 있다는 점이다. 달리 말하자면, 수없이 구사되는 우연으로 인하여 『찔레꽃』의 작품 내 세계 및 서사가 한편으로는 (리얼리즘소설과 달리) 작품 바깥의 현실과 어떠한 재현적·반영적 관련도 갖지 않고 다른 한편으로는 (모더니즘소설과도 달리) 외부 현실에 대한 일정한 판단과 태도 혹은 특정한 세계관의 포지와 같은 문제로부터도 자유로운 자리에서 형성되고 전개될 수 있게 되었다고 하겠다.

　　　　　　　　　　　

이러한 양상은 이 책에서 지금까지 분석한 다른 갈래의 소설들에서는 발견하지 못했던 새로운 것이다. 우연에 대한 긍부정적인 의식을 말해볼 여지가 없을 만큼 우연을 자유자재로 사용하면서 이를 통하여 서사를 전개시키고 인물들의 운명을 변화시키는 이러한 방식은 대중소설로서 『찔레꽃』이 갖는 특유의 특징이라 하겠다.

우연이 인물의 운명과 관련된다는 점에서는 현진건의 『무영탑』(1939)도 같은 양상을 보인다. 『무영탑』에 대한 선행 연구들 상당수가 작품의 두어 군데에서 확인되는 민족주의 의식의 표현에 주목하여 그 의의를 높게 평가해 왔지만, 텍스트 분석에 기초하여 주제효과를 해석하는 이 책의 견지에서 『무영탑』은 소설의 하위 갈래상 『찔레꽃』과 함께 묶일 수밖에 없는 통속적 대중소설로 판단된다.

『무영탑』은 천 년 전 신라라는 추상화된 배경 위에서 주만과 아사달, 아사녀 3인을 중심인물로 해서 10여 인의 주요 인물이 거의 모든 스토리-선을 진행하는 단순한 구성을 취하고 있다. 그나마 이들 3인 또한 '신흥'이나 '고난', '낭만적 사랑'과 같은 추상의 화신, 그러한 추상을 드러내는 기능을 하는 행역자(agent)에 머물러 있다고 할 만큼 추상적이고 기능적으로 설정되어 있다.

이러한 가운데, 스토리-선의 비중이나 인물관계에서의 주동적인 면을 볼 때 주만이 주인공에 해당되어 전체 주제효과 또한 아사달에 대한 그녀의 사랑을 중심으로 하게 된다. 아사달에 대한 그녀의 맹목적이고 헌신적인 사랑과, 이에 대한 혼사장애에 해당하는 금성 및 경신과의 각각의 관계, 그리고 화형에 처해지는 그녀를 경신이 구해 주는 구원의 행위 모두 보편적인 연애 서사의 중요 모티프와 지절들로서

『무영탑』을 주만의 사랑 이야기에 다름 아니게 만들고 있는 것이다. 아사녀가 관계되는 스토리-선 또한 비중이 상당하지만, 대부분의 경우 그녀가 주동적인 것은 아니고 그 서사의 대부분이 주만-아사달과는 무관하다는 점에서 작품의 주제효과 면에서 그녀의 스토리-선들이 차지하는 위상은 크지 않다. 요컨대『무영탑』의 주요 서사는 주만과 아사달의 연애 이야기이다. 이들의 연애 서사에서 특징적인 것은, 아사달에 대한 주만의 끌림과 사랑에 개연성이 너무 부족하며, 이럼에도 불구하고 이야기를 끌어가기 위하여 두 사람이 서로의 인연을 운명으로 의식하게끔 작가에 의해 의도적으로 설정되었다는 점이다.

이러한 설정의 의도성은, 그들의 만남이 우연에 의해 이루어지며, 만남에 대한 의미 부여로서의 '우연적인 인연의 운명화'가 양인에게서 반복적으로 드러난다는 데서 확인된다. 연애소설로서 주만과 아사달의 운명적인 만남이 사실상 우연에 의한 것이라는 점은『무영탑』에 있어서 우연의 기능이 막강함을 의미한다. 작품의 분량을 생각하면 불과 8회에 그쳐 우연이 매우 적은 편이지만, 아사달과 주만, 아사녀의 운명이 결정되는 데 있어 이들 우연이 절대적인 역할을 한 만큼 그 효과는 지대하다. '우연적 인연의 운명화'가 행해지는 곳에 네 차례의 우연이 개재되고, 죽음에 이르는 아사녀의 운명을 결정짓는 중요한 사건들에서도 두 차례의 우연이 핵심적인 역할을 하고 있는 까닭이다.

주만과 아사달의 사랑이 이렇게 서술자-작가의 의도에 의해 운명으로 각인되는 한편 중심인물들의 삼각관계 및 그들 각각의 비극적인 운명의 전개가 우연에 크게 의지하면서 이루어지는 전체 스토리 양상을 존중하는 자리에서 보면, 『무영탑』은 전형적인 '통속적인 낭만적 사랑의 이야기'에 해당된다. 우연에 의해 통속미를 증대시킨다는 점에서 『무영탑』은『찔레꽃』과 같은 갈래에 속하는 것이다.

　『찔레꽃』과『무영탑』모두 통속성이 짙은 대중소설에 속한다는 이상의 정리는, 제2부 6장에서의 구체적인 논의에 근거한 것이기는 해도, 현재 상태로 충분한 것은 못 된다. 두 가지가 문제된다. 앞서 지적하기도 했지만 통속성 자체에 대한 논의가 미흡하다는 점이 하나요, 한국 근대소설의 한 가지 하위갈래로서 대중소설을 다루는 현재의 구도에 비추어 논의의 귀납적 설득력을 전혀 기대할 수 없을 만큼 논의 대상이 너무 적다는 것이 다른 하나다. 본격적인 대중소설론을 기획하는 자리도 아니고 실상 이들 문제 자체가 국문학계에서도 충분히 논의된 것이 아닌 만큼[45] 두 가지 문제 모두 이 책에서 당장 어떤 해결을 기

---

[45]　대중소설의 특성을 소설 미학적으로 규명하는 일은 매우 어려운 문제이다. 대중소설의 대중소설적인 특성을 통속성으로 전환하여 사고하더라도 사정은 마찬가지이다.『찔레꽃』을 논의하는 자리서도 지적했듯이(이 책 391면의 각주 11) 통속성 자체를 형식적으로 규정할 수 없는 이상 어려움이 줄어들지는 않는 까닭이다.
　사정이 이러하기에 통속소설·대중소설이나 통속성과 관련된 기존 연구들은 개별 작품을 대상으로 하여 통속적인 성격이 발현되는 양상을 점검하는 방식으로 논의를 수행해 왔다. 이들 중 작품 분석의 구체성에 근거하여 나름대로 설득력을 갖춘 근래의 몇몇 연구 성과들은 다음과 같다. 염상섭의 장편소설들 중에서 비슷한 모티프를 사용함에도 불구하고 어떤 경우는 예술적인 성공을 거둔 반면 어떤 경우는 통속소설의 경계에 머물게 되었는지를 '상투성(cliché)', '자기 향수(self-enjoyment)', '사이비 초월(pseudo-transcendence)' 등을 문제틀로 하여 검토한 최혜실의「염상섭 장편소설에 나타난 통속성 연구」(국어국문학회,『국어국문학』108, 1992)가 이런 면에서 중요한 성과이다. 최혜실의 연구를 비판적으로 대하면서 염상섭의 통속소설들이 보이는 특징을 작가의 의식과 관련하여 검토한 김경수의「廉想涉의 通俗小說 硏究─『二心』,『白鳩』,『牧丹꽃 필 때』를 중심으로」(서강어문학회,『서강어문』11, 1995) 또한 의미 있는 성과이다. 그 외, 윤정헌의「金東仁 小說의 通俗性 考察─『水平線 너머로』를 중심으로」(한민족어문학회,『한민족어문학』29, 1996), 최수일의「『巢鶴嶺』硏究─통속성의 서사 내적 원리」(비교어문학회,『비교어문연구』10, 1999), 김한식의「김말봉의『찔레꽃』과 '본격통속'의 구조」(고려대 한국학연구소,『한국학연구』12, 2000), 이승준의「『濁流』의 通俗性 問題에 대한 考察」(민족어문학회,『어문논집』41, 2000), 박헌호의「김동리의『해방』에 나타난 이념과 통속성의 관계」(한국현대소설학회,『현대소설연구』17, 2002), 박종홍의「김말봉『밀림』의 통속성 고찰」(한국어문학회,『어문학』76, 2002), 곽승미

대해 볼 것은 아니지만, 아쉬운 대로 대중소설의 특성에 대해 현재의 논의 구도에서 말해 볼 수 있는 것들을 정리할 필요는 있겠다. 우연의 문제에 주목하여 이들 소설을 여타 갈래들과 비교하는 일이 그것이다.

우연과 대중소설의 특성이라는 맥락에서『찔레꽃』과『무영탑』의 논의를 통해 추론, 확인할 수 있는 사실은 다음 네 가지로 정리해 볼 수 있다.

첫째 특징은, 작품의 서사에서 일차적으로 확인되는 대로 우연이 등장인물들의 관계를 규정하는 데 있어 막강한 영향력을 행사한다는 사실이다.『찔레꽃』의 경우 우연으로 점철된 '말 사건'에 의해 주요 인물 4인 간의 관계가 굳어지다시피 되면서 복잡한 연애 관계가 전개되며,『무영탑』의 경우 우연으로 이루어진 인연이 운명으로 각인되면서 작품의 전체적인 효과가 결정되고 있다.

의「『순애보』에 나타난 관계의 미학으로서의 통속성」(한국현대소설학회,『현대소설연구』22, 2004), 홍혜원의「신소설『牧丹花』에 나타난 대중성 연구」(대중서사학회,『대중서사연구』10, 2004), 박혜경의「신소설에 나타난 통속성의 전개 양상―『귀의 성』에서『장한몽』까지」(국어국문학회,『국어국문학』144, 2006), 오혜진의「근대 대중소설에 나타난 장르믹스의 변모양상―염상섭의『사랑과 죄』와 김말봉의『찔레꽃』을 중심으로」(우리문학회,『우리문학연구』27, 2009) 등이 주목할 만하다.
이상의 연구들 각각이 의미 있는 성과임에는 이론의 여지가 없겠지만, 이를 전체적으로 보면 아쉬운 점이 매우 큰 것 또한 사실이다. 저마다 텍스트 분석을 통해서 통속성을 규명하는 논의 구도를 취하고 있기는 하지만, 작품을 분석하는 방식에서든, 작품에 통속성의 지표를 설정하거나 작품으로부터 통속적인 특성을 간취해 내는 방식에서든, 결론적으로 해당 작품을 통속소설로 규정하는 논리에서든, 느슨한 정도나마 학계의 일반적인 견해로 수렴시킬 만한 공통성이 취약한 것이다. 물론 이러한 현상 자체가 통속성 규정의 기술적(記述的) 성격을 입증해 주는 것이라 할 수 있고 이 책의 기본 입장이 바로 그러한 것이긴 하지만, 대중소설·통속소설 연구의 발전을 위해서는 부단한 상호 참조를 통해 지양해 내야 할 문제인 것도 사실이다.
소설 작품을 분석 대상으로 하여 통속적 특성을 검토하거나 통속성을 규명해 내는 것이 매우 어려운 과제임은, 넓게 보아 같은 부류에 속하는 다른 연구들이 텍스트 분석 이외의 방식을 취해 온 데서도 간접적으로 확인된다. 그 중 하나가 대중소설이나 통속성에 대한 당대의 담론 즉 대중소설론, 통속소설론을 검토하는 경우이고, 작품 바깥의 요인과 관련지어서 대중적·상업적 저널리즘과의 관계나 대중문화의 융성이라는 환경과의 관계 등에 주목하는 연구들이 다른 하나이다. 이 두 갈래의 연구들 모두 의미 있는 성과임에는 틀림없지만, 소설론의 견지에서 볼 때 궁극적으로는 텍스트 분석에 입각한 논의들과 수렴되어야 할 것이다.

이러한 현상이 대중소설적 특성에 닿아 있다고 할 때 현상적으로 유사한 양상을 보이는 모더니즘소설과의 비교가 일차적으로 요청된다. 앞서 정리했듯이 이상의 「날개」 또한 유사한 양상을 보였던 까닭이다. 현상적으로 확인되는 이러한 유사성은 그러나 가상에 불과하다. 우연에 의해서 중심인물들의 관계가 영향을 받는다는 사실만큼은 공통되지만, 「날개」의 경우 그런 영향에 의한 관계의 변화가 지속적으로 의미 있게 전개되는 반면, 『찔레꽃』이나 『무영탑』에서는 서사 전개의 이른 국면에서 우연에 의한 관계 양상의 변화가 이루어진 뒤 사실상 작품 전편에 걸쳐 고정되는 차이를 보이는 까닭이다. 요컨대 인물들의 관계를 형성하는 데에 우연이 작용하는지 자체가 아니라,[46] 우연의 영향에 의해서 인물관계가 고정되는지 여부가 관건인데 바로 이 점에서 양자 사이에는 중요한 차이가 있는 것이다. 따라서 대중소설과 우연의 관계에서 첫째 특징으로 꼽을 것은, 우연에 의해서 인물관계가 비교적 이른 시점에 결정된 이후 그대로 고정되는 경향을 보인다고 고쳐 말할 수 있겠다.

이러한 사실이 의미하는 또 다른 사실 한 가지도 특기해 둘 필요가 있다. 대중소설에서 인물들의 관계가 우연에 의해 고정된다는 것은, 그 외의 규정력들은 사실상 힘을 행사하지 못한다는 것을 의미한다. 장편소설 일반에서 인물들의 관계가 마련되고 변화하는 데 있어 영향력을 행사하는 요인들은 인물들의 의지와 그들이 놓여 있는 환경 곧 작품 내 세계라고 할 수 있다. 이 양자 사이의 길항관계에 의해서 인물관계의

---

[46] 이러한 점은 대중소설과 모더니즘소설에만 국한되는 현상이 아니라, 사실상 모든 갈래의 소설들에서 확인되는 것이다. 9장 1절에서 상세히 논의하겠지만 이 책의 우연의 분류 항목 중의 하나로 설정한 '인물관계 설정상의 우연'은 서사문학 일반에서 항상 확인되는 근원적인 우연의 하나이기 때문이다.

설정 및 변화가 이루어지고 전체 서사가 전개되는 것이다. 이러한 점을 염두에 두면, 대중소설의 경우는 우연에 의해 인물관계를 고정시키면서 작품 내 세계의 영향력을 차단하는 경우라고 말해 볼 수 있다.[47]

대중소설에서 구사된 우연이 보이는 둘째 특징은, 플롯에 대한 규정력 또한 막대하다는 사실이다. 이들 소설에서 우연은 사건의 기묘한 전개 양상을 가능케 하는 주된 동력으로 기능한다. 이는 앞서 지적한 대로 현실적 규정력이 사실상 차단된 상태이기 때문에 가능해지는 것이기도 하며, 중심인물들의 관계가 고정된 상태에서 서사가 전개되기 위해 불가피하게 요청된 것이라고 할 수도 있다. 달리 말하자면, 인물관계의 의미 있는 변화도 없고 작품 내 세계가 실제 현실의 반영·재현으로서 인물들의 지향과 사건의 전개에 영향력을 행사하지도 않는 상태인 까닭에, 소설이 자신을 전개해 나아가기 위해서 불가불 우연을 편의적으로 활용하게 되었다는 것이다. 이와 같이, 인물관계의 고정화와 기묘한 플롯화라는 일견 상충되어 보이기도 하는 두 가지 특성 모두 대중소설이 우연을 적극적으로 활용한 결과에 해당한다.

셋째 특징은 이들 작품에 구사된 우연의 주된 효과가 바로 흥미의 제고에 놓여 있다는 사실이다. 『찔레꽃』의 주된 흥미가 중심인물 4인 사이의 연애의 변주에서 나오고 『무영탑』의 재미가 주만의 연애 서사에 뿌리를 두고 있음은 자명하다 할 터인데, 두 경우 모두에서 우연이 중요한 역할을 하고 있는 것은 앞서의 분석을 통해 분명히 밝혀졌다.

---

[47] 『무영탑』에 대한 6장의 논의에서 작품 내 세계의 추상화 양상을 시공간 배경 설정 면에서 살폈듯이, 이러한 양상의 원인으로 우연 한 가지만을 꼽는 것은 전혀 아니다. 다만, 대중소설과 우연의 관계라는 맥락에서 우연 또한 혹은 우연이야말로 작품 내 세계의 영향력을 차단하면서 그것을 추상화하는 데에 의미 있게 작용한다는 사실을 명기해 둘 뿐이다.

제3부 소설과 우연의 문제

물론 이러한 특징이 대중소설에만 고유한 것은 아니다. 우연이 흥미 제고의 효과를 발하는 경우는 제2부에서 검토했듯이 전대소설이나 신소설,『무정』등에서도 두드러지는 특징이었다. 따라서 이는 한국 근대소설의 하위 갈래에서 대중소설이 놓인 자리, 대중소설이 다른 갈래들과 맺는 관계를 알려 주는 특징이라 할 것이다. 요컨대 우연의 주된 기능이 흥미를 주는 데 있다는 특징은, 대중소설이 전대소설 및 신소설의 연장선상에서 리얼리즘소설과 모더니즘소설의 맞은편에 존재한다는 판단을 가능케 하는 의미 있는 기능을 한다.

끝으로 가장 중요한 넷째 특징은 이들 소설의 경우 우연에 의해 작품 세계의 자립화 양상이 빚어진다는 사실이다. 앞서의 분석에서 확인되었듯이『찔레꽃』의 세계는 작품 바깥의 실제적인 규정력과는 무관한 치정의 세계이며『무영탑』의 경우는 (천 년 전 신라라는 공간 배경의 추상화도 작용하여) 당대 현실의 맥락이 관여되지 않는 운명의 세계일 뿐이다. 이러한 양상이 초래된 데는, 삭삭의 작품에서 수없이 그리고 익미 있게 구사된 우연들이 작품 내 세계와 작품 바깥의 현실 사이의 의미 관련을 해체한 것이 주요 원인으로 작용하고 있다. 우연의 자유롭고도 전면적인 구사로 인해, 스토리 자체가 작품 바깥의 실제 현실과의 관련으로부터 자유로워지고 대중소설이라는 장르의 층위 속에서 자립화된 것이다. 요컨대 스토리의 현실성을 약화시키는 우연이 실제 현실로부터 독립된 대중소설 고유의 코드를 만드는 데 크게 기여한다고 할 수 있다. 그 결과가 바로, 재현·모방의 맥락에서든 특정 세계관의 맥락에서든, 현실과 관련을 맺지 않는 대중소설 특유의 작품 세계이다.

이렇게 우연에 의해 스토리가 자립화되고 그 결과 작품 내 세계 자체도 추상화된 결과로 대중소설의 제반 통속적인 양상들이 초래된다. 앞서 지적한 바 인물들의 관계가 고정되고 사건의 기묘한 전개가 펼쳐지며 작품의도가 흥미의 제고에 놓이는 특징들 또한 작품 세계의 자립화에 의해 가능해진 결과라 할 수 있다. 이에 더하여, 등장인물들이 추상적 욕망이나 가치, 지위의 대리인인 듯이 설정되고 행동하는 인물들의 유형화나, 통속성의 한 지표로서의 상투성이 생겨나는 메커니즘 또한 우연에 크게 빚지고 있는 대중소설의 자립적 특성 위에서 활성화된다고 하겠다.[48]

이상의 논의를 종합할 때 가장 중요한 것은, 대중소설의 경우 작품 바깥의 실제 현실로부터 자유로운 자신만의 장을 확보하고 그 위에서 전개된다는 사실이다. 작품의 판매라는 텍스트 외적 사실을 빼면 작품의 형성에 있어서 현실과의 관련이 매우 희박하다는 이러한 특성이야말로 대중소설을 리얼리즘소설이나 모더니즘소설과 결정적으로 구별짓는 것이다. 이 책의 맥락에 집중해서 말하자면, 작품 세계의 자립화, 대중소설의 코드화라고 할 수 있는 이러한 특성의 구현에 있어 우연의 역할이 막대하다는 점이 특기할 만하다.

---

[48] 이때의 상투성이란 인물의 실제적인 속성이나 현실의 규정력이 아니라 통속적, 대중적인 소설의 장에서 생겨난 '관습'에 따라 인물의 언행이나 사건 전개의 모티프가 구사되는 양상을 가리키는 것이어서(최혜실, 「염상섭 장편소설에 나타난 통속성 연구」, 앞의 글, 217~218면 참조), 대중소설의 자립화와 뗄 수 없는 관련을 갖는다.

제3부 소설과 우연의 문제

9장

형성기 한국 근대소설과 우연의 소설 미학

앞 장에서의 정리를 통해 분명해지는 것은, 근대소설의 발전과정에서 우연이 전대소설의 잔재로서 지양되었다고 단정할 수 있을 만큼 일정한 경향성을 보이며 단선적으로 다루어지지는 않았다는 사실이다.[1]

신소설과 『무정』에서 우연은 흥미의 제고라는 기본적인 효과 면에서 의식적으로 그리고 적극적으로 다루어졌다. 반면 리얼리즘소설의 대표작인 『삼대』에서는 우연이 구성 및 주제 구현에 있어서 의미 있는 역할을 담당하지 않는다. 한편 이러한 갈래들과 달리 모더니즘소설의 대표격인 「소설가 구보 씨의 일일」이나 「날개」에 오면 우연이 작품 구성 및 주제 구현의 기본 원리로 기능하고 있다. 대중소설의 경우는 『찔레꽃』이 보여주듯이 자립화된 작품 세계에서 사건이 기기묘묘하게 전

---

1 '전대소설-신소설-근대소설'의 전개 과정에서 우연이 답습되었다가 지양된다고 단정하는 견해 자체가 잘못된 통념이라는 점 또한 7장에서 충분히 밝혀 두었다.

개될 수 있도록 우연이 무차별적으로 구사되는 양상을 보이기도 한다.

한국 근대소설의 하위 갈래에서 확인되는 이러한 차이는, 한국 근대소설의 형성 및 분화 과정에서 우연이 상이한 기능과 효과를 발휘하며 의식적으로 선택 혹은 배제되어 왔음을 알려 준다. 이러한 사정을 바탕으로 하여 소설과 우연의 문제를 보다 일반적인 차원에서 논의해 보는 것이 이 장의 과제이자 목표이다. 그 결과로 근대소설 하위 갈래들의 차이를 우연의 맥락에서 보다 이론적으로 정리할 수 있게 된다면, 두 가지 측면에서 중요한 의의를 얻게 될 것이다. 첫째는 초보적이고 도전적인 단계에서나마 우연의 소설 미학에 값하는 성과가 되리라는 점이고, 둘째는 서론에서 지적했던 바 한국 근대소설 연구 방법론상의 분열 상황을 지양하는 한 가지 통로를 제시하는 것이 된다는 점이다.

연구 대상을 형성기 한국 근대소설로 한정한 까닭에 첫째 의의에 큰 기대를 걸 수는 없지만, 둘째 의의만큼은 조금 강조해도 좋으리라고 판단된다. 다소 거치나마 앞에서와 같은 개괄이 가능하다는 점은, 한국 근대소설사를 검토할 때 다양한 사조 및 하위 갈래의 특성을 단일한 분석 논리로 일목요연하게 정리할 수 있는 중요한 문제틀로 소설 서사에서의 우연이 활용될 수 있다는 사실을 보이는 것이라는 점에서 의미심장하다. 신소설, 리얼리즘소설, 모더니즘소설 등과 같은 상이한 근대소설 갈래들에 대해 선행 연구들이 빚어온 통약불가능성(uncommensurability) 상태가 문제적이라는 판단을 부정하지 않는다면, 대상을 가리지 않는 우연 분석의 이러한 일관성, 객관성이야말로 우연이라는 범주가 국문학 연구의 통합이론을 향한 중요한 통로요 발판일 수 있다는 것을 의미한다는 점 또한 인정할 수 있게 될 것이다.

물론 두 측면 어느 것에서든 일반화가 가능하려면 검토 대상 작품이 훨씬 더 확충되어야 하겠지만, 이 자리에서 그러한 작업을 계속 연장할 것은 아니다. 이 책의 제2부에서 검토한 작품들이 기존 연구에서 중시된 것들로 채워져 있다고는 해도 그 수효 자체가 매우 적어서 지금과 같은 거친 일반화를 용납하지는 않는 것이 확실한 상황에서, 일단 작품의 검토를 연장하지 않는 것은 다음 세 가지 이유에서이다. 한 권의 책에서 그러한 아쉬움을 없앨 수는 없다는 것이 첫째 이유이고, 그러한 양적 확충은 국문학계 전반에서 일어날 때 보다 생산적, 발전적으로 수행될 수 있다는 것이 둘째 이유이다. 끝으로 셋째 이유는, 이 책이 지금까지 수행한 바 작품 분석의 일환으로 행한 우연의 문제 탐구(2~6장)와 우연에 대한 당대 문인들의 의식에 대한 검토(7장) 및 이상의 정리로서 시론적으로 행한 근대소설 하위 갈래별 특징에 대한 추론(8장) 외에도, 소설과 우연의 문제에 있어 따로따로 깊이 검토해야 할 사항들이 더 있기 때문이다.

소설과 우연의 문제를 궁구하는 데 있어 이 책이 다루지 못한 사항, 앞으로 다루어야 할 것들은 매우 많다. 소설작품에서 사회로 범주를 넓혀 가며 꼽아 보기만 해도, 작품 내 세계에서 우연이 행하는 기능에 따른 작품 효과 면에서의 기여, 작가들의 세계관, 문학장의 특성, 시대상황 등이 떠오른다. 이러한 항목들이 문제되는 연유는 다음과 같다. 제2부에서 수행한 대로 작품 내 세계에서 확인되는 우연의 구사 양상 및 효과는 일단 개별 작품의 경계 내에서 이야기될 수 있지만, 근대소설의 하위 갈래별로 그 특성을 일반화하기 위해서는 그러한 논의가 한편으로는 작가들의 세계관 문제로 연장되어야 하고 다른 한편으로는 문학작품을 대하는 작가 및 독자의 태도에까지 미쳐야 하는 것이다. 이에 더하여 한국 근대소설 형성기 전반에 걸치는 논의 맥락을 구축하기 위해서는 해당 시기 문학 장의 양상과 문학적 관습의 특성 또한 적절히 고려될 필요가 있다.

이상의 문제들까지 포괄적으로 검토한 후에야 형성기 한국 근대소설과 우연의 문제, 근대소설 하위 갈래들에 있어 우연의 문제가 갖는 특징과 차이를 보다 설득력 있게 일목요연하게 정리하는 일이 가능해질 것이지만, 하나의 저작에서, 그것도 소설과 우연의 문제를 본격적으로 탐구하는 첫 저작에서 요구될 것은 아직 아니라 하겠다. 이러한 사정에 기대어, 향후 연구를 촉진하는 길라잡이 역할을 하는 한편 지금까지의 연구를 나름대로 정리하는 방편으로, 이하에서는 우연의 존재 층위와 그 기능을 중심으로 소설 미학적인 의미를 따져 보기로 한다.

소설과 우연의 관계 일반을 총괄적으로 정리하는 일은 가능하지도 않을 뿐더러 필요한 것도 아니다. 검토의 대상이 되는 소설 작품이 어떤 의미에서도 한정될 수 없다는 점은 논외로 하더라도, 소설과 관련하여 문제시될 수 있는 우연을 일관된 원리와 단일한 기준에 따라 논의하는 것 자체가 불가능하기 때문이다. 예컨대 작품 바깥의 작가까지도 관련되는 서사의 구성 차원에서 확인되는 우연의 기능과, 작품 내에서의 주제효과의 구현에 미치는 우연의 기능만 생각해 보더라도 이 두 가지 기능을 하나의 맥락에서 이야기하는 논리적인 방법은 찾기 어렵다. 여기에다 작품이 표현하는 혹은 작품으로부터 추정되는 작가의 세계관 차원에서 우연에 대한 특정한 태도에 따르는 기능을 더해 보면, 그러한 작업이 원리적으로 불가능하다는 사실이 명확해진다. 이는 소

  제3부 소설과 우연의 문제

설과 관련해서 생각해 볼 수 있는 이들 우연의 존재가 차원이 다른 여러 층위에서 생겨나는 것이기 때문이다.

소설 일반에 대한 추상적 논의가 아니라 시공간적으로 한정된 소설사나 특정 갈래의 작품들을 따로 놓고 검토하는 경우에도 적절한 원리와 기준을 세워 우연의 기능을 검토하는 일은 쉽지 않아 보인다. 개별 작품에 구사된 여러 우연들이 행하는 효과 자체가 명료하게 분류되기 쉽지 않은 점도 문제이고, 작품 갈래와 우연이 행하는 기능 및 효과의 종류가 소설의 하위 갈래 및 범주 구별의 주요 기준이 될 만큼 유의미한 상관관계를 띠지 않는 사실도 문제가 된다. 요컨대, 소설들에서 우연이 실제로 행하는 기능을 귀납적으로 조사, 분류하는 일 자체가 가능하지 않다고 할 수 있다.

그렇다고 해서 서사에서 우연이 행하는 기능을 연역적으로 정리해 볼 수도 없다. 일반적으로 각종 소설론이나 서사론, 문예학에서 연역적 논리처럼 보이는 것들이 사실은 광범위한 귀납적 검토의 결과라는 사실을 먼저 환기해 둘 필요가 있다. 여기 더해서, 어떠한 소설 작품의 요소든지 그 기능과 효과라는 것이 그것 자체로 사고될 수 있는 것이 아니라 작품을 이루는 다른 모든 요소들과의 구조적인 관계 속에서만 고려될 수 있다는 사실을 무시할 수 없다. 우연 또한 예외일 수 없음은 분명하다.

사정이 이러하기에 우연의 존재 양상과 기능을 보다 일반적인 차원에서 살피고자 하는 이 장의 논의는 다소 절충적인 방식을 취하지 않을 수 없다. 제2부의 작품 검토를 통해 확인했던 우연의 다양한 기능들을 염두에 두고, 우연의 존재 양상 및 주요 기능을 몇 가지로 나누어 살펴보는 것이다. 혹은 제2부의 작품 검토 결과를 그대로 정리하여 추상화하는 방식이 보다 적실하다고 생각해 볼 수도 있겠지만 그렇지는 않다. 앞서 검토한 작품들의 선정 자체가 편의적인 것일 수밖에 없다는 점을 문제시할 수도 없지는 않겠지만,[2] 바로 앞에서 지적했듯이 우연의 존재와 기능을 추론하게 해 줄 우연의 효과 자체가 차원이 다른 여러 층위에서 발현되는 것이기 때문이다. 형성기 한국 근대소설이라는 대상의 한정성이 문제를 해소해 주지 않음 또한 위에서 밝혔다.

이러한 판단에서 이 책은, 모든 서사에 필수적이고 불가피한 근원적인 우연을 먼저 다루고, 흥미 제고의 효과 등을 겨냥하여 소설의 기법으로 구사되는 우연을 검토한 뒤, 근대소설의 하위 갈래를 나누는 데 관건이 되는 바 작품 및 작가의 세계와의 관련 양상에서 문제되는 소설 형성원리 차원의 우연을 논의할 것이다.

첫째는 '서사에서의 근원적 우연'으로서, 서사의 구성적 측면에 비추어 불가피한 우연과 소설의 배경 정보나 인물 구성에서 두루 확인되는 편의적인 우연의 둘로 나뉜다. 이와 관련한 논의는 형성기 한국 근대소설에 한정되지 않고 비교적 원론적인 성격을 띠게 된다. 둘째는 '기법으로서의 우연'이다. 이는 한 편의 소설에 마련되어 있는 작품 내 세계 속에서 벌어지는 사건들의 핵서사 혹은 스토리-선 층위에서 확

---

2 이때 '편의적'이라 함은, 이 책이 구사하고 있는 텍스트 분석 방법과 분석 대상 작품들의 선정 사이에 논리적인 필연성이 있는 것은 아니라는 의미인데, 이러한 사실 자체가 문제적인 것은 전혀 아니다. 서론에서도 밝혔듯이 이 책의 분석 대상은 현재까지의 국문학 연구에서 한국 근대소설계의 주요 작품들로 간주되어 온 것들이며, 이러한 작품들 자체가 다양한 하위 갈래에 귀속되는 것이므로 그것들을 연구 대상으로 선정하고 배제하는 간명한 논리가 있을 수 없다는 것, 이상 두 가지 사실에 비추어 그러하다. 오히려 사정은 반대이다. 이 책의 소설 분석 방법이 대상을 가리지 않는다는 점이야말로, 누차 지적한바 근대소설의 하위 갈래에 따른 선행 연구들의 통약불가능 상태를 지양하는 의미 있는 특성이기 때문이다.

인되는 우연으로서, 작품이 제반 효과를 발하는 데 있어 행하는 기능 측면에서 논의될 것이다. 셋째는 '소설의 형성 원리로서의 우연'으로서 한편으로는 작품 내 세계의 전반적인 설정 양상에, 다른 한편으로는 사건의 추동력 및 전개 양상에 초점을 맞추어 검토될 것이다. 전자에서는 작품 내 세계를 형성하는 데 있어 관여하는 세계관이 후자에서는 우연에 대한 작가-서술자의 기본적인 태도가 문제시된다.[3]

1. 서사에서의 근원적 우연

소설에서 우연이 행하는 가장 근원적이면서 일반적인 기능은 두 가지 측면에서 찾아볼 수 있다.

하나는 모든 서사에서 확인되는 존재론적으로 필연적인 우연의 기능이다. 이러한 우연은 현실을 서사로 구성해 내는 데 있어서 필연적으로 개재되는 것으로서, 우리에게 주어진 작품이 보이는바 사건의 서술과 관련한 제반 상황이 마련되는 과정에서 존재한다. 이러한 의미에서 이 우연을 '서술 상황 설정상의 우연'이라 칭할 수 있다. 서술 상황이 없는 서사가 있을 수 없다는 데서도 짐작되듯 이러한 우연은 모든

---

[3] 짐작할 수 있듯, 이 책의 제2부에서 전개한 작품 분석에 포함된 우연 논의는 대체로 둘째 '기법으로서의 우연'에 집중되어 있었으며, 다른 두 가지 층위의 우연의 문제는 제3부 8장을 통해 약간 논의되었다.

서사에 존재하는 것이지만, 어떤 경우에는 추론을 통해서만 확인될 만큼 가려져 있기도 하고, 다른 경우에는 명시적으로 드러나거나 혹은 뚜렷이 강조되기까지도 한다. 소설은 물론이요 서사 일반에 존재하는 이러한 불가피한 우연이 작품에서 존재하는 양상 및 그에 따라 발휘하는 효과가 우연의 근원적이면서 일반적인 기능의 첫째에 해당된다.

다른 하나는 소설의 구성상 우연을 다소 편의적으로 활용하는 경우에 관련된다. 작품 내 세계의 배경이나 스토리의 전사(前史)를 그것에 고유한 스토리-선을 마련하지 않은 채 설정하거나, 사건의 전개상 필요한 인물을 급작스럽게 등장시키고는 기존의 인물과 의미 있는 관계를 부여하는 등으로 인물 구성에 있어서의 편의를 위하거나, 세부 사건들의 전개에서 실제에 비추어 보자면 마땅히 있어야 할 내용들을 생략하여 서사적 효율성을 취하는 방편으로 우연을 구사하는 경우 등이 여기에 해당된다. 이러한 경우들이 소설의 구성에 있어 기본적으로 문제되는 것이라는 점에서 이들 우연을 '소설의 기본 구성상의 우연'이라 할 수 있다. 이러한 우연은, 작품 바깥의 현실에 비추어 보는 것은 아니라 해도, 작품 내 세계에서 필연성, 실제성을 갖기 어려운 양상으로 구사되는 것이다. 바로 이러한 까닭에, 작가의 무능력에 기인하여 우연이 사용되는 경우 또한 이에 포함될 수 있다.

이상의 짤막한 정리만으로도 '서술 상황 설정상의 우연'과 '소설의 기본 구성상의 우연'이 서로 종류가 다른 것이라는 사실이 잘 드러난다. 그럼에도 불구하고 이들을 서사에서의 근원적 우연으로 함께 다루는 것은, 한편으로는 이 두 가지 우연이 소설을 포함하여 거의 모든 서사 예술에서 발견된다는 사실 때문이고,[4] 다른 한편으로는 겉보기와

　　　　　　　　　　　　제3부 소설과 우연의 문제

는 달리 이 두 우연의 기능이 전연 별개의 것은 아니라는 판단에서이다. 각각을 살펴본다.

모든 서사의 본질상 불가피한 '서술 상황 설정상의 우연'이란, 서사가 서사로서 존재하는 데 있어 개재되기 마련인 우연을 말한다. 달리 말하자면 서사가 구성되는 데 있어서 필연적으로 요청되는 우연, 서사의 구성 과정에서 존재하게 마련인 우연을 가리킨다. 결과로서의 서사물 예컨대 소설작품에 남지 않는 경우도 있지만 그러한 작품들에서조차 이러한 우연은 부재하는 원인으로서 자기 나름의 효과를 발하는 까닭에, 이러한 우연이야말로 말 그대로 근원적인 것으로서 모든 서사에 관련된다. 서사가 구성되는 원리, 서사물이 존재하게 되는 과정을 통해 이를 확인할 수 있다.

일반적으로 서사의 구성은 "처음에는 모든 것이 가능하며, 중간에서는 사물들이 개연성을 띠게 되고, 끝에 가서는 모든 것이 필연적으로 되는" 방식으로 이루어진다고 할 수 있다.[5] 현재의 맥락에서 이 진술의 초점은 서사가 자신을 전개시키며 완성되는 계기적 형성 과정이 아니라, 서사의 탄생이 갖는 상황 변화에 놓인다. 모든 서사란 최종 산물인 작품으로 우리 앞에 놓이게 되기 이전의 단계에서는 무한히 펼쳐진 가능성을 갖고 있다가 어떤 하나의 전체로 구성되면서 필연적인 것으로 고정되기 마련이라는 사실을 가리키는 것이다. 이 사실에 내재된 변화

4　각각의 설명에서 확인되겠지만, 양자의 의미 있는 차이는 '서술 상황 설정상의 우연'이 거의 모든 서사에서 필연적으로 존재한다고 할 수 있는 반면 '소설의 기본 구성상의 우연'은 반드시 존재하는 것은 아니라는 점이다.

5　Paul Goodman, *The Structure of Literature*, Chicago, 1954, p.14(시모어 채트먼, 김경수 역, 『영화와 소설의 서사구조』, 민음사, 1990, 53면에서 재인용) 및 이인화, 『스토리텔링 진화론』, 해냄, 2014, 32면 참조.

즉 작품이 탄생되기 이전의 무한한 가능성의 상태에서 우리에게 주어져 있는 바로 이 작품이라는 상태로의 변화 자체는 우연적이다. 동일한 가능성의 상태에서 어떠한 작품이 나올지는 고정되어 있지 않다는 말이다. 이렇게, 완성된 작품을 낳는 구성 과정에 개재되는 우연성을 두고 서술 상황 설정상의 우연을 확인할 수 있다.

서사 일반에서 확인할 수 있는 이러한 서술 상황 설정상의 우연의 주된 기능은, 소설 텍스트에서 서술 시점의 결정이나 서술자의 설정, 서술자 담화의 구성 등 서술 상황의 특성을 결정하고,[6] 그럼으로써, 작품의 효과에 영향을 미치는 것이다.[7]

서술 시점의 결정을 예로 하여, 전지적 작가 시점과 일인칭 주인공 시점의 두 경우를 들어 본다. 어떤 하나의 스토리가 이들 상이한 시점을 취한다고 가정할 때,[8] 스토리 자체가 특정한 시점을 요구하는 것은

---

6 페터 지마, 김태환 역, 『모던 / 포스트모던』, 문학과지성사, 2010, 291~292면 참조.
7 이상의 기능과는 층위가 다르지만, 서술 상황 설정상의 우연에 의해 서사의 중요한 본성이 드러난다는 점 또한 특기해 둘 만하다. 이러한 우연을 통해서 서사의 자립성이 확인되는 것이다. 작품의 탄생을 경계로 하는 전후의 양상이 우연·필연의 맥락에서 완전히 이질적이라는 점은 앞에서 지적해 두었다. 현실 자체는 우연적이거나 혹은 우연적이지도 필연적이지도 않다고 할 수 있지만 서사 작품은 필연적이라는 점이 양자의 이질성을 만든다. 이러한 이질성을 근거로 해서, 서사의 구성이란 우연과 필연이 혼효된 현실의 상태를 필연적인 상태로 바꾸는 과정이라 할 수 있다. 여기서 놀라운 사실은, 바로 이 과정, 현실의 우연을 배제하고 서사 요소들의 관계를 필연으로 고정시키는 구성 과정이 우연적이라는 점이다. 주어진 현실이 같더라도 서로 차이를 보이는 다양한 서사가 나올 수 있다는 자명한 사실이 이를 증명해 준다. 이러한 차이를 만드는 서술 상황 설정상의 우연은 따라서 자신이 개재되어 만들어진 서사가 원재료에 해당하는 현실에 긴박되어 있는 것은 아님을 입증해 준다. 서술 상황 설정상의 우연의 존재 자체로부터, 모든 서사가 현실이 아닌 서사로서의 본성을 갖는다는 사실 곧 서사의 자립성을 이론적으로 확인할 수 있는 것이다.
8 서사의 불가피한 우연이 행하는 기능을 실제 작품을 예로 하여 구체적으로 말하기는 어렵다. 특정 스토리와 우연적으로 결합하는 상이한 두 가지 시점의 효과로부터 그러한 서술 상황 설정상의 우연의 기능을 비교하는 것은 가능해도, 구체적인 텍스트로서의 작품 각각은 이미 그러한 우연적 설정의 결과로서 (때로는 필연적인 것인 양) 존재하는 것이기에 그것을 대상으로 해서 상상된 다른 경우와 비교한다는 것은 의미를 갖기 어려운 까닭이다.

    제3부 소설과 우연의 문제

아니므로 그러한 각각의 결합은 우연적인 것이며 선택의 결과 또한 자의적이라는 면에서 우연이라 할 수 있다. 곧 서사에서의 시점 설정, 특정 스토리가 특정 시점과 맺게 되는 관계는 근본적으로 그리고 필연적으로 우연적이다. 이러한 우연은 그러한 결합 구성의 결과로서 존재하게 되는 작품에서 대체로 가려지고 지워지게 마련이지만,[9] 설령 그 흔적조차 찾기 어렵다 하더라도 그러한 우연이 작품의 효과 발현에 미치는 기능만큼은 절대 지워지지 않는다. 일반적으로 전지적 작가 시점의 경우 사태를 객관적으로 진실되게 재현한다는 의미 효과를 불러일으키는 반면, 일인칭 주인공 시점은 인물 개인의 주관적 내면을 드러내거나 외부 세계에 대한 주관적 해석을 제시한다는 의미 효과를 주게 마련이다. 스토리가 동일함에도 발생하는 이러한 차이는 서술 시점을 결정하는 서술 상황 설정상의 우연에 기인하는 것이라고 하지 않을 수 없다. 바로 이러한 기능을 행하는 까닭에 서술 상황 설정상의 우연 또한 우리의 주목을 요하는 것이다.

서술 상황의 결정 양상은 작품의 효과에 영향을 주는 데 그치지 않고 작품의 경계 바깥으로까지 우리의 논의를 진전시킨다는 점에서도 중요하다. 소설에서의 서술 상황이란 현실의 서사화에 있어서의 구성적 성격을 드러내게 마련인데, 그 결과 이는 작품의 경계 내에 갇히지 않고 작품을 구성하는 작가의 주체적 계기까지 포함하게 된다. 따라서 작가가 보이는 주관적 설정으로서의 성격이나 그의 이데올로기 또한 자연스럽

9　작품의 주인공인 이상과 서술자인 이상, 심지어는 작가인 이상 김해경까지 같이 등장하고 그 존재가 확인됨으로써, 서술자의 설정 및 시점 설정 자체가 작품의 표면에 확연히 드러나는 이상의 「종생기」 정도가 예외가 된다.

게 검토 대상이 되어, 작품과 작가의 세계관, 문학관을 규정하고 설명하는 데 기여하게 된다. 이렇게 서술 상황 설정상의 우연은, 단순히 서술 상황 설정상의 특징을 밝혀줄 뿐 아니라 더 나아가서 그 작품이 보여주는 세계관까지 논의할 수 있게 해 주는 형식적인 자질이라 하겠다.

소설에서 우연이 행하는 가장 일반적인 기능의 둘째 양상은 좀 더 구체적인 데서 확인된다. 여기서는 앞서의 경우와 달리 소설 구성의 기본적인 성격에 관련되는 '소설의 기본 구성상의 우연' 곧 작품 내 세계의 배경이나 서술 시점을 현재로 하는 스토리의 전사(前史)에 대한 정보를 주는 경우나 인물 구성상의 편의를 위해 구사되는 우연들이 문제시된다. 후자는, 이 책의 분류 방식에 따를 때 제2부의 작품 분석에서 사용한 ⑤ '인물관계 설정상의 우연'에 해당된다. 인물 구성의 문제에 개재되는 이 우연 또한 소설의 하위 갈래에 구애받지 않고 두루 등장하며 그럴 수 있는 소이가 소설 구성의 기본적인 성격에 말미암는다는 점에서, 현재 논의의 대상이 된다.

이러한 우연들이 문제되는 소설 구성의 기본적인 성격이란, 거의 모든 소설이 '사태의 한가운데서(in medias res)' 시작하게 마련이어서 그 시점까지 스토리가 어떻게 진행되어 왔는지를 설명할 필요를 안게 됨을 의미한다. 인물이나 사건에 대한 배경적 정보를 이야기에 보충해 주는 후술법(analepsis) 혹은 회상을 필연적으로 요청하게 된다는 것이다.[10] 말 그대로의 창세기(Genesis)나 빅뱅(Big Bang)을 다루는 것이 아닌 이상 이 사실은 예외를 두지 않는다. 사건들의 인과관계를 인정하지 않는 경우라도 모든

---

10 조셉 칠더즈·게리 헨치 역, 황종연 역, 『현대 문학·문화 비평 용어사전』, 문학동네, 1999, 67~68면.

                                제3부 소설과 우연의 문제

사건들이 시간의 흐름 속에 놓여 있음을 부정할 수는 없는 이상, 모든 서사, 하나의 스토리는 사태의 중간에서 시작하는 것일 수밖에 없다.

이렇게 어떠한 스토리든 사태의 중간에서 시작하며 서술 시점상의 현재 이전의 상황에 대한 설명으로부터 자유롭기 어렵다는 점을 인정할 때,[11] 소설의 기본 구성상의 우연의 존재 여건이 확인된다. 서술 시점상의 현재 사건과 그것에 대한 설명을 목적으로 후술법에 의해 끌어들여지는 배경적 정보로서의 서사 요소 사이의 관계가 필연적이기는 어려운 까닭이다. 그것들 사이의 관계 자체는 설령 필연적이라고 해도 그러한 필연적 관계가 나름의 스토리-선을 부여받으면서 서사에서 형상화되지는 않는 상황이므로,[12] 서사의 차원에서 그것들의 결합에는 우연이 개재되기 쉬울 수밖에 없다.[13] 이러한 경우에 구사되는 우연이 바로 소설의 기본 구성상의 우연이다.

---

[11] 이러한 사실은, 사건들의 연쇄의 기록 자체가 사실상 자연스럽게 의미를 구현해 낼 수는 없다는 점에 의해 한층 강화된다.
"많은 선술법들이 서사를 한 번 읽는 것만으로는 그렇게 인식될 수는 없다. (…중략…) 하지만 처음 부분의 설명을 통해 이러한 운명을 불러오는 일은 독자의 회상에서 혹은 소설의 재독서를 통해 일어날 수 있다. 그러므로 선술법은 명시적일 수도 있고 혹은 함축적일 수도 있다. (…중략…) 서사를 처음 읽을 경우엔, 심지어 명백한 선술법들이라도 그러한 식으로 인식되기는 어려울 것이며, 그것들이 처음엔 비시간성(achronicity)의 예로 읽혀질 수도 있다"(제레미 M. 호손, 정정호 외 역, 『현대 문학이론 용어사전』, 동인, 2003, 550면).
위의 인용이 보여주듯이, 어떠한 스토리도 첫 번째 독해에서 혹은 최소한 그 서사의 앞부분의 독해에서 의미가 명시적으로 구현되지는 않는 법이다. 이러한 의미 구현의 어려움을 해소하기 위해서도 대부분의 소설에서 인물이나 사건에 대한 배경적 정보의 제공이 후술법을 통해 자연스럽게 이루어진다.

[12] 그러한 필연적 관계가 스토리 차원에서 구현된다면 그것은 더 이상 지금 맥락에서 논의되고 있는 배경적 정보가 아니게 되지만, 이러한 경우라도 후술법에 의해 끌어들여질 배경적 정보의 필요성이 없어지는 것이 아님은 물론이다. 그렇게 필연적인 서사로 구현된 그러한 관계의 배경으로서 또 다른 정보가 요청되는 까닭이다.

[13] 앞서 지적한 바이지만 오해를 막기 위하여 다시 강조하자면, 배경적 정보가 후술법에 의해 작품의 일부가 될 때 항상 우연이 개재되는 것은 아니다. 소설의 기본 구성상의 우연이 필연적인 것은 아니라는 말이다.

이들 배경적 정보가 새로운 인물을 대상으로 할 때면 그렇게 추가적으로 소개되는 인물의 스토리-선이 (서술자에 의해 명시적으로 소개되든 아예 생략되든 간에) 현재 서술되고 있던 스토리-선과 맺는 관계는 우연이기 십상이다. 바로 이러한 사정에서 모든 소설은 바로 이 단계에서, 인물관계의 편의적인, 원리상 자의적인 관련이 불가피하여 ⑤ 인물관계 설정상의 우연이 자연스럽게 구사된다.

원리상 이와 같으면서도 훨씬 덜 발견되는 우연도 있다. 대부분의 경우 작가 역량의 부족이나 구성상의 미비점 때문에 생기는 우연으로 분류되는바, 인물관계를 선행사건 없이 연결하는 우연이 그것이다.[14] 스토리 전개상 특별한 사건의 진행 없이 너무 늦은 시점에서 갑작스럽게 인물들 사이에 연결 고리를 만들어 주는 경우, 달리 말하자면 특정 인물에 별도의 스토리-선을 부여하지 않은 채 다른 인물과 관계가 있는 것으로 다소 편의적으로 설정하는 경우에 발생하는 우연이 여기에 해당된다. 이를 두고, 그 이유가 어디에 있건 다소간 편의적으로 구사된 우연이라고 할 수 있지만, 궁극적으로 따지자면 이러한 우연 또한 필수적인 후술법에 의해 구사되는 우연과 동일한 것이라 할 수 있다. 작품의 초반이 아니라 다른 스토리-선들이 충분히 전개되면서 전체 스토리를 상당히 구축한 뒤에 급작스럽게 나온다는 (서술시 맥락에서의 양적인) 차이를 빼면, 기존의 인물이나 사건과의 관계에 대한 설명과 더불어 갑작스럽게 주어진다는 점에서는 동일하기 때문이다.

소설 구성의 기본적인 성격에 따라 필연적으로 요청되는 후술법에

14 　논지 전개상 갈라서 설명을 했고 그렇게 가를 만한 차이를 갖고 있는 것도 분명하지만, 작품 내에서 우연을 분류할 때에는 이 두 가지 모두 ⑤ 인물관계 설정상의 우연으로 처리해 왔다.

의한 우연이나, 기타의 이유로 도입되는 편의적인 우연 모두 행하는 기능은 동일하다. 스토리 상황을 좀 더 구체화하거나 사건을 자연스럽게 전개하는 데 필요한 선행 사건이나 인물을 나름의 스토리-선을 마련하지 않은 채 작품에 도입해 주는 것이다.

이들 중 전자의 경우는 앞서 살핀바 서술 상황 설정상의 우연과 동일한 이유로 구체적인 사례를 들기 곤란하지만, 사건의 편의적인 전개를 위해 특정 등장인물이 선행 맥락 없이 서사의 중간 부분에 급작스럽게 등장하는 경우는 이미 제2부의 소설 검토에서도 구체적으로 확인해 보았다. 『모란병』의 '슈득'이 등장하는 방식이 대표적인 경우이고, 김동인의 지적에 동의한다면『무정』에서 김병욱이 영채에게 나타나는 것도 이에 해당하며, 『호외시대』의 류숙경과 악한에 해당하는 부차적인 인물들의 갑작스러운 출현 또한 좋은 사례라 할 수 있다.

이 책에서는 다루지 않았지만, 작가의 역량 부족이나 구성상의 미비점에 의해 구사된 다음과 같은 우연들도 소설의 기본 구성상의 우연으로 예거해 볼 수 있다. 유진오의『화상보』(『동아일보』, 1939.12~1940.5)에서 주인공 장시영과 김경아가 금강산에서 두 차례나 우연히 만나면서 인연을 쌓게 되는 것이나,[15] 이태준의『사상의 월야』(매일신보, 1941.2~7)에서 송빈이 입학수속과 교과서 비용을 쉽게 마련하려는 사행심에 야바위꾼에게 돈을 날린 뒤 하릴없이 길을 헤매다 파고다 공원에서 우연히 서호상회 주인을 만나 돈도 얻고 취직까지 하게 되는 설정이 그러하

15　이에 대해서는 서술자-작가 스스로 "이야기에라도 나옴즉 하도록 기이한 것이었다. 그러나 그뿐이었으면 또 어찌됐을지 모르는 것이나 기연은 또 한 번 되푸리하얏다"(『화상보』, 한성도서주식회사, 1953, 26면)라 하여 우연의 구사를 합리화하는 방편으로 사건의 우연성을 지적, 강조하고 있다.

다. 현경준의 『마음의 태양』(『조선일보』, 1934.5~9)의 경우는 중심인물들 사이의 관계를 설정하는 데 있어 스스럼없이 우연을 사용하는 양상을 보인다. 주인공 경호가 일하고 있는 극장의 사장이 알고 보니 자신의 부모를 잘 아는 인물이며, 게순이 몸을 의탁하는 혜경의 카페 언니가 바로 경호의 누이 경순이었고, 혜경의 애인이 승우의 지인이라는 식이어서, 인물들이 서로 모르고 맺었던 관계가 사실 알고 보니 매우 친근한 관계라는 구도가 반복되고 있다. 아리스토텔레스라면 작가가 게으르거나 무능력하기 때문에 생겼다고 할 만한 이러한 우연들이 사건의 전개에 필연성이나 설득력 있는 인과관계를 부여하는 번거로움을 덜어주는 기능을 하고 있음은 다시 설명할 필요도 없이 명백하다 하겠다.

지금까지 검토한 대로 서사의 본질상 불가피하게 요청되는 서술 상황 설정상의 우연과 배경 설정 및 인물 구성상의 편의를 위해 구사되는 소설의 기본 구성상의 우연이, 소설에서의 우연의 기능을 살필 때 첫손에 꼽히는바 서사에서의 근원적 우연이다.

2. 기법으로서의 우연

이 장에서 다룰 기법으로서의 우연이란 소설 텍스트에서 생각될 수 있는 일반적인 우연이라고 할 수 있다. 앞 절에서 검토한 서사에서의 근원적인 우연이나 다음 절에서 논의할 소설의 형성 원리로서의 우연은 텍스트의 표면에서 관찰되는 것이 아니라 미학적 추론의 차원에서 확인되는 것인 반면, 기법으로서의 우연은 조금만 주의해서 보면 누구든지 소설 스토리의 표면에서 확인할 수 있는 것이다. 작품 내 세계에서 인물이 의도치 않은 결과가 벌어진다거나 사건들이 교차되거나 하는 우연이 그것이다. 이 책의 1장에서 밝혔듯이, 이는 한 편의 소설에 마련되어 있는 작품 내 세계 속에서 벌어지는 사건들의 핵서사 혹은 스토리-선 층위에서 확인되는 우연으로서, 크게 보아 목적적 우연과 인과적 우연, 기타의 우연으로 분류된다.

여기에서는 이러한 우연을, 하나의 스토리가 소설 텍스트로 자신을 갖춰가는 데 활용하는 모든 수단과 요인이라는 의미에서의 '기법'의 하나로 간주한다. 이때의 기법이란 없어도 좋을 단순한 장식적인 요소가 아니며 그렇다고 해서 스토리 자체를 구성하는 핵심 요인도 아니다. 주어진 스토리를 특정한 작품으로 만들어 고유의 효과가 구현되게 하는 데 있어 기능하는 제반 요소인 것이다.[16] 우연 또한 그 존재 여부부터 구사되는 빈도나 유형, 서사의 국면에 비추어 본 배치 상황 등에 따라 작품의 효과 구현 면에서 다양한 기능을 수행한다. 이러한 기능을 수행하면서 소설 텍스트의 일부가 되어 존재하는 우연들을 기법으로서의 우연이라 할 수 있다.

---

[16] 소설학 사전의 견지에서 볼 때, 기법에 대한 견해 및 작품의 효과 구현에 있어서 기법의 기능에 대해서는 상반된 입장이 존재한다. 하나는 기법을 문학의 본질적인 요소로 보는 것이다. 이 입장에서 기법은, 표현의 전략일 뿐 아니라 작품의 가치를 결정하는 요인에 해당한다. 반면, 루카치가 대표하는 반대 입장에서 기법은 부수적이며 장식적인 요소에 불과한 것으로 간주된다. 세계관이 스타일을, 내용이 형식을 결정하는 메커니즘 속에서 기법은 고유의 기능조차 갖지 못하는 부수적인 요인으로 치부되는 것이다(한용환, 『소설학 사전』, 문예출판사, 1999, 78~79면 참조).

기법으로서의 우연의 기능이 작품의 효과를 창출하는 데 있다 할 때, 우리가 고려해 볼 수 있는 효과는 크게 세 가지이다. 하나는 플롯화 양상에서의 영향력이고, 다른 하나는 우연의 구사가 작품의 현실성에 끼치는 영향이며, 셋째가 작품의 효과 면에서 놀라움 및 흥미와 관련된 기능이다.

플롯과 우연의 문제에 대해서는, 실제와 인식의 괴리가 매우 크다는 점을 먼저 지적할 필요가 있다. 실제 서사 작품들을 보면 우연이 자유롭게 구사되는 경우가 흔하고 플롯에 대한 현대의 논의 또한 그 역사가 일천하여 아직까지도 정립된 이론이랄 것이 없는 형편이며, 앞서 검토했듯이 우연이든 인과관계든 서사에 '부여되는' 것이기에 플롯과 우연이 원리적으로 상호배척적인 것일 수는 없음에도 불구하고,[17] 한국 근대소설 형성기 초기의 소설론들을 검토하면서 보았듯이 플롯을 제대로 짜는 데 있어서는 우연을 배제하고 인과관계를 명확히 해야 한다는 식의 인식이 지배적이었던 것이다. 물론 중요한 것은 서사 텍스트들의 실제이므로, 플롯과 우연의 관계 또한 이러한 입장에서 다시 사고될 필요가 있다. 이러한 판단에서 여기서는, 플롯화가 우연을 배제하는 것은 아니라는 사실 위에서 기법으로서의 우연이 플롯 및 작품 전체의 양상에 영향을 끼친다는 점을 논의한다.[18]

소설을 포함한 다양한 서사 작품들에서 기법으로서의 우연이 흔히 존재한다는 사실을 인정하면, 그러한 우연이 플롯화 양상에 끼치는 영

---

17 이 책 7장 5절 2)항 참조.
18 기법으로서의 우연의 구사가 플롯화의 양상에 어떠한 변화를 초래하며 그 결과로 작품의 효과는 어떻게 달라지는지를 유별화하여 정리할 수는 없다. 우연 구사의 정도나 양상 및 구사되는 우연의 종류 등이 원인[input] 차원에서 의미를 갖는 것도 아니고, 플롯 및 작품의 양상을 결과[output] 차원에서 정량적으로 구별하는 것 또한 가능한 일도 아니며 의미 있는 일도 아니기 때문이다.

   제3부 소설과 우연의 문제

향력도 사실 그대로 인정할 수 있게 된다. 우연이 가능한 대로 배제된 플롯은 사건들 사이의 인과성을 제고시켜 사태에 대한 인식적 효과를 증진시킨다고 추론할 수 있다. 『삼대』나 『고향』 등 리얼리즘소설이 대표적인 예이며, 신소설의 경우 주제효과의 구현 부분에서는 우연을 삼가는 사실도 이와 관련하여 참조할 만한 예가 된다. 정반대로 우연이 거리낌 없이 구사되는 플롯의 경우 작품화되는 사건을 현실과의 직접적인 연관으로부터 자립시키면서 작품의 효과가 재현보다는 표현이나 변형의 측면에 놓이게 한다. 모더니즘소설이나 대중소설이 이러한 면에서 동궤에 놓인다고 할 수 있다.

좀 더 미시적인 차원으로 좁혀 보면 기법으로서의 우연의 플롯에 대한 영향력이 매우 다양하다는 사실도 확인된다. 우연에 의해서 사건이나 행위의 서술상 편의를 증진시키거나 문제 해결을 용이하게 하는 사례는 제2부의 분석에서도 흔히 볼 수 있었다. 이렇게 부분적으로 구사되는 우연들은 편의성 면에서 사고되는 반면, 우연이 한층 강화되면 다른 양상을 보인다. 「소설가 구보 씨의 일일」이 우연으로 점철된 서사 구성을 보임은 이미 확인한 바거니와 이 경우는 '우연의 플롯화'라고 할 수 있을 만큼 양자가 뗄 수 없는 관련을 맺고 있다 할 수 있다.[19] 서사의 결정적인 국면마다 우연이 구사되는 「날개」도 플롯에서 우연

[19] 정부에 의해 정신 개조를 겪고 난 주인공이 자신이 악행을 가했던 인물들을 차례로 만나게 되는 서사를 보여 주는 SF 영화의 고전 〈시계태엽 오렌지 A Clockwork Orange〉도 이러한 예가 된다. 감상의 측면에서 볼 때 SF라는 장르 코드에서 이러한 전개가 용인되기도 하는 만큼, 사태를 뒤집어서, 우연이 점철되는 이러한 플롯화 자체가 이 작품의 SF적 특성을 강화하는 데도 기여하고 있다고 할 수 있을 듯하다. 이러한 정식화가 가능하다면 이는 '우연의 플롯화'보다 진전된 '우연의 장르화' 수준의 것이 되어, 기법으로서의 우연의 영향력이 개별 작품의 경계를 넘어설 수도 있다는 점을 시사하는 것이라 하겠다.

이 행하는 역할이 막강하다는 점에서 유사한 경우에 속한다. 또 한편, 기법으로서의 우연은 1923년 전후 등장하는 풍자적인 소설들이 보여주듯이[20] 플롯의 전개가 지켜왔던 특성을 일거에 무너뜨림으로써 작품의 효과에 균열을 일으키거나, 전체적인 주제효과에 충격을 가하는 방식으로 감상자의 욕망을 충족시키는 기능을 하기도 한다.[21]

지금까지 살펴본 대로 작품의 효과를 창출하는 데 기여하는 기법으로서의 우연이 플롯과 맺는 관계는 일의적으로 규정할 수 없을 만큼 다양하다. 무엇보다 먼저 지적할 것은 플롯에 대한 우연의 영향력을 그 자체로 인정해야 한다는 것이다. 이 위에서 다음과 같은 사실들을 확인할 수 있다. 우연이 자신의 존재 유무로 플롯을 특성화한다는 점, 우연 구사의 빈도 및 배치 방식이 플롯화의 양상에 변화를 주거나 플롯 자체를 구성하기도 한다는 사실, 경우에 따라서는 플롯이 만들어온 작품의 효과를 우연이 깨뜨리면서 '열린 작품'[22]으로 만들기도 하며, 감상자의 기대를 성취시키는 키치(kitsch)[23]적인 효과를 낳기도 한다는 것이다. 요컨대 서사에서의 우연은 플롯 자체 및 그 효과에 여러 방식으로 영향을 미침으로써, 작품의 효과를 달라지게 하는 기법으로서의 기능을 십분 수행한다고 하겠다.

---

20 이 책 8장 2절 참조.

21 코엔 형제의 영화 〈노인을 위한 나라는 없다〉의 사이코 킬러 안톤 쉬거에게 가해지는 형벌(?)이란 서사의 말미에서 우연히 일어나는 교통사고뿐인데, 현실에는 없지만 있으면 싶은 사항을 가능케 하는 일종의 보상으로서 우연이 쓰인 경우라 할 수 있다.

22 주지하듯이 '열린 (예술) 작품'은 움베르토 에코의 용어로서 '무수히 많은 독해 방식'을 가능케 하는 작품을 지칭한다(움베르토 에코, 조형준 역, 『열린 예술작품』, 새물결, 2006, 74면). 현재 맥락에서 이러한 지칭이 가능한 것은, 플롯과 우연 각각이 서로 다른 독해 방식을 초래하는 형국이 된 까닭이다.

23 키치의 소원 성취적 특성에 대해서는, M. 칼리니스쿠, 이영욱 외 역, 『모더니티의 다섯 얼굴』, 시각과언어, 1993, 309면 참조.

   제3부 소설과 우연의 문제

기법으로서의 우연이 발하는 둘째 효과는 작품의 현실성과 관련한 문제인데, 논의의 시작 전에 명확히 해야 할 두 가지 사항이 있다. 하나는 이러한 논의가 재현의 미학에 갇히지 않도록 끊임없이 의식해야 한다는 것이며,[24] 다른 하나는 논의 대상 텍스트를 설정하는 데 있어 장편소설에 중점을 둘 필요가 있다는 것이다.

재현의 미학에 갇히지 않고 현실성을 사고한다는 것은, 한편으로는 특정한 세계관을 통해서만 구성·확인되는 현실상만이 유일하게 올바른 현실상이라는 사고를 벗어나야 한다는 것이고, 다른 한편으로는 현실성을 현실상에 결박 짓지 말자는 의미를 함축한다. 전자는, 원론적인 맥락에서 이론과 이데올로기를 구분하는 소극적인 견지에서 보더라도, 연구자 개인의 현실적 지향의 차원과 소설 텍스트를 분석하는 자리를 혼동하지 않아야 한다는 일반론의 맥락에서 근거를 가질 수 있을 것이

---

[24] '현실성'을 어떻게 정의하는가 또한 고려 사항이 될 수도 있다. 예컨대 총체적 리얼리즘에서 말하는 현실(reality)이란 사실(fact)과 명확히 구별되는 것이다. 카렐 코지크(박정호 역, 『구체성의 변증법』, 거름, 1984)의 주장에 따를 때 현실은 "관계들과 사실들과 과정들의 총합일 뿐만 아니라 동시에 이들을 형성하는 과정(Bildung)이며 이들의 구조이고 발생이기도 한 전체"(44면)로서 '현상과 본질의 내적 관계의 차원과 이 관계의 대립들의 발전 속에서 구체적 총체성으로 파악되는' 것이다(56면). 달리 말하자면 현실이란 사상(事象)의 사실성에 갇히지 않고 사실들(facts)의 내적인 운동 연관을 파악한 상태로 포착된 구체적 총체성이라 할 수 있다. 물론 이러한 정의는 총체적 리얼리즘의 입장, 좌파문학의 자장 내에서만 의미를 갖는 것이다. 좌파문학 내에서라도 예컨대 루카치를 형식주의자라고 비판하면서 문학작품의 형식이나 내용보다 기능에 중점을 둔 브레히트의 경우 등과는 거리를 두는 것이다(베르톨트 브레히트, 서경하 역, 『브레히트의 리얼리즘론』, 남녘, 1989, 2부 참조). 즉 작품 바깥의 세계에 대한 충실한(!) 재현에 강조점을 두는 좌파문학의 맥락에서만, 즉자적인 사실과 달리 작가의 올바른(!) 세계관에 의해 파악되고 구성되는 것으로서의 현실이 중시될 뿐이다. 리얼리즘에서 현실성을 문제시할 때 그 함의가 어떤 것인지를 따져야 하는 이유가 여기에 있는데, 이 책에서는 총체적 리얼리즘소설의 경우만 이러한 의미의 현실·현실성을 사용해 왔다('현실성'의 개념 층위를 고려해야 한다는 점과 관련하여 볼 때, 현재의 문학 관련 논의에서 '리얼리즘'이라는 용어가 갖는 개념의 폭을 여섯 가지로 지적한 미케 발의 정리 또한 시사적이다. 제레미 M. 호손, 정정호 외 역, 『현대 문학이론 용어사전』, 동인, 2003, 577면).

다. 이 책의 서론에서 지적한 대로 정론적 편향에 빠지는 것을 경계해야 한다고 고쳐 말할 수도 있겠다. 후자는, 소설의 현실성 문제를 실제 현실 세계에 대한 형상화의 문제로 한정해서 보지는 말자는 것이다. 현실성의 개념을 올바른 세계상 등에 가두지 않고, 사태 구현의 사실성, 생동감 등으로까지 외연을 확장하여 논의의 생산성을 높이자는 취지이다.

한편 우연과 현실성의 문제를 검토하는 데 있어 장편소설에 중점을 두어야 한다고 한 것은, 단편소설과 장편소설의 장르적 차이를 존중해야 한다는 취지에서이다. 바로 위에서 현실성을 현실상에 가두어서는 안 된다고 했지만 그럼에도 불구하고 현실성의 문제 자체가 작품 바깥의 현실과 긴밀히 관련되어 있는 것만큼은 어느 경우나 분명한 이상, 이러한 특성이 보다 확연히 드러나는 장편소설이 논의의 주된 장이 되어야 한다는 것이다. 달리 말하자면, 이른바 삶의 한 단면을 포착한다고 말해지는 단편소설의 경우는 작품의도를 드러내는 기교의 총화 상태가, 그 효과로서 현실성이 문제되는 현실의 재현이나 반영과는 일반적으로 거리를 갖게 마련이라는 사실을 무시해서는 안 된다고 할 수도 있겠다.

소설 서사에서 우연이 행하는 기능 및 효과를 현실성 측면에서 살필 때 일반적으로 떠올릴 수 있는 것은, 서사 전개의 인과성을 떨어뜨린다는 점에서 우연의 구사는 현실성을 약화시킨다고 보는 판단이다. 이는 일견 자명한 듯 보이지만, 두 가지 점에서 그렇지 않다고 할 수 있다. 하나는, 이러한 판단 자체가 사실상 앞서 지적한 대로 재현의 미학에 기초하고 있는 것이라는 점이다. 앞의 진술을 분석해 보더라도 사정이 자명해지는 것이, 우연과 현실성이 반비례 관계에 있다는 판단이 적실성을 갖는 경우는 실제 현실이 인과 연쇄의 총체로 이루어졌다고

　　　　　제3부 소설과 우연의 문제

보는 경우에서만이기 때문인데, 실제 현실에 대한 이러한 판단이 보편타당한 근거를 갖는 것은 아닌 까닭이다.

사정이 이러하기 때문에 정반대의 논의 또한 설득력을 가질 수 있게 된다. 7장에서 간단히 언급한 김동리의 경우, 우연을 구사하는 서사가 우연이 없는 경우보다 좀 더 리얼하고 현실적인 효과를 보인다고 지적한 바 있다.[25] 그의 논의를 검토하면서 우연과 현실성의 관계를 다시 생각해 볼 필요가 있다. 소설가답게 김동리는 가상의 사례를 들어가며 논의를 전개한다.

'영주의 연인이었다가 헤어진 진수가 고국을 떠났다가 5년 뒤에 돌아와서는, 인천으로 가면 영주를 만날 것 같아서 인천 바다에 갔더니 그녀를 만났다' 하면 거짓말에 해당하는 우연이지만, '귀국한 진수가 병원에 갔다가 의사로부터 영주가 인천에 산다는 말을 듣고 인천에 가서 간절히 보고 싶어 하다, 요양차 인천으로 가게 되어 행여나 영주를 만날까 하고 항상 부지런히 살피던 중, 어느 날 바닷가에서 산보를 하다가 만나게 되었다' 하면 '자연스럽고 당연하고 진실성 있게' 들린다는 것이다(28~30면). 이러한 차이의 원인으로 김동리는, 전자는 우연성이 작자의 필요에 따라 임의로 취택된 것인 반면 후자는 '사전 조건의 준비' 곧 복선에 의하여 우연이 초래될 가능성이 제시되어 있었기 때문이라고 주장한다(31면).

위의 설명은 그럴 듯하게 들리지만 바탕을 살펴보면 모호한 점이 드러난다. 무엇보다도 '사전 조건의 준비'에 의해서 자연스럽고 진실성

---

25 김동리, 「偶然性의 研究―小說에 있어 偶然性의 虛構面과 眞實面에 對한 考察」, 『신사조』, 1950.5.

있게 들리는 경우라면 그것을 우연이라고 할 수 있는 것인지를 문제시
할 수 있다. 이러한 질문 가능성에도 불구하고 김동리에게는 후자 또
한 우연인데, 이는 사실 우연에 대한 김동리의 태도에서 말미암는 것
이다. 그는 우연을 주관의 문제로 사고하여 '定義 如何에 따라 있을 수
도 있고 없을 수도 있는 것'이라고 하면서, 실제 세계에는 우연이 없지
만 우리의 인식 능력 부족에 따라 어떤 사건이 우연으로 의식된다고
본다. 우리 인간이 자연의 모든 인과관계를 파악할 수는 없기에 우연
개념이 생겨났다고 보는 것이다.[26]

요컨대 김동리에게 있어서 우연이란 실제 세계가 아니라 인간의 의
식 차원의 문제이다. 인간 의식상의 문제이기에 소설에 우연을 구사하
는 것 자체를 꺼릴 이유는 전혀 없게 되고 다만 작품 속의 우연이 거짓

---

[26] "'豫想 以外의 어떤 事件이나 現狀'을 偶然이라고 한다면 '偶然'이란 얼마든지 있을 수 있는 것
이요 '原因 (或은 理由) 없는 어떤 事件이나 現象'을 偶然이라고 한다면 '偶然'이란 하나도 있
을 수 없는 것이다. 왜 그러냐 하면 世上에는 우리 人間이 豫想 (或은 豫定, 或은 豫見)하지 못
한 事件이나 現象은 얼마든지 있을 수 있는 것이며 또 일어나고 있으나, 原因이나 理由를 缺
한 事件이나 現象은 하나도 있을 수 없는 것이며, 또 생겨본 일도 없는 것이기 때문이다. 그
것은 다만 우리가 모르고 또 豫想치 못했을 뿐이다. 우리 人間이 萬若 이 世上에 생겨나는 모
든 事件과 現象의 原因과 理由를 知悉하고 또 豫想할 수 있는 動物(靈物도 可)이었든들 우리
의 言語와 槪念 속엔 '偶然' 二字가 생겨나지 않았을 것이다." (앞의 글, 32~33면)
이런 식으로 우연을 주관의 문제로 돌리는 것은 이 책의 견지에서 볼 때 소설 텍스트의 분석
에서 적절치 못한 것이고 실제 세계에는 우연이 존재하지 않는다는 판단 또한 오류이지만
(단적인 예로 현대 과학의 견지에서 보자면, 양자역학에서는 인과성 자체가 성립되지 않아
모든 사태가 우연이라고 할 수 있다), 기법으로서의 우연과 현실성의 관계를 따지는 현재의
논의 맥락에서는 문제 삼을 만한 것이 아니다.
물론 우연의 문제를 인간의 의식 면에서 좀 더 근본적으로 따져 들어가면 이론의 여지가 없
지는 않다. 예컨대 앙리 베르그송 같은 경우는, 우연이 객관 세계의 문제라기보다는 인간의
관심이 작용하는 한에서만 발생하는 것이라고 본다. 그에 따를 때 우연이란 '자발적이고 반
의식적인 사유'가, 우연으로 의식되게 되는 사건에 기계적 원인과는 전혀 다른 원인성을 덧
붙이되 선택 또는 의도의 요소는 가능한 한 억제함으로써 '내용이 비워진 의도'에 따른 것으
로 그것을 의식할 때 발생하는 '인간적 사건'이다(이희영 역, 「도덕과 종교의 두 원천」, 『웃
음 / 창조적 진화 / 도덕과 종교의 두 원천』 2판, 동서문화사, 2008, 562면 참조).

　　　　　　　　　　　　　제3부 소설과 우연의 문제

으로 보이는지 진실성 있게 보이는지만이 문제가 되는 것이다.[27] 이에 따라서 우연이 거짓으로 비춰지게 하는 경우 곧 작자의 필요에 의해 우연을 임의로 취택한 티를 내면 안 된다 하면서 사전 조건을 마련하여 우연을 진실처럼 보이게 하라고 주문하는 것이다.

이러한 생각을 바탕으로 김동리는, 소설 서사에 우연이 적절하게 삽입되면 '實感과 迫力'이 더해진다고 즉 현실성이 제고된다고 주장하는데 이른다. 예를 들어, 남녀가 만나기로 한 시간에 정확히 만나는 경우보다, 여인이 30분이나 늦게 와서 남자가 초조해 했는데 알고 보니 여인의 시어머니가 우연히 찾아와 어쩔 수 없이 늦어지게 되었다는 경우가 더 '深刻한 實感과 切實한 迫力'을 준다는 것이다(32면). 이렇게 김동리는, 앞서 말한 대로 우연의 적절한 구사가 사건을 자연스럽고 당연하며 진실성 있게 해 주는 외에, 실감과 박력까지 증대시킨다고 주장한다.

김동리의 예시는 설득력이 있다. 물론 우연과 현실성의 맥락에서 볼 때 그가 말하는 것은 특정 세계관에 입각한 현실 인식의 결괴가 아니라 구체저인 사건, 사태의 생동감을 가리키는 것이지만, 소설 서사에서 적절하게 구사된 우연이 그러한 의미의 현실성을 제고할 수 있다는 점은 부정하기 어렵다. 김동리 식의 이러한 발상은, 우연의 배제를 리얼리티나 전형성을 증진시키는 요건으로 사고하는 방식에 대한 의미 있는 비판으로서 주목할 만하다. 조연현 또한 동일한 맥락에서, 소설

---

[27] 이러한 태도는 리얼리즘 작가들과 김동리의 차이를 확연히 보여 주는 것이어서 주의를 요한다. 전자는 실제 세계와 인간의 의식 양자의 일치를 지향하며 세계를 세계 자체로 재현하려 하는 까닭에 세계의 우연성을 거부하고 모든 사태를 필연으로 형상화하려는 태도를 보이지만, 우연과 관련해서 김동리는 지금 본 것처럼 사실상 세계와 의식의 이원론 위에 서 있기에 소설 창작에서 우연을 대할 때도 그러한 우연이 작품에서 발하는 효과에만 주목하게 된다. 실제 세계를 기준으로 우연의 존재 자체를 문제시하거나 하지는 않는 것이다.

가가 실감을 고조하기 위하여 필연적으로 보이게끔 사건을 꾸미는 데 있어서 우연적 계기가 불가피함을 『춘향전』과 『이방인』을 예로 들어 구체적으로 논의한 바 있음을 다시 지적해 둔다.[28]

이상의 논의를 종합하여, 기법으로서의 우연과 현실성의 관계를 정리하면 다음과 같다. 첫째는 이와 관련된 일반적인 판단 곧 우연이 작품의 현실성을 약화시킨다는 생각은 제한적으로만 의미를 갖는다는 점이다. 현실을 총체화된 것으로 보는 세계관을 따르거나 재현의 미학에 입각하여 작품이 세계를 형상화하는 경우에, 그것도 장편소설에서 의미를 가질 뿐이라고 하겠다. 둘째는 현실성의 개념을 좀 더 넓혀서 생각해 보면, 소설 서사에서의 우연이 사건의 진실성이나 생동감을 증진시키는 데 효과적으로 기여할 수도 있다는 것이다. 핵심 내용상 서로 상반된 듯이 보이기도 하는 이상 두 가지를 통해서 결론적인 셋째 사실이 도출된다. 기법으로서의 우연과 현실성의 관계는 일의적으로 생각될 수 없다는 점이 그것이다.

끝으로 기법으로서의 우연이 작품 내에서 갖는 의미 효과에 대해서 흥미의 문제에 중점을 두고 살펴본다.

이와 관련해서는 우연의 효과로 흥미의 제고를 꼽는 것이 시공간적으로 꽤 널리 퍼진 견해이지만, 사태가 그렇게 단순하지만은 않다는 점을 먼저 주목할 필요가 있다. 소설에 구사된 기법으로서의 우연의 의미 효과를 한마디로 규정하기는 매우 곤란하다. 그러한 우연의 등장에 따르는 의미 효과의 발생 메커니즘 자체가 일의적으로 고정되지 않는 까닭이다.

---

28 조연현, 「小說에 있어서의 偶然性의 問題」, 『동국대논문집』 1집, 1964.3, 2~3면 참조.

  제3부 소설과 우연의 문제

어떠한 우연은 사건 전개에 대한 독자의 예상을 깨뜨려 놀라움을 주지만, 그러한 놀라움이 흥미로 이어질지 혹은 복잡하다는 인상을 초래하여 오히려 흥미를 떨어뜨릴지는 일반론 차원에서 단정할 수 없다.[29] 어떤 작품이 속해 있는 소설 갈래의 특성을 잘 알고 있는 독자가 자신의 예상에 부합하는 너무 빤한 우연을 만나게 될 경우는 놀라움조차도 없게 되어, 아무런 감흥도 받지 않거나 반대로 식상함이나 지루함을 느낄 수도 있다.[30] 요컨대 사건의 전개 면에서 기능하는 기법으로서의 우연이라는 가장 일반적인 우연의 경우도 그 의미 효과를 일의적으로 말하는 것은 불가능함을 알 수 있다.

문제는 좀 더 곤란하다. 특정 작품의 전체적인 맥락을 고려하고 있는 상황에서도 개개 우연의 의미 효과를 확정하는 것은 매우 어렵기 때문이다. 좀 더 원리적으로 들어가서 말하자면, 어떠한 소설의 전체적인 특성을 파악한 위에서 그 속의 특정 우연이 발하는 의미 효과 또한 명징하게 규정할 수는 없다고 하지 않을 수 없다. 흥미의 제고나 지루함 등 특정한 효과가 발해진다고 주장할 수 있는 상황이라 해도, 그러한 의미 효과가 기법으로서의 우연 자체로부터 나온다고는 확언할 수 없는 까닭이다. 그러한 우연이 홀로 존재하는 것이 아니고[31] 다른

---

29 하나의 문학 작품이 독자에 따라 재미있게 읽히기도 하고 아니기도 하다는 일반적인 사실을 염두에 두면, 작품의 흥미, 재미라는 것이 텍스트라는 대상 자체에 속하는 것이 아니라 그 텍스트를 대하는 주체의 심리에 속하는 현상이라고 볼 수 있게 된다. 이러한 자리에까지 나오게 되면, 문학작품이 발하는 흥미나 재미와 같은 효과를 텍스트나 거기에 구사된 기법 차원에서 분석적으로 확정할 수는 없음이 자명해진다.

30 이러한 상황을 의식적으로 지향하여, 텍스트로서의 작품의 경계 바깥에서의 조작을 통해 텍스트가 어떠한 감각적인 인상을 주지 못하게 하는 경우도 있다. 인식적 효과를 극대화하기 위해 이러한 방식을 지향하고 구사하는 대표적인 경우가 바로 브레히트의 서사극이다(발터 벤야민, 이태동 역, 「서사극이란 무엇인가?」, 『文藝批評과 理論』, 문예출판사, 1987, 177면)

31 이는 어떠한 사건이 우연으로 인식된다는 사실 자체가 다른 사건들과의 관계를 전제로 한

요소들과 복잡다단한 관계를 맺고 있는 것이기 때문에, 결과로서 확인되는 의미 효과의 발원지를 우연으로 확정하는 것은 이론적으로 성립되기가 어렵다.

사정이 이러하기에, 기법으로서의 우연의 기능 및 효과를 말할 때 특정한 우연 하나하나를 논의의 대상으로 삼는 것은 피해야 한다. 이 책에서 우연을 검토할 때, 서사 구성상의 특징을 정리하는 연장선상에서 어떠한 유형의 우연들이 어느 정도 구사되었는지를 정리하고 그 위에서 우연 구사의 효과를 전체적으로 검토하는 방식을 취한 것도 이러한 까닭에서이다. 개개 우연 하나하나의 기능 및 효과가 아니라 우연의 구사 양상 전반이 갖는 기능 및 효과를 정리하면서 그 맥락 속에서 몇몇 우연들의 주요 역할을 논의해 온 것이다. 지금 논의 대상으로 삼고 있는 기법으로서의 우연의 의미 효과의 문제, 우연과 흥미의 문제 또한 바로 이러한 상황을 전제로 하는 것이지, 특정한 우연 하나의 속성으로 흥미의 문제를 논하자는 것은 아니다.

우연과 흥미의 문제는 국문학 작품에서의 우연을 검토하는 자리에서 빠지지 않고 나온다 할 만큼, 소설에서의 우연을 생각할 때 맨 앞에 나서는 것이다. 우연과 관련된 선행 연구들은 대체로 흥미의 문제를 빠뜨리지 않고 소설에서의 우연이 작품의 흥미를 제고하기 위한 방편으로 쓰인다고들 생각해 왔다. 이러한 생각은, 이 책의 허두에서 지적한바 전대소설의 우연이 신소설로 이어지다가 근대소설이 형성되면서 사라지게 되었다는 식의 그릇된 통념과 밀접히 관련되어 있다. 전

다는 데서도, 이론의 여지가 없이 분명한 사실이다. 이로부터, 우연을 우연으로 만드는 것은 우연한 사건 자체가 아니라는 역설적인 인식도 가능해진다.

대소설이 흥미 위주의 작품 효과를 발하는 반면 근대소설은 인간과 사회에 대한 진지한 탐구를 목적으로 하면서 흥미의 유발 자체를 목적으로 하지 않을 뿐 아니라 흥미의 요소를 배제하려 하기까지 한다는, 사실에 근거하지 않은 소설관에 의해 구조화된 소설사의 인식이 그러한 통념을 만들어 내면서, 우연의 기능을 흥미 제고에 한정하여 사고하는 관행을 조장해 왔다고 추정해 볼 수 있다.

그러나 앞에서 검토했듯이, 기법으로서의 개개 우연과 흥미를 직접적으로 관련지어 논의하는 것은 이론적으로 성립되기 어렵고 논의를 수행하더라도 보편적 객관성을 확보할 가능성이 크지 않다. 우연과 흥미 효과를 직접 연결하여 분석하는 것, 우연의 의미 효과를 흥미에 한정하는 것 자체가 성립되지 않기 때문이다.

이러한 점을 고려하면, 소설에서의 우연에 관련된 선행 논의들이 대체로 흥미의 문제에 초점을 맞춰 온 것은 연구사의 잘못된 관행이거나 편향이라고 하지 않을 수 없다. 물론 이러한 관행에 연유가 없는 것은 아니다. 우연의 문제가 좀 더 집중적으로 문제시된 전대소설의 경우 우연의 주된 효과가 흥미의 제고에 있었음은 분명하며, 신소설의 경우에서도 우연과 흥미는 깊은 관련을 맺고 있다.[32] 이러한 객관적인 사정에다 근대소설로 접어들면서 우연이 지양된다는 잘못된 통념이 결합되면서, 기법으로서의 우연의 효과 자체가 흥미로 좁혀지게 된 것으로 보인다.

---

32 앞서 지적했듯이 조동일의 경우 영웅소설과 신소설의 공통성으로 '예기치 않는 고난'과 '의외의 행복'이라는 구조 자체가 흥미를 고조시킨다고 하여 귀납적인 맥락에서 우연과 흥미의 관련을 파악한 바 있다(『新小說의 文學史的 性格』, 서울대 출판부, 1973, 84~85면 참조).

여기에 더하여, '우연과 플롯의 문제'를 다룬 이 책 7장 5절에서의 논의를 되짚어 보면, 이러한 사고의 유례가 동서고금에 걸쳐 매우 깊다는 것을 알 수 있다. 우연과 흥미의 문제를 둘러싼 대립적 견해들이 이를 잘 보여 준다.

우연 자체가 사건의 예기치 못한 전개를 가능케 함으로써 놀라움을 유발한다는 파악은 일찍이 아리스토텔레스에게서부터 확인된다. 서사에서 유발되는 놀라움이 흥미와 무관할 수 없다는 전제에서, 우연과 흥미의 관련이 고대에서부터 주목되었다고 할 수 있는 것이다. 물론 아리스토텔레스의 주장의 핵심은 우연에 의한 놀라움보다 우연에 의하지 않고 인과관계를 갖출 때의 놀라운 사건 전개가 더 놀랍게 되며, 인과관계가 없다면 의도를 개재시킬 때 우연의 놀라움이 더 커진다는 것이다. 1930년대의 이광수에게서도 발견되는 이러한 생각의 핵심은, 작품의 재미나 놀라움이, 인과관계가 있거나 의도성이 확인되거나 혹은 사실을 핍진하게 그리는 등 플롯이 잘 갖춰질 때 확보된다는 것이다.[33] 그렇지만 주장의 핵심이 어디에 있는지와는 무관하게, 기법으로서의 우연에 의한 놀라움과 흥미의 발생 효과를 이들이 부정하는 것은 아님을 강조할 필요가 있다. 뜻밖의 사건이 주는 흥미를 인정하고 있는 것이다.

'우연'이란 말이 라틴어 동사 'cadere(떨어지다, 낙하하다)'의 과거분사형인 casus에서 나왔으며, '뜻밖의 떨어짐', '낙하(falling)'의 개념과 일치한다는 주장[34] 또한 우연 구사에 따른 (뜻밖의 떨어짐에 의한) 놀라움이라

---

33 이 책 7장 2절 참조.

34 David Bell, *Circumstances; Chance in the Literary Text*, University of Nebraska Press, 1993; 장대석, 「『율리시즈』의 '비옷 입은 사나이'—우연의 수사」, 한국영미문화학회, 『영미문화』 6권 2호, 2006.8, 289면에서 재인용.

는 효과를 짐작할 수 있게 한다. 우연의 규정 및 검출 방식에 있어 이 책이 준거로 삼은 쿠키슈우조우의 경우는 좀 더 나아가서 "우연성이 문학의 내용 및 형식에 갖는 두드러진 의의는 주로 형이상적 경이와 그것에 수반되는 '철학적 미'에 있는 것"이라 하고, "예술 그것의 구조 성격이 우연적"이라고까지 주장한 바 있다.[35]

이러한 입장의 반대편에, 이 책의 7장에서 살펴보았듯이, 우연의 구사가 오히려 흥미를 떨어뜨린다고 보는 관점이 있다. 1920년대 초에 소설론을 집필하면서 근대소설의 개요를 널리 알리고자 했던 현철의 경우, 플롯에서 우연을 배제해야 한다고 생각하지는 않았지만, 플롯의 효과를 재미와 관련지으면서 우연이 없이 모든 사건이 인과관계로 맺어져 있는 플롯을 훌륭한 것으로 보고 있다. 이러한 견해는, 우연을 플롯의 성공을 가로막는 요소로 보면서 우연의 기능을 흥미를 저하시키는 것으로 간주한 것이라고 해석될 수 있다. 다소 명쾌하지 못한 추론이긴 해도, "어떤 사건이 복잡해지는 이유는 난데없이 튀어나오는, 예상치 못한 우연에서 나온다"[36]는 식의 견해도 있다는 점이나, 장르 코드를 익히 알고 있는 감상자의 경우 자신이 예측하는 대로 나오는 우연을 보며 놀라워하지는 않으리라는 간단한 추론이 갖는 설득력을 생각하면, 우연의 구사가 그대로 흥미를 높인다고는 할 수 없음을 부정할 수 없다.

요컨대, 앞의 두 경우와 마찬가지로, 기법으로서의 우연이 발하는 의미 효과의 경우 또한 단선적으로 정리할 수 없는 양상을 보인다고 할 수 있다. 흥미와 관련해서 말을 하더라도, 우연과 흥미라는 작품 효

---

35 쿠키슈우조우, 김성룡 역, 『우연이란 무엇인가』, 이회, 2000, 256~257면.
36 버나드 베켓, 김현우 역, 『2058 제너시스』, 내인생의책, 2010, 61면.

과가 일정한 관계를 띤다고는 할 수 없음을 확인하였다. 물론 현재 절의 취지에 비추어 보다 중요한 것은 기법으로서의 우연이 흥미나 놀라움 등의 작품 효과에 영향을 미친다는 사실이지만, 이를 확실히 한 위에서, 우연의 기능을 흥미의 '제고'로 단순히 고정시킬 수는 없다는 점을 강조해 둘 필요가 있겠다.

지금까지 기법으로서의 우연이 소설 작품에서 행하는 기능과 효과를 살펴보았다. 플롯화와 현실성, 흥미를 중심으로 한 의미 효과의 세 측면에서 우연이 미치는 영향력을 검토하고, 각각의 경우에 있어서 그 결과가 단선적으로 정리될 수는 없음을 확인하였다. 좀 더 구체적으로 말하자면, 우연의 구사가 플롯화를 저해하는 것이라고 말할 수는 없다는 것, 소설 일반을 염두에 두고 보면 우연과 현실성의 관계 또한 고정되지 않는다는 것, 우연의 의미 효과를 고정적으로 적시하는 것 자체가 어려운 일이며 우연과 흥미의 제고 또한 단선적인 관계를 띠지는 않는다는 것이, 기법으로서의 우연의 소설 미학과 관련해서 이 책이 얻은 결론이다.

이상의 결과는 다소 통념화된 연구사의 견해와는 거리를 두는 것이어서 주목을 요한다. 또한, 이러한 생각들의 연장선상에서, 우연의 구사가 흥미 위주의 작품효과를 노리는 대중소설의 통속성의 한 가지 주요 원천이라는 해석 자체가 적절치 않다고 추정해 볼 수도 있다는 점 또한 특기할 만하다. 이와 같은 문제들을 제기한다는 점에서도, 기법으로서의 우연의 문제는 작품의 특성 및 효과를 텍스트 분석에 입각하여 해석하는 지난한 작업을 활성화할 수 있는 흥미 있는 지점이라 할 수 있다.

3. 소설의 형성 원리로서의 우연

형성기 한국 근대소설과 우연의 소설 미학을 논의하는 데 있어서 끝으로 살펴볼 것은 소설작품들이 작가를 매개로 하여 현실과 맺는 관계 차원에서의 우연이다. 여기서 검토의 대상이 되는 것은 한 편 한 편의 작품이 아니라 근대소설의 하위 갈래로서의 소설군들이다. 요컨대 리얼리즘소설, 모더니즘소설, 대중소설 및 신소설과 같이 한국 근대소설사에서 자신의 위상을 공고히 해 온 소설 장르들이 그것이다. 이들이 서로 차이를 보이며 근대소설의 하위 갈래로서 자신의 특징을 갖춘다 할 때, 그 차이가 효과적으로 검출되는 논의의 지평은 작품의 형상화 대상이 되는 세계와 작품이 맺는 관계 양상이며, 바로 이러한 메커니즘을 살펴볼 수 있게 해 주는 검토 대상이 작가의 세계관이다.[37] 이렇게 작가의 세계관을 매개로 하여 작품이 현실 세계와 맺는 관계의 차원에서 문제되는 우연이 이 절에서 다룰 '소설의 형성 원리로서의 우연'이다.

소설 작품이 세계와 관련됨은 필지의 사실이라 할 만하다. 폴 발레리의 순수시 운동과 같이 언어와 세계를 단절시켜 세계 표상을 포함한

---

[37] 이러한 사정을 담아 우연의 세계관이라는 논의 지형을 설정해도 좋을 것인데, 작가의 세계관을 매개로 작품과 세계를 잇는 이러한 논의 구도 설정은 근대소설의 특정 하위 갈래에 국한될 것이 아니며, 국문학 연구는 물론이요 문예학 일반에서 지배적인 것이다. 루시앙 골드만 식의 '상동성 이론'과 그것을 발전시킨 소설사회학(루시앙 골드만, 송기형 · 정과리 역, 『숨은 신』, 연구사, 1986 및 루시앙 골드만, 조경숙 역, 『소설사회학을 위하여』, 청하, 1982 참조)에 기대지 않더라도, 소설작품에 대한 논의를 마무리하면서 소설사 및 문학사, 그리고 궁극적으로는 정신사나 역사의 차원에서 그 의의를 검토할 때 작품이 놓이고 형상화 대상으로 삼은 현실과의 관계를 문제시하는 것은, 소설작품이 실제 현실을 형상화 대상으로 하여 작품 속에 끌어넣기 마련이라는 점에서 자연스러운 일이라 하겠다.

일체의 의미 기능을 작품의 질료인 언어에서 완전히 제거함으로써 말 그대로 무의미하게 된 작품을 이론적으로는 서사문학에서도 지향할 수 있고 그 실현 가능성을 인정할 수 있겠지만, 실상은 그렇지 않다. 서사체의 분량을 어느 정도는 요구하는 소설의 경우에는 그러한 시도 자체가 원리상으로 불가능하다고 할 수도 있다. 어떠한 소설이든, 특히 장편소설이라면, 언어라는 질료가 일상 언어로서 갖는 의미 기능 때문만으로도 세계에 대한 표상 기능을 벗어날 수 없는 까닭이다.

이러한 소설원론적인 사실을 짚어두는 것은, 소설 작품과 세계 표상 혹은 세계관의 관계를 사고할 때면 으레 재현(represent)의 맥락 혹은 리얼리즘소설관에 사고의 준거를 두는 관행이 널리 퍼져 있기 때문이다. 국문학 연구에서 소설과 세계관을 관련짓는 대부분의 논의가 카프가 내세웠던 유물변증법적 창작방법론이나 사회주의 리얼리즘론 등과 관련해서였던 것이 이러한 경향을 만들어 왔지만 사정은 그렇지 않다. 하나의 서사문학으로서 소설이 존재하기 위해서는 작품 내 세계를 구성해야만 하며 그러한 세계의 구축이 어떠한 관계로든 작품 바깥의 세계와 관련될 수밖에 없음은 비단 리얼리즘소설 혹은 재현의 미학에 바탕을 둔 경우에 한정되지 않고 소설문학 일반에 있어 보편타당한 사실이다. 여기서 중요한 것은 이러한 관련 양상이 단순한 것이 아니라는 사실이다. 세계의 형상화 맥락에 한정하여 유형화해 보더라도, 작가가 세계를 관찰, 조사한 결과를 작품에 구현할 수도 있지만[재현, 반영], 자신이 희망하는 세계의 모습을 드러낼 수도 있으며[표현], 대부분의 경우 이상 양자를 종합·절충하기 마련[변형]임을 알 수 있다. 따라서 소설과 세계의 관련을 염두에 두고 작품의 세계관[38]을 논할 때, 재현의 문제로만 생각해서는 안 된다.

                                         제3부 소설과 우연의 문제

사태는 좀 더 복잡한데, 소설과 세계의 관련이 형상화 관계로 좁혀지지 않기 때문이다. 위에 언급한 재현이나 반영, 변형, 표현에서는 세계가 작품과의 관계에서 작품 속으로 형상화될 대상으로서만 설정되어 있다. 그렇지만 소설과 세계는 그러한 형상화의 결과와 형상화의 대상의 관계로만 맺어지는 것이 아니다. 예컨대 세계에 대한 이해 자체가 불가능하다는 입장, 우리의 세계 이해란 사실은 세계에 대한 하나의 해석 결과로서의 상에 불과하다는 입장에서 산출되는 작품의 경우, 세계는 형상화 관계 바깥에 놓이게 된다. 물론 세계의 편린이 작품 내 세계의 일부로 들어오기는 하겠지만, 세계의 표상이 작품에 각인되는 것은 아니기 때문이다. 이런 경우 작품과 세계는, 세계가 작품 내에 부재한다는 의미 맥락을 통해서 관계를 갖게 될 뿐이다.

소설작품과 세계와의 관계가 이상과 같이 단일한 것은 아니기 때문에, 소설의 형성 원리로서의 우연을 다룰 때는 다음 두 가지에 주의해야 한다.

첫째는 논의의 범주를 작품 내에 한정하지 않고 작품과 세계의 경계 안팎을 폭넓게 고찰해야 한다는 것이다. 세계관이라는 것이 직접적으로는 작품을 통해 추론될 수 있다 해도 작품과 세계를 매개하는 것이지 작품 내에 존재하는 것은 아니라는 점에서, 이는 따로 설명이 필요 없는 사실이라 하겠다.

둘째는 이러한 우연이 작품 속에 구현되어 행하는 기능이 아니라 이들 우연의 존재 자체에 대한 처리 방식이 주목되어야 한다는 것이다. 두 가지 이유를 들 수 있다. 하나는 앞에서도 지적했듯이 세계관의 특

---

38 앞서의 '관행'에 따른 오해의 여지를 없애기 위해 필요하다면 '세계 표상'이라고 고쳐 쓸 수도 있다.

성에 따라 우연의 구사 양상은 물론이요 구사 여부 자체가 결정되므로, 우연이 존재하지 않게 되는 경우까지 포괄하여 일관되게 검토를 수행하기 위해서는, 구사 방식 이전에 존재 여부를 먼저 확인하고 그러한 양상이 갖는 의미를 검토해야 하는 것이다. 다른 하나는 지금 문제되고 있는 소설의 형성 원리로서의 우연이란 것이 구체적인 작품에서는 이 책의 제2부에서 다루었던 다섯 가지 기법으로서의 우연들과 구별될 수 있는 상태로 작품의 요소로서 실제로 존재하는 것이 아니기 때문이다. 달리 말하자면 지금 문제되는 우연이란 그 다섯 가지 유형의 우연들의 전체적인 양태나 존재 여부를 결정하는 세계관 차원에서의 우연 의식이므로, 굳이 그 기능을 말한다 해도 작품의 전체적인 양태를 결정하는 것이 되는 까닭에, 작품 내에 일 요소로 존재하는 그러한 기법으로서의 우연들이 행하는 기능과 혼동될 수는 없는 까닭이다.

단순화의 위험을 무릅쓰고 좀 더 명확히 정리해 둔다. 소설의 형성 원리로서의 우연이란 작품 내의 일 요소로 존재하는 것이 아니다. 이러한 우연은, 결과로서의 작품을 궁극적으로 결정하게 되는 작가의 구성적 태도, 기본적으로 세계관에 좌우되는 그러한 태도가 소설에서의 우연에 대해 갖는 의식에 해당한다. 요컨대 작품의 요소로 존재하는 것이 아니라 작품의 양태를 결정하는 세계관에서 고려되는 요소로 존재하는 것이다. 물론 이 우연이 실제로 작품 내에 존재하게 되기도 하지만, 이렇게 소설의 형성 원리로서의 우연이 문제되는 존재의 차원 자체가 작품 내부가 아니라는 점은 분명히 해 둘 필요가 있다. 따라서, 이러한 우연을 명쾌하고도 생산적으로 논의하는 방식은, 작품 내에서 어떠한 기능을 하고 효과를 발휘하는 요소로서 그것을 사고하는 것이 아니라, 그러한 우연을 통해 세계관을 추론하는 방식으로 그 존재 여부를 검토하는 것이 된다.

바로 이러한 판단에서 이 책에서는, 우연의 문제를 지평으로 하여 작품의 세계관을 검출하는 방식으로 소설의 형성 원리로서의 우연을 다룬다. 이렇게 우연을 지평으로 하여 작품의 세계관을 검출하는 데 있어서는 앞에서 다룬 '서사에서의 근원적 우연' 그 중에서도 '서술 상황 설정상의 우연'이 적절한 지표가 된다.[39] 서술 상황 설정에 있어 필연적으로 문제되는 우연이 작품에 그대로 드러나는지 아닌지야말로 실제 작품에서 구체적으로 확인 가능한 것이며, 그것을 결정하는 것이 바로 세계에 대한 작가의 태도로서의 세계관이기 때문이다.[40]

이하에서는 서술 상황 설정상의 우연을 처리하는 방식상의 차이를 일차적인 지표로 하고 그 외 기법으로서의 우연의 일반적인 빈도나 종류의 양상을 참조하여 근대소설의 갈래를 나누고, 각각의 갈래별로 작품이 세계를 대하는 태도와 작가의 세계관을 논의함으로써 형성기 한

---

39 기법으로서의 우연의 경우 그 구사 여부 자체를 전적으로 결정하는 하나의 혹은 궁극적인 요인은 없다고 판단된다. 이러한 우연의 일반적인 빈도나 종류를 결정하는 데 있어 근본적인 영향을 행사하는 것이 작가의 세계관인 것은 맞지만, 그 외의 다른 많은 요인들도 작용하고 있기에 기법으로서의 우연의 빈도나 종류를 가지고 작가의 세계관을 추론하고 규정하는 것은 무리이다.

40 연구의 문제의식이나 지형은 다르지만 페터 지마의 경우 모더니즘과 포스트모더니즘의 문제 상황을 검토하면서 서술 상황 설정상의 변화를 정리한 바 있다. 그에 따르면, 사실주의자들이 '소설의 서술자가 대상을 있는 그대로 묘사할 수 있다는 가정에서 출발하여 '서술 시점의 우연성에 대한 반성' 없이 즉 '서술자 담화의 우연성 문제'와 '현실 구성의 문제'를 무시하면서 작품을 쓰는 데 반해, 후기 사실주의로만 와도 "헤겔과 사실주의자들이 인식론적으로나 미학적으로 극복할 수 있다고 보았던 애매성은 이제 더 이상 논리적, 현상학적, 미학적 종합을 통해 지양될 수 없는 극단적 양가성으로 나타난대나타나고 : 인용재 동시에 현실의 시적, 또는 서사적 구성은 그 구성적 성격, 즉 '주관적 설정'으로서의 성격을 드러낸다"고 주장한다(김태환 역, 『모던 / 포스트모던』, 문학과지성사, 2010, 291～292면 참조). 지마가 통시적으로 파악한 이러한 차이를 형성기 한국 근대소설계에 공시적으로 적용하는 데 별다른 문제가 제기될 것은 없다는 입장에서, 이 책은 그러한 소설 장르 간의 통시적인 차이를 서술 상황 설정상의 우연에 대한 세계관 차원의 차이로 활용하고자 한다.

국 근대소설 하위 갈래들의 특징을 논의해 나갈 것이다. 세부 논의의 실질적 전개는 작품과 세계를 매개하는 세계관의 특징을 자아와 세계의 관계에 있어서의 차이[41]로 구분한 위에서 이루어진다.[42]

소설 유형의 형성 원리로서 자아와 세계의 관계를 생각할 때 먼저 꼽아 볼 수 있는 경우는 양자의 조화로운 관계이다. 이때의 조화는 세계가 자아에게 낯선 것이 아니어서 자아가 세계를 파악할 수 있다고 여기는 믿음 위에서 마련된다. 이러한 믿음에 의해서 세계는 자아가 파악할 수 있는 객관적 법칙을 가진 존재로 현상하게 된다. 달리 말하자면, 세계 자체에는 내적인 운동 법칙이 있고 자아는 그것을 해석할 수 있는 능력을 가지고 있다는 믿음 혹은 설정에 의해 자아와 세계의 조화가 가능해진다고도 할 수 있다.

이상과 같이 자아와 세계의 조화를 추구하는 정신이 가능태 차원에서 그러한 조화를 이룬 작품 내 세계를 형상화하는 경우가 근대 장편소설의 한 갈래를 이룬다.[43] 이렇게 해서 이루어진 작품 세계 즉 사상(事象)들이

---

41 이러한 논의 구도 설정 방식의 타당성은, 새롭게 등장하는 모더니즘예술의 정체성을 해명하기 위한 시도로 모든 예술을 '세계에 대한 어떤 일반적인 태도'의 측면에서 조명함으로써 '생명적 예술'과 '기하학적 예술'로 예술의 흐름을 조망한 T. E. 흄의 논의가 갖는 설명력에서 간접적으로 확인된다고 할 수 있다(T. E. 흄, 박상규 역, 「근대예술과 그 철학」, 『휴머니즘과 예술철학에 관한 성찰』, 현대미학사, 1993, 75면 참조).

42 이하의 논의는 다소간의 추정을 포함하여 연역적인 형식으로 기술된다. 이는 제2부의 분석 작품이 귀납 추론을 가능케 할 만큼 많은 것이 못 되고, 작품 외에도 참조해야 할 많은 사항들을 충분히 검토한 것은 아니기에, 이 책의 현재 상태에서는 불가피한 것이기도 하다. 더불어, 우연의 소설 미학을 시론적으로나마 다루는 논지의 구성상 생략할 수는 없다는 점, 이러한 시도가 향후의 보다 생산적인 논의를 위한 시금석이나 발판 역할을 할 수도 있겠다는 판단에서 논의를 진행한다.

43 이러한 상태에 놓이는 소설의 주요 예로, 1930년대 중반의 소설계를 두고 심리소설과 세태소설로의 양분화 현상을 읽으며 임화가 꿈꾸었던 '본격소설'이나(임화, 「本格小說論」, 『문학의 논리』, 학예사, 1940), 19세기 서구 리얼리스트들의 작품을 전범으로 삼아 루카치가 역설한 '위대한 리얼리즘'이다(루카치, 김혜원 역, 「소설의 이론」, 『루카치 문학이론』, 세계, 1990, 134~138면 참조).

　제3부 소설과 우연의 문제

서로 조화를 이루는 그러한 방식으로 이루어진 / 파악된 실제 세계가 반영 혹은 재현의 방식을 통해서 작품 내 세계를 이루는 소설의 경우, 주요 스토리-선들의 비인과적 교차에 따르는 우연(④)도 중심인물의 의지와 무관한 의외의 결과가 벌어지는 우연(②)도 원칙적인 맥락에서 볼 때 작품의 주요 서사에서 자신의 존재 입지를 잃게 된다. 목적적 우연과 인과적 우연 모두가 작품의 스토리에서 원리적으로 추방되는 것이다.

이런 소설 유형의 특성을 규정하는 핵심적인 요소는 작품화된 세계상(世界像)의 현상적 적실성 혹은 그것을 이루는 사상(事象)들의 과다 차원이 아니라, 그러한 세계상의 상태, 그것을 이루는 세계 요소들 상호 간의 관계 양상이다.[44] 사실들이 파편화되지 않고 그것들의 내적인 관계를 통해 서로 연관된 상태로서의 현실성(reality)이 작품화된 사상들 사이에 구현되어 행위와 사건의 양상을 결정하는 위력을 발휘하는가가 관건이 되는 것이다. 달리 말하자면 작품화되는 양의 과다와 상관없이 고정된 사실들이 아니라, 운동하고 있는 사태, 사태의 운동 연관을 표현하는 것이 핵심적인 요건이 된다.[45] 이렇게 작품 내 세계를 이

---

[44] 요컨대 세계의 제 사상(事象)을 얼마나 많이 작품에 담는가 혹은 어떠한 사상을 얼마나 사실대로 작품화하는가 하는 자연주의적인 이상과 욕망이 문제되는 것이 아니다. 자연주의가 현실의 재현·반영에 있어서 계량주의적인 속성을 보이는 반면, 지금 이야기되는 소설 유형에서는 반영의 질적인 측면이 중시된다고 할 수 있다.

[45] 이러한 요건, 요청은 사실주의 문학 일반에서 보편적인 것이라 할 수 있다. 소련의 사회주의 리얼리즘 논의가 발자크를 기리는 상황에서 이러한 사실이 잘 확인된다. 제1차 소비에트 작가 전 연방 회의에서 알렉산드르 파제예프가 발자크의 소설 『알려지지 않은 걸작』의 다음과 같은 구절을 인용하면서 운동하는 것으로서의 세계의 형상화를 강조한 것이 좋은 예가 된다. "예술의 과제는 자연을 복제하는 데에 있는 것이 아니라, 자연을 표현하는 데에 있다. 당신은 어떤 임의의 X라는 복제사가 아니라, 한 사람의 시인이다. 한번 해 보라. 한 마리의 말의 형상을 그려서 눈앞에 갖다 놓고 보라. 당신은 닮은 데라고는 한 군데도 없는 비참한 시체를 보게 될 것이다. 그리고 나면 당신은 흡족해서 그러하든, 아니면 화가 나서 그러하든, 정확한 복제물을 제시하지는 않지만 삶의 운동을 묘사하는 예술가를 찾아 나서게 될 것이다. 우리는 사상을 표현해야만 하며, 사물들의 연관과 그 실제를 표현해야만 한다."

루는 요소들이 서로 긴밀한 영향 관계 속에 있고, 그렇게 만들어진 세계가 작품 내에서 인물의 의지나 사건의 추이에 대하여 현실로서의 위력을 발할 때 우연이 설 자리가 없어지는 작품 세계가 창출된다.[46]

작품의 형상으로부터 출발하여 역으로 말하자면, 중심인물들이 수행하는 중심 서사에서 목적적 우연이나 인과적 우연을 좀처럼 찾을 수 없는 작품의 경우, 세계를 조화롭게 해석할 수 있다는 자아의 믿음이 작품 내 세계에 성공적으로 구현되어 있다고 할 수 있다. 또 하나의 징표는 '서사에서의 근원적 우연' 절에서 말한 바 서술 상황 설정상의 양상에서 확인된다.

이러한 유형의 작품에서는 일반적으로 서술자의 존재가 투명해진다. 이러한 소설의 대부분에서 서술자는 스토리 바깥에 존재하면서 자신의 존재 자체를 드러내지는 않는다. 이는 스토리로 현상되는 세계와 서술자를 빌려 해석 결과를 제시하는 자아 사이에 근원적인 차원에서 아무런 차이도 있지 않은 까닭이다. 달리 말하자면 서술자와 작품 내 세계 사이에 괴리가 없는 까닭에 스토리를 대하는 서술자의 개성적인 특성 자체가 서술 행위에서 아무런 의미도 가질 수 없고 문제도 될 수 없게 됨으로써 서술자의 존재 자체가 없는 듯이 가장되는 것이다. 따라서 서술자의 언어 또한 따로 두드러지지 않으며, 소설 담화의 구성적 성격 자체가 안 보이게 된다. 요컨대 서술 상황 설정상의 우연이 아

(슈미트·슈람 편, 문학예술연구회 미학분과 역, 『제1차 소비에트작가전연방회의 자료집 사회주의 현실주의의 구상』, 태백, 1989, 111면)

46 목적적 우연의 경우는 작가 의식 차원에서 배제된다. 인과적 우연을 용납하지 않는 작품 내 세계를 구성하는 정신이란 세계를 인간의 세계로 만들고자 하는 의지를 내포하기 마련인데, 이러한 의지의 장에서는 인물들이 목적하지 않는 것이 등장할 여지가 없기 때문이다.

 제3부 소설과 우연의 문제

예 존재하지 않았던 것처럼 작품 내 세계가 원래의 세계가 바로 그러했다는 듯이 (대부분 전지적 작가 시점을 통해서) 기술되는 것이다.

서술 상황 설정상의 우연이 없는 듯이 자연스러움을 가장하는 것, 반영 혹은 재현의 기제 자체 또한 없었다는 듯이 구성 과정이 가려지는 것, 이러한 방식으로 쓰이는 것이 이상적인 형태의 리얼리즘소설이라 할 것이다.

원리적인 차원에서 정반대의 경우가 생각될 수 있음은 물론인데, 이것이 모더니즘소설이다.[47]

자아와 세계 사이에 불연속적인 단절이 있(다고 생각되)는 경우, 따라서 자아가 세계를 알 수 없다고 생각하(지 않을 수 없)는 경우, 그러한 자아가 만들어 내는 작품 내 세계는 실제 세계라는 가상을 쓰지 않은 채 순수하게 자아의 내적인 세계관을 드러낸 결과로서의 세계상이다.[48] 세계의 불가지성을 전제하는 이러한 세계상에서는 세계 혹은 세계에 해당하는 것이 합목적적으로 조직화되지 않고, 될 수도 없는 까닭에 모든 사상(事象)과 사건이 원리상 자의적인 것이 된다. 적어도 세계를 이해할 수 없는 것으로 대하는 자아에게는 그렇게 비칠 수밖에 없는 것이다.

이러한 세계관에 근거를 두고 창작되는 작품의 양상은 리얼리즘소

47　이 진술에서 암시되듯이, 이 책이 지금 맥락에서 사고하는 리얼리즘소설과 모더니즘소설은 역사성을 띠는 문예사조가 아니라 소설이라는 장르가 자신을 분화시키는 가능성 차원의 순수 유형, 추상태이다. 이러한 추상 모델과 형성기 한국 근대소설사에서 확인되는 구체적인 사례들 사이의 간극을 좁혀 나아가는 일은 이 책의 논의 범주를 넘어서는 향후의 과제이다.

48　물론 논자에 따라서는 모든 작품들의 작품 내 세계가 다 세계에 대한 하나의 상(像)임을 강조하여 이러한 차이를 무시하고 동일성을 강조할 수도 있다. 그러나 그런 주장은 논의의 세밀한 층위를 무시하면서 해야 할 논의의 토대를 붕괴시키는 것에 불과하다. 소설 작품이 보이는 작품 내 세계가 작품 밖의 세계에 대한 하나의 상이라는 점은 자명한 사실인데, 지금 구절에서 방점이 찍히는 것은 '내적인 세계관의 형상화'라는 이 경우 고유의 특성이고, 후술하듯이 그에 따라 벌어지는 특유의 양상이다.

설과는 정반대의 양상을 띤다. 리얼리즘소설에서는 자아와 세계의 일치라는 믿음 위에서 세계의 참된 구현이라는 목표를 두고 자아가 자신의 존재 상황을 지움으로써 세계 자체가 주체가 되어 사태가 전개되는 양상을 보이는 반면, 모더니즘소설에서는 자아만이 주체로 남게 된다. 자아에 의해 포착될 수 없는 미지의 세계가 어떠한 목적을 갖는 의지적인 주체가 될 수는 없는 까닭이다. 주체로 남게 된 자아도 리얼리즘소설의 주체적인 등장인물들과는 매우 상이한 양상을 보이게 된다. 이해가 불가능한 까닭에 조작할 수도 없는 세계와의 관계 면을 떠나 자아 자신에 주목하고, 바로 그렇게 하는 한에 있어서만, 합목적적이지 않은 세계 상황을 주목하는 것이다.

따라서 모더니즘소설이 보이는 서사의 실제 양상은 다음과 같이 일반화될 수 있다. 주인공이 뚜렷이 설정되더라도 그의 목적이나 지향이 뚜렷하여 서사의 전개 방향을 예측하기는 어렵다. 자아와 세계의 합일이 전제될 때만 자아에게 주어지는 궁극적인 목적이 부재한 상태여서 중심인물의 행위를 이끄는 목적론적인 추구 대상 자체도 존재하지 않게 된 까닭이다. 더 나아가서, 인물의 행위를 이끌고 조정해 줄 당위 자체가 목적의 부재에 따라 역시 부재하게 되기 때문에, 그의 행위 과정에서 인과의 맥락을 찾는 것도 어렵게 된다. 단순화를 무릅쓰고 요약하자면, 인물의 무의식적인 자의에 따른 사건의 수행 양상으로 중심 서사가 이루어진다는 것이다.

이러한 양상을 이 책의 관심사에 맞추어 말하면, 모더니즘소설에서는 우연이 서사 전개의 기본 원리이자 소설 서사의 형성 원리로 기능한다고 할 수 있겠다.[49]

   제3부 소설과 우연의 문제

이는 역사로서의 모더니즘 운동 자체에 대한 평가에서도 근거를 얻는다. 필연의 구축을 가상이라 여기는 철학적 입장에 의해서 모더니즘 문학이 우연성을 전면적으로 수용하기도 한다는 점은 두루 지적되어 왔다. 서구 전위주의 문학운동이나 프랑스의 실존주의문학과 누보로 망 등은 합리적으로 세계를 구성하고 이야기(récit)를 필연적으로 이어 나가는 방식 자체를 부정하면서 삶의 우연성을 그 자체로 담아내는 데 있어 어떠한 부정적인 선입견도 가지지 않았다. 현실세계에 대한 총체적 · 합리적인 파악 가능성을 부정하는 세계관 위에서 소설 작품에 의식적으로 우연을 구사하기까지 해 온 것이다.[50] 이때 의식적이라 함은, 합목적성 일반을 비판하려는 의도에서 우연적인 것, 비상한 것이 주목되었음을 가리킨다.[51] 이러한 의식성, 의도성이 모더니즘적인 세

---

49 이러한 판단을 뒷받침하는 한 가지 사례로, 5장 1절 1)항에서 밝힌 대로, 「소설가 구보 씨의 일일」의 경우 '이유적 소극적 우연'을 여섯 차례나 구사하면서 서사의 뼈대를 이루는 구보의 동선을 마련하고 주제효과에 직접적으로 기여하는 그의 상념을 유발하는 양상을 보인다는 사실을 들 수 있다. 이유적 소극적 우연이 행위에 이유가 없고 사태에서 인과관계를 찾을 수 없는 경우를 가리키는 것으로서 꿈의 서사 외에서는 잘 드러나지 않는 것이라는 점을 고려하면, 작품 내 세계를 이루는 주요 원리로 이러한 우연을 사용한다는 사실 자체가 「소설가 구보 씨의 일일」이 전제하는 세계상이 리얼리즘소설이나 대중소설의 그것과는 상이한 것임을 알려 준다고 하겠다.

50 이에 대해서는 다음과 같은 논의들을 참고할 수 있다. 페터 뷔르거, 최성만 역, 『前衛藝術의 새로운 이해』, 심설당, 1986, 109~117면; 미셸 레몽, 김화영 역, 『프랑스 현대소설사』, 열음사, 1991, 373~377, 392~402면; 시모어 채트먼, 김경수 역, 『영화와 소설의 서사구조』, 민음사, 1990, 54~55면.

51 이러한 사태를 페터 뷔르거는 합목적성 일반을 비판하는 전위예술의 기획에서 찾고 있다. 그에 따를 때 초현실주의자들은 "그것이 하찮다는 이유로(당사자인 개인의 지배적인 생각과 일치하지 않는다는 이유로) 다른 사람들이 놓쳐버리는 '우연들'을 기록할 수 있게 된다. 초현실주의자들은, 합목적적으로 조직화된 사회는 개인이 뻗어나갈 수 있는 가능성들을 더욱 더 제한하고 있다는 경험에서 출발하여, 일상생활에서 예견할 수 없는 것의 요인들을 발견해 내려고 한다. 따라서 그들의 주의력은 합목적적으로 조직화된 세계에서는 자리를 차지할 수 없는 현상들에 쏠려 있다. (…중략…) 그들은 비상한 것을 유발하려고 시도한다. 특정한 장소들(신성한 장소들 : lieux sacrés)에 집착하는 일이나 현대적 신화(mythologie moderne)를 만들어 내려고 노력하는 일은, 그들에게 있어서 중요한 것은 우연을 지배하고

계관에 따른 것임은 다시 말할 것이 없겠다. 소설 서사에서 우연을 그렇게 의식적으로 드러내는 것은, 바로 그러한 방식으로 운명이 결정·기록된다는 의식의 소산인 까닭이다.[52]

소설 텍스트 차원으로 좁혀 들어가서 모더니즘소설의 특징을 리얼리즘의 경우와 대비하여 정리하면 다음과 같다. 리얼리즘소설이 작품 내 세계를 실제 세계인 양 제시하기 위하여 서술 상황 설정의 메커니즘을 작품에서 지우는 반면, 모더니즘소설은 설령 그렇게 하고자 해도 좀처럼 하기 어려운 상황에 있다. 자아를 투명하게 숨긴 채 이해할 수 없는 상태 그대로 세계를 제시하면서 서사를 꾸리기는 매우 곤란한 까닭이다.[53] 사정이 이러한 까닭에 혹은 그 대신에, 모더니즘소설은 세계가 아니라 자아에 주목하며,[54] 자아를 이야기한다는 맥락에서 서술 상황의 우연성 또한 숨기지 않고 그대로 드러내는 방식을 취한다. 서술자가 투명해지는 것도 물론 아니다. 오히려 반대로 자신이 서술자임

<hr>

비상한 것을 반복 가능한 것으로 만드는 일이라는 사실을 보여주는 증좌다." (페터 뷔르거, 앞의 책, 111~112면)

52 이러한 상황을 바흐찐은 '우연의 시간'이라는 맥락에서 설명한 바 있다(바흐찐, 전승희·서경희·박유미 역, 『장편소설과 민중언어』, 창작과비평사, 1988, 272~273면 참조).

53 물론 사정이 이러함에도 불구하고 자아를 내세우지 않고 불가해한 세계를 그 자체로 그려 보이는 경우가 없지 않은데, 초현실주의나 다다이즘에 속하는 일부 소설들이 이러한 경우로 이해될 수 있다.

54 이렇게 주목되는 자아 또한 합리적으로 이해할 수 있는 존재는 아니라는 점을 부연해 둔다. 자아의 정체성이라는 것이 사회적 맥락에서 확증되는 것임을 생각하면, 사회 자체가 그러한 정체 부여의 기능을 할 수 있을 만큼 합리적이지 않은 상황이므로, 이는 따로 설명이 필요 없을 만큼 자연스러운 일이라고 하겠다. 모더니즘소설이 그리는 자아, 인간의 비합리적인 양상에 대해서는, 모더니즘의 특징으로 '모호성' 및 '통합적인 개인 주체의 붕괴'를 지적하는 유진 런의 견해나(김병익 역, 『마르크시즘과 모더니즘』, 문학과지성사, 1986, 48~50면 참조), 인간을 '혼돈에 의해 구성되는 무한하고 무형의 변동체'로 규정하는 다다이즘의 선언(트리스탕 쟈라·앙드레 브르통, 송재영 역, 「1918년 다다 선언」, 『다다 / 쉬르레알리슴 宣言』, 문학과지성사, 1987, 15면) 등을 참조할 수 있다.

　　　　　　　　　　　제3부 소설과 우연의 문제

을 명확히 밝히면서 서술 행위에 관한 제반 사항을 그대로 작품화하기 십상이다. 이렇게 되어, 앞서 말한 대로 기법으로서의 우연이 중요하게 구사됨과 더불어, 서술 상황 설정상의 우연성 또한 작품에서 쉽게 확인되는 양상을 띠기도 한다.[55]

이상으로, 자아와 세계의 관계 양상을 바탕으로 소설과 세계의 관련이라는 맥락에서 리얼리즘소설과 모더니즘소설의 특성을 대비적으로 살펴보았다. 이상 두 가지에 하나의 경우를 더 추가할 필요가 있다. 논리적으로 보더라도, 자아와 세계의 관계라는 문제틀 위에서 사고되지만 양자 사이의 조화나 연속의 맥락을 떠나 있는 경우가 존재하기 때문이다. 이렇게 사고될 수 있는 것이, 자아에게 세계에 대한 의식이 없는 경우 혹은 세계와의 관계망을 자아가 의식하지 않는 경우로서의 대중소설, 전대소설, 신소설 등의 세계이다.

이러한 경우들에서는 작품 바깥의 세계에 대해서는 아무런 관심도 의식도 두지 않는 상태에서 작품 내 세계가 만들어진다. 엄밀히 말하면 이 경우의 자아는 작품 바깥의 실제 세계를 의식하지 않는 까닭에, 작품 내 '세계'를 구축하는 것이 아니라 단순히 자족적이고 자립적인 이야기를 만들어 낼 뿐이라고 할 수 있다. 질서가 있(다고 판단되)든 아니든 간에 세계의 힘이 미치지 않는 자리에서, 자립적인 작품의 지평에 사건들을 늘어놓을 뿐인 것이다.

물론 이러한 작품 세계가 작품 바깥의 세계와 완전히 무연한 것은 아니다. 자본주의 사회의 경우, 이렇게 만들어진 이야기가 얼마나 소

---

[55] 앞서도 지적했듯이, 등장인물인 주인공 이상과 서술자인 이상, 작가인 이상 김해경이 함께 작품에서 확인되는 이상의 「종생기」가 이러한 경우의 좋은 예가 된다.

비될 것인가 하는 맥락에서 양자의 관계가 설정되고, 바로 그러한 맥락에서 현실의 요구가 작품의 양상에 직접적으로 영향을 미치는 까닭이다. 당연히도 이러한 영향 관계는 작품(내 세계)의 형성 원리 및 메커니즘과는 무관한 작품 외적 관심사에 의한 것일 뿐이어서, 잘 팔리는 작품이어야 한다는 강박에 의해 작품의 형질이 달라지기는 해도, 작품 내 세계의 존재 양상이나 전개 원리에 있어 어떠한 질적 변화가 초래되는 것이라고는 할 수 없다.

이렇게 자립적인 이야기의 지평에서는 시장에서의 성공을 위한 주된 요인인 흥미를 위해서라면 모든 것이 동원될 수 있다. 사정이 이러하기에, 서사 일반이 없애고자 해도 없애기 어려운 것인 한편 흥미의 제고를 위해 사용할 수 있기로는 가장 손쉬운 기법 요소인 우연이 자유롭게 개재될 수 있게 된다.

우연이 폭넓게 구사될 수 있다는 점은 현상적으로 볼 때 모더니즘소설의 경우와 유사하지만, 대중소설에서의 우연은 작품 내 세계의 원리와 관련되는 서사에서 벌어지는 것이 아니라 작가-서술자에 의해 만들어지는 것이라는 중요한 차이를 갖는다. 세계가 우연적으로 움직인다는 인식 위에서 세계 표상의 일환으로 우연이 전개되는 것이 아니라, 세계의 지평이 아예 없는 상태에서, 이야기의 흥미를 높이기 위하여, 사건의 기묘한 전개를 위해 혹은 스토리 전개의 어려움을 손쉽게 해결하는 방책으로서 작가에 의해 우연이 설정되어 서사를 장식하고 추동하는 것이다. 서사 전개의 주요 기법으로 우연을 당당하게 구사하는 이러한 상황이 바로 전대소설 및 신소설과 더불어 대중소설의 특성을 명확히 한다.

   제3부 소설과 우연의 문제

자립적인 이야기의 세계를 보이는 대중소설 등의 이러한 특성이 말 그대로 자립적이어서 어떠한 역사성, 사회성으로부터도 자유로운 것은 아니다. 흥미의 제고를 위해 시사적인 성격을 가미하는 등 대중소설이 전술적인 층위에서의 능동적으로 마련하는 관련은 논외로 하더라도, 적어도 현대의 대중소설이나 일부 장르소설의 경우, 이들 소설의 본질적인 속성이 자본주의 대중문화의 근본 원리에 상응하는 것이기 때문이다. 흥미 제고를 당면한 목적으로 삼는 이러한 소설들은, 인물의 의지나 환경의 제약 등이 각각 이데올로기나 이념도 현실성도 탈각된 채 사실상 서사 구성에서의 재미의 요소라는 동질적인 것으로 전락·변질되어 활용될 수 있다는 특성을 갖는다. 이렇게 작품의 모든 요소가 흥미를 발하는 데 기여하는 것으로서 원리상 동질적인 것이 되어 양적인 차이만 지니게 되는 양상은, 우연과 계획성이 동일한 것이 되는 자본주의 대중문화의 동질성 상태[56]에 상응하는 것이자 그로부터 유래된 것이라 할 수 있다. 1930년대의 통속문학뿐 아니라 신소설 또한 이러한 맥락에서 자유롭지 않다.

소설의 형성 원리로서의 우연과 관련된 지금까지의 논의를, 우연의 구사 여부, 우연에 대한 태도, 우연의 기능 등에 주목하여 간략히 정리하면 다음과 같다.

리얼리즘소설이란 자아가 세계의 합리적 이해 가능성을 신뢰하며 보편적인 진리·가치의 존재를 인정하고 그것의 구현으로 세계의 사태를 파악하려는 양상을 보인다. 궁극적으로는 자아와 세계가 일치된

---

56   이에 대해서는 호르크하이머·아도르노, 김유동·주경식·이상훈 역, 『계몽의 변증법』, 문예출판사, 1995, 202~203면 참조.

다는 믿음 위에 정초하고 있기에, 서사에서 자아를 내세우지 않고 서술 상황 자체도 투명하게 만든다. 그 결과 서술 상황 설정상의 우연성이 가려짐은 물론이요, 사건의 전개에 있어서도 세계의 이해 가능성에 손상을 가할 수 있는 우연은 가능한 대로 배제하게 된다. 소설 텍스트로부터 돌려 말하자면, 인물의 의지적 성격이나 세계의 현실성을 약화시키는 우연들이 기법의 측면에서도 절제되는 것이다.

모더니즘소설의 경우는 세계와의 영향 관계 속에 자아가 놓여 있되 세계란 알 수 없는 것이어서, 서사의 초점이 그러한 세계 속의 자아에게로 향해진다. 작품의 주제효과 차원에서 결과적으로 세계에 대해 일정한 메시지를 표명하게 된다 해도 자아의 상황에 대한 형상화를 통하는 것이 주가 되고, 결론은 세계의 이해 불가능성을 표명하는 것이 된다. 이러한 표명의 형상적 양태는 세계의 우연성을 원리적으로 인정하는 것이며, 따라서 서술 상황 설정상의 우연적 계기도 가려지지 않는다. 더불어서, 사태를 전개시키는 기본적인 힘이 세계의 우연성으로 드러남으로써 기법으로서의 우연이 서사의 전면에서 의미 있는 역할을 수행하는 작품 세계가 펼쳐질 수 있게 된다.

대중소설은 이들의 맞은편에 놓여 있다. 작품의 바깥에서는 자본주의 현실의 논리에 영향을 받지만, 작품의 경계 내에서 보자면 자아가 세계를 의식하지 않는 상태로 자립적인 이야기를 펼쳐내는 양상을 보인다. 따라서 흥미의 제고라는 주요 목적을 위해 작품의 모든 요소가 사실상 동질적인 것이 되어 기능하게 되는데, 이 과정에서 세계의 질서도 인물의 의지도 자기 생명력을 갖지 않고 우연에 의해 휘둘릴 수 있게 된다. 작품의 모든 국면에서 아무런 제약도 없이 우연이 행사될 수 있는 상황인 것이다. 이들 소설에서 구사되는 우연은 그 자체로 어떤 의미를 갖는 것이 아니라, 흥미의 제고나 서술상의 편의라는 기능만을 수행함으로써 추상적인 기법 자체가 된다.[57]

57 바로 이러한 특징이, 현상적으로 볼 때 우연의 구사 폭이 넓다는 양상을 공통적으로 보이는 모더니즘소설과의 차이를 이룬다. 대중소설에서의 우연과 달리, 모더니즘소설에서의 우연이란 자아의 존재 양태를 드러내고 그럼으로써 세계의 불가지적인 상황을 환기시키는 의미 기능을 수행한다.

제4부
결론

10장_ 한국 근대소설의 형성과
우연의 문제

10장

한국 근대소설의 형성과 우연의 문제

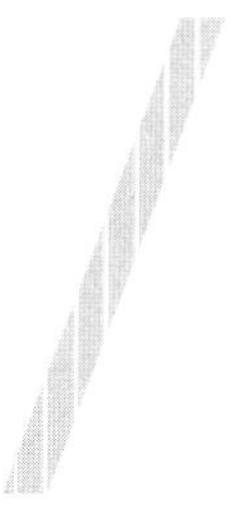

　본 연구는 형성기 한국 근대소설 갈래들의 특징과 이들의 발전·분화 양상을 정치한 텍스트 분석을 통해 규명함으로써 리얼리즘소설이나 모더니즘소설 등 근대소설 하위 갈래들의 특징과 차이를 일관되게 검토해 보았다. 텍스트 분석에 있어 주요 초점은, 모든 소설 텍스트가 공통적으로 갖게 마련인 작품 내 세계 설정상의 특징과 스토리-선의 구성 상태로 확인되는 인물 및 서사 구성상의 특징, 스토리-선이나 그것을 이루는 핵서사의 층위에서 발견되는 우연의 구사 빈도 및 기능상의 특징, 이상 세 가지에 맞추었다. 이상의 텍스트 분석 결과를 토대로 해서 소설작품의 주제효과를 추론함으로써 논의의 객관성을 갖추고자 하였다. 이렇게 단일한 방식으로 근대소설 하위 갈래의 제 작품들을 일관되게 검토하는 것은, 특정 하위 갈래에만 적실성을 갖는 연구방법을 구사함으로써 근대소설의 다양한 갈래들을 사실상 통약불가능한 것인

양 사고하게 만든 기존 연구의 한계를 지양하고자 한 데 따른 것이다.

제2부에서는 신소설에서 1930년대 중반의 대중소설에 이르기까지 한국 근대소설의 형성기를 수놓은 다양한 소설 갈래들을 국문학 연구 계에서 통상적으로 인정되는 대표작들을 통해 검토해 보았다.

신소설의 검토에서는 신소설 장르의 소설사적 위상을 먼저 점검한 뒤에, 전대의 영웅소설과의 비교 맥락에서 신소설이 우연을 구사하는 특징에 초점을 맞추었다. 전대소설과의 경쟁 속에서 독자층을 끌어들이기 위하여, 신소설 작품들이 소설 기법의 하나로 우연을 사고하고 흥미의 제고를 목적으로 적극적으로 활용하고 있음을 확인하였다. 전대소설의 우연이 신소설을 거쳐 근대소설에 와서는 사라졌다는 식의 통념과 달리, 신소설의 경우 우연을 확대·발전시키고 있음을 알 수 있었다.

이광수의 『무정』과 염상섭을 중심으로 1920년대 소설계의 변화를 검토하면서, 한편으로는 우연 구사 방식에서의 변화를 살피고, 다른 한편으로는 계몽주의소설이나 1920년대 초기 낭만주의적 소설들의 이상주의적인 경향이 어떻게 변환·소진되면서 현실의 재현을 중시하는 경향으로 전이되었는지를 분석하였다. 우연의 구사 면에서 『무정』은 신소설의 연장에 있지만, 주요 등장인물들의 반복되는 각성을 통해 개인의 탄생을 그려 보였다는 점에서는 1920년대 소설에 이어진다. 염상섭의 초기 삼부작을 포함한 1920년대 초기 동인지문단의 작품들은 '식민지적 비참함'의 문학적 표현이며, 횡보의 『만세전』은 추상적 근대성에 대한 동경과 식민지 현실에 대한 인식 양자를 포괄하는 열린 작품의 면모를 보이면서 부르주아적 개인 주체를 형상화하고 리얼리즘에로의 길을 마련한 의의를 갖는다.

1930년대는 한국 근대소설의 형성이 완수되는 시기로, 리얼리즘소설과 모더니즘소설, 대중소설의 정립상이 마련된다.

염상섭의 『삼대』는 전체적 리얼리즘의 형성을 알리는 작품이다. 『삼대』에 이르면, 중간자적 주인공을 통하여 사회의 제 부면을 작품 내 세계로 주조하고 이념적으로든 시대적으로든 폭넓은 이데올로기들을 포괄하는 양상을 보인다. 이로써 1920년대 말의 현실을 전면적으로 재현하는 성과를 올리는데, 그러한 재현의 현실성을 강화하는 방식으로 서사에서의 우연을 가능한 대로 배제하는 양상을 띤다. 이 맞은 편에 총체적 리얼리즘의 수립을 알리는 이기영의 『고향』이 서 있다. 『고향』은 사회의 본질적인 문제를 지소갈등 및 노사 간의 계급투쟁에서 찾고 소작료 감면 투쟁과 제사공장의 파업을 통해 작품화하고 있다. 그럼에도 불구하고 이 작품은 주요 인물들 각각의 스토리–선들을 풍성하게 살리면서 원터 지역의 삶의 양상을 충실히 재현하기도 하고, 김희준의 동요와 안갑숙의 성장, 인동의 가성, 안승학의 다면싱 등을 성공적으로 형상화하여 이전 카프 소설의 도식성을 성공적으로 지양하였다. 사적 유물론에 입각한 필연적인 세계상을 포지하되 전형적인 것에 개성적인 것을 잘 결합한 것이다. 이 맥락에서 우연의 구사에 개의치 않는 모습을 이해할 수 있다. 우연에 대한 특별한 부정적 의식이 없는 상태에서 삶의 생동감 맥락에서 생겨나는 우연을 그 자체로 인정하고 구사하는 양상을 보인다. 이들을 양 축으로 하여 최서해의 『호외시대』나 현진건의 『적도』 등과 같은 종합적 리얼리즘소설이 존재한다. 이 경우의 소설들은 사회 상황을 객관적으로 재현하려는 방식 대신에 표현과 변형의 방식을 겸용하여 사회상의 특징과 바람직한 인간

형을 제시하는 양상을 보인다. 객관적인 세계상을 형상화하려는 욕망을 벗어버린 대신, 신념에 따라 목숨까지 버리는 인물형을 통해 서술자–작가의 이념을 두드러지게 제시하는 특징을 보인 것이다. 이 과정에서 작품 내 세계의 현실성이 맨 앞에 나서지는 않는 까닭에, 서사에서의 우연 또한 특별한 거부감 없이 편의적으로 구사된다.

1930년대의 모더니즘소설은 그 정체나 외연을 규정하는 데 어려움을 겪을 만큼 다소 모호한 특성을 보이고 있지만, 우연의 구사 방식 면에서만큼은 다른 갈래의 작품들과 뚜렷이 구별되는 특징을 보여 준다. 박태원의 「소설가 구보 씨의 일일」과 이상의 「날개」가 대표적인 예가 되는데, 이들 작품에서 우연은 단순히 서사 구성상의 한 가지 기법으로 사용되는 것이 아니라 스토리 자체를 직조하는 양상을 보인다. 「소설가 구보 씨의 일일」의 경우 서사의 근간을 이루는 구보의 동선 자체가 우연에 의해 정해지며 그가 행하는 상념들 또한 우연에 의해 촉발된다. 이러한 동선이 가능케 하는 관찰과 상념이 거의 그대로 작품의 내용이 되는 까닭에, 이 소설에서 우연은 작품을 현재의 모습대로 만들어 내는 가장 중요한 요인으로 기능하고 있다. 「날개」 또한 '나'와 아내의 관계가 보이는 결정적인 변화들이 대부분 우연에 의해 촉발되고 있다. 이들과 달리 하나의 주 서사를 갖고 있지 않은 박태원의 『천변풍경』 또한 우연과 관련해서는 의미 있는 차이를 보이지 않는다. 주요 인물들의 관계에서 우연이 결정적인 역할을 하게끔 설정되어 있는 까닭이다. 다만 여기서는 그러한 우연에 별다른 의미를 부여하지 않고 기능적으로 구사하는 양상을 보이는 것이 주목된다. 이상 세 가지 사례로 일반화하기는 어려울 수 있지만, 이들 모더니즘소설이 인간 생활의 제 양상이 우연에 의해 이루어지고 있음을 잘 보여 줌으로써 필연적인 세계상을 거부한 자리에 서 있음을 확인할 수 있다. 이로써, 실생활로부터 거리를 두고 있든 현실에서 낙오되어 있든 혹은 그저 평범한 일상사를 영위하고 있든 간에, 사람들의 삶이란 그렇게 우연적으로 전개되어 가는 것이지 어떠한 원리나 법칙이 있어서 그에 조종되는 것일 수는 없다는 인식이 바탕에 깔려 있음을 추론할 수 있다.

1930년대 중반에 본격적으로 등장하는 대중소설은 우연의 적극적인 구사를 통해 자신의 목표를 성취하는 면모를 보인다. 김말봉의 『찔레꽃』은 수많은 우연을 구사하여 중심인물들 간의 희한한 연애 관계를 설정하고 있다. 현실적으로 있기 어려운 인간관계를 구축하는 데 있어 각종 우연을 적극적으로 활용한 것이다. 여기에 더하여 주인공의 고난이 가중되고 종결부의 순정성이 밝혀지게 되는 주서사의 전개와 해결에 있어서도 현실성을 전혀 개의치 않고 우연을 한껏 구사하고 있다. 이로써 『찔레꽃』은 결과를 뻔히 안다 해도 흥미를 잃지 않고 독자들이 몰두할 수 있는 구성을 취하게 되었다. 현진건의 역사소설 『무영탑』은 현상적으로는 다른 양상을 보이지만 결과적으로는 동일한 방식으로 우연을 구사하는 특성을 보인다. 연애소설로서 이 소설은 주인공들의 결연에 우연을 개재시킨 뒤 그것을 운명으로 부각시키는 방식을 취하고 있다. 우연을 운명화함으로써 비극적인 사랑을 강화하고 서술자-작가의 의미 부여를 자의적으로 행할 수 있게 된다. 이들 소설에서는 애초에 세계에 대한 나름의 상을 가질 생각이 존재하지 않는다고 할 수 있다. 물론 작품마다 각자의 작품 내 세계가 설정되어 있기는 하지만 그러한 세계가 하나의 현실로서 인물들의 삶에 일정한 영향을 주는 것은 아니다. 따라서 이들의 경우는 세계와의 관계 속에 있는 삶을 보여 주는 것이 아니라 인간관계에서 있을 수 있는 특이한 양상을 그 자체로 제시하는 데 역점을 두었다고 할 수 있다. 그러한 방식의 목표가 흥미의 제고에 있으며 그 주요 방식으로 우연을 활용한다는 데 이들 대중소설의 특징이 있다.

이상과 같이 정리할 수 있는 제2부의 분석을 통해 확인되는 것은 두 가지이다. 우연의 구사 빈도나 활용 방식에 있어서 형성기 한국 근대소설의 각 갈래가 의미 있는 차이를 보인다는 것이 첫째요, 그럼에도 불구하고 어쨌든 어떤 소설도 우연을 배제하고 있지는 않다는 사실이 둘째다. 첫째 특징은 리얼리즘소설과 모더니즘소설이라는 이분법이나 신소설, 계몽주의소설, 대중소설 등을 모두 고려한 하위 갈래별 소설 장르론을 포괄적으로 대하는 데 있어서 우연의 검토에 초점을 맞춘 텍스트 분석이 효력을 갖는다는 점을 입증해 준다. 근대소설의 특정 하위 갈래에서만 해석력을 갖는 소설 연구방법론에 갇혀 있기 십상인 현재의 연구 풍토를 한 단계 발전시키는 데 있어서 우연의 검토가 갖는 생산성이 여기서 확인된다 하겠다. 형성기 한국 근대소설 일반이 우연을 부정하지는 않는다는 점을 확인시켜 준 둘째 특징은, 우연에 대한 국문학계의 통념 즉 전대소설의 우연이 신소설로 계승되었다가 근대소설이 수립되면서는 없어진다는 식의 발전적인 도식이 잘못된 것이며 그 바탕에 놓인바 우연을 근대소설적이지 '못한' 부정적 특징으로 간주해 온 사고가 적절치 못하다는 점을 알려 준다.

우연에 대한 이러한 부정적인 통념의 연원을 확인해 본 것이 제3부의 첫 장인 7장이다. 소설 서사에서의 우연과 관련하여 근대소설 형성

　　　　　　　　　　　　　　　　　　　　제4부 결론

기의 소설 관련 담론들을 두루 검토했을 때 가장 먼저 지적해야 할 사항은, 소설들에서 우연이 다양한 방식으로 확인되는 사실에 비하자면 놀라울 정도로 이러한 우연이 의식되지 않고 있었다는 사실이다. 소설 관련 담론들 대부분이 소설에서의 우연을 언급조차 하지 않고 있는 것이다. 우연을 다루는 소수의 경우에서도 소설에서의 우연을 부정적인 것으로 언급하지는 않는다. 우연에 대한 부정적인 언급이 처음 드러나는 것은 1930년대 중반에 이르러서일 뿐, 그 전까지는 소설을 이루는 여러 요소들의 하나인 양 중립적으로 기술하고 있음이 확인된다. 1930년대 중반 이후 보이는 우연 부정론의 첫 양상은 필연의 세계관을 포지하고 있던 김남천이 문단 정치적인 감각에서 전형론을 주창하면서 드러났다. 1930년대 후반으로 넘어가면 이러한 우연 부정론이 좀 더 세를 얻고 마침내는 소설 서사에서의 우연이란 전근대문학의 속성인 양 기술하는 경우까지 확인되게 된다. 이러한 변화의 바탕에도 역시 문난 역학이 개재되어 있는데, 이번에는 이데올로기상의 좌우파를 막론하고 기존의 문인들을 결집시키게 만든 대중소설의 등장이 원인이 되었다. 저널리즘의 요구에 부응하며 급속히 세를 넓혀가는 대중소설에 맞서서 기존의 문단이 스스로를 본격문학으로 옹위하게 되었을 때, 대중소설과 본격소설을 가르는 주요한 기준의 하나로 우연을 활용한 것이다. 그럼에도 불구하고 이때까지도 문제되는 것은 우연 자체가 아니라 '우연의 과용'이었을 뿐이며, 이는 1950년대의 국문학 연구 1세대의 논의에까지 이어진다. 사정이 바뀌는 것은 1960년대 초에 와서이며, 그 이후 소설 서사에서의 우연을 전근대소설의 표지인 양 간주하는 잘못된 통념이 두루 퍼지게 되었다.

　이러한 통념이 잘못된 것임은 두 가지로 확인된다. 첫째는 제2부 분석에 대한 앞의 정리에서도 밝혀졌고 제3부 8장의 논의에서 검토되었듯이, 형성기 한국 근대소설의 실제에서 수많은 우연이 다양한 방식으로 구사되고 있기 때문이다. 비단 신소설이나 대중소설에서만이 아니라 리얼리즘소설에서도 우연이 구사되고 있으며, 단순히 구사 빈도만 따져서는 이들 하위 갈래의 특징을 말할 수 없을 만큼 우연의 구사는 소설사의 실제 차원에서 볼 때 일반적인 양상이었다. 이러한 경험적, 귀납적 검토를 통해서만 위의 통념의 잘못이 확인되는 것은 아니다. 이를 밝힌 둘째 방식이, 우연의 소설 미학을 다룬 제3부 9장의 논의이다. 소설과 우연이 관련되는 것은 작품 내 세계의 사건 차원에 한정되는 것이 아니다. 텍스트 분석에서는 이 차원에만 집중했지만 근대소설 하위 갈래들의 특징을 포괄적으로 검토하기 위해서는 작품과 작가, 현실 등 작품의 경계 바깥까지도 검토해야 마땅한데, 바로 이러한 차원에서도 우연의 문제가 제기되는 것이다. 서사의 본질이 '사태의 중간에서' 시작한다는 사실 자체에서 소설 서사에서 불가피하게 문제되는 '서사에서의 근원적 우연'이 있는데, 이러한 우연의 층위가 존재한다는 사실만으로도 위의 통념이 잘못되었음을 확인할 수 있다. 소설과 우연의 관련은 그 외에 '기법으로서의 우연'과 '소설의 형성 원리로서의 우연' 두 가지를 더 가진다. 전자는 흥미나 실감의 제고 혹은 저하라는 작품효과의 측면에서, 후자는 근대소설의 주요 하위 갈래의 세계 인식을 구별하는 데 있어서 중요하게 문제시되는 작품 특성으로서의 우연이다.

　'소설의 형성 원리로서의 우연'에 대한 논의는 통약불가능한 것처럼 간주되어 왔던 리얼리즘소설과 모더니즘소설, 대중소설을 함께 그리고 일관되게 검토할 수 있게 해 주는 단일한 논의 지평이라는 점에서 주목을 요한다. 작품의 경계 안팎에 걸쳐서 소설 작품과 현실의 관계를 자아와 세계의 관계로 고찰할 때, 양자 사이의 조화·부조화나 연속·불연속을 상정하는 두 가지 경우와 그러한 조화나 연속의 맥락을 떠나 있는 경우의 셋으로, 각각 리얼리즘소설과 모더니즘소설, 그리고 대중소설 및 전대소설을 유별화할 수 있는 것이다. 리얼리즘소설은 자아와 세계의 조화를 추구하는 정신이 그러한 조화를 작품 내 세계에 구현하는 방식으로 이루어짐으로써 서술 상황 설정상의 우연이 가려지고 기법으로서의 우연들이 배제되는 작품 양상을 보여 준다. 모더니즘소설은 자아와 세계 사이에 불연속적인 단절이 있다는 의식 위에서 구축되어, 인물의 행위를 이끄는 목적론적인 추구 대상이 부재하고 행위 과정의 인과적 관계도 배제됨으로써 우연이 서사 전개의 기본원리로 부각된다. 대중소설의 경우 자아가 세계와의 관계망을 의식하지 않고 그럼으로써 세계 자체를 형상하 대상에서 제거한 상대에시 이야기로서의 작품의 지평에 사건들을 늘어놓기에, 서사 전개의 한 가지 기술로서 간주되는 우연이 모든 사건에 자유자재로 개재될 수 있는 상태를 보인다. 이렇게 우연은, 근대소설의 하위 갈래들이 보이는 차이 곧 재현, 반영의 맥락에서 리얼리즘소설이 하나의 객관적인 세계상을 만들고, 표현이나 구성의 맥락에서 모더니즘소설들이 자신만의 세계상을 창출해 내고, 이야기 전개의 욕망에 끌려서 세계관과는 무관한 자리에서 대중소설이 자신의 작품을 직조해 내는 이러한 차이에도 불구하고 이들 제 갈래의 특성을 일관되게 구명할 수 있게 하는 소설 미학상의 공분모 역할을 한다.

한국 근대소설에 대한 학적 연구는 어느덧 80년에 가까운 역사를 갖게 되었다. 연구 대상의 폭이 문학 외적인 요인에 의해 강제로 조정되는 경우도 있었고, 연구방법이 시류를 따르듯 일변하는 양상을 보이기도 했지만, 전체적으로 보아 학계에서 널리 받아들여지는 일반적인 성과가 지속적으로 축적되어 왔다고 할 수 있다.

그렇지만 이론으로서의 국문학 연구의 엄밀성 면에서 보자면, 한편으로는 연구의 정론화 경향이 다른 한편으로는 연구의 평론화 경향이 여전히 수그러들지 않음으로써 지속적으로 문제가 되고 있다. 정론도 평론도 필요한 것임은 따로 말할 바가 못 되지만, 국문학 연구의 경계 내에서는 사정이 다르다. 주체가 지향하는 특정 문학형을 핵으로 한다는 점에서 정론적이거나 평론적인 연구는 이론이 아니라 이데올로기에 가까운 것이고, 바로 이러한 엄밀한 의미에서는 더 이상 연구라고 할 수 없는 것이다.

국문학 연구 전반의 폭을 넓히고 깊이를 심원하게 하는 것은 언제나 환영할 만한 일이고 이를 위하여 각종 이론이 동원되는 것 또한 원칙적으로는 문제될 것이 전혀 없는 것이지만, 그러한 시도가 과하여 연구 대상의 실제를 가리게까지 된다면 이는 어떠한 의미에서도 국문학 연구계에서 용납되어서는 안 된다고 하겠다. 크게는 문학사론, 소설사론에서 작게는 개별 작품론에 이르는 다양한 연구 수준에서 각각에 요청되는 규준, 연구 대상의 실제를 왜곡하지 않는다는 점을 최저선으로 하는 규준들을 지키는 것이, 각종 이론의 수입 소개가 한층 활성해진 오늘날 더욱 절실히 필요하다. 그러한 규준을 성립시키는 제일 요건은 바로 분석과 검토에서의 객관성, 논리성을 갖추는 것이다. 형식주의적 분석이나 실증주의적 검토와 양상에 있어서는 달리 보이지 않더라도, 형식주의와 실증주의가 문제되는 것이 그것만으로 문학에 대해 말해야 할 모든 것을 대체할 때뿐이라는 점을 잊지 않는다면, 분석과 검토의 객관성, 논리성을 갖추는 기본적인 자세는 언제든 존중되어야 마땅한 것이다. 소설작품들의 텍스트 분석에 치중한 이 책의 바탕에는 이렇게, 국문학 연구계의 정론화, 평론화 현상을 문제라고 보는 위기의식이 자리 잡고 있다.

물론 이에 그치는 것은 아니다. 제1부에서도 한껏 강조했듯이, 현재의 국문학 연구 수준을 한층 발전시키기 위해 시급한 것이 한국 근대소설의 하위 갈래들 곧 리얼리즘과 모더니즘, 대중문학 등의 경계에 갇히지 않는 보편적인 연구 방식을 개발하고 확산시키는 일이라는 문제의식 위에서, 그러한 보편적 연구 방식의 도전적인 사례를 제시하고자 한 것이, 이 책을 낳은 원동력이다. 스토리-선의 차원에서 서사 구성을 분석하는 것을 핵심으로 하여 작품 내 세계의 양상과 인물 구성, 서사전략 등을 체계적으로 검토하는 '소설 텍스트에 대한 실증적 분석'을 수행하고, 그 결과에 근거하여 주제효과의 해석과 작가 의식의 추론에로 나아간 뒤, 이러한 개별 논의들을 포괄하여 한국 근대소설 하위 갈래들의 특징을 우연이 관계되는 복합적인 차원에서 구명해 본 것이, 이 책의 성과이다.

이 책의 문제의식과 원동력, 성과가 어느 정도 생산적이며 설득력이 있어서 미래의 관련 연구들을 촉진할 수 있을지는 이 책이 따질 문제가 아니다. 한국 근대소설의 특성을 제대로 밝히고 한국 근대소설사를 올바로 (재)구성하려는 의미 있는 연구들이 지속되는 한, 이 책의 주장

이 긍정적으로든 비판적으로든 조금이라도 논의되리라고 믿을 뿐이
다. 그러한 후속 연구에 힘입어, 현재 논의의 미비점을 보정할 기회가
주어지기를 바란다.

1. 자료

『萬歲報』,『靑春』,『創造』,『廢墟』,『開闢』,『朝鮮文壇』,『新民』,『風林』,『社會公論』,『三
　　千里』,『三千里文學』,『朝光』,『文章』,『博文』,『朝鮮』,『朝鮮文藝年鑑』,『朝鮮日報』,
　　『東亞日報』,『時代日報』,『每日新報』,『朝鮮中央日報』,『帝國新聞』 등.

권영민,『韓國近代文人大事典』, 아세아문화사, 1990,
이헌홍 역주,『한국고전문학전집 23 : 조웅전 / 적성의전』, 고려대민족문화연구소, 1996.
日本近代文學館・編,『日本近代文學大事典』, 講談社, 1977.
제레미 M. 호손, 정정호 외 역,『현대 문학이론 용어사전』, 동인, 2003.
조셉 칠더즈・게리 헨치, 황종연 역,『현대 문학・문화 비평 용어사전』, 문학동네, 1999.
최삼룡・이월령・이상구 역주,『한국고전문학전집 24 : 유춘렬전 / 최고운선』, 고려
　　대민족문화연구소, 1996.
한국 철학사상연구회 편,『철학대사전』, 동녘, 1989.
한용환,『소설학 사전』, 문예출판사, 1999.
『1930年代韓國文藝批評資料集』 1~20.
『김남천 전집』, 책세상, 2000.
『金東仁文學全集』, 대중서관, 1983.
『金八峯文學全集』, 문학과지성사, 1989.
『박영희 전집』, 영남대 출판부, 1997.
『新小說・飜案(譯)小說』 1~10, 아세아문화사, 1978.
『廉想涉全集』, 민음사, 1987.
『李光洙全集』, 우신사, 1979.
『李箱 문학 전집』, 문학사상사, 1991.

『임화 문학예술 전집』, 소명출판, 2009.
『崔曙海全集』, 문학과지성사, 1987.
『韓國現代小說理論資料集』 1~9, 1985.
『현진건 문학 전집』, 국학자료원, 2004.

2. 국내 논저

저서

강상희, 『한국 모더니즘 소설론』, 문예출판사, 1999.
강영주, 『韓國 歷史小說의 再認識』, 창작과비평사, 1991
강인숙 편저, 『한국 근대소설 정착 과정 연구』, 박이정, 1999.
구보학회 편, 『박태원과 모더니즘』, 깊은샘, 2007.
구인환, 『韓國近代小說研究』, 삼영사, 1993.
권보드래, 『한국 근대소설의 기원』, 소명출판, 2000.
권성우, 『모더니티와 타자의 현상학』, 솔, 1999.
권영민, 『국문 글쓰기의 재탄생』, 서울대 출판부, 2006.
______, 『서사양식과 담론의 근대성』, 서울대 출판부, 1999.
______, 『이상 텍스트 연구-이상을 다시 묻다』, 뿔, 2009.
______, 『韓國 近代文學과 時代精神』, 문예출판사, 1983.
김강호, 『한국 근대 대중소설의 미학적 연구』, 푸른사상, 2008.
김경수, 『廉想涉 長篇小說 硏究』, 일조각, 1999.
______, 『염상섭과 현대소설의 형성』, 일조각, 2008.
김동욱, 『國文學史』, 일신사, 1986.
김동환, 『한국소설의 내적 형식』, 태학사, 1996.
김명인 외, 『주례사 비평을 넘어서』, 한국출판마케팅연구소, 2002.
김민정, 『한국 근대문학의 유인과 미적 주체의 좌표』, 소명출판, 2004.
김석봉, 『신소설의 대중성 연구』, 역락, 2005.
김성수, 『이상 소설의 해석-生과 死의 感覺』, 태학사, 1999.
김승구, 『식민지 조선의 또 다른 이름, 시네마 천국』, 책과함께, 2012.
김양선, 『1930년대 소설과 근대성의 지형학』, 소명출판, 2003.
김열규 · 신동욱 편, 『廉想涉硏究』, 새문사, 1982.

김영민, 『한국 근대소설의 형성 과정』, 소명출판, 2005.

김외곤, 『한국 근대 리얼리즘문학 비판』, 태학사, 1995.

김용재, 『한국 소설의 서사론적 탐구』, 평민사, 1993.

김우종, 『韓國現代小說史』, 성문각, 1982.

김유중, 『한국 모더니즘 문학의 세계관과 역사의식』, 태학사, 1996

김윤식, 『염상섭 연구』, 서울대 출판부, 1987.

______, 『李光洙와 그의 時代』, 한길사, 1986.

______, 『이상 문학 텍스트 연구』, 서울대 출판부, 1998.

______, 『李箱研究』, 문학사상사, 1987.

______, 『한국 현대 현실주의 소설 연구』, 문학과지성사, 1990.

______, 『한국근대문예비평사연구』, 일지사, 1976.

______, 『韓國近代文學思想史』, 한길사, 1984.

______, 『韓國近代文學樣式論考』, 아세아문화사, 1980.

______, 『韓國近代小說史研究』, 을유문화사, 1986.

김윤식 · 김현, 『韓國文學史』, 민음사, 1973.

김윤식 · 정호웅 편, 『한국 근대 리얼리즘 작가 연구』, 문학과지성사, 1988.

______________, 『한국 리얼리즘소설 연구』, 문학과비평사, 1987.

______________, 『한국문학의 리얼리즘과 모더니즘』, 민음사, 1989.

김윤식 · 정호웅, 『韓國小說史』, 예하, 1993.

김종, 『전환기의 한국 현대문학사-'1925년'을 중심으로』, 수필과비평사, 1994.

김종욱, 『한국 소설의 시간과 공간』, 태학사, 2000.

김주현, 『이상 소설 연구』, 소명출판, 1999.

김준, 『한국 농민소설 연구』, 태학사, 1990.

김중하, 『개화기 소설 연구』, 국학자료원, 2005.

김철 · 신형기 외, 『문학 속의 파시즘』, 삼인, 2001.

김태준, 『朝鮮小說史』(1932), 예문, 1989.

김학균, 『염상섭 소설 다시 읽기-추리소설적 성격을 중심으로』, 한국학술정보, 2009.

김한식, 『현대소설과 일상성』, 월인, 2002.

김현주, 『한국 근대 산문의 계보학』, 소명출판, 2004.

다지리 히로유끼, 『이인직 연구』, 국학자료원, 2006.

문학과사상연구회 편, 『염상섭 문학의 재인식』, 깊은샘, 1998.

________________, 『이광수 문학의 재인식』, 소명출판, 2009.

문학사와비평연구회 편, 『염상섭 문학의 재조명』, 새미, 1998.

민족문학사연구소 편, 『민족문학과 근대성』, 문학과지성사, 1995.

박상준, 『1920년대 문학과 염상섭』, 역락, 2000.

______, 『소설의 숲에서 문학을 생각하다』, 소명출판, 2003.

______, 『한국 근대문학의 형성과 신경향파』, 소명출판, 2000.

______, 『한국소설 텍스트의 시학』, 소명출판, 2009.

박헌호, 『식민지 근대성과 소설의 양식』, 소명출판, 2004.

방민호 편, 『박태원 문학 연구의 재인식』, 예옥, 2010.

백철, 『新文學思潮史—現代篇』, 백양당, 1949.

____, 『新文學思潮史』, 민중서관, 1952.

백철·이병기, 『國文學全史』, 신구문화사, 1983.

상허문학회 편, 『근대문학과 구인회』, 깊은샘, 1996.

서경석, 『한국 근대 리얼리즘 문학사 연구』, 태학사, 1998.

서영채, 『사랑의 문법 : 이광수, 염상섭, 이상』, 민음사, 2004.

서준섭, 『한국 모더니즘 문학 연구』, 일지사, 1988.

손유경, 『고통과 동정』, 역사비평사, 2008.

손정수, 『텍스트의 경계』, 태학사, 2002.

______, 『한국 근대문학사의 틈새』, 역락, 2005.

손종업, 『극장과 숲—한국 근대문학과 식민지 근대성』, 월인, 2000.

송현호, 『文學史記述方法論』, 새문사, 1985.

신동욱 해설, 『玄鎭健硏究』, 새문사, 1981.

신동욱, 『1930년대 한국소설 연구』, 한샘, 1994.

______, 『韓國現代文學論』, 박영사, 1972.

신형기, 『분열의 기록—주변부 모더니즘 소설을 다시 읽다』, 문학과지성사, 2010.

양문규, 『한국 근대소설과 현실 인식의 역사』, 소명출판, 2002.

역사문제연구소 문학사연구모임 편, 『카프 문학운동 연구』, 역사비평사, 1989.

염무웅, 『民衆時代의 文學』, 창작과비평사, 1979.

유병석, 『廉想涉前半期小說硏究』, 아세아문화사, 1985.

유종호 편, 『염상섭』, 서강대출판부, 1998.

윤병로, 『한국 근·현대문학사』, 명문당, 1991.

이경,『한국 근대소설의 근대성 수용 양식』, 태학사, 1999.

이경훈,『이상, 철천의 수사학』, 소명출판, 2000.

이병기 · 백철,『國文學全史』, 신구문화사, 1983.

이보영,『난세의 문학』, 예림기획, 2001.

______,『염상섭 문학론』, 금문서적, 2003.

이상경,『이기영, 시대와 문학』, 풀빛, 1994.

이용남 외,『한국 개화기 소설 연구』, 태학사, 2000.

이인화,『스토리텔링 진화론』, 해냄, 2014.

이재선,『韓國文學의 解釋』, 새문사, 1981.

______,『한국현대소설사』, 홍성사, 1979.

______,『韓末의 新聞小說』, 한국일보사, 1975.

이주형,『한국 현대소설과 민족현실의 인식』, 역락, 2007.

이현식,『제도사로서의 한국 근대문학』, 소명출판, 2006.

임규찬,『한국 근대소설의 이념과 체계』, 태학사, 1998.

장사선,『한국 리얼리즘 문학론』, 새문사, 1988.

장수익,『한국 근대 소설사의 탐색』, 월인, 1999.

전광용,『新小說研究』, 새문사, 1986.

정혜영,『환영의 근대문학』, 소명출판, 2006.

정호웅 외,『장편소설로 보는 새로운 민족문학사』, 열음사, 1993.

정호웅,『우리 소설이 걸어온 길』, 솔, 1994.

조남현,『한국 현대문학사상 탐구』, 문학동네, 2001.

______,『한국소설과 갈등』, 문학과비평사, 1990.

______,『한국현대소설사2 1930~1945』, 문학과지성사, 2012.

______,『한국현대소설유형론 연구』, 집문당, 1999.

조동일,『新小說의 文學史的 性格』, 서울대 출판부, 1973.

______,『한국문학통사』, 지식산업사, 1989.

조연현,『韓國現代文學史 (第一部)』, 현대문학사, 1956.

조윤제,『國文學通史』(1948), 탐구당, 1987.

______,『韓國文學史』, 동국문화사, 1963.

채호석,『한국 근대문학과 계몽의 서사』, 소명출판, 1999.

천정환 · 소영현 · 임태훈 외 편저,『문학사 이후의 문학사—한국 현대문학사의 해체와 재구성』, 푸른역사, 2013.

최원식, 『民族文學의 論理』, 창작과비평사, 1982.

최유찬, 『문학 텍스트 읽기』, 소명출판, 2004.

최종순, 『이인직 소설 연구』, 국학자료원, 2005.

최혜실, 『韓國모더니즘小說硏究』, 민지사, 1992.

토지문화재단 편, 『한국문학사 어떻게 쓸 것인가』, 한길사, 2001.

하정일, 『20세기 한국문학과 근대성의 변증법』, 소명출판, 2000.

＿＿＿, 『탈식민의 미학』, 소명출판, 2008.

하타노 세츠코, 최주한 역, 『『무정』을 읽는다―『무정』의 빛과 그림자』, 소명출판, 2008.

한국문학연구회 편, 『1930년대 문학 연구』, 평민사, 1993.

한국현대문학연구회 편, 『한국 근대 장편소설 연구』, 모음사, 1992.

한기형, 『한국 근대소설사의 시각』, 소명출판, 1999.

한승옥 외, 『작가작품론의 정체성과 이데올로기』, 박문사, 2010.

한승옥, 『이광수 장편소설 연구』, 박문사, 2009.

현길언, 『문학과 사랑과 이데올로기―현진건 연구』, 태학사, 2000.

논문

강석근, 「무영탑 전설의 전승과 변이 과정에 대한 연구」, 동국대신라문화연구소, 『신라문화』 37, 2011.

강진구, 「한국 근대초기 小說論 硏究―偶然性 논의를 중심으로」, 중앙대 박사논문, 2002.

고명철, 「식민지 자본주의의 통속성에 대한 서사적 대응―빙허 현진건의 장편 『적도』 읽기」, 『한국어문학연구』 46, 2006.

고철훈, 「'작가의 의도'가 투영된 역사소설 『무영탑』의 인물 형상」, 『실천문학』 78, 실천문학사, 2005.

곽승미, 「『순애보』에 나타난 관계의 미학으로서의 통속성」, 한국현대소설학회, 『현대소설연구』 22, 2004.

권성우, 「1920～30년대 문학비평에 나타난 '타자성' 연구」, 서울대 박사논문, 1994.

권영민, 「이상 연구의 회고와 전망―이상 문학, 근대적인 것으로부터의 탈출」, 권영민 편, 『이상 문학 연구 60년』, 문학사상사, 1998.

권은, 「경성 모더니즘 소설 연구―박태원 소설을 중심으로」, 서강대 박사논문, 2012.

김경수, 「廉想涉의 通俗小說 硏究―『二心』, 『白鳩』, 『牧丹꽃 필 때』를 중심으로」, 서강

어문학회,『서강어문』 11, 1995.

김미영, 「김말봉의『밀림』과『찔레꽃』의 독자수용과정에 대한 인지심리학적 고찰」, 한국어문학회,『어문학』 107, 2010.

김현, 「성찰과 반성」,『행복한 책읽기 / 문학 단평 모음』, 김현문학전집 15, 문학과지성사, 1993.

김동리, 「偶然性의 研究－小說에 있어 偶然性의 虛構面과 眞實面에 對한 考察」,『신사조』, 신사조사, 1950.5.

김동욱, 「坊刻本에 대하여」,『동방학지』 11, 연세대학교동방학연구소, 1970.12.

김동환, 「『찔레꽃』의 대중 지향성」, 국어국문학회,『국어국문학』 127, 2000.

김명인, 「근대소설과 도시성의 문제－박태원의 「小說家 仇甫氏의 一日」을 중심으로」, 민족문학사학회,『민족문학사연구』 16, 2000.6.

김병구, 「이기영의『故鄕』론, 한국문학이론과비평학회,『한국문학이론과 비평』 9, 2000.

김병익, 「葛藤의 社會學－廉想涉의『三代』」, 김병익 외,『現代韓國文學의 理論』, 민음사, 1972

김상욱, 「현진건의『적도』연구－계몽의 수사학」,『선청어문』 24, 서울대국교과, 1996.

김성룡, 「우연성과 환상성」, 국어국문학회,『국어국문학』 137, 2004.

김영균, 「아리스토텔레스에 있어서 우연(tychē)의 문제」, 한국서양고전학회,『서양고전학연구』 3, 1989.

김영민, 「우리 소설의 내적 형식의 역사와 관계망 파악 : 김윤식 · 정호웅 지음『한국소설사』, 예하 1993」, 민족문학사학회,『민족문학사연구』 5, 1994.

_______, 「근대계몽기 문학 연구의 성과와 과제」, 영남대인문과학연구소,『인문연구』 50, 2006.

김영찬, 「식민지 근대의 내면과 표상－이광수의『무정』을 중심으로」, 상허학회,『상허학보』 16, 2006

김영희, 「憑虛 玄鎭健의 現實認識과 그 變貌의 樣相」, 민족어문학회,『어문론집』, 1977.

김용재, 「『고향』의 이야기 구조와 서술 전략」, 한국현대소설학회,『현대소설연구』, 1994.

김우종, 「構成 및 文體에 關한 古代小說과 新小說의 比較研究」,『충남대논문집』 3, 1963.

김유중, 「1930년대 후반기 한국 모더니즘 문학의 세계관 연구」, 서울대 박사논문, 1995.

김윤식, 「'정치 소설'의 결여 형태로서의 신소설」,『韓國近代小說史研究』, 을유문화사, 1986.

_______, 「소설과 우연성의 문제－김동리 · 조연현 · 九鬼周造」,『한국근대문학사상연구 2』, 아세아문화사, 1994.

김정숙, 「이기영의『고향』에 나타난 인물의 행위항적 구도」, 중앙어문학회,『어문론집』 26, 1998.

김종구, 「박태원의 『천변풍경』 초점화 양상 연구」, 『한국문학이론과 비평』 10, 2001.

김종수, 「1930년대 대중소설의 멜로드라마적 성격 연구—『찔레꽃』을 중심으로」, 부산대 한국민족문화연구소, 『한국민족문화』 27, 2006.

김중하, 「開化小說의 文學社會學的 研究」, 『개화기 소설 연구』, 국학자료원, 2005.

김진석, 「프롤레타리아 문학의 연애 담론과 서사 양상—이기영의 『고향』을 중심으로」, 한국언어문학회, 『한국언어문학』, 2010.

김창식, 「1930년대 한국 신문소설의 특성과 그 존재의미에 관한 일 연구—최서해의 『호외시대』를 중심으로」, 국어국문학회, 『국어국문학』 32, 1995.

김한식, 「김말봉의 『찔레꽃』과 '본격통속'의 구조」, 고려대 한국학연구소, 『한국학연구』 12, 2000.

김현숙, 「『無情』의 플롯에 있어서 偶然의 機能」, 동국대한국문학연구소, 『韓國文學研究』 9, 1986.

나병철, 「1930년대 후반기 도시소설 연구」, 연세대 박사논문, 1989.

남상권, 「현진건 장편소설 『적도』의 등장인물과 모델들」, 한국어문학회, 『어문학』 108, 2010.

류보선, 「전망 부재의 공간으로서의 『삼대』 또는 근대 초기 시민 계급의 자화상」, 한국현대문학연구회 편, 『한국근대장편소설연구』, 모음사, 1992.

박상준, 「『천변풍경』의 개작에 따른 작품 효과의 변화—연재본과 단행본의 비교」, 한국문학연구학회, 『현대문학의 연구』 45, 2011.

______, 「신소설과 우연의 문제—우연의 분석 방법 구축 및 영웅소설과의 대비를 중심으로」, 한국문학연구학회, 『현대문학의 연구』 33, 2007.

______, 「임화 신문학사론의 문학사 연구 방법론적 성격에 대한 연구」, 한국외대 외국문학연구소, 『외국문학연구』 28, 2007.

______, 「임화의 문학사 연구에 나타난 이론 구성과 실제 기술의 변증법」, 근대문학회, 『한국근대문학연구』 9, 2004.

______, 「프로문학 연구의 새로운 방향과 의의」, 한국어문학회, 『어문학』 102, 2008.

______, 「한국 근대소설 장르 형성과정 논의의 제 문제」, 한국현대소설학회, 『현대소설연구』 42, 2009.

박의상, 「『無影塔』의 再解釋」, 한국어문교육연구회, 『어문연구』 12, 1984.

박종홍, 「김말봉 『밀림』의 통속성 고찰」, 한국어문학회, 『어문학』 76, 2002.

박헌호, 「김동리의 『해방』에 나타난 이념과 통속성의 관계」, 한국현대소설학회, 『현대소설연구』 17, 2002.

박혜경, 「신소설에 나타난 통속성의 전개 양상―『귀의 성』에서 『장한몽』까지」, 국어국문학회, 『국어국문학』 144, 2006.

배기정, 「『찔레꽃』의 전개 양상과 그 의미」, 국어교육학회, 『국어교육연구』 26, 1994.

배기훈, 「아리스토텔레스의 우연론」, 숭실대철학과, 『사색』 17, 2001.

서영채, 「1930년대 통속소설의 존재방식과 그 의미―김말봉의 『찔레꽃』을 중심으로」, 민족문학사학회, 『민족문학사연구』 3, 1993.

서인석, 「古代小說에 있어서의 '偶然性' 問題―『劉忠烈傳』을 중심으로」, 서울대국어교육과, 『선청어문』 10, 1979.

서정자, 「삶의 비극적 인식과 행동형 인물의 창조―김말봉의 『밀림』과 『찔레꽃』 연구」, 한국여성문학학회, 『여성문학연구』 8, 2002.

손종업, 「『찔레꽃』에 나타난 식민도시 경성의 공간 표상체계」, 한국근대문학회, 『한국근대문학연구』 16, 2007.

신동욱, 「『無影塔』論」, 신동욱 해설, 『玄鎭健硏究』, 새문사, 1981.

신형기, 「주변부의 만보객」, 상허학회, 『상허학보』 26, 2009.

양승국, 「'신연극'과 〈은세계〉 공연의 의미」, 한국현대문학회, 『한국현대문학연구』 6, 1998.

양진오, 「현진건의 『무영탑』 연구―민족을 상상하는 방식과 그 문학적 의미에 관하여」, 한국현대소설학회, 『현대소설연구』 19, 2003.

염무웅, 「植民地的 近代人―廉想涉作 『三代』의 경우」, 『민중시대의 문학』, 창작과비평사, 1979.

오종호, 「新小說의 偶然性 考察」, 영남대 석사논문, 1983.

오혜진, 「근대 대중소설에 나타난 장르믹스의 변모양상―염상섭의 『사랑과 죄』와 김말봉의 『찔레꽃』을 중심으로」, 우리문학회, 『우리문학연구』 27, 2009.

윤병로, 「현진건 문학」, 『한국장편소설대계』, 성음사, 1970.

윤영옥, 「이기영 농민소설에 나타난 풍속의 재현과 문화재생산」, 국어국문학회, 『국어국문학』 157, 2011.

윤정헌, 「30년대 애정통속소설의 갈등양상」, 한국어문학회, 『어문학』 60, 1998.

______, 「金東仁 小說의 通俗性 考察―『水平線 너머로』를 중심으로」, 한민족어문학회, 『한민족어문학』 29, 1996.

이도흠, 「서울의 사회문화적 공간 재현 양상」, 한국기호학회, 『기호학연구』, 2009.

이미림, 「이기영의 '여성해방' 소설 연구」, 한국여성문학학회, 『여성문학연구』, 2001.

이보영, 「墮落한 社會와 倫理－廉想涉의 『사랑과 罪』」, 『월간문학』, 1981. 10.

이승준, 「『濁流』의 通俗性 問題에 대한 考察」, 민족어문학회, 『어문논집』 41, 2000.

이어령, 「이상 연구의 길 찾기－왜 기호론적 접근이어야 하는가」, 권영민 편, 『이상
　　　문학 연구 60년』, 문학사상사, 1998.

이재선, 「속악한 삶과 승화된 삶」, 『현진건 전집』 1, 문학과비평사, 1988.

______, 「日帝의 檢閱과 『萬歲前』의 改作」, 『한국문학의 해석』, 새문사, 1981.

이정옥, 「『찔레꽃』, 전망 없는 현실에 대한 초월적 대응 방식」, 한국여성문학학회,
　　　『여성문학연구』 2, 1999.

임형택, 「新文學運動과 民族現實의 發見－1920년대에 있어서의 玄鎭健·李相和·廉想涉
　　　의 문학활동」, 『창작과비평』 27, 1973 봄.

장대석, 「『율리시즈』의 '비옷 입은 사나이'－우연의 수사」, 한국영미문화학회, 『영미
　　　문화』 6권 2호, 2006. 8.

장수익, 「박태원 소설의 발전과정과 그 의미」, 『외국문학』 30, 1992.

장양수, 「玄鎭健 장편 『無影塔』의 민족주의 문학적 성격」, 새얼어문학회, 『새얼語文論
　　　集』 13, 2000.

전승주, 「『천변풍경』의 개작 과정 연구－판본 대조를 중심으로」, 민족문학사연구소,
　　　『민족문학사연구』, 2011.

전영태, 「한국 근대소설의 대중성에 대한 고찰－멜로드라마적 성격을 중심으로」,
　　　『한국학보』, 1983.

정근식, 「식민지검열과 '검열표준'－일본 및 대만과의 비교를 통하여」, 대동문화연구
　　　원, 『대동문화연구』 79, 2012.

정선태, 「신소설의 서사론적 연구－이인직 소설을 중심으로」, 서울대 석사논문, 1994.

정소영, 「박태원과 제임스 조이스의 식민도시 형상화 방식 고찰」, 한국현대문예비평
　　　학회, 『한국문예비평연구』, 2008.

정재원, 「이해조의 소설에 대한 장르인식과 인간 형상－『화의 혈』과 『자유종』을 중
　　　심으로」, 한국문학연구학회, 『현대문학의 연구』, 2000.

정호웅, 「식민지 현실의 소설화와 역사의식－廉想涉의 『사랑과 죄』」, 『세계의문학』,
　　　1986, 가을

______, 「廉想涉 前期文學論－作家意識을 중심으로」, 『한국문화』, 1985.

조구호, 「이기영 소설의 대중문학적 성격」, 배달말학회, 『배달말』 30, 2002.

조동일, 「英雄小說 作品構造의 時代的 性格」, 『韓國小說의 理論』, 지식산업사, 1977.

______, 「『赤道』의 구성과 주제」, 신동욱 해설, 『玄鎭健 硏究』, 새문사, 1981

조연현, 「小說에 있어서의 偶然性의 問題」, 『동국대논문집』 1집, 1964.3.

채호석, 「『鬼의 聲』에 나타난 여인의 운명과 그 의미에 대하여」, 이용남 외, 『한국 개화기소설 연구』, 태학사, 2000.

천정환, 「한국 근대 소설 독자와 소설 수용 양상에 대한 연구」, 서울대 박사논문, 2002.

최명국, 「이기영의 『고향』에 대한 소고−'몸' 표현을 중심으로」, 문예시학회, 『문예시학』 22, 2010.

최수일, 「『巢鶴嶺』 硏究−통속성의 서사 내적 원리」, 반교어문학회, 『반교어문연구』 10, 1999.

최혜실, 「염상섭 장편소설에 나타난 통속성 연구」, 국어국문학회, 『국어국문학』 108, 1992.

한기형, 「『고향』의 인물전형 창조에 대한 연구(Ⅰ)−김희준과 소작농민의 인물성격에 대하여」, 반교어문학회, 『반교어문연구』, 1990.

한상무, 「抵抗의 情神과 僞裝의 方法」, 『강원대 연구논문집』 8, 1974.

______, 「玄鎭健 後期小說의 構造와 民族·歷史 意識」, 1983.

______, 「玄鎭健의 歷史意識 形成」, 국어국문학회, 『국어국문학』 94, 1985.

한수영, 「돈의 철학, 혹은 화폐의 물신성을 넘어서기」, 한국문학연구학회, 『현대문학의 연구』, 1993.

______, 「박태원 소설에서의 근대와 전통−'합리성'에 대한 인식과 '신체제론' 수용의 문제를 중심으로」, 한국문학이론과 비평 학회, 『한국문학이론과 비평』, 2005.

허춘, 「古小說의 偶然性 再檢討」, 『제주대학교 논문집』 33, 1991.

홍혜원, 「신소설 『牧丹花』에 나타난 대중성 연구」(대중서사학회, 『대중서사연구』 10, 2004.

______, 「현진건 장편소설 연구」, 한국비평문학회, 『비평문학』 28, 2008.

황종연, 「한국 근대소설에 나타난 신라−현진건의 『무영탑』과 이광수의 『원효대사』를 중심으로」, 『동방학지』, 2007.

3. 국외 논저

E. H. 카, 길현모 역, 『歷史란 무엇인가』(1961), 탐구당, 1983.

E. M. 포스터, 이성호 역, 『小說의 理解』, 문예출판사, 1975.

F. K. 슈탄젤, 김정신 역, 『소설의 이론』, 문학과비평사, 1990.

M. 칼리니스쿠, 이영욱 외 역, 『모더니티의 다섯 얼굴』, 시각과언어, 1993.

T. E. 흄, 박상규 역, 『휴머니즘과 예술철학에 관한 성찰』, 현대미학사, 1993.

T. 토도로프, 신동욱 역, 『산문의 시학』, 문예출판사, 1992.

거다 리스, 김영선 역, 『도박』, 꿈엔들, 2006.

노구치 다케히코, 노혜경 역, 『일본의 '소설' 개념』, 소명출판, 2010.

다이안 맥도넬, 임상훈 역, 『담론이란 무엇인가』, 한울, 1992.

다케다 세이지, 윤성진 역, 『니체 다시 읽기』, 서광사, 2001.

데틀레프 포이케르트, 김학이 역, 『나찌 시대의 일상사』, 개마고원, 2003.

라인하르트 코젤렉, 한철 역, 『지나간 미래』, 문학동네, 1998.

루시앙 골드만, 송기형 · 정과리 역, 『숨은 신』, 연구사, 1986.

__________, 조경숙 역, 『소설사회학을 위하여』, 청하, 1982.

루카치, 김혜원 편역, 『루카치 문학이론』, 세계, 1990.

_____, 문학예술연구회 역, 『우리시대의 리얼리즘』, 인간사, 1986

_____, 박정호 · 조만영 역, 『역사와 계급의식』, 거름, 1986, 168~173.

_____, 반성완 · 임홍배 역, 『독일문학사』, 심설당, 1987.

_____, 여균동 역, 『미와 변증법』, 이론과실천, 1987.

르네 지라르, 김치수 · 송의경 역, 『낭만적 거짓과 소설적 진실』, 한길사, 2001.

리몬-케넌, 최상규 역, 『小說의 詩學』, 문학과지성사, 1985.

마단 사럽, 김해수 역, 『알기쉬운 자끄 라깡』, 백의, 1994.

미케 발, 한용환 · 강덕화 역, 『서사란 무엇인가』, 문예출판사, 1999.

미하일 바흐찐, 전승희 · 서경희 · 박유미 역, 『장편소설과 민중언어』, 창작과비평사, 1988.

__________, 이득재 역, 『文藝學의 形式的 方法』, 문예출판사, 1992.

발터 벤야민, 이태동 역, 『文藝批評과 理論』, 문예출판사, 1987.

베르톨트 브레히트, 서경하 역, 『브레히트의 리얼리즘론』, 남녘, 1989.

벤 싱어, 이위정 역, 『멜로드라마와 모더니티』, 문학동네, 2009.

수잔 벅 모스, 김정아 역, 『발터 벤야민과 아케이드 프로젝트』, 문학동네, 2004.

수전 손택, 이민아 역, 『해석에 반대한다』, 이후, 2002.

슈미트 · 슈람 편, 문학예술연구회 미학분과 역, 『제1차 소비에트작가전연방회의 자
료집 사회주의 현실주의의 구상』, 태백, 1989.

슈테판 클라인, 유영미 역, 『우연의 법칙』, 웅진지식하우스, 2006.

스테판 코올, 여균동 역, 『리얼리즘의 역사와 이론』, 한밭출판사, 1982.

시모어 채트먼, 김경수 역, 『영화와 소설의 서사구조』, 민음사, 1990.

호르크하이머·아도르노, 김유동·주경식·이상훈 역, 『계몽의 변증법』, 문예출판사, 1995.

아리스토텔레스, 나종일·천병희 역, 『정치학 / 시학』, 삼성출판사, 1982.

__________, 조우현·천병희 역, 『국가 / 시학』, 삼성출판사, 1990.

앙리 르페브르, 박정자 역, 『현대세계의 일상성』, 세계일보, 1990.

앙리 베르그송, 이희영 역, 「도덕과 종교의 두 원천」, 『웃음 / 창조적 진화 / 도덕과 종교의 두 원천』 2판, 동서문화사, 2008.

움베르토 에코, 조형준 역, 『열린 예술작품』, 새물결, 2006.

유진 런, 김병익 역, 『마르크시즘과 모더니즘』, 문학과지성사, 1986.

이언 와트, 전철민 역, 『소설의 발생』, 열린책들, 1988.

자크 라캉, 권택영 편, 민승기·이미선·권택영 역, 『욕망 이론』, 문예출판사, 1994.

자크 모노, 김진욱 역, 『우연과 필연』, 범우사, 1999.

제랄드 프랭스, 최상규 역, 『서사학―서사물의 형식과 기능』, 문학과지성사, 1988.

츠베탕 토도로프, 최현무 역, 『바흐찐―문학사회학과 대화이론』, 까치, 1987.

카렐 코지크, 박정호 역, 『구체성의 변증법』, 거름, 1984.

카알 뢰비트, 강학철 역, 『헤겔에서 니체에로』 중판, 민음사, 1987.

캐럴 페이트만, 이충훈·유영근 역, 『남과 여, 은폐된 성적 계약』, 이후, 2001.

쿠키슈우조우, 김성룡 역, 『우연이란 무엇인가』, 이회, 2000.

테리 이글튼, 윤희기 역, 『批評과 이데올로기』, 열린책들, 1987.

토마스 S. 쿤, 조형 역, 『과학혁명의 구조』, 이화여대 출판부, 1980.

페터 뷔르거, 최성만 역, 『前衛藝術의 새로운 이해』, 심설당, 1986.

페터 지마, 김태환 역, 『모던 / 포스트모던』, 문학과지성사, 2010.

__________, 허창운 역, 『문예 미학』, 을유문화사, 1993.

프랑코 모레티, 조형준 역, 『근대의 서사시』, 새물결, 2001.

프랜시스 후쿠야마, 이상훈 역, 『역사의 종말』, 한마음사, 1992.

프레드릭 제임슨, 여홍상·김영희 공역, 『변증법적 문학이론의 전개』, 창작과비평사, 1984.

__________, 윤지관 역, 『언어의 감옥―구조주의와 형식주의 비판』, 까치, 1985.

헤이든 화이트, 천형균 역, 『19세기 유럽의 역사적 상상력―메타 역사』, 문학과지성사, 1991.

Aristotle, trans. by Ingram Bywater, *The Poetics*, Oxford at the Clarendon Press, 1920.

Art Berman, *Preface to Modernism*, University of Illinois Press, 1994.

David Bell, *Circumstances; Chance in the Literary Text*, University of Nebraska Press, 1993.

Donald C. Bryant, "Literature and Politics", edit. by M. Burks, *Rhetoric, Philosophy, and Literature : An Exploration*, Purdue Univ. Press, 1978.

Fredric Jameson, *The Political Unconscious*, Methuen & Co. Ltd, 1981.

Jeffrey Smitten, "Introduction : Spatial Form and Narrative Theory", edit. by Jeffrey R. Smitten & Ann Daghistany, *Spatial Form in Narrative*, Cornell Univ. Press, 1981.

Louis Althusser, trans. by Ben Brewster, *For Marx*, NLB, 1977.

Lukács, "Erzählen oder beschreiben?", *Probleme des Realismus* I, Werke Bd.4, Luchterhand, 1971.

Pascal Massie, *Contingency, Time, and Possibility*, LEXINGTON BOOKS, 2011.

Paul Goodman, *The Structure of Literature*, Chicago, 1954.

Walter Benjamin, trans. by Harry Zohn, *Charles Baudelaire —A Lyric Poet in the Era of High Capitalism*, Verso, 1983.

黒田俊太郎, 戰時下日本浪漫派言說の橫顔－中河與一の'永遠思想', 變奏される'リアリズム'」, 三田國文編輯委員會 編,『三田國文』50, 2009.

인명

작품, 저서

기타

형성기 한국 근대소설 텍스트의 시학